HEYNE

AF162287

DAS BUCH

Patricia Campbell führt eine Vorzeigeehe, hat zwei süße Kinder und ein Haus im schönsten Vorort von Charleston, South Carolina. Doch ihren Mann bekommt sie vor lauter Arbeit kaum zu Gesicht, und ihre Kinder sind zu launischen Teenagern mutiert. Ihr einziger Lichtblick sind die Buchclub-Abende, an denen sie mit ihren Freundinnen ihrer Leidenschaft für True Crime und Serienkiller frönt. Nach einem solchen Abend wird Patricia brutal von ihrer dementen Nachbarin attackiert, die kurz darauf stirbt. Wenig später zieht deren Neffe James Harris nach Charleston. Er ist höflich, belesen und sieht unverschämt gut aus. Doch irgendetwas stimmt mit ihm nicht, und als im ärmeren Viertel der Stadt immer mehr Kinder verschwinden, vermuten Patricia und ihre Freundinnen, dass James mehr Ted Bundy als Brad Pitt ist. In Wahrheit ist er jedoch eine ganz andere Sorte Monster – und Patricia hat es schon längst in ihr Heim gelassen ...

DER AUTOR

Grady Hendrix wurde in Charleston, South Carolina, geboren und arbeitete jahrelang für die American Society for Psychical Research, wo er Anrufern Fragen zu Geistern, UFOs und Zeitreisen beantwortete, ehe er sich hauptberuflich dem Schreiben widmete. Seitdem hat er unzählige Zeitungsartikel für Online- und Print-Zeitschriften sowie mehrere Horror-Romane verfasst, die regelmäßig auf der Bestsellerliste der *New York Times* landen. Grady Hendrix lebt mit seiner Frau in New York.

Grady Hendrix

SOUTHERN GOTHIC
Das Grauen wohnt nebenan

Roman

Aus dem Amerikanischen übersetzt
von Jakob Schmidt

WILHELM HEYNE VERLAG
MÜNCHEN

Die Originalausgabe ist unter dem Titel
THE SOUTHERN BOOK CLUB'S GUIDE TO SLAYING VAMPIRES

Sollte diese Publikation Links auf Webseiten Dritter enthalten, so übernehmen wir für deren Inhalte keine Haftung, da wir uns diese nicht zu eigen machen, sondern lediglich auf deren Stand zum Zeitpunkt der Erstveröffentlichung verweisen.

Penguin Random House Verlagsgruppe FSC® N001967

Deutsche Erstausgabe 6/2021
Redaktion: Sven-Eric Wehmeyer
Copyright © 2020 by Grady Hendrix
Copyright © 2021 der deutschsprachigen Ausgabe
und der Übersetzung by Wilhelm Heyne Verlag, München,
in der Penguin Random House Verlagsgruppe GmbH,
Neumarkter Straße 28, 81673 München
Printed in Germany
Umschlaggestaltung: Designomicon, München
Satz: Buch-Werkstatt GmbH, Bad Aibling
Druck und Bindung: GGP Media GmbH, Pößneck

ISBN: 978-3-453-32139-7

www.heyne.de

Für Amanda,
wo auch immer all deine Teile verstreut sind ...

Vorbemerkung des Autors

Vor ein paar Jahren schrieb ich ein Buch namens *Der Exorzismus der Gretchen Lang*, in dem es um zwei junge Frauen geht, die 1988 in Charleston, South Carolina, den Höhepunkt der »Satanic Panic« miterleben. Sie gelangen zu der Überzeugung, dass eine von ihnen vom Teufel besessen ist, und einen entsprechend unschönen Verlauf nimmt der Rest der Handlung.

Der Roman ist aus dem Blickwinkel einer Teenagerin geschrieben, und die Eltern kommen darin ziemlich schlecht weg, weil Eltern Teenagern nun mal ein Graus sind. Aber man kann die Geschichte auch aus dem Blickwinkel der Eltern erzählen; schildern, wie hilflos man sich fühlt, wenn das eigene Kind in Gefahr ist. Ich wollte eine Geschichte über diese Eltern schreiben, und so erblickte *Southern Gothic* das Licht der Welt. Es handelt sich bei diesem Buch nicht um eine Fortsetzung von *Der Exorzismus der Gretchen Lang*, aber es spielt ein paar Jahre später im selben Viertel, in dem auch ich aufgewachsen bin.

Als ich klein war, kam mir meine Mutter vollkommen lächerlich vor. Sie war Hausfrau und veranstaltete einen Buchclub, und sie und ihre Freundinnen hatten dauernd irgendwas zu erledigen, fuhren uns per Carpool umher und zwangen uns, Regeln zu befolgen, die keinen Sinn ergaben. Sie kamen uns ziemlich unterbelichtet vor. Heute ist mir klar, dass sie sich mit allem Möglichen herumschlagen mussten, von dem ich nicht das Geringste wusste. Sie haben die Köpfe hingehalten, damit wir unbeschwert durchs Leben segeln konnten, weil das nun mal so läuft: Die Eltern ertragen den Schmerz, damit ihre Kinder es nicht müssen.

Dies ist außerdem ein Buch über Vampire. Vampire sind der amerikanische Archetyp des umherschweifenden Mannes in Jeans, der von Stadt zu Stadt zieht, ohne Vergangenheit und ohne persönliche Bindungen. Wie Jack Kerouac, wie Shane, wie Woody Guthrie. Wie Ted Bundy.

Denn Vampire sind die prototypischen Serienkiller, frei von allem, was uns menschlich macht – sie haben keine Freunde, keine Familie, keine Wurzeln, keine Kinder. Das Einzige, was sie haben, ist Hunger. Sie essen und essen, aber sie werden nie satt. Ich wollte in diesem Buch einen Mann, der frei von jeder Verantwortung, frei von allem außer seinen Gelüsten ist, gegen Frauen antreten lassen, deren Leben aus ihren Pflichten besteht. Ich wollte Dracula gegen meine Mutter antreten lassen.

Wie sich herausstellen wird, ist es kein fairer Kampf.

Prolog

Diese Geschichte endet blutig.

Jede Geschichte beginnt blutig. Ein schreiendes Baby wird im Krankenhaus aus dem Mutterleib gezogen, gebadet in Schleim und einem halben Liter Blut. Aber nur noch wenige Geschichten enden heutzutage blutig. Normalerweise kehrt man nach einem Herzinfarkt in der Auffahrt, einem Schlaganfall auf der Veranda oder einem langsamen Dahinsiechen an Lungenkrebs ins Krankenhaus zurück und stirbt, umgeben von Maschinen, einen trockenen, leisen Tod.

Diese Geschichte beginnt mit fünf kleinen Mädchen. Jedes davon wurde in einer Pfütze aus dem Blut seiner Mutter geboren, gesäubert, getrocknet und dann zu einer ordentlichen jungen Dame gemacht. Man hat sie in der weiblichen Kunst unterwiesen, perfekte Ehepartnerinnen und ihrerseits verantwortungsvolle Mütter zu sein, die bei den Hausaufgaben helfen und sich um die Wäsche kümmern, die in Kirchenvereinen mitarbeiten und Bunco-Turniere organisieren, die ihre Kinder zum Figurentanz und auf Privatschulen schicken.

Auch Sie haben diese Frauen schon oft gesehen. Sie treffen sich zum Mittagessen und lachen so laut, dass das ganze Restaurant sie hört. Sie sind nach einem einzigen Glas Wein beschwipst. Wenn sie mal etwas richtig Wagemutiges anstellen wollen, kaufen sie sich ein paar Weihnachtsohrringe mit Leuchtdioden. Sie ringen endlos mit der Entscheidung darüber, ob sie Nachtisch bestellen sollen oder nicht.

Da sie achtbare Personen sind, werden ihre Namen nur jeweils dreimal in der Zeitung auftauchen – bei ihrer Geburt, wenn sie heiraten und wenn sie sterben. Sie sind liebenswürdige Gastgeberinnen. Sie spenden an die Bedürftigen. Sie ehren ihre Männer und sorgen für ihre Kinder. Sie wissen, wie wichtig es ist, Porzellan für unter der Woche zu haben, welche Verantwortung es mit sich bringt, das Silberbesteck ihrer Urgroßmütter zu erben, und dass gute Betttücher unbezahlbar sind.

Und am Ende dieser Geschichte werden sie blutüberströmt sein. Ein Teil dieses Blutes wird ihr eigenes sein. Ein Teil davon das von anderen. Aber es wird an ihnen hinablaufen. Sie werden darin schwimmen.

Sie werden darin ertrinken.

Hausfrau, die (Substantiv, feminin) – eine unbedeutende, wertlose Frau oder ein ebensolches Mädchen.

Oxford English Dictionary, Kompaktausgabe, 1971

Denn sie sollen getröstet werden

November 1988

Kapitel 1

1988 war es George W. H. Bush gerade gelungen, die Präsidentschaftswahl zu gewinnen, indem er die Menschen dazu aufgefordert hatte, ihm genau auf den Mund zu schauen, während Michael Dukakis sie verloren hatte, indem er in einem Panzer herumgefahren war. Dr. Huxtable war Amerikas Dad, *Kate & Allie* waren Amerikas Moms und die *Golden Girls* Amerikas Omas. McDonald's verkündete, dass es seine erste Filiale in der Sowjetunion eröffnen würde, alle kauften Stephen Hawkings *Eine kurze Geschichte der Zeit* und lasen sie dann nicht, *Das Phantom der Oper* lief auf dem Broadway an, und Patricia Campbell machte sich bereit zu sterben.

Sie besprühte ihre Haare, steckte sich ihre Ohrringe an und tupfte über ihren Lippenstift, aber als sie sich im Spiegel betrachtete, sah sie keine neununddreißigjährige Hausfrau mit zwei Kindern und einer glänzenden Zukunft, sondern eine Tote. Wenn nicht ein Krieg aus- oder eine Sintflut losbrach oder die Erde in die Sonne stürzte, würde heute Abend das monatliche Treffen der Literaturgilde von Mt. Pleasant stattfinden, und sie hatte das Buch für diesen Monat nicht gelesen. Und sie war die Referentin. Was bedeutete, dass sie in weniger als neunzig Minuten vor einem Zimmer voller Frauen sitzen und ein Gespräch über ein Buch leiten würde, das sie nicht gelesen hatte.

Sie hatte *Denn sie sollen getröstet werden* wirklich lesen wollen, aber jedes Mal, wenn sie ihr Exemplar zur Hand nahm und die Worte »Von Ixopo führt eine malerische Straße in die Hügel« las, fuhr Korey mit ihrem Fahrrad vom Bootssteg, weil sie sich einbildete, dass sie damit über das Wasser sausen könnte, wenn sie nur schnell genug in die Pedale trat, oder sie zündete ihrem Bruder die Haare an, weil sie herausfinden wollte, wie nah man ihnen mit einem brennenden Streichholz kommen durfte, bevor sie Feuer fingen, oder sie erzählte ein ganzes Wochenende lang allen Anrufern, dass ihre Mutter nicht ans Telefon konnte, weil sie gestorben sei, was Patricia erst erfuhr, als die Leute mit Auflaufformen vor der Tür standen, um ihr Beileid zu bekunden.

Bevor Patricia in Erfahrung bringen konnte, warum die Straße von Ixopo zu den Hügeln so schön war, sah sie Blue splitterfasernackt an den Fenstern zur Sonnenveranda vorbeirennen, oder ihr wurde mit einem Schlag klar, dass es deshalb so ruhig war, weil sie ihn in der Stadtbücherei vergessen hatte, sodass sie in den Volvo springen und über die Brücke zurückrasen musste und dabei nur beten konnte, dass er nicht von Moonys gekidnappt worden war, oder er hatte herausfinden wollen, wie viele Rosinen er sich in die Nase stecken konnte (vierundzwanzig). Sie erfuhr nie, wo Ixopo lag, weil ihre Schwiegermutter, Miss Mary, für sechs Wochen bei ihnen einzog, sie saubere Handtücher in der ausgebauten Garage brauchte und das Gästebett jeden Tag neu bezogen werden musste, und weil Miss Mary Schwierigkeiten damit hatte, aus der Wanne zu steigen, weshalb sie eine dieser Stangen anbringen lassen und erst jemanden dafür finden musste, und weil die Wäsche für die Kinder zu erledigen war, und weil Carters Hemden gebügelt werden mussten, und weil Korey genau die neuen Stollenschuhe haben wollte, die alle anderen auch hatten, obwohl sie sich so etwas im Moment eigentlich nicht leisten konnten, und weil Blue nur weiße Sachen aß, weshalb sie jeden Abend Reis zu kochen hatte … und so konnte sie der Straße von Ixopo in die Hügel nicht folgen.

Damals war es ihr wie eine gute Idee vorgekommen, der Literaturgilde von Mt. Pleasant beizutreten. Patricia war in jenem Moment, als sie sich bei einem Abendessen mit Carters Chef über den Tisch gebeugt hatte, um sein Steak für ihn kleinzuschneiden, klar geworden, dass sie raus aus dem Haus und neue Leute kennenlernen musste. Ein Buchclub klang passend, weil sie gerne las, vor allem Krimis. Carter hatte angemerkt, dass dies vielleicht daran lag, dass ihr ganzes Leben für sie wie ein rätselhafter Kriminalfall war, und da war sie durchaus seiner Meinung: *Patricia Campbell und das Geheimnis der drei warmen Mahlzeiten am Tag, sieben Tage die Woche, ohne dabei durchzudrehen; Patricia Campbell und der Fall des Fünfjährigen, der einfach so andere Leute biss; Patricia Campbell und das Rätsel, wie man zum Zeitunglesen kommen soll, wenn man zwei Kinder und eine Schwiegermutter bei sich wohnen hat und für alle waschen und kochen und das Haus sauber machen und der Hund seine Herzwurmpillen bekommen muss und man sich wahrscheinlich alle paar Tage auch mal selbst die Haare waschen sollte, weil die eigene Tochter sonst fragt, warum man aussieht wie eine Obdachlose.* Ein paar diskrete Erkundigungen, und schon hatte man sie zum ersten Treffen der Literaturgilde von Mt. Pleasant zu Hause bei Marjorie Fretwell eingeladen.

Die Literaturgilde von Mt. Pleasant wählte die Bücher für das jeweilige Jahr in einem sehr demokratischen Verfahren aus: Marjorie Fretwell lud sie alle zu sich ein, um elf Bücher aus einer Liste von dreizehn zu wählen, die ihr passend erschienen. Sie erkundigte sich, ob noch jemand andere Bücher empfehlen wollte, aber allen war klar, dass das keine ernst gemeinte Frage war, mit Ausnahme von Slick Paley, die anscheinend an einer chronischen Unfähigkeit litt, zwischenmenschliche Signale zu empfangen.

»Ich würde gerne *Wie die Lämmer zur Schlachtbank: Ihr Kind und der Okkultismus* vorschlagen«, sagte Slick. »Angesichts dieses Kristallladens auf dem Coleman Boulevard – und wenn man bedenkt, dass Shirley MacLaine auf der Titelseite des *Time Magazine* von ihren früheren Leben erzählen darf – brauchen wir einen Weckruf.«

»Von dem Buch habe ich noch nie etwas gehört«, sagte Marjorie Fretwell. »Daher nehme ich an, dass es nicht unter unser Auswahlkriterium fällt, eines der großen Werke der westlichen Welt zu sein. Sonst noch wer?«

»Aber …«, wandte Slick ein.

»Sonst noch wer?«, wiederholte Marjorie.

Sie wählten die Bücher, die Marjorie für sie ausgewählt hatte, teilten sie nach Marjories Dafürhalten den Monaten zu und wählten die Referentinnen, die Marjorie für die passendsten hielt. Die Referentinnen sollten das Treffen eröffnen, indem sie einen zwanzigminütigen Vortrag über das Buch, seine Hintergründe und das Leben des Autors oder der Autorin hielten, um anschließend die Diskussion in der Gruppe anzuleiten. Eine Referentin konnte nicht einfach absagen oder mit einer anderen das Buch tauschen, ohne dafür eine empfindliche Strafe zu zahlen, weil die Literaturgilde von Mt. Pleasant eine ernste Sache war.

Als ihr klar wurde, dass sie es nicht schaffen würde, *Denn sie sollen getröstet werden* zu Ende zu lesen, rief Patricia Marjorie an.

»Marjorie«, sagte sie am Telefon, während sie den Deckel auf den Reistopf legte und die Platte runterdrehte, um ihn köcheln zu lassen. »Hier ist Patricia Campbell. Ich muss mit dir über *Denn sie sollen getröstet werden* reden.«

»Wirklich ein beeindruckendes Buch«, sagte Marjorie.

»Natürlich«, antwortete Patricia.

»Ich weiß, dass du ihm die gebührende Ehre erweisen wirst«, sagte Marjorie.

»Ich werde mein Bestes geben«, sagte Patricia, während ihr klar wurde, dass sie das genaue Gegenteil hätte sagen sollen.

»Und es passt so gut auf die gegenwärtige Situation in Südafrika«, fuhr Marjorie fort.

Kalter Schrecken durchzuckte Patricia. Was war die gegenwärtige Situation in Südafrika?

Nach dem Auflegen verfluchte Patricia sich für ihre Feigheit und Dummheit und nahm sich fest vor, in die Bücherei zu fahren und *Denn sie sollen getröstet werden* im *Lexikon der Weltliteratur* nachzuschlagen. Aber dann musste sie Snacks für Koreys Fußballmannschaft vorbereiten, und die Babysitterin hatte Drüsenfieber, und Carter musste plötzlich nach Columbia reisen und sie musste ihm packen helfen, und dann kam eine Schlange aus der Toilette in der ausgebauten Garage, und sie musste sie mit einer Harke totschlagen, und Blue trank eine Flasche Tipp-Ex, und sie musste mit ihm zum Arzt, um herauszufinden, ob er daran sterben würde (nein, würde er nicht). Sie versuchte es damit, Alan Paton, den Autor, in ihrer *Großen Enzyklopädie* nachzuschlagen, aber der Band mit P fehlte. Sie notierte sich im Geiste, dass sie eine neue Enzyklopädie brauchten.

Es klingelte an der Tür.

»Moooom«, rief Korey von unten aus dem Flur. »Die Pizza ist da!«

Sie konnte es nicht mehr länger aufschieben. Es war an der Zeit, sich Marjorie zu stellen.

Marjorie hatte Handouts mitgebracht.

»Nur ein paar Artikel über die gegenwärtigen Ereignisse in Südafrika, darunter der jüngste unschöne Vorfall in Vanderbijlpark«, sagte sie. »Aber ich nehme an, dass Patricia all das schön für uns zusammenfassen wird, wenn sie uns Mr. Alan Patons *Denn sie sollen getröstet* werden vorstellt.«

Alle drehten sich zu Patricia um, die auf Marjories riesigem, rosa-weißem Sofa saß, und starrten sie an. Sie hatte sich nicht so genau an Marjories Einrichtung erinnert und ein Blümchenkleid angezogen, weshalb die Leute sie wahrscheinlich nur als einen Kopf und ein Paar in der Luft schwebende Hände sahen. Am liebsten hätte sie sich ganz in ihr Kleid verkrochen und wäre verschwunden. Sie spürte, wie ihre Seele ihren Körper verließ und über ihr unter der Decke schwebte.

»Aber bevor sie anfängt«, sagte Marjorie, und alle Blicke wandten sich wieder ihr zu, »sollten wir eine Schweigeminute für Mr. Alan Paton einlegen. Sein Dahinscheiden dieses Jahr hat die Literaturwelt ebenso sehr erschüttert wie mich persönlich.«

In Patricias Kopf jagten die Gedanken einander im Kreis herum. Der Autor war tot? Und erst seit Kurzem? In der Zeitung hatte sie nichts davon gelesen. Was konnte sie dazu sagen? Wie war er gestorben? Hatte man ihn ermordet? War er von wilden Hunden zerrissen worden? Hatte er einen Herzinfarkt erlitten?

»Amen«, sagte Marjorie. »Patricia?«

Patricias Seele beschloss klugerweise, sich in ihr nächstes Leben zu verabschieden und Patricia der Gnade der Frauen zu überlassen, die um sie herumsaßen. Da war Grace Cavanaugh, die nur zwei Türen weiter von Patricia wohnte, die sie aber nur ein einziges Mal getroffen hatte, als Grace bei ihr geklingelt hatte, um zu sagen: »Tut mir leid, wenn ich störe, aber Sie wohnen jetzt seit sechs Monaten hier, und ich muss es einfach wissen: *Soll* Ihr Vorgarten so aussehen?«

Slick Paley blinzelte hektisch. Der Blick ihrer winzigen Augen in dem spitzen Fuchsgesicht war fest auf Patricia geheftet, und sie hielt ihren Kugelschreiber über ihrem Notizbuch bereit. Louise Gibbes räusperte sich. Cuffy Williams putzte sich bedächtig mit einem Kleenex die Nase. Sadie Funche beugte sich vor und durchbohrte Patricia mit Blicken, während sie an einer Käsestange knabberte. Die einzige Person, die nicht in Patricias Richtung sah, war Kitty Scruggs, die stattdessen die Weinflasche beäugte, die in der Mitte des Teetischchens stand und die niemand zu öffnen gewagt hatte.

»Nun ...«, setzte Patricia an. »Wahrscheinlich waren alle begeistert von *Denn sie sollen getröstet werden*?«

Sadie, Slick und Cuffy nickten. Patricia warf einen Blick auf die Uhr und stellte fest, dass sieben Sekunden vergangen waren. Sie konnte auf Zeit spielen. Sie wartete, während die Stille sich in die Länge zog, in der Hoffnung, dass jemand etwas einwerfen würde, aber die entstehende Pause führte lediglich dazu, dass Marjorie »Patricia?« sagte.

»Es ist so traurig, dass Alan Paton in den besten Jahren seines Lebens von uns genommen wurde, bevor er noch mehr Bücher wie *Denn sie sollen getröstet werden* schreiben konnte«, sagte Patricia. Wort für Wort tastete sie sich voran und ließ sich dabei vom Nicken der anderen leiten. »Dieses Buch hat uns so viel Aktuelles und Relevantes mitzuteilen, gerade jetzt, nach den schrecklichen Ereignissen in Vander ... Vanderbill ... Südafrika.«

Das allgemeine Nicken wurde nachdrücklicher. Patricia spürte, wie ihre Seele in ihren Körper zurückkehrte. Kühn fuhr sie fort: »Ich wollte euch eigentlich etwas über das Leben von Alan Paton erzählen«, sagte sie, »und darüber, warum er dieses Buch geschrieben hat, aber all diese Fakten können nicht vermitteln, welche Kraft dieser Geschichte innewohnt, wie sehr sie mich bewegt hat, welche Empörung ich beim Lesen empfunden habe. Das hier ist ein Buch, das man mit dem Herzen liest, nicht mit dem Kopf. Ging es noch jemandem so?«

Nun wurde überall im Wohnzimmer genickt.

»Genau, jawohl«, stimmte Slick Paley zu.

»Ich empfinde sehr leidenschaftlich, wenn es um das Thema Südafrika geht«, sagte Patricia, und dann fiel ihr ein, dass Mary Brasingtons Mann für eine Bank arbeitete und Joanie Winters Mann irgendwas mit Aktien zu tun hatte und sie vielleicht dort investiert hatten. »Aber ich weiß, dass man diese Sache von vielen Seiten betrachten kann, und vielleicht möchte ja jemand eine andere Sichtweise beitragen. Im Geiste von Mr. Patons Buch sollte das hier ein Gespräch sein, kein Vortrag.«

Alle nickten. Ihre Seele ließ sich nun wieder gänzlich in ihrem Körper nieder. Sie hatte es geschafft. Sie hatte überlebt. Marjorie räusperte sich.

»Patricia«, fragte Marjorie. »Wie denkst du über das, was Paton in dem Buch über Nelson Mandela schreibt?«

»Es macht mir Mut«, sagte Patricia. »Mandela thront über allem, obwohl er eigentlich nur am Rande erwähnt wird.«

»Ich glaube nicht, dass er erwähnt wird«, sagte Marjorie, und Slick Paley hörte zu nicken auf. »Wo hast du ihn denn auftauchen sehen? Auf welcher Seite?«

Patricias Seele stieg langsam wieder dem Licht entgegen. *Lebewohl*, sagte sie. *Lebewohl, Patricia. Du bist jetzt auf dich allein gestellt ...*

»Sein Geist der Freiheit?«, sagte Patricia. »Er durchdringt jede einzelne Seite?«

»Als das Buch geschrieben wurde«, sagte Marjorie, »hat Nelson Mandela noch Jura studiert und war nur eines von vielen Mitgliedern des ANC. Ich wüsste nicht, wie sein Geist in diesem Buch auftauchen sollte, ganz zu schweigen davon, dass er jede Seite durchdringt.«

Marjories Blick bohrte sich wie ein Eispickel in Patricias Gesicht.

»Tja«, krächzte Patricia, weil sie inzwischen tot war und der Tod sich anscheinend sehr, sehr trocken anfühlte. »Das, was er dann später tun sollte. Man hat gespürt, wie es sich anbahnt. Hier drin. In dem Buch. Das wir gelesen haben.«

»Patricia«, sagte Marjorie. »Du hast das Buch nicht gelesen, oder?«

Die Zeit stand still. Niemand regte sich. Patricia wollte lügen, aber lebenslange Zurichtung hatte eine Dame aus ihr gemacht.

»Teilweise«, sagte Patricia.

Marjorie stieß einen Seufzer aus, der vom Grunde ihrer Seele kam und kein Ende zu nehmen schien.

»Wie weit hast du es gelesen?«

»Die erste Seite?«, sagte Patricia und plapperte dann los: »Es tut mir leid, ich weiß, dass ich euch enttäuscht habe, aber die Babysitterin hatte Drüsenfieber, und Carters Mutter wohnt gerade bei uns, und eine Schlange kam aus dem Schrank, und diesen Monat war einfach alles furchtbar anstrengend. Ich weiß wirklich nicht, was ich sagen soll, außer dass es mir sehr, sehr leidtut.«

Vom Rande ihres Blickfelds kroch die Schwärze heran. Ein schriller Ton erklang in ihrem rechten Ohr.

»Tja«, sagte Marjorie. »Letztendlich ist es dein Verlust. Du hast dich eines der vielleicht besten Werke der Weltliteratur beraubt. Und uns hast du deiner ganz besonderen Sichtweise darauf beraubt. Aber jetzt ist es nun mal passiert. Wer ist stattdessen bereit, die Diskussion zu leiten?«

Sadie Funche zog sich wie eine Schildkröte in ihr Laura-

Ashley-Kleid zurück, Nancy Fox begann bereits, den Kopf zu schütteln, bevor Marjorie den Satz auch nur zu Ende gesprochen hatte, und Cuffy Williams erstarrte wie ein Beutetier, das sich seinem Jäger gegenübersah.

»Hat irgendjemand das Buch für diesen Monat gelesen?«, fragte Marjorie.

Schweigen.

»Ich glaube es einfach nicht«, sagte Marjorie. »Vor elf Monaten waren wir uns alle einig, dass wir die großen Bücher der westlichen Welt lesen würden, und jetzt, nicht einmal ein Jahr später, ist es so weit gekommen. Ich bin zutiefst enttäuscht von euch allen. Ich dachte, wir wollten unseren Horizont erweitern, uns für Gedanken und Ideen öffnen, die sich nicht auf unser Leben in Mt. Pleasant beschränken. Die Männer sagen immer: ›Klug sein zu wollen ist für Frauen keine besonders kluge Idee‹, und dann lachen sie über uns und bilden sich dabei ein, wir würden uns nur für unsere Frisuren interessieren. Die einzigen Bücher, die sie uns schenken, sind Kochbücher, weil sie glauben, dass wir dumm wären und von nichts eine Ahnung hätten. Und ihr habt ihnen gerade recht gegeben.«

Sie hielt inne, um Luft zu holen. Patricia sah, dass Schweißtropfen in ihren Augenbrauen glitzerten. Marjorie fuhr fort:

»Ich schlage vor, dass ihr alle nach Hause geht und darüber nachdenkt, ob ihr nächsten Monat *Jude Fawley, der Unbekannte* mit uns lesen wollt ...«

Grace Cavenough stand auf und hängte sich die Handtasche über die Schulter.

»Grace?«, fragte Marjorie. »Willst du nicht bleiben?«

»Mir ist gerade eingefallen, dass ich eine Verabredung habe«, sagte Grace. »Hatte ich vollkommen vergessen.«

»Tja«, sagte Marjorie, aus dem Konzept gebracht. »Dann lass dich nicht aufhalten.«

»Das würde ich mir niemals einfallen lassen«, erwiderte Grace.

Und damit schwebte die hochgewachsene, elegante, frühzeitig ergraute Grace aus dem Zimmer.

Nun, da das Bewegungsmoment dahin war, löste die Versammlung sich auf. Marjorie zog sich in die Küche zurück, gefolgt von einer besorgten Sadie Funche. Ein Grüppchen Frauen um den Desserttisch plauderte in gedrückter Stimmung. Patricia drückte sich in ihrem Stuhl herum, bis sie sich unbeobachtet fühlte, und flitzte dann aus dem Haus.

Auf dem Weg durch Marjories Vorgarten hörte sie ein Geräusch, das wie *He* klang. Sie hielt inne und versuchte auszumachen, woher es kam.

»He«, wiederholte Kitty Scruggs.

Kitty stand auf der anderen Seite der Reihe von Autos in Marjories Auffahrt. Eine blaue Rauchwolke schwebte über ihrem Kopf, und sie hielt eine lange, dünne Zigarette zwischen den Fingern. Neben ihr stand Maryellen Wie-hieß-sienoch-weiter, die ebenfalls rauchte. Kitty winkte Patricia mit einer Hand heran.

Patricia wusste, dass Maryellen ein Yankee aus Massachusetts war und allen erzählte, sie sei Feministin. Und Kitty gehörte zu der Sorte kräftiger Frauen, die Kleidung trugen, die andere wohlwollend als »lustig« bezeichneten – weite Pullis mit bunten Handabdrücken darauf, plus klobiger Plastikschmuck. Patricia hegte den Verdacht, dass man, wenn man sich erst einmal mit solchen Frauen einließ, ganz schnell zu Weihnachten ein Rentiergeweih auf dem Kopf haben oder vor einer Shoppingmall stehen und die Leute darum bitten würde, eine Petition zu unterzeichnen, deshalb näherte sie sich äußerst vorsichtig.

»Ich fand es gut, was du da drin gemacht hast«, sagte Kitty.

»Ich hätte mir irgendwie die Zeit nehmen sollen, das Buch zu lesen«, erwiderte Patricia.

»Warum?«, fragte Kitty. »Es war langweilig. Ich habe es nicht über das erste Kapitel hinaus geschafft.«

»Ich muss Marjorie einen Brief schreiben«, sagte Patricia. »Um mich zu entschuldigen.«

Maryellen sah sie mit zusammengekniffenen Augen durch den Rauch an und zog an ihrer Zigarette.

»Marjorie hat gekriegt, was sie verdient«, sagte sie beim Ausatmen.

»Hört mal.« Kitty platzierte sich zwischen den beiden und Marjories Haustür, nur für den Fall, dass Marjorie zusah und Lippen lesen konnte. »Ich habe mit ein paar Leuten abgemacht, dass wir ein Buch lesen und sie nächsten Monat zu mir nach Hause kommen und wir darüber reden. Maryellen ist auch dabei.«

»Ich habe niemals genug Zeit für zwei Buchclubs«, sagte Patricia.

»Glaub mir«, sagte Kitty. »Nach den heutigen Ereignissen ist Marjories Buchclub erledigt.«

»Was für Bücher lest ihr?«, fragte Patricia auf der verzweifelten Suche nach Gründen, das Angebot abzulehnen.

Kitty griff in ihre Umhängetasche aus Jeansstoff und holte ein billiges Taschenbuch von der Sorte, wie man sie in Drogerien bekam, daraus hervor.

»*Liebesbeweis: Eine wahre Geschichte von Leidenschaft und Tod in der Vorstadt*«, sagte sie.

Patricia war überrumpelt. Das war eines dieser Schundbücher über wahre Verbrechen. Aber Kitty las es offenbar, und man durfte die Lesevorlieben einer anderen Person nicht kritisieren, auch dann nicht, wenn man gute Gründe dafür hatte.

»Ich weiß nicht, ob solche Bücher etwas für mich sind«, sagte Patricia.

»Die beiden Frauen waren beste Freundinnen, und sie haben sich gegenseitig mit Äxten in Stücke gehauen«, sagte Kitty. »Tu bloß nicht so, als wolltest du nicht wissen, was zwischen ihnen gelaufen ist.«

»Es hat gute Gründe, dass Jude unbekannt ist«, knurrte Maryellen.

»Und macht ihr das bisher nur zu zweit?«, fragte Patricia.

Eine Stimme meldete sich hinter ihnen zu Wort.

»He, Leute«, sagte Slick Paley. »Worüber redet ihr?«

Kapitel 2

Irgendwo in den Tiefen der Albemarle Academy erklang das letzte Klingeln des Tages. Die Doppeltüren öffneten sich und spien eine Horde kleiner Kinder aus, die sich unter den aus allen Nähten platzenden Schulranzen beugten, an denen sie festgeschnallt waren. Unter der Last der Hefte und Gemeinschaftskundebücher taumelten sie zum Carpool-Bereich wie greise Gnome. Patricia sah Korey und drückte kurz auf die Hupe. Korey blickte auf, und als Patricia sah, wie sie mit weiten Sätzen losrannte, krampfte sich ihr das Herz zusammen. Ihre Tochter rutschte auf den Beifahrersitz und nahm ihren Schulranzen auf den Schoß.

»Anschnallgurt«, mahnte Patricia, und Korey schnallte sich an.

»Warum holst du mich ab?«, fragte Korey.

»Ich dachte, wir könnten bei *Foot Locker* haltmachen und nach Stollenschuhen schauen«, sagte Patricia. »Meintest du nicht, dass du neue brauchst? Und außerdem habe ich Lust auf Frozen Yogurt bekommen.«

Sie spürte, wie ihre Tochter zu strahlen begann, und während sie über die West Ashley Bridge fuhren, erklärte Korey ihrer Mom alles über die verschiedenen Arten von Stollenschuhen, die die anderen Mädchen hatten, und warum sie unbedingt Klingenstollen brauchte und warum es Stollenschuhe für harten Boden und nicht welche für weichen Boden sein mussten, obwohl sie auf dem Rasen spielten, weil Schuhe für harten Boden schneller waren. Als sie innehielt, um Luft zu holen, sagte Patricia: »Ich habe gehört, was in der Pause passiert ist.«

Alles Strahlen verließ Korey, und Patricia bereute sofort, dass sie etwas gesagt hatte, aber sie hatte etwas sagen müssen, denn schließlich machten Mütter das so, oder?

»Ich weiß nicht, warum Chelsea dir vor der Klasse die Hosen runtergezogen hat«, sagte Patricia. »Jedenfalls war das sehr hässlich und gemein von ihr. Sobald wir zu Hause sind, rufe ich bei ihrer Mutter an.«

»Nein!«, flehte Korey. »Bitte, bitte, bitte, es ist nichts passiert. Es war keine große Sache. Bitte, Mom.«

Patricias eigene Mutter war nie auf ihrer Seite gewesen, und Patricia wollte, dass Korey verstand, dass sie nicht bestraft wurde, dass Patricia ihr etwas Gutes tat, aber Korey weigerte sich, das *Foot Locker*-Geschäft zu betreten und erklärte nuschelnd, dass sie keinen Frozen Yogurt wollte. Patricia empfand das als zutiefst ungerecht. Sie versuchte nur, eine gute Mutter zu sein, aber offenbar machten all ihre Bemühungen sie irgendwie zur Bösen Hexe des Westens. Als sie zu Hause ankam, das Lenkrad mit mörderischem Griff umklammert, war sie nicht in der Stimmung, einen weißen Cadillac von der Größe eines kleinen Schiffs in ihrer Auffahrt und Kitty Scruggs auf ihrer Eingangstreppe zu sehen.

»Hallooo«, rief Kitty auf eine Art, von der Patricia unverzüglich die Zähne wehtaten.

»Korey, das ist Mrs. Scruggs«, sagte Patricia und lächelte deutlich zu angestrengt.

»Freut mich, Sie kennenzulernen«, murmelte Korey.

»Du bist Korey?«, fragte Kitty. »Ich habe gehört, was Donna Phelps' kleines Mädchen heute in der Schule mit dir angestellt hat.«

Korey blickte zu Boden, sodass ihr die Haare vor das Gesicht hingen. Patricia hätte Kitty am liebsten gesagt, dass sie alles nur noch schlimmer machte.

»Das nächste Mal, wenn Chelsea Phelps so etwas macht«, sagte Kitty unverdrossen, »erzählst du allen aus vollem Hals: ›Chelsea Phelps hat letzten Monat bei Merit Scrubbs zu Hause übernachtet, und dabei hat sie in den Schlafsack gepinkelt und dem Hund die Schuld in die Schuhe geschoben.‹«

Patricia konnte es nicht glauben. So etwas sagten Eltern nicht über die Kinder anderer Leute. Sie wandte sich Korey zu, um ihr zu raten, nicht hinzuhören, stellte jedoch fest, dass ihre Tochter Kitty ehrfürchtig anstarrte, mit aufgerissenen Augen und offenem Mund.

»Wirklich?«, fragte Korey.

»Bei Tisch gepupst hat sie auch«, sagte Kitty. »Und *das* wollte sie meinem vierjährigen Sohn anhängen.«

Für einen langen, erstarrten Moment wusste Patricia nicht, was sie sagen sollte, und dann brach Korey lauthals in Gelächter aus. Sie musste sich vor Lachen auf die Eingangstreppe setzen, kippte zur Seite und schnappte nach Luft, bis sie Schluckauf bekam.

»Geh rein und sag deiner Großmutter Hallo«, sagte Patricia, die Kitty mit einem Mal ziemlich dankbar war.

»Sie sind einfach Nervensägen in dem Alter, oder?«, meinte Kitty, während sie Korey nachsah.

»Sie sind eigenartig«, sagte Patricia.

»Sie sind Nervensägen«, sagte Kitty. »Kleine Nervensägen, die man in einen Sack stecken und erst wieder rauslassen sollte, wenn sie achtzehn sind. Hey, ich habe dir was mitgebracht.«

Sie reichte Patricia ein glänzendes neues Exemplar von *Liebesbeweis*.

»Ich weiß, dass du das für Schund hältst«, sagte Kitty. »Aber es geht darin um Leidenschaft, Liebe, Hass, Romantik, Gewalt und Aufregung. Genau wie bei Thomas Hardy, abgesehen davon, dass es ein Taschenbuch ist und acht Fotoseiten in der Mitte hat.«

»Ich weiß nicht«, sagte Patricia. »Ich habe nicht so viel Zeit ...«

Aber Kitty war schon auf dem Weg zurück zu ihrem Auto. Patricia kam zu dem Schluss, dass dieser Krimi den Titel *Patricia Campbell und die Unfähigkeit, Nein zu sagen* trug.

Zu ihrer Überraschung verschlang sie das Buch innerhalb von drei Tagen.

Fast hätte Patricia es nicht zu dem Treffen geschafft. Kurz bevor sie losging, wusch Korey sich das Gesicht mit Zitronensaft, um ihre Sommersprossen loszuwerden, und als sie ihn in die Augen bekam, rannte sie kreischend auf den Flur und mit dem Gesicht voran gegen einen Türknauf. Patricia spülte ihr die Augen mit Wasser aus, legte ihr einen Beutel gefrorener Erbsen auf das Ei an ihrer Stirn und sagte Korey, dass sie in ihrem Alter genauso viele Sommersprossen gehabt hatte, wenn nicht mehr, und dann setzte sie sie zu Miss Mary aufs Sofa und ließ die beiden *Die Bill-Cosby-Show* sehen. Zum Treffen kam sie zehn Minuten zu spät.

Kitty lebte in Seewee Farms, einem zweihundert Hektar großen Teil der Boone Hall Plantation, den man vor langer Zeit als Hochzeitsgeschenk für irgendeinen Großgrundbesitzer abgetrennt hatte. Durch unglückliche Fügung und dumme Entscheidungen war das Grundstück in die Hände von Kittys Schwiegergroßmutter gefallen, und als die angesehene alte Dame sich schließlich elegant in ihr Grab zurückgezogen hatte, war es auf ihren Lieblingsenkel, Kittys Mann Horse, übergegangen.

Weit draußen mitten im Nirgendwo, am Rande überschwemmter Reisfelder und dichter Kiefernwäldchen, übersät von baufälligen Nebengebäuden, in denen niemand außer den Schlangen lebte, umgab das Grundstück das ungeheuer hässliche Haupthaus, schokoladenbraun gestrichen, mit durchhängenden Veranden und vor sich hin faulenden Säulen geschmückt, der Dachboden von Waschbären, die Wände von Opossums bewohnt. Es handelte sich um genau jene Art von prunkvollen Heimen im Zustand würdevollen Verfalls, wie sie Patricias Meinung nach die besten Bürger Charlestons bewohnten.

Nun stand sie vor der mächtigen Doppeltür in der Mitte der weit ausladenden Vorderveranda und drückte auf die Klingel, doch nichts passierte. Sie versuchte es erneut.

»Patricia!«, rief Kitty.

Patricia blickte sich erst um und sah dann auf. Kitty lehnte sich aus dem Fenster im ersten Stock.

»Geh zur Seitentür«, brüllte Kitty. »Wir können den Schlüssel für die Vordertür schon seit Ewigkeiten nicht wiederfinden.«

Sie traf Kitty an ihrer Küchentür.

»Komm rein«, sagte Kitty. »Kümmere dich nicht um die Katze.«

Patricia konnte nirgendwo eine Katze entdecken, aber dafür sah sie etwas, das sie mit Begeisterung erfüllte: Kittys Küche war eine Katastrophe. Alle Oberflächen waren von leeren Pizzaschachteln, Schulbüchern, Werbeprospekten und nassen Badeanzügen bedeckt. Alte Ausgaben von *Southern Living* rutschten von Stühlen. Der Küchentisch war mit den Teilen einer zerlegten Maschine übersät. Im Vergleich dazu wirkte Patricias Zuhause wie aus einem Einrichtungsmagazin.

»So sieht es aus, wenn man fünf Kinder hat«, sagte Kitty über die Schulter. »Bleib schlau, Patricia. Zwei reichen.«

Die Eingangshalle weckte Erinnerungen an *Vom Winde verweht*, abgesehen davon, dass die gewundene Treppe und der Eichendielenboden unter einer Lawine von Geigenkästen, zusammengeknüllten Sportsocken, ausgestopften Eichhörnchen, im Dunkeln leuchtenden Frisbees, gebündelten Parkscheinen, zusammenklappbaren Notenständern, Fußbällen, Lacrosse-Schläger, einem Schirmständer voller Baseballschläger und einem toten, fast zwei Meter hohen Gummibaum in einem Blumentopf aus einem abgetrennten Elefantenfuß begraben waren.

Kitty suchte sich einen Weg durch das Gemetzel und führte Patricia in ein Empfangszimmer, in dem Slick Paley und Maryellen Wie-war-doch-gleich-ihr-Nachname auf der Kante eines Sofas mit etwa fünfhundert Kissen darauf saßen. Ihnen gegenüber hatte Grace Cavanaugh kerzengerade auf einem Klavierhocker Platz genommen. Ein dazu passendes Klavier entdeckte Patricia nicht.

»Alles klar«, sagte Kitty und schenkte den anderen Wein aus einem Krug ein. »Reden wir über Axtmorde!«

»Brauchen wir nicht zuerst einen Namen?«, fragte Slick. »Und müssen wir nicht Bücher für den Rest des Jahres auswählen?«

»Das hier ist kein Buchclub«, sagte Grace.

»Was meinst du damit, dass das kein Buchclub ist?«, fragte Maryellen.

»Wir treffen uns einfach nur, um über ein Taschenbuch zu sprechen, dass wir zufällig gerade alle lesen«, sagte Grace. »Es ist kein richtiger Buchclub.«

»Wenn du das sagst, Grace«, sagte Kitty und drückte allen Anwesenden einen Becher Wein in die Hand. »Fünf Kinder wohnen in diesem Haus, und es wird noch mindestens acht Jahre dauern, bis das älteste auszieht. Wenn ich heute Abend kein Gespräch unter Erwachsenen führen kann, puste ich mir die Rübe weg.«

»Hört, hört«, sagte Maryellen. »Drei Mädchen – sieben, fünf und vier.«

»Vier ist ein so wunderbares Alter«, gurrte Slick.

»Tatsächlich?«, fragte Maryellen und kniff die Augen zusammen.

»Sind wir jetzt also ein Buchclub?«, fragte Patricia. Sie wusste immer gerne, wie genau der Stand der Dinge war.

»Ob wir ein Buchclub sind oder nicht, wen interessiert das?«, fragte Kitty. »Ich will jedenfalls wissen, warum Betty Gore ihre gute Freundin Candy Montgommery mit einer Axt angegriffen hat und wie es dazu kam, dass stattdessen sie selbst in Stücke gehackt wurde?«

Patricia blickte sich neugierig um, um festzustellen, was die anderen Frauen darüber dachten. Maryellen in ihrer chemisch gereinigten Blue Jeans, ihrem Haargummi und ihrer rauen Yankee-Stimme; die winzige Slick, die mit ihren spitzen Zähnen und ihren Knopfaugen aussah wie eine besonders eifrige Maus; Kitty in ihrer Jeansbluse mit den vorne aufgestickten goldenen Noten, die Wein aus einem Becher trank und deren Haar aussah wie das Fell eines Bären, der gerade aus dem Winterschlaf erwacht war; und schließlich Grace mit der Rüschenschleife um den Hals, die kerzengerade dasaß und die Hände ordentlich in ihrem Schoß zusammengelegt hatte, während sie wie eine Eule hinter ihrer breitrandigen Brille hervorblinzelte und die anderen begutachtete.

Diese Frauen waren komplett anders als sie. Patricia gehörte nicht hierher.

»Ich finde«, begann Grace, und die anderen setzten sich aufrechter hin, »dass das einen bemerkenswerten Mangel an Vorausplanung von Bettys Seite zeigt. Wenn man seine beste

Freundin mit einer Axt ermorden will, dann sollte man ganz genau wissen, was man tut.«

Das brachte das Gespräch in Gang, und nach einer Weile stellte Patricia fest, dass sie sich, ohne darüber nachzudenken, mitreden hörte. Zwei Stunden später und bereits auf dem Weg zu ihren Autos sprachen sie immer noch über das Buch.

Im darauffolgenden Monat lasen sie *Die Michigan-Morde: Die wahre Geschichte der Schreckensherrschaft des Ypsilanti-Rippers*, dann *Tod in Canaan: Ein klassischer Fall von Gut und Böse in einer Kleinstadt in Neu-England*, gefolgt von *Bitteres Blut: Eine wahre Geschichte über den Familienstolz des Südens, Wahnsinn und Mehrfachmorde* – alle von Kitty vorgeschlagen.

Die Bücher für das Folgejahr wählten sie gemeinsam aus, und als all die unscharfen Fotos von Tatorten und die minutengenauen Zeitstrahlen der Tatnächte miteinander zu verschwimmen begannen, kam Grace auf die Idee, immer abwechselnd ein Buch über ein wahres Verbrechen und einen Roman zu lesen, sodass sie in einem Monat *Das Schweigen der Lämmer* und im nächsten *Begrabene Träume: Im Kopf von John Wayne Gacy* studierten. Sie lasen *The Hillside Stranglers* von Darcy O'Brien, gefolgt von Shakespeares *Titus Andronicus*, in welchem Kinder in eine Pastete eingebacken und ihrer Mutter zum Essen vorgesetzt wurden. (»Das Problem dabei ist«, bemerkte Grace, »dass man extrem große Pasteten bräuchte, um zwei Kinder hineinzubekommen, selbst dann, wenn man sie vorher gut klein hackt.«)

Patricia fand es toll. Sie fragte Carter, ob er die Bücher mit ihr gemeinsam lesen wollte, aber er erwiderte, dass er es den ganzen Tag lang mit verrückten Patienten zu tun habe und deshalb auf gar keinen Fall zu Hause auch noch etwas über

Verrückte lesen wolle. Patricia machte das hingegen nichts aus. Der Buchclub, der keiner war, mit all seinen schleichenden Gifttoden und Mordaufträgen und Racheengeln, verschaffte ihr neue Perspektiven im Leben.

Sie und Carter waren im letzten Jahr ins Old Village gezogen, weil sie irgendwo hatten wohnen wollen, wo es viel Platz gab, wo es ruhig und vor allem sicher war. Sie wollten mehr als nur Nachbarn haben, sie wollten eine Gemeinschaft, in der das eigene Heim bestimmte Wertvorstellungen zum Ausdruck brachte – abseits des Chaos und der unablässigen Veränderung, die in der Außenwelt herrschten. Einen Ort, an dem die Kinder den ganzen Tag über draußen spielen konnten, ohne dass jemand sie beaufsichtigte, bis man sie zum Abendessen hereinrief.

Das Old Village lag von Charleston Downtown aus gesehen direkt auf der gegenüberliegenden Seite des Cooper River, in der Vorstadt Mt. Pleasant, aber während man in Charleston förmlich und kultiviert war und Mt. Pleasant eine Art engen ländlichen Verwandten von Charleston darstellte, handelte es sich beim Old Village um eine Lebensart. Das meinten zumindest jene Leute, die dort ansässig waren. Und Carter hatte lange und hart dafür gearbeitet, dass sie sich endlich nicht nur ein Haus, sondern auch eine Art zu leben leisten konnten.

Diese Art zu leben bestand aus einem Streifen Land mit Virginia-Eichen und eleganten Familienwohnhäusern zwischen dem Coleman Boulevard und Charleston Harbor, wo die Leute noch den vorbeikommenden Autos zuwinkten und niemand schneller als vierzig Stundenkilometer fuhr.

Hier hatte Carter Korey und Blue beigebracht, wie man am Dock Krabben fing, indem man rohe Hühnerhälse an langen Schnüren ins trübe Hafenwasser hinabließ, um wenig später die Schalentiere mit ihren bösen Augen herauszuziehen und in Netze zu werfen. Eines Nachts ging er mit ihnen im grellen weißen Schein ihrer Coleman-Laternen Garnelen fangen. Sie gingen zum Austerngrillen und zur Sonntagsschule, zu Hochzeitsempfängen in der Alhambra Hall und zu Trauerfeiern bei *Bestattungen Stuhr*. An Weihnachten besuchten sie immer die Feier im Pierates-Cruze-Viertel, und Silvester tanzten sie Shag im *Wild Dunes*. Korey und Blue gingen an der Albemarle Academy auf der anderen Hafenseite zur Schule, schlossen Freundschaften, übernachteten bei anderen Kindern, Patricia fuhr im Carpool, niemand schloss die Tür ab, alle wussten, wo man seinen Ersatzschlüssel hinterlegte, wenn man auf Reisen war, und man konnte den ganzen Tag unterwegs sein und die Fenster zu Hause offen lassen, ohne das mehr geschah, als dass die Katze von jemand anderem bei einem auf der Anrichte schlief. Es war ein guter Ort, um Kinder großzuziehen. Es war ein wunderbarer Ort für eine Familie. Es war ruhig und milde und friedlich und sicher.

Aber manchmal sehnte Patricia sich nach einer Herausforderung. Manchmal sehnte sie sich danach herauszufinden, aus welchem Holz sie geschnitzt war. Manchmal erinnerte sie sich daran, wie das Leben als Krankenschwester gewesen war, bevor sie Carter geheiratet hatte, und sie fragte sich, ob sie immer noch die Hand in eine Wunde schieben und eine Arterie mit den Fingern hätte zuhalten können oder immer noch den Mut aufgebracht hätte, einen Angelhaken aus dem Augenlid eines Kindes zu ziehen. Manchmal wünschte sie sich ein bisschen Gefahr. Und darum war sie Mitglied eines Buchclubs.

Im Herbst 1991 schafften es Kittys heiß geliebte Minnesota Twins in die World Series, und sie brachte Horse dazu, die beiden Kiefern in ihrem Vorgarten mit der Kettensäge zu fällen und ein kleines Baseballfeld anzulegen. Sie lud alle Mitglieder ihres Buchclubs, der keiner war, sowie deren Ehemänner zu einem gemeinsamen Spiel ein.

»Ich muss mein Gewissen erleichtern«, sagte Slick beim letzten Treffen vor dem Spiel.

»Herr im Himmel«, seufzte Maryellen und verdrehte die Augen. »Das kann ja was werden.«

»Red nicht so von Leuten, von denen du keine Ahnung hast«, gab Slick zurück. »Also, ich bitte andere nicht gerne darum, zu sündigen ...«

»Wenn Baseball eine Sünde ist, komme ich in die Hölle«, sagte Kitty.

»Mein Mann, er ... nun ja«, sagte Slick, ohne Kitty zu beachten. »Leland würde nicht verstehen, warum wir derart morbide Bücher in unserem Buchclub lesen ...«

»Es ist kein Buchclub«, sagte Grace.

»... und ich wollte nicht, dass er sich Sorgen macht«, fuhr Slick unbeeindruckt fort. »Also habe ich ihm erzählt, dass wir einen Bibel-Lesekreis bilden.«

Fünfzehn Sekunden lang sprach niemand ein Wort. Schließlich sagte Maryellen: »Du hast deinem Mann erzählt, dass wir die Bibel lesen?«

»Man kann sein Leben lang die Bibel lesen und findet immer etwas Neues darin«, sagte Slick.

Das Schweigen zog sich in die Länge, während sie einander ungläubig anstarrten, und dann brachen alle in Gelächter aus.

»Das ist mein Ernst«, sagte Slick. »Wenn er es erfährt, erlaubt er mir nicht mehr, herzukommen.«

Sie begriffen, dass das Ganze kein Spaß war.

»Slick«, sagte Kitty gewichtig. »Ich verspreche, dass wir

alle am Samstag eine aufrichtige und tiefe Leidenschaft für das Wort Gottes zeigen werden.«

Und das taten sie.

Die Männer machten sich in Kittys Vorgarten wichtig, schüttelten einander die Hände und machten Witze, mit ihren Wochenendstoppeln und ihren Clemson-Logos und Poloshirts, die in kurzen Stonewashed-Jeans steckten. Kitty teilte sie in Mannschaften ein, wobei sie die Paare aufsplittete, aber Patricia bestand darauf, dass Korey mitspielen durfte.

»Die anderen Kinder schwimmen alle am Dock«, sagte Kitty.

»Sie möchte lieber Baseball spielen«, sagte Patricia.

»Ich mache beim Pitchen keine halben Sachen, nur weil sie ein Kind ist«, erklärte Kitty.

»Sie kommt schon zurecht«, sagte Patricia.

Kitty hatte einen starken Wurfarm, und vom Pitcher's Mound schlug sie mörderische Fastballs. Korey sah zu, wie sie Slick und Ed aus dem Spiel warf. Dann war sie mit Schlagen dran.

»Mom«, sagte sie, »und wenn ich vorbeischlage?«

»Dann hast du dein Bestes gegeben«, sagte Patricia.

»Was, wenn ich ein Fenster kaputt mache?«, fragte Korey.

»Dann kaufe ich dir auf dem Weg nach Hause einen Frozen Yogurt«, sagte Patricia.

Doch als Korey zur Home Plate ging, wurde Patricia mit einem Mal von einem Gefühl der Sorge durchzuckt. Korey hielt den Schläger ungelenk, und die Spitze zitterte in der Luft. Ihre Beine sahen zu dünn aus, ihre Arme zu schwach. Sie war doch noch ein kleines Kind. Patricia bereitete sich innerlich darauf vor, sie zu trösten und ihr zu versichern, dass sie ihr Bestes gegeben hatte. Kitty warf einen entschuldigenden Blick in Patricias Richtung und zuckte mit den Schultern, dann holte sie aus und ließ einen Fastball direkt in Koreys Richtung sausen.

Ein Knall ertönte, als der Ball mit einem Mal die Richtung änderte, in hohem Bogen auf Kittys Haus zuflog und dann im letzten Moment knapp über das Dach segelte, um irgendwo tief im Wald aufzuschlagen. Alle, einschließlich Korey, sahen wie erstarrt zu.

»Los, Korey!«, schrie Patricia und brach damit das Schweigen. »Lauf!«

Korey lief alle Stationen ab, und ihr Team gewann das Spiel mit 6 zu 4. Bei allen sechs Punkten war Korey am Schläger.

Sechs Monate später zeichnete sich ab, dass Miss Mary nicht mehr allein zu Hause wohnen konnte. Carter und seine beiden älteren Brüder einigten sich darauf, ihre Mutter für jeweils vier Monate aufzunehmen, und als jüngster der Brüder nahm Carter sie zuerst.

Dann rief Sandy am Tag, bevor er zu ihnen hätte fahren und sie abholen sollen, an und sagte: »Meine Kinder sind zu jung, um hier mit Mama zu wohnen, solange sie derart durcheinander ist. Wir wollen, dass sie sich so an sie erinnern, wie sie früher war.«

Carter rief seinen ältesten Bruder an, doch Bobby sagte: »Mom würde sich in Virginia nicht wohlfühlen. Es ist zu kalt hier.«

Es wurde laut, und dann drückte Carter, der am Fußende des Bettes saß, fest auf die Telefongabel und hielt es sehr lange in der Hand, bevor er sagte:

»Mom bleibt.«

»Für wie lange?«, fragte Patricia.

»Für immer«, sagte er.

»Aber Carter …«, setzte sie an.

»Was soll ich deiner Meinung nach machen, Patty?«, fragte er. »Sie auf die Straße setzen? Ich kann sie nicht in ein Pflegeheim geben.«

Sofort erweichte Patricia sich. Carters Vater war jung gestorben, und seine Mutter hatte ihn allein großgezogen. Sein nächstälterer Bruder war acht Jahre vor ihm zur Welt gekommen, und so waren Carter und seine Mutter auf sich allein gestellt gewesen. Die Opfer, die Miss Mary für Carter gebracht hatte, waren in ihrer Familie Legende.

»Du hast recht«, sagte sie. »Wir haben das Zimmer in der ausgebauten Garage. Das bekommen wir schon hin.«

»Danke«, sagte er nach einer langen Pause, und er klang so aufrichtig dankbar, dass Patricia wusste, die richtige Entscheidung getroffen zu haben.

Aber Korey würde demnächst in die Mittelstufe kommen, und Blue konnte sich nicht auf seine Matheaufgaben konzentrieren und brauchte Nachhilfe, obwohl er erst in der vierten Klasse war, und Carters Mutter konnte ihre Gedanken nicht immer in Worte fassen, und ihr Zustand verschlechterte sich von Tag zu Tag.

Die Hilflosigkeit vergiftete Miss Marys Charakter. Früher einmal waren ihre Enkelkinder ihr Ein und Alles gewesen. Nun kniff sie Blue so fest in den Arm, dass ein blaugrüner Bluterguss zurückblieb, weil er versehentlich ihre Buttermilch umgestoßen hatte. Sie trat Patricia vors Schienbein, als sie erfuhr, dass es keine Leber zum Abendessen gab. Sie wollte ständig zur Bushaltestelle gebracht werden. Nach einer Reihe von Vorfällen begriff Patricia, dass man sie nicht ohne Aufsicht zu Hause lassen durfte.

Eines frühen Nachmittags, als Miss Mary bereits ihre Cornflakesschüssel auf den Boden geworfen und anschließend ihre

Toilette im Garagenzimmer mit einer ganzen Rolle Klopapier verstopft hatte, schaute Grace vorbei.

»Ich wollte dich zu der Spoleto-Abschlussnacht einladen«, sagte Grace zu Patricia. »Ich habe Karten für dich, Kitty, Maryellen und Slick. Ich dachte, es wäre nett, wenn wir mal eine Kulturveranstaltung besuchen.«

Patricia wünschte sich nichts sehnlicher, als mitzugehen. Die Spoleto-Abschlussnacht fand draußen auf dem Middleton Place statt. Man picknickte auf dem Hügel am See, während das Sinfonieorchester von Charleston klassische Musik spielte, und am Ende gab es ein Feuerwerk. Doch dann hörte sie Ragtag im Hobbyraum winseln und Miss Mary etwas Gemeines sagen.

»Tut mir leid, aber ich kann nicht«, sagte Patricia.

»Kann ich dir irgendwie helfen?«, fragte Grace.

Und dann sprudelte alles aus ihr raus. Welche Angst es Patricia machte, dass Miss Mary bei ihnen wohnte, wie schwer es für sie war, mit den Kindern am Esstisch zu sitzen, was für eine Belastung das Ganze für sie und Carter darstellte.

»Aber ich will mich nicht beklagen«, sagte Patricia. »Sie hat so viel für Carter getan.«

Grace sagte, es täte ihr leid, dass Patricia es nicht zum Spoleto schaffen würde, bevor sie ging, und Patricia verfluchte sich dafür, zu viel geredet zu haben.

Am nächsten Tag fuhr ein Pick-up-Truck in Patricias Auffahrt vor. Hinten drin saßen Kittys Jungs, und sie hatten eine tragbare Toilette, eine Gehhilfe, Bettpfannen, Waschwannen, Plastikgeschirr mit großen Griffen und Kisten voller unzerstörbarer Teller dabei. Kitty wuchtete sich aus dem Fahrersitz.

»Als Horses Mutter bei uns gewohnt hat, haben wir den ganzen Kram hier angesammelt«, sagte sie. »Morgen bringen wir das Krankenhausbett. Ich muss nur erst ein paar mehr Leute zusammentrommeln, damit wir es heben können.«

Patricia begriff, dass Grace mit Kitty gesprochen und ihr von der Lage berichtet haben musste. Noch bevor sie Grace anrufen konnte, um sich bei ihr zu bedanken, klingelte es erneut an der Tür. Eine kleine schwarze Frau, mollig, aber mit scharfem Blick, die ihr Haar in einem steifen, altmodischen Helmschnitt und weiße Trainingshosen und einen weißen Schwesternkittel unter einer lilafarbenen Strickjacke trug, stand auf ihrer Veranda.

»Mrs. Cavanaugh meinte, dass Sie vielleicht meine Hilfe gebrauchen können«, sagte die Frau. »Ich heiße Ursula Greene und kümmere mich um alte Leute.«

»Das ist sehr freundlich von Ihnen«, sagte Patricia. »Aber ...«

»Ich passe auch gelegentlich auf Kinder auf, das kostet nichts extra«, sagte Mrs. Greene. »Ich bin keine Babysitterin, aber Mrs. Cavanaugh sagte, dass Sie vielleicht dann und wann mal rauswollen. Ich verlange elf Dollar die Stunde und dreizehn Dollar abends und nachts. Es macht mir nichts aus, für die Kleinen zu kochen, aber ich will es nicht ständig tun müssen.«

Das war billiger, als Patricia erwartet hatte, aber sie konnte sich trotzdem nicht vorstellen, dass irgendjemand bereit sein würde, es mit Miss Mary auszuhalten.

»Bevor Sie eine Entscheidung treffen«, sagte sie, »möchte ich Sie meiner Schwiegermutter vorstellen.«

Sie gingen auf die Sonnenveranda, wo Miss Mary saß und fernsah. Sie zog ein finsteres Gesicht, als man sie unterbrach.

»Wer ist das?«, fragte sie spitz.

»Das ist Mrs. Greene«, sagte Patricia. »Mrs. Greene, ich möchte Ihnen ...«

»Was will sie hier?«, fragte Miss Mary.

»Ich bin hier, um Ihnen die Haare zu bürsten und die Nägel zu machen«, sagte Mrs. Greene. »Und um Ihnen später etwas zu essen zu kochen.«

»Warum kann die das nicht tun?«, fragte Miss Mary und richtete einen knorrigen Finger auf Patricia.

»Weil Sie der da langsam den letzten Nerv rauben«, sagte Mrs. Greene. »Und wenn sie keine Pause kriegt, wirft sie Sie wahrscheinlich vom Dach.«

Miss Mary überlegte einen Moment und sagte dann: »Mich schubst niemand von irgendeinem Dach.«

»Wenn Sie so weitermachen, helfe ich ihr vielleicht noch dabei«, sagte Mrs. Greene.

Drei Wochen später saß Patricia auf einer grünen Steppdecke im Middleton Place und lauschte dem Sinfonieorchester von Charleston, das Händels »Feuerwerksmusik« spielte. Über ihr erblühte die erste Feuerwerksrakete am Himmel wie eine leuchtend grüne Pusteblume. Feuerwerke rührten Patricia an. Man musste extrem viel Zeit und Mühe darauf verwenden, sie richtig hinzubekommen, und dann waren sie so schnell vorbei, und nur wenige Menschen konnten sich an ihnen erfreuen.

Im Licht des Feuerwerks betrachtete sie die Frauen um sich herum. Grace, die mit geschlossenen Augen in einem Gartenstuhl saß und der Musik lauschte; Kitty, die auf dem Rücken lag und schlief, ein Plastikweinglas gefährlich schräg in einer Hand; Maryellen in ihrem Overall, die die Beine vor sich ausgestreckt hatte und sich die gehobene Gesellschaft Charlestons ansah; und Slick, die mit angezogenen Beinen und auf die Seite gelegtem Kopf zuhörte, als sei sie zu Hause.

Patricia begriff, dass dies die Frauen waren, mit denen sie sich seit vier Jahren jeden Monat traf. Sie hatte mit ihnen über ihre Ehe und Kinder gesprochen, hatte sich über sie geärgert und sich mit ihnen gestritten und jede von ihnen mindestens einmal weinen sehen, und irgendwann, inmitten von abgeschlachteten Studentinnen, schockierenden Kleinstadtgeheimnissen, vermissten Kindern und wahren Berichten über Kriminalfälle, die Amerika für immer verändert hatten, hatte sie zwei Dinge erkannt: Sie steckten alle zusammen in dieser Sache drin, und wenn ihre Männer jemals eine Lebensversicherung auf sie abschlossen, dann steckten sie in Schwierigkeiten.

Helter Skelter

Mai 1993

Kapitel 3

»Aber wenn ich Blue nicht dazu bringe, sich beim Abendessen zu uns zu setzen, wenn Carters Mutter dabei ist«, sagte Patricia beim Buchclub-Treffen »dann kommt Korey auch nicht dazu. Sie ist sowieso schon pingelig mit dem Essen. Ich fürchte, dass das so eine Teenager-Sache ist.«

»Jetzt schon?«, fragte Kitty.

»Sie ist vierzehn«, erwiderte Patricia.

»Ein Teenager zu sein hat nichts mit irgendwelchen Zahlen zu tun«, sagte Maryellen. »Es ist das Alter, in dem man sie nicht mehr mag.«

»Magst du die Mädchen nicht?«, fragte Patricia.

»Niemand mag seine Kinder«, sagte Maryellen. »Wir lieben sie zu Tode, aber wir mögen sie nicht.«

»Meine Kinder sind Tag für Tag ein Segen«, sagte Slick.

»Fang an zu leben, Slick«, sagte Kitty. Sie biss von einer Käsestange ab und wischte den Regen von Krümeln, der in ihren Schoß niederging, auf Grace' Teppich.

Patricia sah Grace zusammenzucken.

»Niemand denkt, dass du deine Kinder nicht liebst, Slick«, sagte Grace. »Ich liebe Ben Jr., aber ich werde den Tag, an dem er aufs College geht und wir endlich ein bisschen Ruhe in diesem Haus haben, feiern.«

»Ich glaube, sie essen nicht richtig wegen den Bildern, die sie in den Magazinen sehen«, sagte Slick. »Man nennt das den ›Heroin-Chic‹, könnt ihr euch das vorstellen? Ich schneide die Werbeanzeigen raus, bevor ich Greer ein Magazin gebe.«

»Soll das ein Witz sein?«, fragte Maryellen.

»Wie kommst du zu so was?«, fragte Kitty, brach eine Käsestange durch und ließ noch mehr Krümel auf Grace' Teppich rieseln.

Grace konnte nicht mehr an sich halten. Sie holte Kitty einen Teller.

»Ach, nein danke«, sagte Kitty und wedelte mit der Hand. »Ich brauche keinen.«

Der namenlose Buchclub, der keiner war, hatte sich in Grace' Wohnzimmer mit den dicken Teppichen und dem sanften Lampenschein eingerichtet. Ein gerahmter Audubon-Druck hing über dem Kamin, passend zu den gedämpften Kolonialstil-Farben des Zimmers – Raleigh-Peach und Bruton-White –, während das Klavier in der Ecke dunkel vor sich hinglänzte. Alles in Grace' Haus schien makellos. Jeder American-Windsor-Stuhl, jeder Walnuss-Beistelltisch, jede chinesische Porzellanlampe, all das sah für Patricia aus, als sei es schon immer hier gewesen und das Haus darum herum gewachsen.

»Teenager sind langweilig«, sagte Kitty. »Und es wird immer schlimmer. Frühstück, Wäsche, Saubermachen, Abendessen, Hausaufgaben, immer das Gleiche, Tag für Tag. Wenn sich irgendetwas auch nur das kleinste bisschen verändert, kriegen sie einen Anfall. Ehrlich, Patricia, mach dich locker. Überlege dir, worum es sich zu kämpfen lohnt. Niemand stirbt daran, dass er nicht jede Mahlzeit bei Tisch einnimmt oder einen Tag mal keine frische Unterwäsche anzieht.«

»Und wenn genau das der Tag ist, an dem man von einem Auto angefahren wird?«, fragte Grace.

»Ich glaube, wenn Ben Jr. von einem Auto angefahren werden würde, hättest du größere Probleme als den Zustand seiner Unterhosen«, sagte Maryellen.

»Nicht unbedingt«, sagte Grace.

»Ich friere belegte Brote ein«, platzte es aus Slick heraus.
»Was machst du?«, fragte Kitty.

»Um Zeit zu sparen«, sagte Slick hektisch. »Ich mache die ganzen Schulbrote für die Kinder, drei am Tag, fünf Tage die Woche. Das sind sechzig belegte Brote. Ich mache alle am ersten Montag des Monats, friere sie ein, und jeden Morgen hole ich eins aus dem Tiefkühlfach und stecke es ihnen in die Tasche. Mittags ist es dann aufgetaut.«

»Das muss ich ausprobieren«, wollte Patricia sagen, weil es wie eine fantastische Idee klang, aber ihr Kommentar ging in Kittys und Maryellens Gelächter unter.

»Das spart Zeit«, sagte Slick, wie um sich zu rechtfertigen.

»Man kann keine belegten Brote einfrieren«, sagte Kitty. »Was passiert mit dem Belag?«

»Keiner beschwert sich«, sagte Slick.

»Weil sie sie nicht essen«, erklärte ihr Maryellen. »Entweder schmeißen sie sie in den Müll, oder sie tauschen sie mit den Trotteln in ihrer Klasse. Ich würde gutes Geld darauf verwetten, dass sie nie auch nur ein einziges deiner Gefrierbrand-Spezialgerichte gegessen haben.«

»Meine Kinder lieben das Mittagessen, das ich ihnen mitgebe«, sagte Slick. »Sie würden mich niemals anlügen.«

»Sind das neue Ohrringe, Patricia?«, fragte Grace, um das Thema zu wechseln.

»Ja«, sagte Patricia und drehte den Kopf, um sie ins Licht zu halten.

»Wie viel haben die gekostet?«, fragte Slick, und Patricia sah alle leicht zusammenzucken. Nur die Fragerei nach Dingen, die mit Geld zu tun hatten, war noch geschmackloser, als über Gott daherzureden.

»Carter hat sie mir zum Geburtstag geschenkt«, sagte Patricia.

»Sie sehen teuer aus«, sagte Slick unbeirrbar. »Ich wüsste zu gerne, wo er sie gekauft hat.«

Carter kaufte Patricia zum Geburtstag normalerweise irgendwas aus der Drogerie, aber diesmal hatte er ihr die Perlenstecker geschenkt. Patricia trug sie heute Abend aus Stolz darauf, dass sie etwas Ernsthaftes und wirklich Wertvolles von ihm bekommen hatte. Doch jetzt kam sie sich wie eine Angeberin vor, deshalb wechselte sie das Thema.

»Habt ihr Probleme mit Sumpfratten?«, fragte sie Grace. »Ich hatte diese Woche zwei auf der hinteren Veranda.«

»Bennett hat seine Luftpistole dabei, wenn er draußen sitzt, und ich mische mich da nicht ein«, sagte Grace. »Wir müssen langsam mal über das Buch reden, wenn wir zu einer christlichen Zeit wieder loswollen. Slick, du wolltest doch anfangen?«

Slick straffte sich, ordnete ihre Notizen und räusperte sich.

»Diesen Monat geht es bei uns um *Helter Skelter* von Vincent Bugliosi«, sagte sie. »Und ich glaube, es handelt sich um eine perfekte Anklageschrift gegen den sogenannten Sommer der Liebe, das Jahrzehnt, in dem Amerika vom Weg abgekommen ist.«

Dieses Jahr las ihr Buchclub, der keiner war, die Klassiker: *Helter Skelter*, *Kaltblütig*, *Zodiac*, Ann Rules *Der Fremde neben mir* und eine neue Ausgabe von *Fatal Vision* mit einem weiteren Epilog, der die Leserschaft über die Fehde zwischen dem Autor und seinem Gegenstand auf dem Laufenden hielt.

Vor 1988 hatte nur Kitty Bücher über wahre Verbrechen gelesen, weshalb ein Großteil der wichtigen Bücher an ihnen vorbeigegangen waren, und dieses Jahr wollten sie die Lücken schließen.

»Bugliosi hat den Fall völlig falsch verhandelt«, sagte Maryellen. Weil Ed für die Polizei von North Charleston arbeitete, hatte sie immer eine Meinung dazu, wie mit einem bestimmten Fall zu verfahren sei. »Wenn sie bei der Spurensicherung nicht so geschlampt hätten, hätten sie ihre Anklage auf physisches Beweismaterial stützen können und wären nicht auf Bugliosis Helter-Skelter-Strategie zurückgeworfen gewesen. Sie können von Glück sagen, dass der Richter zu seinen Gunsten geurteilt hat.«

»Wie hätte man sonst Anklage gegen Manson erheben sollen?«, fragte Slick. »Er war an keinem der Tatorte, als die Leute umgebracht wurden. Persönlich hat er niemanden niedergestochen.«

»Mit Ausnahme von Gary Hinman und den LaBiancas«, sagte Maryellen.

»Für die hätte er niemals lebenslänglich bekommen«, sagte Slick. »Die Verschwörungsstrategie hat funktioniert. Manson ist der, der nicht frei auf der Straße rumlaufen sollte. Nehmt euch vor falschen Propheten in Acht.«

»Die Bibel ist wohl kaum die beste Quelle für juristische Strategien«, sagte Maryellen.

Kitty beugte sich vor, nahm sich eine weitere Käsestange, ließ sie fallen, hob sie vom Teppich auf und biss hinein. Grace wandte den Blick ab.

»Das erste Kapitel«, sagte Kitty kauend. »Sie haben einundvierzigmal auf Rosemary LaBianca eingestochen. Was meint ihr, wie fühlt sich das wohl an? Ich meine, wahrscheinlich spürt man jeden einzelnen Stich, oder?«

»Ihr müsst euch alle Alarmanlagen einbauen lassen«, sagte Maryellen. »Unsere steht in direkter Verbindung mit der Polizei, und das Police Department von Mt. Pleasant hat eine Reaktionszeit von drei Minuten.«

»Ich glaube, in drei Minuten könnte trotzdem jemand einundvierzigmal auf einen einstechen«, sagte Kitty.

»Ich will nicht diese hässlichen Aufkleber überall auf den Fenstern haben«, sagte Grace.

»Du lässt lieber einundvierzigmal auf dich einstechen, als dein Haus ein bisschen verschandeln zu lassen?«, fragte Maryellen.

»Ja«, sagte Grace.

»Ich fand es faszinierend, Einblick in so viele verschiedene Lebensstile zu erhalten«, sagte Patricia und wechselte damit einmal mehr gekonnt das Thema. »Ich habe eine Ausbildung zur Krankenschwester absolviert und hatte dabei immer das Gefühl, die Hippie-Bewegung verpasst zu haben.«

»Das war ein Riesenschwachsinn«, sagte Kitty. »ich war 1969 am College, und glaubt mir, der Sommer der Liebe ist komplett an South Carolina vorbeigegangen. Die ganze freie Liebe gab's drüben in Kalifornien.«

»Meinen Sommer der Liebe habe ich im Versuchstierlabor an der Princeton verbracht«, sagte Maryellen. »Manche Leute müssen sich ihre Ausbildung selbst finanzieren, vielen Dank auch.«

»Woran ich mich aus den Sechzigern noch erinnere, ist, dass die Leute so gemein zu Doug Mitchell waren, als er aus dem Krieg heimkehrte«, sagte Slick. »Er wollte mit dem G.I. Bill an der Princeton studieren, aber die Leute haben ihn bloß angespuckt und gefragt, wie viele Babys er getötet hätte, und letztendlich ist er wieder in Due West gelandet und hat im Baumarkt seines Vaters gearbeitet. Er wollte Ingenieur werden, aber die Hippies ließen ihn nicht.«

»Ich fand die Hippies immer so glamourös«, sagte Patricia. »Im Schwesternzimmer habe ich Bilder von diesen Mädchen in ihren langen Kleidern im *Life Magazine* gesehen und das Gefühl gehabt, dass das Leben, tja, einfach an mir vorbeizieht. Aber in *Helter Skelter* kommt einem das alles so verkommen vor. Sie wohnen auf dieser Ranch mit all den Fliegen, und die Hälfte der Zeit haben sie nicht einmal Kleider an, und sie sind *immer* dreckig.«

»Was hat man von freier Liebe, wenn keiner duscht?«, fragte Maryellen.

»Ist es nicht unglaublich, wie alt wir sind?«, fragte Kitty. »Alle reden so, als wäre die Hippiebewegung eine Million Jahre her, aber wir hätten welche sein können.«

»Nicht wir alle«, sagte Grace.

»Es gibt immer noch welche«, sagte Slick. »Habt ihr heute die Zeitung gelesen? In Waco? Sie sind diesem Kultführer in Texas nachgelaufen, wie die ganzen Mädchen damals Manson nachgelaufen sind. Diese falschen Propheten kommen in die Stadt, übernehmen die Kontrolle über deine Gedanken und führen dich auf den Pfad des Müßiggangs. Wer keinen Glauben hat, fällt auf ihre honigsüßen Worte herein.«

»Mir könnte das nicht passieren«, sagte Maryellen. »Wenn eine Neue im Viertel einzieht, mache ich das, was Grace mir beigebracht hat: Ich backe ihr einen Kuchen und gehe damit zu ihr rüber, und wenn ich wieder gehe, weiß ich, wo sie herkommt, womit ihr Mann seinen Lebensunterhalt verdient und wie viele Personen im Haus wohnen.«

»Das habe ich dir nicht beigebracht«, sagte Grace.

»Ich habe es gelernt, indem ich deinem Beispiel gefolgt bin«, sagte Maryellen.

»Ich will nur, dass die Leute sich willkommen fühlen«, sagte Grace. »Und ich stelle ihnen Fragen, weil ich mich für sie interessiere.«

»Du spionierst sie aus«, sagte Maryellen.

»Das muss man«, sagte Kitty. »So viele neue Leute ziehen hierher. Früher hat man nur Autoaufkleber von den Gamecocks oder Clemson oder der Citadel gesehen. Jetzt fahren die Leute mit Alabama- oder UVA-Stickern rum. Nach allem, was wir wissen, könnte jeder Einzelne von denen ein Serienmörder sein.«

»Ich mache Folgendes«, sagte Grace. »Wenn ich ein Auto in der Nachbarschaft sehe, das ich noch nicht kenne, schreibe ich mir das Kennzeichen auf.«

»Warum?«, fragte Patricia.

»Wenn später etwas passiert«, sagte Grace, »habe ich Nummernschild, Datum und Automarke, die als Beweismaterial verwendet werden können.«

»Und wem gehört der große Van vor dem Haus von Mrs. Savage?«, fragte Kitty. »Der steht schon seit drei Wochen dort.«

Die alte Mrs. Savage wohnte einen Kilometer weiter an der Middle Street, und obwohl sie eine zutiefst unangenehme Person war, liebte Patricia ihr Haus. Dessen mit Holzschindeln verkleideten Wände waren ostereigelb mit weißem Saum, und auf der Veranda hing eine Hollywoodschaukel. Immer, wenn sie vorbeifuhr, egal, wie schrecklich Miss Mary sich gerade aufführte oder wie entfremdet sie sich von der älter werdenden Korey fühlte, betrachtete Patricia dieses perfekt proportionierte kleine Haus und stellte sich vor, wie sie sich drinnen in einen Sessel kuschelte und sich durch einen Stapel Krimis las. Aber ein Van war ihr bislang nicht aufgefallen.

»Was für ein Van?«, fragte sie.

»Ein weißer mit getönten Scheiben«, sagte Maryellen. »Er sieht ein bisschen wie die Sorte Auto aus, die ein Kindesentführer fahren würde.«

»Mir ist er wegen Ragtag aufgefallen«, sagte Grace. »Er liebt diesen Wagen.«

»Wie bitte?«, fragte Patricia, und das Herz sank ihr in die

Hose, als ihr klar wurde, dass gleich einer ihrer Makel ans Licht kommen würde.

»Er hat sein Geschäft in Mrs. Savages Vorgarten verrichtet, als ich heute Abend vorbeigefahren bin«, sagte Kitty und fing an zu lachen.

»Er hat ihre Mülltonne ausgeräumt«, sagte Grace. »Und zwar mehr als einmal.«

»Ich habe auch einmal gesehen, wie er das Bein an einem Reifen des Lieferwagens gehoben hat«, fügte Maryellen hinzu. »Wenn er nicht gerade darunter schläft.«

Nun begannen alle zu lachen, und Patricia spürte, wie ihr die Röte ins Gesicht stieg.

»Leute, das ist nicht lustig«, sagte sie.

»Du musst Ragtag an die Leine legen«, sagte Slick.

»Aber früher mussten wir das nie«, sagte Patricia. »Niemand im Old Village legt seine Hunde an die Leine.«

»Wir sind in den Neunzigern«, sagte Maryellen. »Die Leute, die hier neu herkommen, verklagen dich, wenn dein Hund sie auch nur anbellt. Die Van Dorstens mussten Lady einschläfern lassen, weil sie diesen Richter angebellt hat.«

»Das Old Village verändert sich, Patricia«, sagte Grace. »Ich weiß von mindestens drei Tieren, wegen denen Ann Savage den Hundefänger gerufen hat.«

»Ragtag an die Leine zu legen kommt mir ...« Patricia suchte nach dem richtigen Wort. »... grausam vor. Er ist es gewohnt, frei herumzulaufen.«

»Der Van gehört ihrem Neffen«, sagte Grace. »Ann ist offenbar so krank, dass sie nicht mehr aus dem Bett kommt, und ihre Familie hat ihn hier runtergeschickt, damit er sich um sie kümmert.«

»Natürlich«, sagte Maryellen. »Was hast du ihnen gebracht? Einen Pecan Pie? Limettenkuchen?«

Grace würdigte diese Frage keiner Antwort.

»Soll ich zu ihnen gehen und etwas wegen Ragtag sagen?«, fragte Patricia.

Kitty nahm eine weitere Käsestange und brach sie in der Mitte durch.

»Zerbrich dir nicht den Kopf«, sagte sie. »Wenn Ann Savage ein Problem hat, kommt sie zu dir.«

Kapitel 4

Zwei Stunden später kamen sie plappernd aus Grace' Haus. Sie debattierten immer noch über verborgene Botschaften auf Beatles-Alben, darüber, ob Joel Pughs Selbstmord in London ein unaufgeklärter Manson-Mord war, und über die Muster von Blutspritzern am Tate-Tatort. Während die anderen Frauen durch den Vorgarten zu ihren Autos gingen, hielt Patricia auf Grace' moosbewachsenen Steinstufen inne und atmete tief den Duft der Teesträucher ein, die zu beiden Seiten der Tür in perfekten Reihen angepflanzt waren.

»Es fällt einem schwer, nach all der Aufregung nach Hause zu gehen und die Schulbrote für morgen vorzubereiten«, sagte Patricia.

Grace kam nach draußen und zog ihre Eingangstür in dem halbherzigen Versuch zu, die kühle Klimaanlagenluft drinnen zu halten. Patricia fiel wieder ein, dass sie den Klimaanlagenmann anrufen musste.

»So viel Chaos und Unordnung«, sagte Grace und schüttelte betrübt den Kopf. »Ich kann es nicht erwarten, mich wieder dem Haushalt zuzuwenden.«

»Aber wünschst du dir nicht, dass hier mal was Aufregendes passiert?«, fragte Patricia. »Nur ein einziges Mal?«

Grace sah Patricia mit gehobenen Brauen an.

»Du wünschst dir, dass eine Bande ungewaschener Hippies in dein Haus einbricht, deine Familie ermordet und mit Menschenblut *Tod den Schweinen* an deine Wände schreibt, weil du keine Lust mehr hast, Schulbrote zu machen?«

»Tja, wenn du es so ausdrücken möchtest«, erwiderte Patricia. »Deine Teesträucher sind wunderschön.«

»Ich habe diese Woche Einjähriges gepflanzt«, sagte Grace. »Das Immergrün hier, und die Ringelblumen, und ich habe ein paar Azaleen an der Hausseite, die schon blühen. Wenn es hell ist, zeige ich dir die Haselnüsse, die ich hinten angepflanzt habe. Die werden diesen Sommer himmlisch duften.«

Sie wünschten einander eine gute Nacht, und Patricia trat auf den Pierates Cruze, während sich Grace' Haustür leise hinter ihr schloss. Der Cruze war ein unbefestigter Hufeisenweg, der von der Middle Street im Old Village ausging, und die vierzehn Familien, die an ihm lebten, wären eher gestorben, als ihn asphaltieren zu lassen. Sie spürte die Steinchen durch ihre dünnen Schuhsohlen. Die feuchte Abendluft schloss sich wie eine Faust um sie. Die einzigen Geräusche waren das Knirschen unter ihren Füßen und das laute Zirpen der Grillen und Laubheuschrecken, die sie im Dunkeln umlagerten.

Die Euphorie ihres Buchclub-Treffens verpuffte, als sie Grace' perfekten Vorgarten hinter sich ließ und zu ihrem Haus gelangte, das sich hinter hochgeschossenem wilden Bambus und knorrigen, efeuumschlungenen Bäumen verbarg. Als sie sich näherte, sah sie, dass die Mülltonnen nicht in der Auffahrt standen. Den Müll rauszubringen war eine von Blues häuslichen Pflichten, aber nach Sonnenuntergang wurde die Hausseite, auf der die Rolltonnen standen, zappenduster, und er tat alles in seiner Macht Stehende, um nicht dort hinauszumüssen. Sie hatte vorgeschlagen, dass er die Mülltonnen neben die Eingangstreppe stellen sollte, bevor es dunkel wurde. Sie hatte ihm eine Taschenlampe gegeben. Sie hatte angeboten, auf der Veranda zu warten, während er sie holen ging. Stattdessen wartete er bis zum letzten

Augenblick, bevor er den Müll holte, stellte dann alle Tonnen und Beutel neben die Eingangstür und erklärte ihr, dass er sie in fünf Minuten runterbringen würde, sobald er mit dieser Kreuzworträtsel-Aufgabe oder jenem Arbeitsblatt zur schriftlichen Division fertig war. Und dann verschwand er.

Wenn sie ihn noch erwischte, bevor er im Bett war, zwang sie ihn normalerweise dazu, die Mülltonnen zu holen und an die Straße zu stellen, aber nicht heute Nacht. Heute Nacht stand sie in der Tür zu seinem dunklen Zimmer, während das Licht aus dem Flur auf die Decke fiel, unter der er lag, die Augen geschlossen und mit einem *National Geographic World-Heft* auf seinem sich langsam hebenden und senkenden Bauch.

Sie zog seine Schlafzimmertür halb zu, hielt vor Koreys Tür inne und lauschte der lauter und leiser werdenden Stimme ihrer Tochter am Telefon. Patricia verspürte einen Stich des Neids. In der Highschool war sie nie besonders beliebt gewesen, aber Korey war in all ihren Teams entweder Spielführerin oder Ersatzspielführerin, und bei den Spielen kamen die jüngeren Mädchen, um sie anzufeuern. Unerklärlicherweise war man als sportliches Mädchen heutzutage beliebt. Als Patricia zur Highschool gegangen war, hatten nur andere sportliche Mädchen mit sportlichen Mädchen geredet, aber Koreys Freundesliste war anscheinend endlos lang, und schließlich hatten sie einen zweiten Anschluss eingerichtet, damit Carter telefonieren konnte, ohne dass alle fünf Sekunden jemand anklopfte.

Patricia schlappte nach unten, um nach Miss Mary zu sehen. Sie stieg die drei Stufen vom Hobbyraum in die ausgebaute Garage hinunter und wartete, bis ihre Augen sich an den orangefarbenen Schein des Nachtlichts gewöhnt hatten. Sie sah die alte Frau, die dünn, als hätte man die Luft aus ihr herausgelassen, unter den Laken ihres Krankenhausbettes lag. Mit im Dunkeln glitzernden Augen starrte sie zur Decke.

»Miss Mary?«, sagte Patricia leise zu ihrer Schwiegermutter. »Brauchst du irgendetwas?«

»Da ist eine Eule«, krächzte Miss Mary.

»Ich sehe keine Eule«, sagte Patricia. »Du solltest dich ausruhen.«

Miss Mary starrte weiter an die Decke, und aus ihren Augen quollen Tränen, die ihr über die Schläfen ins spärliche Haar rannen.

»Ob es dir nun passt oder nicht«, sagte Miss Mary, »ihr habt Eulen.«

Nachts wurde es schlimmer mit ihr, aber Patricia war aufgefallen, dass sie dem Hin und Her eines Gesprächs auch tagsüber oft nicht mehr folgen konnte und ihre Verwirrung mit langen Geschichten über Menschen aus ihrer Vergangenheit, die niemand kannte, überspielte. Selbst Carter wusste in zwei von drei Fällen nicht, um wen es ging, aber man musste ihm zugutehalten, dass er immer zuhörte und sie nie unterbrach.

Patricia vergewisserte sich, dass Miss Mary Wasser in der Schnabeltasse an ihrem Bett hatte, und ging dann den Müll rausstellen. Sie nahm die Taschenlampe mit, weil Blue nicht unrecht hatte – neben dem Haus war es unheimlich.

Insekten summten in der feuchten Nachtluft, als Patricia über den stockdunklen Streifen ging, zu dem das Licht der Veranda nicht vordrang. Rasch trat sie in die lauernde Dunkelheit neben dem Haus und zwang sich, drei Schritte weit zu gehen, bevor sie die Taschenlampe anknipste, um sich zu beweisen, dass sie mutig war. Das Erste, was sie sah, war eine von Miss Marys blauen Inkontinenzeinlagen auf der Erde. Ein kurzes Stück Zaun neben dem Haus diente von der Straße aus gesehen als Sichtschutz für die Mülltonnen, aber selbst von hier erkannte Patricia, dass beide umgeworfen waren. Ihre Nervosität wich aufflackernder Verärgerung. Blue hätte derjenige sein sollen, der diesen Dreck wegmachte.

Hinter dem Zaun hatten sich dicke weiße Müllbeutel aus den Tonnen ergossen. In der Backofenluft lag der schwere, erdige Geruch von gemahlenem Kaffee und Miss Marys Erwachsenenwindeln. Mücken summten in ihren Ohren.

Patricia begutachtete den Schaden mit dem Taschenlampenstrahl: Servietten, Kaffeefilter, Apfelgriebsche, Toaster-Strudel-Schachteln, zusammengeknüllte Taschentücher, zusammengefaltete blaue Inkontinenzeinlagen. Waschbären oder ziemlich große Sumpfratten mussten in die Mülltonnen geklettert sein und alles in Fetzen gerissen haben.

Der größte weiße Müllbeutel war in die schmale Gasse zwischen der kahlen Ziegelsteinmauer ihres Hauses und dem Bambusgehölz, das die Grenze zum Grundstück der Clarks auf der anderen Seite markierte, gezogen worden. Sie hörte, wie jemand etwas Zähflüssiges schlürfte, als sie den Schein der Taschenlampe zu dem Beutel zucken ließ.

Tatsächlich handelte es sich um Stoff, und er war nicht weiß, sondern blassrosa und von einem Rosenknospenmuster bedeckt. Das Etwas hatte schmutzige nackte Füße, und als der Taschenlampenstrahl es traf, drehte es das Gesicht ins Licht.

»Oh!«, sagte Patricia.

In dem gnadenlos grellen weißen Schein sah man jede Einzelheit. Die alte Frau hockte in einem rosa Nachthemd am Boden, die Wangen mit roter Marmelade verschmiert, mit borstigen schwarzen Haaren an den Lippen und bebendem, durchsichtigem Schleim am Kinn. Sie beugte sich über etwas Dunkles, das in ihrem Schoß lag. Patricia sah den beinahe abgetrennten Kopf eines Waschbären, der über die Knie der alten Frau nach unten hing und zwischen dessen gebleckten Zähnen die Zunge hervorschaute. Die alte Frau griff mit einem blutverschmierten Arm in den offenen Bauch des Tiers und holte eine Handvoll glasiger Eingeweide hervor. Sie hob die von Tierfett glänzende Hand an den Mund und kaute auf einem blasslavendelfarbenen Schlauch herum, während sie mit zusammengekniffenen Augen ins Licht der Taschenlampe sah.

»Kann ich Ihnen helfen?«, fragte Patricia, weil sie nicht wusste, was sie sonst sagen sollte.

Die alte Frau aß langsamer und schnupperte in der Luft wie ein Tier. Der schwere Geruch frischer Fäkalien, der erstickende Gestank des ausgekippten Mülls, der Eisengeruch des Waschbärenbluts bestürmten Patricias Nasenschleimhäute. Sie würgte, wich zurück und stieß mit dem Hacken gegen etwas Weiches. Mit einem Mal saß sie in dem Haufen schmieriger weißer Beutel auf dem Hintern und versuchte verzweifelt, aufzustehen und gleichzeitig den Taschenlampenstrahl auf die Alte gerichtet zu halten, weil sie sich einigermaßen sicher fühlte, solange sie sie sehen konnte, aber die Alte war schon halb bei ihr, kroch – viel zu schnell – auf Händen und Knien, pflügte sich durch den Müll und zog dabei den vergessenen toten Waschbären an seinem Kopf mit.

»O nein, nein, nein, nein, nein«, stieß Patricia in einem Singsang hervor.

Eine Hand packte sie am Schienbein, und sie spürte die Hitze durch die Hose. Die andere Hand ließ den Waschbären los und griff nach ihrer Hüfte. Die alte Frau lehnte sich mit dem ganzen Gewicht ihres Körpers auf Patricia und drückte sie auf etwas nieder, das sich ihr in die rechte Niere bohrte. Zappelnd versuchte Patricia, nach hinten wegzukriechen oder aufzustehen, Hauptsache weg, aber sie fand nirgends Halt und sank nur tiefer zwischen die Müllbeutel.

Die alte Frau zog sich auf Patricia hoch. Geifer baumelte in glänzenden Fäden von ihrem aufgerissenen Mund, und ihre geistlosen Vogelaugen waren weit aufgerissen. Eine ihrer schmutzigen Hände, die von Waschbären-Eingeweiden klebte, grub sich in Patricias Kragen und griff sie am Hals, und dann ließ sich ihr ganzer Leib warm und weich wie der einer Schnecke auf Patricia herab.

Etwas an dem langen weißen, zu einem Pferdeschwanz zusammengebundenen Haar und der klobigen Digitaluhr, die die Frau ums Handgelenk trug, legte bei Patricia plötzlich einen Schalter um.

»Mrs. Savage?«, rief sie. »Mrs. Savage!«

Dieses Gesicht, das über ihr hing und vor geistlosem Hunger sabberte, gehörte der Frau, die seit Jahren die Geißel ihres Viertels war. Dieser weit aufgerissene Mund, zwischen dessen weißen Zähnen Waschbärenfell steckte, gehörte der Frau, die wundervolle Hortensien in ihrem Vorgarten zog und in der Mittagshitze mit einem schlabberigen Leinenhut durch das Old Village patrouillierte, in einer Hand einen Stock mit einem Nagel darin, mit dem sie Schokoriegelpapier aufspießte.

Jetzt interessierte Mrs. Savage sich einzig und allein dafür, mit dem aufgerissenen Mund an Patricias Gesicht zu kommen. Sie saß auf ihr und hatte die Schwerkraft auf ihrer Seite, und Patricias Welt war zunehmend von blutverschmierten Zähnen erfüllt, zwischen denen Waschbärenhaare hervorschauten. Patricia spürte ein Kitzeln im Gesicht und begriff, dass es sich um Flöhe handelte, die von der Waschbärenleiche auf sie übersprangen.

Voller Panik packte Patricia Mrs. Savage bei den Handgelenken und rollte sich zur Seite, wobei ihr irgendetwas schmerzhaft über den Rücken kratzte. Mrs. Savage verlor das Gleichgewicht und knallte hart mit dem Gesicht gegen den Holzzaun, wobei ein hohles *Dong* ertönte. Patricia krabbelte durch die Mülltüten rückwärts und stemmte sich hoch. Die Taschenlampe lag auf dem Boden, und ihr Licht fiel direkt auf den ausgeweideten Waschbären.

Patricia wusste nicht, was sie tun sollte, während Mrs. Savage zwischen den Müllbeuteln zappelte, und dann war die alte Dame wieder auf den Beinen und taumelte auf Patricia zu, und Patricia rannte durch die völlige Schwärze neben dem Haus in Richtung Vorgarten. Sie sah ihn im Schein des Verandalichts liegen, ruhig und friedlich wie immer. Sie stürzte ins Licht hinein, nasses Gras unter einem Fuß, begriff, dass sie einen Schuh verloren hatte, und öffnete den Mund zu einem Schrei.

Sie hatte stets gedacht, dass sie dazu fähig sein würde, zu schreien, wenn ihr jemals echte Gefahr drohte, aber jetzt, um zehn Uhr abends an einem Donnerstag, umgeben von Menschen, die entweder schon schliefen oder sich gerade bettfertig machte, brachte Patricia keinen Laut heraus.

Stattdessen rannte sie zu ihrer Haustür. Sie würde sich drinnen einschließen und die Polizei rufen. In eben diesem Moment packte Mrs. Savage sie an der Hüfte und versuchte, ihr auf den Rücken zu klettern, wodurch Patricia in die Knie ging und schmerzhaft im Gras landete. Die alte Frau kroch einmal mehr auf sie, zwang sie auf Hände und Knie nieder und liebkoste mit ihrem heißen, feuchten Mund Patricias Ohr.

Ich fahre im Carpool, brabbelte es in Patricias Kopf. *Ich bin in einem Buchclub. Na ja, es ist eigentlich kein Buchclub, aber dann wieder doch. Warum kämpfe ich in meinem Vorgarten mit einer alten Dame?*

Nichts passte zusammen. Nichts ergab einen Sinn. Sie versuchte, unter Mrs. Savage hervorzukriechen, aber ein sengender Schmerz durchschoss eine Hälfte ihres Gesichts, und sie dachte: *Sie beißt mich ins Ohr. Mrs. Savage, die mit ihrem Vorgarten vor zwei Jahren den* Alhambra Pride Award *gewonnen hat, beißt mich ins Ohr.*

Die kleinen, scharfen Zähne der alten Dame schnappten fest zu. Patricia wurde weiß vor Augen – und dann schien ihr ein grelles Licht ins Gesicht, als ein Auto langsam, langsam, entsetzlich langsam auf die Auffahrt fuhr und sie beide in Scheinwerferlicht tauchte. Eine Tür ging auf.

»Patty?«, sagte Carter laut, während der Motor noch lief.

Patricia winselte.

Carter rannte zu ihr und riss Mrs. Savage von ihrem Rücken, aber etwas ging schief, als er sie hochhob. Patricias Kopf wurde zurückgerissen, und Schmerz durchzuckte sie. Sie begriff, dass Mrs. Savage einfach nicht losließ. Sie hörte ein Knirschen tief in ihrem Schädel, dann ein Ploppen, und dann fühlte es sich an, als würde man eine Seite ihres Kopfes auf eine glühende Herdplatte pressen.

Jetzt endlich schrie Patricia.

Elf Stiche waren nötig, um die Wunde zu verschließen, und sie bekam eine Tetanusspritze, aber das Ohrläppchen konnte man ihr nicht wieder ansetzen, weil Mrs. Savage es geschluckt hatte. Glücklicherweise waren anscheinend weder die alte Savage noch der Waschbär tollwütig, aber sie würden noch weitere Tests durchführen müssen – Patricia durfte sich also auf einiges freuen.

Auf der Fahrt nach Hause fühlte sie sich benommen von den Schmerzmitteln, und der Gedanke, mit Carter zu reden, erfüllte sie mit Entsetzen, aber schließlich musste sie etwas sagen.

»Carter?«, fragte sie.

»Nicht reden, Patty«, sagte er, während er auf die Copper River Bridge fuhr. »Du stehst ziemlich neben dir.«

»Sie müssen ihre Ausscheidungen untersuchen«, sagte Patricia, während ihr Kopf an der Lehne hin und her rollte.

»Wessen?«, fragte Carter und beschleunigte auf dem zweiten Brückenbogen.

»Ann Savages«, sagte Patricia, von Trauer überwältigt. »Sie hat mein Ohrläppchen runtergeschluckt, und den Ohrring, den du mir geschenkt hast ... früher oder später wird er rauskommen, und man kann ihn sicher waschen ...«

Sie fing zu weinen an.

»Entspann dich, Patty«, sagte Carter. »Die trägst du nie wieder.«

»Aber du hast sie mir gekauft«, jammerte Patricia. »Und ich habe sie verloren.«

»Einer meiner Patienten verkauft Kostümschmuck«, sagte Carter. »Er hat sie mir umsonst gegeben. Wirf den anderen einfach in den Müll, dann kaufe ich dir etwas aus der Drogerie in der Pitt Street.«

Wahrscheinlich lag es nur an den Schmerzmitteln, aber davon musste sie nur noch heftiger weinen.

Kapitel 5

Als Patricia am nächsten Morgen erwachte, war ihre ganze Gesichtshälfte geschwollen und heiß. Sie stand vor dem Badezimmerspiegel und betrachtete den riesigen weißen Verband, der die linke Seite ihres Kopfes bedeckte und unter ihrem Kinn und über ihre Stirn verlief. Ein Gefühl der Trauer erfüllte ihren Brustkorb. Sie hatte ihr ganzes Leben lang ein linkes Ohrläppchen gehabt, und mit einem Mal war es weg. Es kam ihr vor, als wäre eine Freundin gestorben.

Aber dann bohrte sich der altbekannte Angelhaken in ihr Gehirn und setzte sie in Bewegung:

»Du musst dich vergewissern, dass es den Kindern gut geht«, sagte der Haken. »Sorge dafür, dass sie sich nicht ängstigen.«

Also kämmte sie sich das Haar so gut es ging über den Verband, ging in den Hobbyraum runter und machte Toaster-Strudel. Und als Blue, gefolgt von Korey, nach unten kam und sie sich auf der anderen Seite der Anrichte hinsetzten, lächelte sie, so gut es ging, obwohl ihr Gesicht dabei spannte, und fragte: »Wollt ihr es sehen?«

»Darf ich?«, fragte Korey.

Sie suchte den Anfang des Mullverbands an ihrem Hinterkopf, löste die Klammer und begann mit der langwierigen Aufgabe, ihn von ihrer Stirn, ihrem Kinn und ihrem Hinterkopf abzuwickeln, bis sie schließlich beim abschließenden Baumwollkissen angelangt war. Behutsam zog sie es ab.

»Willst du es auch sehen?«, fragte sie Blue.

Er nickte, und sie hob den viereckigen Verband an und

spürte, wie kalte Luft über ihr verschwitztes, wundes Gewebe strich.

Korey sog den Atem ein.

»Ist ja schaurig«, sagte sie. »Tat es weh?«

»Schön hat es sich nicht angefühlt«, sagte Patricia.

Korey kam um die Anrichte herum und stellte sich so nah an Patricia, dass sie ihr mit dem Haar über die Schulter strich. Patricia atmete ihr Kräuterduft-Shampoo und begriff, dass es lange her war, seit sie einander das letzte Mal so nah gewesen waren. Früher hatten sie sich auf der Sonnenveranda zusammen in den Knautschsessel gekuschelt und Filme gesehen, aber inzwischen war Korey fast so groß wie ihre Mutter.

»Guck mal, Blue, man sieht die Zahnabdrücke«, sagte Korey, und ihr kleiner Bruder zog sich einen Küchenstuhl heran und stellte sich darauf. Er hielt sich mit einer Hand an der Schulter seiner Schwester fest, während sie beide das Ohr ihrer Mutter in Augenschein nahmen.

»Jetzt weiß jemand, wie du schmeckst«, sagte Blue.

So hatte Patricia das noch nicht betrachtet, aber sie fand die Vorstellung verstörend. Nachdem Korey losgerannt war, um das Auto zur Schule zu erwischen, und als auch die Carpool-Hupe für Blue erklang, folgte Patricia ihm zur Tür hinaus.

»Blue«, sagte sie. »Du weißt, dass Granny Mary so etwas nie tun würde.«

An der Art, wie er innehielt und sie ansah, erkannte Patricia, dass er genau darüber nachgedacht hatte.

»Warum?«, fragte er.

»Weil diese Frau eine Krankheit hatte, wegen der sie nicht mehr richtig denken konnte«, sagte Patricia.

»Wie Granny Mary«, sagte Blue, und Patricia begriff, dass

sie ihm Miss Marys Senilität entsprechend erklärt hatte, als sie eingezogen war.

»Es sind verschiedene Krankheiten«, sagte sie. »Du sollst nur wissen, dass ich nicht erlauben würde, dass Granny Mary bei uns wohnt, wenn das für dich und deine Schwester nicht sicher wäre. Ich würde nie etwas tun, das euch beide in Gefahr bringt.«

Darüber dachte Blue eine Weile nach, und dann hupte das Auto draußen erneut, und er rannte zur Tür raus. Patricia hoffte, dass sie zu ihm durchgedrungen war. Es war so wichtig, dass Kinder an wenigstens einen Großelternteil gute Erinnerungen zurückbehielten.

»Patty«, rief Carter vom oberen Ende der Treppe. In der einen Hand hielt er einen Schlips mit Paisley-Muster, in der anderen einen rot gestreiften. »Welchen soll ich tragen? Der hier vermittelt, dass ich ein lustiger Kerl bin, der über den Tellerrand schaut, aber der rote vermittelt Macht.«

»Was steht denn an?«, fragte Patricia.

»Ich gehe mit Haley mittagessen.«

»Paisley«, sagte sie. »Warum gehst du mit Dr. Haley zum Lunch?«

Er band sich den roten Schlips um, während er die Treppe runterkam.

»Ich werfe meinen Hut in den Ring«, sagte Carter, schlang sich den Schlips um den Hals und band einen Krawattenknoten. »Ich bin es leid, mich hinten anzustellen.«

Er stellte sich vor den Spiegel im Flur.

»Wir müssen mehr Geld verdienen«, erklärte er.

»Du wolltest diesen Sommer Zeit mit Blue verbringen«, sagte Patricia, als Carter sich umdrehte.

»Ich muss irgendwie beides hinkriegen«, sagte Carter. »Ich werde zu den ganzen Konferenzterminen am Morgen müssen, mehr Zeit mit meinen Runden verbringen, und ich muss mehr Gelder einholen – dieser Job gehört mir, Patricia. Ich will nur das, was mir zusteht.«

»Tja«, sagte sie. »Wenn es das ist, was du willst.«

»Es wird nur für ein paar Monate sein«, sagte er. Dann hielt er inne und neigte den Kopf, während er ihr linkes Ohr betrachtete. »Du hast den Verband abgenommen?«

»Nur, um es Korey und Blue zu zeigen«, sagte sie.

»Ich finde, es sieht gar nicht so schlimm aus«, sagte er, während er ihr Ohr betrachtete und ihren Kopf mit dem Daumen an ihrem Kinn leicht zur Seite drückte. »Lass den Verband ab. Das wird gut heilen.«

Er gab ihr einen Kuss, der sich wie ein echter Kuss anfühlte.

Tja, dachte sie. *Wenn der Versuch, zum Leiter der Psychiatrie befördert zu werden, diese Wirkung auf ihn hat, bin ich dafür.*

Patricia betrachtete sich im Flurspiegel. Die schwarzen Striche sahen wie Insektenbeine auf ihrer weichen Haut aus, aber trotzdem fühlte sie sich mit ihnen weniger auffällig als mit dem Verband. Sie beschloss, ihn nicht wieder anzulegen. Vorne klapperten Ragtags Krallen über den Boden, und er stellte sich neben die Tür und wartete, dass sie ihn rausließ. Einen Moment lang dachte Patricia darüber nach, ihn an die Leine zu nehmen, aber dann fiel ihr ein, dass Ann Savage im Krankenhaus war.

»Komm schon, Junge«, sagte sie und öffnete die Tür. »Zerfetz die Mülltüten dieser gemeinen alten Frau.«

Ragtag wetzte über die Auffahrt, und Patricia schloss die Tür hinter ihm ab. Das hatte sie bisher noch nie getan, aber sie war auch noch nie zuvor im eigenen Hinterhof von einer Nachbarin angefallen worden.

Sie ging die drei Ziegelsteinstufen zum Garagenzimmer hinab und klappte die Seitensicherung des Krankenhausbettes herunter.

»Hast du gut geschlafen, Miss Mary?«, fragte sie.

»Eine Eule hat mich gebissen«, sagte Miss Mary.

»Ach du meine Güte«, sagte Patricia, zog Miss Mary in Sitzhaltung hoch und schob ihre Beine aus dem Bett.

Patricia begann mit der langen, mühsamen Aufgabe, Miss Mary in ihren Hausmantel und anschließend in ihren Sessel zu helfen. Als Mrs. Greene eintraf, um ihr das Frühstück zu bereiten, brachte Patricia ihr gerade ein Glas Orangensaft mit eingerührtem Metamucil.

Wie die meisten Grundschullehrerinnen hatte Miss Mary aus dem Quell der immerwährenden mittleren Jahre getrunken. Patricia konnte sich nicht so richtig daran erinnern, dass sie einmal jung gewesen war, aber sie erinnerte sich daran, wie sie genug bei Kräften gewesen war, um allein etwa 250 Kilometer entfernt bei Kershaw zu wohnen. Sie erinnerte sich an den einen halben Hektar großen Gemüsegarten, den Miss Mary hinter ihrem Haus gepflegt hatte. Sie erinnerte sich an die Geschichten darüber, wie Miss Mary während des Kriegs in einer Bombenfabrik gearbeitet hatte, und wie ihre Haare sich von den Chemikalien rot verfärbt hatten, und wie die Leute zu ihr gekommen waren und ihr von ihren Träumen erzählt hatten und sie ihnen gesagt hatte, welche Zahlen sie beim Lotto verwenden sollten.

Miss Mary konnte im Kaffeesatz lesen, wie das Wetter werden würde, und die Baumwollfarmer aus der Gegend waren so zufrieden mit ihren zutreffenden Vorhersagen, dass sie ihr immer eine Tasse Kaffee ausgaben, wenn sie in Husker Earlys Geschäft kam, um ihre Post abzuholen. Sie ließ niemanden von dem Pfirsichbaum in ihrem Garten hinterm Haus essen, mochten die Früchte auch noch so gut aussehen, weil er ihr zufolge in Trauer gepflanzt worden war und sie deshalb bitter schmeckten. Patricia hatte einmal eine davon probiert und sie für weich und süß befunden, aber Carter hatte sich aufgeregt, als sie ihm davon erzählte, weshalb sie es nie wieder getan hatte.

Miss Mary hatte früher aus dem Kopf eine Landkarte der Vereinigten Staaten zeichnen können, sie hatte das gesamte Periodensystem auswendig gekannt und in einem Schulgebäude mit nur einem Klassenzimmer unterrichtet, sie hatte Tees aus Heilkräutern gekocht und ihr ganzes Leben lang etwas verkauft, das sie als Gesundheitspülverchen bezeichnete. Dime für Dime, Dollar für Dollar hatte sie ihre Söhne durchs College gebracht und anschließend Carter durchs Medizinstudium. Jetzt trug sie Windeln und kam nicht einmal mehr bei einem Artikel über Gartenpflege aus irgendeinem Magazin mit.

Patricias Puls pochte in ihrem Ohr und veranlasste sie dazu, hochzugehen und sich ein Röhrchen Tylenol zu holen. Sie hatte gerade drei Tabletten geschluckt, als das Telefon klingelte. Pünktlich um 9:02 Uhr. Niemand wäre auch nur auf die Idee gekommen, vor neun bei ihr zu Hause anzurufen, aber man wollte auch nicht zu ungeduldig erscheinen.

»Patricia?«, fragte Grace. »Hier spricht Grace Cavanaugh. Wie geht es dir?«

Aus irgendeinem Grund nannte Grace zu Beginn jedes Telefongesprächs ihren vollen Namen.

»Ich bin traurig«, sagte Patricia. »Sie hat mir das Ohrläppchen abgebissen und es geschluckt.«

»Natürlich«, sagte Grace. »Trauer ist eines der Stadien der Bewältigung.«

»Meinen Ohrring hat sie auch runtergeschluckt«, sagte Patricia. »Einen von den neuen, die ich gestern Abend getragen habe.«

»Wie schade«, sagte Grace.

»Ich habe erfahren, dass Carter sie umsonst von einem Patienten bekommen hat«, sagte Patricia. »Er hat sie nicht einmal gekauft.«

»Dann wolltest du sie sowieso nicht haben«, sagte Grace.

»Ich habe heute Morgen mit Ben gesprochen. Er hat gesagt, dass man Ann Savage in das MUSC eingeliefert hat und sie auf der Intensivstation liegt. Ich rufe dich an, wenn ich mehr herausfinde.«

Das Telefon klingelte den ganzen Morgen über. Der Vorfall hatte zwar nicht in der Morgenzeitung gestanden, aber das war auch nicht nötig. CNN, NPR, CBS – keine Nachrichtenagentur konnte es mit den Frauen von Old Village aufnehmen.

»Die Leute reißen sich jetzt schon um Alarmanlagen«, sagte Kitty. »Horse meinte, die Leute, die er angerufen hat, damit sie uns eine einbauen, haben ihm gesagt, dass sie frühestens in drei Wochen könnten, um sich auch nur unser Haus anzusehen. Ich weiß nicht, wie ich das drei Wochen lang aushalten soll. Horse sagt, dass er genug Waffen hat, um für unsere Sicherheit zu sorgen, aber ich war mit dem Mann auf Taubenjagd. Der trifft mit Mühe und Not den Himmel.«

Als Nächste rief Slick an.

»Ich habe den ganzen Morgen über für dich gebetet«, sagte sie.

»Danke, Slick«, sagte Patricia.

»Ich habe gehört, dass der Neffe von Mrs. Savage von irgendwo im Norden hergezogen ist«, sagte Slick. Genauer musste sie nicht werden. Alle wussten, dass es überall im Norden im Großen und Ganzen gleich war: gesetzlos und wild. Und obwohl es dort durchaus nette Museen und die Freiheitsstatue gab, waren die Leute einander so egal, dass sie einen einfach auf der Straße sterben ließen. »Leland hat mir erzählt, dass ein paar Immobilienmakler bei ihm vorbeigegangen sind und ihn davon überzeugen wollten, ihr Haus zum Verkauf anzubieten, aber er will nicht. Keiner von ihnen hat Mrs. Savage gesehen, als sie dort waren. Er hat ihnen gesagt, es ginge ihr zu schlecht, um aufstehen zu können. Was macht dein Ohr?«

»Sie hat ein Stück davon runtergeschluckt«, sagte Patricia.

»Das tut mir so leid«, sagte Slick. »Das waren wirklich hübsche Ohrringe.«

Später am Nachmittag rief Grace mit den neuesten Neuigkeiten an.

»Patricia«, sagte sie. »Hier spricht Grace Cavanaugh. Ich habe es gerade von Ben gehört. Mrs. Savage ist vor einer Stunde dahingeschieden.«

Mit einem Mal fühlte Patricia sich grau. Der Werkraum erschien ihr dunkel und schmuddelig. Das gelbe Linoleum war abgenutzt, und sie sah jeden einzelnen schmierigen Handabdruck um den Lichtschalter an der Wand herum.

»Woran?«, fragte sie.

»Es war keine Tollwut, falls du dir deshalb Sorgen machst«, sagte Grace. »Sie hatte eine Art Blutvergiftung. Sie litt an Unterernährung, war dehydriert und von entzündeten Schnittverletzungen und wunden Stellen übersät. Ben meinte, die Ärzte wären überrascht gewesen, dass sie es überhaupt so lange gemacht hätte. Er sagte sogar ...« Grace sprach leiser. »Dass sie Einstiche an der Innenseite des Oberschenkels hatte. Wahrscheinlich hat sie sich etwas gegen die Schmerzen gespritzt. Ihre Familie will wahrscheinlich nicht, dass irgendjemand davon erfährt.«

»Ich fühle mich so schlecht wegen der ganzen Sache«, sagte Patricia.

»Geht es schon wieder um diese Ohrringe?«, fragte Grace. »Selbst wenn du den verschluckten wiederbekommen würdest, könntest du dich wirklich dazu überwinden, sie wieder zu tragen? Obwohl du weißt, wo einer davon zwischendurch war?«

»Ich habe das Gefühl, dass ich ihm etwas vorbeibringen sollte«, sagte Patricia.

»Dem Neffen?«, fragte Grace, und dabei wurde ihre Stimme höher, sodass das Wort *Neffe* als klarer Ton der Ungläubigkeit erklang.

»Seine Tante ist dahingeschieden«, sagte Patricia. »Ich sollte etwas tun.«

»Warum?«, fragte Grace.

»Soll ich ihm Blumen vorbeibringen, oder etwas zu essen?«, fragte Patricia.

Eine ganze Weile lang war nichts von Grace' Ende der Leitung zu hören, doch dann sagte sie schließlich mit Nachdruck: »Ich bin mir nicht sicher, welche Geste den Angehörigen einer Frau gegenüber angemessen ist, die dir das Ohr abgebissen hat, aber wenn du wirklich das Gefühl hast, dass es sein muss, würde ich jedenfalls kein Essen mitbringen.«

Am Samstag rief Maryellen an, und das gab für Patricia schließlich den Ausschlag.

»Ich dachte, du solltest wissen, dass wir Ann Savage gestern eingeäschert haben«, sagte sie am Telefon. Nach der Einschulung ihrer jüngsten Tochter hatte Maryellen eine Stelle als Buchhalterin bei *Bestattungen Stuhr* bekommen. Sie wusste über jeden Todesfall in Mt. Pleasant genauestens Bescheid.

»Weißt du, ob es eine Trauerfeier oder irgendwelche Spenden gegeben hat?«, fragte Patricia. »Ich würde gerne etwas beitragen.«

»Der Neffe hat sie sofort verbrennen lassen«, sagte Maryellen. »Keine Blumen, keine Trauerfeier, keine Zeitungsannonce. Anscheinend packt er sie nicht einmal in eine Urne, wenn er nicht irgendwo anders eine gekauft hat. Wahrscheinlich wirft er ihre Asche einfach in irgendein Loch, wenn man nach der Anteilnahme geht, die er gezeigt hat.«

Die Sache nagte an Patricia, nicht nur, weil sie den Verdacht hegte, dass sie Ann Savages Tod irgendwie dadurch verursacht hatte, dass sie Ragtag nicht an die Leine genommen hatte. Eines Tages würde sie auch so alt sein wie Ann Savage und Miss Mary. Würden Korey und Blue sich dann wie Carters Brüder verhalten und sie wie eine unerwünschte Spinnerin hin und her reichen? Würden sie sich darum streiten, wer letztendlich auf ihr sitzen blieb? Wenn Carter starb, würden sie dann das Haus, ihre Bücher und ihre Möbel verkaufen und den Ertrag untereinander aufteilen, sodass ihr nichts bleiben würde?

Jedes Mal, wenn sie aufblickte und Miss Mary in einer Tür stehen sah, in ihrer Straßenkleidung, die Handtasche über einem Arm, wie sie sie schweigend anstarrte und nicht wusste, was sie als Nächstes tun sollte, hatte sie das Gefühl, dass es von diesem Punkt nur noch ein paar kleine Schritte dorthin waren, im Hof zu hocken und sich rohes Waschbärenfleisch in den Mund zu stopfen.

Eine Frau war gestorben. Sie musste der Familie etwas mitbringen. Grace hatte recht: Es ergab keinen Sinn, aber manchmal tat man etwas, weil man solche Dinge eben tat, nicht, weil es einen Sinn ergab.

Kapitel 6

Den ganzen Freitag über hatte Patricia Besuch von Freunden und Verwandten bekommen, die insgesamt sechs Blumensträuße, zwei Exemplare von *Southern Living*, ein *Redbook*-Magazin, drei Aufläufe (Mais, Taco, Spinat), ein Pfund Kaffee, eine Flasche Wein und zwei Kuchen (Boston Cream Pie und Pfirsich) mitgebracht hatten. Sie kam zu dem Schluss, dass es in Anbetracht der Situation angemessen war, einen der Aufläufe weiterzuverschenken, und so holte sie den Taco-Auflauf zum Auftauen aus dem Kühlfach.

Carter hatte sich früh Richtung Krankenhaus aufgemacht, obwohl Wochenende war. Patricia fand Mrs. Greene und Miss Mary auf der hinteren Veranda sitzend. Die Morgenluft war milde und warm, und Mrs. Greene blätterte durch ein *Family-Circle*-Magazin, während Miss Mary auf das Vogelfutterhäuschen starrte, das wie üblich von Eichhörnchen wimmelte.

»Genießt du den Sonnenschein, Miss Mary?«, fragte Patricia.

Miss Mary wandte ihren wässrigen Blick Patricia zu und runzelte finster die Stirn.

»Letzte Nacht ist Hoyt Pickens vorbeigekommen«, sagte sie.

»Das Ohr sieht schon besser aus«, sagte Mrs. Greene.

»Danke«, sagte Patricia.

Ragtag, der zu Miss Marys Füßen lag, merkte auf, als eine fette schwarze Sumpfratte aus den Büschen schoss und quer über das Gras flitzte. Patricia zuckte zusammen, und drei aufgescheuchte Eichhörnchen ergriffen die Flucht. Die Ratte sauste an dem Zaun vorbei, der ihr Grundstück von dem der Langs nebenan trennte, und war so schnell verschwunden, wie sie aufgetaucht war. Ragtag senkte wieder den Kopf.

»Sie sollten Gift auslegen«, sagte Mrs. Greene.

Patricia merkte sich, dass sie den Ungeziefermann anrufen und nachsehen musste, ob sie Rattengift im Haus hatten.

»Ich gehe nur mal ein paar Häuser weiter, um jemandem einen Auflauf vorbeizubringen«, sagte Patricia.

»Wir essen gleich etwas zu Mittag«, sagte Mrs. Greene. »Was halten Sie von Mittagessen, Miss Mary?«

»Hoyt«, sagte Miss Mary. »Wie hieß er noch mal, dieser Hoyt?«

Patricia schrieb eine kurze Nachricht (*Unser tiefstes Beileid für Ihren Verlust, Familie Campbell*) und klebte den Zettel mit Tesafilm auf die Alufolie über dem Taco-Auflauf. Dann ging sie die langsam wärmer werdende Straße zu Ann Savages Häuschen entlang, in der Hand den eiskalten Auflauf.

Es würde ein heißer Tag werden, und als sie von der Straße auf den unbefestigten Streifen vor Mrs. Savages Haus trat, glänzte ihre Stirn bereits leicht. Der Neffe war anscheinend zu Hause, denn sein weißer Van stand unter dem Sonnendach auf dem Rasen. Wie Maryellen bemerkt hatte, wirkte er in Old Village fehl am Platze und sah eher aus wie die Sorte Wagen, die ein Kindesentführer fahren würde.

Patricia ging die Holzstufen zur Vorderveranda hoch und klopfte an die Fliegengittertür. Nach einer Minute klopfte sie erneut, hörte jedoch nichts außer dem hohlen Widerhall ihres Klopfens im Haus und den Zikaden, die im Abwasserkanal sangen, welcher Mrs. Savages Garten von dem der Johnsons nebenan trennte.

Patricia klopfte erneut und wartete, während sie den Blick

über die Straße schweifen ließ, dorthin, wo das inzwischen von Bauunternehmern abgerissene Shortridge-Haus mit seinem wunderschönen Ziegeldach gestanden hatte. An seiner Stelle ließ jemand von Außerhalb sich ein protziges Miniaturanwesen errichten. Immer mehr dieser Beleidigungen fürs Auge schossen im Old Village aus dem Boden, große, klobige Dinger, die von einer Grenze des Grundstücks bis zur anderen reichten und keinen Platz für Hof und Garten ließen.

Patricia wollte den Auflauf erst vor die Tür stellen, aber sie war nicht den ganzen Weg gekommen, um dann nicht mit dem Neffen zu sprechen. Sie beschloss nachzusehen, ob offen war. Sie konnte den Auflauf einfach mit einer Nachricht auf der Küchenanrichte hinterlassen, sagte sie sich. Sie öffnete das Fliegengitter und drehte den Türknauf. Im ersten Moment klemmte er, aber dann schwang die Tür auf.

»Ju-huu?«, rief Patricia ins Zwielicht hinein.

Niemand antwortete ihr. Patricia trat ein. Alle Jalousien waren heruntergelassen. Die Luft fühlte sich heiß und staubig an.

»Hallo?«, sagte Patricia. »Ich bin es, Patricia Campbell vom Pierates Cruze?«

Keine Antwort. Sie war noch nie zuvor in Ann Savages Haus gewesen. Der Eingangsbereich war voller schwerer alter Möbel. Der Boden war von Spirituosenkisten und Papiertüten voller Werbepost bedeckt. Auf den Stühlen häuften sich Wurfsendungen, Kataloge und alte, zusammengerollte Ausgaben der *Moultrie News*. Vier staubige alte Samsonite-Koffer waren an der Wand aufgereiht. Die eingebauten Regale um die Eingangstür herum quollen von wasserfleckigen Liebesromanen über. Es roch wie im Altkleiderladen.

Eine Tür zu ihrer Linken führte in eine dunkle Küche, eine Tür zu ihrer Rechten zur Rückseite des Hauses. An der Decke drehte sich ein lethargischer Ventilator. Patricia sah durch den Flur. Gegenüber führte eine halb geöffnete Tür wahrscheinlich ins Schlafzimmer, aus dem sie das Schnaufen einer Fenstereinheit hörte. Wahrscheinlich war der Neffe aufgebrochen und hatte die Klimaanlage angelassen.

Patricia hielt den Atem an, ging leise den Flur entlang und schob die Schlafzimmertür auf.

»Klopf klopf?«, sagte sie.

Der Mann auf dem Bett war tot.

Er lag auf der Steppdecke, noch in Arbeitsstiefeln. Er trug eine Blue Jeans und ein weißes Hemd. Seine Hände lagen an seinen Seiten. Er war riesengroß, weit über einen Meter achtzig, und seine Füße hingen vom Bett herab. Aber trotz seiner Größe wirkte er ausgehungert. Das Fleisch war straff über seine Knochen gespannt. Sein eingesunkenes Gesicht war lang und von schmalen Fältchen durchzogen, sein blondes Haar wirkte spröde und dünn.

»Entschuldigung?«, fragte Patricia. Ihre Stimme war ein zitterndes Krächzen.

Sie zwang sich, das Zimmer zu betreten, stellte den Auflauf auf das Fußende des Bettes und ergriff sein Handgelenk. Seine Haut war kühl. Er hatte keinen Puls.

Patricia nahm sein Gesicht genauer in Augenschein. Er besaß schmale Lippen, einen breiten Mund und hohe Wangenknochen. Äußerlich rangierte er irgendwo zwischen attraktiv und leidlich gut aussehend. Sie schüttelte ihn an der Schulter, nur für den Fall.

»Hallo?«, krächzte sie. »Hallo?«

Sein Leib bewegte sich kaum unter ihrer Hand. Sie hielt ihm den Rücken ihres Zeigefingers unter die Nasenlöcher. Nichts. Ihre Instinkte als Krankenschwester übernahmen.

Mit einer Hand zog sie sein Kinn nach unten und mit der

anderen seine Oberlippe zurück. Mit einem Finger tastete sie in seinem Mund herum. Seine Zunge fühlte sich trocken an. Keine Blockierung der Atemwege. Patricia beugte sich über sein Gesicht und verspürte ein Kitzeln an den Adern auf den Innenseiten ihrer Ellbogen, als ihr klar wurde, dass sie seit neunzehn Jahren keinem Mann außer ihrem Ehegatten so nah gewesen war. Dann drückte sie ihre trockenen Lippen auf seine spröden, sodass sie dicht miteinander abschlossen. Sie hielt ihm die Nase zu und blies ihm drei tiefe Atemzüge in die Luftröhre. Dann drückte sie ihm dreimal fest auf die Brust.

Nichts. Sie beugte sich für einen zweiten Versuch vor, legte ihre Lippen auf seine, blies ihm in den Mund, einmal, zweimal, und dann erzitterte ihre Luftröhre, als Luft durch ihren Hals zurückströmte. Hustend zog sie den Kopf zurück, und plötzlich fuhr der Mann hoch und knallte mit der Stirn gegen Patricias Schläfe, was ein hohles Geräusch ertönen ließ. Patricia taumelte rücklings gegen die Wand, und der Atem wurde ihr aus den Lungen gepresst. Ihre Beine gaben nach, sie rutschte zu Boden und landete schmerzhaft auf dem Hintern, während der Mann mit wildem Blick aufsprang und die Auflaufform dabei klappernd zu Boden schleuderte.

»Was soll der Scheiß?«, rief er.

Er blickte sich gehetzt im Zimmer um und sah Patricia zu seinen Füßen auf dem Boden. Schwer atmend und mit offen stehendem Mund blinzelte er sie im Zwielicht an.

»Wie sind Sie reingekommen?«, rief er. »Wer sind Sie?«

Patricia bekam ihre Atmung wieder hinreichend in den Griff, um »Patricia Campbell vom Pierates Cruze« zu quieken.

»Was?«, bellte er.

»Ich dachte, Sie wären tot«, sagte sie.

»Was?«, bellte er erneut.

»Ich habe Sie wiederbelebt«, sagte sie. »Sie haben nicht geatmet.«

»Was?«, bellte er einmal mehr.

»Ich bin Ihre Nachbarin?«, sagte Patricia kleinlaut. »Vom Pierates Cruze?«

Er sah zur Tür auf den Flur, dann zurück auf sein Bett und dann auf sie hinab.

»Scheiße«, sagte er und ließ die Schultern herabsacken.

»Ich wollte Ihnen einen Auflauf bringen«, sagte Patricia und deutete auf die umgekippte Backform.

Die Brust des Mannes hob und senkte sich nun langsamer.

»Sie sind gekommen, um mir einen Auflauf zu bringen?«, fragte er.

»Mein tiefstes Beileid zu Ihrem Verlust«, sagte Patricia. »Ich bin ... man hat Ihre Großtante bei mir im Hof gefunden. Und es wurde alles ein bisschen handgreiflich. Vielleicht haben Sie meinen Hund schon mal gesehen? Er ist ein Cockerspaniel-Mischling, er, tja ... vielleicht ist es ja besser, dass Sie ihn nicht gesehen haben? Und ... Tja, ich hoffe, dass bei uns zu Hause nichts passiert ist, was den Zustand Ihrer Tante verschlimmert hat.«

»Sie haben mir einen Auflauf gebracht, weil meine Tante gestorben ist«, sagte er, als versuchte er, es sich selbst zu erklären.

»Sie sind nicht an die Tür gekommen«, sagte sie. »Aber ich habe gesehen, dass Ihr Auto draußen stand, deshalb habe ich reingeschaut.«

»Und sind über den Flur gegangen«, sagte er. »Und in mein Schlafzimmer.«

Sie kam sich dumm vor.

»Dabei denkt sich hier keiner was«, erklärte sie. »Das ist so im Old Village. Sie haben nicht geatmet.«

Er riss die Augen weit auf und kniff sie dann mehrmals hintereinander fest zu. Dabei schwankte er leicht.

»Ich bin sehr, sehr müde«, sagte er.

Patricia begriff, dass er ihr nicht aufhelfen würde, also rappelte sie sich von allein auf.

»Ich mache das nur kurz weg«, sagte sie und streckte die Hände nach der Auflaufform aus. »Ich komme mir so dumm vor.«

»Nein«, sagte er. »Sie müssen gehen.« Er wankte, und sein Kopf zuckte leicht hin und her.

»Es dauert nur eine Minute«, sagte sie.

»Bitte«, sagte er. »Bitte, gehen Sie einfach nach Hause. Ich muss jetzt allein sein.«

Er schob sie zu seiner Schlafzimmertür hinaus.

»Ich kann ein Tuch holen und dafür sorgen, dass keine Flecken zurückbleiben«, sagte Patricia, während er sie durch den Flur drängte. »Es tut mir schrecklich leid, dass ich einfach so hereingeplatzt bin, obwohl wir uns noch gar nicht kennen, aber ich habe gesehen, dass Sie nicht geatmet haben, und ich war mal Krankenschwester – ich bin Krankenschwester –, und ich war mir so sicher, dass es Ihnen nicht gut geht, und jetzt ist es mir so peinlich.«

Während sie redete, trieb er sie weiter in das vollgerümpelte Eingangszimmer, bevor er die Eingangstür öffnete und sich dahinter stellte. Er blinzelte heftig, Wasser lief ihm aus den Augen, und sie wusste, dass er wollte, dass sie ging.

»Bitte«, sagte sie und stand mit einer Hand am Griff seiner Fliegengittertür da. »Es tut mir furchtbar leid. Ich wollte Sie nicht erschrecken.«

»Ich muss wieder ins Bett«, sagte er und legte ihr die Hand unten auf den Rücken, und dann war sie durch die Fliegengittertür, stand auf seiner Veranda in der heißen Sonne, und die Tür wurde ihr fest vor der Nase zugeschlagen. Patricia hoffte, dass niemand gesehen hatte, wie sie reingegangen war. Wenn noch jemand von ihrer Dummheit erfuhr, würde sie vor Scham sterben.

Sie drehte sich um und machte einen Satz, als eine große, beigefarbene Limousine mit der Schnauze auf die Auffahrt einbog, direkt auf sie zu. Hinter dem Sonnenwabern auf der Windschutzscheibe erkannte sie Francine, die Frau, die für Ann Savage putzte. Francine war schon älter und hatte ein Gesicht wie ein getrockneter Apfel, und wegen ihres säuerlichen Gemüts beschäftigte sie kaum jemand in Old Village.

Durch das Glas begegnete sie Francines Blick. Patricia hob eine Hand zur Andeutung eines Grußes, zog dann den Kopf ein und machte sich hastig über die Straße davon, während sie in Gedanken all die Leute durchging, denen Francine von ihrem seltsamen Besuch erzählen könnte.

Kapitel 7

Den ganzen Heimweg lang trug Patricia den Geschmack von Ann Savages Neffen auf den Lippen: staubige Würze, Leder, fremde Haut. Er ließ das Blut in ihren Adern perlen, und überwältigt von Schuldgefühlen, putzte sie sich zweimal die Zähne, stellte fest, dass sie eine halbe alte Flasche Listerine im Flurschrank stehen hatte und gurgelte damit, bis ihre Lippen nach künstlichem Pfefferminzaroma schmeckten.

Den restlichen Tag über lebte sie in Angst davor, dass jemand vorbeikommen und fragen würde, was sie bei Ann Savage zu suchen gehabt hatte. Auf dem Weg zum *Piggly-Wiggly*-Markt fürchtete sie sich die ganze Zeit davor, Mrs. Francine über den Weg zu laufen. Sie zuckte jedes Mal zusammen, wenn das Telefon klingelte, und befürchtete, dass Grace dran sein und ihr erzählen würde, dass ihr zu Ohren gekommen sei, Patricia hätte versucht, einen Schlafenden wiederzubeleben.

Aber der Abend kam, ohne dass jemand ein Wort darüber verloren hatte, und obwohl sie Carter beim Abendessen nicht in die Augen sehen konnte, hatte sie beim Zubettgehen schließlich vergessen, wie die Lippen des Neffen schmeckten. Am nächsten Morgen vergaß sie die Sache mit Francine irgendwann, während sie sich den Kopf darüber zerbrach, wo Korey im Laufe der Woche überall hingebracht und abgeholt werden musste und dafür sorgte, dass Blue für seine Prüfung in Lokalgeschichte lernte, anstatt über Adolf Hitler zu lesen.

Sie kümmerte sich darum, Korey und Blue für das Sommercamp anzumelden (Korey würde Fußball spielen, und Blue ging ins Wissenschafts-Camp), sie rief Grace an, damit sie ihr die Telefonnummer von jemandem gab, der sich ihre Klimaanlage ansehen konnte, sie kaufte ein, strich Pausenbrote, brachte Bücher in die Bibliothek zurück, unterschrieb Elternbriefe (dieses Jahr ging es glücklicherweise nicht zur Sommerschule) und sah Carter morgens, wenn er zur Tür hinausrannte, kaum (»Ich verspreche«, sagte er ihr, »sobald diese Sache vorbei ist, fahren wir an den Strand«), und mit einem Mal war eine Woche vorbei. Sie saß beim Abendessen und lauschte mit halbem Ohr Koreys Genörgel über irgendetwas, das sie kein bisschen interessierte.

»Hörst du mir überhaupt zu?«, fragte Korey.

»Pardon?«, fragte Patricia und kehrte in die Gegenwart zurück.

»Ich verstehe nicht, wie es sein kann, dass uns schon wieder der Kaffee ausgeht«, sagte Carter vom anderen Ende des Tisches. »Essen die Kinder ihn?«

»Hitler hat gesagt, dass Koffein Gift ist«, sagte Blue.

»Ich sagte«, wiederholte Korey, »dass Blues Zimmer zum Wasser rausgeht und er einen frischen Luftzug kriegt, wenn er die Fenster aufmacht. Und er hat einen Deckenventilator. Das ist ungerecht. Warum kriege ich keinen Deckenventilator? Oder kann ich bei Laurie wohnen, bis ihr die Klimaanlage wieder hinbekommt?«

»Du wohnst nicht bei Laurie«, sagte Patricia.

»Warum um alles in der Welt willst du bei den Gibsons wohnen?«, fragte Carter.

Wenn ihre Kinder etwas völlig Irrationales sagten, hielten die Eltern wenigstens zusammen.

»Weil die Klimaanlage kaputt ist«, beklagte sich Korey und schob ihre Hühnerbrust mit der Gabel auf dem Teller herum.

»Sie ist nicht kaputt«, sagte Patricia. »Sie funktioniert nur nicht besonders gut.«

»Hast du den Klimaanlagenmann angerufen?«, fragte Carter.

Patricia warf ihm einen Blick zu, mit dem sie in der Eltern-Geheimsprache sagte: *Bleib vor den Kindern auf meiner Seite, über den Rest reden wir später.*

»Du hast ihn nicht angerufen, oder?«, sagte Carter. »Korey hat recht, es ist zu heiß.«

Offensichtlich verstand Carter die Eltern-Geheimsprache nicht.

»Ich habe ein Foto«, sagte Miss Mary.

»Was hast du gesagt, Mom?«, fragte Carter.

Carter fand es wichtig, dass seine Mutter so oft wie möglich mit ihnen zusammen aß, obwohl es ein Kampf war, Blue an den Tisch zu bekommen, wenn sie dabei war. Von Miss Marys Essen landete ebenso viel auf ihrem Schoß wie in ihrem Mund, und ihr Wasserglas war von Soße vernebelt, die sie vor dem Trinken herunterzuschlucken vergessen hatte.

»Auf dem Foto sieht man, dass der Mann ...«, sagte Miss Mary. »Er ist ein Mann.«

»Das stimmt, Mom«, sagte Carter.

In diesem Moment fiel eine Kakerlake von der Decke und landete in Miss Marys Wasserglas.

»Mom!«, kreischte Korey und sprang rückwärts von ihrem Stuhl auf.

»Kakerlake!«, rief Blue, als ob das nicht alle gewusst hätten, und suchte die Decke mit Blicken nach weiteren ab.

»Hab sie!«, sagte Carter, der eine weitere am Kronleuchter entdeckt hatte und mit einer von Patricias guten Leinenservietten danach schlug.

Patricia wurde schwer ums Herz. Sie konnte schon absehen,

wie das Ganze zu einer Familiengeschichte darüber werden würde, was für eine schrecklich schlechte Hausfrau sie war. »Weißt du noch?«, würden sie einander fragen, wenn sie älter waren. »Erinnerst du dich noch, dass es bei Mom so dreckig war, dass mal eine Kakerlake von der Decke in Granny Marys Glas gefallen ist? Erinnerst du dich daran?«

»Mom, das ist *ekelhaft*!«, rief Korey. »Mom, lass sie das nicht trinken!«

Patricia kehrte in die Gegenwart zurück und sah, wie Miss Mary gerade einen Schluck aus dem wolkigen Wasser nehmen wollte, in dem die Kakerlake zappelte. Sie sprang auf, riss Miss Mary das Glas aus der Hand und goss den Inhalt in die Spüle. Dann machte sie das Wasser an, spülte die Kakerlake und den schmierigen Matsch aus zerfallenen Essensresten in den Abfluss und schaltete den Müllzerkleinerer an.

In diesem Moment klingelte es an der Tür.

Sie hörte noch immer Koreys Vorstellung im Esszimmer, und weil sie um jeden Preis den Rest verpassen wollte, rief sie: »Ich geh aufmachen« und lief durch den Werkraum in den ruhigen, dunklen Eingangsflur. Selbst von dort hörte sie Korey noch reden. Sie öffnete die Eingangstür, und Scham durchströmte ihre Adern. Ann Savages Neffe stand unter dem Verandalicht.

»Ich hoffe, ich störe nicht«, sagte er. »Ich wollte Ihnen Ihre Auflaufform zurückbringen.«

Sie konnte kaum glauben, dass es sich um denselben Mann handelte. Er war noch immer blass, aber seine Haut sah nun glatt und faltenfrei aus. Sein Haar war links gescheitelt und wirkte dicht und voll. Er trug sein khakifarbenes Arbeitshemd in die neue Jeans gesteckt, und seine bis zu den Ellbogen hochgekrempelten Ärmel gaben den Blick auf muskulöse Unterarme frei. Ein leises Lächeln umspielte seine dünnen

Lippen, als gäbe es einen Witz, von dem nur sie beide wussten. Sie fühlte, wie ihr Mund ihrerseits ein Lächeln formte. In einer seiner großen Hände hielt er die Auflaufform aus Glas. Sie war makellos sauber.

»Es tut mir so leid, dass ich bei Ihnen hereingeplatzt bin«, sagte sie und hob die Hand vor den Mund.

»Patricia Campbell«, sagte er. »Ich habe mich an Ihren Namen erinnert und ihn im Telefonbuch nachgeschlagen. Ich kenne das, wenn man anderen Leuten etwas zu essen vorbeibringt und nie sein Geschirr zurückbekommt.«

»Das wäre doch nicht nötig gewesen«, sagte sie und griff nach der Form. Er hielt sie fest.

»Ich möchte mich für mein Verhalten entschuldigen«, sagte er.

»Nein, mir tut es leid«, sagte Patricia und überlegte, wie stark sie ihm die Form aus der Hand zu zerren versuchen konnte, ohne dabei unhöflich zu erscheinen. »Sie müssen mich für dumm halten, ich habe Sie bei Ihrem Nickerchen gestört ... ich dachte wirklich, Sie wären ... ich war früher Krankenschwester. Ich weiß nicht, wie mir solch ein dummer Irrtum unterlaufen konnte. Es tut mir leid.«

Er legte seine Stirn in Falten und hob die Brauen zur Mitte hin, wodurch sein Gesicht einen ernstlich besorgten Ausdruck annahm.

»Sie entschuldigen sich ziemlich oft«, sagte er.

»Tut mir leid«, sagte sie rasch.

Sofort fiel ihr auf, was sie gerade getan hatte, und erstarrte peinlich berührt. Sie wusste nicht, was sie machen sollte, deshalb plapperte sie einfach weiter. »Nur Psychopathen entschuldigen sich nicht.«

Im selben Moment, in dem die Worte aus ihrem Mund kamen, wünschte sie sich, nichts gesagt zu haben. Er musterte sie einen Moment lang und sagte dann: »Tut mir leid, das zu hören.«

Einen Moment lang standen sie einander gegenüber, während sie seine Worte verarbeitete, und dann brach sie in Gelächter aus. Einen Augenblick später tat er es ihr nach. Er ließ die Auflaufform los, und sie zog sie an ihren Leib und hielt sie sich wie einen Schild vor den Bauch.

»Ich sage jetzt nicht noch einmal, dass es mir leidtut«, erklärte sie. »Können wir von vorn anfangen?«

Er streckte ihr seine große Hand hin. »James Harris«, sagte er.

Sie schüttelte die Hand, die sich kühl und stark anfühlte. »Patricia Campbell.«

»Das da tut mir allerdings wirklich leid«, sagte er und deutete auf ihr linkes Ohr. Als Patricia ihr verstümmeltes Ohr wieder einfiel, drehte sie sich leicht nach links und schob sich rasch die Haare über die Naht.

»Tja«, sagte sie. »Dafür hat man wohl zwei davon.«

Dieses Mal war sein Lachen kurz und abrupt.

»Es gibt nicht viele Leute, die so freigebig mit ihren Ohren sind.«

»Ich kann mich nicht erinnern, dass man mir eine Wahl gelassen hätte«, sagte sie und lächelte dann, um zu vermitteln, dass sie scherzte.

Er erwiderte ihr Lächeln.

»Haben Sie einander nahgestanden?«, fragte sie. »Sie und Mrs. Savage?«

»Niemand in unserer Familie steht sich nah«, sagte er. »Aber wenn jemand aus der Familie einen braucht, kommt man.«

Sie wollte die Tür hinter sich schließen, auf der Veranda stehen und ein Gespräch unter Erwachsenen mit diesem

Mann führen. Sie hatte solche Angst vor ihm gehabt, aber nun erwies er sich als warmherzig und lustig, und er sah sie auf eine Weise an, die ihr das Gefühl gab, wahrgenommen zu werden. Schrille Stimmen drangen aus dem Haus. Sie lächelte peinlich berührt und begriff, dass es eine Möglichkeit gab, ihn zum Bleiben zu bewegen.

»Möchten Sie meine Familie kennenlernen?«, frage sie.

»Ich will Sie nicht beim Essen stören«, sagte er.

»Ich würde es als einen persönlichen Gefallen empfinden, wenn Sie das täten.«

Er musterte sie einen Sekundenbruchteil lang ausdruckslos, machte sich ein Bild von ihr, und dann lächelte er sie neuerlich an.

»Nur, wenn es eine aufrichtige Einladung ist«, sagte er.

»Betrachten Sie sich als eingeladen«, sagte sie und trat beiseite. Nach einem Moment trat er über ihre Schwelle und in den dunklen Eingangsflur.

»Mr. Harris?«, sagte sie. »Sie sagen doch nichts über ...« Sie gestikulierte mit der Auflaufform, die sie immer noch in beiden Händen hielt. »... über das hier, oder?«

Seine Miene wurde ernst.

»Das bleibt unser Geheimnis.«

»Danke«, sagte sie.

Als sie ihn ins hell erleuchtete Esszimmer führte, verstummten alle.

»Carter«, sagte sie. »Das hier ist James Harris, der Großneffe von Ann Savage. James, das ist mein Mann Dr. Carter Campbell.«

Carter stand auf und schüttelte seinem Gegenüber automatisch die Hand, als lernte er jeden Tag den Neffen der Frau kennen, die seiner Gattin das Ohr abgebissen hatte. Blue und Korey hingegen sahen entsetzt zwischen ihrer Mutter und diesem völlig Fremden hin und her und fragten sich, warum sie ihn ins Haus gelassen hatte.

»Das hier ist unser Sohn, Carter Jr., obwohl wir ihn Blue nennen, und unsere Tochter Korey«, sagte Patricia.

Als James Blue die Hand schüttelte und anschließend um den Tisch ging, um Korey die Hand zu geben, sah Patricia ihre Familie mit seinen Augen. Blue, der ihn unhöflich anstarrte. Korey, die in ihrem Baja-Kapuzenpullover und ihren Fußballshorts hinter ihrem Stuhl stand und mit aufgerissenem Mund glotzte, als wäre er ein Zootier. Miss Mary, die kaute und kaute, obwohl sie nichts im Mund hatte.

»Und das ist Miss Mary Campbell, meine Schwiegermutter, die bei uns zu Gast ist.«

James Harris streckte Miss Mary die Hand entgegen, doch die alte Frau schmatzte bloß weiter geräuschvoll und starrte die Salz- und Pfefferstreuer an.

»Freut mich, Sie kennenzulernen, Ma'am«, sagte er.

Miss Mary hob den Blick und betrachtete einen Moment lang aus wässrigen Augen und mit zitterndem Kinn sein Gesicht. Dann senkte sie den Blick wieder auf Salz und Pfeffer.

»Ich habe ein Foto«, sagte sie.

»Ich will Sie nicht beim Essen stören«, sagte James Harris und zog die Hand zurück. »Ich wollte Ihnen nur Ihr Geschirr zurückbringen.«

»Wollen Sie nicht zum Nachtisch bleiben?«, fragte Patricia.

»Ich kann unmöglich ...«, setzte James Harris an.

»Blue, räum den Tisch ab«, sagte Patricia. »Korey, hol die Schüsseln.«

»Nun ja, ich mag durchaus Süßes«, sagte James Harris, als Blue mit einem Stapel schmutziger Teller an ihm vorbeiging.

»Sie können sich hierher setzen«, sagte Patricia und deutete mit einer Kopfbewegung auf einen freien Stuhl zu ihrer

Linken. Er knarrte beunruhigend, als James Harris sich darauf niederließ. Schüsseln kamen, und die Literpackung Eiscreme fand ihren Platz vor Carter. Er begann, mit einem großen Löffel auf die hartgefrorene Masse einzuhacken.

»Womit verdienen Sie Ihren Lebensunterhalt?«, fragte Carter.

»Mit allem Möglichen«, sagte James, während Korey einen Stapel Eisschüsseln vor ihrem Vater abstellte. »Aber im Moment habe ich ein bisschen Geld, das ich für Investitionen auf die Seite gelegt habe.«

Patricia überlegte. War er reich?

»In was?«, fragte Carter, während er lange weiße Eiscremekringel aus der Packung in die Schüsseln beförderte und letztere herumreichte. »Aktien? Kleinunternehmen? Mikrochips?«

»Ich dachte an etwas Lokaleres«, sagte James Harris. »Vielleicht Immobilien.«

Carter beugte sich über den Tisch und stellte eine Schüssel Eis vor James ab. Dann legte er seiner Mutter einen Löffel mit dickem Griff in die Hand und führte ihn zu der Eisschüssel vor ihr.

»Nicht mein Bereich«, sagte er und verlor das Interesse.

»Wissen Sie«, sagte Patricia, »meine Freundin Slick Paley aus dem Buchclub – ihr Mann Leland macht in Immobilien. Vielleicht können die beiden Ihnen etwas über die Lage hier vor Ort sagen.«

»Sie sind in einem Buchclub?«, fragte James. »Ich lese sehr gerne.«

»Wen oder was lesen Sie?«, fragte Patricia, während Carter ihnen keine weitere Beachtung schenkte und seine Mutter fütterte und Blue und Korey sie weiter anstarrten.

»Ich bin ein großer Ayn-Rand-Fan«, sagte James Harris.

»Kesey, Ginsburg, Kerouac. Haben Sie *Zen und die Kunst, ein Motorrad zu warten* gelesen?«

»Sind Sie ein Hippie?«, fragte Korey.

Patricia empfand eine jämmerliche Dankbarkeit dafür, dass James Harris ihre Tochter nicht beachtete.

»Nehmen Sie neue Mitglieder auf?«, fuhr er fort.

»Puh«, sagte Korey. »Die sind ein Haufen alter Damen, die rumsitzen und Wein trinken. Sie lesen die Bücher nicht mal wirklich.«

Patricia hatte keine Ahnung, wo Korey so etwas herhatte. Sie hätte es ja darauf geschoben, dass sie langsam zur Teenagerin wurde, aber Maryellen sagte, dass sie erst dann Teenager waren, wenn man sie nicht mehr mochte, und Patricia mochte ihre Tochter nach wie vor.

»Was für Bücher lesen Sie?«, fragte James und beachtete Korey auch weiterhin nicht.

»Alles Mögliche«, sagte Patricia. »Wir haben gerade ein wunderbares Buch über das Leben in einer guyanischen Kleinstadt in den 70ern gelesen.«

Sie erwähnte nicht, dass es sich um *Raven: Die nie erzählte Geschichte des Reverend Jim Jones und seines Volkes* handelte.

»Sie leihen sich die Filme aus«, sagte Korey. »Und dann tun sie so, als hätten sie die Bücher gelesen.«

»Zu dem Buch gab es keinen Film«, sagte Patricia und rang sich ein Lächeln ab.

James Harris hörte nicht hin. Er hatte den Blick auf Korey gerichtet. »Gibt es einen Grund dafür, dass du frech zu deiner Mutter bist?«, fragte er.

»Normalerweise ist sie nicht so«, sagte Patricia. »Ist schon gut.«

»Manche Menschen versuchen, sich mit Literatur einen

Reim auf ihr Leben zu machen«, sagte James Harris und sah weiter eindringlich Korey an, die sich unter seinem Blick wand. »Was liest du gerade?«

»*Hamlet*«, sagte Korey. »Das ist von Shakespeare.«

»Schullektüre«, sagte James Harris. »Ich meine, was liest du aus eigenen Stücken?«

»Ich habe keine Zeit, rumzusitzen und Bücher zu lesen«, sagte Korey. »Ich gehe nämlich zur Schule und bin beim Fußball und beim Volleyball Teamführerin.«

»Wer liest, lebt viele Leben«, sagte James Harris. »Wer nicht liest, lebt nur eines. Aber wenn du zufrieden damit bist, zu tun, was man dir sagt, und zu lesen, was du anderer Leute Ansicht nach lesen solltest, dann lass dich von mir nicht abhalten. Ich finde es nur traurig.«

»Ich ...«, setzte Korey an, doch dann stand ihr Mund still. Niemand hatte ihr Leben je zuvor als traurig bezeichnet. »Von mir aus«, sagte sie und ließ sich auf ihren Stuhl zurücksacken.

Patricia fragte sich, ob sie wütend hätte sein sollen. Das hier war unbekanntes Terrain für sie.

»Von was für einem Buch ist die Rede?«, fragte Carter, während er seiner Mutter einen weiteren Löffel Eis in den Mund schob.

»Wir reden über den Buchclub Ihrer Frau«, sagte James Harris. »Ich schätze, ich habe einfach etwas für lesende Menschen übrig. Ich komme aus einer Soldatenfamilie, und wo es auch hinging, Bücher waren immer meine Freunde.«

»Weil du keine richtigen hattest«, murmelte Korey.

Miss Mary blickte auf und sah James Harris direkt ins Gesicht. Patricia hörte fast, wie ihre Augen ihn heranholten.

»Ich will mein Geld«, sagte Miss Mary wütend. »Das ist Daddys Geld, das du mir schuldest.«

Schweigen senkte sich über den Tisch.

»Was hast du gesagt, Mom?«, fragte Carter.

»Du kommst wieder angekrochen«, sagte Miss Mary. »Aber ich erkenne dich.«

Miss Mary starrte James Harris böse an. Sie runzelte die struppigen grauen Augenbrauen, und die schlaffe Haut um ihren Mund zog sich zu einem Knoten der Wut zusammen. Patricia drehte sich zu James Harris um, und sie sah, dass er nachdachte, dass er ernsthaft versuchte, sich einen Reim auf etwas zu machen.

»Sie hält Sie für jemanden aus ihrer Vergangenheit«, erklärte Carter. »Sie ist oft nicht ganz da.«

Miss Marys Stuhl wurde mit einem ohrenbetäubenden Quietschen zurückgeschoben.

»Mom«, sagte Carter und nahm sie beim Arm. »Bist du fertig? Warte, ich helfe dir.«

Sie entriss ihren Arm Carters Griff und stand auf, den Blick fest auf James Harris gerichtet.

»Du bist der siebte Sohn einer schwachsinnigen Mutter«, sagte Miss Mary und ging einen Schritt auf ihn zu. Die Fettlappen unter ihrem Kinn bebten. »Wenn die Hundstage kommen, dann hämmern wir dir Nägel durch die Augen.«

Sie stemmte eine Hand auf die Tischplatte, um sich aufrecht zu halten. Schwankend stand sie über James Harris.

»Mom«, sagte Carter. »Beruhige dich.«

»Du dachtest, niemand würde dich erkennen«, sagte Miss Mary. »Aber ich habe dein Foto, Hoyt.«

James Harris sah zu Miss Mary auf, ohne sich zu regen. Er blinzelte noch nicht einmal.

»Hoyt Pickens«, sagte Miss Mary. Dann spuckte sie aus. Es hatte ein dicker Grüner werden sollen, etwas, das mit einem Klatschen auf dem Boden gelandet wäre, aber stattdessen quoll ein Klumpen weißen Speichels, angedickt mit Vanilleeis und mit Hühnerfett gesprenkelt, über ihre Unterlippe, lief ihr übers Kinn und landete vorne auf ihrem Kleid.

»Mom!«, sagte Carter.

Patricia sah, wie Blue würgte und sich die Serviette vor den Mund hielt. Korey lehnte sich in ihrem Stuhl zurück, um auf Abstand zu ihrer Großmutter zu gehen, und Carter griff mit ausgestreckter Serviette nach seiner Mutter.

»Das tut mir so leid«, sagte Patricia zu James Harris, während sie aufstand.

»Ich weiß, wer du bist«, schrie Miss Mary James Harris an. »In deinem Vanilleeis-Anzug.«

In diesem Moment hasste Patricia Miss Mary. Jemand Interessantes war zu ihnen nach Hause gekommen, um über Bücher zu reden, und nicht einmal das konnte Miss Mary ihr lassen.

Sie schob Miss Mary aus dem Esszimmer, zog sie unter den Achseln mit sich und kümmerte sich nicht darum, ob sie dabei ein bisschen rau mit ihr umsprang. Hinter sich hörte sie, wie James Harris aufstand, während Carter und Korey gleichzeitig zu reden anfingen. Sie hoffte, dass er noch da sein würde, wenn sie wiederkam. Sie zerrte Miss Mary in ihr Garagenzimmer, setzte sie mit der Plastikwasserschüssel und ihrer Zahnbürste hin und kehrte dann ins Esszimmer zurück. Nur noch Carter war da und nuckelte über seine Schüssel gebeugt an seinem Eis.

»Ist er noch da?«, fragte Patricia.

»Er ist gegangen«, sagte Carter, den Mund voller Vanilleeis. »Mom war heute Abend komisch, findest du nicht?«

Carters Löffel traf klappernd auf den Boden seiner Schüssel, und er stand auf und ließ sie auf dem Platzdeckchen stehen, damit sie sie wegräumte. Er wollte gar nicht hören, was sie zu sagen hatte. In diesem Moment hasste Patricia ihre Familie aus tiefstem Herzen. Und sie wollte James Harris unbedingt wiedersehen.

Kapitel 8

Und so fand sich Patricia kurz nach Mittag des nächsten Tages auf der Veranda vor Ann Savages gelb-weißem Häuschen wieder.

Sie klopfte an die Fliegengittertür und wartete. Vor dem neuen Anwesen auf der anderen Straßenseite kippte ein Zementlaster gerade grauen Brei in einen Holzrahmen für die Auffahrt. James Harris' weißer Van stand vor dem Haus. Die Sonne spiegelte sich hell in der getönten Windschutzscheibe und ließ Patricia blinzeln. Mit einem lauten Knacken löste die Vordertür sich von der klebrigen, sonnengewärmten Farbe des Rahmens, und James Harris stand vor ihr. Er schwitzte und trug eine Sonnenbrille mit riesigen Gläsern.

»Ich hoffe, ich habe Sie nicht geweckt«, sagte Patricia. »Ich wollte mich für das Benehmen meiner Schwiegermutter gestern Abend entschuldigen.«

»Kommen Sie schnell rein«, sagte er und trat in die Schatten zurück.

Sie stellte sich vor, wie sie aus jedem Fenster der Straße Augenpaare beobachteten. Sie konnte nicht noch einmal in dieses Haus gehen. Wo war Francine? Sie fühlte sich nackt und schämte sich. Sie hatte diese Sache nicht gründlich genug durchdacht.

»Lassen Sie uns hier draußen reden«, sagte sie in den dunklen Flur hinein. Sie sah nur seine große, blasse Hand am Türrahmen. »Die Sonne ist so angenehm.«

»Bitte«, sagte er angespannt. »Ich leide an einer Krankheit.«

Patricia erkannte echtes Unwohlsein, als sie es in seiner Stimme hörte, aber sie konnte sich trotzdem nicht zum Eintreten überwinden.

»Bleiben Sie oder gehen Sie«, sagte er mit einer Spur von Verärgerung. »Ich kann nicht in die Sonne.«

Nach einem Blick die Straße entlang schlüpfte Patricia rasch durch die Tür.

Er schob sie beiseite, um die Eingangstür hinter ihr zuzuknallen, und drängte sie dabei weiter ins Zimmer hinein. Zu ihrer Überraschung war es leer. Die Möbel waren ebenso wie die alten Koffer und die Taschen und Pappkartons voll Müll an die Wand geschoben. Hinter ihr schloss James Harris seine Eingangstür ab und lehnte sich dagegen.

»Hier sieht es viel besser aus als letztens«, sagte sie, um Smalltalk zu betreiben. »Francine hat wunderbare Arbeit geleistet.«

»Wer?«, fragte er.

»Ich habe sie neulich gesehen, als ich hier aus dem Haus gekommen bin«, sagte sie. »Ihre Putzfrau.«

James Harris starrte sie ganz und gar ausdruckslos durch seine großen Sonnengläser an, und Patricia wollte gerade sagen, dass sie wieder gehen musste, als seine Knie nachgaben und er zu Boden rutschte.

»Helfen Sie mir«, keuchte er.

Hilflos stemmte er die Hacken gegen die Dielen, und alle Kraft hatte seine Hände verlassen. Ihr Krankenschwestern-Instinkt schlug an, und sie trat vor ihn, stellte sich breitbeinig hin, schob ihm die Arme unter die Achseln und hob ihn hoch. Er fühlte sich schwer und sehr kühl an, und als er vor ihr aufragte, fühlte sie sich von seiner körperlichen Anwesenheit überwältigt. Sie spürte ein Kribbeln in den feuchten Handflächen, das bis auf die Unterarme ausstrahlte.

Er sackte nach vorne, legte sein volles Gewicht auf ihre Schultern, und bei dem intensiven Körperkontakt erschauerte Patricia. Sie half ihm zu einem an die Wand geschobenen Schaukelstuhl, in den er sich schwer hineinfallen ließ. Nun, da sie sein Gewicht abgelegt hatte, fühlte ihr Körper sich plötzlich leichter als Luft an. Ihre Füße berührten kaum noch den Boden.

»Was haben Sie?«, fragte sie.

»Ein Wolf hat mich gebissen«, sagte er.

»Hier?«, fragte sie.

Sie sah, wie seine Oberschenkelmuskeln sich an- und wieder entspannten, als er sich unbewusst vor und zurück wiegte.

»Als ich klein war«, sagte er und ließ die weißen Zähne in einem gequälten Lächeln aufblitzen. »Vielleicht war es auch nur ein wilder Hund, und ich habe in meiner romantischen Fantasie einen Wolf aus ihm gemacht.«

»Das tut mir leid«, sagte sie. »Hat es wehgetan?«

»Sie dachten, dass ich sterben würde«, sagte er. »Ich hatte mehrere Tage lang Fieber, und hinterher hatte ich einen Hirnschaden – nur leichte Läsionen, aber sie stören die motorische Kontrolle meiner Augen.«

Erleichtert stellte sie fest, dass das Ganze langsam einen Sinn ergab.

»Das ist sicher hart«, sagte sie.

»Meine Iriden können sich nicht gut anpassen«, sagte er. »Deshalb ist Tageslicht extrem schmerzhaft für mich. Meine innere Uhr ist total durcheinander dadurch.«

Mit einer hilflosen Geste deutete er auf das Gerümpel, das überall im Zimmer an der Wand stand.

»Es gibt so viel zu tun, und ich habe keine Ahnung, wie ich das alles in den Griff bekommen soll«, sagte er. »Ich bin ratlos.«

Sie blickte die Spirituosenkisten und die Tüten entlang der Wände an, die voller alter Kleider und Notizblöcke und Hausschuhe und Medikamente und Stickrahmen und vergilbter Fernsehzeitungen waren. Plastiktüten voller Kleider, haufenweise Kleiderbügel, gerahmte Fotos, zerknüllte Häkeldecken, wasserfleckige *Greenbax-Stamps*-Kataloge, Stapel gebrauchter Bingokarten, die von Gummibändern zusammengehalten wurden, gläserne Aschenbecher und Schüsseln und Briefbeschwerer, in denen Sanddollars eingeschlossen waren.

»Hier gibt es eine Menge zu sortieren«, sagte Patricia. »Haben Sie jemanden, der herkommen kann, um Ihnen zu helfen? Familienmitglieder? Einen Bruder? Cousins? Ihre Frau?«

Er schüttelte den Kopf.

»Möchten Sie, dass ich bleibe und mit Francine rede?«

»Sie hat gekündigt«, sagte er.

»Das klingt nicht nach Francine«, sagte Patricia.

»Ich werde abreisen müssen«, sagte James Harris und wischte sich den Schweiß von der Stirn. »Ich habe überlegt, ob ich bleiben soll, aber mit meiner Krankheit ist das zu anstrengend. Ich habe das Gefühl, als wäre der Zug bereits abgefahren, und ich kann noch so schnell rennen, ich werde ihn nie einholen.«

Patricia kannte das Gefühl, aber sie dachte auch an Grace, die geblieben wäre, bis sie alles Erdenkliche über diesen gut aussehenden, augenscheinlich normalen Mann herausgefunden hatte, der allein und ohne Frau oder Kinder ins Old Village gestolpert war. Patricia hatte noch nie einen alleinstehenden Mann in seinem Alter kennengelernt, bei dem nicht irgendeine Geschichte hinter seiner Lebenssituation steckte. Wahrscheinlich würde es sich um eine kleine und enttäuschende Geschichte handeln, aber Patricia hungerte so sehr nach Aufregung, dass sie sich auf jedes kleine Rätsel gestürzt hätte.

»Wollen wir doch mal sehen, ob wir gemeinsam damit fertigwerden«, sagte sie. »Was bereitet Ihnen am meisten Kopfzerbrechen?«

Er nahm einen Stapel Briefe vom dem Frühstückstisch neben ihm, als wögen sie hundert Kilo.

»Was machen wir mit denen hier?«, fragte er.

Sie blätterte die Briefe durch, und Schweiß kribbelte auf ihrem Rücken und ihrer Oberlippe. Die Luft im Haus schmeckte abgestanden und verbraucht.

»Das ist doch leicht«, sagte sie und legte sie weg. »Ich verstehe den Brief vom Nachlassgericht nicht, aber da kann ich Buddy Barr anrufen. Er ist eigentlich im Ruhestand, aber er gehört zu unserer Kirche und ist Anwalt für Immobilienrecht. Das Wasserwerk ist etwas weiter oben an der Straße. Da können Sie einfach hingehen, und es kostet Sie keine fünf Minuten, den Namen für das Konto zu ändern. SCE&G hat hier um die Ecke ein Büro, wo Sie die Stromrechnung auf Ihren Namen ändern lassen können.«

»Das muss man alles persönlich machen«, sagte er. »Und die Büros haben nur tagsüber geöffnet, wenn ich nicht fahren kann. Wegen meiner Augen.«

»Oh«, sagte Patricia.

»Wenn mich jemand fahren könnte …«, fing er an.

Sofort begriff Patricia, was er wollte, und sie spürte, wie die Kiefer einer weiteren Verpflichtung sich um sie schlossen.

»Normalerweise würde ich das gerne übernehmen«, sagte sie rasch. »Aber es ist die letzte Schulwoche, und ich habe so viel zu tun …«

»Sie meinten, es würde nur fünf Minuten dauern.«

Einen Moment lang ärgerte Patricia sich über seinen weinerlichen Tonfall, aber dann kam sie sich feige vor. Sie hatte ihm ihre Hilfe angeboten. Sie wollte mehr über ihn herausfinden. Da würde sie doch nicht beim ersten kleinen Hindernis aufgeben.

»Sie haben recht«, sagte Patricia. »Ich hole mein Auto und versuche, so dicht wie möglich an Ihre Eingangstür heranzufahren.«

»Können wir meinen Van nehmen?«

Etwas sperrte sich in Patricia. Sie konnte nicht mit dem Auto eines Fremden fahren. Außerdem hatte sie noch nie zuvor einen Van gefahren.

»Ich ...«, fing sie an.

»Die getönten Scheiben«, sagte er.

Natürlich. Sie nickte, da ihr keine andere Möglichkeit einfiel.

»Und es tut mir wirklich leid, Ihnen zur Last zu fallen, wo Sie ohnehin schon so viel zu tun haben, aber ...«, fing er an.

Ihr wurde schwer ums Herz, und dann fühlte sie sich sofort selbstsüchtig. Dieser Mann war gestern Abend zu ihr nach Hause gekommen und von ihrer Tochter frech behandelt und von ihrer Schwiegermutter angespuckt worden. Er war ein menschliches Wesen, das um Hilfe bat. Natürlich würde sie ihr Bestes geben.

»Was gibt es für ein Problem?«, fragte sie und bemühte sich dabei um einen warmen, aufrichtigen Tonfall.

Er hörte auf, sich hin und her zu wiegen.

»Man hat mir meine Brieftasche gestohlen, und meine Geburtsurkunde und all das liegt bei mir zu Hause«, sagte er. »Ich weiß nicht, wie lange es dauert, bis jemand sie auftreiben kann. Wie soll ich irgendetwas von all dem ohne Papiere erledigen?«

Ein Bild von Ted Bundy, der, den Arm in einer Gipsattrappe, Brenda Ball bat, ihm seine Bücher zum Auto zu tragen, blitzte in Patricias Kopf auf. Sie tat den Gedanken als unter ihrer Würde ab.

»Dieser Brief vom Nachlassgericht löst das Problem der Identifizierung«, sagte sie. »Mehr brauchen Sie für das Wasserwerk nicht, und dort bekommen wir eine Rechnung mit Ihrem Namen und dieser Adresse drauf, die wir der Stromgesellschaft zeigen können. Geben Sie mir den Schlüssel, dann hole ich Ihr Auto.«

Die getönten Scheiben sorgten für lilafarbenes Halbdunkel auf den Vordersitzen des Vans, was auch ganz gut so war, denn die Polster zeigten zahlreiche Flecke und Risse. Was Patricia allerdings nicht gefiel, war der hintere Bereich. James Harris hatte Holzplatten vor die Rückfenster geschraubt, um sie ganz zu verdunkeln. Es machte sie nervös, mit so viel Leere in ihrem Rücken zu fahren.

Bei den Wasserwerken stellten sie fest, dass er sein Portemonnaie zu Hause vergessen hatte. Er entschuldigte sich wortreich, aber es machte ihr nichts aus, den Hundert-Dollar-Scheck für die Kaution für ihn auszufüllen. Er versprach, ihr das Geld zurückzugeben, sobald sie wieder zu Hause wären. Bei SCE&G wollten sie 250 Dollar Kaution, und sie zögerte.

»Ich hätte Sie nicht darum bitten sollen«, sagte James Harris.

Sie sah ihn an. Sein Gesicht rötete sich bereits von der Sonne, und seine Wangen waren nass von den Tränen, die unter seiner Sonnenbrille hervorströmten. Sie wägte ihr Mitgefühl gegen das ab, was Carter sagen würde, wenn er ihr Scheckbuch ausglich. Aber es war schließlich auch ihr Geld, oder? Das sagte Carter immer, wenn sie ihr eigenes Konto wollte: Das Geld gehörte ihnen beiden. Sie war eine erwachsene Frau und konnte damit machen, was immer sie wollte, auch dann, wenn sie es verwendete, um einem anderen Mann zu helfen.

Sie füllte den zweiten Scheck aus und riss ihn mit einer forschen Geste ab, bevor sie es sich anders überlegen konnte. Sie fühlte sich effizient. Wie eine Person, die Probleme löste und Sachen auf die Reihe bekam. Sie fühlte sich wie Grace.

Wieder bei ihm zu Hause angekommen, wollte sie auf der Veranda warten, bis er sein Portemonnaie geholt hatte, aber er drängte sie hinein. Inzwischen war es nach zwei Uhr, und die Sonne lastete schwer auf ihnen.

»Ich bin gleich wieder da«, sagte er und ließ sie allein in seiner dunklen Küche zurück.

Sie dachte darüber nach, seinen Kühlschrank aufzumachen, um zu sehen, was er darin hatte. Oder in seinen Geschirrschrank zu schauen. Sie wusste noch immer nicht das geringste Bisschen über ihn.

Die Dielen knarrten, und er kam in die Küche zurück.

»Dreihundertfünfzig Dollar«, sagte er und zählte das Geld in abgenutzten Zwanzigern und einem Zehner auf den Tisch. Er strahlte sie an, obwohl er aussah, als würde es ihm Schmerzen bereiten, sein sonnenverbranntes Gesicht zu verziehen. »Ich kann Ihnen gar nicht sagen, wie viel mir das bedeutet.«

»Ich freue mich, wenn ich helfen kann«, sagte sie.

»Wissen Sie ...«, sagte er und verstummte dann. Er wandte den Blick ab und schüttelte dann rasch den Kopf. »Nein, schon gut.«

»Was denn?«, fragte sie.

»Es ist zu viel«, sagte er zu ihr. »Sie waren wunderbar. Ich weiß nicht, wie ich das wiedergutmachen soll.«

»Aber was ist denn?«, fragte Patricia.

»Vergessen Sie es«, sagte er. »Es ist unfair.«

»Was ist unfair?«, fragte sie.

Er wurde sehr ruhig.

»Wollen Sie etwas richtig Cooles sehen? Etwas, das unter uns bleibt?«

In Patricias Kopf klingelten die Alarmglocken. Sie hatte genug gelesen, um zu wissen, dass jeder, der solche Dinge sagte – vor allem, wenn es ein Fremder war –, einen als Nächstes darum bitten würde, ein Paket über die Grenze zu bringen oder vor einem Juweliergeschäft zu parken und den Motor laufen zu lassen. Aber wann hatte zum letzten Mal jemand das Wort *cool* ihr gegenüber benutzt?

»Natürlich«, sagte sie mit trockenem Mund.

Er ging aus dem Zimmer und kehrte kurz darauf mit einer schmuddeligen blauen Sporttasche zurück. Er warf sie auf den Tisch und machte den Reißverschluss auf.

Der feuchte Gestank von Kompost wehte aus der Öffnung, und Patricia beugte sich vor und sah hinein. Die Tasche war mit Geld vollgestopft. Fünfer, Zwanziger, Zehner, Einer. Der Schmerz in Patricias linkem Ohr verschwand. Sie spürte ihren Atem weit oben in der Brust. Das Blut rauschte ihr in den Adern. Das Wasser lief ihr im Mund zusammen.

»Kann ich es anfassen?«, fragte sie leise.

»Nur zu.«

Sie griff nach einem Zwanziger, aber dann kam sie sich dabei irgendwie gierig vor und nahm stattdessen einen Fünfer. Zu ihrer Enttäuschung fühlte er sich an wie jeder andere Fünfdollarschein. Sie steckte die Hand erneut in die Tasche und zog diesmal ein dickes Bündel Scheine daraus hervor. Das fühlte sich schon handfester an. James Harris hatte sich soeben von einem diffus interessanten Mann in ein ausgewachsenes Geheimnis verwandelt.

»Das habe ich auf dem Dachboden gefunden«, sagte er.

»Es sind fünfundachtzigtausend Dollar. Ich glaube, das sind die Lebensersparnisse meines Tantchens.«

Es fühlte sich gefährlich an. Illegal. Sie wollte ihn darum bitten, dass Geld wieder fortzuschaffen. Sie wolle es weiter berühren.

»Was haben Sie damit vor?«, fragte sie.

»Das wollte ich Sie fragen«, erwiderte.

»Bringen Sie es auf die Bank.«

»Können Sie sich vorstellen, wie ich ohne Ausweispapiere und mit einer Tasche voll Bargeld in der Bank auftauche?«, sagte er. »Die würden die Polizei rufen, noch bevor ich sitze.«

»Hier können Sie es nicht behalten«, sagte sie.

»Ich weiß«, sagte er. »Ich kann nicht schlafen, solange ich es im Haus habe. Die gesamte letzte Woche über hatte ich schreckliche Angst, dass jemand einbrechen könnte.«

Nach und nach offenbarten sich Patricia die Lösungen zu so vielen Rätseln. Nicht nur die Sonne machte ihn krank, sondern der Stress. Ann Savage war unfreundlich gewesen, weil sie die Leute von dem Haus hatte fernhalten wollen, in dem die Ersparnisse ihres Lebens versteckt waren. Natürlich hatte sie der Bank nicht getraut.

»Wir müssen ein Konto für Sie eröffnen«, sagte Patricia.

»Wie?«, fragte er.

»Überlassen Sie das mir«, sagte sie, und in ihrem Kopf nahm bereits ein Plan Gestalt an. »Und ziehen Sie ein trockenes Hemd an.«

Eine halbe Stunde später standen sie am Schalter der First Federal Bank am Coleman Boulevard. James Harris hatte sein frisches Hemd schon wieder durchgeschwitzt.

»Kann ich bitte mit Doug Mackey sprechen?«, fragte Patricia das Mädchen ihr gegenüber am Schalter. Sie meinte, dass es Sarah Shandys Tochter war, aber weil sie sich nicht sicher war, sagte sie lieber nichts.

»Patricia«, rief jemand von der anderen Seite des Raums. Patricia drehte sich um und sah Doug mit seinem dicken Hals, seinem roten Gesicht und dem Bauch, über dem sich drei seiner Hemdknöpfe spannten, mit ausgebreiteten Armen auf sie zukommen. »Es heißt, dass auch der letzte Hund mal einen guten Tag hat, und heute ist meiner.«

»Ich versuche, meinem Nachbarn James Harris zu helfen«, sagte Patricia, schüttelte ihm die Hand und stellte die beiden einander vor. »Das hier ist mein Schulfreund Doug Mackey.«

»Willkommen, Fremder«, sagte Doug Mackey. »Eine bessere Führerin durch Mt. Pleasant als Patricia Campbell bekommen Sie hier nicht.«

»Wir befinden uns in einer etwas heiklen Lage«, sagte Patricia leise.

»Genau für solche Fälle hat mein Büro eine Tür«, sagte Doug.

Er führte sie in das Büro, das im Lowcountry-Sportsman-Stil eingerichtet war. Von seinem Fenster aus konnte man den Shem Creek sehen; seine Sessel waren mit burgunderrotem Leder bezogen. Die gerahmten Drucke zeigten Dinge, die man essen konnte: Vögel, Fische, Wild.

»James muss ein Bankkonto eröffnen, aber man hat ihm seine Ausweispapiere gestohlen«, sagte Patricia. »Was hat er für Möglichkeiten? Er würde es am liebsten noch heute erledigen.«

Doug beugte sich vor, wobei sich sein Bauch gegen die Tischkante drückte, und grinste.

»Gar kein Problem, meine Liebe. Du kannst für ihn gegenzeichnen. Du wärest für Überziehungen verantwortlich und hättest vollen Zugriff auf das Konto, aber auf die Art kann er schon mal loslegen, während er auf seinen Führerschein wartet. Bei den Leuten von der Zulassungsstelle könnte man ja meinen, die würden nach Stunden bezahlt.«

»Taucht das dann überhaupt in unseren Kontoauszügen auf?«, fragte Patricia, die sich fragte, wie sie Carter das Ganze beibringen sollte.

»Nee«, sagte Doug. »Wenn er nicht gerade überall in der Stadt ungedeckte Schecks ausstellt.«

Sie sahen einander einen Moment lang an und lachten dann nervös.

»Ich hole die Formulare«, sagte Doug und verließ das Zimmer.

Patricia konnte kaum glauben, dass sie dieses Problem so einfach gelöst hatte. Sie fühlte sich entspannt und zufrieden, als hätte sie ausgiebig zu Abend gegessen. Doug kam wieder rein und beugte sich über den Papierkram.

»Wo kommen Sie her?«, fragte Doug, ohne von den Formularen aufzublicken.

»Vermont«, sagte James Harris.

»Und welche Summe wollen sie einzahlen?«, fragte Doug.

Patricia zögerte und sagte dann: »Das hier.«

Sie entfaltete einen Scheck über 2000 Dollar und schob ihn über den Tisch zu Doug. Sie waren zu dem Schluss gekommen, dass es keine gute Idee sein würde, sofort Bargeld einzuzahlen, insbesondere angesichts des Umstands, dass James Harris derzeit einen ziemlich abgehalfterten Eindruck machte. Er hatte ihr das Geld bereits in bar zurückgegeben, und es brannte ihr ein Loch in die Handtasche. Auch ihr Gesicht war heiß. Ihre Lippen fühlten sich taub an. Sie hatte noch nie in ihrem Leben einen derart großen Scheck ausgestellt.

»Hervorragend«, sagte Doug, ohne auch nur eine Sekunde zu zögern.

»Entschuldigung«, fragte James. »Wie stehen Sie zu Bargeldeinzahlungen?«

»Bestens«, sagte Doug, ohne aufzublicken, hauchte auf einen Stempel und knallte ihn unten auf das Formular.

»Ich arbeite ziemlich viel im Landschaftsbau«, sagte James Harris, und Patricia hätte fast nach Luft geschnappt. Er konnte noch nicht mal nach draußen gehen. »Und viele meiner Kunden zahlen am liebsten in bar.«

»Solange es weniger als zehntausend sind, zucken wir nicht mit der Wimper«, sagte Doug. »Wir mögen Geld. Es ist nicht wie oben im Norden, wo man durch Reifen springen und dabei ›Star-Spangled Banner‹ singen muss, damit man etwas mit seinem Eigentum anstellen darf.«

»Klingt gut«, sagte James Harris lächelnd.

Patricia betrachtete seine kräftigen weißen Zähne, die nass glänzten. Die Mühelosigkeit, mit der er gelogen hatte, ließ sie an allem zweifeln, was sie heute Morgen für ihn getan hatte, und für einen winzigen Moment hatte sie das Gefühl, dass sie in eine Sache hineingeschlittert war, die eine Nummer zu groß für sie war. Auf der Heimfahrt bedankte James Harris sich in einem fort bei ihr, sogar während er zusehends schwächer wurde, bis sie ihn schlussendlich sogar auf dem Weg zu seiner Haustür stützen müsste. Sie half ihm ins Bett, half ihm dabei, die Stiefel auszuziehen, und dann nahm er ihre Hand.

»Mir hat noch nie jemand derartigen Beistand geleistet«, sagte er. »Sie sind die gütigste Person, die ich in meinem ganzen Leben kennengelernt habe. Sie sind ein Engel, den man mir in einer Zeit der Not geschickt hat.«

Er erinnerte sie an Carter, damals, als sie geheiratet hatten und die kleinste Kleinigkeit, die sie für ihn tat – ihm morgens Kaffee kochen, Pecan Pie zum Nachtisch backen –, ihn zu nicht enden wollenden Lobeshymnen veranlasst hatte. Seine Begeisterung war so entwaffnend, dass sie, als er fragte, was sie diesen Monat in ihrem Buchclub lasen, einfach nicht anders konnte: Sie lud ihn ein mitzumachen.

Die Brücken am Fluss

Juni 1993

Kapitel 9

Der Mai wirbelte immer schneller der Ziellinie des Schulschlusses, der Abschlussprüfungen und der Zeugnisse entgegen. Korey lernte ständig bei jemand anderem, wurde abgeholt, abgeliefert, übernachtete, Patricia musste Snacks für die Jahresabschlussparty von Blues Klasse vorbereiten, die Lehrerevaluationen standen an, Büchereimahngebühren mussten bezahlt werden, bevor die Zeugnisse ausgegeben wurden, und dann, am Montag, dem 28., kam alles auf einen Schlag zum Stehen. Die Kinder bekamen Leselisten für den Sommer, die Albemarle Academy schloss die Tore, und der Juni senkte sich über das Old Village.

Die Tage dämmerten mittagsheiß, und die Benzintanks zischten, wenn man die Deckel öffnete. Das Sonnenlicht fiel hart und schneidend ein, und das Brummen der Insekten, die nur in der toten Zeit zwischen drei und vier Uhr morgens eine Pause einlegten, war ohrenbetäubend. Fenster und Türen wurden fest geschlossen gehalten. Jedes Haus verwandelte sich in eine hermetisch abgeriegelte Raumstation, in der die Klimaanlagen von 20 Grad kühler Luft umwogt wurden und der Eiswürfelmacher den ganzen Tag über ratterte, bis er um sieben Uhr abends nur noch knirschende Laute von sich gab und ein paar Krümel wässriges Eis in die Gläser spuckte. Körperliche Bewegung kam einem zu anstrengend vor, und selbst das Denken erschöpfte.

Patricia hatte den anderen im Buchclub wirklich sagen wollen, dass sie James Harris zum nächsten Treffen eingeladen hatte, aber die Hitze saugte ihr die Entschlossenheit aus dem Mark, und wenn abends die Sonne unterging, brachte sie Tag für Tag gerade noch genug Willenskraft auf, um etwas zum Abendessen zu machen, und daher schob sie die Sache auf. Schließlich kam der Tag ihres Buchclub-Treffens, und sie dachte: *Tja, vielleicht ist es besser so.*

Alle ließen sich mit Wein-, Wasser- und Eisteegläsern in ihrem Wohnzimmer nieder, betupften sich mit Kleenex den Nacken, fächerten sich Luft zu und kamen in der Klimaanlagenluft langsam wieder zu sich. Patricia fand, dass jetzt genau der richtige Moment war, um die anderen aufzuklären.

»Geht es dir gut?«, fragte Grace. »Du siehst völlig verstört aus.«

»Mir ist nur gerade die Käseplatte eingefallen«, sagte Patricia und ging in die Küche.

Mrs. Greene stand an der Spüle und wusch die Teller von Miss Marys Abendessen ab.

»Ich bade Miss Mary noch mal, bevor ich sie zu Bett bringe«, sagte sie. »Nur um sie etwas abzukühlen.«

»Natürlich«, sagte Patricia, nahm die Käseplatte aus dem Kühlschrank und zog die Frischhaltefolie ab. Sie knüllte sie zusammen und hielt dann inne und überlegte, ob man sie noch einmal verwenden könnte. Ja, kann man, dachte sie und ließ sie neben der Spüle liegen.

Sie brachte die Käseplatte ins Wohnzimmer und hatte sie gerade auf der Holzkiste abgestellt, die sie als Teetisch verwendeten, als es an der Tür klingelte.

»Oh«, sagte Patricia im Tonfall von jemandem, der vergessen hatte, Kekse zu besorgen. »Ich habe vergessen, dass heute Abend noch jemand vorbeikommen wollte. Ich hoffe, niemand hat etwas dagegen, dass er bei uns mitmacht.«

»Wer?«, fragte Grace und fuhr stocksteif in die Höhe.

»Er ist hier?«, fragte Kitty und versuchte zappelnd, in eine aufrechte Position zu gelangen.

»Großartig«, stöhnte Maryellen. »Noch ein Mann, der eine Meinung zu allem hat.«

Slick sah gehetzt in die Runde und versuchte herauszufinden, wie ihr bei der Sache zumute sein sollte, während Patricia aus dem Zimmer eilte.

»Ich freue mich so, dass Sie kommen konnten«, sagte sie zu James Harris, als sie die Eingangstür öffnete.

Er trug ein kariertes Hemd, das er sich in die Bluejeans gesteckt hatte, dazu weiße Turnschuhe und einen geflochtenen Ledergürtel. Lieber wäre es ihr gewesen, wenn er keine Turnschuhe getragen hätte. Grace würde das nicht gefallen.

»Vielen Dank für die Einladung«, sagte er, trat über ihre Schwelle und hielt inne. Er sprach so leise, dass sie ihn durch das Surren der Insekten hinter ihm im Vorgarten kaum verstehen konnte. »Ich habe schon mehr als die Hälfte auf der Bank. Jede Woche ein bisschen. Danke.«

Sie hielt es nicht aus, dass er über ihr Geheimnis sprach, während direkt nebenan andere Leute saßen. Gänsehaut bildete sich auf ihren Armen, und sie fühlte sich benommen. Sie hatte noch nicht einmal die 2350 Dollar, die er ihr gegeben hatte, auf ihr und Carters Bankkonto eingezahlt. Sie wusste, dass sie es früher oder später tun musste, aber stattdessen lag das Geld in ihrem Kleiderschrank, versteckt in einem Paar weißer Handschuhe. Sie hielt es zu gerne in den Händen, um es herzugeben.

»Lassen Sie nicht die kühle Luft raus«, sagte sie.

Sie führte James Harris ins Wohnzimmer, und als sie die Gesichter der anderen sah, begriff sie, dass sie wirklich hätte anrufen und sie auf diesen Moment vorbereiten sollen.

»Das ist James Harris«, sagte Patricia und setzte ein Lächeln auf. »Ich hoffe, es stört euch nicht, wenn unser neuer Nachbar sich heute zu uns gesellt.«

Es wurde still im Zimmer.

»Vielen Dank, dass ich bei Ihnen mitmachen darf«, sagte James Harris.

Grace hüstelte in ein Taschentuch.

»Tja«, sagte Kitty. »Es wird das Gespräch sicher lebhafter gestalten, wenn wir einen Mann dabeihaben. Willkommen, hochgewachsener Fremder.«

James Harris setzte sich neben Maryellen und gegenüber von Kitty und Grace auf das Sofa, und alle zogen die Beine zusammen, schoben sich die Röcke unter die Oberschenkel und strafften sich. Kitty griff nach der Käseplatte, zog dann aber die Hand zurück und legte sie in ihren Schoß. James Harris räusperte sich.

»Haben Sie das Buch für diesen Monat gelesen, James?«, fragte Slick. Sie zeigte ihm das Cover ihres Exemplars von *Die Brücken am Fluss*. »Letzten Monat haben wir *Helter Skelter* gelesen, und nächsten Monat lesen wir Ann Rules *Der Fremde neben mir*, da dachten wir uns, dass das hier eine nette Abwechslung wäre.«

»Sie lesen eine ungewöhnliche Auswahl von Büchern, meine Damen«, sagte James Harris.

»Wir sind ja auch eine ungewöhnliche Auswahl von Bräuten«, sagte Kitty. »Patricia hat gesagt, dass Sie beschlossen haben, hier wohnen zu bleiben, trotz allem, was Ihre Tante ihr angetan hat.«

Patricia schob sich das Haar über das linke Ohr und machte den Mund auf, um etwas Nettes zu sagen.

»Großtante«, sagte James Harris, bevor Patricia etwas einwerfen konnte.

»Das ist ein bisschen sehr spitzfindig«, bemerkte Maryellen.

»Es überrascht mich, dass der Ruf, der Ihnen hier vorauseilt, Sie nicht stört«, sagte Kitty.

»Ich habe lange nach einem Ort wie diesem gesucht«, sagte James lächelnd. »Das hier ist nicht nur irgendein Stadtviertel, sondern eine echte Gemeinschaft, weit weg von all dem Chaos und der Veränderung in der Welt, wo die Leute noch die althergebrachten Werte pflegen und die Kinder den ganzen Tag über draußen spielen können, bis man sie zum Abendessen ruft. Und gerade, als ich den Versuch, einen solchen Ort zu finden, aufgegeben hatte, kam ich her, um mich um meine Großtante zu kümmern, und fand das, was ich die ganze Zeit gesucht hatte. Ich kann mich wirklich glücklich schätzen.«

»Haben Sie hier schon eine Kirche?«, fragte Slick.

»Und es gibt eine Mrs. Harris, die nachkommt?«, fragte Kitty dazwischen.

»Nein«, sagte James Harris an Kitty gewandt. »Keine Kinder. Keine Familie außer meiner Großtante.«

»Das ist eigenartig«, sagte Maryellen.

»Bei welcher Kirche sind Sie Mitglied?«, fragte Slick erneut.

»Was lesen Sie?«, fragte Kitty.

»Camus, Ayn Rand, Hermann Hesse«, sagte James Harris. »Ich bin eine Art Philosophiestudent.« Er lächelte Slick an. »Ich fürchte, ich gehöre keiner organisierten Religion an.«

»Dann haben Sie es sich nur noch nicht richtig überlegt«, sagte Slick.

»Hermann Hesse«, sagte Kitty. »Pony hat im Englischunterricht *Steppenwolf* gelesen. Das klang nach der Sorte Buch, die Jungs mögen.«

James Harris richtete die ganze Macht seines Lächelns auf Kitty.

»Und Pony ist Ihr ...?«, fragte er.

»Mein ältester Sohn«, sagte Kitty. »Alle nennen seinen Vater Horse, also nennen wir ihn Pony. Dann gibt es noch Honey, die ein Jahr älter ist, und Parish, die diesen Sommer dreizehn wird und uns alle in den Wahnsinn treibt. Und Lacy und Merit, die es nicht einmal zusammen in einem Zimmer aushalten.«

»Was macht Horse so?«

»Was er macht?«, sagte Kitty und lachte verunsichert. »Na ja, er macht gar nichts. Wir wohnen in Seewee Farms, also muss er Unkraut jäten und Sachen verbrennen, und es gibt immer was zu reparieren. Ich meine, wenn man in so einem Haus lebt, dann hat man rund um die Uhr zu tun, wenn man nicht will, dass das Dach runterkommt.«

»Ich habe früher in Montana Grundstücke gepflegt«, sagte James. »Er könnte mir sicher viel beibringen.«

Montana?, überlegte Patricia.

»Horse? Jemandem etwas beibringen?« Kitty lachte und wandte sich den anderen Anwesenden zu. »Habe ich euch schon mal von Horses Piratenschatz erzählt? Jemand ist auf der Suche nach Investoren vorbeigekommen, um gesunkene Piratenschätze zu suchen oder Hinterlassenschaften der Konföderierten oder irgend so etwas Unwahrscheinliches. Tja, sie hatten diese schicke Präsentation mit Transparentfolien und wirklich hübsche Mappen, und mehr brauchte es nicht, damit Horse ihnen einen Scheck ausgestellt hat.«

»Leland hätte ihm sagen können, dass sie ihn nur ausnehmen wollten«, sagte Slick.

»Leland?«, fragte James.

»Mein Mann«, erklärte Slick, und James Harris wandte ihr seine Aufmerksamkeit zu. »Er ist Bauunternehmer.«

»Ich habe schon darüber nachgedacht, in eine Immobilie zu investieren. Ich müsste nur das richtige Projekt finden«, sagte James Harris.

Grace' Gesicht sah aus wie in Stein gemeißelt, und Patricia wäre es wirklich, wirklich lieber gewesen, wenn sie nicht ausgerechnet über Geld geredet hätten.

»Im Moment arbeiten wir an einem Projekt namens Gracious Cay.« Slick strahlte. »Das ist eine Gated Community, die wir draußen bei Six Mile bauen. Dadurch wird die Gegend wirklich aufgewertet. In Gated Communitys kann man sich seine Nachbarn aussuchen, sodass die Leute um einen herum die Sorte Menschen sind, mit denen man seine Kinder gerne umgeben möchte. Ich glaube, zum Ende dieses Jahrhunderts werden so ziemlich alle in Gated Communitys leben.«

»Darüber würde ich gerne mehr erfahren«, sagte James, was Slick veranlasste, in ihr Portemonnaie zu greifen und ihm eine Visitenkarte zu reichen.

»Wo kommen Sie her, Mr. Harris?«, fragte Grace.

Patricia wollte gerade sagen, dass sein Vater beim Militär war und er mal hier und mal dort aufgewachsen war, als James Harris bereits antwortete: »Ich bin in South Dakota aufgewachsen.«

»Ich dachte, Ihr Vater wäre beim Militär gewesen?«, fragte Patricia.

»War er auch.« James Harris nickte. »Aber als er seine Laufbahn beendete, war er in South Dakota stationiert. Meine Eltern haben sich scheiden lassen, als ich zehn war, und ich wurde von meiner Mutter großgezogen.«

»Wenn alle mit ihren Verwandten dritten Grades fertig

sind«, sagte Maryellen, »würde ich jetzt gern unser Buch des Monats hinter uns bringen.«

»Ihr Mann ist Polizist«, teilte Slick James mit. »Deshalb ist sie so geradeheraus. Übrigens, vielleicht wollen Sie sich ja diesen Sonntag in der St. Josephs zu uns gesellen?«

Bevor er antworten konnte, sagte Maryellen: »Können wir bitte dieses Buch von seinem Leid erlösen?«

Slick bedachte James Harris mit einem Wir-setzen-das-später-fort-Lächeln.

»Fandet ihr *Die Brücken am Fluss* nicht wirklich wunderbar?«, fragte sie. »Mir kam es nach dem letzten Monat wie eine große Erleichterung vor. Einfach nur eine gute, altmodische Liebesgeschichte zwischen einer Frau und einem Mann.«

»Der eindeutig ein Serienmörder ist«, sagte Kitty und hielt den Blick dabei auf James Harris gerichtet.

»Ich glaube, die Welt verändert sich so schnell, dass die Menschen Geschichten brauchen, die ihnen Hoffnung geben«, sagte Slick.

»Geschichten über einen Irren, der von Stadt zu Stadt reist und Frauen verführt, um sie dann zu töten«, sagte Kitty.

»Tja«, sagte Slick. Aus dem Konzept gebracht, warf sie einen Blick auf ihre Notizen und räusperte sich einmal mehr. »Wir haben uns für dieses Buch entschieden, weil es von der starken Anziehungskraft handelt, die es zwischen zwei Menschen geben kann, die einander völlig fremd sind.«

»Wir haben uns für dieses Buch entschieden, damit du endlich aufhörst, davon zu reden«, sagte Maryellen.

»Ich glaube nicht, dass es klare Beweise dafür gibt, dass er ein Serienmörder ist«, sagte Slick.

Kitty nahm ihr Exemplar in die Hand, das mit zahlreichen leuchtend rosafarbenen Post-its gespickt war, und wedelte damit in der Luft herum.

»Er hat keine Familienbande, keine Wurzeln, keine Vergangenheit«, sagte Kitty. »Er ist nicht einmal Mitglied einer Kirche. In der heutigen Welt ist das sehr verdächtig. Habt ihr die neuen Führerscheine gesehen? Die haben ein kleines Hologramm drauf. Ich erinnere mich an die Zeit, als sie noch aus Pappe waren. Wir sind keine Gesellschaft, die die Leute einfach ohne feste Anschrift umherziehen lässt. Nicht mehr.«

»Er hat eine feste Anschrift«, wandte Slick ein, aber Kitty machte einfach weiter.

»Und dann kommt er in die Stadt spaziert und spricht mit niemandem, ist euch das aufgefallen? Aber er sucht sich diese Francesca als Zielperson aus, die ganz allein ist, weil ein Mann von dieser Sorte eben genau das tut. Er sucht sich eine verwundbare Frau, arrangiert ein ›zufälliges‹ Treffen und ist dann so aalglatt und verführerisch, dass sie ihn zu sich nach Hause einlädt. Und als er dann kommt, passt er *ganz* genau auf, dass niemand sieht, wo er seinen Truck parkt. Dann geht er mit ihr nach oben und macht tagelang *Sachen* mit ihr.«

»Es ist eine romantische Geschichte«, sagte Slick.

»Ich glaube, dass er geistig behindert ist«, sagte Kitty. »Robert Kincaid benutzt seine Kameras als Hanteln, er spielt Folk-Musik auf seiner Gitarre, und als Kind hat er französische Kabarettsongs gesungen und seine Wände mit Worten und Sätzen vollgeschrieben, von denen er fand, dass sie ›dem Ohr schmeicheln‹. Stellt euch doch nur mal seine armen Eltern vor.«

»Was ist mit Ihnen, James Harris?«, fragte Maryellen. »Ich habe noch nie einen Mann kennengelernt, der keine Meinung zu etwas hat. Ist Robert Kincaid eine romantische amerikanische Ikone oder ein Herumtreiber, der Frauen ermordet?«

James Harris ließ ein verschämtes Lächeln aufblitzen.

»Ich habe offenbar ein ganz anderes Buch als Sie gelesen«,

sagte er. »Aber ich lerne heute Abend eine Menge. Machen Sie nur weiter.«

Immerhin gab er sich Mühe, dachte Patricia. Alle anderen hingegen waren anscheinend darauf aus, sich so unangenehm wie möglich zu geben.

»Die Lehre von *Brücken* ist«, schloss Maryellen, »dass der Mann immer die meiste Redezeit abkriegt. Francesca bekommt weniger als eine Seite, um ihr ganzes Leben zusammenzufassen. Sie hat Kinder und hat den Zweiten Weltkrieg in Italien überlebt, und er hat nichts weiter gemacht, als sich scheiden zu lassen – und vielleicht, wenn wir Kitty glauben, Leute umzubringen –, und trotzdem redet er ein Kapitel nach dem anderen von seinem Leben.«

»Na ja, er ist eben die Hauptfigur«, sagte Slick.

»Warum darf der Mann immer die Hauptfigur ein?«, fragte Maryellen. »Francescas Leben ist mindestens genauso interessant wie seines.«

»Wenn Frauen etwas zu sagen haben, sollen sie es einfach sagen«, erwiderte Slick. »Man muss nicht warten, bis man dazu aufgefordert wird. Robert Kincaid hat verborgene Tiefen.«

»Wenn man erst einmal die Unterhosen eines Mannes wäscht, erfährt man die traurige Wahrheit über seine verborgenen Tiefen«, giftete Kitty.

»Er ist ...« Slick suchte verzweifelt nach Worten. »Er ist Vegetarier. Ich glaube, ich habe noch nie einen Vegetarier kennengelernt.«

Dank Blue wusste Patricia genau, was Kitty gleich sagen würde.

»Hitler war Vegetarier«, sagte Kitty und gab ihr damit recht. »Patricia, würdest du Carter mit einem Fremden betrügen, der einfach an deiner Tür auftaucht, ohne eine Familie, und dir erzählt, er wäre Vegetarier? Du würdest doch wenigstens zuerst seinen Führerschein sehen wollen, oder?«

Patricia sah, wie sich Grace, die ihr gegenüber am anderen Ende des Zimmers saß, versteifte. Dann fiel ihr auf, dass auch Slick etwas anstarrte, und sie begriff, dass Grace' Blick auf die Tür zum Flur hinter ihr gerichtet war. Von Entsetzen erfüllt drehte sie sich um.

»Ich habe dein Foto gefunden, Hoyt«, sagte Miss Mary, die tropfnass und splitternackt in der Tür stand.

Zuerst dachte Patricia, dass sie eine Art fleischfarbenes Laken trüge, das in Falten herabhing, und dann richtete ihr Blick sich auf die bösartig purpurfarbenen Krampfader-Krakel auf Miss Marys Schenkeln, die dunkelvioletten Blutgefäße in ihren Hängebrüsten, ihren schlaffen, pendelnden Bauch und ihr spärliches Schamhaar. Sie sah aus wie eine am Strand angespülte Leiche.

Fünf endlose, schreckliche Sekunden lang rührte sich niemand vom Fleck.

»Wo ist Daddys Geld?«, rief Miss Mary mit sich überschlagender Stimme und starrte James Harris wütend an. »Wo sind die Kinder, Hoyt?«

Ihre Stimme hallte durch das Zimmer. Sie war eine kreischende Hexe aus einem Albtraum, die mit einem kleinen weißen Stück Pappe wedelte.

»Du dachtest, niemand würde dich erkennen, Hoyt Pickens!«, heulte Miss Mary. »Aber ich habe ein Foto!«

Patricia erhob sich aus ihrem Stuhl und pellte die fusselige blaue Häkeldecke von der Rückenlehne. Sie wickelte sie Miss Mary um die Schultern, die weiter mit dem Foto wedelte.

»Seht doch!«, jaulte Miss Mary. »Seht ihn an.« Und während die Decke sich um sie schloss, sah Miss Mary das Foto in ihrer Hand, und ihre Miene erschlaffte.

»Nein«, sagte Miss Mary. »Nein, das ist das falsche. Nicht das.«

Eine entsetzte Mrs. Green kam aus dem Hobbyraum herbeigerannt.

»Es tut mir so leid«, sagte Mrs. Green.

»Alles in Ordnung«, sagte Patricia, während sie die nackte Miss Mary vom Rest des Zimmers abschirmte.

»Ich bin ans Telefon gegangen«, sagte Mrs. Greene und nahm Miss Mary bei den Schultern. »Ich war nur eine Sekunde lang weg.«

»Es ist alles in Ordnung«, sagte Patricia so laut, dass alle sie hören konnten, während sie und Mrs. Greene die alte Dame aus dem Wohnzimmer führten.

»Es ist nicht in Ordnung«, sagte Miss Mary, während sie sich abführen ließ, verlassen von jedem Kampfeswillen. »Nicht das.«

Sie brachten sie ins Garagenzimmer, und den ganzen Weg lang entschuldigte sich Mrs. Greene. Miss Mary drückte das Foto an ihre Brust, während die beiden anderen Frauen sie abtrockneten und ins Bett verfrachteten. Patricia kehrte ins Wohnzimmer zurück, musste jedoch feststellen, dass alle Gäste bereits im Hausflur standen. James Harris schmiedete gerade Pläne dafür, sich in Seewee Farms mit Horse zu treffen, Mitglied der St.-Joseph-Gemeinde zu werden und Leland kennenzulernen, und Patricia wollte Grace fragen, warum sie so still gewesen war, aber Grace schlüpfte zur Tür hinaus, während Patricia sich noch für Miss Mary entschuldigte, und wenig später blieb Patricia allein im Hausflur zurück.

»Was ist los?«, rief Korey von oben. Patricia drehte sich um und sah sie auf dem Treppenabsatz stehen. »Warum hat Granny Mary so rumgeschrien?«

»Nichts weiter«, sagte Patricia. »Sie war nur durcheinander.«

Patricia trat auf die Veranda hinaus und beobachtete, wie Kittys Scheinwerfer sich rückwärts über die Auffahrt entfernten. Sie beschloss, morgen früh alle anzurufen und sich zu entschuldigen. Dann kehrte sie ins Garagenzimmer zurück.

Miss Mary lag in ihrem Krankenhausbett und drückte sich das Foto an die Brust. Mrs. Greene saß neben ihr, um ihren Fehler durch besondere Wachsamkeit wettzumachen.

»Er ist es«, sagte Miss Mary. »Er ist es. Ich weiß, dass ich es irgendwo habe.«

Patricia löste das Foto aus Miss Marys Fingern. Es war eine alte Schwarz-Weiß-Aufnahme vom Pfarrer von Miss Marys Kirche in Kershaw, umgeben von grimmig dreinschauenden Kindern mit Osterkörben in den Händen.

»Ich werde es finden«, sagte Miss Mary. »Ich werde es finden. Ich weiß es. Ich weiß es.«

Kapitel 10

Patricia blieb bei Mrs. Greene sitzen und versicherte ihr in einem fort, dass es nicht ihr Fehler gewesen war, während sie darauf warteten, dass Miss Mary wieder einschlief. Als die alte Dame schließlich tief und gleichmäßig atmete, stand Patricia schon wenig später in der Auffahrt und beobachtete, wie auch Mrs. Greenes Auto rückwärts davonfuhr. Sie fragte sich, wie der heutige Abend derart hatte schieflaufen können. Zum Teil war sie selbst schuld. Sie hatte die anderen mit James Harris überrumpelt, und sie hatten ihrerseits ihn überrumpelt. Zum Teil hatte es auch an dem Buch gelegen. Alle hatten sich darüber geärgert, es lesen zu müssen, aber manchmal taten sie so etwas Slick zuliebe, weil sie den anderen Frauen ein bisschen leidtat. Aber vor allem war es wegen Miss Mary gewesen. Patricia fragte sich, ob die alte Dame nicht langsam ein bisschen zu viel für sie wurde. Wenn Carter vor elf aus dem Krankenhaus kam, würde sie es ihm gegenüber ansprechen.

Ein unerträglich heißer Wind fuhr vom Hafen herauf und erfüllte die Luft mit dem Rascheln von Bambusblättern. Die Luft fühlte sich schwer und zäh an, und Patricia fragte sich, ob es das war, was die Leute so unleidig machte. Die Äste der Lebenseichen über ihr wurden hin und her gepeitscht. Die einsame Straßenlaterne am Ende der Auffahrt warf einen schmalen Silberkegel, der die Nacht um sie herum noch schwärzer erscheinen ließ, und Patricia fühlte sich verwundbar. Sie roch eine Ahnung von gebrauchten Inkontinenzeinlagen und verschüttetem Kaffeesatz, und sie sah Mrs. Savage in ihrem Nachthemd vor sich, wie sie am Boden kauerte und sich rohes Fleisch in den Mund stopfte, und Miss Mary, die nackt in der Tür stand wie ein gehäutetes Eichhörnchen, mit triefnassen Haaren, und mit einem nutzlosen Foto herumwedelte, und dann rannte Patricia zur Eingangstür und knallte sie hinter sich zu, wobei sie gegen den Wind andrücken musste. Sie schob den Riegel vor.

Es schrillte erst in der Küche und dann überall im Haus. Sie begriff, dass es das Telefon war.

»Patricia?«, sagte eine Stimme, als sie abnahm. Im ersten Moment erkannte sie sie nicht, weil die Leitung knackte. »Grace Cavanaugh. Es tut mir leid, dass ich so spät noch anrufe.«

Es knisterte abermals in der Leitung. Patricias Herz schlug ihr noch immer bis zum Hals.

»Grace, es ist nicht zu spät«, sagte Patricia, während sie versuchte, sich zu beruhigen. »Es tut mir so leid, was passiert ist.«

»Ich rufe an, um mich zu erkundigen, wie es Miss Mary geht«, sagte Grace.

»Sie schläft.«

»Und ich wollte, dass du weißt, dass wir alle Verständnis dafür haben«, sagte Grace. »So etwas passiert bei älteren Leuten.«

»Mir tut es wegen James Harris leid«, sagte Patricia. »Ich wollte es vorher ankündigen, ich habe es nur immer wieder aufgeschoben.«

»Es war etwas unglücklich, dass er da war«, sagte Grace. »Männer wissen nicht, wie es ist, für alternde Verwandte zu sorgen.«

»Bist du sauer auf mich?«, fragte Patricia.

»Wir sind keine Schulmädchen, Patricia. Ich gebe dem

Buch die Schuld daran, dass es kein besonders guter Abend war. Gute Nacht.«

Grace legte auf.

Patricia stand noch einen Moment lang mit dem Telefonhörer in der Hand in der Küche, dann legte auch sie auf. Warum war Carter nicht hier? Es war seine Mutter. Er musste sie so sehen, dann würde er vielleicht begreifen, dass sie zusätzliche Hilfe brauchten. Der Wind rüttelte an den Küchenfenstern, und sie wollte nicht mehr allein hier unten sein.

Sie ging hoch, klopfte leise an Koreys Tür und öffnete sie dabei. Die Lichter waren aus, und es war stockdunkel im Zimmer, was Patricia verwirrte. Warum um alles in der Welt war Korey so früh schlafen gegangen? Das Flurlicht fiel auf Koreys Bett. Es war leer.

»Korey?«, sagte Patricia in die Dunkelheit hinein.

»Mom«, sagte Korey leise und ruhig aus dem Schatten neben ihrem Kleiderschrank. »Es ist jemand auf dem Dach.«

Eiswasser flutete Patricias Adern. Sie trat aus dem Flurlicht und stellte sich in Koreys Schlafzimmer neben die Tür.

»Wo?«, flüsterte sie.

»Über der Garage«, flüsterte Korey zurück.

Eine ganze Weile standen beide da, bis Patricia begriff, dass sie die einzige Erwachsene im Haus war, was bedeutete, dass sie etwas unternehmen musste. Sie zwang ihre Beine dazu, sie zum Fenster zu tragen.

»Pass auf, dass er dich nicht sieht.«

Patricia zwang sich, sich direkt ans Fenster zu stellen, in der Erwartung, den dunklen Umriss eines Mannes vor dem Nachthimmel zu sehen, aber da waren nur die klare schwarze Linie der Dachkante und dahinter vom Wind gepeitschter Bambus. Sie zuckte zusammen, als sie Koreys Stimme neben sich hörte.

»Ich habe ihn gesehen«, sagte Korey. »Ich schwöre es.«

»Jetzt ist er nicht mehr da«, sagte Patricia.

Sie ging zur Tür und schaltete das Deckenlicht ein. Einen Moment lang standen sie geblendet da, während ihre Augen sich an die Helligkeit gewöhnten. Das Erste, was Patricia sah, war eine halb leere Müslischüssel auf der Fensterbank. Milch und Cornflakes waren zu einer Betonmasse eingetrocknet. Sie hatte Korey darum gebeten, kein Essen in ihrem Zimmer aufzubewahren, aber ihre Tochter sah verängstigt und verletzlich aus, und Patricia beschloss, nichts zu sagen.

»Es wird ein Gewitter geben«, sagte Patricia. »Aber ich lasse deine Tür offen und das Flurlicht an, damit dein Vater daran denkt, dir Gute Nacht zu sagen, wenn er nach Hause kommt.«

Sie zog Koreys Decke zurück. »Möchtest du dein Buch lesen?«

Ihr Blick blieb an dem blauen Milchkasten aus Plastik hängen, den Korey als Nachttisch verwendete. Ein Exemplar von Stephen Kings *Brennen muss Salem* lag auf einem Stapel *Sassy*-Magazine. Plötzlich ergab alles einen Sinn.

Korey bemerkte, dass ihre Mutter den Roman gesehen hatte.

»Ich hab mir das nicht ausgedacht«, sagte sie.

»Das glaube ich auch nicht«, sagte Patricia.

Entwaffnet von Patricias Weigerung, sich mit ihr zu streiten, ging Korey ins Bett. Patricia ließ die Nachttischlampe an, schaltete das Deckenlicht aus und ließ die Tür offen. Blue lag in seinem Schlafzimmer im Bett, die Decke ans Kinn gezogen.

»Gute Nacht, Blue«, rief Patricia ihm durch sein dunkles Zimmer zu.

»Hinterm Haus ist ein Mann«, sagte Blue.

»Das ist nur der Wind«, sagte sie und suchte sich einen

Weg zwischen den Kleidern und Actionfiguren auf dem Boden hindurch. »Das Haus klingt gruselig davon. Soll ich das Licht anlassen?«

»Er ist auf das Dach hochgeklettert«, sagte Blue, und in eben diesem Moment hörte Patricia einen Schritt direkt über ihrem Kopf.

Das war kein herabfallender Ast oder ein kratzender Zweig. Es war nicht der Wind, der das Haus knarren ließ. Nur etwa einen Meter über ihrem Kopf ertönte ein zielstrebiges, leises Geräusch.

Das Blut gefror ihr in den Adern. Sie bog den Kopf so weit nach hinten, dass sie sich fast den Hals verrenkte. Die Stille brummte. Dann ertönte ein weiteres leises Auftreten, diesmal zwischen ihr und Blue. Jemand ging auf dem Dach umher.

»Blue«, sagte Patricia. »Komm her.«

Er sauste aus dem Bett und schlang die Arme um ihre Hüfte. Sie bewegte sich in einer geraden Linie und trat dabei auf seine Bücher und Actionfiguren. Plastikmännchen knackten unter ihren Füßen, während sie sich seiner Schlafzimmertür näherten.

»Korey«, sagte sie leise und drängend auf dem Flur. »Komm her.«

Auch Korey sauste aus ihrem Bett und rannte an die andere Seite ihrer Mutter. Patricia führte beide die Vordertreppe hinunter und wies sie an, sich auf der untersten Stufe hinzusetzen.

»Ihr müsst hier auf mich warten«, flüsterte Patricia. »Ich sehe nach den Türen.«

Leise ging sie durch den dunklen Hobbyraum zur Hintertür und schob den Riegel vor, wobei sie damit rechnete, den Schattenriss eines Mannes zu sehen, der im nächsten Moment das Glas einschlagen und sie in die wilde Nacht hinauszerren würde. Sie vergewisserte sich, dass auch die Tür zur Sonnenveranda verriegelt war – sie hatten zu viele Türen –, bevor sie in Miss Marys Zimmer runterging und dabei das Licht anmachte.

Miss Mary erwachte zappelnd und ächzend in ihrem Bett zum Leben, aber Patricia ging weiter in die Werkzeugkammer und vergewisserte sich, dass die Tür zu den Mülltonnen ebenfalls verriegelt war.

Sie trat in den Eingangsflur und schaltete das Verandalicht ein, und dann ging sie zur Sonnenveranda und knipste die Flutlichter an, die den Garten hinterm Haus erhellten.

»Korey«, rief Patricia von der Sonnenveranda, die Augen auf das gnadenlos weiße Gleißen hinterm Haus gerichtet, in dem die Flutlichter jeden einzelnen gelblichen Grashalm zeigten. »Bring mir das schnurlose Telefon.«

Sie hörte Füße vom Eingangsflur durchs Wohnzimmer rennen, und dann waren ihre Kinder an ihrer Seite. Korey drückte ihr ein hartes, rechteckiges Stück Plastik in die Hand. Jetzt war sie im Vorteil. Die Türen waren verschlossen, sie konnten alles um sie herum sehen, und sie waren in Sicherheit. Sie konnte jederzeit bei der Polizeiwache von Mt. Pleasant anrufen. Laut Maryellen würden die Beamten innerhalb von drei Minuten da sein.

Sie hielt den Daumen über der Wähltaste, während sie dastanden, die Blicke an die Fenster geheftet. Die Flutlichter vertrieben sämtliche Schatten – die seltsame Vertiefung in der Mitte des Gartens, die Stämme der Eichen mit der vom eisenreichen Mt.-Pleasant-Wasser gelb verfärbten Borke, die Geraniensträucher am Zaun, die ihr Grundstück von dem der Langs trennten, die Blumenbeete auf der anderen Seite, welche die Grenzlinie zum Grundstück der Mitchells markierten.

Aber dort, wohin das Licht nicht vordrang, war die Nacht eine schwarze Wand. Patricia spürte, wie Augen von dort draußen in ihr Haus sahen und sie und die Kinder durch das Glas beobachteten. Das Narbengewebe an ihrem linken Ohr fing zu jucken an. Der Wind rüttelte an den Büschen und Bäumen. Das Haus knarrte leise vor sich hin. Sie alle hielten Ausschau nach etwas, das nicht an diesen Ort gehörte.

»Mom«, sagte Blue leise und ruhig.

Sie sah, dass sein Blick auf die Oberkante der Fenster zur Sonnenveranda gerichtet war. Das Dach der Sonnenveranda war ein schindelgedeckter Überhang unter ihren Schlafzimmerfenstern, und an der Kante sah Patricia für einen Moment eine langsame, zielstrebige Bewegung. Sie erkannte sofort, worum es sich handelte. Eine menschliche Hand, die gerade die Dachkante losließ und außer Sicht hochgezogen wurde.

Sofort hatte sie das Telefon am Ohr, riss es jedoch wieder herunter, als lautes Knacken und Knistern ertönte.

»911?«, fragte sie. »Hallo? Mein Name ist Patricia Campbell.« Die Leitung gab ein *ZZZrrrrkkKKK* von sich. »Ich bin mit meinen Kindern im 22 Pierates Cruze.« Eine Reihe hohler Knallgeräusche übertönte die menschliche Stimme, die irgendwo im Hintergrund plapperte. »Wir haben einen Eindringling im Haus, und ich bin allein mit meinen Kindern.«

In diesem Moment fiel ihr ein, dass ihr Badezimmerfenster sperrangelweit offenstand.

»Versucht es weiter«, sagte Patricia und drückte Korey das Telefon in die Hand, ohne sich Zeit zum Nachdenken zu geben. »Bleib hier und drück die Wiederwahl.« Patricia rannte durchs dunkle Wohnzimmer und hörte Korey hinter ihr »Bitte« ins Telefon sagen, während sie um die Ecke bog und die dunkle Treppe hochrannte.

Vom Vordach über der Sonnenveranda war es nur ein kurzer Klimmzug hinauf aufs Hauptdach. Dann musste man auf der einen Seite hoch, auf der anderen wieder runter und konnte sich auf das Verandadach fallen lassen, wo man direkt vor ihrem Bad stand und durchs Fenster rein konnte. Sie hatte es aufgemacht, damit der Haarspraygeruch verflog.

Sie spürte, wie etwas Dunkles und Schweres auf dem Dach sich mit ihr ein Wettrennen zum offenen Fenster lieferte. Ihre Beine stemmten ihr Gewicht die Treppe rauf, ihr Atem ging schwer und brannte ihr in der Kehle, das Blut knackte in ihren Ohren. Sie schwang sich um den oberen Treppenpfosten und stürzte in ihr Schlafzimmer.

Zu ihrer Linken sah sie durch die Scheiben den Hafen; von rechts spürte sie durchs offene Badezimmerfenster einen heißen Wind hereinwehen. Sie rannte durch den dunklen Tunnel ihres Schlafzimmers ins Bad, den Kleiderschrank zu ihrer Seite, stieß mit dem Bauch gegen die scharfe Kante der Anrichte, erreichte das Fenster, knallte es zu, legte den Riegel vor, und im nächsten Moment huschte draußen etwas Dunkles vorbei und verdeckte für einen Moment den Nachthimmel. Sie riss die Hände zurück, als stünde das Fenster in Flammen.

Sie mussten raus aus dem Haus. Dann fiel ihr Miss Mary ein. Sie würde nicht einmal vor die Tür und hinten durch den Garten gehen, geschweige denn rennen können. Jemand würde bei ihr bleiben müssen. Sie rannte durchs dunkle Schlafzimmer, wieder die Treppe runter und ins Wohnzimmer.

»Das Telefon funktioniert nicht«, sagte Korey und hielt ihr den schnurlosen Apparat hin.

»Wir müssen weg«, erklärte sie Korey und Blue. Sie nahm sie bei den Händen und führte sie durch das Esszimmer und in die Küche zur Hintertür.

Jemand wollte ins Haus. Sie hatte keine Ahnung, wann Carter zurück sein würde. Sie könnten nicht um Hilfe rufen.

Sie musste an ein Telefon kommen, und sie musste dafür sorgen, dass dieser Jemand, um wen auch immer es sich handelte, nicht an ihre Kinder herankam.

»Ich will, dass ihr zu Miss Mary ins Garagenzimmer geht«, sagte sie ihnen. »Und schließt die Tür ab, sobald ihr drin seid. Lasst niemanden rein.«

»Was ist mit dir?«, fragte Korey.

»Ich laufe zu den Langs und rufe die Polizei«, sagte Patricia. Sie sah auf den hell erleuchteten Garten hinterm Haus hinaus. »Ich bin nur eine Minute lang weg.«

Blue begann zu weinen. Patricia schloss die Hintertür auf.

»Bereit?«, fragte sie.

»Mom?«

»Keine Fragen«, sagte sie. »Schließt euch mit eurer Großmutter ein.«

Dann drehte sie den Türknauf und öffnete die Tür, und ein Mann trat ins Haus.

Patricia schrie. Der Mann packte sie an den Armen.

»Hee!«, sagte James Harris.

Patricia wankte, und der Boden stürzte ihr entgegen. James Harris' starke Arme hielten sie fest, als ihre Knie nachgaben.

»Ich habe gesehen, dass hier hinten die Lichter an sind«, sagte er. »Was ist los?«

»Da ist ein Mann«, sagte Patricia, erleichtert, dass jemand da war, um ihr zu helfen. Sie hatte das Gefühl, laut reden zu müssen, um das Klopfen ihres Herzens zu übertönen. »Auf dem Dach. Wir haben versucht, die Polizei zu rufen. Das Telefon funktioniert nicht.«

»Alles in Ordnung«, beruhigte James Harris sie. »Ich bin da. Sie müssen nicht die Polizei rufen. Niemand ist verletzt?«

»Es geht uns gut«, sagte Patricia.

»Ich sehe besser nach Miss Mary«, sagte James Harris,

schob Patricia behutsam zur Anrichte zurück und trat an ihr und den Kindern vorbei. Er entfernte sich von ihnen und ging in den Hobbyraum.

»Ich rufe die Polizei«, sagte Patricia.

»Nicht nötig«, rief James Harris auf halbem Weg zu ihr zurück.

»Die ist in drei Minuten hier«, sagte sie.

»Lassen Sie mich nach Miss Mary sehen, und anschließend schaue ich auf dem Dach nach«, sagte James Harris vom anderen Ende des Hobbyraums.

Mit einem Mal wollte Patricia nicht, dass James Harris allein mit Miss Mary in einem Zimmer war.

»Nein!«, sagte sie zu laut.

Er hielt inne, eine Hand an der Tür zum Garagenzimmer, und drehte sich langsam zu ihr um.

»Patricia«, sagte er. »Ganz ruhig.«

»Die Polizei?«, fragte sie und ging zum Küchentelefon.

»Nein«, sagte er zu ihr, und sie fragte sich, warum er sie davon abhalten wollte, die Polizei zu rufen. »Mach nichts, ruf niemanden an.«

In diesem Moment flackerte blaues Licht über die Wände, und grelles Weiß flutete die Fenster zum Hobbyraum.

Carter traf fünfundvierzig Minuten später ein, als die Polizei noch mit den Taschenlampen im Gebüsch stöberte. Einer der Polizisten spendete seinen beiden Kollegen auf dem Dach mit einem großen, aufs Auto montierten Scheinwerfer Licht. Gee Mitchell und ihr Mann Beau standen nebenan in der Auffahrt und schauten zu.

»Patty?«, rief Carter aus dem Flur.

»Wir sind hier drin«, brüllte sie zurück, und kurz darauf kam er die Treppe nach unten ins Garagenzimmer.

Patricia hatte beschlossen, dass alle zusammen in Miss Marys Zimmer warten sollten. James Harris hatte bereits mit der Polizei gesprochen und war dann gegangen. Er war hergekommen, um sich zu vergewissern, dass es Patricia gut ging, nachdem ihre Schwiegermutter das Buchclub-Treffen gesprengt hatte, und als er das Licht hinterm Haus gesehen hatte, war er zur Hintertür geeilt.

»Geht es allen gut?«, fragte Carter.

»Uns geht es gut«, antwortete Patricia. »Stimmt doch, oder? Wir haben nur einen Schreck bekommen.«

Korey und Blue umarmten ihren Vater.

»Der Typ hat uns gerettet«, sagte Korey.

»Es war jemand auf dem Dach, und er hätte uns erwischt, wenn dieser Mann nicht gekommen wäre«, sagte Blue.

»Dann bin ich froh, dass er hier war«, sagte Carter und wandte sich Patricia zu. »Musstest du wirklich die Nationalgarde rufen? Himmel, Patty, die Nachbarn denken jetzt wahrscheinlich, dass ich meine Frau schlage oder so.«

»Hoyt«, sagte Miss Mary von ihrem Bett aus.

»Okay, Mom«, sagte Carter. »Es war eine lange Nacht. Ich glaube, wir müssen uns alle erst einmal beruhigen.«

Patricia wusste nicht, ob sie sich jemals wieder beruhigen würde.

Kapitel 11

Nachdem sie Blue und Korey zu Bett gebracht hatten, erzählte Patricia Carter alles.

»Ich behaupte nicht, dass du es dir nur eingebildet hast«, sagte er, als sie fertig war. »Aber nach euren Treffen bist du immer ziemlich aufgekratzt. Ihr lest ziemlich morbide Bücher.«

»Ich will eine Alarmanlage«, sagte sie zu ihm.

»Was hätte das geholfen?«, fragte er. »Hör mal, ich verspreche dir, dass ich in nächster Zeit darauf achte, vor Einbruch der Dunkelheit zu Hause zu sein.«

»Ich will eine Alarmanlage«, wiederholte sie.

»Bevor wir uns all den Aufwand und die Kosten aufhalsen, warten wir doch erst einmal ab, wie du das Ganze in ein paar Wochen siehst.«

Sie erhob sich vom Fußende des Bettes.

»Ich sehe nach Miss Mary«, sagte sie und verließ das Zimmer.

Sie überprüfte, ob Vorder- und Hintertür und die Tür zur Sonnenveranda fest verschlossen waren, wobei sie die Lichter hinter sich anließ. Dann ging sie in Miss Marys Zimmer, das vom orangefarbenen Schein des Nachtlichts erhellt wurde. Sie bewegte sich leise, für den Fall, dass Miss Mary schlief, aber dann sah sie den Widerschein des Nachtlichts in den offenen Augen der alten Frau.

»Miss Mary?«, fragte Patricia. Miss Mary bewegte die Augen zur Seite, um sie anzusehen. »Bist du wach?«

Das Bettzeug verrutschte, und eine von Miss Marys Klauen mühte sich darunter hervor, der jedoch sogleich die Kraft ausging, sodass sie auf ihrer Brust liegen blieb, ohne ihr Ziel zu erreichen.

»Ich bin.« Miss Mary befeuchtete sich die Lippen. »Ich bin.«

Patricia trat ans Bettgitter. Sie wusste, was Miss Mary meinte.

»Ist schon in Ordnung«, sagte sie.

Eine ganze Weile lauschten die beiden Frauen still den heißen Winden, die hinter den zugezogenen Vorhängen gegen die Fenster drückten.

»Wer ist Hoyt Pickens?«, fragte Patricia, ohne mit einer Antwort zu rechnen.

»Er hat meinen Daddy getötet«, sagte Miss Mary.

Bei diesen Worten blieb Patricia die Luft weg. Sie hatte den Namen noch nie zuvor gehört. Außerdem vergaß Miss Mary die Personen, die in ihren Gedanken an die Oberfläche trieben, normalerweise schon nach wenigen Sekunden wieder, kaum dass sie ihre Namen ausgesprochen hatte. Patricia hatte noch nie erlebt, wie sie eine Person und deren Bedeutung für sie miteinander in Verbindung gebracht hatte.

»Warum sagst du das?«, fragte sie leise.

»Ich habe ein Bild von Hoyt Pickens«, sagte Miss Mary. »In seinem Vanilleeis-Anzug.«

Der heisere Klang ihrer Stimme ließ Patricias Narbe am Ohr jucken. Der Wind versuchte, die hinter den Vorhängen versteckten Fenster zu öffnen, rüttelte auf der Suche nach einem Weg hinein am Glas. Miss Marys Hand fand wieder etwas Kraft und schlängelte sich über die Laken auf Patricia zu, die den Arm ausstreckte und die glatte, kalte Klaue in die ihre nahm.

»Woher kannte er deinen Vater?«, fragte sie.

»Vor dem Abendessen haben die Männer und mein Daddy hinten auf der Terrasse gesessen und einen Becher rumgehen lassen«, sagte Miss Mary. »Wir Kinder haben früh zu Abend gegessen und im Garten vor dem Haus gespielt, als wir einen Mann die Straße hochkommen sahen, dessen Anzug die Farbe von Vanilleeis hatte. Er ist zu uns in den Garten gekommen, und die Männer haben ihren Becher versteckt, weil Trinken gegen das Gesetz verstieß. Der Mann ging direkt zu meinem Daddy, stellte sich als Hoyt Pickens vor und fragte, ob mein Daddy wüsste, wo es hier Kaninchenspucke gäbe. So nannte man den Maiswhiskey meines Daddys, weil damit selbst ein Kaninchen einer Bulldogge ins Auge gespuckt hätte. Er sagte, er wäre mit dem Zug aus Cincinnati gekommen und hätte eine staubige Kehle, und es sei ihm gut und gerne zwei Kröten wert, sie zu befeuchten. Mr. Lukens holte den Becher hervor, und Hoyt Pickens probierte einen Schluck. Er sagte, dass er von Chicago bis Miami gefahren sei und das der beste Schnaps sei, den er je getrunken hätte.«

Patricia wagte nicht zu atmen. Es war Jahre her, dass Miss Mary zum letzten Mal so viele Sätze am Stück gesprochen hatte.

»An dem Abend haben Mom und Daddy sich gestritten. Hoyt Pickens wollte etwas von Daddys Kaninchenspucke kaufen und sie in Columbia weiterverkaufen, aber Mama sagte Nein. Damals nagte man mit Baumwolle am Hungertuch. Reverend Buck erzählte uns, dass der Baumwollkapselkäfer deshalb gekommen wäre, weil es zu viele öffentliche Schwimmbäder gab. Die Regierung erhob Steuern auf alles, von Zigaretten bis zu O-Beinen, aber Daddys Kaninchenspucke sorgte dafür, dass wir immer Sirup für unser Maisbrot hatten.

Mama sagte ihm, dass eine Schlange, die den Kopf rausstreckte, ihn meistens verlor, aber Daddy war es leid, sich seinen Lebensunterhalt zusammenzukratzen, also hörte er nicht auf Mama und verkaufte zwölf Gläser Kaninchenspucke an Hoyt Pickens, und Hoyt ging nach Columbia und verkaufte sie im Handumdrehen und kam wieder und wollte weitere zwölf. Die verkaufte er auch, und schon bald hatte Daddy eine zweite Destille und war von Sonnenuntergang bis Sonnenaufgang weg und schlief die Tage durch.

Hoyt Pickens saß jeden Sonntag bei uns am Esstisch, und manchmal auch mittwochs und freitags. Er erzählte Daddy, was er sich alles gönnen sollte. Er erzählte Daddy, dass er mehr Geld aus seiner Kaninchenspucke herausholen könnte, wenn er sie in Fässer einlagerte, bis sie braun wurde. Das bedeutete, dass Daddy eine Menge auslegen musste und sein Geld sechs Monate lang nicht wiedersehen würde, bevor Hoyt den Whiskey nach Columbia brachte und sich dafür bezahlen ließ. Aber als Hoyt zum ersten Mal einen großen Stapel Dollarscheine auf den Tisch legte, waren wir alle aus dem Häuschen.«

Etwas Scharfes kitzelte Patricias Handfläche. Miss Mary kratzte mit ihren Nägeln über Patricias Haut, hin und her, hin und her. Es fühlte sich an, als krabbelten Insekten auf ihrer Handfläche.

»Schon bald drehte sich alles nur noch um die Kaninchenspucke. Als der Sheriff mitbekam, was Daddy trieb, wollte er auch sein Scherflein von dem Geld. Daddy brauchte mehr Männer, um die Destillen am Laufen zu halten, und er bezahlte sie mit Schuldscheinen, solange sie darauf warteten, dass die Kaninchenspucke braun wurde. Die Banken machten schneller dicht, als man sich ihre Namen merken konnte, weshalb die Leute ihr Geld daheim behielten, aber Daddy kaufte sich einen Satz Enzyklopädien und eine

Wäschemangel, und die Männer rauchten Zigarren aus dem Geschäft, wenn sie draußen saßen.«

Patricia erinnerte sich an Kershaw. Viele Male waren sie die zweihundertfünfzig Kilometer nach Norden gefahren, um Carters Verwandte zu besuchen, und Miss Mary, als sie noch allein gewohnt hatte. Sie waren lange nicht dort gewesen, aber Patricia erinnerte sich an ein trockenes Land, bevölkert von trockenen, staubbedeckten Menschen, an Tankstellen an jeder Kreuzung, wo man Kondensmilch und billige Zigaretten kaufen konnte. Sie erinnerte sich an brach liegende Felder und verlassene Farmen. Sie verstand, welchen Reiz etwas Frisches und Sauberes und Grünes auf Menschen ausüben musste, die ein derart beengtes, heißes Zuhause bewohnten.

»Etwa zu der Zeit verschwand der Junge von den Beckhams«, sagte Miss Mary. Ihre Stimme war mittlerweile nur noch ein Krächzen. »Er war ein blasser, kleiner Rotschopf, sechs Jahre alt, der allen überallhin nachlief. Als er nicht zum Abendessen nach Hause kam, haben wir uns gemeinsam auf die Suche nach ihm gemacht. Wir rechneten damit, ihn zusammengerollt unter einem Pekannussbaum zu finden, aber nichts da. Manche Leute sagten, dass die Kerle von der Regierung, die die Impfungen verteilten, ihn mitgenommen hätten; andere behaupteten, dass es ein farbiges Mädchen im Wald gäbe, das Eintopf aus weißen Kindern kochte, den sie anschließend für einen Nickel pro Schluck als Liebestrank verkaufte. Manche meinten, dass er in den Fluss gefallen und mitgerissen worden sei, aber letztendlich war es egal – er blieb verschwunden.

Der nächste kleine Junge, der verschwand, war Avery Dubose. Er war Eimerschlepper, und Hoyt erzählte allen, dass er in eines der Mahlwerke gefallen sein musste und der Müller und sein Boss die anderen einfach darüber belogen. Das sorgte für böses Blut zwischen der Mühle und den Farmern, und mit all der Kaninchenspucke im Umlauf erhitzten sich die Gemüter. Die Männer kamen mit Waffen in die Kirche, hatten die Arme in Schlingen und Blutergüsse im Gesicht. Mr. Beckham erschoss sich.

Aber wir hatten zu Weihnachten Geschenke unterm Baum, und Daddy überzeugte Mom, dass es gute Zeiten für uns waren. Im Januar wurde ihr Bauch fest und rund. Ich war ihr einziges Baby, das älter als drei geworden war, aber nun war ein neues im Anmarsch.

Sie hätten Charlie Beckham nie gefunden, wenn dieser Handlungsreisende vom Kombinat seine Pferde nicht beim alten Haus der Moores angehalten und gesehen hätte, dass das Wasser aus ihrer Pumpe voller Maden war. Sie mussten die Leiche des kleinen Jungen drei Tage lang ins Kühlhaus legen, bis genug Wasser aus seinem Körper raus war, damit er in den Sarg passte. Und sie mussten trotzdem noch einen besonders breiten Sarg zimmern.«

Die Spucke bildete klebrige Kügelchen in Miss Marys Mundwinkeln, aber Patricia rührte sich nicht. Sie fürchtete, dass der Faden reißen könnte, wenn sie auch nur das Geringste tat, um den Zauber zu brechen, und sie ahnte, dass Miss Mary wahrscheinlich nie wieder so klar und deutlich mit ihr sprechen würde.

»In jenem Frühling konnte niemand es sich leisten, etwas zu pflanzen«, fuhr Miss Mary fort. »Keiner hatte etwas im Boden, weshalb Daddy und Hoyt eine Menge Geld ausgeben mussten, um Mais von Rock Hill kommen zu lassen, und all ihr Geld steckte in den Kaninchenspuckefässern. Die Banken interessierten sich nicht für Schuldscheine und fingen an, den Leuten die Werkzeuge wegzunehmen und die Pferde und

Maultiere, und keiner konnte irgendwas machen. Alle warteten auf die Fässer.

Der dritte Junge, der verschwand, war das Baby von Reverend Buck, und die Männer kamen auf der Veranda hinter unserem Haus zusammen, und ich hörte durch mein Fenster, wie sie über diese und jene Person nachdachten, und der Becher ging immer wieder rum, und dann sagte Hoyt Pickens, dass er Leon Simms einmal Nachts in der Nähe der Moore-Farm gesehen hatte, und ich wollte lachen, weil nur ein Fremder so etwas hätte sagen können. Leon war ein Farbiger, und im Krieg war etwas mit seinem Kopf passiert. Er saß draußen vor Mr. Earlys Geschäft in der Sonne, und wenn man ihm Süßigkeiten gab, dann spielte er mit den Löffeln für einen und sang. Seine Mutter kümmerte sich um ihn, und er bekam ein bisschen Geld von der Regierung. Manchmal half er Leuten dabei, ihre Sachen zu tragen, und sie bezahlten ihn immer mit Süßigkeiten.

Aber Hoyt Pickens sagte, dass Leon gerne nachts umherstreifte und sich an Orten herumtrieb, an denen er nichts verloren hatten. Er sagte, das würde eben passieren, wenn die Leute aus dem Norden hier runterkamen und bestimmte Ideen in Gegenden verbreiteten, die noch nicht dafür bereit waren. Er sagte, dass Leon Simms draußen vor Mr. Earlys Geschäft saß und sich beim Gedanken an Kinder die Lippen leckte, und dass er sie an verborgene Orte mitnahm, wo er seine widernatürlichen Gelüste stillte.

Je mehr Hoyt Pickens redete, desto überzeugender fanden die Männer seine Worte. Ich musste wohl eingenickt sein, denn als ich die Augen wieder öffnete, war es stockfinster, und niemand war mehr hinterm Haus. Ich hörte den Zug vorbeifahren, eine Eule schrie draußen im Wald, und ich stand schon wieder kurz davor einzuschlafen, als plötzlich alles hell wurde.

Eine Menschenmenge zog mit Laternen und Taschenlampen in den Händen hinter einem Wagen her. Die Leute waren still, aber ich hörte eine kalte Stimme, die laut sprach und Befehle erteilte, und das war mein Daddy. Neben ihm stand Hoyt Pickens, dessen Vanilleeis-Anzug im Dunkeln leuchtete. Sie zogen etwas von dem Wagen, einen großen Jutesack, wie wir sie bei der Baumwollernte verwendeten, und hoben ihn an einem Ende an, und etwas glitt feucht und schwarz heraus. Es war Leon, mit Seilen eingeschnürt.

Die Männer holten Schaufeln, und sie gruben ein tiefes Loch unter dem Pfirsichbaum und zerrten Leon dorthin, und er kann noch nicht tot gewesen sein, denn ich hörte, wie er meinen Daddy ›Boss‹ nannte und sagte ›Bitte, Boss, ich spiele Ihnen etwas vor, Boss‹, und sie warfen ihn in das Loch und schaufelten Erde auf ihn, bis sein Flehen nur noch gedämpft zu hören war, und nach einer Weile hörte man es gar nicht mehr, aber mir klang es immer noch in den Ohren.

Als ich früh am Morgen aufwachte, lag dichter Nebel über dem Boden, und ich ging nach hinten raus, um nachzusehen, ob ich bloß einen Albtraum gehabt hatte. Aber ich sah die frisch aufgewühlte Erde, und dann hörte ich ein Geräusch und sah meinen Daddy, der ganz still in einer Ecke der Veranda saß, mit einem Becher Kaninchenspucke zwischen den Beinen. Seine Augen waren rot verquollen, und als er mich sah, setzte er ein Grinsen auf, das direkt aus der Hölle kam.«

Patricia begriff, dass das der Grund dafür war, dass Miss Mary die Pfirsiche schlecht werden ließ. Die Erinnerung an den süßen Saft der Früchte, der ihr am Kinn herabgelaufen war, an das Fruchtfleisch in ihrem Bauch, hinterließ bei Patricia nun den sauren Geschmack von Leon Simms' Blut.

»Hoyt Pickens reiste ab, bevor die Kaninchenspucke braun

wurde«, krächzte Miss Mary. »Daddy fuhr mit dem Lieferwagen nach Columbia, aber er fand nicht heraus, wer Hoyts Käufer gewesen war. All unser Geld steckte in diesen Fässern, aber niemand in Kershaw konnte die Kaninchenspucke zu dem Preis kaufen, den Daddy dafür haben musste, und im Laufe der nächsten Jahre trank er den Großteil davon selbst. Mama verlor meinen kleinen Bruder, und Daddy verkaufte seine Destillen, damit wir Geld für Essen hatten. Er arbeitete keinen einzigen Tag in seinem Leben mehr, sondern saß einfach nur draußen und trank für sich allein die braune Kaninchenspucke, weil alle wussten, was bei uns begraben lag und niemand mehr zu uns nach Hause kommen wollte. Es war ein Gnadentod, als er sich schließlich in der Scheune erhängte. Als ein paar Jahre später harte Zeiten anbrachen, sagten manche, das es Leon Simms sei, der das Land vergiftete, aber für mich bleibt klar, dass Hoyt schuld ist.«

In der langen Stille, die sich anschloss, quollen Tränen unter Miss Marys zitternden Lidern hervor und rannen ihr übers Gesicht. Sie befeuchtete sich die Lippen, und Patricia sah, dass sie einen weißen Belag auf der Zunge hatte. Ihre Haut sah dünn wie Papier aus, und ihre Hände fühlten sich kalt wie Eis an. Ihr Atem klang, als risse jemand Stoff in Fetzen. Patricia sah, wie ihre blutunterlaufenen Augen ins Leere zu starren begannen, und sie begriff, dass die Geschichte Miss Marys Gedanken auf Reisen geschickt hatte. Patricia wollte Miss Mary ihre Hand entziehen, aber die alte Dame schloss die Finger fester um sie.

»Männer, die in der Nacht herumstreifen, tragen immer einen Hunger in sich«, krächzte sie. »Sie nehmen und nehmen, und sie kennen das Wort genug nicht. Sie haben ihre Seele verpfändet, und jetzt essen und essen sie und wissen einfach nicht, wie man wieder aufhört.«

Patricia wartete ab, ob Miss Mary noch etwas sagen wollte, aber ihre Schwiegermutter regte sich nicht. Nach einer Weile zog sie die Hand aus Miss Marys kalten Fingern und sah zu, wie die alte Frau mit offenen Augen einschlief.

Ein schwarzer Wind drückte auf ihr Haus herab.

Der Fremde neben mir

Juli 1993

Kapitel 12

Der Hochsommer erstickte Old Village. Es hatte den ganzen Monat lang nicht geregnet. Die Sonne dörrte das Gras zu einem knirschenden Gelb aus, buk die Bürgersteige bis zur Weißglut, ließ Dachschindeln weich werden und erhitzte die Telefonmasten, bis die Straße nach warmem Teer roch. Alle gingen ins Innere der Häuser, mit Ausnahme des einen oder anderen Kindes, das am Nachmittag über schwammige Asphaltstraßen flitzte. Nach zehn Uhr morgens verrichtete niemand mehr Gartenarbeiten, und ihre Besorgungen erledigten die Leute nach sechs Uhr abends. Von Sonnenaufgang bis Sonnenuntergang fühlte die ganze Welt sich an wie mit kochendem Honig geflutet.

Nur Patricia verrichtete ihre Erledigungen nicht nach Sonnenuntergang. Wenn sie ins Geschäft oder auf die Bank musste, rannte sie zu ihrem in der Sonne bratenden Volvo und ließ die Klimaanlage auf voller Kraft laufen, während sie elend auf dem sengend heißen Fahrersitz saß, bis man das kochend heiße Lenkrad anfassen konnte. Sie bestand darauf, dass Blue die Mülltonnen vor Einbruch der Dunkelheit an die Straße stellte, egal, wie sehr er sich darüber beschwerte, dass er sie unter der unerbittlichen Sonne über die Auffahrt ziehen musste.

Nach Sonnenuntergang ging Patricia nie weit von zu Hause weg. Wenn Korey oder Blue bei jemandem übernachteten, sah sie von der Veranda aus zu, bis sie im Auto saßen, die Türen geschlossen waren und sie sicher den Cruze hinabfuhren. Auch als die Klimaanlage endgültig den Geist aufgab und der Klimaanlagenmann ihnen sagte, dass sie früher hätten anrufen sollen und es zwei Wochen dauern würde, bis er die nötigen Ersatzteile bekäme, bestand Patricia darauf, alle Fenster und Türen fest zu verschließen, bevor sie zu Bett gingen. Sie konnten noch so viele Ventilatoren über Nacht anlassen, alle schwitzten ihre Bettwäsche voll, sodass Patricia jeden Morgen sämtliche Betten ab- und wieder frisch bezog. Der Wäschetrockner lief ununterbrochen.

Schließlich rettete James Harris ihnen das Leben.

Die Türklingel schellte eines Abends, als sie beim Essen saßen, und Patricia stand auf, weil sie nicht wollte, dass Korey oder Blue nach Einbruch der Dunkelheit an die Tür gingen. James Harris stand auf der Veranda.

»Ich wollte nach dem großen Schreck neulich nur nachfragen, wie es Ihnen geht«, sagte er.

Patricia hatte geglaubt, ihn vielleicht nicht wiederzusehen, nachdem sie in der Nacht, in der der Mann auf ihr Dach geklettert war, überreagiert und ihn angeschrien hatte, als ob er versucht hätte, bei ihnen einzubrechen. Als ginge die Gefahr von ihm aus. Sie schämte sich, ohne Grund so schlecht von einem Menschen gedacht zu haben, und ihn jetzt auf der Veranda stehen zu sehen, als sei nichts geschehen, erfüllte sie mit einem tiefen Gefühl der Erleichterung.

»Ich könnte mich immer noch dafür treten, dass ich nicht hier war«, sagte Carter, stand vom Tisch auf und schüttelte James die Hand, als sie ihn ins Esszimmer führte. »Gott sei Dank sind Sie vorbeigekommen. Die Kinder sagen, dass Sie der Mann der Stunde waren. Sie sind uns immer willkommen.«

James Harris nahm das wörtlich, und schon bald stellte Patricia fest, dass sie bereits auf sein Klopfen horchte, wenn Korey gerade das letzte Brötchen aß oder Blue sich darüber beschwerte, dass er bei dieser Hitze unmöglich seine Zucchini aufessen konnte. Abend für Abend stand James Harris auf der Veranda vor dem Haus, und sie tauschten sich über das aktuelle Buchclub-Buch aus, oder er fragte sie, wie weit die Reparatur ihrer Klimaanlage vorangeschritten war oder wie es Miss Mary ging, oder er erzählte ihr, dass er mit Slick und Leland in der Kirche gewesen war. Und jedes Mal bat sie ihn immer zum Eis herein.

»Woher weiß er, wann genau bei uns der Nachtisch auf dem Tisch steht?«, beschwerte Carter sich nach James' viertem Besuch. Er hüpfte gerade im Schlafzimmer auf einem Fuß herum, während er sich eine verschwitzte Socke auszog. »Als könnte er bis zum anderen Ende der Straße hören, wie die Tür zu unserem Gefrierfach aufgeht.«

Aber Patricia hatte ihn gerne zu Besuch, weil Carter sein Versprechen, bei Sonnenuntergang zu Hause zu sein, nur zwei Tage lang gehalten und dann wieder begonnen hatte, länger in der Arbeit zu bleiben. Die meisten Abende aß sie allein mit den Kindern, und weil Korey Ende des Monats für zwei Wochen ins Fußballcamp fahren würde und anscheinend vorher noch mit jeder einzelnen Freundin und jedem Freund einen gemeinsamen Abend verbringen musste, saß sie die meisten Abende nur mit Blue am Tisch.

Am fünften Abend, an dem James Harris vorbeikam, ließ Patricia erstmals die Fenster länger offen, und dann begann sie, das Fenster oben auch über Nacht offenstehen zu lassen, dann die Fenster oben, und es dauerte nicht lange, bis sie nur die Fliegengittertür einrasten ließ und das Haus den ganzen Tag und die ganze Nacht über vom leisen Surren der Ventilatoren erfüllt wurde, die in den offenen Fenstern standen.

Der andere Grund, aus dem sie froh über die regelmäßigen Besuche von James Harris war, bestand darin, dass sie nicht mehr wusste, worüber sie mit Blue reden sollte. Er interessierte sich nur noch für Nazis. Sie hatte ihm dabei geholfen, einen Erwachsenen-Bibliotheksausweis zu bekommen, und jetzt lieh er sich Time-Life-Fotobände über den Zweiten Weltkrieg aus. Sie hatte festgestellt, dass seine Spiralblöcke voller Zeichnungen von Hakenkreuzen, SS-Runen, Panzern und Totenschädeln waren. Immer, wenn sie seine Sommerfreizeit ansprach oder ihm vorschlug, zum Creekside-Pool zu gehen, kam er ihr mit Nazis.

James Harris beherrschte die Nazisprache fließend.

»Weißt du«, sagte er zu Blue, »das ganze amerikanische Raumfahrtprogramm wurde von Wernher von Braun und seinem Klüngel von Nazis aufgebaut, denen die Amerikaner Asyl gewährten, weil sie wussten, dass die wussten, wie man Raketen baut.«

Oder: »Wir machen uns immer vor, dass wir Hitler besiegt hätten, aber in Wirklichkeit waren es die Russen, die das Blatt gewendet haben.«

Oder: »Wusstest du, dass die Nazis englisches Geld gefälscht haben, um die englische Wirtschaft zu destabilisieren?«

Patricia freute sich zu sehen, wie sich Blue in einem Gespräch mit einem Erwachsenen behaupten konnte, obwohl es ihr lieber gewesen wäre, wenn die beiden nicht ständig über das Dritte Reich gesprochen hätten. Aber ihre Mutter hatte ihr gesagt, dass sie sich über den Spatz in der Hand freuen sollte, statt die Taube auf dem Dach zu wollen, und so ließ sie den leeren Raum, den Carter und Korey hinterließen, von Blue und James Harris füllen.

Jene Abende, an denen sie im Wohnzimmer Eis aßen und bei offenen Fenstern in der warmen, salzigen Brise saßen, die durch das Haus wehte, während Blue und James Harris über den Zweiten Weltkrieg redeten, waren die letzten, an denen Patricia echtes Glück empfand. Selbst nach allem, was darauf folgen und ihr Leben zu einer Abfolge von Schmerzen machen sollte, hüllte die Erinnerung an jene Abende sie in einen weichen, süßen Schein, der sie oft in den Schlaf trug.

Nach fast drei Wochen stellte Patricia fest, dass sie sich ernsthaft auf Grace' Geburtstagsfeier freute. Endlich war sie wieder selbstsicher genug, um abends rauszugehen, und seien es nur die paar Schritte bis zum Ende des Blocks, und Carter hatte versprochen, früh zu Hause zu sein, und sie hatte das Gefühl, dass sich nun endlich wieder alles normalisierte.

In der Sekunde, in der Patricia und Carter zur Tür hinaus waren, zog Mrs. Greene ihre Schuhe aus, rollte sich die Socken von den Füßen und schob sie sich in die Handtasche. Es war zu heiß, um etwas an den Füßen zu tragen. Blue und Korey übernachteten bei Freunden, und niemand war zu Hause, den es gekümmert hätte, ob sie barfuß herumlief.

Der Teppich unter ihren Fußsohlen fühlte sich heiß an. Alle Türen und Fenster im Haus standen offen, aber der jämmerliche Luftzug, der vom Garten hinterm Haus hereinkam, war klebrig und stank nach Sumpf.

»Mögen Sie heute Abend noch etwas zu essen, Miss Mary?«, fragte sie.

Miss Mary summte fröhlich vor sich hin. Laut Mrs. Campbell hatte sie die ganze Woche über ihre Fotoalben durchgeblättert, und wenn sie nicht so viel Gewicht verloren hätte, wäre sie Mrs. Greene beinahe wieder wie die Alte vorgekommen.

»Ich habe es gefunden«, sagte Miss Mary lächelnd. Ihre Augäpfel, die an gekochte Eier erinnerten, drehten sich in den

Höhlen, als sie den Blick auf Mrs. Greene richtete. »Wollen Sie es sehen?«

Ein alter Schnappschuss lag mit dem Bild nach unten auf ihrem Knie. Sie strich mit bebenden Fingern über die Rückseite.

»Von wem ist das?«, fragte Mrs. Greene und griff danach. Miss Mary legte die Hand darüber.

»Zuerst Patricia«, sagte sie.

»Soll ich Ihnen die Haare bürsten?«, fragte Mrs. Greene.

Miss Mary wirkte verwirrt durch den Themenwechsel, überlegte und bewegte dann das Kinn einmal ruckartig nach unten.

Mrs. Greene suchte die Holzhaarbürste und stellte sich hinter Miss Marys Stuhl, und während die alte Dame auf den Fernseher starrte und ihr Foto streichelte, bürstete Mrs. Greene ihr das spärliche graue Haar, umgeben vom Geräusch surrender Ventilatoren.

Grace' Partys waren genau so, wie Patricia sich solche Anlässe als kleines Mädchen vorgestellt hatte. Im Wohnzimmer hatte Arthur Rivers sein Jackett ausgezogen, saß am Klavier und spielte ein Medley von College-Kampfliedern, die je nach College abwechselnd von Buh- und Jubelrufen und grölendem Gesang begleitet wurden. Solange die Leute ihm Bourbon brachten, hörte er nicht auf.

Die Party breitete sich aus dem Wohnzimmer ins Esszimmer aus, wo sie sich um einen Tisch versammelte, der von winzigen Schinkenkräckern, Käsestangen, Paprika-Käse-Sandwiches und Gemüsesticks, die niemand anrührte und die man am nächsten Morgen einfach wegwerfen würde, überquoll, um dann durch die Küche zu strömen und schließlich die Sonnenveranda mit der Panoramasicht auf den Hafen zu fluten. Die Bar mit dem weißen Tischtuch stand an jenem Ende des

Zimmers, an dem sich die Menge am dichtesten drängte, und zwei schwarze Männer in weißen Jacketts standen dahinter und schenkten einen nie versiegenden Strom von Drinks aus.

Jeder Arzt und Rechtsanwalt und Hafenpilot des Old Village hatte seinen Seersucker und seine Fliege an, hielt ein Glas in der Hand und blökte etwas davon herum, was in dieser Saison mit Ken Hatfield los war oder ob die Geschäfte am Shem Creek, die nach dem Hurrikan vor ein paar Jahren dichtgemacht hatten, wohl jemals wieder öffnen würden, oder wo nur all die verdammten Sumpffratten herkamen. Ihre Ehefrauen hielten sich an Weißweingläsern fest und trugen einen wahren Dschungel nicht zueinander passender Stoffmuster am Leib – Tiermuster und Blumenmuster und geometrische Muster und abstrakte Muster –, unterhielten sich über die Pläne ihrer Kinder für den Sommer, ihre Küchenrenovierungsprojekte und Patricias Ohr. Es war der erste gesellschaftliche Anlass, den sie seit dem Vorfall besuchte, und sie hatte das Gefühl, dass alle sie anstarrten.

»Ich bemerke den Unterschied nur, wenn ich genau vor dir stehe und beide Ohren zugleich sehen kann«, versicherte Kitty ihr.

»So auffällig ist es?«, fragte Patricia, hob die Hand und strich sich das Haar über die Narbe.

»Dein Gesicht sieht etwas schief dadurch aus«, sagte Kitty, und dann ergriff sie Loretta Jones, die sich im Gedränge an ihnen vorbeischob, am Ellbogen. »Loretta, sieh dir mal Patricia an, und sag mir, ob dir etwas auffällt.«

»Tja, die Großmutter von diesem Mann hat ihr das Ohr abgebissen«, sagte Loretta, während sie den Kopf auf die Seite legte. »Was meinst du denn? Ist sonst noch etwas passiert?«

Patricia wollte sich davonstehlen, aber Kitty packte sie am Handgelenk.

»Es war seine Großtante«, berichtigte Kitty, »und sie hat es nur ein bisschen angeknabbert.«

Loretta neigte erneut den Kopf und sagte: »Brauchst du einen guten plastischen Chirurgen? Ich kann dir einen Namen raussuchen. Dein Gesicht hat Schlagseite. Oh, da ist Sadie Funche. Entschuldigt mich.«

»Loretta war schon immer eine Pissnelke«, flüsterte Kitty, während Loretta in der Menge verschwand.

Der große, kastenförmige Ventilator stand in der Tür zum Hobbyraum, wo er theoretisch heiße Luft ansaugen und sie gekühlt ins Garagenzimmer entlassen sollte, aber er tat kaum mehr, als die Suppe durchzurühren. Es war unerträglich heiß. Ragtag lag hechelnd unter Miss Marys Bett.

Vielleicht sollte sie Miss Mary ein kühles Bad einlassen, dachte Mrs. Greene. Das Wasser würde für sie beide angenehm sein. Sie wollte gerade aufstehen, als sie den Blick eines Lebewesens auf sich spürte. Sie blickte zur Tür zum Hobbyraum und sah eine riesige nasse schwarze Ratte reglos neben dem Ventilator sitzen und in ihre Richtung starren. Die Luft über ihrem räudigen, scheckigen Rücken waberte geradezu vor Krankheitskeimen. Mrs. Greene hatte das Gefühl, dass ihre Eingeweide sich mit Eiswasser füllten. Sie hatte in ihrem Leben schon eine Menge Ratten gesehen, aber noch nie eine so große, und ganz sicher keine, die derart ruhig und gelassen dasaß, als gehörte ihr das Haus.

»Husch!«, sagte Mrs. Greene, wedelte mit der Hand in Richtung der Ratte und stampfte mit dem Fuß auf. Ragtag hob den Kopf, als wöge er zweihundert Kilo, und bedachte sie mit einem Blick. Anscheinend fragte er sich, ob das »Husch« ihm gegolten hatte.

»Na los, Ragtag«, sagte Mrs. Greene, als sie erkannte, wer

hier ihr natürlicher Verbündeter war. »Hol dir die hässliche alte Ratte. Hol sie dir!«

Ragtags Blick folgte ihren Bewegungen. Er sah die Ratte und ließ, ohne einen Muskel zu bewegen, ein tiefes, kehliges Knurren erklingen. Die Ratte streckte ihren Körper und glitt auf die erste Stufe hinab, und Mrs. Greene erkannte, dass sie so groß war wie ein Herrenschuh. Ragtags Knurren wurde lauter, aber das störte die Ratte anscheinend nicht. Ragtag kam unter dem Bett hervor und stellte sich der Ratte in den Weg, und sein Knurren steigerte sich zu einem Bellen, das plötzlich durch ein Winseln ersetzt wurde, als drei weitere, kleinere und genauso schmutzige Ratten an den Seiten des dicken Exemplars die Stufen runterglitten und über den Teppich auf Mrs. Greene zuhuschten.

Ragtag rannte ohne zu zögern auf sie los, packte eine mit den Kiefern und schüttelte zweimal den Kopf, einmal, um ihr das Genick zu brechen, und ein weiteres Mal, um das tote Tier gegen die Wand zu schleudern. Die zweite und dritte Ratte verschwanden hinter Miss Marys Krankenhausbett.

Mrs. Greene hatte die nackten Füße auf den Stuhl hochgezogen, aber nun wurde ihr klar, dass sie eingreifen musste. In der Werkzeugkammer hinter ihr fand sich bestimmt ein Stock oder ein Wischmop, und sie musste die Ratten aus dem Haus jagen, bevor sie jemanden bissen.

»Wir haben ein paar Ratten hier drin, Miss Mary«, sagte Mrs. Greene, während sie sich erhob. »Aber Ragtag und ich kümmern uns darum.«

Sie ging zur Werkzeugkammer, doch dann hielt sie inne, als sie das Vorhängeschloss sah, das sie nach jenem Abend angebracht hatten, an dem Mrs. Campbell dachte, dass jemand einzubrechen versuchte. Niemand hatte ihr den Schlüssel gegeben.

RUMMS!

Hinter ihr krachte es, und sie wirbelte herum und sah, wie Ragtag mit einem Satz nach hinten von dem Ventilator wegsprang, der mit den Rotoren nach unten am Fuß der Treppe zum Liegen kam. Mehrere Ratten hatten sich zu dem großen Exemplar gesellt, und sie alle sahen schmutzig aus, hatten nackte Stellen, schorfverkrustete Leiber und zuckende Nasen. Der Ventilator gab ein gedämpftes Heulen von sich, weil er keine Luft aus dem Teppich ansaugen konnte, und weitere Ratten drängten sich in die Tür. Ragtag rannte bellend auf sie zu, aber sie wichen nicht vor ihm zurück.

»Hol sie dir, Ragtag!«, rief Mrs. Greene. »Hol sie dir!«

Mrs. Greene wusste, was sie zu tun hatte. Sie würde Miss Mary im kleinen Badezimmer neben der Werkzeugkammer einschließen, und dann würde sie sich eine Decke holen und die Viecher zusammen mit Ragtag zurückschlagen. Solange Ragtag bei ihr war, konnte sie mit dieser Sache fertigwerden.

»Miss Mary, ich bringe Sie für eine Minute ins Puderzimmer«, sagte sie.

Sie beugte sich vor, schob die Hände unter Miss Marys feuchte Achseln und machte sich daran, sie hochzuheben. Miss Mary gab ein elendes Stöhnen von sich, und dann nahm Mrs. Greene einen abscheulichen Gestank wahr. Sie blickte auf.

Der Hobbyraum war voller Ratten, die durch die Tür strömten und unbeholfen über die oberen Stufen kullerten – nass und schlammverschmiert, drei- und vierbeinig, mit kurzen Schwänzen und ohne Schwänze und extrem widerwärtig. Schwarze Augen glänzten, Schnurrhaare zuckten, und die zappelnden Leiber drängten sich in der Tür. Keine der Ratten gab einen Laut von sich. Der Boden des Hobbyraums war von einem derart dichten Teppich von Ratten bedeckt, dass Mrs. Greene das gelbe Linoleum nicht mehr ausmachen konnte, und immer mehr kamen aus dem Esszimmer herein, durch die Hintertür, vom Eingangsflur, strömten in den Hobbyraum und bedeckten alles wie eine brodelnde Masse verfilzten Fells, krochen über einander hinweg und bildeten eine dicht gepackte, zuckende Masse.

Wie sind die so schnell hier reingekommen? Und wo kommen sie alle her?

Etwas stieß an ihr Bein, und als sie den Blick senkte, sah sie Ragtag, der wie erstarrt mit dem Kopf zur Tür dastand, die Zähne gefletscht, das Maul geöffnet, die Zunge eingerollt, und ein tiefes, hässliches Geräusch von sich gab. Der Schmutzgeruch der Ratten wogte ins Zimmer und ließ Mrs. Greene vor Angst erstarren. Sie erinnerte sich bis heute an jene Nacht, als sie noch ein kleines Mädchen gewesen und aufgewacht war, weil etwas unter ihrer Decke gezappelt hatte, etwas Kahles und Fleischiges und Kaltes über ihre Beine gestrichen war, und daran, wie ihre Schwester geschrien hatte, hoch, lang und laut, als würde sie nie wieder aufhören, bis ihre Mutter hereingerannt gekommen war, die Decke weggerissen und eine haarige Ratte auf dem Bauch ihrer Schwester vorgefunden hatte, die sich durch den Bauchnabel in sie hineinnagte.

Jener Albtraum aus ihrer Kindheit stürzte kreischend auf sie ein, als die riesige schwarze Ratte auf den Stufen mit einem Mal aus ihrer völligen Reglosigkeit erwachte und zu einem schwarzen Schemen wurde, der von der Treppe sprang und so schnell über den Teppich auf Miss Mary zurannte, dass sie losschrie.

Dann war Ragtag da, schnappte die schwarze Ratte mit seinen Kiefern und schüttelte wie rasend den Kopf.

Mrs. Greene hörte ein Knacken und ein schrilles Quieken, gedämpft von einer pelzigen Kehle, und dann lag die riesige Ratte auf dem Boden, krümmte sich zusammen und wurde schlaff. Aber noch während ihr Leib zuckte, bäumte die Flut der Ratten sich in der Tür auf und ergoss sich dann wie knochenlos über die Stufen, um den Ventilator herum und auf sie drei zu.

Mrs. Greene rannte zu Miss Marys Sessel, doch dann erstarrte sie, als die schweren Ratten über ihre nackten Füße huschten, ihr mit den scharfen Krallen die Haut zerkratzten und mit ihren haarlosen kalten Schwänzen darüberstrichen. Einige hielten inne, gruben die Krallen in ihre Hosenbeine und fingen an, sich hochzuziehen. Sie führte einen hektischen Stepptanz auf, um sie abzuschütteln.

Rasierklingen zerschlitzten ihr die Zehen. Sie griff nach unten, um eine graue Ratte aus ihrem Hosenbein zu ziehen, und sie biss ihr in den Finger. Scharfe Zähne trafen auf Knochen, und Mrs. Greene wurde von kalter Übelkeit durchflutet.

Ragtag bellte und tobte, während er in einem lebenden Teppich von Ratten ertrank. Eine krabbelte auf seinen Rücken, und drei weitere hingen ihm an den Ohren. Mrs. Greene sah, wie sein hellbraunes Fell dunkel von Blut wurde. Sie warf die graue Ratte gegen die Vorhänge und verlor dabei ein Stück Haut von ihrem Finger. Dann drehte sie sich zu Miss Mary um.

»Ohuh, guhhch!«, schrie Miss Mary, als ein haariger Fluss an ihren Beinen emporströmte und sich in ihrem Schoß sammelte.

Ratten kamen über ihre Sessellehne, glitten über ihre Schultern herab und verfingen sich in ihrem Haar. Sie hob einen Arm und hielt dabei das Foto, das sie sich auf das Bein gedrückt hatte, hoch in die Luft, aber die Ratten zogen sich an ihren Ärmeln empor, krochen ihr in den Nachthemdkragen, an ihrem Hals empor und verdeckten ihr Gesicht.

Ratten bedeckten den Teppich, das Sofa, sie kletterten an den Vorhängen hoch, sie flitzten über die weißen Laken von Miss Marys Krankenhausbett, sie rannten über die Fensterbank und erfüllten das ganze Zimmer. Aber die Badezimmertür war nach wie vor geschlossen. Wenn sie sie beide dort hineinbekam, würden sie in Sicherheit sein.

Mrs. Greene spürte, wie heiße Nadeln in ihren Bauchnabel stachen, und als sie an sich herabblickte, sah sie eine Ratte, die an ihrem Rockbund hing und die Schnauze unter ihr Hemd geschoben hatte, und etwas in ihr zerbrach. Sie sah zuckende Haufen von Ratten, wo eben noch Miss Mary und Ragtag gewesen waren, und sie rannte zum Badezimmer, wobei sie die Ratte an ihrem Bauch mit einer Hand ergriff und fortschleuderte, obwohl sie die Zähne bereits in ihren Bauchnabel gebohrt hatte, der mit einem Geräusch riss, das sie niemals vergessen würde.

Sie warf sich gegen die Badezimmertür, drehte den Knauf, stürzte hinein, knallte die Tür vor den Ratten zu und lehnte sich dagegen, hielt die Tür zu, während zahllose Krallen an der anderen Seite kratzten. Niesend und würgend von den Rattenhaaren überall an ihrem Leib sank sie zu Boden.

Ein Platschen erklang aus der Toilette, und sie hörte das unverkennbare Geräusch von etwas, das den Halt auf dem Porzellan verlor und zappelnd ins Toilettenwasser zurückrutschte. Mrs. Greene griff den Duschkopf und drehte das Wasser so heiß es ging auf. Sie stellte sich im selben Moment auf den geschlossenen Toilettendeckel, in dem ein Dutzend Ratten ihn von unten aufzudrücken versuchten. Sie zielte mit der dampfenden, zischenden Dusche auf die klappernden Krallen unterm Türschlitz, auf die Ratten, die sich mit platt gedrückten Köpfen darunter hindurchzuzwängen versuchten, und das hohe Quieken der Tiere klang dumpf in ihren Ohren.

Sie kauerte sich in dem winzigen, heißen Badezimmer auf den Toilettendeckel und spürte, wie das Wasser unter ihr von Ratten brodelte, während Dampf den Raum erfüllte, und nach einer Weile hörte sie Miss Marys Kreischen nicht mehr durch die Tür.

Um 22.30 Uhr sangen sie »Happy Birthday« für Grace, und dann gingen die Leute nach und nach heim. Patricia schlug vor, noch einen Spaziergang runter zur Alhambra Hall zu unternehmen, um frische Luft zu schnappen, aber Carter musste am nächsten Tag früh zur Arbeit, also gingen sie direkt nach Hause.

»Was ist das für ein Geruch?«, fragte Carter, als sie die Haustür öffneten und eintraten.

In dem Haus roch es so intensiv nach wilden Tieren und Urin, dass es Patricia die Tränen in die Augen trieb. Eigentlich hatte sie die Pilzlampe im Flur angelassen, aber nun war es dunkel. Sie drückte den Lichtschalter und sah die Lampe in Scherben auf dem Boden liegen.

Im Hobbyraum wurde der Geruch noch stärker, und der Boden war von braunen Kötteln und Urinpfützen übersät. Das Sofa war zerschlitzt, die Vorhänge hingen in Fetzen. Zuerst dachte sie, dass Vandalen bei ihnen eingebrochen waren. Sie und Carter gingen hastig ins Garagenzimmer und erstarrten in der Tür.

Eine riesige Hand hatte das Zimmer gepackt und kräftig durchgeschüttelt. Stühle waren umgekippt, Tische lagen auf der Seite, Medizinflaschen lagen zwischen den toten Ratten verstreut, von denen der Teppich übersät war. Und inmitten der Verwüstung kniete Mrs. Greene über Miss Mary, die blutüberströmt war und deren Kleider in Fetzen hingen. Sie hob den Kopf von den Lippen der alten Frau und drückte ihr fest auf die Brust, eine einwandfreie Herzmassage zur Wiederbelebung, und dann erblickte sie Patricia und Carter und rief mit brüchiger, schrecklicher Stimme: »Der Krankenwagen ist unterwegs.«

Kapitel 13

Drei von Miss Marys Fingern waren bis auf die Knochen abgenagt. Man würde ihre Lippen operativ wiederaufbauen müssen. Bei der Nase war man sich nicht sicher. Allerdings war ihr linkes Auge wohl zu retten.

»Oh-oh, oh-oh«, sagte Carter und nickte dabei immer wieder. »Aber Mom kommt in Ordnung?«

»Nachdem wir sie stabilisiert haben, werden wir sie mehrmals operieren müssen«, sagte der Arzt. »Aber aufgrund ihres Alters sollten Sie vielleicht darüber nachdenken, ob das überhaupt klug wäre. Sie dürfte nach einer langen Reha und Physiotherapie wieder dazu in der Lage sein, ein begrenzt normales Leben zu führen.«

»Gut, gut«, sagte Carter immer noch nickend. »Gut.«

Der Arzt ging, und Patricia versuchte, Carters Hand zu nehmen und ihn in die Realität zurückzuholen.

»Carter«, sagte sie. »Willst du dich nicht setzen?«

»Mir geht es gut.« Er zog seine Hand weg und strich sich damit übers Gesicht. »Du solltest dich etwas ausruhen. Es war eine lange Nacht.«

»Carter«, sagte sie.

»Es geht mir gut«, sagte er. »Ich glaube sogar, dass ich noch mal im Büro vorbeischaue und ein bisschen Arbeit erledige. Ich sehe Mom dann nach ihrer Operation.«

Patricia gab auf und fuhr ein paar Stunden vor Sonnenaufgang nach Hause. Als sie in die Auffahrt einbog, strichen ihre Scheinwerfer über den Garten, und die Schatten zuckten und zogen sich in die dunklen Büsche zurück. Hunderte und

Aberhunderte von Ratten. Patricia saß eine Minute lang in ihrem Wagen und ließ die Scheinwerfer an, bevor sie ausstieg und zur Eingangstür rannte.

Der Hobbyraum war von toten Ratten übersät. In der Garage waren sogar noch mehr. Sie wusste nicht, was sie mit ihnen anstellen sollte. Sie vergraben? Sie in den Müll werfen? Beim Gesundheitsamt anrufen? Sie wusste, was sie zu tun hatte, wenn zu viele Leute zum Abendessen kamen oder jemand zu früh zu einer Party eintraf, aber was machte man, wenn die eigene Schwiegermutter von Ratten attackiert wurde? Wer sagte einem, wie man damit fertig wurde?

Sie beschloss, mit dem Garagenzimmer anzufangen. Etwas zog sich schmerzhaft in ihrer Brust zusammen, als sie Ragtags schlaffen Leib mitten auf dem Teppich liegen sah. *Armer Hund*, dachte sie, als sie sich vorbeugte, um ihn aufzuheben.

Er öffnete ein Auge, und sein Schwanz klopfte schwach auf den Teppich.

Patricia wickelte ihn in ein altes Strandtuch und fuhr mit sechzig Stundenkilometern zum Tierarzt. Sie wartete vor dessen Tür, als er schließlich kam, um aufzuschließen.

»Er wird es überleben«, sagte Dr. Grouse. »Aber billig wird das nicht.«

»Tun Sie alles, was nötig ist«, sagte Patricia. »Er ist ein guter Hund. Du bist ein guter Hund, Ragtag.«

Sie fand keine unverletzte Stelle, an der sie ihn hätte streicheln können, also gab sie sich damit zufrieden, den ganzen Weg nach Hause über angestrengt gute Gedanken in seine Richtung zu schicken. Als sie ausstieg, hörte sie das Telefon im Haus klingeln. Sie nahm in der Küche ab.

»Mom ist gestorben«, sagte Carter. Jedes einzelne Wort klang abgehackt.

»Carter, es tut mir so leid. Was kann ich für dich tun?«

»Ich weiß es nicht, Patty«, sagte er. »Was macht man da? Ich war zehn, als Daddy gestorben ist.«

»Ich rufe bei Stuhr an«, sage sie. »Wie geht es Mrs. Greene?«

»Wem?«, fragte er.

»Mrs. Greene«, wiederholte sie, weil sie nicht wusste, wie sie die Frau, die versucht hatte, seiner Mutter das Leben zu retten, sonst beschreiben sollte.

»Ach so«, sagte er. »Sie haben sie genäht, und sie wird eine Reihe von Tollwutspritzen bekommen, aber sie konnte nach Hause.«

»Carter«, wiederholte sie. »Es tut mir so leid.«

»Okay«, sagte er benommen. »Pass auf dich auf.«

Er beendete das Telefonat. Patricia stand in der Küche und wusste nicht, wie es weitergehen sollte. Wen rief sie jetzt an? Womit fing man an? Überwältigt wählte sie Grace' Nummer.

»Wie ungewöhnlich«, sagte Grace, nachdem Patricia erklärt hatte, was vorgefallen war. »Auch wenn das jetzt vielleicht nicht besonders feinfühlig klingt – ich denke, wir sollten uns an die Arbeit machen.«

Erleichterung durchflutete Patricia, als Grace die Führung übernahm. Sie rief Maryellen an, die dafür sorgte, dass *Bestattungen Stuhr* Miss Marys Leichnam aus dem Krankenhaus abholte, und dann sagte sie Patricia, wie sie mit den Kindern verfahren sollte.

»Korey wird ein paar Tage später ins Sommercamp müssen«, sagte Grace. »Ich rufe bei Delta an und ändere die Buchung. Was Blue betrifft, so muss er fürs Erste bei Freunden wohnen. Du willst nicht, dass er das Haus in diesem Zustand sieht.«

Grace und Maryellen suchten jemanden, der das Haus reinigen konnte, in dem es nun von Flöhen wimmelte und das nach Ratten stank, aber sie fanden niemanden, der den Auftrag übernehmen wollte.

»So viel zu den Profis«, sagte Grace. »Ich habe Kitty und Slick angerufen, und wir kommen morgen. Wir werden ein paar Tage brauchen, aber wir werden unsere Sache ordentlich machen.«

»Das kann ich nicht annehmen«, sagte Patricia.

»Unsinn«, sagte Grace. »Im Moment ist das Wichtigste, das Haus so weit zu reinigen, dass es wieder sicher und bewohnbar ist. Ich schreibe eine Liste von Möbeln und Vorhängen und Teppichen und all den anderen Sachen, die ihr ersetzen müsst. Und natürlich wohnst du mit Carter und den Kindern im Strandhaus, bis wir fertig sind.«

Maryellen kümmerte sich um den Rest, indem sie die Visitation organisierte, ihnen mit Miss Marys Bestattungsversicherung half, den Nachruf auf Miss Mary schreiben ließ und diesen in der Zeitung von Charleston sowie der *Kershaw News-Era* platzierte. Nur einen offenen Sarg konnte sie ihnen nicht versprechen.

»Es tut mir so leid«, sagte sie zu Patricia, als sie beide in Johnny Stuhrs Büro saßen. »Kenny besorgt das Schminken für uns, und er ist der Meinung, dass nicht mehr genug da ist, um etwas daraus zu machen.«

Miss Marys Trauergottesdienst wurde so abgehalten, wie es im Norden die Regel war. Keine Witze, kein Gelächter, und es wurde nur aus der King-James-Bibel gelesen. Ihr Sarg stand ohne Blumenschmuck vorne in der Kirche, und der Deckel war fest verschraubt. Sie mussten drei Gesangsbücher durchsuchen, um das Kirchenlied zu finden, das Miss Mary Carter zufolge am liebsten gemocht hatte: »Kommt, ihr Ungetrösteten«.

Vorgebeugt und elend saß Carter neben Patricia auf der

harten Bank der Mt. Pleasant Presbyterian Church. Sie nahm seine Hand und drückte sie, und er erwiderte den Druck kraftlos. Jahrelang hatte seine Mutter ihm erzählt, dass er der klügste und außergewöhnlichste Junge der Welt war, und er hatte es ihr geglaubt. Dass sie so gestorben war, in seinem Haus, auf eine Art, die er anderen Leuten nicht einmal vernünftig erklären konnte, war ein Versagen, wie er es noch nie zuvor erlebt hatte.

Korey traf die Sache schwerer, als Patricia es erwartet hatte, und während des Gottesdienstes liefen ihr die Tränen über das Gesicht. Blue stand immer wieder auf, um den Sarg besser sehen zu können, aber immerhin hatte er sich zum Lesen *Die Brücke von Arnheim* mitgebracht und nicht irgendein Buch mit einem Hakenkreuz vorne drauf.

Nach der Beisetzung lud Grace zu sich nach Hause ein und nahm all die Quiches und Schinkenkräcker und Kittys Aufläufe und Slicks Götterspeise und all die Fleischplatten entgegen, die die Leute brachten, und stellte sie auf ihren Esszimmertisch. Eine Bar gab es nicht, weil das bei einer Beerdigung unangemessen gewesen wäre, und sie sagten den Kindern, dass sie zum Spielen runter zur Alhambra Hall gehen sollten, weil es keinen guten Eindruck gemacht hätte, wenn sie im Vorgarten herumgerannt wären.

Während ein altes Gesicht nach dem anderen aus Carters Vergangenheit ihn den jeweiligen Kindern vorstellte, Geschichten über ihn erzählte und ihn zum Lächeln brachte, sah Patricia, wie er wieder zum Leben erwachte und seinen natürlichen Platz im Zentrum der Aufmerksamkeit einnahm. Immerhin war er der Kleinstadtjunge, der hart gearbeitet und es zu einem berühmten Arzt in Charleston gebracht hatte – das war seine wahre Identität, nicht die des kleinen Jungen, dessen Mutter auf eine Art im Garagenzimmer gestorben war, an welche die Leute nicht so recht glauben wollten, wenn man ihnen davon erzählte.

Montagmorgen fuhr Patricia Korey zum Flughafen und war gerührt davon, wie sie sich für einen Moment an sie klammerte. Dann flitzte sie aus dem Auto, und die rot-weißblaue Sporttasche klatschte ihr beim Rennen gegen die Beine. Als Nächstes fuhr Patricia zum Strandhaus, packte ihre Sachen und brachte alles zurück zum Pierates Cruze, damit sie wieder einziehen konnten. Das Haus roch nach Bleichmittel, im Erdgeschoss sah alles leer aus, und jedes Geräusch klang hart. Alles, was Polster hatte, war auf den Müll gebracht worden und musste ersetzt werden. Aber sie waren zu Hause. Und endlich funktionierte die Klimaanlage.

Nun musste Patricia das tun, wovor es ihr schon die ganze Zeit graute: Sie musste nach Mrs. Greene sehen. Sie war schwer verletzt worden und nicht zur Beerdigung gekommen, und Patricia empfand Schuldgefühle, weil sie sie nicht schon früher besucht hatte.

Das Problem war, jemanden zu finden, der mitkam.

»Ich kann unmöglich«, sagte Grace. »Ich muss noch die Unordnung von der Bestattungsfeier aufräumen, und dann muss ich mit Ben zu einem Meeting nach Columbia hochfahren. Ich bin völlig überfordert.«

Danach versuchte sie es bei Slick.

»Wir alle haben Mrs. Greene wirklich gern«, sagte Slick. »Sie ist solch eine wunderbare Köchin, und sie ist stark im Glauben, aber Patricia, du glaubst einfach nicht, wie viel wir mit diesem neuen Auftrag von Leland zu tun haben. Habe ich dir davon erzählt? Gracious Cay? Er hat mit Investoren geredet und mit all diesen Geldleuten, und alle sind total aus dem Häuschen. Hab ich dir erzählt ...«

Schließlich versuchte sie es bei Kitty.

»Ich habe einfach furchtbar viel zu tun ...«, setzte Kitty an.

»Wir würden nicht lange bleiben«, sagte Patricia.

»Nächste Woche hat Parish Geburtstag«, sagte Kitty. »Ich bin jetzt schon komplett erledigt.«

Patricia versuchte, ihr Schuldgefühle einzuflößen. »Nach der Sache mit Ann Savage und jetzt Miss Mary fühle ich mich einfach nicht wohl damit, allein eine so weite Strecke zu fahren.«

Mit diesem Ansatz hatte sie Erfolg. Am nächsten Tag fuhr Patricia mit Kitty auf dem Beifahrersitz die Rifle Range Road Richtung Six Mile entlang. Auf dem Schoß hatte Kitty einen Pecan Pie.

»Ich bin mir sicher, dass hier draußen ein paar sehr nette Leute wohnen«, sagte Kitty. »Aber hast du schon mal was von Alpharaubtieren gehört? Das sind Gangs, die nachts ganz langsam rumfahren und die Scheinwerfer aufblitzen lassen, und wenn man seine Scheinwerfer dann auch aufblitzen lässt, dann folgen sie einem nach Hause und schießen einem in den Kopf.«

»Wohnt Marjorie Fretwell hier nicht irgendwo?«, fragte Patricia.

»Marjorie Fretwell hat mal eine Schlange mit ihrem Staubsauger aufgesaugt, weil sie nicht wusste, was sie sonst machen sollte, und dann musste sie den Staubsauger wegwerfen«, sagte Kitty. »Erzähl mir nichts von Marjorie Fretwell.«

Sie bogen von der Rifle Range Road auf die Bundesstraße ab, die in den Wald um Six Mile führte. Die Häuser wurden hier kleiner und die Grundstücke größer – weite Felder mit totem Unkraut und Gilbgräsern um Wohntrailer auf Betonklötzen und Ziegelsteinschuhkartons mit windschiefen Briefkästen davor. Stromleitungen hingen in Schlaufen über zu vielen dicht geparkten Autos mit zu wenigen Reifen.

Schmale Straßen, nicht breiter als Auffahrten, zweigten von der Bundesstraße ab, vorbei an Maschendrahtzaun, und verloren sich zwischen Eichengebüsch und kleinen Palmen. Patricia sah das reflektierende, grün-weiße Schild der Grill Flame Road an einer davon, und sie bog ab.

»Schließ wenigstens die Türen ab«, sagte Kitty, und Patricia drückte auf die Verriegelung, worauf ein beruhigendes Klacken ertönte.

Sie fuhr langsam. Die Straße war voller Schlaglöcher, und an den Rändern verlor sich bröselnder Asphalt im Sand. Häuser drängten sich in seltsamen Winkeln um sie. Viele waren vom Hurrikan Hugo umgerissen und von zwielichtigen Bauunternehmen wiederaufgebaut worden, die sich verdrückt hatten, bevor ihre Arbeit beendet gewesen war. Bei manchen war dicke Plastikplane anstelle von Fensterglas an die Fensterrahmen getackert; andere hatten ein unfertiges Dachgerüst, durch das es einfach durchregnete.

Niemand pflegte hier den Garten. Die Bäume waren dicht mit Ranken bewachsen. Ein dürrer Schwarzer in kurzen Hosen und ohne Hemd saß auf den Eingangsstufen seines Trailers und trank Wasser aus einem Drei-Liter-Kanister. Ein paar Kinder in Windeln hörten damit auf, durch einen Sprinkler zu rennen und drückten sich an einen Maschendrahtzaun, um ihrem Auto hinterherzusehen.

»Halt nach der sechzehn Ausschau«, sagte Patricia, während sie sich ganz auf die Schlaglöcher in der Straße konzentrierte.

Sie schoben sich unter einer Krüppeleiche durch, deren Äste über das Wagendach kratzten, und kamen auf eine große, sandige Freifläche. Die Straße beschrieb einen Bogen um eine kleine, unverputzte Ziegelsteinkirche, die aussah wie ein Schuhkarton. Ein Schild davor verkündete, dass es sich um die Mount Zion A. M. E. handelte. Um sie herum standen ordentliche kleine weiße und blaue Häuser. Auf der anderen Seite rannten ein paar Jungs auf einem Basketballfeld im Schatten der Bäume herum, aber hier vor den Häusern war man der Sonne schutzlos ausgeliefert.

»Sechzehn«, sagte Kitty, und Patricia sah ein sauberes weißes Haus mit schwarzen Jalousien und weißen Verandapfosten aus Pressblech. Ein sonnengebleichter Pappweihnachtsmannkopf mit einem Plastikkranz darum hing an der Eingangstür. Patricia hielt am Ende der Auffahrt.

»Ich warte im Auto«, sagte Kitty.

»Ich nehme den Schlüssel mit, du kannst dann die Klimaanlage nicht laufen lassen«, sagte Patricia.

Kitty brauchte einen Moment, um ihren Mut zusammenzunehmen, dann stemmte sie sich hoch und folgte Patricia nach draußen. Sofort bohrte sich die heiße Sonne wie ein Nagel in Patricias Scheitel, und das sich im Volvo spiegelnde Licht blendete sie.

Eine sandige Auffahrt weiter sprangen drei kleine Mädchen Seil. Patricia verharrte für einen Moment und lauschte ihrem Kinderreim:

Buh-Daddy, Buh-Daddy
Wohnt im Wald
Saugt kleine Jungen aus
Und holt auch dich schon bald
Buh-Daddy, Buh-Daddy
Kriecht in dein Bett
Schmeckt dein süßes Blut
Und trinkt sich daran fett.

Einen Moment lang fragte sie sich, warum die Kinder so etwas lernten. Dann ging sie um die Motorhaube und zu Mrs. Greenes Haus. Kitty ging neben ihr, und plötzlich erahnte Patricia eine Bewegung hinter ihnen. Sie drehte sich um und sah eine Gruppe von Menschen von den Basketballfeldern her schnell in ihre Richtung kommen, und bevor sie oder Kitty flüchten konnten, standen Jungen vor ihnen und Jungen hinter ihnen, Jungen lehnten sich auf ihre Motorhaube, Jungen überall um sie herum, die sie in lässigen Posen umzingelten.

»Was macht ihr hier?«, fragte einer.

Über sein weißes T-Shirt verliefen kreuz und quer blaue Streifen, und sein Haar war zu einer Art Keil geschnitten, mit ausrasierten Streifen auf beiden Seiten.

»Habt ihr nichts zu sagen? Ich hab euch eine Frage gestellt. Was zum Henker macht ihr hier draußen? Ich glaube nämlich nicht, dass ihr hier wohnt. Ich glaube nicht, dass euch jemand eingeladen hat. Also, was soll der Scheiß?«

Er wollte die Jungs um sie herum beeindrucken, die ihrerseits kalte Mienen aufsetzen, dicht an sie herantraten und Kitty und Patricia bedrängten.

»Bitte«, sagte Kitty, »wir verschwinden sofort wieder.«

Ein paar der Jungs grinsten, und für einen Moment spürte Patricia einen Anflug von Wut. Warum war Kitty so feige?

»Dafür ist es jetzt zu spät«, sagte der mit der Keilfrisur.

»Wir besuchen eine Freundin«, sagte Patricia, während sie ihre Handtasche fester umklammerte.

»Du hast hier draußen keine Freundinnen, Miststück!«, platzte es aus dem Jungen heraus, und er rückte mit dem Gesicht dicht an sie heran.

Patricia sah ihr blasses, verängstigtes Gesicht in den Gläsern seiner Sonnenbrille doppelt reflektiert. Sie wirkte schwach. Kitty hatte recht. Sie hätten gar nicht erst herfahren sollen. Sie hatte einen schrecklichen Fehler begangen. Sie zog den Kopf ein und bereitete sich darauf vor, niedergestochen oder herumgeschubst zu werden oder was immer als Nächstes passieren würde.

»Edwin Miles!« Die Stimme klang wie ein Peitschenknall in der siedenden Luft.

Alle wandten die Köpfe, außer Keilfrisur, der sein Gesicht weiterhin so nah vor das von Patricia hielt, dass sie seine spärliche Oberlippenbehaarung erkennen konnte.

»Edwin Miles«, rief die Stimme erneut. Diesmal wandte er den Kopf. »Was treibst du da?«

Patricia drehte sich um und sah Mrs. Greene in der Tür zu ihrem Haus stehen. Sie trug ein rotes T-Shirt und blaue Jeans, und ihre Arme waren von weißen Mullbinden bedeckt.

»Wer sind diese Miststücke?«, rief der Junge, Edwin Miles, Mrs. Greene zu.

»Sprich nicht so mit mir«, sagte Mrs. Greene. »Am Sonntag rede ich ein Wörtchen mit deiner Mutter.«

»Der ist das egal«, rief Edwin Miles zurück.

»Dann wollen wir mal sehen, ob es ihr immer noch egal ist, wenn ich mit ihr fertig bin«, antwortete Mrs. Greene, während sie auf sie zukam.

Die Jungen verblassten in ihrem Angesicht, wichen vor ihrem Zorn zurück. Nur Edwin Miles harrte aus.

»Schon gut, schon gut«, sagte er schließlich und trat einen Schritt zurück. »Ich wusste ja nicht, dass die zu Ihnen gehören, Mrs. G. Sie kennen uns doch, wir achten eben darauf, wer hier kommt und geht.«

»Ich zeig dir gleich, wer hier kommt und geht«, fuhr Mrs. Greene ihn an. Sie erreichte Patricia und Kitty und bedachte sie mit einem unerwarteten Lächeln. »Im Haus ist es kühler.«

Sie ging zu ihrem Haus, ohne sich noch einmal umzusehen, und Patricia und Kitty folgten ihr hastig. Hinter ihnen hörten sie die leiser werdende Stimme von Edwin Miles, der sich mit seinen Freunden entfernte.

»Ich überlasse sie dann einfach Ihnen, Mrs. G.«, rief er. »Alles in bester Ordnung. Ich wusste bloß nicht, dass Sie sie kennen.«

Die kleinen Mädchen fingen wieder mit dem Seilspringen an, als sie an ihnen vorbeigingen.

Buh-Daddy, Buh-Daddy,
Eins zwei drei
Schleicht sich durch mein Fenster rein
Dann ist's mit mir vorbei.

Im Haus schloss Mrs. Greene die Tür, und es dauerte einen Moment, bis Patricias Augen sich an die kühle Dunkelheit gewöhnt hatten.

»Ich bin Ihnen so dankbar, Mrs. Greene«, sagte Kitty. »Ich dachte, wir würden sterben. Wie kommen wir zurück in Patricias Auto? Müssen wir irgendjemanden anrufen?«

»Wenn denn zum Beispiel?«, fragte Mrs. Greene.

»Die Polizei?«, schlug Kitty vor.

»Die Polizei?«, sagte Mrs. Greene. »Was könnte die schon tun? Jesse!«, rief sie. Ein dünner kleiner Junge mit ernstem Gesicht erschien in der Tür zum Flur. »Hol unseren Gästen Tee.«

»Oh«, sagte Patricia, als ihr etwas einfiel. »Ich habe Ihnen etwas mitgebracht.«

Sie hielt ihr den Pecan Pie hin.

»Jesse, stell das in den Kühlschrank«, sagte Mrs. Greene. Sie gab den Kuchen an ihn weiter, und er verschwand, während Mrs. Greene auf das Sofa deutete. Aus der Nähe sah Patricia, dass ihre Fingerknöchel borstig von Nähten waren.

Mrs. Greene humpelte steif zu einem Knautschsessel, in dem deutlich der Abdruck ihres Körpers zu sehen war. Patricias Augen hatten sich schließlich an das Dämmerlicht im Zimmer angepasst, und sie stellte fest, dass es voller Weihnachtskram war. Rote, grüne und gelbe Weihnachtslichterketten hingen unter der Decke. Ein großer künstlicher Baum stand in einer Ecke. Jede Lampe hatte entweder die Form eines übergroßen Nussknackers oder eines Keramik-Weihnachtsbaums, und jeder Lampenschirm zeigte einen lächelnden Weihnachts- oder Schneemann. An der Wand neben Patricia hing eine gerahmte Stickerei, die den Weihnachtsmann mit dem Christkind auf dem Arm zeigte.

Patricia hockte sich dicht neben Mrs. Greene auf die Sofakante. Das sterile Weiß der Verbände an Mrs. Greenes Arm schien in dem halbdunklen Zimmer zu leuchten.

»Sie müssen die Jungs verstehen«, sagte Mrs. Greene, während sie es sich in ihrem Sessel bequem machte. »Hier draußen sind alle etwas nervös, wenn Fremde auftauchen.«

»Wegen der Alpharaubtiere«, sagte Kitty und setzte sich vorsichtig ans andere Ende des Sofas.

»Nein, Ma'am«, sagte Mrs. Greene. »Wegen der Kinder.«

»Nehmen sie Drogen?«, fragte Kitty.

»Niemand hier draußen nimmt Drogen, soweit ich weiß«, sagte Mrs. Greene. »Es sei denn, man zählt braunen Schnaps und ein bisschen Kaninchentabak dazu.«

Patricia hatte das Gefühl, dass sie dringend das Thema wechseln mussten.

»Wie geht es Ihnen?«, fragte sie.

»Man hat mir Tabletten gegeben«, sagte Mrs. Greene.

»Aber ich fühle mich davon nicht gut, deshalb bleibe ich lieber bei Tylenol.«

»Wir sind so dankbar, dass Sie da waren, und ich weiß – und Dr. Campbell weiß –, dass niemand anderes mehr hätte tun können«, sagte Patricia. »Wir fühlen uns verantwortlich, weil wir das Fenster offen gelassen haben, deshalb wollten wir Ihnen das hier zukommen lassen.«

Sie legte einen in der Mitte gefalteten Scheck auf die Armlehne von Mrs. Greenes Sessel. Mrs. Greene nahm den Scheck und klappte ihn auf. Patricia war stolz auf den Betrag. Es handelte sich um fast das Doppelte dessen, was Carter hatte aufschreiben wollen. Sie empfand Enttäuschung, als Mrs. Greenes Gesichtsausdruck unverändert blieb. Sie faltete den Scheck wieder zusammen und steckte ihn sich in die Brusttasche.

»Mrs. Campbell«, sagte sie. »Ich brauche keine Almosen von Ihnen. Ich brauche Arbeit.«

Auf einen Schlag verstand Patricia. Da Mrs. Greene keine körperliche Arbeit verrichten konnte, hatte sie wahrscheinlich ihre anderen Kunden verloren. Mit einem Mal kam ihr der Betrag auf dem Scheck jämmerlich gering vor.

»Aber Sie können nach wie vor für uns arbeiten«, sagte Patricia. »Sobald es Ihnen wieder besser geht.«

»Ich kann noch mindestens eine Woche lang nicht viel machen«, klagte Mrs. Greene.

»Diese Zeit soll ja der Scheck abdecken«, sagte Patricia, die froh war, weil ihr mit einem Mal ein Plan eingefallen war. »Aber danach könnte ich Ihre Hilfe dabei gebrauchen, das Haus wieder auf Vordermann zu bringen, und vielleicht auch beim Kochen.«

Mrs. Greene nickte einmal und schloss die Augen. Sie lehnte den Kopf an.

»Gott sorgt für die Gläubigen«, sagte sie.

»Das tut er«, sagte Patricia.

Schweigend saßen sie im Schein der Weihnachtsbaumlichter, deren Farben lautlos an den Wänden wechselten, bis Jesse das Wohnzimmer betrat. Er ging langsam und trug ein NFL-Logo-Tablett aus Blech vor sich her, auf dem zwei Gläser Eistee standen. Das Eis klimperte in den Gläsern, als er das Zimmer durchquerte und das Tablett auf den Teetisch stellte.

»Mach dich vom Acker, Nichtsnutz«, sagte Mrs. Greene, und der Junge sah sie an.

Sie lächelte; er erwiderte ihr Lächeln und stahl sich aus dem Zimmer.

Mrs. Greene sah zu, wie Patricia und Kitty an ihrem Eistee nippten. Als sie schließlich wieder sprach, war ihre Stimme leise.

»Ich muss schnell Geld verdienen«, sagte sie. »Ich schicke meine Jungs über den Sommer zu meiner Schwester nach Irmo.«

»In die Ferien?«, fragte Patricia.

»Damit sie überleben«, sagte Mrs. Greene. »Sie haben ja gehört, was die Nancy-Mädchen da draußen singen. Draußen im Wald ist etwas, das sich unsere Kleinen holt.«

Kapitel 14

»Wir sollten jetzt wirklich aufbrechen«, sagte Kitty und stellte ihren Eistee zurück auf den Tisch.

»Einen Moment noch«, sagte Patricia. »Was geschieht mit den Kindern?«

Kitty drehte sich auf dem Sofa herum und schob die Vorhänge einen Spaltbreit auf, sodass ein harter Keil aus Sonnenlicht ins Wohnzimmer fiel.

»Dieser Junge hängt immer noch bei deinem Auto rum«, informierte sie Patricia und ließ den Vorhang wieder los.

»Darüber sollten Sie sich nicht den Kopf zerbrechen«, sagte Mrs. Greene. »Ich würde mich einfach sehr viel sicherer fühlen, wenn meine Kleinen weg von hier wären.«

Seit zwei Monaten, seit sie gebissen worden war, hatte Patricia sich nutzlos und verängstigt gefühlt. Das Old Village, in dem sie sechs Jahre lang gelebt hatte, war immer ein sicherer Ort gewesen, wo die Kinder ihre Fahrräder im Vorgarten hatten liegen lassen, kaum jemand seine Eingangstür abschloss und niemand jemals die Hintertür. Jetzt kam es ihr nicht mehr sicher vor. Sie benötigte eine Erklärung, ein Problem, das sie lösen konnte, damit alles wieder wurde wie früher.

Der Scheck war eine schlecht durchdachte Geste gewesen und genügte nicht mal annähernd. Sie war hergekommen, um zu helfen, in Schwierigkeiten mit diesen Jungs geraten, und dann hatte letztendlich Mrs. Greene ihr helfen müssen. Aber wenn es Probleme mit ihren Kindern gab, dann konnte Patricia ihr vielleicht dabei helfen. Das war etwas Handfestes. Patricia spürte, wie ein Sieg in greifbare Nähe rückte.

»Mrs. Greene«, sagte Patricia. »Sagen Sie mir, was mit Jesse und Aaron los ist. Ich möchte helfen.«

»Nichts ist mit ihnen los«, sagte Mrs. Greene, zog sich in ihrem Sessel hoch und rückte nah an Patricia heran, um leiser mit ihr zu sprechen. »Aber ich will nicht, dass ihnen das Gleiche widerfährt wie den Reed-Jungs oder den anderen.«

»Was ist ihnen widerfahren?«, fragte Patricia.

»Seit Mai sind zwei kleine Jungs tot aufgefunden worden, und Francine wird vermisst«, antwortete Mrs. Greene.

Stille breitete sich über das Zimmer, während die Weihnachtslichter die Farben wechselten.

»Davon habe ich nichts in der Zeitung gelesen«, sagte Kitty.

»Dann bin ich also eine Lügnerin?«, fragte Mrs. Greene, und Patricia sah, wie ein kalter Ausdruck in ihre Augen trat.

»Niemand sagt, dass Sie lügen«, beruhigte Patricia sie.

»Sie hat gerade genau das behauptet«, sagte Mrs. Greene. »Sie hat es ganz direkt gesagt.«

»Ich lese jeden Tag die Zeitung.« Kitty zuckte mit den Schultern. »Ich habe nur nichts davon gehört, dass irgendwelche Kinder verschwunden oder umgebracht worden sind.«

»Dann habe ich mir wohl nur eine Geschichte ausgedacht«, sagte Mrs. Greene. »Ich nehme an, dass die kleinen Mädchen, die Sie da draußen singen gehört haben, sich ihre Reime auch bloß ausdenken. Sie nennen ihn den Buh-Daddy, weil er es ist, der in den Wäldern lauert. Darum sind die Jungs so unruhig, wenn jemand kommt. Wir wissen alle, dass irgendjemand hier draußen unterwegs ist und den Kindern nachstellt.«

»Was ist mit Francine?«, fragte Patricia.

»Sie ist verschwunden«, sagte Mrs. Greene. »Seit dem

15. Mai hat niemand mehr ihren Wagen gesehen. Die Polizei sagt, dass sie mit einem Mann durchgebrannt ist, aber ich weiß, dass sie nie ohne ihre Katze gegangen wäre.«

»Sie hat ihre Katze zurückgelassen?«, fragte Patricia.

»Ich musste mir jemanden aus der Kirche holen, der ihr Fenster für mich aufmachen und sie rausholen konnte, bevor sie verhungerte«, sagte Mrs. Greene.

Patricia spürte, wie sich Kitty neben ihr erneut umdrehte und durch den Vorhangspalt sah. Sie wollte ihr sagen, dass sie mit dem Zappeln aufhören sollte, aber sie wollte Mrs. Greene nicht aus ihrer Konzentration reißen.

»Und was ist mit den Kindern?«, fragte Patricia.

»Der kleine Reed-Junge hat sich umgebracht«, sagte Mrs. Greene. »Er war acht Jahre alt.«

Jetzt hielt Kitty still.

»Das ist unmöglich«, sagte sie. »Achtjährige Kinder begehen keinen Selbstmord.«

»Dieses schon«, sagte Mrs. Green. »Ein Laster hat ihn erwischt, als er gerade auf den Schulbus gewartet hat. Die Polizei sagt, er hätte herumgealbert und sei auf die Straße gestolpert, aber die anderen Kinder, die mit ihm anstanden, behaupten etwas anderes. Sie sagen, dass Orville Reed mit Absicht direkt vor diesen Laster gesprungen ist. Es hat ihn fünfzehn Meter weit über die Straße geschleudert. Bei seiner Beerdigung sah er aus, als würde er in seinem Sarg bloß schlafen. Das einzig Auffällige war ein winzig kleiner Bluterguss in seiner linken Gesichtshälfte.«

»Aber wenn die Polizei davon überzeugt ist, dass es ein Unfall war …«, sagte Patricia.

»Die Polizei ist von allen möglichen Dingen überzeugt«, sagte Mrs. Greene. »Das heißt noch lange nicht, dass es wahr ist.«

»Ich habe nichts davon in der Zeitung gelesen«, wandte Kitty erneut ein.

»In der Zeitung steht nichts über das, was in Six Mile passiert«, sagte Mrs. Greene. »Wir sind hier nicht in Mt. Pleasant, und auch nicht in Awendaw, eigentlich überhaupt nirgendwo. Und ganz sicher nicht im Old Village. Außerdem, ein kleiner Junge hat einen Unfall, eine alte Dame läuft mit irgendeinem Mann davon, da denkt die Polizei sich: Das sind halt Farbige, die machen das so. Da könnte man genauso gut darüber berichten, dass ein Fisch nass ist. Die einzige Sache, die wirklich ungewöhnlich aussieht, ist das, was mit dem anderen Jungen passiert ist, Orville Reeds Vetter Sean.«

Patricia hatte das Gefühl, in einer höchst reißerischen und unerbittlich fortschreitenden Gutenachtgeschichte gefangen zu sein, bei der sie der Erzählerin die Stichworte gab.

»Was ist mit Sean passiert?«, fragte sie.

»Orvilles Mutter und sein Tantchen meinten, dass er vor seinem Tod komische Launen hatte«, sagte Mrs. Greene. »Sie haben erzählt, er sei reizbar und dauernd schläfrig gewesen. Seine Mutter sagt, dass er jeden Tag nach Sonnenuntergang lange draußen im Wald spazieren gegangen ist und kichernd zurückkam, nur um am nächsten Tag dann wieder krank und unglücklich zu sein. Er wollte nichts essen, trank kaum Wasser und starrte nur auf den Fernseher, egal, ob Cartoons kamen oder Werbung, als würde er mit offenen Augen schlafen. Er humpelte beim Gehen und weinte, wenn sie ihn fragte, was los war. Und sie konnte ihn einfach nicht vom Wald fernhalten.«

»Was hat er dort draußen getrieben?«, fragte Kitty und beugte sich vor.

»Sein Vetter hat versucht, es rauszufinden«, sagte Mrs. Greene. »Tanya Reed hielt nicht viel von dem Jungen, von Sean. Sie hatte ein Vorhängeschloss am Kühlschrank, weil sie meinte, dass er ihr dauernd die Einkäufe klaute. Wenn sie noch nicht von der Arbeit zurück war, ging er zu ihr nach Hause, um Zigaretten zu rauchen und mit Orville Cartoons anzuschauen. Sie erlaubte es, weil sie der Meinung war, dass Orville ein männliches Vorbild brauchte, und sei es auch ein schlechtes. Sie meinte, dass Sean sich Sorgen gemacht hat, weil Orville dauernd draußen im Wald war. Sean hat ihr erzählt, dass er glaubte, dass jemand im Wald irgendwas mit Orville anstellte. Tanya hat ihm nicht zugehört. Sie hat ihn einfach auf dem Hintern vor die Tür gesetzt.

Einer der Männer, die beim Basketballplatz herumhängen, hat ein paar Pistolen, die er verleiht. Er meinte, dass Sean nicht genug Geld hätte, um eine Waffe zu leihen, also lieh er ihm stattdessen für drei Dollar einen Hammer, und er behauptet, Sean habe ihm erzählt, dass er seinem kleinen Vetter in den Wald folgen und den Kerl, der ihn belästigte, verjagen würde. Aber als sie Sean das nächste Mal sahen, war er tot. Er hatte wohl sogar noch den Hammer, aber der hat ihm offenbar nicht viel genützt. Man hat Sean bei einer großen Lebenseiche tief im Wald gefunden, wo ihn jemand gepackt und sein Gesicht gegen die Rinde geknallt und es ihm bis auf den Knochen runtergerissen hat. Ein offener Sarg kam bei Seans Beerdigung nicht infrage.«

Patricia stellte fest, dass sie den Atem anhielt. Langsam ließ sie die Luft aus ihrer Lunge entweichen.

»Das muss aber doch in der Zeitung gestanden haben«, sagte sie.

»Stand es auch«, sagte Mrs. Greene. »Die Polizei bezeichnete es als ›Drogenmord‹, weil Sean schon mal wegen solcher Sachen Ärger gehabt hatte. Aber niemand hier draußen glaubt daran, und deshalb werden alle ziemlich nervös, wenn sie Fremde sehen. Bevor Orville Reed sich vor diesen Laster geworfen hat, hat er seiner Mutter noch erzählt, dass er im Wald mit einem Weißen geredet hat, aber sie dachte, dass er wahrscheinlich nur von einem seiner Zeichentrickfilme sprach. Nach dem, was mit Sean passiert ist, glaubt das keiner mehr. Manchmal sagen andere Kinder, dass sie einen weißen Mann am Waldrand stehen sehen, der ihnen zuwinkt. Manche Leute wachen angeblich auf und sehen einen blassen Mann, der durch das Fliegengitter zu ihnen reinstarrt, aber das kann nicht sein, denn die letzte Person, die das erzählt hat, war Becky Washington, die im zweiten Stock wohnt. Wie soll der Mann dort raufgekommen sein?«

Patricia dachte an eine Hand, die hinter der Kante des Verandavordachs verschwand, an die Schritte über Blues Zimmer, und sie spürte, wie sich ihr der Magen zusammenzog.

»Was glauben Sie, was vorgeht?«, fragte sie.

Mrs. Greene lehnte sich in ihrem Stuhl zurück.

»Meiner Meinung nach ist es ein Mann. Er fährt einen Van und hat früher in Texas gelebt. Ich habe sogar sein Nummernschild.«

Kitty und Patricia sahen erst einander und dann sie an.

»Sie haben sein Nummernschild?«, fragte Kitty.

»Ich habe immer einen Notizblock vorn am Fenster liegen«, sagte Mrs. Greene. »Wenn ich ein Auto rumfahren sehe, das ich nicht kenne, dann schreibe ich mir das Nummernschild auf, für den Fall, dass etwas passiert und die Polizei später Hinweise braucht. Tja, letzte Woche habe ich spätabends einen Motor aufheulen hören. Ich bin aufgestanden und habe den Wagen von der Six Mile auf die Bundesstraße einbiegen sehen. Es war ein weißer Van, und bevor er abgebogen ist, habe ich den Großteil des Nummernschildes lesen können.«

Sie legte die Hand auf ihre Sessellehnen, zog sich hoch und humpelte zu einem kleinen Tisch neben der Eingangstür. Sie nahm einen Spiralblock zur Hand, schlug ihn auf, überflog die Seiten, humpelte dann zurück zu Patricia, drehte das Notizbuch herum und hielt es ihr hin.

Texas, stand da. – – X 13S.

»Für mehr hatte ich keine Zeit«, sagte Mrs. Greene. »Der Wagen bog bereits ab, als ich ihn gesehen habe. Aber ich bin mir sicher, dass es ein texanisches Nummernschild war.«

»Haben Sie der Polizei davon erzählt?«, fragte Patricia.

»Ja, Ma'am«, sagte Mrs. Greene. »Und man hat zu mir gesagt, vielen Dank, wir rufen Sie an, wenn wir weitere Fragen haben, aber sie hatten offenbar keine, mich hat nämlich niemand angerufen. Sie können sich also vorstellen, warum die Leute hier nicht viel Geduld mit Fremden haben. Insbesondere mit weißen Fremden. Vor allem jetzt, nach der Sache mit Destiny Taylor.«

»Wer ist Destiny Taylor?«, fragte Kitty, bevor Patricia dazu kam.

»Ihre Mutter geht in die gleiche Kirche wie ich«, antwortete Mrs. Greene. »Neulich ist sie nach dem Gottesdienst zu mir gekommen und hat mich darum gebeten, nach ihrer Kleinen zu sehen.«

»Warum?«, fragte Patricia.

»Die Leute wissen, dass ich im medizinischen Bereich arbeite«, sagte Mrs. Greene. »Sie versuchen dauernd, eine Gratissprechstunde bei mir zu bekommen. Also, Wanda Taylor arbeitet nicht, sie bekommt Sozialhilfe, und ich kann faule Leute nicht ausstehen, aber sie ist die Cousine meiner besten Freundin, also habe ich gesagt, dass ich mir ihre Kleine ansehe. Sie ist neun Jahre alt und schläft den ganzen Tag lang. Sie isst nicht, verhält sich völlig lethargisch, und sie trinkt nicht, trotz des heißen Wetters. Ich habe Wanda gefragt, ob Destiny in den Wald geht, und sie meinte, dass sie es nicht wüsste, aber manchmal abends Zweige und Blätter in ihren Schuhen fände, also vielleicht schon.«

»Wie lange geht das schon so?«, fragte Patricia.

»Seit etwa zwei Wochen, sagt sie«, antwortete Mrs. Greene.

»Was haben Sie zu ihr gesagt?«, fragte Patricia.

»Ich habe ihr gesagt, dass sie ihre Kleine aus der Stadt schaffen muss«, sagte Mrs. Greene. »Sie auf Teufel komm raus irgendwo anders hinschaffen. Six Mile ist nicht mehr sicher für Kinder.«

Kapitel 15

Patricia kannte nur eine einzige Person, die einen weißen Van besaß. Sie setzte Kitty in Seewee Farms ab und fuhr voller düsterer Vorahnungen nach Old Village, bog auf die Middle Street ab und wurde langsamer, um einen Blick auf James Harris' Haus zu werfen. Anstelle des weißen Vans sah sie davor einen roten Chevy Corsica auf dem Gras, der wie eine Pfütze frischen Blutes unter der wütenden Nachmittagssonne leuchtete. Sie fuhr mit zehn Stundenkilometern vorbei, starrte den Corsica aus zusammengekniffenen Augen an und versuchte, ihn kraft ihres Willens in einen weißen Van zurückzuverwandeln.

Grace wusste natürlich genau, wo sie ihr Notizbuch hatte.

»Es ist wahrscheinlich nichts weiter«, sagte Patricia, als sie in Grace' Hausflur trat und die Tür hinter sich zuzog. »Es tut mir wirklich leid, dass ich dich damit belästige, aber ein schrecklicher Gedanke nagt an mir, und ich brauche einfach Gewissheit.«

Grace zog ihre gelben Gummihandschuhe aus, öffnete die Schublade an ihrem Flurtisch und holte einen Spiralblock daraus hervor.

»Möchtest du einen Kaffee?«, fragte sie.

»Bitte«, sagte Patricia, nahm den Notizblock entgegen und folgte Grace in ihre Küche.

»Lass mich nur kurz ein bisschen Platz schaffen«, sagte Grace.

Der Küchentisch war von Zeitungen bedeckt, und in der Mitte standen zwei mit Handtüchern ausgelegte Wannen, eine mit Seifenwasser darin, die andere mit klarem Wasser. Antikes Porzellan lag in ordentlichen Reihen auf dem Tisch, umgeben von Baumwollputzlappen und Rollen von Papierhandtüchern.

»Ich mache heute Großmutters Hochzeitsporzellan sauber«, sagte Grace und stellte behutsam die zerbrechlichen Teetassen beiseite, um Platz für Patricia zu machen. »Es ist ziemlich zeitaufwändig, so etwas auf die althergebrachte Art zu erledigen, aber wenn eine Sache es wert ist, dass man sie macht, dann ist sie es auch wert, dass man sie gut macht.«

Patricia setzte sich, legte Grace' Notizblock mittig vor sich hin und schlug ihn auf. Grace stellte eine Tasse Kaffee vor ihr ab, und bitterer Dampf biss Patricia in die Nase.

»Milch und Zucker?«, fragte Grace.

»Beides, bitte«, sagte Patricia, ohne aufzublicken.

Grace stellte die Sahne und den Kaffee neben Patricia und machte sich dann wieder ans Werk. Das einzige Geräusch, das zu hören war, war das leise Schwappen, wenn sie das Porzellan erst ins Seifen- und dann in das klare Wasser tauchte. Patricia blätterte das Notizbuch durch. Die Seiten waren von Grace' sorgfältiger, kursiver Handschrift bedeckt, die Einträge durch schwarze Linien voneinander getrennt. Sie fingen immer mit einem Datum an, dann folgte eine Beschreibung des Fahrzeugs – *schwarzer Kastenwagen, flacher roter Sportwagen, ungewöhnlicher Truck* –, gefolgt von einem Nummernschild.

Patricias Kaffee wurde kalt, während sie las – *grüner Wagen mit großen Rädern, vielleicht ein Jeep, braucht eine Wäsche* –, und dann blieb ihr fast das Herz stehen, und das Blut wich ihr aus dem Gesicht.

8. April 1993, hieß es dort. *Ann Savages Haus – auf dem*

Rasen geparkt – weißer Dodge Van mit Drogendealerfenstern, Texas TNX 13S.

Ein hohes Pfeifen erklang in Patricias Ohren.

»Grace«, sagte sie. »Würdest du das bitte mal lesen?«

Sie drehte das Notizbuch zu Grace hin.

»Er hat den Rasen ruiniert, indem er einfach so darauf geparkt hat«, sagte Grace, nachdem sie den Eintrag gelesen hatte. »Davon wird sich das Gras nie wieder erholen.«

Patricia holte einen Zettel aus der Tasche und legte ihn neben das Notizbuch. Darauf stand: Mrs. Greene – weißer Van, Texas-Kennzeichen, – – X13S.

»Mrs. Greene hat dieses unvollständige Nummernschild von einem Wagen aufgeschrieben, den sie letzte Woche in Six Mile gesehen hat«, sagte Patricia. »Kitty ist mit mir dort gewesen, um ihr einen Kuchen zu bringen, und sie wollte gar nicht aufhören, uns ihre Geschichten zu erzählen. Ein Junge in Six Mile hat nach langer Krankheit Selbstmord begangen.«

»Wie tragisch«, sagte Grace.

»Und sein Cousin wurde ermordet«, sagte Patricia. »Um die gleiche Zeit haben die Leute dort einen weißen Van mit diesem Nummernschild beobachtet. Das hat mir keine Ruhe gelassen, bis mir einfiel, wo ich außerdem noch einen weißen Van gesehen hatte, nämlich bei James Harris. Jetzt hat er ein rotes Auto, aber das Nummernschild passt zu dem an seinem Van.«

»Ich weiß nicht, worauf du damit hinauswillst«, sagte Grace.

»Ich auch nicht«, sagte Patricia.

James Harris hatte ihr erzählt, dass er sich seine Ausweispapiere schicken lassen wollte. Sie fragte sich, ob diese Papiere jemals angekommen waren, aber das mussten sie wohl, denn wie sollte er sich sonst ein Auto gekauft haben? Fuhr er ohne Führerschein? Oder hatte er sie angelogen, als er behauptete, sich nicht ausweisen zu können? Sie fragte sich, warum jemand seine Ausweispapiere nicht verwenden wollte, um ein Bankkonto zu eröffnen oder einen Stromanschluss zu beantragen. Und sie dachte an die Tasche voller Geld. Sie nahm nur deshalb an, dass es tatsächlich Ann Savage gehört hatte, weil er ihr das erzählt hatte.

Sie hatten so viele Bücher über Mafia-Killer gelesen, die unter falschem Namen in die Vorstadt zogen, und über Drogendealer, die still und leise inmitten ihrer nichts ahnenden Nachbarn wohnten, dass Patricia einfach nicht anders konnte, als eins und eins zusammenzuzählen. Man achtete darauf, dass der eigene Name nicht in irgendwelchen Akten auftauchte, wenn die Regierung einen wegen irgendetwas suchte. Und eine Tasche voller Geld hatte man deshalb, weil man damit bezahlt worden war, und in bar bezahlt wurden Killer, Drogendealer oder Bankräuber – na gut, oder Kellner. Aber James Harris sah nicht aus wie ein Kellner.

Andererseits war er ihr Freund und Nachbar. Er redete mit Blue über Nazis und lockte ihren Sohn aus seinem Panzer hervor. Er aß bei ihnen zu Abend, wenn Carter außer Haus war, und sie fühlte sich in seiner Gegenwart sicher. Er war an jenem Abend, an dem jemand auf dem Dach gewesen war, zu ihr nach Hause gekommen, um nach ihr zu sehen.

»Ich weiß nicht, was ich davon halten soll«, sagte sie einmal mehr zu Grace, die gerade eine Servierplatte ins Seifenwasser tauchte und sie von einer Seite auf die andere drehte. »Mrs. Greene hat uns erzählt, dass ein weißer Mann Six Mile heimsucht und etwas mit den Kindern anstellt, wovon sie krank werden. Sie glaubt, dass er einen weißen Van fährt. Und all das geschieht erst seit Mai. Kurz zuvor ist James Harris hergezogen.«

»Du stehst unter dem Eindruck von unserem Buch diesen Monat«, sagte Grace, nahm die Platte aus dem Seifenwasser und spülte sie im klaren Wasser. »James Harris ist unser Nachbar. Er ist Ann Savages Großneffe. Er fährt nicht nach Six Mile raus und tut dort den Kindern irgendwas an.«

»Natürlich nicht«, sagte Patricia. »Aber wenn man von Drogendealern gelesen hat, die inmitten ganz normaler Leute wohnen, oder Sexualstraftätern, die Kinder belästigen und damit so lange davonkommen, dann fragt man sich irgendwann, was man eigentlich über andere Menschen weiß. Ich meine, James Harris hat gesagt, dass er hier und dort aufgewachsen ist, aber später meinte er, er sei in South Dakota aufgewachsen. Er sagt, dass er früher in Vermont gewohnt hat, aber er besitzt ein texanisches Nummernschild.«

»Du hast diesen Sommer zwei schreckliche Schicksalsschläge erlebt«, sagte Grace, während sie die Platte behutsam abtrocknete. »Dein Ohr ist noch nicht mal richtig verheilt. Du trauerst immer noch um Miss Mary. Nur wegen des Zeitpunkts, zu dem er hergezogen ist, und wegen des Nummernschilds eines Wagens, den er zwischenzeitlich fuhr, ist der Mann noch lange kein Krimineller.«

»Liegt nicht gerade darin der Grund dafür, dass all die Serienmörder so lange mit ihrem Treiben durchkommen?«, fragte Patricia. »Niemand achtet auf die Kleinigkeiten, und Ted Bundy tötet einfach weiter Frauen, bis irgendwann jemand das tut, was man von Anfang an hätte tun sollen, nämlich all die Details, die nicht zusammenpassen, miteinander in Verbindung bringt. Aber dann ist es längst zu spät.«

Grace legte die glänzende Platte auf den Tisch. Das milchweiße Porzellan war mit bunten Schmetterlingen und zwei Vögeln auf einem Ast verziert, gemalt mit feinen, fast unsichtbaren Pinselstrichen.

»Das hier ist die Wirklichkeit«, sagte Grace und strich mit dem Finger am Rand der Platte entlang. »Man kann es anfassen, es ist unbeschädigt. Meine Großmutter hat es zur Hochzeit geschenkt bekommen und es an meine Mutter weitergegeben, und sie hat es an mich weitergegeben, und wenn die Zeit gekommen ist und ich sie für würdig erachte, dann werde ich es an die Frau weitergeben, die Ben einmal heiratet. Konzentriere dich auf die wirklichen Dinge in deinem Leben, dann geht es dir bald besser, das verspreche ich dir.«

»Ich hatte dir nichts davon erzählt«, sagte Patricia, »aber als ich bei ihm war, hat er mir eine Tasche voller Geld gezeigt. Grace, er hatte über achtzigtausend Dollar bei sich zu Hause. In bar. Wer hat so viel Geld einfach rumliegen?«

»Was hat er dir dazu gesagt?«, fragte Grace, während sie einen Terrinendeckel ins Seifenwasser tauchte.

»Er hat mir erzählt, dass er es auf dem Dachboden gefunden hat. Dass es Ann Savages Notgroschen gewesen wäre.«

»Sie kam mir nie wie die Sorte Frau vor, die den Banken vertraut«, sagte Grace, während sie den Terrinendeckel im sauberen Wasser abspülte.

»Grace, das passt alles nicht zusammen«, sagte Patricia. »Hör auf, sauber zu machen, und hör mir zu. Wann ist der Punkt erreicht, an dem wir uns Sorgen machen?«

»Nie«, sagte Grace und trocknete den Terrinendeckel ab. »Weil du dir aus Zufällen ein Fantasiegebilde zusammenstrickst, um dich von der Wirklichkeit abzulenken. Ich verstehe, dass die Wirklichkeit einen manchmal überfordert, aber man muss sich ihr stellen.«

»Ich bin diejenige, die sich hier der Wirklichkeit stellt«, sagte Patricia.

»Nein«, erwiderte Grace. »Vor zwei Monaten hast du

nach dem Buchclub dort draußen auf meiner Veranda gestanden und mir erzählt, dass es dir am liebsten wäre, wenn es ein Verbrechen gäbe oder etwas anderes Aufregendes passieren würde, weil du deine tägliche Routine nicht mehr erträgst. Und jetzt hast du dir eingeredet, dass etwas Gefährliches vorgeht, damit du Detektiv spielen kannst.«

Grace nahm einen Stapel Untertassen und legte sie eine nach der anderen ins Seifenwasser.

»Kannst du mal für eine Sekunde aufhören, Porzellan zu spülen, und zugeben, dass ich zumindest recht haben *könnte*?«, fragte Patricia.

»Nein«, sagte Grace, »das kann ich nicht. Weil ich um halb sechs fertig sein muss, damit ich den Tisch abräumen und zum Abendessen decken kann. Bennett kommt um sechs nach Hause.«

»Es gibt Wichtigeres, als sauber zu machen«, sagte Patricia.

Grace hielt, die beiden letzten Untertassen in der Hand, inne und wandte sich mit loderndem Blick Patricia zu.

»Warum tust du so, als wäre das, was wir machen, nichts wert?«, fragte sie. »Jeden Tag findet das Leben mit all seinem Chaos und seiner Unordnung statt, und jeden Tag räumen wir auf. Ohne uns würden sich alle anderen im Dreck suhlen, und nichts Wichtiges würde jemals erledigt werden. Wer hat dir beigebracht, darauf herabzusehen? Ich sage dir, wer. Jemand, der seine Mutter für selbstverständlich genommen hat.«

Grace starrte Patricia mit bebenden Nasenflügeln an.

»Es tut mir leid«, sagte Patricia. »Ich wollte dich nicht beleidigen. Ich mache mir nur wegen James Harris Sorgen.«

Grace legte die beiden letzten Untertassen in die Wanne mit Seifenwasser.

»Ich sage dir, was du über James Harris wissen musst«,

erwiderte sie. »Er wohnt im Old Village. Mit uns. Es gibt nichts, was mit ihm nicht stimmt, weil Leute, mit denen etwas nicht stimmt, nicht hier wohnen.«

Es machte Patricia wahnsinnig, dass sie das Gefühl, das an ihr nagte, nicht in Worte fassen konnte. Es kam ihr dumm vor, dass sie Grace' Gewissheit nicht einmal für einen kurzen Moment ins Wanken bringen konnte.

»Danke, dass du dir Zeit für mich genommen hast«, sagte sie. »Ich muss jetzt Abendessen machen.«

»Saug deine Vorhänge ab«, sagte Grace. »Das tun die Leute viel zu selten. Ich verspreche dir, davon wird es dir besser gehen.«

Patricia wünschte sich verzweifelt, dass es stimmte.

»Mom«, fragte Blue, der in der Wohnzimmertür stand. »Was gibt es zum Abendessen?«

»Essen«, sagte Patricia, die auf dem Sofa saß.

»Gibt es wieder Hähnchen?«, fragte er.

»Ist Hähnchen Essen?«, antwortete Patricia, ohne von ihrem Buch aufzublicken.

»Wir hatten gestern Abend schon Hähnchen«, sagte Blue. »Und den Abend davor. Und den Abend davor.«

»Vielleicht gibt es heute Abend ja was anderes«, sagte Patricia.

Sie hörte, wie Blues Schritte sich über den Flur entfernten. Er ging in den Hobbyraum und von dort in die Küche. Zehn Sekunden später stand er wieder in der Wohnzimmertür.

»In der Spüle steht Hähnchen zum Auftauen«, sagte er anklagend.

»Wie?«, fragte Patricia und blickte von ihrem Buch auf.

»Es gibt schon wieder Hähnchen«, sagte er.

Ein Stich der Schuld durchfuhr Patricia. Er hatte recht – sie hatte die ganze Woche lang immer nur Hähnchen gemacht. Sie würden Pizza bestellen. Sie waren ohnehin nur zu zweit, und es war Freitagabend.

»Ich verspreche, dass es heute kein Hähnchen gibt«, sagte sie.

Er sah sie schief an, ging dann nach oben und knallte seine Zimmertür zu. Patricia beschäftigte sich wieder mit ihrem Buch. *Der Fremde neben mir: Die schockierende wahre Geschichte des Serienmörders Ted Bundy.* Je mehr sie las, desto ungewisser erschien ihr alles in ihrem Leben, aber sie konnte einfach nicht aufhören.

In ihrem Buchclub, der keiner war, schätzte man Ann Rule natürlich sehr, und ihr *Kleine Opfer* hatte lange zu ihren Lieblingsbüchern gehört, aber sie hatten nie das Buch gelesen, das Rule berühmt gemacht hatte, und Kitty war entsetzt, als sie das herausfand.

»Hört mal«, hatte Kitty gesagt. »Sie war bloß eine Hausfrau, die für miese Detektivmagazine über Morde schrieb, aber dann hat sie den Auftrag erhalten, über diese Studentinnenmorde in Seattle zu schreiben. Tja, und am Ende findet sie raus, dass der Hauptverdächtige ihr bester Freund bei einer Selbstmord-Hotline ist, für die sie arbeitet – Ted Bundy.«

Er war nicht Ann Rules bester Freund gewesen, nur ein guter Freund, erfuhr Patricia beim Lesen, aber abgesehen davon stimmte alles, was Kitty gesagt hatte.

Das zeigt nur, hatte Grace verkündet, *dass man keine Ahnung hat, wer am anderen Ende der Leitung ist, wenn man bei einer von diesen sogenannten Hotlines anruft. Es könnte jeder sein.*

Doch je weiter sie in dem Buch las, desto mehr fragte Patricia sich nicht etwa, wie Ann Rule die Hinweise darauf hatte übersehen können, dass ihr guter Freund ein Serienmörder war, sondern wie gut sie selbst eigentlich die Männer um sich herum kannte. Slick hatte Patricia letzte Woche atemlos angerufen, weil Kitty ihr ein Set vom Roberts-Silber ihrer Großmutter verkauft, sie aber darum gebeten hatte, niemandem davon zu erzählen. Es war von William Hutton, und Slick konnte einfach nicht anders – irgendjemand musste erfahren, dass sie es für weit unter Wert erstanden hatte. Und als diesen Jemand hatte sie sich Patricia ausgesucht.

Kitty meinte, dass sie noch Geld brauchte, um die Kinder ins Sommerlager zu schicken, hatte Slick am Telefon gesagt. *Glaubst du, dass sie in Schwierigkeiten sind? Seewee Farms ist teuer, und Horse arbeitet ja nicht.*

Horse wirkte durchaus seriös und verlässlich, aber anscheinend gab er das ganze Geld seiner Familie für Schatzsuchen aus, während Kitty klammheimlich das Familienerbe verkaufte, um für das Sommercamp zu bezahlen. Blue würde erwachsen werden und zum College gehen und Mannschaftssport spielen und eines Tages ein nettes Mädchen kennenlernen, das nie erfahren würde, dass er früher einmal so besessen von Nazis gewesen war, dass er über nichts anderes hatte reden können.

Sie wusste, dass Carter inzwischen derart viel Zeit im Krankenhaus verbrachte, weil er Leiter der Psychiatrie werden wollte, aber sie fragte sich, was er sonst noch dort trieb. Sie war sich ziemlich sicher, dass er sich nicht mit einer Frau traf, aber sie war sich trotzdem darüber im Klaren, dass er seit dem Tod seiner Mutter immer weniger Zeit daheim verbrachte. War er tatsächlich immer im Krankenhaus, wenn er es behauptete? Es erschreckte sie, wie wenig sie darüber wusste, was er von morgens, wenn er das Haus verließ, bis spät abends, wenn er nach Hause kam, so trieb.

Was war mit Bennett und Leland und Ed, die allesamt so

normal wirkten? Langsam fragte sie sich, ob überhaupt irgendjemand wirklich wusste, wie es in einem anderen Menschen aussah.

Sie bestellte Pizza und ließ Blue nach dem Abendessen *Meine Lieder – meine Träume* sehen. Er mochte lediglich die Szenen mit den Nazis und wusste genau, an welchen Stellen er vorspulen musste, damit der dreistündige Film nach 55 Minuten vorbei war. Dann ging er hoch auf sein Zimmer, machte die Tür hinter sich zu und tat, was er dieser Tage so tat, und Patricias Laune wurde immer finsterer, während sie das Geschirr spülte. Es war zu spät, um den Staubsauger einzuschalten und ihre Vorhänge abzusaugen, weshalb sie beschloss, einen kurzen Spaziergang zu machen. Ohne dass sie es beabsichtigt hätte, trugen ihre Füße sie an James Harris' Haus vorbei. Sein Auto stand nicht in der Einfahrt. War er nach Six Mile gefahren? Traf er sich in eben diesem Moment mit Destiny Taylor?

Sie hatte ein Gefühl wie von Schmutz in ihrem Kopf. Es gefiel ihr nicht, solche Gedanken zu denken. Sie versuchte, sich ins Gedächtnis zu rufen, was Grace gesagt hatte. James Harris war hergezogen, um sich um seine kranke Großtante zu kümmern, und hatte beschlossen zu bleiben. Er war kein Drogenhändler und auch kein Kindesmisshandler oder Mafiakiller, der sich hier versteckte. Das wusste sie. Doch als sie nach Hause kam, ging sie die Treppe hoch, holte ihren Kalender hervor und zählte die Tage ab. Sie hatte am 15. Mai den Auflauf zu James Harris gebracht und Francine gesehen, an jenem Tag, an dem sie laut Mrs. Greene verschwunden war.

Alles kam ihr falsch vor. Carter war nie zu Hause. Mrs. Savage hatte ihr ein Stück Ohr abgebissen. Miss Mary war eines schrecklichen Todes gestorben. Francine war mit einem

Mann davongelaufen. Ein achtjähriger Junge hatte sich umgebracht. Ein kleines Mädchen würde es vielleicht auch tun. Es ging sie nichts an. Aber wer kümmerte sich um die Kinder? Auch um diejenigen, die nicht von ihr waren?

Sie rief Mrs. Greene an und hoffte dabei halb, dass sie nicht ans Telefon gehen würde. Aber sie ging ran.

»Es tut mir leid, dass ich nach neun anrufe«, entschuldigte sie sich. »Aber wie gut kennen Sie Destiny Taylors Mutter?«

»An Leute wie Wanda Taylor verschwende ich nicht viele Gedanken«, sagte Mrs. Greene.

»Meinen Sie, wir könnten mit ihr über ihre Tochter sprechen?«, fragte Patricia. »Ich glaube nämlich, das Nummernschild, das Sie gesehen haben, gehört zu jemandem, der hier wohnt. James Harris. Francine hat für ihn gearbeitet, und ich habe sie am 15. Mai bei ihm zu Hause gesehen. Und ein paar Dinge sind seltsam an ihm. Ich dachte mir, wenn wir mit Destiny reden, kann sie uns vielleicht sagen, ob sie ihn draußen in Six Mile gesehen hat.«

»Die Leute mögen es nicht, wenn Fremde sie über ihre Kinder ausfragen.«

»Wir sind alle Mütter«, sagte Patricia. »Wenn einer von uns etwas zustößt und jemand meint, etwas darüber zu wissen, würden Sie das nicht erfahren wollen? Und wenn nichts an der Sache dran ist, dann haben wir nichts weiter getan, als sie an einem Freitagabend zu stören. Es ist noch nicht einmal zehn.«

Eine lange Pause entstand. Dann sagte Mrs. Greene:

»Bei ihr ist noch Licht an. Kommen Sie schnell hier raus, dann bringen wir die Sache hinter uns.«

Patricia fand Blue in seinem Zimmer in seinem Bohnensack sitzend, wo er *Aufstieg und Fall des Dritten Reiches* las.

»Ich muss für ein Weilchen fort«, sagte Patricia. »Nur zur

Kirche. Es gibt ein Diakonie-Treffen, das ich vergessen habe. Kommst du zurecht?«

»Ist Dad da?«, fragte Blue.

»Er ist unterwegs«, antwortete Patricia, obwohl sie sich dessen nicht sicher war. »Gehst du ans Telefon, wenn es klingelt? Ich schließe die Eingangstür ab. Dein Vater hat seinen Schlüssel dabei.«

»In Ordnung«, sagte Blue, der kaum von seinem Buch aufsah.

»Ich hab dich lieb«, sagte Patricia, aber Blue schien sie nicht zu hören.

Patricia zögerte in ihrem Schlafzimmer für einen Moment. Sie hatte noch nie jemanden darüber angelogen, wo sie hinging, und das machte sie nervös. Sie beschloss, eine Nachricht mit Mrs. Greenes Telefonnummer für Carter auf der Kommode zu hinterlassen. *Muss Mrs. Greene einen Scheck bringen.* Dann stieg sie in ihren Volvo und hoffte dabei, dass Grace recht hatte und es sich bei all dem nur um die Ausgeburt der überdrehten Fantasie einer dummen kleinen Hausfrau mit zu viel Freizeit handelte. Wenn dem so war, würde sie morgen ihre Vorhänge absaugen, gelobte sie.

Kapitel 16

Auf der Rifle Range Road waren keine anderen Autos unterwegs, und die Fahrt fühlte sich einsam an. Abseits der Bundesstraße gab es keine Beleuchtung mehr, und die bröcklige, einspurige Fahrbahn kam ihr zu eng vor. Patricias Scheinwerferlicht strich über Wohnwagen und Fertigbauschuppen, und sie fürchtete, die Leute aufzuwecken. Sie sah auf die Uhr auf ihrem Armaturenbrett – 21:35 Uhr –, aber in der völligen Finsternis, die auf dieser Straße herrschte, kam es ihr viel später vor.

Sie parkte vor Mrs. Greenes Haus, stieg aus, nachdem sie sich vergewissert hatte, dass sich niemand auf dem Basketballplatz herumtrieb, und trat hinein in eine summende, brummende, von Insekten wimmelnde Nacht. Vereinzelte Straßenlaternen leuchteten orangefarben über den Ziegelsteinhäusern und Anhängern, aber sie standen so weit auseinander, dass sich die Dunkelheit dadurch nur noch umfassender und einsamer anfühlte. Als Mrs. Greene ihre Eingangstür öffnete, war Patricia erleichtert darüber, ein vertrautes Gesicht zu sehen.

»Möchten Sie etwas zu trinken?«, fragte Mrs. Greene.

»Ich glaube, es ist am besten, wenn wir gleich zu Mrs. Taylor gehen, bevor es zu spät ist«, sagte Patricia.

»Jesse?«, rief Mrs. Greene nach hinten ins Haus. »Pass auf deinen Bruder auf. Ich gehe mal kurz rüber.«

Sie zog die Tür hinter sich zu und schloss sie ab. Der Plastik-Weihnachtskranz pendelte hin und her und kratzte dabei über die Aluminiumtür.

»Hier entlang«, sagte Mrs. Greene und führte sie den sandigen Weg vor ihrem Haus entlang.

Sie betraten die unbefestigte Straße um die kleine Kirche herum, stiegen über das knöchelhohe Geländer vor der Mt. Zion African Methodist Church und durchquerten das Zentrum von Six Mile. Unter ihren Füßen knirschte der sandige Boden laut in der Nacht. Die Veranden waren verlassen, niemand rief seinen Freunden zu, niemand kam auf dem Heimweg an ihnen vorbei. Die Straßen von Six Mile waren menschenleer. Hinter den meisten Scheiben sah Patricia zugezogene Vorhänge. Andere hatten von innen Pappe oder Bettlaken an die Fenster getackert. Hinter allen schien das blaue, unruhige Licht von Fernsehern hervor.

»Hier geht niemand mehr nach Einbruch der Dunkelheit raus«, bemerkte Mrs. Greene.

»Was sollen wir zu Mrs. Taylor sagen, um sie nicht zu beunruhigen?«, fragte Patricia.

»Wanda Taylor ist schon beunruhigt, wenn sie morgens aufsteht«, sagte Mrs. Greene.

Patricia fragte sich, wie sie selbst reagieren würde, wenn plötzlich eine Fremde vor ihrer Tür gestanden und behauptet hätte, dass Blue Drogen nähme.

»Meinen Sie, sie wird wütend sein?«, fragte Patricia.

»Wahrscheinlich«, sagte Mrs. Greene.

»Vielleicht ist das doch keine gute Idee«, sagte Patricia.

»Es ist ganz sicher keine gute Idee«, sagte Mrs. Greene und wandte sich ihr zu. »Aber Sie haben mir erzählt, dass Sie sich um ihre Kleine Sorgen machen, und das geht mir jetzt nicht mehr aus dem Kopf. Man wird vielleicht keinen roten Teppich für uns ausrollen, aber Sie haben mich trotzdem davon überzeugt, dass wir hier das Richtige tun. Überzeugen Sie mich nicht, auf halbem Wege kehrtzumachen.«

Eine gelbe Glühbirne brannte über der Tür von Wanda Taylors Anhänger, und bevor Patricia Mrs. Greene darum bitten konnte, ihr noch einen Moment zu geben, um sich zu sammeln, waren sie schon die angefaulte Verandatreppe hochgestiegen, und Mrs. Greene klopfte an die scheppernde Metalltür. Die klapprige Veranda schwankte unter ihren Füßen. Motten klatschten gegen die gelbe Glühbirne. Patricia spürte die von der Lichtquelle abgestrahlte Hitze als Prickeln auf ihrer Kopfhaut und Stirn. Erst als sie die Wärme fast nicht mehr aushielt, öffnete die Tür sich, und Wanda Taylor starrte sie an. Sie trug ein Drogerieketten-T-Shirt, stonewashed Blue-Jeans und hatte ungepflegtes Haar. Hinter ihr hörte Patricia den Fernseher laufen.

»Guten Abend, Wanda«, sagte Mrs. Greene.

»Es ist spät«, sagte Wanda und sah dann Patricia an. »Wer ist das?«

Sie sprach mit Mrs. Greene, als sei Patricia gar nicht anwesend.

»Können wir reinkommen?«, fragte Mrs. Greene.

»Nein«, sagte Wanda Taylor. »Es ist fast zehn. Manche Leute müssen morgens früh aufstehen.«

»Du bist wegen Destiny zu mir gekommen, und ich dachte mir, dass du vielleicht ein paar Minuten erübrigen könntest, um mit uns über den Gesundheitszustand deines kleinen Mädchens zu reden«, sagte Mrs. Greene gereizt.

Wanda zog eine ungläubige Miene.

»Ich bin wegen Destiny zu dir gekommen, und du hast gesagt, ich soll zum Arzt gehen, wenn ich mir solche Sorgen mache«, entgegnete sie. »Und das mache ich jetzt. Gleich morgen früh fahren wir in die Klinik.«

»Mrs. Taylor«, sagte Patricia. »Ich bin eine Krankenschwester aus der Klinik. Ich war der Meinung, dass Destinys

Erkrankung schnelles Handeln erfordern könnte, deshalb komme ich heute Abend zu Ihnen. Wie alt ist sie?«

Wanda und Mrs. Greene starrten Patricia an, wenn auch aus unterschiedlichen Gründen.

»Neun«, sagte Wanda schließlich. »Können Sie sich ausweisen?«

»Sie arbeitet in der Klinik«, sagte Mrs. Greene. »Sie ist nicht von der Polizei. Sie ist nicht vom Security Service. Sie hat keine Marke.«

Wanda, auf deren Gesicht das gelbe Licht Schatten malte, musterte Patricia.

»In Ordnung«, sagte sie schließlich und beugte sich damit einer höheren Autorität. Sie trat in ihren Trailer zurück. »Aber im Moment schläft sie, also bitte leise.«

Sie folgten ihr hinein. Der Raum wirkte vollgestopft, und es roch nach gebratenem Hamburgerfleisch. Gegenüber von einem schwarzen Plastiksofa stand ein Fernseher mit integriertem Videorecorder auf einem Pappkarton. Ins Fenster war eine Klimaanlage eingebaut, die eiskalte Luft durch die Jalousien pumpte. Wanda deutete auf einen klapprigen Tisch in der Küchennische, und Patricia und Mrs. Greene setzten sich auf die altersschwachen Polsterstühle.

»Möchte jemand Kool-Aid?«, fragte sie. »Ein Light-Bier?«

»Nein danke«, sagte Patricia.

Wanda wandte sich ihren Küchenschränken zu, holte zwei Snacktüten mit Fritos hervor, riss sie auf und schüttete den Inhalt in eine Styroporschüssel.

»Bitte sehr«, sagte sie und stellte sie auf den Tisch in die Mitte.

»Wir sollten wirklich für einen kurzen Moment nach Destiny sehen«, sagte Patricia. »Ich würde ihr gerne ein paar Fragen über ihre Symptome stellen.«

»Müssen Sie wirklich jetzt mit ihr reden?«, fragte Wanda.

»Wanda«, sagte Mrs. Greene. »Du musst tun, was die Krankenschwester dir sagt.«

Wanda ging drei Schritte durch den winzigen Flur und kratzte an einer beigefarbenen Schiebetür aus Plastik.

»Dessy«, flüsterte sie in einem Singsang.

Dank der Klimaanlage war die Luft eiskalt. Patricia hatte Gänsehaut. Die Tischplatte fühlte sich klebrig ab. Sie hielt die Hände auf dem Schoß.

»Dessy, aufgewacht«, sang Wanda und schob die Tür auf. Sie knipste eine Lampe im Schlafzimmer an.

»Dessy?«, sagte Wanda.

Sie trat in den Flur und öffnete eine weitere Tür, hinter der sich diesmal die Toilette befand.

»Dessy? Wo versteckst du dich?«, fragte Wanda, und ihre Stimme klang nun angespannt.

Patricia und Mrs. Greene drängten sich mit ihr in den winzigen Flur und standen in der Tür zu Destinys Zimmer.

»Vor nicht einmal einer halben Stunde war sie noch hier«, sagte Wanda und kniete sich auf den Boden.

Das Schlafzimmer war so winzig, dass Wandas Beine auf den Flur hinausragten, als sie sich bückte, um unter das Bett zu schauen. Obendrauf lag eine Schaumstoffmatratze mit einem *My Little Pony*-Spannbettlaken und einer gefalteten Steppdecke. Alle Spielsachen und Kleider des kleinen Mädchens waren in durchsichtigen Plastikkisten verstaut, die in der Ecke standen. Das Fenster über dem Bett war ein schwarzes, rechteckiges Stück Nacht ohne Vorhänge.

»Wo ist Dessy?«, fragte Wanda, und ihre Stimme wurde langsam zittrig. »Was habt ihr mit ihr gemacht?«

»Wir sind gerade erst angekommen«, sagte Mrs. Greene.

Wanda drängelte sich an Patricia vorbei und rannte ins

Wohnzimmer, als wollte sie ihre verschwundene Tochter noch an der Tür erwischen.

»Dessy?«, rief sie.

»Was halten Sie davon?«, fragte Mrs. Greene Patricia leise.

In der Küche riss Wanda sämtliche Schränke auf und schob die Schachteln und Tüten umher.

Patricia öffnete das Fenster über Destinys Bett. Es ließ sich problemlos weit aufschieben. Es gab kein Fliegengitter. Eine Woge aus warmer Luft und Insektensummen schwappte in das winzige Schlafzimmer. Patricia und Mrs. Greene sahen zum offenen Fenster hinaus auf die nur ein paar Meter entfernte Waldgrenze. Patricia kniete auf der Matratze und blickte nach unten. Draußen vor dem Fenster stand eine große Holzspule, über die die Telefonleitung verlegt war. Wenn man sich daraufstellte, kam man leicht an das Fenster heran.

»Wir müssen die Polizei rufen«, sagte Mrs. Greene.

»Was?«, fragte Wanda Taylor. »Weshalb?«

»Mrs. Taylor«, sagte Patricia. »Es gibt einen Mann namens James Harris, der Kindern Drogen verkauft. Sie müssen die Polizei rufen und melden, dass Ihre Tochter vermisst wird und Sie glauben, dass er sie sich geholt hat.«

»Ach du lieber Gott«, sagte Wanda und rülpste laut. Das winzige Wohnzimmer wurde vom Gestank ihrer Magensäure erfüllt.

»Er ist mit ihr im Wald«, sagte Mrs. Greene. »Er ist sicher noch in der Nähe.«

Sie führte Wanda zum Sofa und half ihr dabei, sich eine Mentholzigarette zur Beruhigung ihrer Nerven anzuzünden. Wanda hielt hilflos nach einem Aschenbecher Ausschau und ließ ihre Asche dann schließlich einfach auf den Teppich fallen. Patricia hielt das Küchentelefon ins Zimmer, wählte 911 und reichte es Wanda.

»Hallo«, sagte Wanda Taylor, und Rauchwölkchen stiegen ihr im Rhythmus ihrer Worte aus dem Mund. »Mein Name ist Wanda Taylor, ich wohne in der Grill Flame Road 32. Meine Tochter ist nicht in ihrem Bett.« Sie hielt inne. »Nein, sie versteckt sich nicht im Haus.« Pause. »Weil ich überall gesucht habe, und ich besitze nicht besonders viel Haus, in dem man sich verstecken könnte. Bitte schicken Sie mir jemanden. Bitte.«

Sie wusste nicht, was sie sonst sagen sollte, also wiederholte sie das Wort »bitte«, bis Mrs. Greene ihr das Telefon aus der Hand nahm. Wanda blickte hilflos zwischen Patricia und Mrs. Greene hin und her, als sähe sie sie zum ersten Mal.

»Möchte jemand ein Glas Kool-Aid oder ein Light-Bier?«, fragte sie. »Sonst habe ich nichts da. Das Wasser hier draußen stinkt nach Ei.«

»Ist schon gut, danke«, sagte Patricia freundlich.

»Wir können nichts anderes tun, als hier zu sitzen und auf die Polizei zu warten«, sagte Mrs. Greene und tätschelte Wanda das Knie. »Sie wird bald da sein.«

»Wenn Sie nicht gekommen wären, hätte ich gar nicht gemerkt, dass sie fort ist«, sagte Wanda. »Die Polizei wird bald da sein?«

»Sehr bald«, sagte Mrs. Greene und nahm ihre Hand.

»Ich sollte noch einmal in ihrem Schlafzimmer nachsehen«, sagte Wanda.

Sie ließen sie. Patricia dachte an die drei Minuten, die die Polizei bis Mt. Pleasant brauchte.

»Wie lange wird es dauern, bis die Polizei eintrifft?«, fragte sie.

»Kann ein bisschen dauern«, sagte Mrs. Greene. »Wir sind hier auf dem Land.«

Wanda kam zurück ins Zimmer und blieb in der Küche stehen.

»Sie ist nicht da«, sagte sie und schien die Anwesenheit ihrer Gäste dann einmal mehr zum ersten Mal zu registrieren. »Möchte jemand etwas zu trinken? Ich habe Kool-Aid und Light-Bier.«

»Wanda«, sagte Mrs. Greene. »Du musst dich hinsetzen und auf die Polizei warten.«

Wanda zog einen Stuhl unter dem klebrigen Tisch hervor und wollte an ihrer Zigarette ziehen, die jedoch schon bis auf den Filter heruntergebrannt war. Sie suchte nach ihrer Zigarettenschachtel. Patricia dachte an James Harris, der irgendwo dort draußen ein kleines Mädchen festhielt und ihr Unaussprechliches antat. Sie konnte sich kein klares Bild davon vor Augen rufen, doch sie malte sich aus, dass es Korey wäre. Dass es Blue wäre. Sie malte sich aus, dass die Polizei noch sehr lange brauchen würde.

»Haben Sie eine Taschenlampe?«, fragte sie Wanda.

Kapitel 17

Mit einer silbernen Pfadfindertaschenlampe in der Hand stieg Patricia die klapprige Eingangstreppe hinab. Mrs. Greene stand in der Tür.

»Ich werfe nur mal kurz einen Blick auf die andere Seite des Trailers«, sagte Patricia, aber Mrs. Greene hatte die Tür bereits zugezogen und abgeschlossen. Patricia hörte, wie sie die Kette vorlegte.

Überall in Six Mile hörte sie das Summen der Klimaanlagen. Der Wald um sie herum war ein Tornado zirpender Insekten. Jeder Atemzug fühlte sich an, als müsse er sich durch ein mit warmem Wasser getränktes Handtuch quälen. Sie zwang ihre Beine, sich in Bewegung zu setzen und sie auf die dunkle Rückseite des Trailers zu tragen.

Sie knipste die Taschenlampe an und ließ ihren Schein über die große Holzspule wandern, als erwartete sie, einen verräterischen Fußabdruck aus schwarzer Tinte darauf zu sehen. Sie richtete den Strahl auf den sandigen Boden und sah Vertiefungen und Schatten und Klumpen, war sich aber nicht sicher, was sie zu besagen hatten. Patricia erhob sich wieder und leuchtete in den Wald hinein.

Der blassgelbe Strahl tanzte über die Fichtenstämme. Die Bäume standen ziemlich weit auseinander, und Patricia wurde klar, dass sie ein Stück zwischen ihnen hindurchgehen und den Trailer trotzdem im Blick behalten konnte. Ohne sich Zeit zum Zögern zu geben, trat sie am ersten Baum vorbei, dann am zweiten, während die Taschenlampe einen Lichtkreis vor ihr auf den Boden malte und sie Schritt für

Schritt in den Wald führte, wo das Zirpen der Insekten sie umfing.

Etwas packte sie am Fuß und zerrte daran, und Eiseskälte stieg in ihrer Brust auf, ehe sie erkannte, dass sie sich bloß in einem rostigen Stück Draht am Boden verfangen hatte. Mit neuer Zuversicht warf sie einen Blick über die Schulter, aber die erleuchteten Fenster der Häuser waren weiter weg, als sie erwartet hatte. Sie fragte sich, ob die Polizei schon eingetroffen war, aber wenn, dann hätte sie wahrscheinlich das Blaulicht gesehen.

Der Geruch warmen Harzes umgab sie, und unter ihren Füßen spürte sie einen dichten Teppich von Fichtennadeln. Sie wusste, dass dies ihre letzte Gelegenheit war umzukehren. Wenn sie weiterging, würde sie die erleuchteten Fenster nicht mehr sehen, und dann würde sie allein mit James Harris hier draußen sein.

Halt durch, Destiny, dachte sie, als sie sich auf den Weg tiefer in den Wald begab. *Ich komme.*

Während der Strahl der Taschenlampe vor ihr umherzuckte, konzentrierte sie sich auf jeden einzelnen Stamm anstatt auf die dunkle Masse von Bäumen, die sich um sie herum und hinter ihr drängte. Sie ging vorsichtig, weil sie nicht in ein Loch treten wollte, und sie war sich der lauten, knackenden Geräusche bewusst, die sie verursachte, während sie durch die Zweige, Büsche und Ranken strich.

Etwas, das nicht sie selbst war, raschelte rechts von ihr im Gebüsch. Sie erstarrte und knipste die Taschenlampe aus, um sich nicht zu verraten. Die Nacht stürmte auf sie ein. Sie versuchte angestrengt, außer dem Rauschen des Blutes in ihren Ohren, etwas zu hören. Ihr Puls pochte an ihren Handgelenken. Ihr Atem strich ihr rau durch die Nase. Dann fiel ihr etwas auf. Die Insektengeräusche waren verstummt.

Schwarze, unförmige Flecken zuckten durch ihr Blickfeld. Sie hörte, wie etwas zwischen den Bäumen hindurchhuschte, und mit einem Mal versetzte allein schon der Gedanke daran, stillzustehen, sie in Panik. Sie musste sich bewegen, aber ohne ihre Taschenlampe konnte sie den Weg nicht erkennen, also knipste sie diese wieder an, und die Bäume und der Teppich aus Fichtennadeln nahmen einmal mehr vor ihr Gestalt an.

Sie bewegte sich rasch vorwärts, die Taschenlampe zu Boden gerichtet, und hielt nach dem hinter einer Fichte hervorragenden Bein eines kleinen Mädchens in Jeans Ausschau. Das Ächzen in den Bäumen um sie herum mischte sich mit ihren Atemgeräuschen und ihrem Herz- und Pulsschlag. Jeden Augenblick würde sich ihr eine große Hand in den Nacken legen. Ihr pochendes Herz zog sie vorwärts.

Sie sollte sich umdrehen und nach Hause gehen. Sie war bloß ein winziger Punkt in diesem Wald. Es war dumm von ihr gewesen, sich einzubilden, dass sie auf diesem Weg irgendwie auf Destiny Taylor stoßen würde, und was sollte sie tun, wenn James Harris vor ihr stand? Würde sie ihm ihre Taschenlampe über den Kopf ziehen? Sie musste umkehren.

Dann waren plötzlich keine Bäume mehr um sie herum, und sie trat auf eine unbefestigte Straße. Sie war nicht besonders breit, aber das sandige Erdreich locker, und die tiefen Reifenabdrücke darin verrieten, dass jemand in der Nähe Bauarbeiten verrichtete. Sie lenkte den Schein ihrer Taschenlampe in die eine Richtung und sah die kleine Straße in einem dunklen Tunnel aus Bäumen verschwinden. Sie ließ das Licht in die andere Richtung zucken und sah den verchromten Kühlergrill von James Harris' weißem Van.

Sie knipste ihr Licht aus, zog sich zwischen die Kiefern zurück und stolperte dabei über einen Baumstumpf. Vielleicht hatte er sie gesehen. Sie hatte zwar die Taschenlampe schnell ausgeschaltet, aber vielleicht hatte er gesehen, wie ihr Licht zwischen den Bäumen umhergezuckt war, und dann hatte sie auch noch dämlich dagestanden und in die andere Richtung geschaut, bevor sie den Van angestrahlt hatte. Sie wollte rennen, aber stattdessen zwang sie sich dazu stillzuhalten. Der Van rührte sich nicht von der Stelle.

Er stand keine zwanzig Meter entfernt. Sie konnte zu ihm hingehen und ihn berühren. Sie musste zu ihm hingehen und ihn berühren. Sie musste wissen, ob James Harris in seinem Wagen war.

Sie ging auf den Van zu. Ihre Schuhe sanken lautlos im Sand ein, und in ihrem Magen rumorte es. Sie wartete darauf, dass die Scheinwerfer aufflammten und sie an Ort und Stelle festnagelten, dass der Motor röhrend zum Leben erwachte und der Wagen sie überfuhr. Kühlergrill und Windschutzscheibe verschwammen vor ihren Augen, wippten auf und ab, rückten näher, und dann war sie da. Sie begriff, dass es drinnen dunkler war als draußen, deshalb duckte sie sich, sodass es in ihren Knien knackte, damit er durch seine Windschutzscheibe bloß nicht die Umrisse ihres Kopfes vor dem Nachthimmel sah.

Sie streckte eine Hand aus, um sich abzustützen. Die Motorhaube fühlte sich kühl an. Sie fragte sich, ob die Polizei schon bei Wandas Trailer war. Sie wollte zurück. Hatten Drogenhändler Pistolen und Messer und alle möglichen Waffen? Sie stellte sich vor, dass Blue hinten im Van wäre, und wusste, dass sie nachsehen musste. Destiny Taylor war nicht ihr Kind, aber ein Kind war sie trotzdem.

Patricia stand langsam auf, sodass es erneut in ihren Knien knackte, bildete einen Tunnel mit den Händen, beugte sich vor, bis ihre Handkanten die kalte Windschutzscheibe berührten, und schaute hindurch. Jenseits der Halbmondform des Lenkrads war es stockfinster. Sie kniff die Augen zusammen, bis sie ihr wehtaten, konnte jedoch nicht das Geringste erkennen.

Dann begriff sie, dass er nicht in seinem Van saß. Er war immer noch mit Destiny im Wald, oder er war mit ihr fertig und mittlerweile auf dem Rückweg. Bevor er ankam, konnte sie noch einen raschen Blick hineinwerfen und feststellen, ob es irgendwelche Hinweise gab, Kleidungsstücke von diesem anderen Kind vielleicht oder irgendetwas, das Francine gehörte. Ihr blieben Sekunden.

Sie ging zum Heck des Vans, legte die Hand um den Türgriff und zog. Dann hob sie die Taschenlampe und schaltete sie ein.

Ein Mann hockte auf dem Boden. Er beugte sich über etwas. Sein Hintern und die Sohlen seiner Arbeitsschuhe waren ihr zugewandt. Dann fuhr er hoch und drehte sich im Strahl der Taschenlampe um, und sie erkannte James Harris. Aber irgendetwas stimmte nicht mit seiner unteren Gesichtshälfte. Etwas Langes, Schwarzes, Glänzendes wie Chitin hing ihm gleich einem riesigen Kakerlakenbein mehrere Zentimeter lang aus dem Mund. Mit offenem Kiefer blinzelte er verwirrt ins Licht, rührte sich jedoch nicht vom Fleck, während das lange, insektenhafte Glied sich langsam in seinen Mund zurückzog. Als es zur Gänze verschwunden war, schloss er die Lippen, und sie sah, dass sein Kinn und seine Wangen und seine Nasenspitze von Blut bedeckt waren.

Unter ihm lag ein junges schwarzes Mädchen lang hingestreckt auf dem Boden. Ihr orangefarbenes T-Shirt war über den Bauch hochgeschoben, ihre Beine waren gespreizt, und an der Innenseite eines Schenkels war eine hässliche dunkelviolette Stelle zu sehen, aus der Körperflüssigkeiten suppten.

James Harris klatschte mit einer Hand gegen die Metallwand des Vans, und das Fahrzeug schwankte hin und her, als er sich in die Höhe zog. Er hatte die Augen zusammengekniffen, und Patrica begriff, dass das Licht ihn blendete. Er trat einen unsicheren, taumelnden Schritt auf sie zu. Erstarrt stand sie da, ratlos, doch dann, als er noch einen Schritt machte und der Van erneut wackelte, begriff sie, dass nur noch ein Meter zwischen ihnen lag. Das kleine Mädchen stöhnte und wand sich, als schliefe es, und winselte dabei wie Ragtag, wenn er träumte.

Der Van wackelte, als James Harris einen weiteren Schritt tat. Jetzt trennte sie noch etwa ein halber Meter voneinander, und sie musste etwas unternehmen, um das kleine Mädchen von hier fortzuschaffen. Er blinzelte noch immer ins Taschenlampenlicht. Langsam, mit ausgestreckten Fingern, griff er nach der Lampe, Zentimeter von ihrem Gesicht entfernt. Patricia rannte.

Im selben Moment, in dem ihm die Taschenlampe nicht mehr ins Gesicht schien, hörte sie seine Füße auf dem Boden des Vans klappern und dann hinter ihr im Sand aufkommen. Sie rannte in den Wald, und der Strahl ihrer Taschenlampe tanzte wild über Stümpfe und Stämme und Blätter und Büsche, und sie brach zwischen Ästen hindurch, die ihr ins Gesicht klatschten, knallte mit den Schultern gegen Bäume und verfing sich mit den Knöcheln in Ranken. Sie hörte ihn nicht hinter sich, aber sie rannte. Sie wusste nicht, wie lange, aber sie wusste, dass es lange genug war, um die Taschenlampenbatterien langsam zur Neige gehen zu lassen. Sie hatte das Gefühl, dass der Wald niemals aufhören würde, und dann spie er sie plötzlich neben einem Maschendrahtzaun aus, und sie wusste, dass sie zurück auf der Straße war, die nach Six Mile führte.

Sie leuchtete mit ihrer Taschenlampe umher, doch dadurch wirkten die Schatten nur größer und tanzten wilder. Sie hielt nach etwas Vertrautem Ausschau, und dann explodierte alles zu einem weißen Licht, und sie sah ein Auto langsam auf der holperigen Straße auf sich zukommen. Sie kauerte sich vor einem Zaun zusammen. Das Auto hielt an, und ein Polizist sagte: »Ma'am, wissen Sie, wer die 911 gewählt hat?«

Sie stieg hinten ein, und sie war noch nie so dankbar für ein Geräusch gewesen wie für jenes, mit dem die Tür hinter ihr zuschlug. Die Klimaanlage trocknete unverzüglich ihren Schweiß und ließ klebrige Haut zurück. Sie sah, dass der Beamte eine Waffe an der Hüfte trug, und sein Partner auf dem Beifahrersitz drehte sich herum und fragte: »Können Sie uns das Haus zeigen, in dem ein Kind vermisst wird?« Sie hatten eine Schrotflinte in einer Halterung zwischen sich, und all das vermittelte Patricia ein Gefühl von Sicherheit.

»Er hat sie in eben diesem Moment bei sich«, sagte Patricia. »Er macht irgendwas mit ihr. Ich habe sie im Wald gesehen.«

Der Partner sagte etwas in ein Funkgerät, und sie schalteten das Blaulicht an, aber nicht die Sirene, und das Auto sauste über die schmale Straße. Patricia sah die Mt. Zion Church vor ihnen liegen.

»Wo haben Sie sie gesehen?«, fragte der Polizist.

»Es war auf einer Straße«, sagte Patricia, während der Polizeiwagen holpernd in Six Mile einfuhr. »Einer Baustellenzufahrt irgendwo dort hinten im Wald.«

»Da drüben«, sagte der Polizist im Beifahrersitz, ließ das Funkgerät sinken und deutete quer durchs Auto.

Der Fahrer bog scharf ab, und die Wohnanhänger wischten in ihrem Scheinwerferlicht ruckartig nach rechts. Dann fuhr der Streifenwagen durch die Lücke zwischen zwei kleinen Häusern, und sie ließen Six Mile hinter sich. Bäume umgaben sie, der Polizist im Fahrersitz kurbelte das Steuer nach rechts, und Patricia spürte, wie die Reifen schwerfällig und langsam im Sand rutschten, und dann waren sie auf der Straße, auf die Patricia gestoßen war.

»Hier ist es«, sagte Patricia. »Es ist ein weißer Van, weiter vorne.«

Sie wurden langsamer, und der Polizist auf dem Beifahrersitz richtete mit einem Hebel den Scheinwerfer draußen am Wagen so aus, dass er abwechselnd den Wald zu beiden Seiten erhellte. Er war tausendmal heller als Patricias kleine Taschenlampe. Sie kurbelten die Fenster runter, um auf Schreie eines kleinen Mädchens zu lauschen.

Ehe sie sichs versahen, hatten sie das Ende des Sandwegs erreicht, an dem er auf die Bundesstraße einmündete.

»Vielleicht haben wir ihn verfehlt?«, sagte einer der Polizisten.

Patricia sah nicht auf die Uhr, aber sie hatte das Gefühl, dass sie bereits eine Stunde lang auf der weichen, sandigen Straße hin und her fuhren.

»Versuchen wir es beim Haus«, sagte der Fahrer.

Sie erklärte ihnen, wie es zurück nach Six Mile ging, und sie parkten vor Wandas Trailer. Der Beifahrer ließ Patricia hinten raus, und sie rannte die klapprige Eingangstreppe hoch und hämmerte an die Tür. Wanda warf sich regelrecht nach draußen.

»Sie ist immer noch nicht zurück«, sagte sie. »Sie ist noch dort draußen.«

»Wir müssen im Kinderzimmer nachsehen«, sagte einer der Polizisten. »Wir müssen den letzten Ort untersuchen, an dem Sie sie gesehen haben.«

»Das ist nicht nötig«, sagte Patricia. »Der Mann heißt

James Harris. Er wohnt bei mir in der Nähe. Vielleicht hat er sie zu sich nach Hause mitgenommen. Ich kann Ihnen zeigen, wo es ist.«

Ein Polizist wartete im Wohnzimmer und schrieb auf einem Notizblock mit, was sie ihm berichtete, während der andere Wanda durch den kurzen Flur in Destinys Schlafzimmer folgte. Dann wurde der Trailer von einem lauten Kreischen erfüllt. Der Polizist ließ den Block sinken und rannte durch den Flur. Patricia passte nicht mehr an den Polizisten vorbei, deshalb blieb sie bei Mrs. Greene, bis Wanda Taylor mit Destiny in den Armen zwischen ihnen erschien.

Das kleine Mädchen wirkte schläfrig, die Aufregung schien sie nicht zu interessieren. Wanda setzte sich auf das Sofa und hielt Destiny auf dem Schoß, ein schlaffer Leib in den Armen ihrer Mutter. Die Polizisten schwiegen, und auch ihre Mienen blieben undurchschaubar.

»Ich habe ihn gesehen«, sagte Patricia ihnen. »Sein Name ist James Harris, er wohnt in der Middle Street, und er fährt einen weißen Van mit getönten Scheiben. Etwas stimmt nicht mit seinem Mund, mit seinem Gesicht.«

»So etwas passiert manchmal, Ma'am«, sagte einer der Polizisten. »Ein Kind versteckt sich unter dem Bett oder schläft im Kleiderschrank, und die Eltern rufen bei der Polizei an, weil sie denken, es wäre entführt worden. Regen sich schrecklich auf.«

Die Ungeheuerlichkeit dieser Worte war zu viel für Patricia. Sie konnte nur sagen: »Sie hat keinen Kleiderschrank.«

Dann wusste sie plötzlich, was sie zu tun hatte.

»Sehen Sie an ihrem Bein nach«, sagte sie. »Unter ihrer Hose an der Innenseite ihres Oberschenkels müsste eine Verletzung sein, eine Art Schnitt.«

Alle sahen einander an, aber niemand rührte sich vom Fleck.

»Ich sehe nach«, sagte Mrs. Greene.

»Nein, Ma'am«, sagte der Polizist. »Wenn Sie wollen, dass wir uns das Kind ansehen, müssen wir einen Krankenwagen rufen und sie ins Krankenhaus bringen, damit jemand es machen kann, der dafür qualifiziert ist. Sonst können wir es nicht als Beweismaterial verwenden.«

»Beweismaterial?«, fragte Patricia.

»Wenn Sie diesen Mann vor Gericht bringen wollen, dann müssen Sie es richtig machen«, erläuterte der Polizist.

»Wenn Sie behaupten, gesehen zu haben, wie ein Mann dieses Kind misshandelt hat, dann ist es von höchster Wichtigkeit, dass ein ausgebildeter Mediziner sie untersucht«, sagte der andere Polizist.

»Ich bin Krankenschwester«, sagte Patricia.

»Niemand nimmt meine Kleine irgendwohin mit«, sagte Wanda und hielt Destiny, deren Kopf schlaff an der Schulter ihrer Mutter lehnte, an sich gedrückt. Das Mädchen hatte die Augen halb geschlossen, und ihre Arme baumelten herab. »Sie bleibt bei mir. Ich lasse sie nicht noch einmal aus den Augen.«

»Es ist wichtig«, sagte Patricia.

»Sie geht morgen früh zum Arzt«, sagte Wanda Taylor. »Und bis dahin nirgendwohin.«

Jemand hämmerte an die Tür, und sie sahen einander erstarrt an. Die Aluminiumtür bebte in ihrem Rahmen, bis Mrs. Greene sich zwischen den anderen hindurchschob. Sie riss die Tür auf. Carter stand auf der Veranda.

»Lieber Himmel, Patty«, sagte er. »Was ist hier los?«

»Wenn meine Frau sagt, dass sie gesehen hat, wie der Mann das getan hat, dann ist es auch so gewesen«, sagte Carter, der in der Mitte des Trailers stand, zu den Polizisten. Patricia fand, dass er fehl am Platz wirkte, doch dann fiel ihr ein, dass er in Armut aufgewachsen war, und wenn es 1948 schon solche Trailer gegeben hätte, dann wäre er mit an Sicherheit grenzender Wahrscheinlichkeit in einem solchen zur Welt gekommen.

»Wir haben überall gesucht, wo sie es wollte, Sir«, wiederholte der Polizist mit deutlicher Betonung auf dem *Sir*. »Aber das heißt nicht, dass wir ihr nicht glauben. Wenn sich morgen herausstellt, dass dem kleinen Mädchen etwas fehlt, dann steht das, was Ihre Frau uns erzählt hat, auch morgen in unserem Bericht.«

»Ich bin müde«, sagte Destiny verträumt und leise, und Wanda machte sich daran, alle aus ihrem Zuhause hinauszukomplimentieren.

Draußen vergewisserte Carter sich, dass die beiden Polizisten seine Kontaktdaten notiert hatten, während Mrs. Greene zu Patricia ging.

»Wir müssen nicht hier draußen rumstehen, wenn es derart heiß ist«, sagte sie, und sie machten sich auf den Weg zurück zu ihrem Haus. Dann fügte sie hinzu: »Sie werden ihr das kleine Mädchen wegnehmen.«

»Nicht, wenn alles in Ordnung mit ihr ist«, sagte Patricia.

»Sie haben doch gesehen, wie sie Wanda angesehen haben«, sagte Mrs. Greene. »Sie haben gesehen, wie sie ihr Zuhause angesehen haben. In ihren Augen ist Wanda menschlicher Abfall, und das ist sie auch, aber nicht die Art von Abfall, für die sie sie halten.«

»Sie muss zu einem Arzt«, sagte Patricia. »So oder so.«

»Was haben Sie wirklich beobachtet? Was hat dieser Mann ihr angetan?«, fragte Mrs. Greene.

Sie traten über das niedrige Geländer um die Mt. Zion Church, und Patricia sprach erst wieder, als sie die Kirchentreppe erreicht hatten.

»Es war widernatürlich«, sagte sie.

Patricia war bereits zwei Schritte weitergegangen, als sie bemerkte, dass Mrs. Greene stehen geblieben war. Patricia drehte sich um. Im Eingangslicht der Kirche sah Mrs. Greene sehr klein aus.

»Alle hungern nach unseren Kindern«, sagte sie mit brechender Stimme. »Die ganze Welt will farbige Kinder verschlingen, und egal, wie viele von ihnen sie sich holt, sie leckt sich bloß die Lippen und will mehr. Helfen Sie mir, Mrs. Campbell. Helfen Sie, damit dieses kleine Mädchen bei seiner Mutter bleiben kann. Helfen Sie mir, diesen Mann aufzuhalten.«

»Natürlich«, sagte Patricia. »Ich werde ...«

»Ich will kein *natürlich* hören«, sagte Mrs. Greene. »Wenn ich jemandem erzähle, was hier draußen vorgeht, sehen sie eine alte Frau, die auf dem Land wohnt und nie zur Schule gegangen ist. Wenn Sie es jemandem erzählen, sehen die Leute eine Arztfrau aus dem Old Village, und sie hören zu. Ich bitte nicht gerne um Gefallen, aber Sie müssen die Leute auf diese Sache aufmerksam machen. Sie wissen, dass ich alles getan habe, was ich konnte, um Miss Mary zu retten. Ich habe mein Blut für sie gegeben. Als Sie mich heute Abend angerufen haben, meinten Sie, wir sind alle Mütter. Ja, Ma'am, das sind wir. Geben Sie mir *Ihr* Blut. Helfen Sie *mir*.«

Aus einem Reflex heraus hätte Patricia beinahe abermals *natürlich* gesagt, doch dann strich sie das Wort aus ihrem Kopf. Einen Moment lang sagte sie gar nichts. Dann stellte sie sich vor Mrs. Greene hin und sagte leise und mit fester Stimme:

»Wir werden sie retten. Wir lassen nicht zu, dass man Destiny ihrer Mutter wegnimmt, und wir lassen nicht zu, dass sich dieser Mann noch mehr Kinder holt. Ich werde alles in meiner Macht Stehende tun, um ihn aufzuhalten. Das verspreche ich Ihnen.«

Mrs. Greene antwortete nicht, und einen Moment lang standen beide einfach nur da.

»Tja, das wäre erledigt«, sagte Carter, der zu ihnen aufschloss. »Morgen früh bringen sie sie zum Arzt, und wenn etwas nicht stimmt, dann haben sie meine Daten im Bericht.«

Die Stimmung des Augenblicks verpuffte, und zu dritt gingen sie weiter zu Mrs. Greenes Haus.

»Carter«, sagte Patricia. »Du glaubst doch nicht, dass die Behörden irgendwas mit der Kleinen anstellen werden, oder?«

»Was meinst du?«, fragte er. »Dass sie sie ihrer Mutter wegnehmen?«

»Ja«, sagte Patricia.

»Nein«, sagte er. »Der Arzt, der sie untersuchen wird, muss jegliche Anzeichen von Misshandlung melden, aber wir reißen keine weinenden Kinder aus den Armen ihrer Mütter. Da muss erst einiges passieren. Wenn du dir Sorgen machst, erkundige ich mich morgen danach, welcher Arzt es ist.«

»Danke«, sagte Patricia. »Ich bin nur nervös.«

»Mach dir keine Sorgen«, sagte Carter. »Ich kümmere mich darum.«

Mrs. Greene betrat ihr Haus, und Patricia hörte, wie sie die Tür abschloss. Carter öffnete Patricia die Autotür. Sie schnallte sich an und kurbelte das Fenster herunter.

»Danke, dass du gekommen bist«, sagte sie.

»Ich habe deine Nachricht gelesen«, sagte er. »Es ist zu viel passiert, als dass du hier mitten in der Nacht allein herumfahren solltest. Ich schlage vor, du folgst mir nach Hause, und dann schlafen wir erst einmal und reden morgen über alles.«

Sie nickte, dankbar dafür, dass er nicht versuchte, sie als

dumm dastehen zu lassen, und dann folgte sie seinen roten Hecklichtern raus aus Six Mile, über die Rifle Range Road und zurück ins Old Village. Als sie an James Harris' Haus vorbeikamen, sah sie Carters Bremslichter kurz aufleuchten, wahrscheinlich, weil auch ihm James' Chevy Corsica vor dem Haus aufgefallen war.

In jener Nacht hielt Carter Patricia zum ersten Mal seit Monaten im Arm, während sie schlief. Sie wusste es, weil sie immer wieder von Albträumen geweckt wurde, in denen sie ein blutroter Mund durch die Wälder jagte, und jedes Mal spürte sie seine Arme um sich und schlief beruhigt wieder ein.

Kapitel 18

Als Patricia erwachte, fühlte sie sich, als sei sie die Treppe hinuntergefallen. Ihre Gelenke knackten beim Aufstehen, und ihre Schultern ächzten, als wären sie voller Glasscherben, während sie nach den Kaffeefiltern griff. Als sie sich zum Duschen auszog, entdeckte sie an beiden Hüften Blutergüsse, die daher stammten, dass sie auf dem Rücksitz des Polizeiwagens hin und her geschleudert worden war.

Carter musste ins Krankenhaus, obwohl es Sonntag war, und Patricia ließ Blue machen, was er wollte, weil es draußen hell war.

»Aber sei zurück, bevor es dunkel wird«, sagte sie. »Wir essen früh zu Abend.«

Es war nicht sicher, Blue nach Einbruch der Dunkelheit aus den Augen zu lassen. Sie wusste nicht, was James Harris war, und es war ihr auch egal, sie konnte nicht klar denken, aber sie wusste, dass er nicht bei Sonnenlicht rausging. Sie wollte Grace anrufen, um ihr zu erzählen, was sie gesehen hatte, aber wenn Grace etwas nicht verstand, weigerte sie sich einfach, an dessen Existenz zu glauben. Patricia zwang sich zur Ruhe.

Sie konnte sich nicht dazu durchringen, ihre Vorhänge abzusaugen, also kümmerte sie sich stattdessen um die Wäsche. Sie bügelte Hemden und Hosen. Sie bügelte Socken. Immer wieder sah sie James Harris mit diesem Ding in seinem Gesicht, seinem Bart aus Blut, dem kleinen Mädchen auf dem Boden in seinem Van, und versuchte zu überlegen, wie sie all das irgendjemandem erklären sollte. Sie putzte die Badezimmer. Sie sah zu, wie die Sonne ihren Weg über den Himmel nahm. Sie war dankbar dafür, dass Korey noch immer im Fußballcamp war.

Das Telefon klingelte, als sie gerade dabei war, abgelaufene Brotaufstriche wegzuwerfen.

»Campbell«, sagte Patricia.

»Sie haben ihr ihre Tochter weggenommen«, sagte Mrs. Greene.

»Was? Wer?«, fragte Patricia, die nicht mitkam.

»Heute Morgen, als Wanda Taylor sie zum Arzt gebracht hat«, sagte Mrs. Greene. »Er hat eine Wunde an ihrem Bein entdeckt, genau wie Sie sagten, und dann hat er Wanda draußen warten lassen und mit Destiny gesprochen.«

»Was hat sie gesagt?«, fragte Patricia.

»Wanda weiß es nicht, aber der Sozialdienst ist gekommen, und ein Polizist hat sich an die Tür gestellt«, sagte Mrs. Greene. »Sie haben ihr gesagt, dass Destiny unter Drogen stünde und Einstichstellen aufwiese. Sie fragten sie, wer der Mann sei, den Destiny als ›Buh-Daddy‹ bezeichnete. Wanda hat ihnen gesagt, dass sie sich mit keinem Mann träfe, aber sie haben ihr nicht geglaubt.«

»Ich rufe die Polizisten von letzter Nacht an«, sagte Patricia hektisch. »Ich rufe sie an, und dann sollen sie mit dem Sozialdienst reden. Und Carter kann ihren Arzt anrufen. Wie hieß er?«

»Sie haben mir versprochen, dass das nicht passieren würde«, sagte Mrs. Greene. »Sie haben es mir beide versprochen.«

»Carter ruft an. Er rückt das zurecht. Soll ich rauskommen und mit Wanda reden?«

»Ich glaube, es wäre das Beste, wenn Sie Wanda Taylor im Moment nicht treffen«, sagte Mrs. Greene. »Sie ist gerade nicht besonders aufnahmefähig.«

Patricia drückte auf die Telefongabel, aber sie hielt den Hörer weiter in der Hand, während die Küche sich um sie drehte. Sie hatte Destiny gesehen. Sie war in ihrem Schlafzimmer gewesen. Sie war bei ihrer Mutter gewesen. Sie hatte ihren winzigen, schlaffen Leib unter James Harris gesehen, der sich über sie gebeugt hatte, sein Gesicht mit ihrem Blut verschmiert.

»Mir ist langweilig«, sagte Blue, der gerade den Hobbyraum betrat.

»Nur langweiligen Leuten wird langweilig«, sagte Patricia automatisch.

»Alle sind im Zeltlager«, klagte Blue. »Hier gibt es niemanden, mit dem man spielen kann.«

Wie war es dazu gekommen? Was hatte sie getan?

»Geh was lesen«, sagte sie.

Sie nahm das Telefon zur Hand und rief bei Carter im Büro an.

»Ich habe alle meine Bücher schon durch«, sagte Blue.

»Wir fahren später in die Bücherei.«

Das Telefon klingelte, Carter ging ran, und sie erzählte ihm, was geschehen war.

»Ich stecke gerade mitten in tausend Sachen drin«, sagte er.

»Wir haben es ihr versprochen, Carter. Wir haben unser Wort gegeben. Diese Frau ist überall am Körper genäht, weil sie versucht hat, deiner Mutter zu helfen.«

»Okay, okay, Patty, ich rufe ein paar Leute an.«

»Alle denken, Hitler wäre schlimm gewesen«, verkündete Blue beim Abendessen. »Aber Himmler war schlimmer.«

»Okay«, sagte Carter in dem Versuch, Blues Vortrag zu einem Ende zu bringen. »Kannst du mir das Salz geben, Patty?«

Patricia nahm den Salzstreuer in die Hand, reichte ihn aber noch nicht weiter.

»Hast du heute bei dem Arzt angerufen, wegen Destiny Taylor?«, fragte sie.

Carter war ihr ausgewichen, seit er nach Hause gekommen war.

»Kann ich vor meinem Verhör das Salz bekommen?«, fragte er.

Sie zwang sich zu einem Lächeln und reichte es Blue.

»Er war das Oberhaupt der SS«, sagte Blue. »Das steht für Schutzstaffel. Sie waren die deutsche Geheimpolizei.«

»Das klingt ja ziemlich schlimm, mein Junge«, sagte Carter und nahm das Salz von ihm entgegen.

»Ich bin mir nicht sicher, ob das ein angemessenes Gesprächsthema fürs Abendessen ist«, sagte Patricia.

»Der ganze Holocaust war seine Idee«, fuhr Blue fort.

Patricia wartete, bis Carter alles auf seinem Teller gesalzen hatte, was ihrem Eindruck nach sehr lange dauerte.

»Carter?«, fragte sie im selben Moment, in dem der Salzstreuer den Tisch berührte. »Hast du angerufen?« Er legte seine Gabel beiseite und sammelte sich, bevor er sie ansah, und Patricia wusste, dass dies ein schlechtes Zeichen war. »Wir haben es versprochen, Carter.«

»In dem Augenblick, in dem sie ein Bewerbungskomitee zusammenstellen, sind all meine Chancen, Abteilungsleiter zu werden, dahin«, sagte Carter. »Und sie stehen so kurz vor einer Entscheidung, dass alles, was ich tue, genauestens unter die Lupe genommen wird. Wie würde es wohl aussehen, wenn der Kandidat für die Leitung der Psychiatrie, der ein Staatsbediensteter ist, anfinge, andere Staatsbedienstete anzurufen und ihnen zu erzählen, wie sie ihre Arbeit zu erledigen haben? Weißt du, was für ein schlechtes Licht das auf mich werfen würde? Die medizinische Universität ist eine staatliche Einrichtung. Da gibt es gewisse Regeln für die Abläufe. Ich kann nicht rumlaufen, Fragen stellen und Leute in Verruf bringen.«

»Wir haben etwas versprochen«, wiederholte Patricia. Als sie merkte, dass ihre Hand zitterte, legte sie ihre Gabel hin.

»In den Lagern wurden medizinische Experimente durchgeführt«, sagte Blue. »Sie haben den einen Zwilling gefoltert, um zu sehen, ob der andere etwas spürte.«

»Wenn ihr Arzt entschieden hat, sie aus ihrem Zuhause zu entfernen, dann hat er einen guten Grund dafür, und ich werde seine Entscheidung nicht infrage stellen«, sagte Carter und nahm seine Gabel wieder in die Hand. »Und ehrlich gesagt hat er wahrscheinlich die richtige Entscheidung getroffen, wenn ich daran denke, wie es in diesem Trailer aussah.«

In diesem Moment klingelte es an der Tür. Patricia zuckte zusammen. Ihr Herz schlug plötzlich dreimal so schnell. Sie hatte das ungute Gefühl zu wissen, wer dort draußen wartete. Sie wollte etwas zu Carter sagen, wollte ihm aufzeigen, wie unfair er sich verhielt, aber es klingelte erneut. Carter blickte von dem Stück Huhn auf seiner Gabel auf.

»Willst du nicht aufmachen?«, frage er.

»Ich geh schon«, sagte Blue und rutschte von seinem Stuhl. Patricia stand auf und versperrte ihm den Weg.

»Iss dein Hähnchen auf«, sagte sie.

Wie eine Gefängnisinsassin auf dem Weg zum elektrischen Stuhl ging sie zur Tür. Sie schwang sie weit auf, und durch das Fliegengitter sah sie James Harris. Er lächelte. Dieses erste Treffen würde am schwersten werden, aber mit ihrer Familie im Rücken und ihrem Haus um sie herum, auf ihrem Privatgelände, bedachte Patricia ihn mit ihrem allerbesten Gastgeberinnen-Lächeln. Sie hatte viel Übung darin.

»Was für eine angenehme Überraschung«, sagte sie durch das Fliegengitter.

»Habe ich Sie mal wieder beim Essen erwischt?«, sagte er. »Das tut mir schrecklich leid.«

»Das stört uns nicht.«

»Wissen Sie«, sagte er, »neulich hat man mich auch beim Essen unterbrochen. Das war sehr unangenehm.«

Einen Moment lang bekam sie keine Luft. Nein, sagte sie sich, dass hatte er nur zufällig so gesagt. Er stellte sie nicht auf die Probe.

»Tut mir leid, das zu hören«, sagte sie.

»Dabei musste ich an Sie denken«, sagte er. »Mir ist klar geworden, wie oft ich Ihre Familie beim Essen unterbreche.«

»O nein«, sagte sie. »Wir freuen uns über Ihre Besuche.«

Sie musterte sein Gesicht aufmerksam durch das Fliegengitter. Er tat das Gleiche bei ihr.

»Das freut mich zu hören«, sagte er. »Seit Sie mich das erste Mal zu sich nach Hause eingeladen haben, kann ich mich einfach nicht mehr von hier fernhalten. Fast kommt es mir vor, als wäre es auch mein Zuhause.«

»Wie schön«, sagte sie.

»Als ich es heute mit einer unangenehmen Situation zu tun hatte, habe ich deshalb an Sie gedacht«, sagte er. »Beim letzten Mal waren Sie so hilfsbereit.«

»Ach?«, fragte Patricia.

»Die Frau, die für meine Großtante geputzt hat, ist verschwunden, und ich habe gehört, jemand würde herumerzählen, dass man sie zuletzt bei mir daheim gesehen hätte. Was wohl nahelegen soll, dass ich etwas mit der Sache zu tun hätte.«

Da wusste Patricia es. Die Polizei war bei ihm gewesen. Sie hatten ihren Namen nicht genannt. Er hatte sie letzte Nacht nicht gesehen. Aber er war misstrauisch geworden und gekommen, um sie auf die Probe zu stellen, um herauszufinden, ob er sie genug aus der Fassung bringen konnte, damit sie sich verriet. Offenbar war er noch nie auf einer Cocktailparty im Old Village gewesen.

»Wer sollte dergleichen wohl behaupten?«, fragte Patricia.

»Ich dachte, Sie hätten vielleicht etwas gehört.«

»Ich gebe nichts auf Klatsch.«

»Tja«, sagte er. »Nach allem, was ich gehört habe, hat sie sich mit irgendeinem Kerl davongemacht.«

»Dann ist das ja geklärt«, sagte sie.

»Die Vorstellung, dass Sie oder Ihre Kinder vielleicht Gerüchte darüber hören konnten, dass ich ihr etwas angetan hätte, schmerzt mich«, sagte er. »Dass jemand Angst vor mir hat, ist wirklich das Letzte, was ich mir wünsche.«

»Machen Sie sich darüber nur keine Sorgen«, sagte Patricia, und sie zwang sich, ihn fest anzublicken. »Niemand in diesem Haus hat Angst vor Ihnen.«

Einen Moment lang sahen sie einander in die Augen, und es kam Patricia wie ein Wettstreit vor. Sie wandte den Blick zuerst ab.

»Es ist nur, weil Sie so seltsam mit mir reden«, sagte er. »Und Sie machen mir nicht die Tür auf. Als wollten Sie Abstand halten. Normalerweise bitten Sie mich rein, wenn ich vorbeikomme. Ich habe das Gefühl, dass sich etwas verändert hat.«

»Nicht das Geringste«, sagte sie und begriff, was sie tun musste. »Wir wollten gerade Nachtisch essen. Wollen Sie sich nicht zu uns gesellen?«

Sie hielt ihre Atmung im Griff und wahrte ein freundliches Lächeln.

»Das wäre schön«, sagte er. »Danke.«

Sie erkannte, dass sie ihn nun reinlassen musste, also zwang sie ihren Arm, sich nach der Tür auszustrecken, und sie spürte, wie die Knochen in ihrer Schulter knirschten, als sie das Schloss im Uhrzeigersinn drehte. Die Fliegengittertür ächzte in ihren Scharnieren.

»Herein«, sagte sie. »Sie sind immer bei uns willkommen.«

Sie trat beiseite, als er an ihr vorbeitrat, und sie sah sein blutiges Kinn vor sich und dieses Etwas, das sich in seinen Mund zurückzog, doch es war nur ein Schatten, und sie schloss die Tür hinter ihm.

»Danke.«

Er war in ihr Haus gelangt, als hätte er ihr dafür eine Waffe an den Kopf gehalten. Sie musste ruhig bliebn. Sie war nicht hilflos. Wie oft hatte sie schon auf einer Feier oder im Supermarkt herumgestanden und darüber geredet, dass das Kind von jemandem begriffsstutzig oder das Baby von jemandem hässlich sei, und dann war eben diese Person aus dem Nichts aufgetaucht, und sie hatte sie angelächelt und gesagt: *Gerade habe ich an Sie und Ihr süßes kleines Baby gedacht*, ohne dass jemand auch nur das Geringste bemerkt hatte.

Sie konnte es schaffen.

»... haben der Person alles Blut abgezapft und ihnen dann das Blut von jemand anderem mit der falschen Blutgruppe gegeben«, berichtete Blue gerade, als sie James Harris ins Esszimmer brachte.

»M-hmmm«, sagte Carter, ohne Blue weiter zu beachten.

»Redest du über Himmler und die Lager?«, fragte James Harris.

Blue und Carter hielten inne und blickten auf. Patricia nahm das Zimmer auf einen Schlag in allen Einzelheiten wahr. Alles wirkte überladen von Bedeutung.

»Seht mal, wer bei uns vorbeischaut.« Sie lächelte. »Gerade rechtzeitig für den Nachtisch.«

Sie nahm ihre Serviette, setzte sich und bot James Harris mit einer Geste den Stuhl zu ihrer Linken an.

»Danke, dass Sie einen alten Junggesellen zum Nachtisch hereinbitten«, sagte er.

»Blue«, sagte Patricia. »Wie wäre es, wenn du den Tisch abräumst und die Kekse holst? Möchten Sie Kaffee, James?«

»Der hält mich wach«, sagte er. »Und ich habe schon genug Probleme mit dem Einschlafen.«

»Welche Kekse?«, fragte Blue.

»Alle«, sagte Patricia, und Blue hastete fast hüpfend aus dem Zimmer.

»Wie gefällt Ihnen der Sommer?«, fragte Carter. »Wo haben Sie eigentlich früher gelebt?«

»Nevada«, sagte James Harris.

Nevada?, dachte Patricia.

»Da ist die Hitze trocken«, sagte Carter. »Wir hatten heute bis zu fünfundachtzig Prozent Luftfeuchtigkeit.«

»Gewohnt bin ich das jedenfalls nicht«, sagte James. »Es schlägt mir ziemlich auf den Appetit.«

War es das, was er mit Destiny Taylor gemacht hatte?, fragte sich Patricia. Bildete er sich ein, sich von Blut zu ernähren? Sie dachte an Richard Chase, den Vampir von Sacramento, der in den Siebzigern sechs Menschen getötet, teilweise verzehrt und sich buchstäblich für einen Vampir gehalten hatte. Dann sah sie wieder dieses harte, dornige Etwas, das sich wie ein Insektenbein in James Harris' Mund zurückgezogen hatte, und wie sie sich das erklären sollte, wusste sie einfach nicht. Ihr Puls beschleunigte sich, als ihr klar wurde, dass es dort in seinem Hals verborgen war, unter einer dünnen Hautschicht, so nah, dass sie die Hand hätte ausstrecken können, um es zu berühren. So nah bei Blue. Sie holte Luft und zwang sich zur Ruhe.

»Ich habe ein Gazpacho-Rezept«, sagte sie. »Haben Sie schon mal Gazpacho gegessen, James?«

»Das kann ich nicht von mir behaupten«, sagte er.

»Das ist eine kalte Suppe«, erklärte Patricia. »Aus Spanien.«

»Ist ja eklig«, sagte Blue, der mit vier Tüten Pepperidge-Farm-Cookies an seine Brust gedrückt zurückkehrte.

»Es ist genau das Richtige bei warmem Wetter.« Patricia lächelte. »Ich schreibe Ihnen das Rezept auf, bevor Sie gehen.«

»Hört mal«, sagte Carter in seinem geschäftlichen Tonfall, und Patricia sah ihn an und versuchte, ihm in der Geheimsprache verheirateter Paare zu vermitteln, dass sie sich absolut nichts anmerken lassen durften, weil sie in weit größerer Gefahr schwebten, als ihm klar war.

Carter sah Patricia in die Augen, und Patricia ließ den Blick zwischen ihrem Mann und James Harris hin und her wandern, und sie legte alles hinein, was sie in ihrer Ehe teilten, ließ es aus ihren Augen sprechen, sodass nur er es sehen konnte, und er verstand. *Geh auf Nummer sicher*, sagten ihre Augen. *Stell dich dumm.*

Carter unterbrach den Blickkontakt und wandte sich James Harris zu.

»Wir sollten hier reinen Tisch machen«, sagte er. »Sie müssen wissen, dass es Patricia schrecklich leidtut, was sie der Polizei erzählt hat.«

Patricia hatte das Gefühl, als hätte Carter ihr den Brustkorb geöffnet und Eiswürfel hineingefüllt. Alles, was sie hätte sagen können, erstarrte ihr in der Kehle.

»Was hat Mom denn getan?«, fragte Blue.

»Ich glaube, es ist besser, wenn du das von deiner Mutter erfährst«, sagte James Harris.

Patricia sah, dass James Harris und Carter sie beide beobachteten. James Harris trug eine Maske der Aufrichtigkeit zur Schau, aber Patricia wusste, dass er sie dahinter auslachte. Carter hatte seine Männer-bei-ernsten-Angelegenheiten-Miene aufgesetzt.

»Ich dachte, Mr. Harris hätte etwas Falsches getan«, sagte Patricia zu Blue. Sie bekam die Worte kaum durch ihre zugeschnürte Kehle. »Aber nur, weil ich durcheinander war.«

»Es war nicht besonders schön, dass ich heute die Polizei im Haus hatte«, sagte James Harris.

»Du hast ihm die Polizei auf den Hals gehetzt?«, fragte Blue verblüfft.

»Ich fühle mich wirklich scheußlich wegen dieser ganzen Sache«, sagte Carter. »Patty?«

»Es tut mir leid«, sagte Patricia schwach.

»Das Ganze hat sich aufgeklärt«, sagte James Harris. »In erster Linie war es peinlich, einen Streifenwagen vor meinem Haus stehen zu haben. Ich bin schließlich neu hier. Sie wissen ja, wie es in diesen kleinen Vierteln mit den Nachbarn ist.«

»Was haben Sie getan?«, fragte Blue James Harris.

»Tja, das ist eher ein Erwachsenenthema«, sagte James Harris. »Das sollte dir wirklich deine Mutter erklären.«

Patricia hatte das Gefühl, zwischen Carter und James Harris in der Falle zu sitzen, und es machte sie wahnsinnig, wie unfair all das war. Das hier war ihr Zuhause, es war ihre Familie, und sie hatte nichts Falsches getan. Sie hätte jeden der Anwesenden dazu auffordern können, auf der Stelle das Haus zu verlassen. Aber sie hatte sehr wohl etwas Falsches getan, oder? Weil Destiny Taylor sich nämlich in eben dieser Minute ohne ihre Mutter in den Schlaf weinte.

»Ich ...«, setzte sie an, doch ihre Stimme erstarb irgendwo über dem Esszimmertisch.

»Deine Mutter dachte, er hätte etwas Unanständiges mit einem Kind angestellt«, sagte Carter. »Aber sie lag absolut, hundertprozentig falsch. Mein Sohn, du sollst wissen, dass wir nie jemanden in dieses Haus einladen würden, der dir oder deiner Schwester in irgendeiner Weise etwas zuleide tun könnte. Deine Mutter hat es gut gemeint, aber sie hat nicht klar gedacht.«

James Harris starrte weiter Patricia an.

»Ja«, sagte sie. »Ich war durcheinander.«

Die Stille dehnte sich, und Patricia begriff, worauf die anderen warteten. Sie starrte auf ihren Teller.

»Es tut mir leid«, sagte sie so leise, dass sie es kaum selbst hörte.

James Harris biss lautstark in einen Cookie und kaute. In der Stille hörte sie, wie seine Zähne den Keks zermahlten, und dann schluckte er, und sie hörte, wie der zerkaute Keks in seiner Kehle hinabglitt, vorbei an diesem Ding.

»Tja«, sagte James Harris, »ich muss los, aber mach dir keine Sorgen – ich kann nicht allzu wütend auf deine Mom sein. Schließlich sind wir Nachbarn. Und Sie waren alle so nett zu mir, seit ich eingezogen bin.«

»Ich bringe Sie zur Tür«, sagte Patricia, weil sie nicht wusste, was sie sonst hätte sagen sollen.

Sie ging vor James Harris her durch den dunklen Flur und spürte, wie er sich vorbeugte, um etwas zu sagen. Sie ertrug es nicht. Sie ertrug kein einziges Wort mehr.

»Patricia«, begann er leise.

Sie knipste das Flurlicht an. Er zuckte zusammen und blinzelte. Eine Träne lief ihm aus dem Auge. Es schien ihr kindisch, aber danach fühlte sie sich besser.

Als sie sich bettfertig machten, versuchte Carter, mit ihr zu reden.

»Patty«, sagte er. »Sei nicht wütend. Es war besser, die Sache auf den Tisch zu bringen.«

»Ich bin nicht wütend«, sagte sie.

»Was immer du gesehen zu haben meinst, er wirkt völlig in Ordnung auf mich.«

»Carter, ich habe es gesehen«, sagte sie. »Er hat irgendwas mit diesem kleinen Mädchen getrieben. Sie haben sie heute ihrer Mutter weggenommen, weil sie eine Wunde an der Innenseite ihres Oberschenkels gefunden haben.«

»Das Thema hatten wir doch schon«, sagte er. »Ab einem gewissen Punkt muss man einfach davon ausgehen, dass die Fachleute wissen, was sie tun.«

»Ich habe ihn gesehen«, wiederholte sie.

»Selbst wenn du in diesen Van von ihm geschaut hast, den niemand auffinden kann«, sagte Carter, »ist bekannt, wie wenig verlässlich Augenzeugenberichte sind. Es war dunkel, die einzige Lichtquelle war eine Taschenlampe, es ging schnell.«

»Ich weiß, was ich gesehen habe.«

»Ich kann dir Studien darüber zeigen«, sagte Carter.

Aber Patricia wusste, was sie gesehen hatte, und sie wusste, dass es etwas Widernatürliches gewesen war. Von der Art, auf die Ann Savage sie attackiert hatte, über den Rattenangriff auf Miss Mary und den Mann auf dem Dach in jener Nacht bis hin zu James Harris mit seinen Andeutungen darüber, dass man ihn beim Essen unterbrochen hatte, und dass sich das Old Village nicht mehr sicher anfühlte – etwas stimmte ganz und gar nicht. Sie hatte bereits ihren Ersatzschlüssel aus dem Versteck draußen im Kunststoffstein entfernt, und wann immer sie das Haus verließ, verschloss sie sämtliche Türen, sogar dann, wenn sie nur kurz etwas besorgen ging. Die Dinge änderten sich zu schnell, und James Harris stand im Mittelpunkt von allem.

Und etwas, das er gesagt hatte, nagte an ihr. Sie stand auf und ging die Treppe runter.

»Patty«, rief Carter ihr nach. »Stürm nicht einfach raus.«

»Ich stürme nicht«, rief sie über die Schulter zurück, aber eigentlich war es ihr egal, ob er sie hörte.

Sie fand ihr Exemplar von *Dracula* im Bücherschrank im Hobbyraum. Sie hatten das Buch im Oktober des vorletzten Jahres im Buchclub gelesen.

Sie blätterte darin herum, bis die Stelle, die sie gesucht hatte, sie ansprang:

»*Anfangs kann er das Haus nicht betreten*«, *sagt van Helsing mit seinem niederländischen Akzent,* »*erst muss ihn jemand, der dort wohnt, hereinbitten; doch von da an kann er nach Belieben kommen und gehen.*«

Sie hatte ihn vor Monaten in ihr Haus eingeladen. Einmal mehr dachte sie an Richard Chase, den Vampir von Sacramento, und dann an dieses Ding in seinem Mund, und am nächsten Tag fuhr sie nach der Kirche zum Shoppingcenter und ging in die Buchhandlung. Sie vergewisserte sich, dass niemand anwesend war, den sie kannte, bevor sie zur Kasse ging.

»Entschuldigung«, fragte sie, »wo haben Sie bitte die Abteilung für Horror?«

»Hinter Science-Fiction und Fantasy«, knurrte der junge Angestellte, ohne aufzublicken.

»Danke«, sagte Patricia.

Sie wählte die Bücher jeweils nach dem Cover aus, eines nach dem anderen, und stapelte sie neben sich.

Schließlich stand sie an der Kasse, und der Angestellte gab die Bücher ein, ein Titelbild mit einem gut gebauten, glatt rasierten jungen Mann mit Stachelfrisur nach dem anderen: *Vampir-Beat, Blutige Küsse, Delikate Sucht, Brennen muss Salem, Ich bin die Dunkelheit, Lebendige Mädchen, Blut der Nacht, Kein Tropfen Blut vergossen, Der Lehrling des Vampirs, Gespräch mit einem Vampir, Der Fürst der Finsternis, Der Vampir-Gobelin, Hotel Transylvania.* Wenn es Reißzähne, spitze Zähne oder blutige Lippen auf dem Titelbild hatte, kaufte Patricia es. Am Ende belief sich die Summe auf 149,96 Dollar.

»Sie stehen ja wirklich auf Vampire«, sagte der Verkäufer.

»Kann ich mit einem Scheck bezahlen?«, fragte sie.

Sie versteckte die Bücher hinten in ihrem Kleiderschrank, und während sie eines nach dem anderen hinter geschlossenen Schlafzimmertüren las, wurde ihr klar, dass sie es nicht allein schaffen würde. Sie brauchte Hilfe.

Kapitel 19

Am Buchclub-Abend brachte Grace eisgekühlten Obstsalat und Kitty zwei Flaschen Weißwein, und während sie in Slicks engem Wohnzimmer saßen, umgeben von ihrer Sammlung von Lenox-Gartenvogel-Figürchen, Beanie Babies, Wandplaketten mit frommen Sprüchen und all den Dingen, die Slick im Versandhandel einkaufte, bereitete Patricia sich darauf vor, ihre Freundinnen anzulügen.

»Und so lässt sich abschließend sagen«, erklärte Maryellen, die soeben ihr Plädoyer gegen die Autorin von *Der Fremde neben mir* beendete, »dass Ann Rule eine Idiotin von Weltrang ist. Sie kannte Ted Bundy, sie hat an Ted Bundys Seite gearbeitet, sie wusste, dass die Polizei nach einem gut aussehenden jungen Mann namens Ted suchte, der einen VW Käfer fuhr, und sie wusste, dass ihr gut aussehender junger Freund Ted Bundy einen VW Käfer fuhr, aber selbst als ihr Freund festgenommen wird, sagt sie, dass sie ›keine voreiligen Schlüsse ziehen‹ wolle. Ich meine, was braucht es denn noch? Hätte er bei ihr an der Tür klingeln und sagen müssen: ›Ann, ich bin ein Serienmörder?‹«

»Es ist schlimmer, wenn die betreffende Person einem nahesteht«, sagte Slick. »Wir wünschen uns, dass die Leute, die wir kennen, die sind, für die wir sie halten, dass sie so bleiben, wie wir sie kennen. Aber Tiger hat einen kleinen Freund namens Eddie Baxley, der nur ein Stück die Straße runter wohnt, und wir lieben Eddie, aber als wir rausgefunden haben, dass seine Eltern ihn Horrorfilme ab 18 sehen lassen, mussten wir Tiger sagen, dass er nicht länger bei Eddie zu Hause spielen darf. Das war hart.«

»Darum geht es überhaupt nicht«, sagte Maryellen. »Es geht darum: Wenn dein bester Freund wie eine Ente redet, wie eine Ente läuft und das gleiche Auto wie eine Ente fährt, dann ist er wahrscheinlich eine Ente.«

Patricia kam zu dem Schluss, dass sie keine bessere Gelegenheit bekommen würde. Sie hörte auf, ihren kalten Obstsalat herumzuschieben, legte ihre Gabel auf den Teller, holte tief Luft und sprach ihre Lüge aus:

»James Harris dealt mit Drogen.«

Sie hatte lange und angestrengt darüber nachgedacht, was sie ihnen sagen sollte, denn wenn sie ihnen erzählt hätte, was sie wirklich glaubte, dann hätten die anderen sie auf dem schnellsten Weg in die Klapsmühle geschickt. Aber jenes spezielle Verbrechen, das die Frauen vom Old Village unter Garantie auf die Barrikaden treiben würde, und das Mt. Pleasant Police Department gleich mit, war Drogenhandel. Schließlich hatte man den Drogen den Krieg erklärt, und es war ihr egal, wie sie die Polizei dazu brachten, ihre Nase in James Harris' Angelegenheiten zu stecken. Sie wollte einfach nur, dass er verschwand. Sie trug den zweiten Teil ihrer Lüge vor:

»Er verkauft Drogen an Kinder.«

Mindestens zwanzig Sekunden lang sprach niemand ein Wort.

Kitty trank ihr Weinglas in einem einzigen Zug leer. Slick, die die Augen weit aufgerissen hatte, war plötzlich sehr, sehr still. Maryellen wirkte verwirrt, als ob sie sich nicht sicher war, ob Patricia sich über sie lustig machen wollte, und Grace schüttelte langsam den Kopf hin und her.

»Ach Patricia«, sagte Grace enttäuscht.

»Ich habe ihn mit einem jungen Mädchen gesehen«, sagte

Patricia unverzagt. »Hinten in seinem Van im Wald bei Six Mile. Das Sozialamt hat das Mädchen seiner Mutter weggenommen, weil sich bei ihr ein Bluterguss mit einer Einstichstelle über ihrer Femoralarterie fand. Straßendealer kennen so was vom Drogenspritzen. Grace, Bennett hat gesagt, dass Mrs. Savage ebenfalls eine solche Einstichstelle an der Innenseite ihres Oberschenkels hatte, als sie ins Krankenhaus eingeliefert wurde.«

»Das war eine vertrauliche Information«, sagte Grace.

»Mir hast du es erzählt«, sagte Patricia.

»Weil sie dir ins Ohr gebissen hat«, sagte Grace. »Ich dachte, du solltest wissen, dass sie intravenös verabreichte Drogen nahm. Aber ich bin nicht davon ausgegangen, dass du es im ganzen Old Village verkündest.«

Die Sache lief nicht gerade so, wie sie es sich vorgestellt hatte. Patricia hatte Stunden damit zugebracht, sich ihre Geschichte zurechtzulegen, war in Gedanken all die Bücher über wahre Verbrechen durchgegangen, die sie gemeinsam gelesen hatten, und hatte dafür trainiert, die Fakten so gut wie möglich vorzutragen. Sie musste aufhören, sich mit Grace herumzuzanken, und zu ihrem Drehbuch zurückkehren.

»Als James Harris herkam, hatte er eine Tasche mit fünfundachtzigtausend Dollar darin«, sagte Patricia schnell. »An dem Nachmittag, an dem ich ihn zum ersten Mal getroffen habe, habe ich ihm dabei geholfen, ein Konto zu eröffnen, weil er keine Papiere besaß. Aber er muss einen Führerschein gehabt haben, warum wollte er diesen also nicht bei der Bank vorzeigen? Weil er vielleicht wegen irgendetwas gesucht wird. Vielleicht hat er das Gleiche ja schon anderswo durchgezogen. Außerdem hat Mrs. Greene Teile eines Nummernschilds von einem Van in Six Mile aufgeschrieben, der dort nichts zu suchen hatte, und wie sich herausstellte, war es sein Nummernschild. Und ich glaube, ich war die Letzte, die Francine vor ihrem Verschwinden gesehen hat, und sie war gerade auf dem Weg zu seinem Haus.«

Die Mienen der anderen blieben unverändert, und sie hatte all ihre Fakten aufgebraucht.

»Er erzählt dauernd etwas anderes darüber, wo er herkommt«, versuchte sie es abermals. »Nichts passt bei ihm zusammen.«

Vor ihren Augen starben all ihre Freundschaften dahin. Sie sah es klar und deutlich. Sie würden sagen, dass sie ihr glaubten, und dann das Buchclub-Treffen ungelenk beenden. Es würde mit unbeantworteten Telefonanrufen beginnen, gefolgt von den Vorwänden, unter denen man sich anderen Leuten zuwenden würde, wenn man ihr auf Partys begegnete, und von Absagen für Übernachtungsbesuche von Korey und Blue. Einer nach der anderen würden sie ihr den Rücken kehren.

»Patricia«, sagte Grace. »Ich habe dich gewarnt, als du zu mir gekommen bist. Ich habe dich angefleht, dich nicht zum Narren zu machen.«

»Ich weiß, was ich gesehen habe, Grace«, sagte Patricia, obwohl sie sich zunehmend unsicher fühlte.

Patricia spürte, wie sie die Kontrolle über das Gespräch verlor. Sie wollte ihren Obstsalatteller irgendwo abstellen, aber der Teetisch war voll – dank einer Schüssel mit Murmeln, Glaspyramiden in verschiedener Größe, zweier im Kampf erstarrter Hähne aus Blech und einem Stapel großformatiger Bücher mit Titeln wie *Segnungen*. Sie beschloss, den Teller einfach in der Hand zu behalten und sich auf die Person zu konzentrieren, die sie wahrscheinlich am ehesten auf ihre Seite ziehen konnte. Wenn eine von ihnen ihr glaubte, dann würden die anderen nachziehen.

»Maryellen«, sagte sie. »Du hast Ann Rule gerade als Idiotin bezeichnet, weil man davon ausgehen sollte, dass der beste Freund eine Ente ist, wenn er wie eine Ente redet, läuft und das gleiche Auto wie eine Ente fährt.«

»Es ist ein Unterschied, ob man eine ganze Reihe handfester Hinweise hat oder jemanden aufgrund einiger weniger Zufälle eines Verbrechens bezichtigt«, sagte Maryellen. »Also, was hast du genau für Beweise? Mrs. Greene sagt, dass sich vielleicht ein Mann in den Wäldern herumtreibt, der die Kinder von Six Mile missbraucht.«

»Sie unter Drogen setzt«, korrigierte Patricia sie.

»Okay, sie unter Drogen setzt«, sagte Maryellen. »Mrs. Greene hat vielleicht einen Van mit dem Nummernschild von James Harris gesehen, aber sie hat es nicht einmal vollständig erkennen können, und der Wagen gehört auch nicht mehr James Harris, weil er ihn irgendwem verkauft hat.«

»Ich weiß nicht, was aus dem Van geworden ist«, gab Patricia zu.

»Mal abgesehen von dem Van«, fuhr Maryellen fort, »du willst, dass wir glauben, einzig und allein der Umstand, dass er nach Six Mile gefahren ist, obwohl er zu dem Zeitpunkt, als irgendwelche Leute gestorben sind oder irgendwas passiert ist, überhaupt nicht dort war, bedeutet, dass er in irgendeine Sache verwickelt ist?«

»Ich habe ihn dort draußen gesehen«, sagte Patricia. »Ich habe gesehen, wie er einem kleinen Mädchen hinten in seinem Van irgendetwas angetan hat. Ich. Habe. Ihn. Gesehen.«

Niemand sprach ein Wort.

»Wobei genau hast du ihn gesehen?«, fragte Slick.

»Ich wollte zu einem der Kinder, das anscheinend krank war«, sagte Patricia. »Mrs. Greene hat mich begleitet. Das kleine Mädchen war aus seinem Schlafzimmer verschwunden. Wir sind sie im Wald suchen gegangen, und da habe ich seinen weißen Van gesehen. Er war mit dem Kind hinten drin. Er hat ...« Sie zögerte nur einen winzigen Moment. »... er hat ihr etwas gespritzt. Der Arzt hat gesagt, sie hätte eine Einstichstelle am Bein.«

»Und warum erzählst du das dann nicht der Polizei?«, fragte Slick.

»Das habe ich ja!«, sagte Patricia lauter, als sie beabsichtigt hatte. »Sie konnten den Van nicht finden, sie konnten ihn nicht finden, und sie glauben, die Mutter hätte ihrer Tochter die Drogen gegeben. Oder deren Freund.«

»Und warum nehmen sie dann nicht den Freund genauer unter die Lupe?«, wollte Maryellen wissen.

»Weil sie keinen Freund hat«, sagte Patricia und gab sich dabei alle Mühe, ruhig zu bleiben.

Maryellen zuckte mit den Schultern.

»Das zeigt nur, dass die Polizei von North Charleston und die von Mt. Pleasant ziemlich unterschiedliche Standards haben.«

»Das ist kein Witz«, brüllte Patricia.

Ihre Stimme hallte rau in dem engen Wohnzimmer wider. Slick zuckte zusammen, Grace versteifte sich, Maryellen verzog das Gesicht.

»Gibt es noch Wein?«, fragte Kitty.

»Tut mir wirklich leid«, sagte Slick. »Ich glaube, er ist alle.«

»Jemand tut einem Kind etwas an«, sagte Patricia. »Interessiert das keine von euch?«

»Natürlich interessiert uns das«, sagte Kitty. »Aber wir sind ein Buchclub, nicht die Polizei. Was sollen wir denn machen?«

»Wir sind die Einzigen, denen auffällt, dass etwas nicht stimmt«, sagte Patricia.

»Du, nicht wir«, sagte Grace. »Zieh uns nicht mit in deine Dummheiten rein.«

»Vor Gericht würde Ed jeden auslachen, der mit so etwas ankäme«, sagte Maryellen.

»Die Polizei hat mich abgeschrieben«, sagte Patricia. »Ich brauche eure Hilfe, bevor ich mich neuerlich an sie wenden will. Ihr müsst das mit mir zusammen durchdenken, das Puzzle zusammensetzen. Maryellen, du weißt, wie die Polizei arbeitet. Kitty, du warst in Six Mile. Du hast gesehen, wie es dort war. Erzähl es ihnen.«

»Na ja«, sagte Kitty hilfsbereit, »irgendwas stimmte da nicht. Alle waren angespannt. Wir wären fast von einer Straßenbande überfallen worden. Aber unserem Nachbarn vorzuwerfen, er wäre ein Drogendealer ...«

»Ich sehe die Sache so«, sagte Patricia. »In Six Mile ist man der Meinung, dass jemand etwas mit den Kindern anstellt, ihnen etwas gibt, wovon sie verrückt werden und sich Dinge antun. Und hier im Old Village ist Mrs. Savage verrückt geworden und hat mich angegriffen. Und dann ist da noch Francine. Ich habe gesehen, wie sie sein Haus betreten hat, und dann ist sie verschwunden. Vielleicht ist sie auf seine Drogenvorräte gestoßen oder auf sein Geld oder auf sonst was, und er musste sie loswerden. Aber alles ist durch ihn miteinander verbunden. Es ereignet sich alles um ihn herum. Wie viele Zufälle braucht es, bis ihr aufwacht?«

»Patricia«, sagte Grace sehr langsam. »Wenn du dir selbst zuhören könntest, würdest du dich schrecklich schämen.«

»Was ist, wenn ich recht habe?«, sagte Patricia. »Wenn er dort draußen unterwegs ist und den Kindern Drogen gibt und wir zu verängstigt sind, um etwas zu unternehmen oder es uns zu peinlich ist? Das könnten unsere Kinder sein. Denkt darüber nach, wie viele junge Frauen heute noch am Leben wären, wenn die Leute Ted Bundy nicht einfach als das genommen hätten, was er scheinbar war, sondern früher angefangen hätten, Fragen zu stellen. Wenn Ann Rule die Puzzleteile früher zusammengesetzt hätte. Wie viele Leben hätte sie retten können? Ich meine, ihr müsst zugeben, dass hier etwas Seltsames vorgeht.«

»Nein, müssen wir nicht«, sagte Grace.

»Etwas Seltsames geht vor«, fuhr Patricia fort. »Erstklässler bringen sich um. Man hat mich in meinem eigenen Vorgarten angegriffen. Mrs. Savage hatte die gleiche Art von Einstichstelle an ihrem Körper wie Destiny Taylor. Francine wird vermisst. In allen Büchern, die wir lesen, glaubt nie jemand, dass etwas Schlimmes vorgeht, bis es zu spät ist. Wir leben hier, unsere Kinder leben hier, das ist unser Zuhause. Wollt ihr nicht alles dafür tun, dass es sicher ist?«

Erneut schloss sich ausgedehntes Schweigen an, und dann fragte Kitty:

»Was ist, wenn sie recht hat?«

»Wie bitte?«, fragte Grace.

»Wir kennen Patricia seit Ewigkeiten. Wenn sie sagt, dass sie gesehen hat, wie er hinten in seinem Van einem jungen Mädchen etwas angetan hat, glaube ich ihr. Ich meine: Wenn ich aus diesen vielen Büchern eines gelernt habe, dann, dass Paranoia sich auszahlt.«

Grace erhob sich. »Ich schätze unsere Freundschaft, Patricia«, sagte sie. »Und ich bin gerne deine Freundin, sobald du wieder zur Vernunft kommst. Aber es ist nicht besonders hilfreich, wenn jemand dich in dieser Wahnvorstellung bestärkt.«

Slick stand auf und ging zu ihrem Bücherschrank, der voll mit Titeln wie *Satan, du bekommst meine Kinder nicht* war, und zog eine Bibel hervor. Sie schlug sie auf und las laut daraus vor: »Eine Art, die Schwerter für Zähne hat und Messer für Backenzähne und verzehrt die Elenden im Lande und die Armen unter den Leuten. Blutegel hat zwei Töchter: Bring her, bring her! Drei Dinge sind nicht zu sättigen, und das vierte spricht nicht: Es ist genug. Sprüche, Kapitel 30, Vers 15.«

Sie blätterte weiter und las: »Epheser, Kapitel 6, Vers 12: Denn wir haben nicht mit Fleisch und Blut zu kämpfen, sondern mit Fürsten und Gewaltigen, nämlich mit den Herren der Welt, die in der Finsternis dieser Welt herrschen, mit den bösen Geistern unter dem Himmel.«

Dann sah sie die anderen mit einem breiten Lächeln im Gesicht an.

»Ich wusste, dass meine Prüfung kommen würde«, sagte sie. »Ich wusste, dass mein Herr mich eines Tages gegen Satan antreten lassen und meinen Glauben im Kampf gegen seine Fallstricke prüfen würde, und das ist einfach so aufregend, Patricia.«

»Willst du uns auf den Arm nehmen?«, fragte Maryellen.

»Satan will unsere Kinder«, sagte Slick. »Wir müssen den Rechtschaffenen Glauben schenken und die Verderbten zermalmen. Patricia ist rechtschaffen, weil sie meine Freundin ist. Wenn sie sagt, dass James Harris zu den Verderbten gehört, dann ist es unsere Pflicht als Christinnen, ihn zu zermalmen.«

»Das Einzige, was hier zermalmt ist, ist dein Hirn«, sagte Maryellen und wandte sich Grace zu. »Aber sie hat nicht unrecht.«

Grace sagte: »Verzeihung?«

»New Jersey war die Sorte Gegend, wo die Leute nicht aufeinander aufgepasst haben«, sagte Maryellen. »Unsere Nachbarn waren nett, aber sie hätten niemals das Nummernschild eines fremden Autos aufgeschrieben. Sie hätten einem niemals erzählt, dass sie einen Fremden gesehen haben, der bei einem das Haus auskundschaftet. Hier unten läuft eine Menge anders, aber ich bereue es jedenfalls nicht, in einer Gemeinschaft zu wohnen, in der wir aufeinander achtgeben. Lasst uns sehen, ob wir überzeugendere Argumente finden als Patricia, dann gehe ich damit zu Ed. Und wenn Ed glaubt, dass unser Verdacht sich bestätigen könnte, dann haben wir vielleicht etwas Gutes bewirkt.«

Patricia spürte eine Woge der Dankbarkeit.

»Ich mache nicht bei irgendeiner Art Lynchmob mit«, sagte Grace.

»Wir sind kein Lynchmob, wir sind ein Buchclub«, sagte Kitty. »Wir waren immer füreinander da. Das also liegt Patricia gerade schwer auf dem Herzen? Es mag höchst seltsam klingen, aber das ist egal. Für dich würden wir das Gleiche tun.«

»Wenn es jemals zu einer solchen Situation kommt«, sagte Grace, »tut es nicht.«

Und dann verließ sie Slicks Haus.

Am nächsten Morgen hatte Patricia soeben beschlossen, den Schrank im Hobbyraum aufzuräumen, bevor sie weitere Nachforschungen über Vampire anstellte, als das Telefon klingelte. Sie nahm ab.

»Patricia. Hier ist Grace Cavanaugh.«

»Es tut mir so leid, was gestern beim Buchclub passiert ist«, sagte Patricia, der bis zu diesem Moment nicht klar gewesen war, wie verzweifelt sie Grace' Stimme hatte hören wollen. »Ich spreche das dir gegenüber nie wieder an, wenn du es nicht möchtest.«

»Ich habe seinen Van gefunden«, sagte Grace.

Der Wechsel der Wellenlänge ging so schnell, dass Patricia nicht mitkam.

»Was für einen Van?«

»Den von James Harris«, sagte Grace. »Weißt du, mir ist eingefallen, dass der Mann in *Das Schweigen der Lämmer* sein Auto mit dem Kopf drin in einem Lagerraum versteckt. Und mir ist eingefallen, dass ich dich seit fast sieben Jahren kenne und dir im Zweifelsfall zumindest eine Chance geben sollte.«

»Danke«, sagte Patricia.

»Die Einzigen, die in Mt. Pleasant entsprechende Privatlagerräume anbieten, sind Pak Rat am Highway 17«, fuhr Grace fort. »Die schreiben das Wort *Pack* falsch, weil sie das für neckisch halten. Ist es aber nicht. Bennett kennt Carl, den Betreiber. Also habe ich gestern Abend Carls Frau Zenia angerufen. Ich weiß nicht, ob du sie mal getroffen hast, aber wir sind beide im Handglockenchor. Ich habe ihr erzählt, wonach ich suche, und sie hat gerne für mich drüben angerufen, um nachzufragen, und wie sich herausstellte, hat ein James Harris eine Einheit gemietet, und der Aufseher meinte, dass er ihn gelegentlich in einem weißen Van kommen und gehen sehen hat. Letzte Woche hat er ihn auch gesehen. Also hat Harris den Van immer noch.«

»Grace«, sagte Patricia. »Das sind wunderbare Neuigkeiten.«

»Nicht, wenn er Kindern etwas antut«, sagte Grace.

»Nein, natürlich nicht«, sagte Patricia, die sich zugleich getadelt und siegreich fühlte.

»Wenn du wirklich glaubst, dass dieser Mann nichts Gutes im Schilde führt«, sagte Grace, »dann brauchst du mehr als nur das, bevor wir damit zu Ed gehen. Wir können keine halben Sachen machen.«

»Keine Sorge, Grace«, sagte Patricia. »Wenn wir loslegen, dann wird das nichts Halbes.«

Psycho

August 1993

Kapitel 20

»Aber ich habe doch schon gesagt, dass du über Nacht bei Laurie bleiben kannst«, sagte Patricia zu Korey.

»Tja, jetzt habe ich es mir anders überlegt.«

Sie stand in der Tür zu Patricias Bad, während Patricia sich fertig schminkte. Korey war aus dem Fußballcamp zurück und steigerte dadurch Patricias Belastung exponentiell. Es war schon schwer genug, dafür zu sorgen, dass Blue nach Einbruch der Dunkelheit an einem sicheren Ort war, aber Korey hing ohne etwas zu tun zu Hause rum, sah stundenlang fern, und dann rief sie jemand an, und plötzlich musste sie sich mitten in der Nacht das Auto ausleihen, um sich mit ihren Freunden zu treffen. Außer heute Abend, wo Patricia sie ausnahmsweise einmal nicht im Haus haben wollte.

»Heute findet der Buchclub bei mir statt«, sagte Patricia. »Du hast Laurie nicht mehr gesehen, seit du vom Camp zurück bist.«

Einer der Gründe dafür, dass der Buchclub heute bei ihr stattfand, bestand darin, dass sie Carter mit sanftem Druck dazu gebracht hatte, zum Abendessen mit Blue in Quincy's Steak House zu gehen und anschließend einen Film mit ihm anzuschauen (sie hatten sich für etwas mit dem Titel *Liebling, hältst du mal die Axt?* entschieden). Und Korey hätte den Abend eigentlich in der Stadt verbringen sollen.

»Sie hat abgesagt«, erklärte Korey. »Ihre Eltern lassen sich scheiden, und ihr Dad will Zeit mit der Familie verbringen. Der Rock ist zu eng.«

»Ich habe noch nicht entschieden, was ich heute Abend

trage«, sagte Patricia, obwohl ihr Rock eindeutig nicht zu eng war. »Wenn du unbedingt daheim sein willst, dann musst du in deinem Zimmer bleiben.«

»Und wenn ich auf die Toilette muss?«, fragte Korey. »Darf ich dann raus aus meinem Zimmer, Mutter? Die meisten Eltern finden es toll, wenn ihr Kind Zeit mit ihnen verbringen will.«

»Ich verlange nur, dass du oben bleibst.«

»Und wenn ich fernsehen will?«, fragte Korey.

»Dann geh zu Laurie Gibson.«

Korey schlurfte davon, und Patricia wechselte den Rock, weil er sich zu eng anfühlte, und dann schminkte sie sich endlich fertig und sprühte sich die Haare ein. Sie würde nichts zu essen hinstellen, hatte aber Kaffee gekocht und ihn in eine Thermoskanne gefüllt, für den Fall, dass die Polizisten welchen wollten. Und wenn sie entkoffeinierten wollten? Sie hatte keinen und machte sich Sorgen, dass sich das negativ auf die Stimmung auswirken könnte.

Sie war angespannt. Vor diesem Sommer hatte sie nie mit der Polizei zu tun gehabt, und jetzt hatte sie das Gefühl, dass nichts anderes sie mehr beschäftigte. Polizisten machten sie nervös, aber wenn sie den heutigen Abend überstand, dann würde James Harris nicht länger ein Problem für sie darstellen. Sie musste die Polizei nur davon überzeugen, dass er ein Drogendealer war, dann würden sie ihn genauer unter die Lupe nehmen, und all seine Geheimnisse würden ans Licht kommen. Und sie war dabei nicht allein. Sie hatte ihren Buchclub.

Patricia fragte sich, was die anderen gesagt hätten, wenn sie ihnen erzählt hätte, dass sie James Harris für einen Vampir hielt. Oder etwas in der Art. Sie war sich nicht sicher, wie genau die richtige Bezeichnung lautete, aber bis sich eine bessere anbot, genügte sie. Wie ließ sich dieses Etwas, das aus seinem Gesicht kam, sonst erklären? Wie ließen sich sein Widerwille, bei Sonne rauszugehen, sein Beharren darauf, sich hereinbitten zu lassen, und der Umstand, dass die Einstichstellen bei den Kindern und bei Mrs. Savage alle eher nach Bissen aussahen, erklären?

Als sie versucht hatte, ihn wiederzubeleben, war er ihr krank und schwach und mindestens zehn Jahre älter vorgekommen. In der darauffolgenden Woche hatte er geradezu vor Gesundheit gestrotzt. Was war in der Zwischenzeit geschehen? Francine war verschwunden. Hatte er sie gefressen? Ihr das Blut ausgesaugt? Irgendwas hatte er jedenfalls getan.

Nachdem sie sich von ihren Vorurteilen freigemacht und die Tatsachen noch einmal hatte Revue passieren lassen, passte die Vampirtheorie einfach am besten. Glücklicherweise musste sie diese vor niemandem laut aussprechen, weil die Sache so gut wie gelaufen war. Es war ihr egal, auf welche Weise sie ihn aus der Stadt jagten, sie wollte einfach nur, dass er verschwand.

Sie ging nach unten und erschrak, als sie sah, wie Kitty ihr durch das Fenster neben der Haustür zuwinkte. Slick stand hinter ihr.

»Ich weiß, dass wir eine halbe Stunde zu früh sind«, sagte Kitty, als Patricia sie hereinließ. »Aber ich konnte nicht länger tatenlos zu Hause rumsitzen.«

Slick hatte sich konservativ gekleidet. Sie trug einen knielangen, marineblauen Rock und eine weiße Bluse mit einer blauen Batikweste darüber. Kitty hingegen hatte anscheinend kurz vor dem Anziehen den Verstand verloren. Sie trug eine rote Bluse mit roten Strasssteinen und einen weiten Rock mit Blumenmuster. Patricia taten von ihrem bloßen Anblick die Augen weh.

Sie brachte die beiden in den Hobbyraum und vergewisserte sich dann, dass Koreys Schlafzimmertür geschlossen war. Dann warf sie einen Blick auf die Auffahrt und kehrte gerade in jenem Moment in den Hobbyraum zurück, in dem Maryellen die Vordertür öffnete.

»Juu-huu? Bin ich zu früh?«, rief Maryellen.

»Wir sind in der Küche!«, brüllte Patricia.

»Ed ist losgezogen, um die Detectives zu holen«, sagte Maryellen, kam rein und legte ihre Handtasche auf den Tisch im Hobbyraum. Sie nahm zwei Visitenkarten aus ihrem Tagesplaner. »Detective Claude D. Cannon und Detective Gene Bussell. Er sagt, dass Gene aus Georgia kommt, aber Claude ist von hier, und sie sind beide gut. Sie werden uns zuhören. Er kann bezüglich ihrer möglichen Reaktion nichts versprechen, aber sie werden zuhören.«

Weil sie sonst nichts zu tun hatten, begutachteten sie die Visitenkarten.

Grace betrat den Hobbyraum.

»Die Tür stand offen«, sagte sie. »Ich hoffe, das ist in Ordnung?«

»Willst du Kaffee?«, fragte Patricia.

»Nein danke«, sagte Grace. »Bennett ist bei einem Abendessen der Herzgesellschaft. Er wird erst spät nach Hause kommen.«

»Horse ist mit Leland beim Jachtclub«, sagte Kitty. »Mal wieder.«

Während der Juli heißer geworden war, hatte Leland Horse davon überzeugt, das bisschen Geld, das er zusammenkratzen konnte, in Gracious Cay zu stecken. Dann waren die Aktienkurse gestiegen, und Carter hatte sich ein paar AT&T-Aktien auszahlen lassen, die Patricias Vater ihnen zur Hochzeit geschenkt hatte, und das Geld ebenfalls in Gracious Cay gesteckt. Die drei Männer hatten angefangen, zusammen essen zu gehen oder sich zum Trinken in der Bar hinterm Jachtclub zu treffen. Patricia hatte keine Ahnung, woher Carter die Zeit dazu nahm, aber Männerfreundschaften waren dieser Tage offenbar sehr angesagt.

»Patricia«, sagte Grace und holte einen Zettel aus ihrer Handtasche. »Ich habe deine Stichpunkte übersichtlich zusammengefasst, für den Fall, dass du deinem Gedächtnis auf die Sprünge helfen musst.«

Patricia sah sich die handgeschriebene Liste an, die in Grace' sorgfältiger Schreibschrift nummeriert und mit Buchstaben versehen war.

»Danke«, sagte sie.

»Willst du sie noch einmal durchgehen?«

»Wie oft wollen wir uns das denn noch anhören?«, fragte Kitty.

»So oft, bis alles stimmt«, sagte Grace. »Das ist die ernsteste Sache, die wir in unserem ganzen Leben getan haben.«

»Ich kann mir nicht dauernd die Sache mit den Kindern anhören«, stöhnte Kitty. »Das ist grauenvoll.«

»Lass mich mal sehen«, sagte Maryellen und streckte Patricia die Hand hin.

Patricia reichte ihr den Zettel, und Maryellen überflog ihn.

»Der Himmel steh uns bei«, flüsterte sie. »Die werden uns für einen Haufen Verrückte halten.«

Sie nahmen an Patricias Küchentisch Platz. Im Wohnzimmer standen frische Schnittblumen, die Einrichtung war neu und die Beleuchtung genau richtig. Sie wollten die Bühne nicht betreten, bevor es losging. Niemand wusste viel zu sagen. Patricia ging ihre Liste noch einmal im Kopf durch.

»Es ist acht«, sagte Grace. »Sollen wir ins Wohnzimmer umziehen?«

Stühle wurden zurückgeschoben, aber Patricia hatte das Gefühl, noch etwas sagen, eine Art Anfeuerungsrede halten zu müssen, bevor es ernsthaft losging.

»Ihr alle sollt etwas wissen«, begann Patricia, und die anderen hielten inne, um zuzuhören. »Wenn die Polizei hier ist, dann gibt es kein Zurück mehr. Ich hoffe, dass alle dafür bereit sind?«

»Ich will einfach nur wieder über Bücher reden«, sagte Kitty. »Ich will, dass das hier vorbei ist.«

»Was er auch getan hat«, sagte Grace, »ich glaube nicht, dass James Harris nach dem heutigen Abend noch weiter Aufmerksamkeit auf sich ziehen möchte. Wenn die Polizei erst einmal anfängt, ihm Fragen zu stellen, wird er Old Village mit Sicherheit still und leise verlassen.«

»Hoffen wir, dass du richtig liegst«, sagte Slick.

»Ich wünschte nur, es gäbe eine andere Möglichkeit«, sagte Kitty mit hängenden Schultern.

»Das wünschen wir uns alle«, sagte Patricia, »aber die gibt es nicht.«

»Die Polizei wird diskret vorgehen«, sagte Maryellen. »Und wir werden all das rasch hinter uns haben.«

»Würdet ihr ein Gebet mit mir sprechen?«, fragte Slick.

Sie neigten die Köpfe und gaben einander die Hände, alle, sogar Maryellen.

»Vater im Himmel«, sagte Slick. »Gib uns Kraft bei unserer Mission, und lass uns nicht vom rechten Pfad abweichen. In deinem Namen beten wir, Amen.«

Eine nach der anderen gingen sie durch das Esszimmer ins Wohnzimmer, wo sie ihre Plätze einnahmen, und dann erkannte Patricia ihren Fehler.

»Wir brauchen Wasser«, sagte sie. »Ich habe vergessen, Eiswasser hinzustellen.«

»Ich hole es«, sagte Grace und verschwand in der Küche.

Um fünf nach acht brachte sie das Wasser, und alle rückten mehrfach ihre Röcke, ihre Krägen, ihre Halstücher und Ohrringe zurecht. Slick nahm drei Ringe ab, steckte sie wieder an, nahm sie wieder ab und steckte sie dann wieder an. Es wurde zehn nach acht, dann Viertel nach acht.

»Wo bleiben sie?«, murmelte Maryellen halblaut.

Grace sah auf die Uhr an ihrem Handgelenk.

»Ed hat kein Autotelefon, oder?«, fragte Patricia. »Sonst könnten wir ihn anrufen und fragen, wo er bleibt.«

»Lasst uns einfach Geduld haben«, schlug Maryellen vor.

Um halb neun hörten sie, wie erst ein Wagen vorfuhr und dann noch einer.

»Das sind Ed und die Detectives«, sagte Maryellen.

Alle merkten auf, setzten sich aufrechter hin und betasteten vorsichtig ihr Haar, um sich zu vergewissern, dass es richtig saß. Patricia trat ans Fenster.

»Sind sie es?«, fragte Kitty.

»Nein«, sagte Patricia, während sie die Autotüren zuknallen hörten. »Es ist Carter.«

Kapitel 21

»Hat er etwas vergessen?«, fragte Maryellen hinter ihr.

Patricia sah zum Fenster raus und spürte, wie um sie herum alles zusammenbrach. Sie beobachtete, wie Carter und Blue aus dem Buick ausstiegen. Lelands BMW stand dahinter. Sie sah Bennetts kleinen Mitsubishi-Pick-up an ihrer Einfahrt vorbeikommen und vor seinem eigenen Haus halten, und dann stieg Bennett aus und kam ihre Auffahrt herauf, um sich zu Carter und Blue zu gesellen. Ed, der sein kurzärmeliges Hemd in die Jeans geschoben hatte und eine Strickkrawatte trug, stieg hinten aus Lelands goldenem BMW aus und zog sich den Hosenbund hoch. Leland stieg an der Fahrerseite aus und zog seinen Polyester-Sommerblazer an.

»Wer ist es?«, fragte Kitty vom Sofa.

Maryellen stand auf und stellte sich neben Patricia, und Patricia spürte, wie sie sich versteifte.

»Patricia?«, fragte Grace. »Maryellen? Wer ist da gekommen?«

Die Männer schüttelten einander die Hände, und Carter sah Patricia am Fenster stehen. Er sagte etwas zu den anderen, und in einer Reihe gingen sie Richtung Veranda.

»Es sind alle«, sagte Patricia.

Die Eingangstür öffnete sich, und Carter kam herein, dicht gefolgt von Blue. Dann kam Ed, der Maryellen unten an der Treppe stehen sah und innehielt. Die restlichen Männer sammelten sich hinter ihm, umwogt von heißer Luft.

»Ed«, sagte Maryellen. »Wo sind Detective Cannon und Detective Bussell?«

»Sie kommen nicht«, sagte er und fummelte dabei an seiner Krawatte herum.

Er trat auf sie zu, um ihr die Hand auf die Schulter zu legen oder ihr über die Wange zu streichen, doch sie wich ruckartig zurück, blieb am Treppenpfosten stehen und hielt sich mit beiden Händen daran fest.

»Wollten sie überhaupt kommen?«, fragte sie.

Ohne den Blick abzuwenden, schüttelte Ed den Kopf. Patricia legte Maryellen eine Hand auf die Schulter, die vibrierte wie ein gespanntes Seil. Die beiden machten Platz, als Carter Blue nach oben schickte und die Männer in einer Reihe an ihnen vorbei ins Wohnzimmer traten. Carter wartete, bis alle drin waren, und gestikulierte dann wie ein Kellner, der sie zu Tisch bat, in Patricias Richtung.

»Patty«, sagte er. »Maryellen. Leistet ihr uns Gesellschaft?«

Sie ließen sich von ihm ins Zimmer geleiten. Kitty wischte sich Tränen von den geröteten Wangen. Slick starrte zwischen sich und Leland auf den Boden, während er sie finster ansah. Beide waren absolut reglos. Grace betrachtete demonstrativ das gerahmte Foto von Patricias Familie, das über dem Kamin hing. Bennett sah an ihnen allen vorbei durch die Fenster zur Sonnenveranda und auf den Sumpf hinaus.

»Meine Damen«, sagte Carter. Offensichtlich hatten die anderen Männer ihn zu ihrem Sprecher gewählt. »Wir müssen ein ernsthaftes Gespräch führen.«

Patricia versuchte, ruhiger zu atmen. Sie hatte schon seit einer Weile nur noch flach nach Luft geschnappt, und langsam hatte sie das Gefühl, dass ihr der Hals zuschwoll. Als sie Carter ansah, wurde ihr klar, wie viel Wut in seinen Augen lag. »Es sind nicht genug Stühle für alle da«, sagte sie. »Wir sollten welche aus dem Esszimmer holen.«

»Ich hole sie«, sagte Horse und ging ins Esszimmer.

Bennett begleitete ihn. Für einen Moment waren die Männer damit beschäftigt, Stühle ins Esszimmer zu tragen, und nur das Klappern der Möbel war zu hören, als alle sich ihren Platz suchten. Horse setzte sich neben Kitty auf das Sofa und nahm ihre Hand, und Leland lehnte sich in die Tür zum Flur. Ed setzte sich mit der Lehne nach vorne auf einen Esszimmerstuhl wie jemand, der im Fernsehen einen Polizisten spielte. Carter setzte sich gegenüber von Patricia hin, rückte die Bügelfalte seiner Anzughose und seine Manschetten zurecht und verbarg sein echtes Gesicht hinter seinem Geschäftsgesicht.

Maryellen versuchte, die Initiative zurückzuerlangen.

»Wenn die Detectives nicht kommen«, sagte sie, »dann verstehe ich nicht so recht, warum ihr hier seid.«

»Ed hat uns aufgesucht«, sagte Carter. »Weil ihm ein paar beunruhigende Dinge zu Ohren gekommen sind, und statt das Risiko einzugehen, dass ihr euch vor der Polizei lächerlich macht und euch und euren Familien ernsthaft Schaden zufügt, hat er verantwortungsvoll gehandelt und uns auf diese Sache aufmerksam gemacht.«

»Was ihr über James Harris behauptet, ist verleumderisch und rufschädigend«, unterbrach ihn Leland. »Wegen euch hätte ich von hier bis sonstwo verklagt werden können. Was hast du dir dabei gedacht, Slick? Du hättest alles ruinieren können. Wer will mit einem Projektentwickler zusammenarbeiten, der seinen Investoren vorwirft, Drogen an Kinder zu verkaufen?«

Slick ließ den Kopf hängen.

»Es tut mir leid, Leland«, sagte sie in ihren Schoß hinein. »Aber die Kinder ...«

»Ich sage euch:«, zitierte Leland, »über jedes unnütze Wort, das die Menschen reden, werden sie am Tag des Gerichts Rechenschaft ablegen müssen. Matthäus, Kapitel 12, Vers 36.«

»Wollt ihr denn nicht einmal wissen, was wir zu sagen haben?«, fragte Patricia.

»Im Großen und Ganzen haben wir das schon mitbekommen«, sagte Carter.

»Nein«, sagte Patricia. »Wenn ihr euch nicht anhört, was wir zu sagen haben, habt ihr auch kein Recht, uns zu sagen, mit wem wir darüber reden dürfen und mit wem nicht. Wir sind nicht unsere Mütter. Und wir sind nicht in den Zwanzigern. Wir sind nicht eure Dummchen, die den ganzen Tag nur rumsitzen und nähen und tratschen. Wir halten uns mehr im Old Village auf als jeder von euch, und etwas stimmt hier ganz und gar nicht. Wenn ihr uns auch nur das geringste bisschen Respekt entgegenbringen würdet, wäre es selbstverständlich für euch, uns zuzuhören.«

»Wenn du so viel Freizeit hast, dann nimm dir doch die Verbrecher im Weißen Haus vor«, sagte Leland. »Erfinde keine in deiner eigenen Straße.«

»Nun mal langsam«, sagte Carter mit einem sanften Lächeln auf den Lippen. »Wir hören. Es kann ja nicht schaden, und wer weiß, vielleicht erfahren wir etwas Neues?«

Patricia ignorierte seinen ruhigen Arzt-Tonfall. Wenn er auf diese Art bluffen wollte, dann würde sie ihm die Hosen runterziehen.

»Danke, Carter«, sagte sie. »Ich würde gerne etwas sagen.«

»Sprichst du für alle?«, fragte Carter.

»Es war Patricias Idee«, sagte Kitty aus ihrem sicheren Hafen an Horses Seite.

»Ja«, sagte Grace.

»Dann erzähl«, sagte Carter. »Warum glaubt ihr, dass James Harris ein Verbrechergenie ist?«

Es dauerte einen Moment, bis das Tosen des Blutes in ihren Ohren zu einem dumpfen Rauschen abgeklungen war. Sie holte tief Luft und blickte sich im Zimmer um. Sie sah, dass Leland sie mit angespannter Miene beobachtete. Sein Gesicht glühte vor Zorn, und er hatte die Hände tief in die Taschen gesteckt. Ed musterte sie, wie Polizisten im Fernsehen Kriminelle musterten, die sich gerade ihr eigenes Grab schaufelten. Bennett schaute mit neutraler Miene durch das Fenster hinter ihr auf den Sumpf hinaus. Carter sah sie mit seinem denkbar tolerantesten Lächeln an, und sie spürte, wie sie in ihrem Stuhl kleiner wurde. Nur in Horses Blick lag eine Ahnung von Wohlwollen.

Patricia atmete aus und sah auf das Manuskript in ihrer zitternden Hand hinab, das Grace ihr gegeben hatte.

»Wie ihr alle wisst, ist James Harris im April hergezogen. Seine Großtante, Ann Savage, war gesundheitlich angeschlagen, und er hat sich um sie gekümmert. Wir glauben, dass sie auf ebenden Drogen war, mit denen er dealt, als sie mich angegriffen hat. Wir glauben, dass er sie überwiegend in Six Mile verkauft.«

»Auf welcher Grundlage?«, fragte Ed. »Wo sind die Beweise? Wer wurde festgenommen? Hast du gesehen, wie er dort Drogen verkauft hat?«

»Lass sie ausreden«, sagte Maryellen.

Carter streckte die Hand aus, und Ed verstummte.

»Patricia.« Carter lächelte. Sie blickte auf. »Leg deinen Zettel weg. Erzähl es uns in deinen eigenen Worten. Entspann dich, wir möchten alle hören, was du zu sagen hast.«

Er hielt ihr die Hand hin, und Patricia konnte nicht anders. Sie übergab ihm Grace' Manuskript. Er faltete es zweimal und steckte es in seine Jackentasche.

»Wir glauben, dass er diese Droge Orville Reed und

Destiny Taylor gegeben hat«, sagte Patricia und versuchte dabei angestrengt, sich das Manuskript von Grace vor Augen zu rufen. »Orville Reed hat sich umgebracht. Destiny Taylor lebt noch, bis jetzt. Aber bevor die Kinder gestorben sind, haben sie behauptet, einen weißen Mann im Wald getroffen zu haben, der ihnen etwas gegeben hat, wovon sie krank geworden sind. Da war auch noch Sean Brown, Orvilles Vetter, der laut Polizei in Drogengeschichten verwickelt war. Man hat ihn tot in eben jenem Waldstück gefunden, in das auch die Kinder gehen, und zwar im selben Zeitraum. Dazu kommt, dass Mrs. Greene in der Zeit, in der sich all das ereignete, einen Van mit dem gleichen Nummernschild wie dem von James Harris in Six Mile beobachtet hat.«

»Hatte er genau das gleiche Nummernschild?«, fragte Ed.

»Mrs. Greene hat nur den hinteren Teil aufgeschrieben, X 13S, aber auf James Harris' Nummernschild steht TNX 13S«, sagte Patricia. »James Harris behauptet, er hätte den Van verkauft, aber in Wirklichkeit lagert er ihn bei Pak Rat am Highway 17 und hat ihn ein paarmal von dort geholt, vor allem nachts.«

»Unglaublich«, sagte Leland.

»Sean Brown war in Drogengeschäfte verwickelt, und wir glauben, dass James Harris ihn auf grausige Art getötet hat, um anderen Drogenhändlern eine Lektion zu erteilen«, sagte Patricia. »Ann Savage hatte zum Zeitpunkt ihres Todes Einstichstellen auf der Innenseite des Oberschenkels. Bei Destiny Taylor wurde etwas Ähnliches entdeckt. James Harris muss ihnen etwas gespritzt haben. Wir glauben, dass man an Orville Reed bei einer Untersuchung ähnliche Spuren entdecken würde.«

»Das ist wirklich sehr interessant«, sagte Carter, und Patricia spürte, wie sie bei jedem seiner Worte kleiner wurde.

»Aber ich bin mir nicht sicher, ob uns das irgendetwas verrät.«

»Die Einstiche stellen eine Verbindung zwischen Destiny Taylor und Ann Savage her«, erklärte Patricia, als ihr Maryellens Rat bei einer ihrer Proben wieder einfiel. »James Harris' Van wurde in Six Mile gesehen, obwohl er behauptet, nie dort gewesen zu sein. Sein Van steht nicht mehr vor seinem Haus, aber er hat ihn bei Pak Rat abgestellt. Orville Reeds Vetter wurde wegen dem, was hier vorgeht, umgebracht. Destiny Taylor leidet an den gleichen Symptomen, die auch Orville Reed aufwies, bevor er sich umgebracht hat. Wir glauben, dass man nicht warten sollte, bis Destiny Taylor es ihm nachtut. Wir glauben, dass das zwar alles nur Indizien und keine Beweise sind, dass sie aber in großer Häufung auftreten.«

Maryellen, Kitty und Slick blickten alle von Patricia zu den Männern und warteten auf deren Reaktion. Es kam keine. Aus dem Konzept gebracht, nahm Patricia einen Schluck Wasser und versuchte es dann mit etwas, das sie vorher nicht geprobt hatten.

»Francine war Ann Savages Putzfrau«, sagte sie. »Sie ist im Mai verschwunden. An dem Tag, an dem sie verschwunden ist, habe ich sie bei James Harris zu Hause vorfahren sehen, wo sie putzen wollte.«

»Hast du gesehen, wie sie reingegangen ist?«, fragte Ed.

»Nein. Sie wurde als vermisst gemeldet, und die Polizei denkt, dass sie mit einem Mann irgendwohin abgehauen ist, aber, nun ja, wenn man Francine kennt, ist einem klar, dass …«

Lelands Stimme erklang laut und deutlich. »Ich greife an diesem Punkt mal ein. Will noch irgendjemand mehr von diesem Unsinn hören?«

»Aber Leland ...«, setzte Slick an.

»Nein, Slick«, blaffte Leland.

»Wären die Damen offen dafür, sich eine andere Sichtweise anzuhören?«, fragte Carter.

Patricia hasste seine Psychiaterstimme und seine rhetorischen Fragen, aber aus Gewohnheit nickte sie.

»Natürlich«, sagte sie.

»Ed?«

»Ich habe das Kennzeichen überprüft, das du mir gegeben hast«, sagte Ed zu Maryellen. »Es ist auf einen James Harris gemeldet, mit Wohnsitz in Texas, der bei der Polizei lediglich mit ein paar kleinen Verkehrsverstößen aktenkundig ist. Du hast mir gesagt, es würde zu einem Mann gehören, der mit Horses und Kittys Tochter ausgeht.«

»Honey geht mit dem Kerl aus?«, fragte Horse schockiert.

»Nein, Horse«, sagte Maryellen. »Das habe ich mir ausgedacht, um Ed dazu zu bringen, das Nummernschild zu überprüfen.«

Kitty streichelte Horse über den Rücken, während er hilflos kopfschüttelnd dasaß.

»Ich will euch mal was sagen«, sagte Ed. »Ich helfe meinen Freunden immer gerne, aber es war ziemlich peinlich, James Harris in dem Glauben zu treffen, dass er sich an Minderjährigen vergreift. Das Gespräch ist total vor die Wand gefahren, bis ich begriff, dass man mich zum Narren gehalten hatte.«

»Du hast dich mit ihm getroffen?«, fragte Patricia.

»Wir haben uns unterhalten«, sage Ed.

»Du hast mit ihm darüber geredet?«, fragte Patricia. Das Gefühl, derart verraten worden zu sein, ließ ihre Stimme schwach klingen.

»Wir reden seit Wochen miteinander«, sagte Leland. »James Harris ist einer der größten Investoren in Gracious

Cay. Im Laufe der letzten Monate hat er, tja, ich verrate nicht, wie viel Geld genau, aber eine bedeutende Summe hineingesteckt, und während dieser Zeit hat er sich mir als Mann von Charakter gezeigt.«

»Das hast du mir nie erzählt«, sagte Slick.

»Weil es dich nichts angeht.«

»Sei nicht wütend auf ihn«, sagte Carter. »Horse, Leland, James Harris und ich haben eine Art Konsortium gebildet, um in Gracious Cay zu investieren. Wir hatten mehrere Besprechungen bezüglich der Sache, und der Mann, den wir dabei kennengelernt haben, unterscheidet sich sehr von dem mörderischen, drogendealenden Raubtier, das du beschreibst. Ich glaube, wir können mit Gewissheit sagen, dass wir ihn mittlerweile sehr viel besser kennen als du.«

Patricia hatte geglaubt, einen Pullover zu stricken, aber in Wirklichkeit hielt sie nur einen Haufen Wolle in den Händen, und alle lachten sie aus, tätschelten ihr den Kopf und amüsierten sich über ihre kindische Art. Sie wollte in Panik verfallen. Stattdessen drehte sie sich zu Carter um.

»Wir sind eure Frauen. Wir sind die Mütter eurer Kinder, und wir glauben, dass eine tatsächliche Gefahr besteht«, sagte sie. »Zählt das denn gar nichts?«

»Niemand hat behauptet, dass das nicht ...«, setzte Carter an.

»Wir verlangen nicht viel«, unterbrach ihn Maryellen. »Überprüft einfach nur seinen Lagerraum. Wenn der Van dort ist, dann könnt ihr euch einen Durchsuchungsbefehl beschaffen und feststellen, ob es einen Zusammenhang mit diesen Kindern gibt.«

»Niemand wird etwas Derartiges tun«, sagte Leland.

»Ich habe ihn danach gefragt«, sagte Ed. »Er hat uns erzählt, dass er dachte, dass es euch Damen von Old Village nicht gefiele, dass er seinen Van im Vorgarten stehen hat, weil er das Straßenbild hier im Viertel stört. Grace, er meinte, du hättest gesagt, dass er damit seinen Rasen ruiniert. Also hat er sich den Corsica geholt und den Van eingelagert, weil er an ihm hing. Er gibt fünfundachtzig Dollar im Monat aus, weil er sich besser in die Nachbarschaft einfügen will.«

»Und dafür«, sagte Leland, »wollt ihr seinen Namen durch den Schmutz ziehen und ihm vorwerfen, ein Drogendealer zu sein.«

»Wir sind angesehene Männer in diesem Gemeinwesen«, sagte Bennett. Seine Stimme hatte besonderes Gewicht, weil er bisher noch nichts gesagt hatte. »Unsere Kinder gehen hier zur Schule, wir haben unser Leben darauf verwendet, uns einen guten Ruf aufzubauen, und ihr wollt uns zum Gespött der Leute machen, weil ihr ein Haufen verrückter Hausfrauen mit zu viel Zeit seid.«

»Wir verlangen nichts weiter, als dass ihr euch den Lagerraum anseht«, sagte Grace zu Patricias Überraschung. »Das ist alles. Nur weil ihr mit ihm im Jachtclub ein paar Drinks hattet, heißt das nicht, dass er ein Goldjunge ist.«

Bennett richtete den Blick auf sie. Sein normalerweise freundliches Gesicht wurde zornesrot.

»Widersprichst du mir etwa?«, fragte er. »Widersprichst du mir vor allen Leuten?«

Die Wut in seiner Stimme ließ sämtliche Luft aus dem Raum weichen.

»Ich glaube, wir müssen uns alle beruhigen«, sagte Horse, der unsicher klang. »Sie machen sich nur Sorgen, wisst ihr? Patricia hat eine Menge durchgemacht.«

»Wir machen uns Sorgen um die Kinder«, bekräftigte Slick.

»Es stimmt, dass Patricia ein paar schwere emotionale

Schläge hinter sich hat«, sagte Carter. »Und sie haben sie mehr erschüttert, als es selbst mir bewusst war. Ihr wisst es vielleicht nicht, aber vor nur wenigen Wochen hat sie James Harris vorgeworfen, Kinder misshandelt zu haben. Ihr Frauen seid alle kluge Köpfe, und ich weiß, wie schwer es ist, an einem Ort wie diesem intellektuelle Anregung zu finden. Wenn man dann noch die morbiden Bücher hinzunimmt, die ihr in eurem Buchclub lest, dann haben wir ein perfektes Rezept für eine Massenhysterie.«

»Ein Buchclub?«, sagte Leland. »Sie sind in einem Bibellesekreis.«

Stille senkte sich über das Zimmer, und dann lachte Carter leise.

»Bibellesekreis?«, sagte er. »So nennen sie das? Nein, sie treffen sich einmal im Monat zum Buchclub und lesen irgendwelche reißerischen Bücher über wahre Verbrechen, voll mit blutigen Tatortfotos.«

Das Blut wich den Frauen aus den Gesichtern. Slick rang die Hände im Schoß, sodass ihre Knöchel weiß hervortraten. Leland starrte sie quer durchs Zimmer an. Horse drückte Kittys Hand.

»Ein Bund wurde gebrochen«, sagte Leland. »Zwischen Ehegatte und Ehefrau.«

»Was ist denn hier los?«, fragte Korey von der Wohnzimmertür aus.

Patricias Demütigung entlud sich gegen ihre Tochter. »Ich habe dir gesagt, dass du oben bleiben sollst!«, fuhr sie sie an.

»Beruhige dich, Patty«, sagte Carter. Dann wandte er sich Korey zu und spielte die sanfte Vaterfigur. »Wir führen nur ein Gespräch unter Erwachsenen.«

»Warum weint Mom?«, fragte Korey.

Patricia fiel auf, dass Blue durch die Esszimmertür zu ihnen hereinspähte.

»Ich weine nicht. Ich ärgere mich nur«, antwortete sie.

»Warte oben, Liebes«, sagte Carter. »Blue? Geh mit deiner Schwester. Ich komme später hoch und erkläre alles, in Ordnung?«

Korey und Blue zogen sich auf den Flur zurück. Patricia hörte, wie sie zu laut und zu offensichtlich die Treppe hochgingen, und in Gedanken zählte sie die Stufen. Sie hielten inne, bevor sie oben angekommen waren, und Patricia wusste, dass sie auf dem oberen Treppenabsatz saßen und lauschten.

»Ich glaube, alles, was sich in der Sache sagen lässt, wurde gesagt«, stellte Carter fest.

»Ihr könnt mich nicht davon abhalten, zur Polizei zu gehen«, sagte Patricia.

»Ich kann dich nicht abhalten, Patty«, sagte Carter. »Aber ich kann die Polizei darüber informieren, dass ich glaube, dass meine Frau nicht ganz richtig im Kopf ist. Der Erste, den sie anrufen werden, wird nämlich kein Richter sein, um sich einen Durchsuchungsbefehl ausstellen zu lassen. Es wird dein Mann sein. Dafür hat Ed gesorgt.«

»Du kannst die Polizei nicht weiter irgendwelchen Hirngespinsten hinterherjagen lassen«, sagte Ed.

Carter sah auf seine Uhr.

»Ich glaube, das Einzige, was jetzt noch fehlt, ist eine Entschuldigung.«

Patricias Wirbelsäule erstarrte zu Stein. Das zumindest war etwas, woran sie festhalten konnte, ein Stück Boden, das sie nicht preisgeben würde.

»Wenn du glaubst, dass ich zum Haus dieses Mannes gehe und mich bei ihm entschuldige, irrst du dich gewaltig.« Sie straffte sich und versuchte, wie Grace zu klingen. Sie versuchte, Blickkontakt mit Grace herzustellen, doch Grace starrte missmutig in den kalten Kamin und sah überhaupt niemandem ins Gesicht.

»Du musst nirgendwohin gehen«, sagte Carter, als es an der Tür klingelte. »Er hat sich dazu bereit erklärt, herzukommen.«

Aufs Stichwort ging Leland hinaus auf den Flur und kehrte mit James Harris zurück. Unglaublicherweise lächelte er. Er trug sein weißes Oxford-Hemd und ein neues Paar Khakihosen. Die Füße steckten in braunen Halbschuhen. Er sah wie jemand aus, der auf ein Schiff gehörte. Er sah wie jemand aus Charleston aus.

»Die Sache hier tut mir leid, Jim«, sagte Ed und schüttelte ihm die Hand.

Die Männer tauschten feste Händedrücke aus, und Patricia sah, wie ihre Schultern sich lockerten und die Anspannung in ihren Gesichtern sich löste. Sie sah, dass sie ihn nun als einen der Ihren betrachteten. James Harris wandte sich den Frauen zu, musterte nacheinander ihre Gesichter und verharrte dann bei Patricia.

»Wenn ich es richtig verstanden habe, bin ich Ursache einer ganzen Menge Aufruhr und Sorge«, sagte er.

»Ich glaube, die Mädchen möchten etwas sagen«, verkündete Leland.

»Es tut mir schrecklich leid, dass ich so viel Unruhe verursacht habe«, sagte James.

»Patricia?« Carters Stimme war drängend.

Sie wusste, dass sie anfangen sollte, um den anderen Frauen ein Beispiel zu geben, aber sie traf ihre eigenen Entscheidungen, und niemand konnte sie zwingen, etwas zu tun, das sie nicht tun wollte. Er hatte sie schon einmal dazu gezwungen, sich zu entschuldigen. Das würde sich nicht wiederholen.

»Ich habe Mr. Harris nichts zu sagen«, erklärte sie. »Ich glaube, dass er nicht der ist, als der er sich ausgibt, und ich glaube, dass man lediglich einen Blick in seinen Lagerraum werfen müsste, um festzustellen, dass ich recht habe.«

»Patricia«, fing Carter an.

»Ich bin bereit, all das hinter mir zu lassen, wenn Patricia es auch ist«, sagte James und trat mit ausgestreckter Hand auf sie zu. »Vergeben und vergessen?«

Patricia sah auf seine Hand, und das ganze Zimmer hinter ihr verschwamm, als sie spürte, wie alle Blicke auf ihr ruhten.

»Mr. Harris«, sagte sie. »Wenn Sie nicht sofort Ihre Hand vor meinem Gesicht wegnehmen, werde ich darauf spucken.«

»Patty!«, blaffte Carter.

James lächelte betreten und zog seine Hand zurück.

»Ich dachte, wir wären Freunde«, sagte er. »Womit auch immer ich Sie beleidigt habe, es tut mir leid.«

»Schüttle ihm sofort die Hand wie ein erwachsener Mensch«, sagte Carter.

»Auf keinen Fall«, erwiderte sie.

»Du bringst dich und die Kinder in Verlegenheit«, sagte Carter. »Ich bitte dich darum, dich zu entschuldigen.«

Dann rettete Grace sie.

»Mr. Harris«, sagte sie, stand auf und ging zu ihm hin. »Bitte nehmen Sie meine Entschuldigung an. Anscheinend ist unsere Fantasie mit uns durchgegangen.«

Er schüttelte ihr die Hand, und dann standen die übrigen Frauen nacheinander auf und entschuldigten sich ebenfalls, lächelten einfältig, knicksten und küssten seiner Majestät die Hand, während Patricia dasaß und erst vor Wut kochte, um dann zu spüren, wie sich Kälte in ihr ausbreitete.

»Ich würde Sie gerne um etwas bitten, wenn es nicht zu viel verlangt ist«, sagte James Harris.

»Ich glaube, wir sind mittlerweile alle an dem Punkt, an dem wir tun wollen, was nötig ist, um diese Sache hinter uns zu lassen«, sagte Carter.

»Je besser Sie mich kennenlernen«, sagte James Harris, »desto mehr wird Ihnen klar werden, dass ich nicht irgendeine Art von Superverbrecher bin. Ich bin nur ein ganz normaler Mann, der sich in diese Nachbarschaft verliebt hat und ein Teil von ihr sein möchte. Wir fürchten nur das, was wir nicht kennen. Ich habe bei Patricia sehr viel Angst ausgelöst, und da ist sie sicher nicht die Einzige. Ich möchte nicht, dass jemand Angst vor mir hat. Ich möchte Ihr Freund und Nachbar sein. Wenn also alle einverstanden ist, würde ich gerne auf Dauer bei Ihrem Buchclub mitmachen. Ich durfte einmal bei Ihnen zu Gast sein, und ich glaube, dort könnten Sie mein wahres Selbst besser kennenlernen.«

Patricia traute ihren Ohren nicht.

»Das ist ein großzügiges Angebot«, sagte Carter. »Patty? Mädels? Was meint ihr?«

Patricia sprach kein Wort. Sie wusste, dass ihre Meinung keine Rolle mehr spielte.

»Das ist dann wohl ein Ja«, sagte Carter.

Kapitel 22

Patricia wollte an jenem Abend nicht über die Sache reden, und Carter war klug genug, sie nicht dazu zu drängen. Sie ging früh zu Bett. Carter war also der Meinung, dass alles in bester Ordnung wäre? Dann sollte *er* sich doch um Korey und Blue kümmern. Sollte *er* sie ernähren und für ihre Sicherheit sorgen. Sie hörte von unten, wie er losging und für die Kinder etwas vom Chinesen holte, und das brummende Auf und Ab eines »ernsten Gesprächs« drang aus dem Esszimmer zu ihr. Nachdem Korey und Blue zu Bett gegangen waren, legte Carter sich auf dem Sofa im Hobbyraum schlafen.

Am nächsten Morgen sah sie Destiny Taylors Bild in der Zeitung und las mit einem tauben Gefühl der Schicksalsergebenheit die Meldung dazu. Die Neunjährige hatte vor dem Badezimmer ihres Pflegeheims gewartet, bis sie an der Reihe gewesen war, die Zahnseide genommen, sie sich immer wieder um den Hals gewickelt und sich am Handtuchhalter erhängt. Die Polizei untersuchte, ob es sich um einen Fall von Kindesmisshandlung handelte.

»Ich würde gerne im Esszimmer mit dir sprechen«, sagte Carter aus der Tür zum Hobbyraum.

Patricia blickte von der Zeitung auf. Carter musste sich dringend rasieren. »Das Kind hat sich umgebracht«, sagte sie. »Das, von dem ich dir erzählt habe, Destiny Taylor, sie hat sich umgebracht, genau wie wir es dir vorhergesagt haben.«

»Patty, so wie ich das sehe, haben wir einen Lynchmob davon abgehalten, einen Unschuldigen aus der Stadt zu jagen.«

»Es war das kleine Mädchen von der Frau mit dem Trailer

in Six Mile«, sagte Patricia. »Du hast es gesehen. Neun Jahre alt. Warum bringt ein neunjähriges Kind sich um? Was kann sie dazu gebracht haben?«

»Unsere Kinder brauchen dich«, sagte Carter. »Siehst du nicht, was du Blue mit deinem Buchclub angetan hast?«

»Mein Buchclub?«, fragte sie, aus dem Konzept gebracht.

»Das morbide Zeug, das ihr lest«, sagte Carter. »Hast du gesehen, was für Videokassetten auf dem Fernseher liegen? Er hat sich *Nacht und Nebel* aus der Bücherei ausgeliehen. Das ist Holocaust-Bildmaterial. Ein normaler Zehnjähriger sieht sich so etwas nicht an.«

»Ein neun Jahre altes Mädchen hat sich mit Zahnseide erhängt, und du willst noch nicht einmal wissen, warum. Stell dir vor, das wäre deine letzte Erinnerung an Blue – wie er von der Handtuchstange hängt und die Zahnseide ihm in den Hals schneidet ...«

»Lieber Himmel, Patty, wo hast du gelernt, so zu reden?«

Er ging ins Esszimmer. Patricia dachte darüber nach, ihm nicht zu folgen, doch dann wurde ihr klar, dass die Sache nicht vorbei sein würde, bevor sie nicht jeden von Carter geplanten Moment ausgespielt hatten. Sie stand auf und folgte ihm. Die Morgensonne ließ die gelben Wände des Esszimmers erstrahlen. Carter stand mit dem Gesicht zu ihr auf der anderen Seite des Tischs, die Hände hinter dem Rücken, eine ihrer Wochentagsuntertassen vor sich.

»Mir ist klar, dass ich einen Teil der Verantwortung dafür trage, wie schlimm die Dinge sich entwickelt haben«, sagte er. »Das, was mit meiner Mutter passiert ist, belastet dich sehr, und du hast auch das Trauma deiner Verletzung nie wirklich verarbeitet. Ich habe mein Urteilsvermögen durch den Umstand trüben lassen, dass du meine Frau bist, und die Symptome übersehen.«

»Warum behandelst du mich so?«, fragte sie.

Ohne sie zu beachten, fuhr er mit seiner Ansprache fort.

»Du führst ein abgeschottetes Leben. Dein Lesegeschmack ist morbide. Unsere beiden Kinder befinden sich in schwierigen Phasen. Ich stehe beruflich unter großem Druck und muss oft lange arbeiten. Mir war nicht klar, wie nah am Abgrund du stehst.«

Er nahm die Untertasse, trug sie an ihr Ende des Tischs und stellte sie mit einem Klicken ab. Eine grün-weiße Tablette rollte in der Mitte herum.

»Ich habe gesehen, wie das hier dem Leben von Menschen eine neue Richtung gegeben hat«, sagte Carter.

»Ich will es nicht.«

»Es wird dir helfen, dein Gleichgewicht wiederzufinden.«

Sie nahm die Kapsel zwischen Daumen und Zeigefinger. Auf einer Seite waren die Worte *Dista Prozac* aufgedruckt.

»Und wenn ich das nicht nehme, verlässt du mich dann?«

»Nun werd nicht gleich so dramatisch«, sagte Carter. »Ich biete dir Hilfe an.«

Er griff in die Tasche und holte ein weißes Fläschchen hervor. Es klapperte, als er es auf den Tisch stellte.

»Zweimal am Tag eine Tablette, mit dem Essen«, sagte er. »Ich werde die Pillen nicht zählen. Ich werde nicht zusehen, wie du sie einnimmst. Wenn du willst, kannst du sie in der Toilette runterspülen. Ich versuche nicht, dich zu kontrollieren. Ich versuche, dir zu helfen. Du bist meine Frau, und ich glaube, dass du wieder gesund werden kannst.«

Immerhin war er klug genug, nicht zu versuchen, sie zu küssen, bevor er ging.

Als er weg war, nahm Patricia den Telefonhörer ab und rief Grace an. Ihr Anrufbeantworter ging ran, also rief sie stattdessen Kitty an.

»Ich kann nicht reden«, sagte Kitty.

»Hast du heute Morgen die Zeitung gelesen?«, fragte Patricia. »Destiny Taylor war auf Seite B6.«

»Ich will nichts mehr von diesen Dingen hören«, sagte Kitty.

»Er weiß, dass wir bei der Polizei waren. Überleg nur, was er mit uns machen wird.«

»Er kommt zu uns nach Hause.«

»Du musst raus da«, sagte Patricia.

»Zum Abendessen«, sagte Kitty. »Um unsere Familie kennenzulernen. Horse will sichergehen, dass er weiß, dass wir nichts gegen ihn haben.«

»Aber warum?«, fragte Patricia.

»Weil Horse nun einmal so ist.«

»Wir können nicht einfach aufgeben, nur weil die anderen Männer ihn inzwischen für ihren Kumpel halten.«

»Weißt du, was für uns auf dem Spiel steht?«, fragte Kitty. »Es geht um Slicks und Lelands Geschäft. Es geht um Eds Job. Es geht um unsere Ehen, unsere Familien. Horse hat all unser Geld in dieses Projekt gesteckt, das er zusammen mit Leland verfolgt.«

»Dieses kleine Mädchen ist gestorben. Du hast sie nicht gesehen, aber sie war gerade mal neun.«

»Wir können nichts daran ändern«, sagte Kitty. »Wir müssen uns um unsere Familien kümmern und es anderen überlassen, sich um ihre zu kümmern. Wenn jemand diesen Kindern etwas zuleide tut, wird die Polizei ihn schon aufhalten.«

Auch beim nächsten Versuch bei Grace hatte sie den Anrufbeantworter am Apparat. Danach probierte sie es bei Maryellen.

»Ich kann jetzt nicht reden«, sagte Maryellen. »Ich stecke gerade in etwas anderem drin.«

»Ruf mich später zurück«, bat Patricia.

»Ich habe den ganzen Tag zu tun.«

»Das kleine Mädchen hat sich umgebracht«, sagte Patricia. »Destiny Taylor.«

»Ich muss los«, sagte Maryellen.

»Es steht auf Seite B6. Und nach ihr wird das nächste Kind an der Reihe sein, und noch eins, und noch eins.«

Maryellens Stimme war leise.

»Patricia«, sagte sie. »Hör auf damit.«

»Wir müssen es ja nicht über Ed versuchen. Wie hießen noch einmal diese beiden Detectives? Cannon und Bussell?«

»Lass es!«, sagte Maryellen zu laut. Patricia hörte ein Schnauben am Telefon und begriff, dass Maryellen weinte. »Warte kurz«, sagte sie und schniefte laut. Patricia hörte, wie sie das Telefon beiseitelegte.

Nach einer Weile nahm sie es wieder zur Hand.

»Ich musste die Schlafzimmertür schließen«, sagte sie. »Patricia, hör mir zu. Als wir in New Jersey gewohnt haben, stand unsere Tür einmal weit offen, als wir von Alexas Geburtstagsfeier zurückgekommen sind. Jemand war eingebrochen, hatte auf den Wohnzimmerteppich uriniert, all unsere Bücherregale umgeschmissen, unsere Hochzeitsbilder oben in die Badewanne gestopft und das Wasser aufgedreht, sodass es eine Überschwemmung gab. Unsere Kleider waren in Fetzen gerissen. Unsere Matratzen und Polstermöbel zerschlitzt. Und im Kinderzimmer hatten sie *Sterbt ihr Schweine* an die Wand geschrieben. Mit Fäkalien.«

Patricia hörte, wie es in der Leitung brummte, während Maryellen nach Luft schnappte.

»Ed war Polizist, und er konnte seine eigene Familie nicht beschützen«, fuhr Maryellen fort. »Das hat ihn innerlich aufgefressen. In seiner Arbeitszeit hat er, statt Streife zu fahren, auf der anderen Straßenseite geparkt und unser Haus beobachtet. Er hat Schichten verpasst. Sie wollten ihm ein paar Wochen freigeben, aber er brauchte die Stunden, also ist er weiter zur Arbeit gegangen. Es war nicht seine Schuld, Patty, aber sie haben ihn losgeschickt, um einen Ladendieb in einem Einkaufszentrum festzunehmen, und der Junge ist ihm dumm gekommen, und da hat Ed zugeschlagen. Er wollte es nicht, und es war nicht mal besonders fest, aber der Junge hat auf einem Ohr das Gehör verloren. Einer von diesen verrückten Unfällen. Wir sind nicht hergekommen, weil Ed einen ruhigeren Ort zum Leben gesucht hat. Wir sind hergekommen, weil er woanders nichts finden konnte. Ed hat jeden noch ausstehenden Gefallen eingefordert, um versetzt zu werden.«

Sie putzte sich die Nase. Patricia wartete.

»Wenn jemand mit der Polizei redet«, sagte Maryellen, »dann wird das zu Ed zurückverfolgt. Der Junge, den er geschlagen hat, war erst elf Jahre alt. Er wird nie wieder einen Job finden. Versprich es mir, Patricia. Schluss damit.«

»Das kann ich nicht«, sagte Patricia.

»Patricia, bitte ...«, fing Maryellen an.

Patricia legte auf.

Sie versuchte es einmal mehr bei Grace. Es ging wieder nur der Anrufbeantworter ran, also rief sie stattdessen bei Slick an.

»Ich habe es heute Morgen in der Zeitung gelesen«, sagte Slick. »Die Mutter von diesem armen Mädchen.«

Patricia wurde leichter ums Herz.

»Kitty ist zu verängstigt, um etwas zu unternehmen«, sagte Patricia. »Sie hat den Kopf in den Sand gesteckt. Und Maryellen steckt wegen Ed in einer schwierigen Lage.«

»Dieser Mann ist böse. Sieh dir an, wie er alles zurechtgebogen hat, um uns lächerlich zu machen. Er wusste genau, wie er Lelands Vertrauen gewinnen konnte.«

»Er sagt, dass das Geld, dass er in Gracious Cay gesteckt hat, von Ann Savage stammt«, sagte Patrica. »Aber wenn ich jemals in meinem Leben schmutziges Geld gesehen habe, dann das.«

»Ich weiß, aber er ist jetzt Lelands Geschäftspartner. Und ich kann ihm so etwas nicht vorwerfen, ohne meine eigene Familie in den Ruin zu treiben. Das hatten wir schon einmal, Patricia. Und ich will nicht dorthin zurück.«

»Hier geht es um das Leben von Kindern«, sagte Patricia. »Das ist wichtiger als Geld.«

»Du hast nie dein Haus verloren«, sagte Slick. »Du musstest deinen Kindern nie erklären, warum sie bei ihrer Großmutter einziehen müssen, oder warum man den Hund zurück ins Tierheim bringen muss, weil man keine Essensmarken für Hundefutter bekommt.«

»Wenn du Destiny Taylor kennengelernt hättest, könntest du nicht so kaltherzig sein«, sagte Patricia.

»Meine Familie ist mein Fels in der Brandung. Du hast niemals alles verloren. Ich schon. Soll Destinys Mutter sich über Destiny den Kopf zerbrechen. Ich weiß, dass mich das in deinen Augen zu einem schlechten Menschen macht, aber ich muss mich jetzt auf mich besinnen und eine gute Hirtin für meine Familie sein. Es tut mir leid.«

Bei Grace ging abermals nur der Anrufbeantworter ran, als sie erneut anrief, also nahm Patricia ihre Handtasche, trat in den Hochofen des Sommertags hinaus und ging rüber zu ihr. Als sie bei Grace klingelte, war ihre Bluse bereits schweißdurchtränkt. Sie ließ das Echo der Klingel im Haus verhallen und klingelte dann erneut. Das Schellen wurde lauter, als Mrs. Greene ihr die Tür öffnete.

»Ich wusste nicht, dass Sie heute bei Grace aushelfen«, sagte Patricia.

»Ja, Ma'am«, sagte Mrs. Greene und blickte auf Patricia herab. »Ihr geht es nicht so gut.«

»Tut mir leid, das zu hören«, sagte Patricia und wollte eintreten.

Mrs. Greene wich nicht von der Stelle. Patricia hielt mit einem Fuß auf der Schwelle inne.

»Ich sage nur ganz kurz Hallo«, sagte Patricia.

Mrs. Greene atmete tief durch die Nasenlöcher ein. »Ich glaube nicht, dass sie jemanden sehen möchte«, sagte sie.

»Es dauert nur eine Minute«, sagte Patricia. »Hat sie Ihnen erzählt, was gestern passiert ist?«

Ein Ausdruck von Verwirrung und Zwiespalt flackerte in Mrs. Greenes Augen auf, und dann antwortete sie: »Ja.«

»Ich muss ihr erklären, dass wir jetzt nicht aufgeben dürfen.«

»Destiny Taylor ist gestorben«, sagte Mrs. Greene.

»Ich weiß«, sagte Patricia. »Es tut mir leid.«

»Sie haben versprochen, dass sie zu ihrer Mutter nach Hause kommt, und jetzt ist sie tot«, sagte Mrs. Greene. Dann drehte sie sich um und verschwand im Haus.

Patricia betrat das kühle, dunkle Haus. Sie bekam Gänsehaut. Noch nie hatte sie eine derart kalt eingestellte Klimaanlage erlebt.

Sie ging durch den Flur ins Esszimmer. Der Kronleuchter an der Decke war eingeschaltet, aber irgendwie hatte man das Gefühl, er würde den Raum verdunkeln statt erhellen. Grace saß in Freizeithosen und einem marineblauen Rollkragenpullover mit grauem Sweater darüber an einem Ende des Tischs. Auf der Tischplatte lagen Scherben.

»Patricia«, sagte Grace. »Ich empfange keinen Besuch.«

Sie hatte getrocknete Erdbeermarmelade im Mundwinkel, doch als Patricia näher kam, erkannte sie, dass es in Wirklichkeit ein Schorf an ihrer aufgeplatzten Lippe war.

»Was ist passiert?«, fragte sie und hob die Finger zur gleichen Stelle an ihrem eigenen Mund.

»Oh«, sagte Grace und setzte eine heitere Miene auf. »So eine dumme Sache. Es war ein Autounfall.«

»Ein was?«, rief Patricia. »Geht es dir gut?«

Sie hatte Grace erst gestern Abend gesehen. Wann hatte sie die Zeit dazu gefunden, in einen Autounfall zu geraten?

»Ich bin heute Morgen zu Harris Teeter gefahren«, sagte Grace lächelnd. Der Schorf riss, und Patricia sah nasses Blut in der Wunde glänzen. »Ich war gerade dabei, rückwärts auszuparken und bin direkt gegen einen Mann im Jeep gefahren.«

»Wer war es? Hast du dir seine Versicherungsdaten geben lassen?«

Grace winkte ab, bevor Patricia auch nur zu Ende gesprochen hatte.

»Nicht nötig«, sagte sie. »Es war nur so eine dumme Sache. Er hat sich mehr erschrocken als ich.«

Sie bedachte Patricia mit einem weiteren fröhlichen Lächeln. Patricia wurde blümerant davon, deshalb blickte sie auf den Tisch, um sich zu sammeln. An einem Ende stand eine Pappschachtel, und die dunkle Holzplatte war von weißen Porzellanscherben bedeckt. Ein zarter Henkel krümmte sich aus einer Keramikrundung empor, und Patricia erkannte einen orangefarbenen und gelben Schmetterling. Dann erst nahm sie das, was vor ihr auf dem Tisch lag, als Ganzes wahr.

»Das Hochzeitsporzellan«, sagte sie.

Sie konnte einfach nicht anders. Die Worte purzelten ihr aus dem Mund. Das komplette Set war zertrümmert. Scherben waren wie Knochensplitter über den Tisch verteilt. Sie empfand Grauen, als sähe sie einen verstümmelten Leichnam vor sich.

»Es war ein Unfall«, fing Grace an.

»War das James Harris?«, fragte Patricia. »Hat er versucht, dich einzuschüchtern? Ist er hergekommen und hat dich bedroht?«

Sie riss den Blick von dem Gemetzel los und sah Grace' Gesicht. Es war wutverkniffen.

»Sprich den Namen dieses Mannes nie wieder aus«, zischte Grace. »Nicht mir gegenüber, niemandem gegenüber. Nicht, wenn du willst, dass wir ein freundliches Verhältnis zueinander wahren.«

»Er war es«, sagte Patricia.

»Nein«, fuhr Grace sie an. »Du hörst mir nicht zu. Ich habe ihm die Hand geschüttelt und mich entschuldigt, weil du uns alle der Lächerlichkeit preisgegeben hast. Du hast uns vor unseren Ehemännern gedemütigt, vor einem Fremden, vor deinen Kindern. Ich wollte es dir zuvor sagen, aber du hast nicht zugehört, aber jetzt sage ich es dir noch einmal deutlich. Sobald ich diesen ... Schlamassel ...« – sie stockte – »... aufgeräumt habe, rufe ich alle Mitglieder unseres Buchclubs an und teile ihnen unmissverständlich mit, dass diese Sache ein Ende hat und nie, nie wieder angesprochen wird. Und wir werden diesen Mann in unseren Buchclub aufnehmen und alles tun, um diesen Vorfall hinter uns zu lassen.«

»Was hat er mit dir gemacht?«, fragte Patricia.

»Du hast das mit mir gemacht«, sagte Grace. »Du hast mich dazu gebracht, dir zu vertrauen. Und ich habe mich lächerlich gemacht. Du hast mich vor meinem Mann gedemütigt.«

»Ich habe dich nicht ...«, versuchte Patricia einzuwenden.

»Du hast mich in deine Schmierenkomödie reingezogen«, fuhr Grace fort. »Du hast diese Amateuraufführung in deinem Wohnzimmer veranstaltet und mich dazu gebracht, mitzumachen. Ich muss verrückt gewesen sein.«

Der Morgen sank in Patricias Glieder wie schwarzer Schlamm und füllte sie an, während Grace weitersprach.

»Diese geschmacklose Seifenoper, die du dir zwischen dir und James Harris ausgemalt hast«, sagte Grace. »Fast könnte einem der Verdacht kommen, dass du … sexuell frustriert bist.«

Patricia konnte nicht mehr an sich halten. Es war nicht ihre Wut. Sie war nur das Sprachrohr. Sie kam von anderswo, so musste es sein, denn es war so furchtbar viel.

»Was machst du den ganzen Tag, Grace?«, fragte sie und hörte ihre Stimme von den Esszimmerwänden widerhallen. »Ben ist im College. Bennett ist bei der Arbeit. Und du bist nur damit beschäftigt, auf uns andere herabzusehen, dich hier in diesem Haus zu verstecken und sauber zu machen.«

»Hast du eigentlich jemals darüber nachgedacht, wie viel Glück du hast?«, fragte Grace. »Dein Ehemann arbeitet sich die Finger wund, um für dich und deine Kinder zu sorgen. Er ist freundlich, er erhebt die Stimme nicht im Zorn. Alles, was du brauchst, bekommst du, und trotzdem spinnst du dir aus lauter Langeweile deine grellen Fantasien zusammen.«

»Ich bin die Einzige, die die Wirklichkeit sieht«, sagte Patricia. »Hier stimmt etwas nicht, und dabei geht es um mehr als um das Porzellan deiner Großmutter, um deine Silberpolitur, deine Manieren und das nächste Buch des Monats, und du hast zu viel Angst, um dich dieser Sache zu stellen. Also sitzt du einfach in deinem Haus und schrubbst vor dich hin wie eine brave kleine Hausfrau.«

»Du sagst das, als wäre es nichts«, heulte Grace. »Ich *bin* ein guter Mensch, und ich *bin* eine gute Hausfrau, und ich *bin* eine gute Mutter. Und ja, ich halte mein Haus sauber, weil das meine Arbeit ist. Das ist mein Platz in der Welt. Es ist das, wozu ich da bin. Und damit bin ich zufrieden. Und ich muss mir nicht ausmalen, dass ich … dass ich Nancy Drew wäre, um glücklich zu sein. Ich bin mit dem, was ich tue, und dem, was ich bin, glücklich.«

»Du kannst putzen, so viel du willst«, sagte Patricia. »Trotzdem wird dir Bennett jedes Mal, wenn er was getrunken hat, eine scheuern.«

Grace erhob sich, starr vor Empörung. Patricia konnte selbst nicht glauben, was sie da gerade gesagt hatte. Eine ganze Weile standen sie so im eiskalten Esszimmer. Und Patricia wusste, dass ihre Freundschaft sich niemals von diesem Moment erholen würde. Sie drehte sich um und verließ das Zimmer.

Im Flur traf sie Mrs. Greene, die gerade das Treppengeländer abstaubte.

»Sie glauben das nicht, oder?«, fragte Patricia sie. »Sie wissen, wer er wirklich ist.«

Mrs. Greene setzte eine absolut gelassene Miene auf.

»Ich habe mit Mrs. Cavanaugh gesprochen, und sie hat mir erklärt, dass Sie und Ihre Freundinnen nicht mehr in der Lage dazu sein werden zu helfen. Sie hat mir gesagt, dass wir in Six Mile auf uns gestellt sind. Sie hat mir das alles sehr genau dargelegt.«

»Das ist nicht wahr«, sagte Patricia.

»Es ist schon in Ordnung«, sagte Mrs. Greene mit einem blassen Lächeln. »Ich verstehe das. Ab jetzt erwarte ich nicht das Geringste von Ihnen.«

»Ich bin auf *Ihrer* Seite! Ich brauche nur ein bisschen Zeit, bis alles sich wieder beruhigt hat.«

»Sie sind auf Ihrer *eigenen* Seite«, entgegnete Mrs. Greene. »Machen Sie sich darüber nie etwas vor.«

Dann kehrte sie Patricia den Rücken zu und staubte weiter Grace' Zuhause ab.

Etwas explodierte in Rot und Schwarz in Patricias Hirn, und das Nächste, was sie wusste, war, dass sie in ihr Haus stürmte und kurz darauf auf der Sonnenveranda stand und Korey im großen Sessel sah, wie sie in den Fernseher starrte.

»Würdest du den bitte abschalten und in die Stadt oder an den Strand gehen oder so?«, fuhr Patricia sie an. »Es ist ein Uhr nachmittags.«

»Dad meinte, dass ich nicht auf dich hören muss«, sagte Korey. »Er meinte, dass du gerade so eine Phase hast.«

Die Worte rührten an dem Feuer, das in ihr brannte, aber Patricia konnte noch klar genug sehen, um zu erkennen, wie sorgfältig Carter seine Falle für sie vorbereitet hatte. Was auch immer sie tat, es würde beweisen, dass er recht hatte. Sie hörte förmlich, wie er in seinem glatten Psychiatertonfall sagte: *Es ist ein Zeichen dafür, wie krank du bist, dass du nicht einsiehst, wie krank du bist.*

Sie holte tief Luft. Sie würde nicht darauf reagieren. Sie würde einfach nicht mehr mitspielen. Sie ging ins Esszimmer und sah das Prozac auf der Untertasse und die Pillenflasche daneben. Sie nahm beides und ging damit in die Küche.

An der Spüle drehte sie den Wasserhahn auf und spülte die Pille im Abfluss runter. Sie schraubte die Flasche auf und betrachtete sie einen Moment lang. Dann holte sie sich ein Glas, füllte es mit Wasser, stellte es vor sich hin und nahm alle Tabletten, die in der Flasche waren, eine nach der anderen.

Kapitel 23

Der süßliche Geruch von gekochtem Ketchup stieg Patricia in die Nase, kroch ihr in die Nebenhöhlen und legte sich über ihre Kehle. Sie ließ die Zunge im Mund herumwandern und schmeckte einen bitteren Belag auf ihren Zähnen. In ihrem Schädel schwappte es, als ihr Oberkörper plötzlich nach vorn ruckte, und sie öffnete die Augen und sah eine Schwester, die ihr Bett hochkurbelte. Es hatte weiße Laken und ein beigefarbenes Geländer. Carter stand am Fußende des Krankenhausbetts.

»Das brauchen wir nicht«, sagte er zu der Schwester.

Patricia sah ein burgunderrotes Plastiktablett auf einem Rolltisch vor sich sowie eine abgedeckte Mahlzeit, von welcher der Gestank nach gekochtem Ketchup ausging. Die Schwester hob den Deckel von dem Essen, und Patricia sah drei graue Fleischbällchen, die auf einem schlaffen Haufen von mit Ketchup bedeckten Spaghetti lagen.

»Ich muss das Essen hierlassen«, sagte die Schwester.

»Dann stellen Sie es dort rüber«, sagte Carter, und die Schwester stellte es auf einen Stuhl an der Tür und verschwand.

»Sag mir, dass du dich mit der Dosierung vertan hast«, sagte Carter. »Sag mir, dass es ein Versehen war.«

Patricia wollte dieses Gespräch jetzt nicht führen. Sie drehte sich herum und starrte zu ihrem offenen Fenster hinaus. Das Licht der späten Nachmittagssonne fiel schräg auf die oberen Stockwerke des Wissenschaftsgebäudes, und sie begriff, dass sie sich in der psychiatrischen Abteilung befand.

»Habe ich Hirnschäden davongetragen?«, fragte sie.

»Weißt du, wer dich gefunden hat?«, fragte Carter, der die Hände auf das Bettgeländer stützte. »Blue. Er ist zehn Jahre alt, und er hat seine Mutter auf dem Küchenboden gefunden, wo sie gerade einen Krampfanfall erlitten hat. Und wenn er nicht klug genug gewesen wäre, die 911 zu wählen, hättest du wahrscheinlich einen Hirnschaden. Was hast du dir nur gedacht, Patty? Hast du überhaupt nachgedacht?«

Tränen quollen ihr aus den Augen, eine nach der anderen, tropften ihr auf die Nase und liefen ihr über die Lippen.

»Ist Blue hier?«, fragte sie.

»Ich weiß nicht, was mit dir los ist, Patty, aber ich schwöre dir, wir gehen dieser Sache auf den Grund.«

Er vermittelte ihr das Gefühl, eine Essayfrage aus einer der Schulklausuren der Kinder zu sein, aber sie hatte kein Recht, Einwände zu erheben. Blue war wahrscheinlich zu Tode erschreckt gewesen, als er sie zuckend auf dem Küchenboden gefunden hatte. Das würde ihn für den Rest seines Lebens heimsuchen. Vom heißen, fettigen Geruch der Fleischbällchen zog sich ihr der Magen zusammen.

»Ich habe nicht versucht, mich umzubringen«, sagte sie mit zusammengebissenen Zähnen.

»Niemand glaubt dir mehr«, sagte Carter. »Du hast einen ernsthaften Selbstmordversuch unternommen, egal, wie du das wegerklären willst. Du bist hier für vierundzwanzig Stunden zwangseingewiesen, aber gleich morgen früh hole ich dich raus. Dir fehlt nichts, was wir nicht auch zu Hause wieder hinbekommen. Aber bevor das geschehen kann, muss ich eines wissen: Ging es bei der Sache um James Harris?«

»Was?«, fragte sie und wandte ihrem Mann das Gesicht zu.

Seine Miene war verletzt, bot sich ihr offen und wund dar. Nervös fuhr er mit den Händen über das Bettgeländer.

»Du bist mein Leben«, sagte er. »Du und die Kinder. Wir sind zusammen aufgewachsen. Und mit einem Mal bist du besessen von Jim, du hörst nicht auf, an ihn zu denken, du hörst nicht auf, von ihm zu reden, und dann tust du das hier. Die Frau, die ich geheiratet habe, hätte nie versucht, sich umzubringen. Das entsprach nicht ihrem Charakter.«

»Es war nicht ...«, setzte sie an, in dem aufrichtigen Versuch, es ihm zu erklären. »Ich wollte nicht sterben. Ich war bloß so wütend. Du wolltest unbedingt, dass ich diese Pillen nehme, also habe ich sie genommen.«

Sofort verschloss sich seine Miene, und eine Stahltür fuhr herab.

»Wage es nicht, mir die Schuld zu geben«, sagte er.

»Das tue ich nicht. Bitte.«

»Warum bist du auf Jim fixiert?«, fragte er. »Was ist da zwischen euch?«

»Er ist gefährlich«, antwortete sie, und Carter ließ die Schultern hängen und wandte sich von ihrem Bett ab. »Ich weiß, dass du ihn für einen astreinen Kerl hältst, aber er ist ein gefährlicher Mensch, gefährlicher, als du ahnst.«

Und einen Moment lang dachte sie darüber nach, ihm zu erzählen, was sie vor all den Wochen gelesen hatte. Nachdem sie die Stelle in *Dracula* gefunden hatte, wo es darum ging, dass er zunächst in ein Haus eingeladen werden musste, hatte sie sich hingesetzt und das ganze Buch noch mal von vorn gelesen, und auf halbem Weg war sie auf einen Satz gestoßen, der sie hatte stocken lassen. Mit einem Mal waren ihre Hände eiskalt geworden.

Er gebietet all den niederen Wesen, sagte van Helsing

zu den Harkers, als er ihnen erklärte, über welche Kräfte Dracula verfügte. *Der Ratte, und der Eule, und der Fledermaus ...*

Der Ratte.

In jenem Augenblick war ihr klar geworden, wer für Miss Marys Tod verantwortlich war. Selten hatte sie eine solche Gewissheit über etwas verspürt. Patricia überlegte, was Carter wohl sagen würde, wenn er wüsste, dass sein Freund seine Mutter ins Krankenhaus gebracht hatte, dass sie wegen ihm alle Haut an einer Hand und das weiche Gesichtsgewebe verloren hatte. Doch mit der gleichen Gewissheit wusste sie, dass Carter sie nie wieder aus diesem Zimmer herauslassen würde, falls sie ihm davon erzählte.

»Ich wünschte, du hättest eine Affäre mit ihm«, sagte Carter. »Dann wäre deine Fixierung auf ihn leichter zu verstehen. Aber das hier ist krank.«

»Er ist nicht das, wofür du ihn hältst«, sagte sie.

»Weißt du, was hier auf dem Spiel steht? Weißt du, welchen Preis deine Familie für deine Besessenheit zahlt? Wenn du so weitermachst, wirst du alles verlieren, was wir zusammen aufgebaut haben. *Alles.*«

Sie stellte sich vor, wie Blue in die Küche kam, um sich etwas zu essen zu holen, und seine Mutter in Krämpfen auf dem gelben Linoleum liegen sah, und für den Moment wünschte sie sich einfach nur, ihr Baby in den Armen zu halten und ihm zu versichern, dass es ihr gut ging. Dass alles gut war. Aber es war nicht alles gut, nicht, solange James Harris am anderen Ende der Straße wohnte.

Carter ging zur Tür. Er hielt inne, als er dort war, und machte eine große Geste daraus, dass er mit ihr sprach, ohne sich zu ihr umzudrehen.

»Ich weiß nicht, ob es dir etwas bedeutet«, sagte er. »Aber

man hat ein Bewerbungskomitee zusammengestellt, um einen Nachfolger für Haley zu finden.«

»Ach Carter«, krächzte sie, und es tat ihr ehrlich leid für ihn.

»Alle haben davon erfahren, dass du in der Psychiatrie liegst«, fuhr er fort. »Haley ist heute Morgen zu mir runtergekommen, um mir zu sagen, dass ich mich im Moment auf meine Familie konzentrieren muss statt auf meine Karriere. Deine Handlungen haben Auswirkungen auf andere Menschen, Patricia. Die Welt dreht sich nicht nur um dich.«

Er ließ sie allein im Zimmer zurück, und sie beobachtete, wie die Sonnenstrahlen über das Wissenschaftsgebäude krochen und versuchte, sich vorzustellen, dass sie jemals wieder ein normales Leben führen konnte. Sie hatte alles ruiniert. Jede Gewissheit, die ein anderer Mensch über sie gehegt hatte, war durch ihre Taten zerstört worden. Egal, was sie tat, von jetzt an würde sie für immer *instabil* sein. Wie sollten ihre Kinder ihr je wieder vertrauen? Ihr wurde übel vom Geruch der Fleischklöße.

Ein Klappern ertönte von der Tür her, und als sie sich umdrehte, sah sie, wie Carter Korey und Blue hereinführte. Korey ging vornübergebeugt, sodass das Haar ihr ins Gesicht ging. Sie hatte ein Batik-T-Shirt und die weiße Jeans mit den Löchern über den Knien angezogen. Blue trug seine Marineshorts und ein rotes *Iraq-na-phobia*-T-Shirt. Er hatte ein dickes Bibliotheksbuch mit dem Titel *Auschwitz: Augenzeugenbericht eines Arztes* bei sich. Korey zog den einzigen Stuhl über den Boden und stellte ihn so weit von Patricia weg wie möglich hin. Blue lehnte sich neben ihr an die Wand.

Patricia wollte ihre Kleinen so sehr in die Arme nehmen, doch als sie die Hand ausstreckte, hielt etwas sie am Handgelenk fest. Verwirrt sah sie nach unten und stellte fest, dass ihre Handgelenke mit dicken schwarzen Klettverschlüssen ans Bett gefesselt waren.

»Carter?«

»Sie wussten nicht, ob du ein Fluchtrisiko darstellst«, sagte er. »Ich bitte darum, dass man sie dir abnimmt, sobald ich den Arzt sehe.«

Aber Patricia wusste, dass er es mit Absicht getan hatte. Während sie bewusstlos gewesen war, hatte er ihnen erzählt, dass Fluchtgefahr bestand, weil er wollte, dass die Kinder sie so sahen. Na schön, er konnte seine Spielchen spielen, aber sie war immer noch die Mutter der beiden.

»Blue«, sagte sie. »Ich würde mich freuen, wenn du mich in den Arm nehmen könntest.«

Er schlug sein Buch auf, lehnte sich an die Wand und tat so, als läse er.

»Es tut mir leid, dass du mich so gesehen hast«, sagte Patricia leise und ruhig. »Ich habe etwas Dummes getan, ich habe zu viele von meinen Pillen genommen, und davon bin ich krank geworden. Wenn du nicht mutig genug gewesen wärst, den Notarzt zu rufen, dann hätte ich vielleicht einen Hirnschaden erlitten. Danke, dass du das für mich getan hast, Blue. Ich hab dich lieb.«

Er bog sein Buch weiter auf und noch weiter, bis die Einbandseiten einander berührten, und Patricia hörte den Buchrücken knacken.

»Blue«, sagte sie. »Ich weiß, dass du wütend auf mich bist, aber so gehen wir nicht mit Büchern um.«

Er ließ sein Buch mit einem lauten Klatschen zu Boden fallen, und dann beugte er sich vor und hob es so an den Seiten auf, dass mehrere davon herausrissen.

»Du bist auf mich wütend, mein Sohn«, sagte Patricia. »Nicht auf das Buch.«

Dann schrie er mit rotem Kopf und schüttelte das Buch an den Seiten, sodass der Einband hin und her schlackerte.

»Sei still!«, kreischte er, und Korey steckte sich die Finger in die Ohren und beugte sich vor. »Ich hasse dich! Ich hasse dich! Du hast versucht, dich umzubringen, weil du verrückt bist, und jetzt bist du ans Bett gefesselt und man schickt dich ins Irrenhaus. Du liebst überhaupt niemanden von uns! Du interessierst dich nur für deine blöden Bücher!«

Er packte die Seiten seines Buches mit einer Hand, riss sie hektisch heraus und ließ sie zu Boden segeln. Sie verteilten sich im Raum, landeten unter dem Bett und unterm Stuhl. Dann schleuderte er den Einband, der nun nur noch ein Stück Pappe war, auf Patricia. Er traf sie am Bein.

»Das *REICHT!*«, brüllte Carter, und Blue hörte auf, sprachlos vor Schreck. Sein Gesicht war wutverzerrt, seine Wagen waren rotfleckig, der Rotz lief ihm aus der Nase, er hatte die Fäuste geballt und bebte am ganzen Leib.

Patricia musste zu ihm gehen, ihn in die Arme schließen und ihm diese Wut abnehmen, aber sie war ans Bett gefesselt. Carter stand mit verschränkten Armen an der Tür und betrachtete seine Inszenierung, ohne sich vom Fleck zu rühren. Er tröstete weder seinen Sohn noch befreite er seine Frau von ihren Gurten, damit sie es tun konnte, und Patricia dachte: *Das vergebe ich dir niemals. Nie. Nie. Nie.*

»Kann ich Geld für den Automaten haben?«, nuschelte Korey.

»Liebes«, fragte Patricia. »Empfindest du genauso wie dein Bruder?«

»Dad?«, wiederholte Korey, ohne Patricia zu beachten. »Kann ich einen Dollar für den Snackautomaten haben?«

Carter wandte den Blick von Patricia ab und nickte, schob die Hand in die Gesäßtasche und holte sein Portemonnaie hervor. Das einzige Geräusch im Zimmer rührte von Blues Weinen her.

»Korey?«, fragte Patricia.

»Hier«, sagte Carter und hielt ihr mehrere Scheine hin. »Nimm deinen Bruder mit. Ich bin in einer Minute bei euch.«

Korey stand schwerfällig auf und führte Blue an der Schulter mit sich aus dem Zimmer. Sie hatte Patricia nicht ein einziges Mal angesehen.

»Da hast du's, Patty«, sagte Carter, als sie weg waren. »Das tust du deinen Kindern an. Also, wie geht es weiter? Hältst du an deiner Fixierung auf einen Menschen fest, den du kaum kennst? Was genau hat er getan? Ach ja, jetzt fällt es mir wieder ein. Nichts. Er hat sich nicht die kleinste Kleinigkeit zuschulden kommen lassen. Man wirft ihm nichts vor. Die einzige Person, die der Meinung ist, dass er etwas Falsches getan hätte, bist du, und du hast keine Indizien, keine Beweise, nichts außer deinem *Gefühl*. Du kannst also entweder auf ihn fixiert bleiben, oder du kannst deine Aufmerksamkeit auf etwas richten, das sie verdient – auf deine Familie. Es liegt bei dir. Ich habe meine Beförderung verloren, aber für die Kinder ist es noch nicht zu spät. Das lässt sich noch in Ordnung bringen, doch dafür brauche ich eine Partnerin, nicht jemanden, der alles verschlimmert. Das ist die Entscheidung, die du treffen musst. Jim oder wir? Also, wer soll es sein, Patty?«

Drei Jahre später ...

Der Schattenkrieg

Oktober 1996

Kapitel 24

Es machtet Patricia nervös, wenn Carter beim Fahren mit dem Handy telefonierte, aber er war der bessere Fahrer, und sie waren ohnehin schon spät dran für den Buchclub. Außerdem würde es schwer werden, einen Parkplatz zu finden.

»Und ich kriege die Suite«, sagte Carter und ließ das Steuer mit einer Hand los, um den Blinker zu setzen.

Ihr dunkelroter BMW bog leicht und geschmeidig in die Creekside ein. Es gefiel Patricia nicht, wenn er so fuhr, aber andererseits war dies eine der wenigen Gelegenheiten, bei denen er Rush Limbaugh am Apparat hatte, und dafür nahm sie es in Kauf.

»Sie können den Scheck auf Campbell Clinic Consulting ausstellen«, sagte Carter. »Die Adresse steht auf der Rechnung, die ich Ihnen gefaxt habe.«

Er klappte sein Telefon zu und summte leise vor sich hin.

»Das ist der sechste Gesprächstermin«, sagte er. »Diesen Herbst werde ich ziemlich beschäftigt sein. Bist du dir sicher, dass es in Ordnung für dich ist, wenn ich so oft weg bin?«

»Du wirst mir fehlen«, gab sie zu. »Aber das College ist nicht gratis.«

Er fuhr sie durch die kühlen Tunnel, welche die Bäume von Creekside bildeten. Das nachlassende Sonnenlicht flackerte zwischen den Blättern auf und tanzte über ihre Motorhaube und Windschutzscheibe.

»Wenn du die Küche immer noch umgestalten willst, geht das«, meinte Carter. »Wir können uns das leisten.«

Weiter vorne sah Patricia das Heck von Horses Chevy Blazer, der als letzter Wagen in einer langen Reihe von Saabs, Audis und Infinitis parkte. Sie waren immer noch einen Block weit von Slicks und Lelands Haus entfernt, aber die Autos standen bis hier.

»Bist du dir sicher?«, fragte Patricia. »Wir wissen immer noch nicht, wo Korey vielleicht hingehen will.«

»Oder ob sie überhaupt irgendwo hinwill«, korrigierte Carter, während er hinter Horses Chevy hielt, dabei aber eine Pufferzone zwischen ihren Wagen freiließ. Dieser Tage parkte man besser nicht zu dicht hinter Horse.

»Und wenn sie sich für die NYU oder Wellesley oder so entscheidet?«, erwiderte Patricia, während sie sich abschnallte.

»Darauf, dass Korey es schafft, an der NYU oder Wellesley aufgenommen zu werden, lasse ich es ankommen«, sagte Carter und gab ihr einen flüchtigen Kuss auf die Wange. »Hör auf, dir Sorgen zu machen. Mach dich nicht krank.«

Sie stiegen aus. Patricia hasste das Aussteigen. Laut der Badezimmerwaage hatte sie fünf Kilo zugelegt, und sie spürte, wie sie ihr von Hüften und Bauch hingen, sodass sie sich unsicher auf den Beinen fühlte. Sie fand nicht, dass sie mit einem runderen Gesicht schlecht aussah, solange sie ihr Haar etwas voluminöser aufsprühte, aber beim Ein- und Aussteigen fühlte sie sich unelegant.

Sie watschelte – *ging* – mit Carter die Straße entlang, und die Oktoberkälte verursachte ihr eine Gänsehaut. Sie umfasste das Buch des Monats fester – warum brauchte Tom Clancy mehr Seiten als die Bibel, um eine Geschichte zu erzählen? –, und Carter öffnete das Tor des weißen Gartenzauns um Slicks und Lelands Vorgarten. Gemeinsam gingen sie den Fußweg zum großen ziegelroten Cape-Cod-Haus der Paleys hoch, das aussah, als gehörte es nach Neuengland, bis hin zu dem dekorativen Mühlstein im Vorgarten.

Carter klingelte an der Tür, die ihnen sofort von Slick geöffnet wurde. Ihre Frisur war mit Gel und Schaum gefestigt, und ihr Mund war zu klein für ihren Lippenstift, aber sie wirkte ehrlich erfreut, sie zu sehen.

»Carter! Patricia!«, rief sie strahlend. »Ihr seht großartig aus.«

Vor Kurzem hatte Patricia sich selbst mit der Erkenntnis überrascht, dass sie vor allem zum Buchclub kam, um Slick zu sehen.

»Du siehst auch wundervoll aus«, sagte Patricia mit einem echten Lächeln.

»Ist das nicht eine wunderschöne Weste?« Slick breitete die Arme aus. »Leland hat sie mir zu einem Spottpreis bei *Kerrison's* gekauft.«

Es spielte keine Rolle, wie viele Paley-Immobilien-Schilder überall in Mt. Pleasant auftauchten oder wie oft Slick über Geld redete oder mit den Sachen angab, die Leland ihr kaufte, oder wie häufig sie über die Albemarle Academy tratschen wollte, nun, da Tiger dort endlich aufgenommen worden war. Patricia nahm sie ernst.

»Kommt rein!«, sagte Slick und führte sie ins klaustrophobische, überfüllte Getöse des Buchclubs.

Die Leute passten nicht alle in Slicks Esszimmer, und Patricia musste sich drehen und winden, um mit niemandem zusammenzustoßen, als Slick sie an der Treppe und all den Vitrinen für ihre Sammlungen – die Lenox-Gartenvogel-Figürchen, die kleinen Keramikhäuschen, die Miniaturmöbel aus Sterling-Silber –, an neuen Wandplaketten mit noch mehr frommen Sprüchen und an einer Armbanduhrsammlung in einem Setzkasten vorbeiführte.

»Hallo«, sagte Patricia, als sie Louise Gibbes begegneten.

»Du siehst großartig aus, Loretta«, sagte sie zu Loretta Jones.

»Dein Kampfhahn ist am Samstag ordentlich gebeutelt worden«, sagte Carter zu Arthur Rivers und klopfte ihm auf die Schulter, ohne innezuhalten.

Sie gelangten vom Flur in den neuen Anbau hinten am Haus, und mit einem Mal stieg die Decke über ihren Köpfen zu einer Reihe Oberlichter hin an. Der Anbau reichte fast bis zur Grundstücksgrenze der Paleys, ein riesiger Gesellschaftsraum, der bis auf den letzten Quadratzentimeter mit Menschen vollgestopft war. Inzwischen hatte der Buchclub um die vierzig Mitglieder, und Slick war die Einzige, deren Haus groß genug für alle war.

»Bedient euch«, rief Slick ins Brummen der Gespräche hinein, die von der hohen Decke und den fernen Wänden widerhallten, an denen pittoreske landwirtschaftliche Geräte hingen. »Ich muss Leland finden. Habt ihr das gesehen? Er hat mir eine Micky-Maus-Uhr geschenkt. Ist das nicht lustig?«

Sie wedelte mit dem glitzernden Handgelenk in Patricias Richtung und tauchte dann in einen Wald aus Rücken und Armen und Händen mit Gläsern und Tellern vom Partyservice ein, und alle hatten eine Ausgabe von *Der Schattenkrieg* unter den Arm geklemmt oder auf einem Stuhl abgelegt.

Patricia hielt nach jemandem Ausschau, den sie kannte, und entdeckte schließlich Marjorie Fretwell am Büfett. Sie küssten einander auf die Wangen, wie man das heutzutage machte.

»Du siehst wunderbar aus«, sagte Marjorie.

»Hast du abgenommen?«, fragte Patricia.

»Hast du etwas an deiner Frisur verändert?«, fragte Marjorie ihrerseits. »Sieht wirklich toll aus.«

Manchmal machte es Patricia zu schaffen, wie viel Zeit sie alle damit verbrachten, einander zu sagen, wie gut sie aussahen, wie wunderbar es ihnen ging, wie großartig sie waren. Vor drei Jahren hätte sie gemutmaßt, dass Carter vorher angerufen hatte, um dafür zu sorgen, dass die anderen Patricia auch ja bei Laune halten würden, aber nun fiel ihr auf, dass alle das taten, und zwar ununterbrochen.

Aber was war falsch daran, sich am eigenen Glück zu erfreuen? Sie hatten so viel Gutes in ihrem Leben. Warum sollten sie das nicht feiern?

»He!«, erklang eine laute Stimme, und Patricia sah Horses rotes Gesicht hinter Marjories Schulter emporsteigen. »Ist dein Mann vielleicht auch da?«

Schwankend beugte er sich vor, um Patricia einen Kuss auf die Wange zu geben. Er war unrasiert, und sein Kopf wurde von einer sämigen Bierdunstwolke umwogt.

»Ist das ein Pferd, das mich da beehrt?«, scherzte Carter hinter Patricia.

»Du wirst es nicht glauben, aber wir sind schon wieder reich«, sagte Horse und stützte sich mit einer Hand an Carters Schulter ab. »Das nächste Mal, wenn wir im Club sind, gehen die Drinks auf mich.«

»Vergiss nicht, dass wir noch vier Kinder haben, die aufs College wollen«, sagte Kitty, trat in ihre Mitte und schlang einen Arm um Patricia.

»Sei nicht so geizig, Frau!«, blökte Horse.

»Wir haben heute die Verträge unterschrieben«, erklärte Kitty.

»Wenn ich Jimmy H. sehe, küsse ich ihn«, sagte Horse. »Auf den Mund!«

Patricia lächelte. James Harris hatte Kittys und Horses Leben völlig umgekrempelt. Er hatte das Seewee-Farms-Projekt auf Vordermann gebracht, einen jungen Mann für sie angestellt, der es leitete, und Horse davon überzeugt, 110 Hektar an einen Bauunternehmer zu verkaufen. Letzteres Geschäft war heute zu einem Abschluss gekommen.

Und es war nicht nur bei den beiden so. Sie alle, einschließlich Patricia und Carter, hatten immer mehr Geld in Gracious Cay gesteckt, und weil ständig neue Investoren von außen hinzukamen, hatten sie alle Kredite auf ihre Anteile aufgenommen. Es war, als würde das Geld einfach vom Himmel fallen.

»Du musst am Samstag mitkommen«, sagte Horse zu Carter. »Wir suchen uns ein Boot aus.«

»Wie geht es den Kindern?«, fragte Patricia Kitty, weil man dergleichen eben sagte.

»Wir haben Pony endlich davon überzeugt, sich die Citadel anzusehen«, sagte Kitty. »Ich ertrage die Vorstellung einfach nicht, dass er in Carolina oder Wake Forest landen könnte. Da wäre er zu weit weg.«

»Es ist besser, wenn sie in der Gegend bleiben«, sagte Marjorie und nickte.

»Und Horse will gerne noch einen Citadel-Abgänger in der Familie«, sagte Kitty.

»Der Absolventenring öffnet einem viele Türen«, sagte Marjorie. »Wirklich.«

Während Marjorie und Kitty sich unterhielten, fühlte Patricia sich mit einem Mal beengt. Sie wusste nicht, warum die Stimmen plötzlich alle so laut klangen, oder warum ihr verlängerter Rücken sich plötzlich kalt anfühlte und klebrig von Schweiß war, oder warum es ihr unter den Achseln juckte. Dann roch sie die schwedischen Fleischbällchen, die neben ihr in dem silbernen Rechaud auf dem Büfett vor sich hin blubberten.

Carter und Horse lachten schallend über irgendetwas, Horse stellte sein Bier auf den Büfetttisch und hatte schon wieder ein neues in der Hand, Kitty sagte etwas über Korey, und der vertraute Geruch von gekochtem Ketchup erfüllte Patricias Schädel und legte sich ihr über die Schleimhäute.

Sie zwang sich, nicht daran zu denken. Es war besser, nicht daran zu denken. Ihr Leben war wieder normal. Es war besser als normal.

»Habt ihr das über die Schule in New York in den Nachrichten gesehen?«, fragte Kitty. »Die Kinder müssen um fünf Uhr morgens da sein, weil sie zweieinhalb Stunden brauchen, bis alle durch die Metalldetektoren sind.«

»Aber Sicherheit ist mit nichts zu bezahlen«, sagte Marjorie.

»Entschuldigt mich«, sagte Patricia.

Sie schob sich seitlich an Schultern und Rücken vorbei, weg von diesem Geruch. Vorsichtig, immer in der Angst, jemandes Getränk zu verschütten, drängte sie sich zwischen den Gesprächsfetzen hindurch.

»… hat ihn auf eine Campustour mitgenommen …«

»… du abgenommen hast …«

»… Geld von Nescape abziehen …«

»… der Präsident ist bloß ein Anhängsel, seine Frau ist …«

Kitty hatte sie nicht im Krankenhaus besucht.

Sie wollte die Dinge eigentlich nicht auf diese Art aufrechnen, aber zum ersten Mal seit Jahren fiel ihr das wieder ein.

»Du warst so schnell drinnen und schon wieder draußen«, hatte Kitty Patricia am Telefon erklärt. »Ich wollte kommen, sobald ich mich sortiert hatte, aber als es so weit war, warst du schon zu Hause.«

Sie erinnerte sich, wie Kitty förmlich darum gebettelt hatte, beruhigt zu werden. »Du hast bei all den Pillen, die du nehmen solltest, einfach die Dosis durcheinandergebracht, oder?«

So sei es gewesen, hatte sie ihr beigepflichtet, und Kitty war sehr dankbar dafür gewesen, dass es dabei bleiben durfte, dass nichts Hässliches ans Licht gebracht werden musste, und Patricia war dankbar dafür gewesen, dass alle die Sache einfach vergaßen und nie wieder ein Wort darüber verloren; und so hatte Patricia gar nicht bemerkt, wie sehr es sie verletzt hatte, dass niemand bei ihr im Krankenhaus vorbeigekommen war. Damals war sie einfach nur dankbar gewesen. Dankbar dafür, dass niemand ihren Selbstmordversuch beim Namen genannt und sie anders behandelt hatte. Sie war dankbar dafür gewesen, dass es so leicht gewesen war, in ihr altes Leben zurückzukehren. Sie war dankbar für den neuen Anlegesteg gewesen, für den Ausflug nach London und für die Operation, mit der man ihr Ohr wiederhergestellt hatte und für die Grillpartys hinterm Haus und das neue Auto. Sie war für so vieles dankbar.

»Eiswasser, bitte«, sagte sie zu dem schwarzen Mann mit den Handschuhen, der hinter der Bar stand.

Die Einzige, die ins Krankenhaus kam, war Slick gewesen. Sie war um sieben Uhr morgens aufgetaucht, hatte vorsichtig an die offene Tür geklopft, war reingekommen und hatte sich neben Patricia gesetzt. Sie hatte nicht viel geredet. Sie hatte keinen Rat und keine Weisheiten im Gepäck, keine Ideen oder Meinungen. Sie musste nicht davon überzeugt werden, dass alles ein Unfall gewesen war. Sie saß einfach da, hielt Patricias Hand in einer Art stillem Gebet, und um ungefähr Viertel vor acht sagte sie: »Es ist für uns alle sehr wichtig, dass du dich wieder erholst«, und ging.

Sie war die Einzige von ihnen, die Patricia noch etwas bedeutete. Gegen Kitty und Maryellen hegte sie keinen besonderen Groll, und sie trafen einander bei gesellschaftlichen Anlässen, aber Grace traf sie nur noch beim Buchclub. Wenn sie Grace sah, dachte sie an Dinge, die sie geäußert hatte und an die sie sich lieber nicht erinnern wollte.

Sie drehte sich um, das kalte Glas in einer Hand, dankbar dafür, dass sie die Fleischbällchen nicht mehr roch, und sah Grace und Bennett hinter sich stehen.

»Hallo, Grace«, sagte sie. »Bennett.«

Grace rührte sich nicht vom Fleck. Auch Bennett stand reglos da. Niemand beugte sich zu einer Umarmung vor. Bennett hielt einen Eistee anstelle eines Biers in der Hand. Grace hatte abgenommen.

»Es sind ganz schön viele Leute gekommen«, sagte Grace und ließ den Blick durchs Zimmer wandern.

»Hat dir das Buch des Monats gefallen?«, fragte Patricia.

»Ich habe jedenfalls eine Menge über den Krieg gegen Drogen gelernt«, sagte Grace.

Ich fand es schrecklich, wollte Patricia sagen. Alle sprachen die Art von knappen, männlichen Sätzen, wie sie bei einem Versicherungsvertreter, der vom Krieg fantasierte, zu erwarten waren. Die Dialoge troffen von DDOs und DDIs und LPIs und E-2s und F15s und MH-53Js und C141s. Sie verstand kaum die Hälfte des Gelesenen, die einzigen Frauen, die vorkamen, waren dumm oder Prostituierte, es sagte nichts über ihr Leben aus und kam ihr wie ein Werbefilm für die US Army vor.

»Es war sehr erhellend«, pflichtete sie Grace bei.

Verantwortlich für diese neue Ausrichtung ihres Buchclubs war James Harris. Nach und nach hatte er die Ehemänner dazu gebracht teilzunehmen, und sie hatten angefangen, immer mehr Bücher von Pat Conroy (»ein Autor von hier«) und Michael Crichton (»faszinierende Ideen«) gelesen, und *Der*

Pferdeflüsterer und *All die schönen Pferde* und *Bravo Two Zero*, und manchmal verzweifelte Patricia beim Gedanken daran, was sie wohl als Nächstes lesen würden. *Die Prophezeiung von Celestine? Hühnersuppe für die Seele?* Vor allem wunderte sie sich allerdings darüber, wie viele Leute kamen.

Es war besser, nicht allzu sehr darüber nachzudenken. Die Dinge änderten sich eben, und war es wirklich so schlecht, wenn mehr Leute über Bücher reden wollten?

»Wir müssen uns Sitzplätze suchen«, sagte Grace. »Entschuldige uns.«

Patricia sah den beiden nach, als sie sich in die Menge zurückzogen. Die Deckenbögen wurden heller, während der Himmel draußen sich langsam verdunkelte, und Patrica machte sich auf den Weg zurück zu ihrem Grüppchen. Als sie sich ihm näherte, roch sie Sandelholz und Leder. Die Menge teilte sich, und sie erkannte, dass Carter sich angeregt mit jemandem unterhielt. Dann war sie an der letzten Person vorbei, die ihr die Sicht verstellte, und sie sah James Harris in einem blauen Oxford-Hemd, die Ärmel leger hochgekrempelt, die Khakihose sauber gebügelt, das Haar von Expertenhand zerzaust. Er strotzte vor Gesundheit.

»Ihr glaubt nicht, wie vollgepackt mein Terminplan diesen Herbst ist«, erzählte Carter ihm gerade. »Sechs Gespräche bis Januar. Du wirst ein Auge auf mein Zuhause haben müssen.«

»Ach, das gefällt dir doch«, sagte James Harris, und sie lachten beide.

Patricias Schritte wurden langsamer, und sie verfluchte sich dafür, dass sie James Harris nicht sehen wollte, der so viel für sie alle getan hatte, und sie zwang sich, mit einem breiten Lächeln auf ihn zuzugehen. James beriet mittlerweile Leland in geschäftlichen Dingen. Er bezeichnete sich als Firmenberater. Dass er tagsüber nicht rausgehen konnte, glich er dadurch aus, dass er nachts arbeitete. Er brütete über den Bauplänen für Gracious Cay, er umwarb bei Catering-Dinners, die er bei sich zu Hause ausrichtete, neue Investoren, und manchmal, wenn Patricia früh morgens die Middle Street entlangging, roch sie Zigarettenrauch draußen vor seinem Haus. Er hing am Telefon, er lockte die Leute aus der Reserve, er hatte sogar Leland davon überzeugt, sich einen Pferdeschwanz wachsen zu lassen. Er nahm sie mit in die Zukunft.

»Wir müssen dafür sorgen, dass du heiratest, damit du erfährst, wie es ist, an der Leine zu liegen«, sagte Carter zu James Harris.

»Ich habe noch keine Frau getroffen, die es wert ist, dass ich meine Freiheit für sie aufgebe«, sagte James.

Er und Carter waren inzwischen wie Brüder. Er war es gewesen, der Carter davon überzeugt hatte, eine Privatpraxis zu eröffnen. Er hatte Carter dazu überredet, sich als Dozent anzumelden, und in dieser Funktion pries er bei von Firmen wie Eli Lilly und Novartis bezahlten Urlauben in Hilton Head, Myrtle Beach und Atlanta die Vorzüge von Prozac und Ritalin. Er war derjenige, dem sie all das Geld zu verdanken hatten, das sich auf ihrem Konto anhäufte und es ihnen ermöglichen würde, Korey aufs College zu schicken, die Küche umzubauen und den BMW abzubezahlen. Und ja, manchmal klingelte das Telefon, wenn Carter von einer seiner Reisen zurückkehrte, und eine junge Frau fragte nach Dr. Campbell oder manchmal auch nach Carter, aber Patricia gab dann immer seine Büronummer weiter, und wenn sie ihn fragte, wer es gewesen sei, sagte Carter immer: »Verdammte Sekretärinnen« oder »dieses dumme Ding vom Reisebüro«, und dabei regte er sich so auf, dass Patricia schließlich nicht weiter nachfragte und nur seine Büronummer weitergab, wenn jemand anrief. Sie versuchte, nicht darüber nachzudenken, weil sie wusste, wie leicht sich in ihrem Kopf irgendwelche Ideen festsetzten und monströse Formen annahmen.

»Patricia!« James Harris strahlte. »Du siehst wunderbar aus!«

»Hallo, James«, sagte sie, als er sie in eine Umarmung zog. Sie war all diese Umarmungen immer noch nicht gewöhnt, deshalb hielt sie einfach still und ließ sich von ihm drücken.

»Der Kerl hier hat mir gerade erzählt, dass ich den ganzen Herbst über mit euch Leuten zu Abend essen darf«, sagte James Harris. »Um ein Auge auf euch zu haben, solange er verreist ist.«

»Wir freuen uns darauf«, sagte Patricia.

»Hast du irgendwas von dem Zeug aus unserem Buch für diesen Monat verstanden?«, fragte Kitty. »Von der ganzen Militärsprache schwirrt mir der Kopf.«

»Mein schwirrendes Vögelchen!«, rief Horse laut und fröhlich und hob sein Bier.

Und dann fingen die Männer an, über den Krieg gegen Drogen zu reden, und die Innenstädte, und Metalldetektoren in Schulen, und James Harris sprach über Crack-Babys, und für einen Moment sah Patricia Blut von seinem Kinn tropfen, und etwas Unmenschliches zog sich in seinen Mund zurück, doch dann verdrängte sie das Bild und sah ihn, wie sie ihn so oft sah – wenn er ihnen auf seinem abendlichen Weg durch das Viertel zuwinkte, beim Buchclub, bei Tisch, wenn Carter ihn zum Essen eingeladen hatte. Es war dunkel hinten in seinem Van gewesen. Es war so lange her. Sie war sich nicht einmal mehr sicher, was sie gesehen hatte. Wahrscheinlich war es gar nichts gewesen. Er hatte so viel für sie getan.

Es war besser, nicht darüber nachzudenken.

Kapitel 25

»Und, was hat er gesagt?«, fragte Carter.

Er hielt damit inne, am Fußende des Bettes Unterhemden und Anzugsocken in seinen Koffer zu klatschen.

»Major hat gesagt, dass Blue für die nächsten zwei Monate Samstagsunterricht bekommt«, sagte Patricia. »Und er muss bis Ende des Jahres zwölf Stunden Freiwilligendienst in einem Tierheim ableisten.«

»Das ist von jetzt bis dann fast eine Stunde am Tag«, sagte Carter. »Und dazu noch Samstagsunterricht. Wer soll ihn da überallhin bringen?«

Sein Koffer rutschte vom Bett und landete klappernd auf dem Boden. Mit einem Fluch beugte Carter sich vor, aber Patricia war schneller und ging unbeholfen in die Hocke, sodass ihre Knie knackten. Vor seinen Reisen war er immer hektisch, und wenn er ihr mit Blue helfen sollte, musste er entspannt sein. Sie hob seinen Koffer auf und legte ihn zurück aufs Bett.

»Slick und ich bilden einen Carpool für die Jungs«, sagte Patricia, während sie seine Unterhemden wieder zusammenlegte.

Carter schüttelte den Kopf.

»Ich möchte nicht, dass Blue Zeit mit diesem Paley-Jungen verbringt«, sagte er. »Um ehrlich zu sein – ich möchte auch nicht, dass du Zeit mit Slick verbringst. Sie ist ein Plappermaul.«

»Das lässt sich einfach nicht umsetzen«, sagte Patricia. »Keiner von uns hat Zeit dafür, jeden Samstag beide einzeln herumzufahren.«

»Ihr seid beide Hausfrauen«, sagte er. »Was macht ihr denn sonst den ganzen Tag?«

Sie spürte, wie sich etwas in ihr anspannte, sagte jedoch nichts. Sie würde schon die Zeit dafür finden, wenn es ihm wichtig war. Sie spürte, wie die Anspannung sie verließ. Was ihr mehr zu schaffen machte, war, was er über Slick gesagt hatte.

Sie drückte das letzte zusammengelegte Unterhemd oben auf den Stapel in Carters Koffer.

»Wir müssen mit Blue reden«, sagte sie.

Carter stieß einen Seufzer aus, der vom Grunde seiner Seele kam.

»Bringen wir es hinter uns«, sagte er.

Sie klopften an Blues Tür. Carter stand hinter ihr. Keine Antwort. Patricia schlug einmal mehr behutsam mit den Knöcheln ans Holz und lauschte auf irgendein Geräusch, das sich als ein »Ja« oder ein »M-hm« oder sogar eines der seltenen »Was denn?« interpretieren ließ, und dann streckte Carter den Arm an ihr vorbei, hämmerte laut an die Tür, drehte den Knauf und öffnete sie noch beim Klopfen.

»Blue?«, sagte er und trat an Patricia vorbei. »Deine Mutter und ich müssen mit dir reden.«

Blue hob ruckartig den Kopf vom Schreibtisch, als sei er bei irgendetwas erwischt worden. Als er in den letzten Ferien ins Sommerlager gefahren war, hatten sie ihm eine skandinavische Schlafzimmerecke aus hellem Holz ins Zimmer eingebaut, mit einem Schrank unter der Fensterbank, einem ins Bücherregal zurückgesetzten Schreibtisch und einem Bett daneben. Blue hatte sie mit aus der Zeitung ausgeschnittenen Horrorfilm-Werbeanzeigen geschmückt: *Die Rache der Kannibalen, Zombie, Die Satansbande*. Der Ventilator an der Decke ließ die Plakate flattern wie aufgespießte Schmetterlinge.

Bücher lagen in Stapeln auf dem Boden. Die meisten davon drehten sich um Nazis, außerdem war da noch etwas mit dem Titel *Anarchist Cookbook* und ihre Ausgabe von *Der Fremde neben mir*, die sie schon gesucht hatte.

Auf seinem Bett lag ein Bibliotheksexemplar von *Menschenversuche der Nazis und ihre Ergebnisse*, und auf der Bank am Fenster standen die verstümmelten Überreste seiner Star-Wars-Actionfiguren. Sie erinnerte sich noch daran, wie sie sie ihm vor Jahren gekauft hatte, und ihre Abenteuer überall im Haus und hinten im Auto waren über Jahre hinweg die Begleitmusik zu ihrem Leben gewesen. Doch inzwischen war er ihnen mit seinem Pfadfindermesser zu Leibe gerückt und hatte rosafarbene Facettenklumpen aus ihren Gesichtern geschnitzt. Er hatte ihre Hände mit der Heißklebepistole zum Schmelzen gebracht. Er hatte ihre Leiber mit Streichhölzern versengt.

Und es war ihre Schuld. Er hatte sie zuckend auf dem Küchenboden gefunden. Er hatte den Notarzt gerufen. Die Erinnerung daran würde ihn für den Rest seines Lebens heimsuchen. Sie sagte sich, dass er ohnehin zu alt für Actionfiguren war. So spielten Teenagerjungen nun mal.

»Was wollt ihr?«, fragte er mit einem quäkenden Ton am Ende.

Patricia fiel auf, dass er in den Stimmbruch kam, und es versetzte ihr einen kleinen Stich ins Herz.

»Tja«, sagte Carter und sah sich nach einem Platz zum Hinsetzen um. Weil er in letzter Zeit nicht in Blues Zimmer gewesen war, wusste er nicht, dass ein solcher Versuch vergeblich bleiben musste. Er hockte sich auf die Bettkante. »Kannst du mir sagen, was heute in der Schule passiert ist?«

Blue schnaubte und warf sich in seinem Schreibtischstuhl nach hinten.

»Himmel«, sagte er. »Es war keine große Sache.«

»Blue«, sagte Patricia. »Das ist nicht wahr. Du hast ein Tier misshandelt.«

»Lass ihn für sich selbst sprechen«, sagte Carter.

»O mein Gott«, sagte Blue und verdrehte die Augen. »Darauf wollt ihr also hinaus? Ich bin ein Tierquäler. Sperrt mich ein! Pass bloß auf, Ragtag.«

Die letzte Bemerkung war an den Hund gerichtet, der auf einem Stapel Magazine unter seinem Bett schlief.

»Beruhigen wir uns doch erst einmal alle«, sagte Carter. »Blue, was ist deiner Meinung nach vorgefallen?«

»Es war bloß ein dummer Witz«, sagte Blue. »Tiger hat eine Sprühdose genommen und meinte, auf Rufus würde die Farbe lustig aussehen, und dann wollte er einfach nicht wieder aufhören.«

»In Majors Büro hast du uns etwas anderes erzählt«, sagte Patricia.

»Patty«, sagte Carter warnend, ohne den Blick von Blue abzuwenden.

Sie begriff, dass sie zu viel Druck machte und verstummte, in der Hoffnung, dass es noch nicht zu spät war. Sie hatte schon früher zu viel Druck gemacht, und am Ende war Blue auf einem Flug nach Philadelphia ausgerastet, oder Korey hatte das Abtropfgestell durch die Gegend geworfen und dabei ein komplettes Tellerset zerschlagen, oder Carter hatte sich den Nasenrücken massiert, oder sie hatte diese Pillen genommen. Wenn sie Druck machte, wurde immer alles schlimmer, aber es war bereits zu spät.

»Warum schlagt ihr euch immer auf die Seite der anderen?«, fragte Blue und warf sich auf seinem Stuhl nach vorne.

»Alle müssen sich beruhigen ...«, fing Carter an.

»Rufus ist ein Hund«, sagte Blue. »Täglich sterben Menschen. Menschen treiben kleine Babys ab. Sechs Millionen Menschen sind beim Holocaust gestorben. Das interessiert niemanden. Er ist bloß ein blöder Hund. Die waschen das ab.«

»Alle müssen erst einmal tief durchatmen«, sagte Carter und streckte Blue in einer beruhigenden Geste die Handflächen entgegen. »Nächste Woche setzen wir beide uns hin, und dann mache ich einen Test mit dir, den man als Conners-Einstufung bezeichnet. Dabei geht es nur darum, ob es dir schwerer als anderen Menschen fällt, aufmerksam zu sein.«

»Na und?«

»Wenn ja«, erklärte Carter, »dann geben wir dir ein Mittel namens Ritalin. Ich bin mir sicher, dass viele deiner Freunde es auch nehmen. Es verändert nichts an dir, es ist nur wie eine Brille für dein Gehirn.«

»Ich will keine Brille für mein Gehirn!«, schrie Blue. »Ich mache keinen Test!«

Ragtag hob den Kopf. Patricia wollte das Gespräch beenden. Carter hatte mit ihr vorher nicht über diese Sache geredet. Solche Entscheidungen mussten sie gemeinsam treffen.

»Deshalb bist du das Kind und ich der Erwachsene«, sagte Carter. »Ich weiß besser als du, was du brauchst.«

»Nein, das weißt du nicht!«, schrie Blue.

»Ich glaube, wir sollten uns alle ein paar Minuten für uns nehmen. Wir können nach dem Abendessen wieder miteinander reden.«

Er führte Patricia am Ellbogen aus dem Zimmer. Sie sah zu Blue zurück, der mit bebenden Schultern über seinen Tisch gekauert saß, und alles in ihr zog sie zu ihm hin, aber Carter führte sie auf den Flur und schloss die Tür hinter ihnen.

»Er wird nie …«, fing Carter an.

»Warum schreit er?«, fragte Korey, die sie praktisch aus ihrer Schlafzimmertür heraus ansprang. »Was hat er getan?«

»Das hat nichts mit dir zu tun«, sagte Carter.

»Ich dachte nur, dass ihr vielleicht die Meinung von jemandem hören wollt, der ihn ab und zu mal sieht«, sagte Korey.

»Wenn wir deine Meinung hören wollen, fragen wir dich danach«, sagte Carter.

»Schön!«, fuhr Korey sie an und knallte laut ihre Zimmertür zu. Von drinnen drang noch ein gedämpftes »Von mir aus«.

Korey war viele Jahre lang unkompliziert gewesen. Nach der Schule war sie zum Step-Aerobic gegangen, mittwochabends hatte sie mit den Mädchen aus ihrer Fußballmannschaft *Beverly Hills 90210* gesehen, und im Sommer war sie zum Fußballcamp in Princeton gefahren. Aber seit diesem Herbst verbrachte sie immer mehr Zeit hinter geschlossener Tür in ihrem Zimmer. Sie traf sich nicht mehr mit ihren Freundinnen. Ihre Stimmung reichte von mehr oder weniger komatös bis zu explosiven Wutanfällen, und Patricia wusste nie, was sie auf die Palme bringen würde.

Carter zufolge sah er derlei dauernd in seiner Praxis. Sie war in der elften Klasse, ihr SAT-Test stand an, sie musste sich an Colleges bewerben, und Patricia sollte sich nicht den Kopf zerbrechen, Patricia verstand das nicht, Patricia sollte ein paar Artikel über Collegestress lesen, die er ihr geben konnte, wenn sie sich Sorgen machte.

Hinter Koreys Tür wurde die Musik lauter.

»Ich muss die Küche aufräumen«, sagte Patricia.

»Es ist nicht meine Schuld, dass er sich so benimmt«, sagte Carter, während er Patricia die Treppe hinab folgte. »Er besitzt nicht das geringste bisschen Selbstkontrolle. Du solltest ihm beibringen, wie er seine Gefühle im Griff behält.«

Er folgte Patricia in den Hobbyraum. Ihre Hände sehnten sich danach, einen Staubsauger in der Hand zu halten, danach, dass sein Dröhnen alle Stimmen übertönte und zum Verschwinden brachte. Sie wollte nicht über Blues Verhalten nachdenken, weil sie wusste, dass alles ihre Schuld war. Er hatte sich in der Minute verändert, in der er sie auf dem Küchenboden gefunden hatte. Carter folgte ihr in die Küche. Sie hörte Koreys Musik durch die Decke, gedämpfte Mundharmoniken und Gitarren.

»Er hat sich noch nie so aufgeführt«, sagte Carter.

»Vielleicht siehst du ihn nur nicht oft genug«, sagte Patricia.

»Wenn du gewusst hast, dass die Dinge so schlimm stehen, warum hast du dann nicht früher etwas gesagt?«, fragte er.

Darauf wusste Patricia keine Antwort. Sie stand mitten in der Küche und blickte sich um. Sie war gerade dabei gewesen, sie für den Umbau auszumessen, als die Schule angerufen hatte und man sie zu Major bestellt hatte, weil Blue und Tiger diesen Hund angesprüht hatten, und es war so viel in den Schränken, was sie rauswerfen mussten: die Kochbücher, die sie nie benutzte, die Eismaschine, die sich immer noch in der Originalverpackung befand, die Popcornmaschine, für die sie den Deckel nicht wiederfanden. Sie machte die Gummibänder von dem Schrank mit dem Hundefutter ab und sah hinein. In einer Ecke stand ein Schuhkarton mit Straßenkarten. Brauchten sie die wirklich alle?

»Du kannst nicht einfach den Kopf in den Sand stecken, Patty«, sagte Carter.

Sie musste die Krimskramsschublade durchsehen. Sie zog sie auf. Wozu war nur all dieser Kleinkram gut? Sie wollte alles in den Müll werfen, aber was, wenn irgendwas davon ein wichtiges Teil von etwas Teurem war?

»Hörst du mir überhaupt zu?«, fragte Carter. »Was machst du da?«

»Ich räume die Küchenschränke auf«, sagte Patricia.

»Aber doch nicht jetzt«, sagte Carter. »Wir müssen herausfinden, was mit unserem Sohn los ist.«

»Ich gehe«, sagte Blue.

Sie drehten sich um. Blue stand mit seinem Rucksack auf dem Rücken in der Tür zum Hobbyraum. Es war nicht sein Schulrucksack, sondern der andere mit dem kaputten Gurt, den er in seinem Schrank aufbewahrte.

»Es ist schon dunkel«, sagte Carter. »Du gehst nirgendwohin.«

»Wie willst du mich aufhalten?«, fragte Blue.

»Wir essen in einer Stunde zu Abend«, sagte Patricia.

»Ich kriege das schon hin, Patty«, sagte Carter. »Blue, geh hoch, bis deine Mutter dich zum Abendessen ruft.«

»Wollt ihr ein Vorhängeschloss an meine Schlafzimmertür machen?«, fragte Blue. »Wenn nicht, gehe ich nämlich. Ich will nicht mehr in diesem Haus leben. Ihr wollt mir nur einen Haufen Pillen verabreichen und mich zu einem Zombie machen.«

Carter seufzte und trat vor, um das Ganze noch einmal besser zu erklären. »Niemand macht einen Zombie aus dir«, sagt er. »Wir wollen nur ...«

»Ihr könnt mich von gar nichts abhalten«, knurrte Blue.

»Wenn du zu dieser Tür hinausgehst, dann rufe ich bei der Polizei an und sage, dass du weggelaufen bist«, sagte Carter. »Man wird dich in Handschellen nach Hause bringen, und dann hast du einen Eintrag in deinem Führungszeugnis. Ist es das, was du willst?«

Blue starrte sie finster an.

»Ihr seid der letzte Dreck!«, schrie er und stürmte aus dem Hobbyraum.

Sie hörten, wie er die Treppe hochrannte und seine Zimmertür zuknallte. Korey drehte ihre Musik lauter.

»Mir war nicht klar, dass es schon so schlimm ist«, sagte Carter. »Ich werde meinen Flug umbuchen und einen Tag früher zurückkommen. Offensichtlich muss sich jemand um diese Sache kümmern.«

Er redete weiter, während Patricia die alten Kochbücher zu sortieren begann. Er erklärte ihr gerade, welche Optionen sie beim Ritalin hatten – Retardkapseln, Dosierungen, Umhüllungen –, als Blue mit den Händen hinterm Rücken in den Hobbyraum zurückkehrte.

»Wenn ich das Haus verlasse, ruft ihr die Polizei?«, fragte er.

»Ich möchte das nicht tun, Blue«, sagte Carter. »Aber mir bleibt dann keine andere Wahl.«

»Viel Erfolg dabei, ohne Telefonkabel die Polizei zu rufen«, sagte Blue.

Er zog die Hände hervor, und einen Moment lang dachte Patricia, er hätte Spaghetti in der Hand, bevor ihr klar wurde, dass es die Kabel von ihren Telefonen waren. Noch ehe sie den Anblick zur Gänze verarbeitet hatte, rannte er zum Hobbyraum raus. Sie und Carter liefen ihm hinterher, doch als sie im Flur ankamen, knallte schon die Haustür zu. Als sie auf der Veranda standen, war Blue längst im Zwielicht verschwunden.

»Ich hole die Taschenlampe«, sagte Patricia und wollte wieder reingehen.

»Nein«, sagte Carter. »Er wird nach Hause kommen, sobald ihm kalt wird und er Hunger kriegt.«

»Was, wenn er es bis zum Coleman Boulevard schafft und jemand ihm eine Mitfahrgelegenheit anbietet?«, fragte Patricia.

»Patty«, sagte Carter. »Ich bewundere deine Fantasie, aber das wird nicht passieren. Blue wird im Old Village herumstreifen und sich in einer Stunde wieder nach Hause schleichen. Er hat nicht mal eine Jacke mitgenommen.«

»Aber ...«, setzte sie an.

»Ich verdiene meinen Lebensunterhalt mit so etwas, schon vergessen?«, sagte er. »Ich fahre zu K-Mart und hole uns neue Telefonkabel. Er wird vor mir zurück sein.«

Er war nicht vor Carter zurück. Patricia räumte weiter Küchenschränke aus und beobachtete dabei, wie die Ziffern der Mikrowellenuhr von 18:45 auf 19:30 auf eine Minute nach acht weiterkrochen.

»Carter«, sagte sie. »Ich glaube, wir müssen wirklich etwas unternehmen.«

»Für Disziplin braucht es Disziplin«, sagte er.

Sie zog die Mülltonnen zur Veranda vor und warf die Popcornmaschine und die Eismaschine hinein, und dann löste sie alle Anschlüsse vom Salzwasseraquarium und stellte es zum Trocknen ins Spülbecken im Wäscheraum. Schließlich stand die Mikrowellenuhr auf 22:00.

Ich sage erst um 22:15 etwas, nahm Patricia sich vor, während sie die alten Kochbücher in Plastiktüten stopfte.

»Carter«, sagte sie um 22:11. »Ich steige jetzt ins Auto und fahre durch die Gegend.«

Er seufzte und legte die Zeitung weg.

»Patty ...«, setzte er an, und dann klingelte das Telefon. Carter war vor Patricia dran.

»Ja?«, sagte er, und sie sah, wie seine Schultern sich entspannten. »Gott sei Dank. Natürlich ... m-hm, m-hm ... wenn es dir nichts ausmacht ... natürlich ...«

Er erweckte nicht den Eindruck, als ob er auflegen oder

ihr auch nur sagen wollen würde, was vorging, deshalb rannte Patricia ins Wohnzimmer und nahm am anderen Apparat ab.

»Korey, leg auf«, sagte Carter.

»Ich bin's«, sagte Patricia. »Hallo?«

»Hallo, Patricia«, sagte James Harris' glatte, gedämpfte Stimme. »Ich will nicht, dass ihr euch Sorgen macht. Blue ist bei mir. Er ist vor zwei Stunden vorbeigekommen, und wir haben miteinander geredet. Ich habe ihm gesagt, dass er hier abhängen kann, aber dass er seiner Mom und seinem Dad sagen muss, wo er ist. Ich weiß, dass ihr euch wahrscheinlich gerade die Haare rauft.«

»Das ist … sehr freundlich von dir«, sagte Patricia. »Ich komme gleich rüber.«

»Ich bin mir nicht sicher, ob das eine gute Idee ist«, sagte James Harris. »Ich will mich nicht in euer Familienleben einmischen, aber er hat gefragt, ob er hier übernachten kann. Ich habe ein Gästezimmer.«

James Harris und Carter tranken einmal die Woche zusammen in der Bar hinten am Jachtclub. Sie gingen mit Horse zusammen Taubenschießen. Sie waren mit Blue und Korey nachts bei Seewee Farms Shrimps fangen gegangen. Wenn Carter nicht in der Stadt war, aß James sogar fünf- oder sechsmal die Woche bei ihnen, und jedes Mal, wenn sie ihn sah, dachte Patricia nicht an das, was sie gesehen hatte. Sie wahrte Abstand und blieb kühl, aber freundlich. Die Kinder verehrten ihn, und er hatte Blue ein Computerspiel, das *Command*-irgendwas hieß, zu Weihnachten geschenkt, und Carter redete mit ihm über seine Karriere, und er hatte Meinungen zum Thema Musik, die Korey zumindest tolerabel fand, also gab Patricia sich Mühe. Aber sie wollte nicht, dass Blue über Nacht bei James Harris blieb.

»Wir wollen uns nicht aufdrängen«, sagte Patricia, und ihre Stimme klang hoch und kam weit oben aus ihrer Brust.

»Vielleicht ist es so das Beste«, sagte Carter. »Wir könnten etwas Zeit gebrauchen, damit Gras über die Sache wächst.«

»Es macht mir nichts aus«, sagte James Harris. »Ich freue mich über Gesellschaft. Wartet einen Moment.«

Es gab eine kurze Pause, dann ertönte ein dumpfer Laut an ihrem Ohr, und dann hörte Patricia ihren Sohn atmen.

»Blue?«, fragte sie. »Geht es dir gut?«

»Mom«, sagte Blue. Sie hörte ihn schwer schlucken. »Es tut mir leid.«

Tränen schossen Patricia in die Augen. Sie wollte ihn in den Armen halten. Jetzt sofort.

»Wir sind einfach nur froh, dass es dir gut geht«, sagte sie.

»Es tut mir leid, dass ich euch angeschrien habe, und es tut mir leid, was ich mit Rufus gemacht habe«, sagte Blue, schluckte erneut und schnappte nach Luft. »Und Dad, James findet, dass ich diesen Test machen sollte, wenn du denkst, dass es das Richtige ist.«

»Ich will das Beste für dich«, sagte Carter. »Deine Mom und ich wollen das beide.«

»Ich hab euch lieb«, sagte Blue atemlos.

»Hör auf deinen Onkel James«, sagte Carter, und dann war James Harris wieder am Apparat.

»Ich will nichts tun, womit ihr euch nicht hundertprozentig wohlfühlt«, sagte er. »Seid ihr euch beide sicher, dass das in Ordnung ist?«

»Natürlich ist es in Ordnung«, sagte Carter. »Wir sind dir sehr dankbar.«

Patricia holte Luft, um etwas zu sagen, doch dann hielt sie inne.

»Ja«, sagte sie. »Natürlich ist das in Ordnung. Danke.«

So war es besser für ihre Familie. James Harris hatte sich so oft bewährt. Er hatte mit ihrem Sohn geredet, und nun sagte er ihr, dass er sie liebhatte, anstatt vor Zorn zu beben. Sie musste aufhören, dem Gedanken an etwas nachzuhängen, an das sie sich von vor so vielen Jahren zu erinnern meinte.

Es ist keine große Sache, sagte sie sich, *eine verrückte, schreckliche Idee zu verdrängen, von deren Wahrheit man einmal überzeugt war, im Austausch für all das hier, für den Bootsanleger, das Auto, die Reise nach London, dein Ohr, das College für die Kinder, Step-Aerobic für Korey, einen Freund für Blue und für so viel von allem Möglichen. Es ist ganz und gar kein schlechter Tausch.*

Kapitel 26

Carter holte Blue am Morgen bei James Harris ab.

»Es wird alles in Ordnung sein, Patty«, sagte er.

Sie erhob keine Einwände. Stattdessen bereitete sie einen Toaster-Strudel zu, sagte Korey, dass sie in der Schule keinen Choker tragen durfte und musste sich anhören, wie Korey ihr erzählte, dass sie praktisch eine Nonne sei, und dann war ihre Tochter verschwunden, und Patricia stand allein in ihrem Haus herum.

Obwohl es Oktober war, erwärmte die Sonne die Zimmer und ließ Patricia schläfrig werden. Ragtag suchte sich einen Flecken Sonnenlicht im Esszimmer und ließ sich darauf zu Boden fallen. Er schloss die Augen, und sein Brustkorb hob und senkte sich langsam.

Patricia hatte viel vor – die Küchenschränke endgültig ausräumen, die Zeitungen und Magazine auf der Sonnenveranda einsammeln, etwas mit dem Salzwasseraquarium in der Waschküche anstellen, das Garagenzimmer saugen, den Schrank im Hobbyraum ausräumen, die Laken wechseln –, sie wusste nicht, wo sie anfangen sollte. Sie trank ihre fünfte Tasse Kaffee, und die Stille im Haus lastete auf ihr, und die Sonne wurde heißer und heißer und verwandelte die Luft in einen einschläfernden Dunst.

Das Telefon klingelte. »Campbell«, sagte sie.

»Ist Blue gut in der Schule angekommen?«

Ein dünner Schweißfilm legte sich auf Patricias Oberlippe, und sie kam sich dumm vor, als wüsste sie nicht, was sie sagen sollte. Sie holte Luft. Carter vertraute James Harris. Blue vertraute ihm. Sie hatte ihn drei Jahre lang auf Abstand gehalten, und was hatte sie damit erreicht? Er war wichtig für ihren Sohn. Er war wichtig für ihre Familie. Sie musste damit aufhören, ihn zurückzuweisen.

»Ist er«, sagte sie und rang sich ein hörbares Lächeln ab. »Danke, dass du ihn letzte Nacht hast bleiben lassen.«

»Er war ziemlich durcheinander, als er hier aufgetaucht ist. Ich bin mir nicht mal sicher, warum er gerade zu mir gekommen ist.«

»Ich bin froh, dass er das Gefühl hat, zu dir kommen zu können.« Sie zwang sich, die Worte auszusprechen. »Besser, er ist bei dir, als dass er auf der Straße herumstreift. Das Old Village ist nicht mehr so sicher wie früher.«

James Harris' Stimme nahm den entspannten Tonfall von jemandem an, der viel Zeit zum Plaudern hatte. »Er hat gesagt, er hätte Angst, dass ihr nach nebenan geht und die Polizei anruft, deshalb hat er sich für eine Weile im Gebüsch hinter der Alhambra Hall versteckt. Ich wusste nicht, ob er schon was gegessen hatte, deshalb habe ich ihm ein paar von diesen französischen Pizzabroten aufgewärmt. Ich hoffe, das ist in Ordnung.«

»Das ist bestens«, sagte sie. »Danke.«

»Geht bei euch zu Hause irgendetwas vor?«, fragte James Harris.

Die Sonne, die durch das Küchenfenster schien, tat Patricia in den Augen weh, deshalb blickte sie stattdessen in die kühle Dunkelheit des Hobbyraums.

»Er wird nur langsam zum Teenager«, sagte sie.

»Patricia«, sagte James Harris, und sie hörte, wie seine Stimme einen ernsten Ton annahm. »Ich weiß, dass du einen schlechten Eindruck von mir gewonnen hast, als ich hier eingezogen bin, aber was immer du denkst, du kannst mir glauben, dass deine Kinder mir etwas bedeuten. Es sind gute Kinder. Carter arbeitet viel, und es macht mir Sorgen, dass du fast ganz allein mit dieser Aufgabe bist.«

»Tja, seine Privatpraxis hält ihn beschäftigt«, sagte Patricia.

»Ich habe ihm gesagt, dass nicht jeder Dollar der Welt in seine Tasche fließen muss. Welchen Sinn hat es, zu arbeiten, wenn man dafür verpasst, wie die eigenen Kinder groß werden?«

Es kam ihr illoyal vor, hinter Carters Rücken über ihn zu reden, aber es war zugleich eine Erleichterung.

»Er setzt sich ziemlich unter Druck«, sagte sie.

»Du bist diejenige, die unter Druck steht«, sagte James Harris. »Ganz allein zwei Teenager großziehen, das ist einfach zu viel.«

»Für Blue ist es besonders schwer. Es fällt ihm nicht leicht, in der Schule mitzukommen. Carter glaubt, dass er an einer Aufmerksamkeitsschwäche leidet.«

»Wenn es um den Zweiten Weltkrieg geht, dann ist er ziemlich aufmerksam«, meinte James Harris.

Es war ein gutes Gefühl, mit jemandem über Blue zu reden, der ihn verstand. Langsam entspannte sie sich.

»Er hat einen Hund angesprüht«, sagte sie.

»Wie bitte?« James Harris lachte.

Kurz darauf lachte auch sie.

»Der arme Hund«, sagte sie und fühlte sich schuldig. »Er heißt Rufus, und er ist das inoffizielle Schulmaskottchen. Blue und Slick Paleys Jüngster haben ihn zusammen silbern angesprüht, und jetzt müssen sie beide für den Rest des Jahres samstags zur Schule.«

Laut ausgesprochen klang es absurd. Sie stellte sich vor, wie die ganze Geschichte schon nächstes Jahr eine lustige Familienanekdote abgeben würde.

»Kommt der Hund wieder in Ordnung?«, fragte James Harris.

»Angeblich schon«, sagte sie. »Aber wie bekommt man Sprühfarbe von einem Hund ab?«

»Ich habe mir gerade einen neuen CD-Wechsler gekauft. Ich werde Blue bitten, dass er rüberkommt und mir hilft, ihn anzuschließen. Wenn das Thema zur Sprache kommt, frage ich ihn, was genau gelaufen ist, und lasse dich wissen, was er erzählt.«

»Das würdest du tun?«, fragte Patricia. »Das würde mich sehr freuen.«

»Es tut gut, dass wir wieder so miteinander reden. Möchtest du auf einen Kaffee rüberkommen? Wir haben eine Menge nachzuholen.«

Fast hätte sie zugestimmt, weil ihr erster Instinkt in jeder Situation darauf hinauslief, gefällig zu sein, aber sie roch etwas Sauberes und Kaltes und Medizinisches, das sie für einen Moment aus ihrer hellen, sonnigen Küche holte und sie vier Jahre in die Vergangenheit versetzte, und die Garagentür stand offen, und sie roch die Plastik-Inkontinenzeinlagen, die sie für Miss Mary benutzt hatten. Einen Moment lang fühlte sie sich wie die Frau, die sie vor all den Jahren gewesen war, eine Frau, die sich nicht dauernd für alles hatte entschuldigen müssen, und sie sagte: »Nein, danke. Ich muss die Küchenschränke fertig ausräumen.«

»Dann ein andermal«, sagte er, und sie fragte sich, ob er die Veränderung in ihrem Tonfall wahrgenommen hatte.

Sie machten Schluss, und Patricia betrachtete die abgeschlossene Tür zum Garagenzimmer. Sie roch das Teppichshampoo, das sie immer in Miss Marys Zimmer verwendet hatte, und den Kiefernnadel-Raumduft, den Mrs. Greene versprüht hatte, wenn Miss Mary ein kleines Missgeschick unterlaufen war. Sie rechnete jede Minute damit, die Tür aufschwingen und Mrs. Greene in ihrer weißen Hose und ihrer weißen Bluse hochkommen zu sehen, mit einem zusammengeknäulten Wäschebündel unter dem Arm.

Sie zwang sich, aufzustehen und zur Tür zu gehen. Der Geruch nach Miss Marys Zimmer wurde mit jedem Schritt stärker. Sie nahm den Schlüssel vom Haken neben der Tür und sah zu, wie ihre Hand am Ende ihres Arms dahinschwebte und den Schlüssel ins Panikschloss steckte. Sie drehte ihn, und die Tür schwang weit auf, und vor ihr lag das leere Garagenzimmer. Sie roch nichts außer kühler Luft und Staub.

Patricia schloss die Tür wieder ab und nahm sich vor, als Erstes die Zeitungen auf der Sonnenveranda einzusammeln und dann die Küchenschränke auszuräumen. Sie durchquerte das Esszimmer, wo Ragtag sein Sonnenbad nahm und mit einem Ohr zuckte, als sie vorbeikam. Auf der Sonnenveranda blendete sie das von den glänzenden Magazincovern zurückgeworfene Sonnenlicht. Sie sammelte die Zeitschriften ein, die Carter auf der Ottomane hatte liegen lassen, und ging durch das Esszimmer zurück in die Küche. Als sie den Hobbyraum betrat, sagte eine Stimme von hinter der Tür zum Esszimmer:

patricia

Sie drehte sich um. Es war niemand da. Und dann sah sie durch den Scharnierspalt der Esszimmertür ein von grauem Haar gekröntes blaues Auge blicken, und dann nichts außer der gelben Wand hinter der Tür.

Patricia stand eine Weile mit Gänsehaut und zitternden Schultern da. Sie spürte, wie ein Muskel in ihrer Wange zuckte. Dort war nichts. Sie hatte eine Art olfaktorische Halluzination erlebt, die sie in den Glauben versetzte, Miss Marys Stimme zu hören. Weiter nichts.

Ragtag setzte sich auf und richtete den Blick auf die geöffnete Esszimmertür. Patricia warf die Zeitschriften in den Müll und zwang sich, durch die Esszimmertür zurück auf die Sonnenveranda zu treten.

Sie sammelte Ausgaben von *Redbook* und dem *Ladies Home Journal* und der *Time* ein, zögerte dann einen Moment und kehrte durchs Esszimmer in den Hobbyraum zurück. Als sie erneut an der offenen Esszimmertür vorbeikam, flüsterte Miss Mary von dahinter:

patricia

Ihr stockte der Atem in der Kehle. Ihre Finger schlossen sich krampfhaft um die Magazine. Sie konnte sich nicht vom Fleck rühren. Sie spürte, wie Miss Marys Blick sich ihr in den Nacken bohrte. Sie spürte, dass Miss Mary hinter der Esszimmertür stand und mit irrem Blick durch den Spalt starrte, und dann kam eine geflüsterte Flut von Worten:

er kommt die kinder holen, er hat das kind geholt, er hat mein enkelkind geholt, er kommt mein enkelkind holen, der nachtläufer, hoyt pickens saugt die babys aus, die süßen dicken babys mit den dicken kleinen beinen, er hat sich wie eine zecke in sie hineingebohrt, wie eine zecke, und er saugt alles aus dir heraus patricia, er will sich mein enkelkind holen, wach auf patricia, wach auf, der nachtläufer ist in deinem haus, er macht sich über mein enkelkind her, wach auf patricia, patricia wach auf, wach auf, wach auf ...

Tote Worte, ein irrwitziger Strom von Silben, die zischend zwischen kalten Lippen hervordrangen.

»Miss Mary?«, fragte Patricia, aber ihre Zunge fühlte sich schwer an, und ihre Stimme war kaum mehr als ein Flüstern.

er ist der sohn des teufels der nachtläufer, und er holt sich mein enkelkind, wach auf wach auf wach auf, geh zu ursula, sie hat mein foto, es ist bei ihr zu Hause, geh zu ursula ...

»Ich kann nicht«, sagte Patricia, und diesmal hatte sie

genug Kraft, damit ihre Stimme von den Wänden des Hobbyraums widerhallte.

Das Flüstern verstummte. Patricia drehte sich um, und nichts war in dem Spalt hinter der Tür zu sehen. Sie zuckte zusammen, als sie das Klappern von Fingernägeln hörte, aber es war nur Ragtag, der sich auf die Beine erhob und aus dem Zimmer trottete.

Patricia glaubte nicht an Geister. Sie hatte Miss Marys Küchentischmagie immer als etwas betrachtet, das vielleicht für einen Soziologen interessant sein mochte, mehr nicht. Wenn Frauen, die sie kannte, ihr erzählten, dass Großmama in ihren Träumen auftauchte und ihnen verriet, wo der verlorene Hochzeitsring zu finden war oder dass Cousin Eddie gerade gestorben war, empfand sie das als Ärgernis. So etwas gab es nicht wirklich. Aber das hier war die Wirklichkeit. Es war wirklicher als alles, was sie in den letzten drei Jahren erlebt hatte. Miss Mary war hier in diesem Zimmer gewesen, hatte hinter der Esszimmertür gestanden und sie flüsternd vor James Harris gewarnt, der ihre Kinder wollte, der Blue wollte. Geister gab es nicht wirklich. Aber das hier hatte sich tatsächlich ereignet.

Einen Moment lang fürchtete sie, aufs Neue verwirrt zu sein. Ihr Urteilsvermögen war dünnes Eis, auf das sie sich nur zögerlich begab. Aber das hier war wirklich geschehen. Und es konnte nicht schaden, sich zu vergewissern. Schließlich war sie nur eine Hausfrau. Was hatte sie sonst schon zu tun?

wach auf, patricia
»Wie?«
wach auf, patricia
»Wie?«
geh zu ursula
»Zu wem?«
ursula greene

Kapitel 27

Patricia hatte nicht gewusst, dass man so sehr an den Handflächen schwitzen konnte. Sie hinterließ überall am Steuer nasse Flecken, als sie die Rifle Range Road nach Six Mile entlangfuhr. Sie hatte Mrs. Greene Weihnachtskarten geschickt, und das Telefon funktionierte schließlich in beide Richtungen, und vielleicht hatte Mrs. Greene sie nicht sehen wollen und Patricia einfach nur ihre Privatsphäre respektiert. Sie hatte nichts Falsches getan. Manchmal redete man für eine Weile nicht mit jemandem. Sie wischte sich die Hände an den Freizeithosen ab, eine nach der anderen, in dem Versuch, sie trocken zu kriegen.

Mrs. Greene war wahrscheinlich nicht einmal zu Hause, schließlich war es mitten am Nachmittag. Wahrscheinlich arbeitete sie gerade. *Wenn ihr Auto nicht in der Auffahrt steht, drehe ich einfach um und fahre nach Hause*, sagte sie sich und spürte eine große Woge der Erleichterung über diesen Entschluss.

Die Rifle Range Road hatte sich verändert. Man hatte die Bäume am Straßenrand zurückgeschnitten, und die Seitenstreifen waren nun kahl. Eine nagelneue schwarze Asphaltabzweigung führte an einem grün-weißen Holzschild vorbei, auf dem das Bild eines Jugendstil-Plantagenhauses und die Worte *Gracious Cay – ab 1999 – Paley-Immobilien* zu sehen waren. Ein Stück entfernt erhoben sich die nackten, gelben Gerippe von Gracious Cay hinter den wenigen verbliebenen Bäumen.

Patricia bog auf die Bundesstraße ab und fuhr Richtung Six

Mile. Am Straßenrand sah sie leere Häuser; bei einigen fehlten die Türen, und bei den meisten hing ein *Zu-verkaufen*-Schild im Vorgarten. Keine Kinder spielten draußen.

Sie fand die Grill Flame Road und fuhr langsam weiter, bis sie Six Mile erreicht hatte. Es war nicht viel davon übrig. Ein Maschendrahtzaun verlief dicht hinter der Mt. Zion Church, und dahinter befand sich ein großer Erdstreifen voller grellgelber Baufahrzeuge und Bauschutt. Man hatte das Basketballfeld umgegraben, den umliegenden Wald so sehr ausgedünnt, dass er nur noch aus einigen vereinzelten Bäumen bestand, und die Trailer dort, wo Wanda Taylor gewohnt hatte, waren verschwunden. Nur sieben Häuser diesseits der Kirche waren geblieben.

Mrs. Greenes Toyota stand in der Auffahrt.

Patricia parkte, und als sie die Wagentür öffnete, wurden ihre Ohren sofort von dem hohen Kreischen der Kreissägen attackiert, das von Gracious Cay heraufdrang, vom Rumpeln der Laster und dem ohrenbetäubenden Lärm der klappernden Ziegel und der Bulldozer. Für einen Moment ließ das Baustellenchaos sie taumeln, und sie konnte keinen klaren Gedanken fassen. Dann sammelte sie sich und klingelte an Mrs. Greenes Tür.

Nichts regte sich, und ihr wurde klar, dass Mrs. Greene sie bei dem Lärm wahrscheinlich nicht hören konnte, weshalb sie ans Fenster klopfte. Es war niemand da. Vielleicht war ihr Auto kaputt, und sie hatte sich von jemandem zur Arbeit mitnehmen lassen. Erleichterung durchströmte Patricia, und sie drehte um und kehrte zu ihrem Volvo zurück.

Der Baulärm war so laut, dass sie es beim ersten Mal gar nicht hörte, aber beim zweiten Mal: »Mrs. Campbell.«

Sie drehte sich um und sah Mrs. Greene in der Tür zu ihrem Haus stehen, ein Handtuch ums Haar gewickelt und mit einem zu großen pinkfarbenen T-Shirt und einem Paar Kattunhosen bekleidet. Ein Loch entstand in Patricias Magengrube, das sich langsam mit Schaum füllte.

»Ich dachte ...«, setzte Patricia an, doch dann begriff sie, dass man ihre Worte durch den Baustellenlärm nicht hören konnte. Sie ging zu Mrs. Greene. Als sie näher kam, sah sie, dass Mrs. Greenes Haut eine gräuliche Färbung aufwies. Ihre Augen waren schlafverkrustet, und sie hatte Schuppen in den Haaren.

»Ich dachte, es wäre niemand zu Hause«, schrie sie, um den Baustellenlärm zu übertönen.

»Ich habe ein Nickerchen gemacht«, brüllte Mrs. Greene zurück.

»Wie nett«, brüllte Patricia.

»Morgens mache ich sauber, und abends fülle ich bei Walmart die Regale auf«, brüllte Mrs. Greene. »Dann gehe ich frühmorgens wieder zur Arbeit.«

»Entschuldigung?«, fragte Patricia.

Mrs. Greene sah sich um, warf dann einen Blick zurück in ihr Haus, sah dann wieder Patricia an und nickte abgehackt. »Kommen Sie«, sagte sie.

Sie schloss die Tür hinter ihnen, was den Baustellenlärm halbierte, aber Patricia hörte immer noch das hohe, angestrengte Jaulen einer Kreissäge, die ins Holz biss. Das Haus sah von innen noch genauso aus, abgesehen davon, dass die Weihnachtsbeleuchtung dunkel war. Es fühlte sich leer an und roch nach Schlaf.

»Wie geht es den Kindern?«, fragte Mrs. Greene.

»Sie sind Teenager«, sagte Patricia. »Sie wissen ja, wie das ist. Wie geht es Ihren?«

»Jesse und Aaron wohnen immer noch bei meiner Schwester oben in Irmo«, sagte Mrs. Greene.

»Ach«, sagte Patricia. »Sehen Sie sie ausreichend oft?«

»Ich bin ihre Mutter«, sagte Mrs. Greene. »Nach Irmo fährt man zwei Stunden. *Ausreichend oft* gibt es nicht.«

Patricia zuckte zusammen, als ein gewaltiges Krachen von draußen ertönte.

»Haben Sie schon darüber nachgedacht, umzuziehen?«, fragte sie.

»Die meisten Leute sind schon umgezogen«, sagte Mrs. Greene. »Aber ich verlasse meine Kirche nicht.«

Von draußen ertönte das *Piep-piep-piep* eines zurücksetzenden Lasters.

»Übernehmen Sie noch Häuser?«, fragte Patricia. »Ich könnte Hilfe beim Putzen gebrauchen, falls Sie Zeit haben.«

»Ich arbeite jetzt für einen Putzdienst«, sagte Mrs. Greene.

»Das ist sicher praktisch«, sagte Patricia.

Mrs. Greene zuckte mit den Schultern.

»Es sind große Häuser. Und die Bezahlung ist gut, aber früher hat man den ganzen Tag mit Leuten geredet. Der Putzdienst mag es nicht, wenn man mit den Besitzern redet. Für Fragen geben sie einem ein Mobiltelefon, und man ruft den Manager an, und der ruft für einen die Besitzer an. Aber sie zahlen pünktlich und kümmern sich um die Steuern.«

Patricia holte tief Luft.

»Darf ich mich setzen?«, fragte sie.

Etwas blitzte in Mrs. Greenes Gesicht auf – Ablehnung, meinte Patricia –, aber sie deutete aufs Sofa, unfähig, die Bürde der Gastfreundschaft abzuschütteln. Patricia setzte sich, und Mrs. Greene ließ sich in ihren Sessel sinken. Die Armlehnen waren deutlich abgewetzter als beim letzten Mal, als Patricia ihn gesehen hatte.

»Ich wollte Sie schon früher besuchen kommen«, sagte Patricia. »Aber es kam dauernd etwas dazwischen.«

»M-hmm«, sagte Mrs. Greene.

»Denken Sie noch oft an Miss Mary?«, fragte Patricia. Sie sah, wie Mrs. Greene ihre Hände wand. Auf ihren Handrücken waren winzige, glänzende Narben zu sehen. »Ich werde Ihnen immer dankbar dafür sein, dass Sie in jener Nacht bei ihr waren.«

»Mrs. Campbell, was wollen Sie?«, fragte Mrs. Greene. »Ich bin müde.«

»Es tut mir leid«, sagte Patricia und beschloss zu gehen. Sie legte die Hände aufs Sofa, um sich hochzudrücken. »Es tut mir leid, dass ich Sie belästigt habe, vor allem wenn Sie sich vor der Arbeit ausruhen müssen. Und es tut mir leid, dass ich Sie nicht früher besucht habe, es ist nur so viel los gewesen. Es tut mir leid. Ich wollte nur Hallo sagen. Und ich habe Miss Mary gesehen.«

Das entfernte Rappeln zu Boden fallender Bretter drang durch die Fensterscheiben. Keine der beiden regte sich.

»Mrs. Campbell ...«, sagte Mrs. Greene.

»Sie hat mir gesagt, dass Sie ein Foto hätten«, sagte Patricia. »Sie sagte, dass es aus sehr alten Zeiten stammt und Sie es hätten. Deshalb bin ich gekommen. Sie hat gesagt, dass es um die Kinder ging. Ich hätte Sie nicht damit belästigt, wenn es um etwas anderes ginge. Aber es geht um die Kinder.«

Mrs. Greene starrte sie finster an. Patricia kam sich albern vor.

»Ich wünschte«, sagte Mrs. Greene, »dass Sie einfach in Ihr Auto einsteigen und nach Hause fahren würden.«

»Pardon?«

»Ich sagte«, wiederholte Mrs. Greene, »ich wünschte, dass Sie nach Hause fahren würden. Ich will Sie hier nicht. Sie haben mich und meine Kinder im Stich gelassen, weil Ihr Mann es Ihnen gesagt hat.«

»Sie ...« Patricia wusste nicht, was sie auf diese unfaire Anschuldigung erwidern sollte. »Sie dramatisieren.«

»Ich lebe seit drei Jahren nicht mehr mit meinen Kleinen zusammen. Jesse kommt mit einer Verletzung vom Footballspielen, und seine Mutter ist nicht da, um sich um ihn zu kümmern. Aaron hat einen Trompetenauftritt, und ich bin nicht da, um ihn zu sehen. Niemand interessiert sich für uns hier draußen, es sei denn, damit wir ihren Müll wegräumen.«

»Sie verstehen das nicht. Es waren unsere Ehemänner. Es waren unsere Familien. Ich hätte alles verloren. Ich hatte keine Wahl.«

»Sie hatten eine größere Wahl als ich«, sagte Mrs. Greene.

»Ich bin im Krankenhaus gelandet.«

»Daran waren Sie selbst schuld.«

Patricia stieß einen würgenden Laut irgendwo zwischen Lachen und Schluchzen aus und hielt sich die Hand vor den Mund. Sie hatte all ihre Gewissheiten, all ihre Bequemlichkeiten, alles, was sie im Laufe der letzten drei Jahre mit Sorgfalt wieder aufgebaut hatte, riskiert, um herzukommen, und das Einzige, was sie vorfand, war eine Frau, die sie hasste.

»Es tut mir leid, dass ich gekommen bin«, sagte sie, erhob sich tränenblind, griff nach ihrer Handtasche und wusste nicht, wohin sie sollte, weil Mrs. Greenes Beine ihr den Weg zur Eingangstür versperrten. »Ich habe es nur getan, weil Miss Mary hinter meiner Esszimmertür stand und mir gesagt hat, dass ich kommen soll, und jetzt wird mir klar, wie albern das klingt, und es tut mir leid. Bitte, ich weiß, dass Sie mich hassen, aber erzählen Sie niemandem, dass ich hier war. Ich könnte es nicht ertragen, wenn jemand erfährt, dass ich hier draußen war und all das gesagt habe. Ich weiß nicht, was ich mir dabei gedacht habe.«

Mrs. Greene stand auf, kehrte Patricia den Rücken zu und verließ das Zimmer. Im ersten Moment konnte Patricia kaum glauben, dass Mrs. Greene sie so sehr verabscheute, dass sie sie nicht einmal bis an die Tür begleiten wollte, aber eigentlich war das zu erwarten gewesen. Patricia und der Buchclub hatten sie im Stich gelassen. Sie stolperte Richtung Tür, wobei sie mit der Hüfte gegen Mrs. Greenes Sessel stieß, und dann hörte sie die Stimme hinter sich.

»Ich habe es nicht gestohlen«, sagte Mrs Greene.

Patricia drehte sich um und sah Mrs. Greene mit einem glänzenden Rechteck aus weißem Papier in der Hand dastehen.

»Es lag eines Tages auf meinem Teetisch. Vielleicht habe ich es nach Miss Marys Dahinscheiden mit hierher genommen und vergessen, dass ich es hatte, aber als ich es mir angesehen habe, sind mir die Haare zu Berge gestanden. Ich habe gespürt, wie mich Augen von hinten anstarrten. Ich habe mich umgedreht, und einen Moment lang habe ich die arme alte Dame hinter der Tür dort stehen sehen.«

Sie sahen einander im düsteren Wohnzimmerdunst in die Augen, und mit einem Mal rückten die Baustellengeräusche in die Ferne, und Patricia hatte ein Gefühl, als würde sie nach sehr langer Zeit zum ersten Mal eine Sonnenbrille abnehmen. Sie nahm das Foto entgegen. Es war alt und billig entwickelt, mit gewellten Rändern. In der Mitte des Bildes standen zwei Männer. Einer sah aus wie eine männliche Ausgabe von Miss Mary, aber jünger. Der Mann trug einen Overall, seine Hände steckten tief in den Taschen, und er hatte einen Hut auf. Neben ihm stand James Harris.

Es war nicht jemand, der James Harris ähnlich sah oder ein Vorfahr oder Verwandter. Obwohl er glänzende Pomade im Haar hatte und sein Scheitel mit der Rasierklinge gezogen war, handelte es sich um James Harris. Er trug einen weißen Dreiteiler und einen breiten Schlips.

»Drehen Sie es um«, sagte Mrs. Greene.

Patricia drehte das Foto mit zitternden Fingern um. Auf die Rückseite hatte jemand mit Füller geschrieben: *162 Wisteria Lane, Sommer 1928.*

»Sechzig Jahre«, sagte Patricia.

James Harris sah genauso aus wie heute.

»Ich wusste nicht, warum Miss Mary mir dieses Foto gab«, sagte Mrs. Greene. »Ich weiß nicht, warum sie es Ihnen nicht gegeben hat. Aber sie wollte, dass Sie herkommen, und das muss etwas zu bedeuten haben. Wenn Sie ihr noch etwas bedeuten, dann kann ich Sie vielleicht auch ertragen.«

Patricia hatte Angst. Miss Mary war ihnen beiden erschienen. James Harris alterte nicht. Beides war unmöglich, aber wahr, und das machte ihr entsetzliche Angst. Vampire alterten auch nicht. Sie schüttelte den Kopf. Sie durfte nicht wieder anfangen, solche Gedanken zu denken. Solche Gedanken konnten alles ruinieren. Sie wollte in derselben Welt leben wie Kitty und Slick, wie Carter, wie Sadie Funche, nicht hier drüben, allein mit Mrs. Greene. Sie sah sich einmal mehr das Foto an. Sie konnte nicht anders, als es immer wieder zu betrachten.

»Was machen wir jetzt?«, fragte sie.

Mrs. Greene trat an ihr Bücherregal und griff nach einer grünen Mappe, die obenauf lag. Sie war mehrfach wiederverwendet worden und trug eine ganze Reihe immer wieder durchgestrichener Beschriftungen. Mrs. Greene öffnete sie, legte sie auf den Teetisch, und dann setzten sie und Patricia sich wieder.

»Ich will, dass meine Kleinen zurück nach Hause kommen«, sagte Mrs. Greene und zeigte Patricia den Inhalt. »Aber sehen Sie, was er tut.«

Patricia betrachtete einen Zeitungsausschnitt nach dem anderen, und ihr wurde eiskalt.

»Das war alles er?«, fragte sie.

»Wer sonst?«, fragte Mrs. Greene. »Der Putzdienst, für den ich arbeite, macht zweimal im Monat bei ihm sauber. Eines der Mädchen, das normalerweise bei ihm arbeitet, ist verschwunden. Ich habe mich diese Woche freiwillig gemeldet, um sie zu vertreten.«

Patricias Herzschlag wurde mit einem Mal langsamer.

»Warum?«, fragte sie.

»Mrs. Cavanaugh hat mir eine Kiste mit all den Büchern über Morde gegeben, die Sie lesen. Sie meinte, sie wolle sie nicht mehr bei sich zu Hause haben. Was auch immer Mr. Harris ist, es ist nichts Natürliches an ihm, aber ich glaube, er hat etwas mit diesen bösen Männern aus Ihren Büchern gemein. Sie nehmen sich immer ein Andenken mit. Wenn sie einen Menschen verletzen, behalten sie gerne eine Kleinigkeit von ihm. Ich bin dem Mann nur ein paarmal begegnet, aber ihm war anzumerken, dass er völlig von sich eingenommen ist. Ich wette, dass er ein Andenken von jedem seiner Opfer bei sich daheim aufbewahrt, um es gelegentlich hervorzuholen und sich wie der Größte zu fühlen.«

»Und wenn wir uns irren?«, fragte Patricia. »Ich meine, vor Jahren gesehen zu haben, wie er Destiny Taylor etwas antat, aber es war dunkel. Was, wenn ich falsch lag? Was, wenn ihre Mutter gelogen hat, als sie meinte, dass sie keinen Freund hätte? Wir glauben beide, Miss Mary gesehen zu haben, wir glauben beide, dass das hier ein Bild von James Harris ist, aber was, wenn es nur jemand ist, der zufällig aussieht wie er?«

Mrs. Greene zog das Foto mit zwei Fingern zu sich heran und betrachtete es.

»Ein schlechter Mann wird einem immer erzählen, dass er sich ändern wird. Er erzählt einem, was man hören will, aber wenn man nicht glaubt, was man sieht, ist man selbst die Dumme. Das da auf dem Bild ist er. Und es war Miss Mary, die uns etwas zugeflüstert hat. Die Leute können mir alles Mögliche erzählen, aber ich weiß, was ich weiß.«

»Und wenn er keine Trophäen aufbewahrt?«, fragte Patricia in dem Versuch, Mrs. Greene zu bremsen.

»Dann gibt es bei ihm nichts zu finden.«

»Man wird Sie festnehmen.«

»Wenn wir zu zweit sind, geht es schneller«, sagte Mrs. Greene.

»Das verstößt gegen das Gesetz.«

»Sie haben mich schon einmal im Stich gelassen«, sagte Mrs. Greene mit loderndem Blick. Patricia wollte das Gesicht abwenden, aber sie konnte sich nicht regen. »Sie haben mich im Stich gelassen, und jetzt holt er sich unsere Kinder. Ihnen ist die Zeit ausgegangen. Sie können sich nicht mehr herausreden.«

»Es tut mir leid«, sagte Patricia.

»Ich will nicht, dass es Ihnen leidtut«, sagte Mrs. Greene. »Ich will wissen, ob Sie mit mir zu ihm nach Hause gehen und mir suchen helfen.«

Patricia konnte nicht einwilligen. Sie hatte in ihrem ganzen Leben noch kein Gesetz gebrochen. Ihr Körper sträubte sich dagegen. Alle vierzig Jahre ihres Lebens sträubten sich dagegen. Wenn man sie erwischte, würde sie Carter nie wieder unter die Augen treten können, sie würde Blue und Korey verlieren. Wie konnte sie ihren Kindern erzählen, dass sie sich an die Gesetze halten mussten, wenn sie es selbst nicht tat?

»Wann?«, fragte sie.

»Dieses Wochenende fährt er nach Tampa«, sagte Mrs. Greene. »Ich muss wissen, ob Sie es ernst meinen.«

»Es tut mir leid«, sagte Patricia tonlos.

Mrs. Greenes Gesicht wurde auf einen Schlag verschlossen. »Ich brauche jetzt meinen Schlaf«, sagte sie und stand auf.

»Nein, warten Sie, ich komme mit.«

»Ich habe keine Zeit für Spielchen.«

»Ich komme mit«, wiederholte Patricia.

Mrs. Greene begleitete sie nach draußen. An der Tür hielt Patricia inne.

»Wie kann es sein, dass wir beide Miss Mary gesehen haben?«, fragte sie.

»Sie schmort in der Hölle«, sagte Mrs. Greene. »Ich habe meinen Pfarrer gefragt, und er sagt, das ist der Ort, wo Geister herkommen. Sie schmoren in der Hölle und können nicht in die kühlen, heilenden Wasser des Jordan, ehe sie diese Welt losgelassen haben. Miss Mary erleidet die Qualen der Hölle, weil sie Sie warnen will. Sie brennt, weil sie ihre Enkelkinder liebt.«

Patricias Blut fühlte sich schwer in ihren Adern an.

»Ich glaube auch, dass sie es ist«, sagte Patricia, und dann versuchte sie ein letztes Mal, all dem Gerede über Geister und nicht alternde Männer ein Ende zu bereiten, das Bild von James Harris, der sich in seinem Van über Destiny Taylor beugte, während aus seinem Mund dieses unmenschliche Etwas hing, auszulöschen. »Vielleicht machen wir uns die Sache zu schwer. Vielleicht reicht es, wenn wir zu ihm gehen und ihm sagen, dass er aufhören soll … ihm sagen, was wir wissen …«

»Drei Dinge sind nicht zu sättigen«, sagte Mrs. Greene, und Patricia erkannte das Zitat von irgendwoher. »Und das vierte spricht nicht: Es ist genug. Er wird die ganze Welt verschlingen und immer noch weiteressen. Blutegel hat zwei Töchter: Bring her, bring her!«

Patricia hatte eine Idee.

»Wenn es zu zweit schneller geht«, sagte sie, »dann geht es zu dritt noch schneller.«

Kapitel 28

»Patricia!«, rief Slick. »Gott sei Dank!«
»Es tut mir so leid, dass ich vorbeikomme, ohne vorher anzurufen ...«, fing Patricia an.
»Du bist mir immer willkommen!«, sagte Slick und zog sie von der Türschwelle hinein. »Ich schmiede gerade Pläne für meine Halloween-Party, und vielleicht kannst du ja die Blockade bei mir lösen. Du bist gut in so etwas!«
»Du gibst eine Halloween-Party?«, fragte Patricia, während sie Slick in die Küche folgte.
Sie hielt ihre Handtasche fest an sich gedrückt. Die Mappe und das Foto darin kamen ihr glühend heiß vor.
»Ich bin gegen Halloween in allen Formen, wegen des Satanismus«, sagte Slick, öffnete ihren Edelstahlkühlschrank und holte die Kaffeesahne raus. »Deshalb veranstalte ich dieses Jahr zu Allerheiligen eine Reformationstagsfeier. Ich weiß, dass es in letzter Minute kommt, aber es ist nie zu spät, den Herrn zu preisen.«
Sie schenkte eine Tasse Kaffee ein, gab einen Schuss Kaffeesahne hinzu und reichte Patricia den schwarz-goldenen *Bob-Jones-University*-Becher.
»Was für eine Feier?«
Aber Slick war bereits durch die Schwingtür getreten, die in den Anbau auf der Hausrückseite führte. Patricia folgte ihr mit dem Becher in der einen und ihrer Handtasche in der anderen Hand. Slick setzte sich auf eines der Sofas dessen, was sie den »Konversationsbereich« nannte, und Patricia ließ sich ihr gegenüber nieder und suchte nach einem Platz, an dem

sie ihren Becher abstellen konnte. Der Teetisch zwischen ihnen war von Fotokopien, aus Magazinen ausgeschnittenen Artikeln, Ringbindern und Bleistiften bedeckt. Der Beistelltisch neben ihr war mit einer Sammlung von Schnupftabakdosen, mehreren Porzellaneiern und einer Potpourri-Schüssel vollgestellt. Zwischen die getrockneten Blütenblätter, Kräuter und Rindenstücke hatte Slick ein paar Golfbälle und Tees platziert, um Lelands Leidenschaft für diesen Sport Tribut zu zollen. Patricia beschloss, ihren Becher einfach auf dem Schoß zu behalten.

»Mit Zucker fängt man mehr Fliegen als mit Essig«, sagte Slick. »Deshalb schmeiße ich am Sonntag eine Feier, nach der niemand mehr einen Gedanken an Halloween verschwenden wird: meine Reformationsfeier. Ich stelle die Idee morgen in der St.-Joseph-Gemeinde vor. Pass auf, wir gehen mit den Kindern in die Fellowship Hall – Blue und Korey sind natürlich auch herzlich eingeladen – und geben den Teenagern etwas zu tun. Sie sind schließlich dem größten Risiko ausgesetzt, aber anstatt Monsterkostüme zu tragen, werden sie sich als Helden der Reformation verkleiden.«

»Der was?«, fragte Patricia.

»Du weißt schon, Martin Luther, Johannes Calvin. Wir werden mittelalterliche Reihentänze veranstalten und deutsches Essen reichen, und ich dachte mir, dass zum Thema passende Snacks auch nett wären. Was hältst du davon? Das hier ist ein Worms-Kuchen.«

»Oh«, machte Patricia.

»Man dekoriert ihn mit Gummiwürmern«, sagte Slick. »Ist das nicht urkomisch? Man muss darauf achten, dass die Leute nicht nur etwas lernen, sondern sich auch gut unterhalten fühlen.« Sie nahm Patricia den Zeitungsausschnitt aus der Hand und betrachtete ihn. »Ich glaube nicht, dass das gotteslästerlich ist, oder? Vielleicht wissen nicht genug Leute, wer Johannes Calvin ist? Wir wollen versuchen, die ganze Süßes-oder-Saures-Sache auf den Kopf zu stellen.«

»Slick«, sagte Patricia. »Ich wechsle nur ungern das Thema, aber ich brauche Hilfe.«

»Was ist los?«, fragte Slick, legte den Zeitungsausschnitt beiseite, schob sich auf dem Sofa vor und richtete den Blick fest auf Patricia. »Geht es um Blue?«

»Bist du spirituell?«, fragte Patricia.

»Ich bin Christin«, antwortete Slick. »Das ist ein Unterschied.«

»Aber du glaubst, dass es mehr auf dieser Welt gibt, als wir sehen können?«, fragte Patricia.

Slicks Lächeln wurde etwas dünner.

»Ich bin mir nicht ganz sicher, was ich von deinen Worten halten soll.«

»Was denkst du über James Harris?«, fragte Patricia.

»Oh«, sagte Slick und klang ehrlich enttäuscht. »Darüber haben wir doch schon geredet, Patricia.«

»Es ist etwas geschehen.«

»Lass uns nicht wieder damit anfangen«, sagte Slick. »All das liegt jetzt hinter uns.«

»Ich will auch nicht wieder damit anfangen«, sagte Patricia. »Aber ich habe etwas gesehen, und ich muss deine Meinung dazu wissen.«

Sie griff in ihre Handtasche.

»Nein!«, sagte Slick. Patricia erstarrte. »Überleg dir, was du tust. Beim letzten Mal bist du von all dem sehr krank geworden. Du hast uns allen Angst eingejagt.«

»Hilf mir, Slick«, sagte Patricia. »Ich weiß ganz ehrlich nicht, was ich glauben soll. Wenn du mir sagst, dass ich verrückt bin, verliere ich nie wieder ein Wort darüber. Ehrenwort.«

»Lass es einfach in deiner Handtasche, was immer es ist. Oder gib es mir, dann stecke ich es in Lelands Schredder. Es geht dir und Carter so gut. Alle sind so glücklich. Es ist drei Jahre her. Wenn sich wirklich etwas Schlimmes angebahnt hätte, wäre es inzwischen längst passiert.«

Ein Gefühl der Vergeblichkeit durchströmte Patricia. Slick hatte recht. In den letzten drei Jahren war es für sie vorangegangen. Sie hatten sich nicht im Kreis bewegt. Aber wenn sie Slick jetzt das Foto zeigte, würde sie wieder am Anfang stehen. Dann hätte sie drei Jahre ihres Lebens damit verbracht, auf der Stelle zu laufen. Beim Gedanken daran fühlte sie sich so erschöpft, dass sie sich am liebsten hingelegt und ein Nickerchen gemacht hätte.

»Tu es nicht, Patricia«, bat Slick leise. »Bleib hier bei mir in der Wirklichkeit. Alles ist jetzt so viel besser als damals. Alle sind glücklich. Uns allen geht es gut. Den Kindern droht keine Gefahr.«

Patricias Finger in ihrer Handtasche streiften den vom vielen Gebrauch weichen Rand von Mrs. Greenes Mappe.

»Ich habe es versucht«, sagte Patricia. »Ich habe es drei Jahre lang wirklich versucht, Slick. Aber die Kinder sind *nicht* in Sicherheit.«

Sie zog die Hand mit der Mappe darin aus der Handtasche.

»Nicht«, stöhnte Slick.

»Es ist zu spät«, sagte Patricia. »Uns ist die Zeit abgelaufen. Sieh dir das hier einfach an, und dann sag mir, dass ich verrückt bin.«

Sie legte den Ordner auf Slicks Zeitschriften und dann das Foto obenauf. Slick nahm das Foto in die Hand, und Patricia sah, wie ihre Finger sich verkrampften und ihre Miene starr wurde. Dann legte sie es mit dem Bild nach unten hin.

»Ein Cousin«, sagte sie. »Oder sein Bruder.«

»Du weißt, dass er es ist«, sagte Patricia. »Schau hinten drauf. 1928. Er sieht immer noch ganz genauso aus.«

Slick holte einmal zitternd Luft und atmete dann tief aus.

»Es ist ein Zufall«, sagte sie.

»Das Foto hat Miss Mary gehört. Das da ist ihr Vater. James Harris kam durch Kershaw, als sie ein kleines Mädchen war. Er nannte sich Hoyt Pickens und hat die Familie in Geschäfte hineingezogen, die ihnen zuerst ziemlich viel Geld eingebracht und später dann die ganze Stadt in den Ruin gestürzt haben. Und er hat ihnen die Kinder gestohlen. Als die Leute sich gegen ihn gewandt haben, hat er einen Schwarzen beschuldigt, und sie haben ihn getötet, und er ist verschwunden. Ich glaube, es ist so lange her und Kershaw so weit weg, dass er nicht damit gerechnet hat, wiedererkannt zu werden, als er herkam.«

»Nein, Patricia«, sagte Slick und presste die Lippen aufeinander. »Tu das nicht.«

»Mrs. Greene hat das hier zusammengestellt«, sagte Patricia und schlug die grüne Mappe auf.

»Mrs. Greene ist stark im Glauben«, sagte Slick. »Aber sie ist nicht so gebildet wie wir. Sie hat einen anderen Hintergrund. Eine andere Kultur.«

Patricia legte vier gedruckte Briefe von der Stadtverwaltung Mt. Pleasant vor ihr hin.

»1993 hat man Francines Wagen auf dem K-Mart-Parkplatz gefunden«, sagte sie. »Erinnerst du dich an Francine? Sie hat für James Harris geputzt, als er hergezogen ist. Ich habe beobachtet, wie sie sein Haus betreten hat, und danach hat sie anscheinend niemand mehr gesehen. Ein paar Tage später hat man ihr herrenloses Auto auf dem K-Mart-Parkplatz gefunden. Sie hat Briefe bekommen, dass sie es vom Abschleppdienst abholen soll, aber die lagen nur bei ihr im Briefkasten rum. Dort hat Mrs. Greene sie gefunden.«

»Post zu stehlen ist ein strafbares Verbrechen«, sagte Slick.

»Sie mussten bei ihr zu Hause einbrechen, um ihre Katze zu füttern. Ihre Schwester hat sie schließlich für tot erklären lassen und das Haus verkauft. Das Geld wird treuhänderisch verwaltet. Sie muss wohl erst fünf Jahre lang verschwunden sein, bevor es ausgezahlt wird.«

»Vielleicht hat man sie aus dem Auto entführt«, mutmaßte Slick.

Patricia zog den Stapel Zeitungsausschnitte aus der Mappe und legte sie wie Spielkarten aus, wie Mrs. Greene es bei ihr gemacht hatte. »Das hier sind die Kinder. Erinnerst du dich an Orville Read? Er und sein Cousin Sean sind kurz nach Francines Verschwinden gestorben. Sean wurde umgebracht, und Orville hat sich vor einen Laster geworfen.«

»Das hatten wir alles schon«, sagte Slick. »Da gab es noch dieses andere kleine Mädchen …«

»Destiny Taylor.«

»Und Jims Van, und der ganze Rest.« Slick bedachte sie mit einem mitfühlenden Blick. »Dich um Miss Mary zu kümmern hat dich schrecklich belastet.«

»Damit war es nicht zu Ende«, sagte Patricia. »Nach Destiny Taylor kam Chivas Ford draußen in Six Mile. Er war neun Jahre alt, als er im Mai 1994 gestorben ist.«

»Kinder sterben aus allen möglichen Gründen«, sagte Slick.

»Dann kam dieser Fall«, sagte Patricia und tippte auf einen Ausschnitt aus einem Polizeibericht. »Ein Jahr danach, 1995. Ein kleines Mädchen namens Latasha Burns hat sich in North Charleston die Kehle mit einem Schlachtermesser aufgeschnitten. Warum sollte eine Neunjährige so etwas tun, wenn sie nicht etwas Schrecklichem entkommen will?«

»Ich will das nicht hören! Ist bei jedem Kind, das auf

schreckliche Art und Weise das Leben verliert, Jim schuld? Warum in North Charleston aufhören? Warum gehen wir nicht bis nach Summerville oder Columbia?«

»Wegen dem Gracious-Cay-Bauprojekt sind die Leute nach und nach aus Six Mile weggezogen«, sagte Patricia. »Vielleicht war es nicht mehr so leicht, Kinder zu finden, die keiner vermissen würde.«

»Leland hat faire Preise für die Häuser bezahlt«, sagte Slick.

»Und dann war da dieses Jahr Carlton Borey oben in Awendaw«, fuhr Patricia fort. »Elf Jahre alt. Mrs. Greene kennt seine Tante. Sie hat gesagt, dass sie ihn draußen im Wald gefunden hat, wo er an Unterkühlung gestorben ist. Wer erfriert Mitte April? Sie hat gesagt, dass er seit Monaten krank war, genau wie die anderen Kinder.«

»Nichts von alldem passt zusammen«, sagte Slick. »Das ist doch albern.«

»Es ist ein Kind pro Jahr, drei Jahre lang. Ich weiß, dass sie nicht unsere Kinder sind, aber es sind Kinder. Sollen sie uns egal sein, weil sie arm und schwarz waren? So haben wir uns bisher verhalten, und jetzt will er Blue. Wann hört er auf? Vielleicht will er als Nächstes Tiger oder Merit oder eines von Maryellens Kindern?«

»So entstehen Hexenjagden. Die Leute steigern sich in etwas hinein, und ehe man sichs versieht, kommt jemand zu Schaden.«

»Bist du eine Heuchlerin?«, fragte Patricia. »Du willst deine Kinder mit deiner Reformationsparty vor Halloween schützen, aber rührst du auch nur einen Finger, um sie vor diesem Ungeheuer zu beschützen? Entweder glaubst du an den Teufel oder nicht.«

Sie verabscheute den herrischen Klang ihrer Stimme, aber

je mehr sie redete, desto überzeugter wurde sie davon, dass sie diese Fragen stellen musste. Je mehr Slick abstritt, was sich direkt vor ihren Augen abspielte, desto mehr erinnerte sie Patricia daran, wie sie selbst sich vor all den Jahren verhalten hatte.

»Ungeheuer ist ein ziemlich hartes Wort für jemanden, der so gut zu unseren Familien war«, sagte Slick.

Patricia drehte Miss Marys Foto herum.

»Wie kommt es, dass er nicht altert, Slick?«, fragte sie. »Erklär mir das, dann stelle ich keine Fragen mehr.«

Slick kaute auf ihrer Unterlippe.

»Was hast du vor?«, fragte sie.

»Die Männer sind dieses Wochenende nicht in der Stadt«, sagte Patricia. »Der Putzdienst, für den Mrs. Greene arbeitet, macht am Samstag bei ihm sauber, und Mrs. Greene wird da sein und mich reinlassen, und während sie sauber macht, sehe ich mich auf der Suche nach Antworten um.«

»Du kannst nicht bei jemandem einbrechen«, sagte Slick entsetzt.

»Wenn wir nichts finden, dann höre ich auf, und die Sache ist gelaufen. Hilf mir, es zu Ende zu bringen. Entweder finden wir etwas oder nicht, aber so oder so ist es damit vorbei.«

Slick legte die Finger an den Mund und betrachtete eine ganze Weile lang ihr Bücherregal. Dann nahm sie das Foto und betrachtete es einmal mehr. Schließlich legte sie es wieder hin.

»Lass mich darüber beten«, sagte sie. »Ich erzähle es Leland nicht, aber lass mich das Foto und die Mappe behalten und darüber beten.«

»Danke«, sagte Patricia.

Sie kam nicht mal auf die Idee, Slick zu misstrauen.

Kapitel 29

Slick rief am Donnerstagmorgen um 10.25 Uhr an.
»Ich komme mit«, sagte sie. »Aber ich sehe mich nur um. Ich öffne nichts Geschlossenes.«
»Danke«, sagte Patricia.
»Ich fühle mich nicht wohl bei der Sache«, sagte Slick.
»Ich auch nicht«, sagte Patricia, und dann legte sie auf und rief Mrs. Greene an, um ihr die guten Neuigkeiten mitzuteilen.
»Das ist ein schwerer Fehler«, sagte Mrs. Greene.
»Zu dritt wird es schneller gehen«, sagte Patricia.
»Mag sein. Aber ich sage Ihnen, dass es ein Fehler ist.«
Am Freitagmorgen um 7:30 Uhr gab sie Carter einen Abschiedskuss. Er nahm den Delta-Flug 1237 vom Flughafen in Charleston nach Tampa, mit Zwischenstopp in Atlanta. Am Samstagmorgen fuhr sie Blue um halb zehn zur Schule. Sie sagte Korey, dass sie gemeinsam an ihrer Collegeliste arbeiten konnten, aber am Nachmittag, als sie Blue von der Samstagsschule abholen musste, hatte Korey kaum einen Blick in die Prospekte geworfen.
Als sie um fünf nach zwölf vor der Albemarle Academy hielt, war als einziger anderer Wagen Slicks weißer Saab da. Sie stieg aus und tippte ans Fahrerfenster.
»Hi, Mrs. Campbell«, sagte Greer und kurbelte das Fenster herunter.
»Geht es deiner Mutter gut?«, fragte Patricia.
»Sie musste irgendwas zur Kirche bringen«, sagte Greer.
»Sie meinte, dass Sie sich vielleicht später noch treffen?«

»Ich helfe ihr bei der Planung für ihre Reformationsfeier«, sagte Patricia.

»Klingt lustig«, sagte Greer.

Sie und Blue waren um zwanzig vor eins zu Hause. Korey hatte mal wieder einen Zettel auf der Anrichte hinterlassen, auf dem stand, dass sie in der Stadt beim Step-Aerobic war und dann mit Laurie Gibson ins Kino gehen würde. Um Viertel nach zwei klopfte Patricia an Blues Schlafzimmertür.

»Ich gehe ein bisschen raus«, rief sie.

Er antwortete nicht. Sie ging davon aus, dass er sie gehört hatte.

Sie wollte nicht, dass jemand ihren Wagen sah, und da es sowieso ein warmer Nachmittag war, ging sie zu Fuß durch die Middle Street. Sie sah Mrs. Greenes Wagen in James Harris' Auffahrt, neben einem grün-weißen Laster von *Greener Cleaners*. James Harris' Corsica war nicht da.

Sie hasste sein Haus. Vor zwei Jahren hatte er Mrs. Savages Häuschen abreißen lassen, das Grundstück geteilt und die Hälfte, die an den Garten der Hendersons grenzte, an einen Zahnarzt irgendwo aus dem Norden verkauft, und anschließend hatte er sich ein abscheuliches, protziges Haus hingestellt, das von einem Grundstücksende zum anderen reichte. Der Riesen-Südstaatenklotz mit Beton-Ananas neben der Auffahrt stand auf Stelzen und hatte einen geschlossenen Parkbereich im Erdgeschoss. Es war eine weiße Monstrosität mit zahlreichen rostrot angestrichenen Blechdächern, eingefasst von einer riesigen Veranda.

Sie war einmal bei seiner Einweihungsparty im letzten Sommer dort gewesen, und innen war es voll mit Sisalhanfläufern und riesigen, schweren, maschinell gefertigten Möbeln. Nichts davon besaß das geringste bisschen Persönlichkeit, alles war anonym und in Beige, Cremeweiß, Weißgelb und Schiefergrau gehalten. Es kam einem vor wie der einbalsamierte und aufgedunsene Leichnam eines verfallenen Südstaaten-Strandhauses, den man mit Kosmetik und zentraler Klimaanlage aufgemotzt hatte.

Patricia bog in die McCants ein, bog dann noch mal ab und ging in die andere Richtung zurück, bis sie direkt hinter James Harris' Haus in der Pitt Street stand. Am Ende eines kleinen Abflussgrabens, der zwischen zwei Grundstücken durch den Häuserblock verlief, sah sie das rote Dach über den Bäumen aufragen. Wenn es regnete, floss das Wasser durch den Graben in den Hafen ab. Aber weil es seit Wochen nicht mehr geregnet hatte, lief nur ein sumpfiges Rinnsal durch den Graben, mit einem Trampelpfad daneben, den die Kinder als Abkürzung auf die andere Seite des Blocks verwendeten.

Sie verließ den von Wurzeln gesprengten Bürgersteig und ging so schnell wie möglich über den Trampelpfad zum Haus. Die ganze Zeit hatte sie das Gefühl, beobachtet zu werden. James Harris' Garten lag im schweren Schatten seines Hauses und war kühl wie das Wasser am Grunde eines Sees. Sein Gras bekam nicht genug Licht, und die vergilbten Halme knisterten unter ihren Füßen.

Sie stieg seine hintere Verandatreppe hoch, hielt inne und warf einen Blick über die Schulter, um nach Slick Ausschau zu halten, die aber noch nicht da war. Rasch ging Patricia weiter, um so schnell wie möglich außer Sicht zu sein. Sie klopfte an die Hintertür.

Von drinnen hörte sie das Brummen eines Staubsaugers. Eine Minute später knackte das Dichtungsgummi, und die Tür ging auf und gab den Blick auf Mrs. Greene in einem grünen Polohemd frei.

»Hallo, Mrs. Greene«, sagte Patricia laut. »Ich bin hier,

um nach meinem Schlüsselbund zu suchen. Den ich hier liegen gelassen habe.«

»Mr. Harris ist nicht zu Hause«, antwortete Mrs. Greene laut, sodass Patricia wusste, dass die andere Frau, mit der sie arbeitete, in der Nähe war. »Vielleicht sollten Sie später wiederkommen.«

»Ich brauche wirklich dringend meine Schlüssel«, sagte Patricia.

»Es macht ihm sicher nichts aus, wenn Sie nachschauen, ob Sie sie finden können«, sagte Mrs. Greene.

Sie gab den Weg frei, und Patricia trat ein. Die Küche hatte eine große Mittelinsel, die zur Hälfte von einem Edelstahlgrill eingenommen wurde. Die Wände waren von dunkelbraunen Schränken gesäumt, und der Kühlschrank, die Spülmaschine und die Spüle waren allesamt aus Edelstahl. Der Raum strahlte Kälte aus. Patricia bereute es, sich keinen Pullover mitgebracht zu haben.

»Ist Slick schon hier?«, fragte Patricia leise.

»Noch nicht«, sagte Mrs. Greene, »aber wir können nicht warten.«

Eine Frau im gleichen grünen Polohemd wie Mrs. Greene kam aus dem Flur zu ihnen. Sie hatte gelbe Spülhandschuhe an den Händen und trug eine glänzende schwarze Hüfttasche aus Leder.

»Lora«, sagte Mrs. Greene. »Das ist Mrs. Campbell, die am anderen Ende der Straße wohnt. Sie glaubt, dass sie ihren Schlüsselbund hier vergessen hat und will ihn suchen.«

Patricia bedachte sie mit einem Lächeln, das hoffentlich freundlich aussah.

»Hi, Lora«, sagte sie. »Freut mich, Sie kennenzulernen. Lassen Sie sich von mir nicht stören.«

Lora wandte den Blick ihrer großen, braunen Augen erst

Mrs. Greene und dann wieder Patricia zu. Sie griff an ihren Gürtel und löste ein Handy davon.

»Das ist nicht nötig«, sagte Mrs. Greene. »Ich kenne Mrs. Campbell. Ich habe früher für sie geputzt.«

»Es dauert nur eine Minute«, sagte Patricia und tat so, als ließe sie den Blick über die Arbeitsplatten schweifen. »Ich weiß, dass er hier irgendwo sein muss.«

Den Blick weiter fest auf Mrs. Greene gerichtet, klappte Lora das Telefon auf und drückte auf einen Knopf.

»Lora, nein!«, sagte Patricia zu laut.

Lora drehte sich um und sah Patricia an. Sie blinzelte einmal und hielt das aufgeklappte Telefon in ihrer gelben Gummihand.

»Lora«, sagte Patricia. »Ich muss wirklich dringend meinen Schlüsselbund finden. Er könnte sonst wo sein, und vielleicht brauche ich ein bisschen Zeit. Aber Sie werden keine Probleme wegen mir kriegen. Versprochen. Und ich bezahle Sie für die Unannehmlichkeiten.«

Sie hatte ihre Handtasche zu Hause gelassen, aber Mrs. Greene hatte ihr gesagt, dass sie Geld mitbringen sollte, nur für den Notfall. Sie griff in die Tasche, zog vier der fünf Zehndollarscheine hervor, die sie mitgebracht hatte, legte sie vor Lora auf die Kücheninsel und trat zurück.

»Mr. Harris wird nicht vor morgen wieder zurück sein«, sagte Mrs. Greene.

Lora trat vor, nahm die Scheine und ließ sie in ihrer Hüfttasche verschwinden.

»Tausend Dank, Lora«, sagte Patricia.

Mrs. Greene und Lora verließen die Küche, der Staubsauger erwachte brummend wieder zum Leben, und Patricia warf einen Blick aus dem Fenster hinters Haus, um zu sehen, ob Slick schon den Pfad entlangkam. Sie drehte sich um, durchquerte die große Eingangshalle und sah zum Fenster in der Tür hinaus. Das Glas war kunstvoll gewellt, um ihm eine antike Anmutung zu verleihen. Slicks Saab stand nicht in der Auffahrt. Es passte nicht zu ihr, zu spät zu kommen, aber wenn sie in letzter Minute die Nerven verloren hatte, war das auch nicht das Schlimmste auf der Welt. Sie wusste nicht, wie Lora darauf reagieren würde, wenn sie zu zweit das Haus durchsuchten.

Außerdem gab es hier nicht viel. Die Küchenschubladen waren leer. In den Schränken befanden sich kaum Lebensmittel. Keine Schublade mit Krimskrams. Keine Werbemagneten von Kammerjägern oder Pizzalieferdiensten an der Kühlschranktür. Kein Toaster auf der Anrichte, kein Mixer, kein Waffeleisen, kein elektrischer Grill. Überall im Haus war es das Gleiche. Sie beschloss, die Treppe hochzugehen. Wenn er persönliche Dinge besaß, dann waren sie wahrscheinlich eher dort oben versteckt.

Während sie die von einem Läufer bedeckten Stufen hochstieg, wurden die Staubsaugergeräusche hinter ihr leiser. Als sie sich auf dem oberen Flur befand, der von geschlossenen Türen gesäumt war, hatte sie mit einem Mal das Gefühl, kurz vor einem schrecklichen Fehler zu stehen. Sie hatte hier nichts zu suchen. Am besten, sie drehte sich um und ging einfach wieder. Was hatte sie sich nur dabei gedacht? Sie dachte an *Blaubart*, die Geschichte, in der ein Mann seiner Frau sagte, dass sie nicht hinter eine bestimmte Tür sehen dürfe, und natürlich tat sie genau das und entdeckte die Leichen seiner früheren Frauen. Ihre Mutter hatte ihr gesagt, die Moral der Geschichte sei, dass man seinem Mann vertrauen und nicht zu neugierig sein solle. Aber war es nicht besser, die Wahrheit zu kennen? Sie ging ins große Schlafzimmer.

Das Schlafzimmer roch nach heißem Vinyl und neuem Teppichboden, obwohl der Teppich inzwischen eigentlich zwei Jahre alt sein musste. Das Bett mit den vier Pfosten, jeder gekrönt von einer Ananas, war ordentlich gemacht. Am Fenster standen ein Sessel und ein Tisch. Auf dem Tisch lag ein Notizbuch. Alle Seiten waren leer. Patricia sah in den begehbaren Wandschrank. Sämtliche Kleidungsstücke waren in Plastikfolie verpackt, sogar seine Jeans, und alle rochen nach Reinigungschemikalien.

Sie durchsuchte das Schlafzimmer. Kämme, Bürsten, Zahnpasta und Zahnseide, aber keine Medikamente. Pflaster und Mullbinden, aber nichts, was auch nur das Geringste über den Bewohner verriet. Es roch nach Dichtungsmasse und Gipskarton. Waschbecken und Dusche waren trocken. Patricia ging zurück auf den Flur und versuchte es mit einer anderen Tür.

Sie ging von Zimmer zu Zimmer, öffnete leere Schränke und sah in leere Schubladen. Alles roch nach frischer Farbe. Jedes Zimmer verströmte einen leeren Hall. Jedes Bett war sorgfältig gemacht, mit makellosen und dekorativen Kissen. Da Haus fühlte sich verlassen an.

»Haben Sie was gefunden?«, sagte jemand, und Patricia tat einen Satz.

»Liebe Güte«, ächzte sie und hielt sich die Hand an die Brust. »Sie haben mich fast zu Tode erschreckt.«

Mrs. Greene stand in der Tür.

»Haben Sie was gefunden?«, wiederholte sie.

»Es ist alles leer«, sagte Patricia. »Slick ist nicht gekommen, oder?«

»Nein«, sagte Mrs. Greene. »Lora macht gerade in der Küche Mittagspause.«

»Hier gibt es nichts«, sagte Patricia. »Es ist sinnlos.«

»Im ganzen Haus nichts?«, fragte Mrs. Greene. »Nirgends? Sind Sie sicher, dass Sie überall gesucht haben?«

»Überall«, erwiderte Patricia. »Ich gehe lieber, bevor Lora es sich anders überlegt.«

»Das glaube ich nicht«, sagte Mrs. Greene.

In Patricia flackerte plötzlich Wut über ihre Sturheit auf. »Wenn Sie etwas entdecken, das ich übersehen habe, dann nur zu, von mir aus«, sagte sie.

Sie standen da und starrten einander finster an. Ihre Enttäuschung ließ Patricia gereizt reagieren. Sie hatten es so weit gebracht, und nun: nichts. Sie kamen einfach nicht weiter.

»Wir haben es versucht«, sagte sie schließlich. »Wenn Slick auftaucht, sagen Sie ihr, dass ich zur Vernunft gekommen bin.«

Sie ging vorbei an Mrs. Greene Richtung Treppe.

»Was ist damit?«, fragte Mrs. Greene hinter ihr.

Erschöpft drehte Patricia sich um und sah, dass Mrs. Greene den Kopf in den Nacken gelegt hatte und an die Flurdecke sah. Genau genommen starrte sie auf einen kleinen schwarzen Haken in der Decke. Mit ihm als Orientierungspunkt konnte Patricia gerade so die rechteckigen Umrisse einer Falltür darum herum ausmachen, deren Scharniere weiß übermalt waren. Sie holte einen Besen aus der Küche und öffnete den Haken mit der Öse im Stiel. Sie zogen beide, und mit einem Ächzen von Federn und einem Knirschen von Farbe wurden die rechteckigen Umrisse breiter und dunkler, die Dachbodenluke klappte runter, und die daran befestigte Metalltreppe fuhr sich aus.

Ein trockener Geruch von Verlassenheit wogte zu ihnen herab.

»Ich gehe hoch«, sagte Patricia.

Die Leiter klapperte, als sie sich an ihr festhielt und hochstieg. Patricia fühlte sich zu schwer, als müssten ihre Füße durch die Sprossen brechen. Dann tauchte sie mit dem Kopf durch die Decke und befand sich im Dunkeln.

Ihre Augen passten sich an, und ihr wurde klar, dass es hier oben nicht ganz und gar finster war. Der Dachboden verlief über die gesamte Länge des Hauses, und es gab an beiden Enden Lüftungsgitter, durch die ein wenig Tageslicht eindrang. Die Luft war heiß und stickig. Die der Straße zugewandte Seite des Dachbodens war leer, dort gab es nichts außer Rohrleitungen und rosafarbener Isolierung. Doch im hinteren Bereich barg das Zwielicht ein Gewirr von Gegenständen.

»Haben Sie eine Taschenlampe?«, rief Patricia nach unten.

»Hier«, sagte Mrs. Greene.

Sie löste etwas von ihrem Schlüsselbund, und Patricia ging ein paar Sprossen hinunter und nahm es entgegen – ein kleines Rechteck aus türkisfarbenem Gummi, etwa so groß wie ein Feuerzeug.

»Man muss es zusammendrücken«, sagte Mrs. Greene.

Eine winzige Glühbirne an einem Ende strahlte einen schwachen Schein ab.

Besser als nichts.

Patricia stieg wieder auf den Dachboden hoch.

Der Boden war schmutzig, bedeckt von einer Schicht aus Kakerlakengift, Mäusekot, getrocknetem Fledermausguano, Taubenfedern, auf dem Rücken liegenden toten Kakerlaken und größeren Exkrementhaufen, die aussahen wie von Waschbären. Patricia näherte sich langsam dem Bereich mit dem Gerümpel. Ein kühler Luftzug wehte zu einem Belüftungsgitter herein und zum anderen wieder raus. Weiße Krümel knirschten unter ihren Füßen auf dem Holz.

Es roch hier oben nach toten Insekten, nach faulendem Stoff, nach Pappe, die nass geworden war und nun schimmelte. Unten war alles fein säuberlich rein und auf Hochglanz poliert, frei von jeder Spur von Organischem. Hier oben lag das Haus bloß: splittrige Balken, schmutzige Sperrholzplatten als Boden, Baumarkierungen, die mit Bleistift auf die nackten Platten unter den Dachziegeln gekritzelt waren. Patricia ließ den Taschenlampenschein über den Haufen von Gegenständen am hinteren Ende wandern und begriff, dass es sich um den Friedhof von Mrs. Savages Leben handelte.

Decken und Laken waren über die Kisten, Truhen und Koffer gebreitet, die Patricia damals im Eingangszimmer der alten Dame gesehen hatte. Alles war übersät von Kakerlakengelegen, verklebt mit Spinnweben, die sich durch jeden freien Winkel zogen, und die Decken und Tücher waren steif und schmutzig und stanken.

Patricia hob die schmuddelige Ecke einer rosafarbenen Flickendecke an, und fauliger Holzstaub stieg empor. Darunter, auf dem Boden, stand ein Pappkarton mit wasserfleckigen Liebesromanen. Eine Ecke davon war völlig von Mäusen zernagt, und bunte Taschenbucheingeweide ergossen sich auf den Boden. Warum hatte er all den Schrott in ein neues Haus mitgenommen? Das kam ihr falsch vor. In seinem neuen, makellos leeren Haus stach das hier als Fehler hervor.

Sie bekam Gänsehaut vor Ekel, als sie die Decken berührte. Sie waren schmierig, von weißem Kakerlakengift und Mäusedreck überzogen. Sie ging um die Kisten herum, dorthin, wo keine Decken lagen und der Ziegelschornstein aus dem Boden wuchs und in der Decke verschwand. Sie erkannte die Reihe alter Koffer daneben wieder, umgeben von Möbeln, an die sie sich noch aus dem alten Haus erinnerte: Stehlampen, eingehüllt von mit Eiern übersäten Spinnweben, der Schaukelstuhl, dessen Sitzfläche nun ein zernagtes Mäusenest war, und der Tisch, dessen Furnier sich inzwischen wellig und gesplittert präsentierte.

Patricia, die nicht wusste, wo sie anfangen sollte, hob jeden einzelnen Koffer an. Alle waren leer, bis auf den letzten, der sich ihr widersetzte. Sie versuchte noch einmal, ihn anzuheben, aber er war wie am Boden festgewachsen. Schweiß tropfte ihr von der Nase, als sie das braune Hartschalenmodell von Samsonite zwischen den anderen hervorzog. Sie öffnete den ersten Verschluss, der offenbar ewig nicht mehr bewegt worden war, dann den zweiten, und das Gewicht des Inhalts ließ den Koffer aufklappen.

Der chemische Gestank von Mottenkugeln stob ihr ins Gesicht und trieb ihr Tränen in die Augen. Sie drückte auf die Taschenlampe, die Mrs. Greene ihr gegeben hatte, und sah, dass der Koffer mit etwas in einer schwarzen Plastikplane und weißen Mottenkugeln, die nun zu Boden kullerten, vollgestopft war. Sie zog ein Stück von der Plastikplane beiseite, und das Licht ihrer Taschenlampe fing sich in einem milchigen Augenpaar.

Ihre Finger wurden gefühllos, und die Taschenlampe erlosch, als sie sie auf die Plane fallen ließ. Sie wich zurück, verfehlte die Kante, an der der Sperrholzboden zu Ende war, und landete mit dem Fuß im Hohlraum zwischen zwei Balken. Mit den Armen rudernd, kippte sie nach hinten, bekam gerade noch einen rauen Deckenbalken zu fassen und fing sich.

Nur mit Mühe hielt sie ihre Panik unter Kontrolle, während sie in den Koffer griff. Ihre Finger fanden die Taschenlampe, und sie drückte sie zusammen. Erneut sah sie die Augen, und nun konnte sie auch das Gesicht erkennen. Es war in einen durchsichtigen Reinigungsplastikbeutel gewickelt, und Patricia sah die weißen Körnchen darin, die sich mit der Zeit gelb und braun verfärbt hatten. Sie begriff, dass es sich um Salz handelte. Die Mottenkugeln sollten den Gestank überdecken, das Salz die Leiche konservieren. Die Gesichtshaut der Leiche war dunkelbraun und straff gespannt, sodass die Lippen zurückgezogen waren und die Zähne in einem grausigen Grinsen entblößten. Doch trotzdem erkannte Patricia Francine.

Das Herz brach ihr in der Brust, das Blut kribbelte in ihren Händen. Sie zwang sich, die Stiftlampe auszuschalten, steckte sie in die Tasche und mühte sich damit ab, den Samsonite-Koffer wieder zu schließen. Sie drehte die widerstrebenden Verschlüsse, nahm den Griff in beide Hände und zog den Koffer zur Leiter. Er gab laute, knirschende Geräusche von sich, während sie ihn über den Boden schleifte.

Sie zog den Koffer weiter, machte einen Schritt, zog wieder daran, machte einen weiteren Schritt, und nach einer Weile hatte sie den halben Weg zur Dachbodenluke geschafft. Schmerz brannte in ihren Schultern, ihre Wirbelsäule fühlte sich an wie am Steiß gebrochen, aber schließlich erreichte sie die Luke, und Erleichterung durchströmte sie, als sie den sauberen Flur unter sich sah.

Sie würde den Koffer hier stehen lassen und Mrs. Greene holen, und dann würden sie ihn zusammen aus dem Haus schaffen. Sie würde keine Sekunde zögern. Sie würde damit direkt zur Polizei fahren. Sie drehte sich um und trat auf die erste Sprosse. In diesem Moment hörte sie die Stimme von unten und zog automatisch den Fuß zurück.

»Mrs. Greene«, sagte eine entfernte Männerstimme. Den nächsten Teil konnte sie nicht verstehen, und dann kam: »... eine Überraschung.«

Sie hörte, wie Mrs. Greene etwas sagte, das sie ebenfalls nicht verstand, und dann hörte sie das letzte Stück von James Harris' Antwort: »... früher nach Hause gekommen.«

Kapitel 30

Ein Stromschlag durchzuckte Patricias Arme und Beine und nagelte sie an Ort und Stelle fest.

»... können Schluss machen«, hörte sie James Harris sagen. »Ich will hochgehen und mich etwas ausruhen.«

Ein schrecklicher Gedanke packte Patricia: Jede Minute würde Slick kommen und an die Hintertür klopfen. Und Slick konnte ums Verrecken nicht lügen. Sie würde sagen, dass sie sich mit Patricia treffen wollte.

Eine Stimme, die sie nicht hören konnte, sagte etwas, und dann sagte James Harris: »Ist Lora heute hier?«

Patricia sah nach unten, und ihr Herz hämmerte so stark, dass es ihr an den Rippen wehtat. Lora stand in der Tür zum Gästezimmer, einen Staubwedel in einer Hand, und blickte zu Patricia auf.

»Lora«, flüsterte Patricia.

Lora blinzelte langsam.

»Klapp die Leiter ein«, flehte Patricia. Lora starrte sie bloß an. »Bitte. Klapp die Leiter ein.«

James Harris sagte etwas zu Mrs. Greene, das Patricia wieder nicht verstehen konnte, weil all ihre Konzentration auf Lora gerichtet war in dem verzweifelten Wunsch, sie begreifen zu lassen. Dann bewegte sich Lora. Sie streckte eine gelb behandschuhte Hand aus und hielt ihr die Handfläche in einer universell anerkannten Geste hin. Patricia erinnerte sich an den letzten Zehndollarschein. Sie schob die Hand in die Tasche, knickte sich dabei einen Nagel am Zeigefinger ab und zog den Schein heraus. Sie ließ ihn los, und er flatterte langsam nach unten und landete genau in Loras Hand.

Unten hörte sie James Harris sagen: »Ist irgendjemand vorbeigekommen?«

Lora beugte sich vor, ergriff das Ende der Leiter und schob sie hoch. Diesmal quietschten die Federn nicht, aber die Luke ging zu schnell zu, und Patricia hockte sich hin, streckte die Hände aus und drückte sie dagegen, sodass sie sich mit einem leisen, dumpfen Laut schloss.

Sie musste den Koffer zurückbringen, bevor er hochkam. Sie stand auf, schob den rechten Fuß darunter, spürte, wie das Gewicht ihr die Knochen quetschte, und hob ihn an. Langsam bewegte sie ihren Fuß weiter und verwendete ihren Schuh beim Absetzen als Puffer, während sie den Koffer Schritt für Schritt vorwärts schwenkte. Es war laut, aber weniger laut, als ihn zu ziehen. Bei jedem Schritt stieß sie sich die Hüfte an, ihr Puls raste in ihren Handgelenken, und der Koffer scheuerte ihr den Fußrücken wund, doch humpelnd und taumelnd schaffte sie es ganz langsam zum anderen Ende des Dachbodens, wo sie den Samsonite wieder an seinen Platz schob. Dann sah sie, dass überall auf dem Boden Mottenkugeln herumlagen, die wie Perlen im schwachen Licht schimmerten.

Sie wischte sie mit beiden Händen zusammen, und weil sie nicht wusste, wo sie sie sonst hintun sollte, steckte sie sie in ihre Taschen. Alles drehte sich um sie; vielleicht würde sie gleich in Ohnmacht fallen. Sie musste wissen, wo er war. Patricia ging von Balken zu Balken zurück zur Dachbodenluke, schob drei tote Kakerlaken beiseite und kniete sich auf den Boden, um das Ohr dicht an die schmutzige Sperrholzplatte zu halten.

Sie hörte das gedämpfte Geräusch von Zimmertüren, die

sich öffneten und wieder schlossen. Sie betete, dass Lora die Tür zu dem Zimmer mit der Dachbodenluke geschlossen hatte, und dann hörte sie, wie sie sich öffnete, gefolgt von Schritten direkt unter ihr, und ihr Herz krampfte sich zusammen. Sie fragte sich, ob man die Leiterabdrücke im Teppich sehen konnte. Dann erklangen erneut Schritte, und die Tür schloss sich wieder.

Es wurde still. Sie stemmte sich hoch. Jedes Glied ihres Körpers tat ihr weh. Wie sollte sie hier rauskommen? Und warum war er bei Tag unterwegs gewesen? Sie wusste, dass er dazu in der Lage war, das Risiko aber nur in verzweifelten Notfällen einging. Was hatte ihn dazu veranlasst, in größter Eile nach Hause zurückzukehren? Wusste er, dass sie hier war? Und was würde passieren, wenn Slick auftauchte?

Stimmen drangen von unten zu ihr herauf:

»... nächste Woche wiederkommen ...«

Er schickte sie nach Hause. Sie hörte ein entferntes, endgültiges Knallen und begriff, dass es das Zuschlagen der Eingangstür gewesen war. Sie war allein im Haus. Mit James Harris. Ein paar Minuten lang herrschte Stille, dann erklang von direkt unterhalb der Luke eine Stimme.

»Patricia«, sagte James Harris in einem Singsang. »Ich weiß, dass du hier bist.«

Sie erstarrte. Er würde hochkommen. Sie wollte einen Schrei ausstoßen, verbiss ihn sich jedoch, bevor er über ihre Lippen kam.

»Ich werde dich schon finden, Patricia«, säuselte er.

Er würde die Leiter hochkommen. Jeden Moment würde sie die sich spannenden Federn hören, und das Licht an den Rändern würde heller werden, sie würde seine schweren Schritte auf den Sprossen hören, und sie würde beobachten müssen, wie er Kopf und Schultern durch die Luke steckte und sie direkt ansah, und sein Mund würde sich zu einem breiten Grinsen öffnen, und jenes Etwas, das lange schwarze Etwas, würde aus seiner Kehle emporsteigen. Sie saß in der Falle.

Unter ihr öffnete sich eine Tür nach der anderen. Sie hörte, wie Schranktüren geöffnet und wieder zugeschlagen wurden, mal nah und mal ferner, und dann knallte eine Zimmertür laut, und sie machte innerlich einen Satz. Eine weitere Tür wurde geöffnet.

Es war nur eine Frage der Zeit, bis ihm sein Dachboden einfallen würde. Sie musste ein Versteck finden.

Sie drückte auf die Stiftlampe und sah sich den Boden an, um festzustellen, ob sie sich bereits verraten hatte. Im weißen Kakerlakengift waren überall ihre Spuren zu sehen, außerdem die Schleifspuren vom Koffer. Sie ging in die Hocke und zwang sich zu langsamen und vorsichtigen Bewegungen, während sie das Gift mit den Handflächen glatt strich, sodass die klebrige weiße Schicht nun dünner, aber wieder gleichmäßig verteilt war. Sie bewegte sich rückwärts fort, zusammengekauert, mit den Händen behutsam über den Boden wischend und mit rasenden Schmerzen im Steißbein, bis sie schließlich die Koffer erreichte und sich aufrichtete. Mit der Stiftlampe begutachtete sie ihr Werk und war zufrieden.

Sie untersuchte den Koffer und begriff, dass der, der Francines Leiche enthielt, so gut wie sauber war. Sie klaubte mit beiden Händen Kakerlakenpulver und Mäusekot auf und bestreute ihn damit. Wenn er nicht genau hinsah, würde es genügen.

So, wie sie dastand, fühlte sie sich nackt und verletzlich, deshalb zwang sie sich, sich hinter den mit Decken behangenen Haufen von Mrs. Savages Habseligkeiten zu legen. Das Ohr an den schmutzigen Sperrholzboden gelegt, hörte sie, wie das Haus unter ihr vibrierte. Sie hörte, wie Türen geöffnet und wieder geschlossen wurden. Sie hörte Schritte. Dann hörte sie nichts mehr. Die Stille machte sie nervös.

Sie sah auf ihre Armbanduhr: 16:56 Uhr. Die Stille lullte sie in einen Dämmerzustand. Sie konnte an Ort und Stelle bleiben, hier würde er nicht nach ihr suchen, sie würde so lange warten wie nötig, und sie würde lauschen, und wenn es dunkel wurde, würde er das Haus verlassen, und sie konnte sich rausschleichen. Sie würde stark sein. Sie würde schlau sein. Sie würde der Gefahr entrinnen.

Sie hörte, wie die Federn ächzten, als die Falltür sich öffnete, und Licht flutete das andere Ende des Dachbodens.

»Patricia«, sagte James Harris laut und kam die Leiter hoch. Die Federn jaulten unter seinen Schritten. »Ich weiß, dass du hier oben bist.«

Sie sah auf die schmutzigen Decken, die über den Kisten lagen, und begriff, dass es nicht helfen würde, darunter zu kriechen. Es gab zu wenige Möbel, um ihr ein Versteck zu bieten. Er musste nur um die Kistenstapel herumgehen, um sie zu sehen. Es gab keinen Ort, an den sie fliehen konnte.

»Ich komme dich holen, Patricia«, rief er fröhlich, als er das obere Ende der Leiter erreichte.

Dann sah sie den Kleiderhaufen am Rande der Dachkammer, wo kein Sperrholz über den Balken lag. Mehrere Kisten waren aufgeplatzt, und ihr Inhalt hatte sich als großer Haufen aus ihnen ergossen.

Wenn sie sich in diesen Haufen graben konnte, würde sie gut versteckt sein. Sie kroch dichter heran, hielt sich geduckt, während der üble Gestank vermodernden Stoffes ihr in die Nasenschleimhäute biss. Die Galle kam ihr hoch und schwappte in ihrer Kehle. Die Schritte auf der Leiter hielten inne.

»Patty«, sagte James von der Mitte des Dachbodens her. »Wir müssen miteinander reden.«

Sie hörte, wie das Holz unter seinem Gewicht knarrte.

Sie hob die steife Kante des Haufens an und begann, mit dem Kopf voran darunterzukriechen. Aufgescheuchte Spinnen ergriffen die Flucht, und Kakerlagengelege lösten sich von dem Stoff und rieselten ihr ins Gesicht. Tausendfüßler fielen herab und wanden sich in ihrer Halsmulde. Sie hörte, wie James Harris durch den Dachboden auf sie zukam und zwang sich, ihre Galle herunterzuschlucken und sich weiter voran zu schlängeln, mit vorsichtigen Bewegungen, damit die Decken obenauf nicht verrutschten. Seine Schritte kamen näher; er stand nun neben den Kisten, und sie zog die Füße unter den Haufen verrotteter Kleider, lag dort und versuchte, nicht zu atmen.

Insekten krabbelten auf ihr herum, und sie begriff, dass sie ein Mäusenest aufgescheucht hatte. Krallenbewehrte Füßchen huschten über ihren Bauch, krabbelten über ihre Hüfte. Sie wollte schreien, doch sie hielt den Mund fest geschlossen und atmete flach durch die Nase. Der stinkende Stoff, der sie umgab, wimmelte von Milben, Kakerlaken und Mäusen.

Vertrocknete Insektenpanzer lagen auf ihrem Gesicht, aber sie wagte es nicht, sie beiseitezuwischen. Spinnen krochen über ihre Fingerknöchel. Sie zwang sich, ganz still zu halten. Sie hörte, wie James einen weiteren Schritt machte und wusste, dass er gerade die Decken über Ann Savages Kisten anhob. Patricia tat so, als wäre sie unsichtbar.

»Patricia«, sagte James Harris beiläufig. »Warum versteckst du dich auf meinem Dachboden? Was suchst du hier oben?«

Sie dachte darüber nach, wie er Francines Leiche wohl in den Koffer bekommen hatte, dass er ihr wahrscheinlich mit seinen großen Händen die Arme brechen, die Schultern zertrümmern, die Ellbogen zerschmettern, die Beine auskugeln und sie hatte verdrehen müssen, bis nur noch Knochensplitter übrig gewesen waren, damit sie hineinpasste. So stark war er. Und er stand direkt über ihr.

Der Haufen aus modrigem Stoff verrutschte und bewegte sich, und sie versuchte, sich immer kleiner zu machen, bis nichts mehr übrig blieb. Etwas streckte ein zerbrechliches dünnes Bein nach ihrem Kinn aus, krabbelte weiter auf ihre Lippen, strich behutsam mit den haarigen Beinen darüber, und sie spürte, wie die Fühler der Kakerlake an ihren Nasenlöchern entlangstrichen wie zwei lange, winkende Haare. Sie wollte schreien, aber stattdessen tat sie so, als bestünde sie aus Stein.

»Patricia«, sagte James Harris, »ich kann dich sehen.«

Bitte, bitte, bitte krabbel mir nicht in die Nase, flehte sie die Kakerlake im Stillen an.

»Patricia«, sagte James Harris direkt neben ihr. Was, wenn ihre Füße herausschauten? Was, wenn er sie sehen konnte? »Es ist Zeit, mit den Spielchen aufzuhören. Du weißt, wie schmerzhaft es für mich ist, tagsüber rauszugehen. Ich fühle mich im Moment nicht besonders gut, und ich bin nicht in der Stimmung für so etwas.«

Die Kakerlake kletterte an ihrer Nase vorbei und huschte über ihren Wangenknochen. Patricia schloss die Augen, die sich von all den schimmeligen Stoffteilchen darin klebrig in den Höhlen anfühlten, und der Weg der Kakerlake über ihr Gesicht kitzelte so sehr, dass sie sich über die Wange wischen musste, wenn sie nicht den Verstand verlieren wollte. Die Kakerlake kroch über ihre Schläfe an ihr Ohr, erforschte mit den Fühlern ihren Gehörgang und begann dann, von der Wärme angelockt, in ihr Ohr zu kriechen.

O Gott, wollte sie stöhnen.
Bitte, bitte, bitte, bitte ...
Sie spürte die wedelnden, forschenden Fühler tief im Ohr. Ein kalter Schauer lief ihr über den Rücken, die Galle kam ihr hoch, und sie presste die Zunge gegen den Gaumen und spürte, wie die Galle ihr in die Nasennebenhöhlen floss, und dann waren die Beine in ihrem Ohr, und die Flügel der Kakerlake flatterten sanft in ihrem Gehörgang, und sie spürte, wie die Kakerlake den Rest ihres Leibs hineinzuzwängen begann.

»Patricia!«, rief James Harris, und etwas wurde herumgerissen und fiel um, und fast hätte sie geschrien, aber sie beherrschte sich, und die Kakerlake zwängte sich tiefer in ihr Ohr, jetzt war sie zu drei Vierteln drin, ihre Beine bewegten sich zappelnd vorwärts, und bald würde Patricia sie nicht mehr herausbekommen, und James Harris warf Möbel um, und sie spürte, wie die Decke sich bewegte.

Dann bewegten sich stampfende Schritte von ihr fort, und sie hörte die Federn ächzen, und die Kakerlake schlug mit den Flügeln und versuchte, tiefer vorzudringen, aber sie steckte fest, und Patricia hatte das Gefühl, als tasteten ihre Vorderbeine über ihr Gehirn, und sie wusste, dass James Harris nur so tat, als ginge er runter, und dann gab es einen Knall, der den Boden erzittern ließ, und dann Stille, und sie wusste, dass er auf sie wartete.

Sie bereitete sich darauf vor, die Kakerlake mit der linken Hand an den Beinen zu packen, bevor sie ganz in ihrem Ohr verschwunden war, und sie lauschte und wartete darauf, dass James Harris sich verriet, aber dann hörte sie weit weg, tief unten im Haus eine Tür knallen.

Patricia kämpfte sich aus dem Kleiderhaufen hervor und spürte dabei, wie der Mäusekot von ihr abfiel. Sie zerrte an ihrem Ohr, bekam die Kakerlake nicht zu fassen, die panisch zu zappeln begann und weiter in ihr Ohr eindrang, und dann packte sie das weiche Gewebe ums Ohr und drückte es fest zusammen. Etwas knirschte und knackte, und eine warme Flüssigkeit lief tief in ihrem Gehörgang aus, und Patricia zog den zerquetschten Leib der Kakerlake heraus und kratzte sich den warmen Schmodder mit dem kleinen Finger aus dem Ohr.

Spinnen krochen ihr aus den Haaren auf den Hals. Sie schlug nach ihnen und betete, dass keine Schwarzen Witwen dabei waren.

Schließlich hörte sie auf. Sie betrachtete den Stapel alter Kleider und wusste, dass sie sich nicht dazu bringen konnte, noch einmal darunterzukrabbeln, selbst dann, wenn er wiederkam.

Sie sah, wie das Licht, das durch das Belüftungsgitter an der Hausrückseite einfiel, schwächer wurde, und hinter den Gittern an der Hafenseite heller, und dann nahm es erst einen rosigen, dann einen roten und schließlich orangenen Farbton an, bevor es erlosch. Sie begann zu zittern. Wie sollte sie rauskommen? Was, wenn er die ganze Nacht blieb? Was, wenn er hochkommen würde, wenn sie eingeschlafen war? Was, wenn Carter zu Hause anrief? Wussten Blue und Korey, wo sie war?

Sie sah auf die Uhr. 18:11. In ihrem Kopf kreisten die Gedanken um sich selbst, während die Sonne unterging und die Wärme sich aus dem Dachboden verflüchtigte. Sie fühlte sich durstig, hungrig, verängstigt und verdreckt. Schließlich steckte sie die Füße wieder unter den schimmeligen Wäschehaufen, um sie warm zu halten.

Gelegentlich nickte sie ein und erwachte dann wieder mit einem Ruck, von dem ihr der Hals knackte. Sie lauschte auf James Harris, zitterte unkontrolliert und hörte auf, auf die

Uhr zu sehen, weil sie immer wieder dachte, eine Stunde sei vergangen und immer wieder feststellen musste, dass es nur fünf Minuten gewesen waren.

Sie fragte sich, was mit Slick war, und überlegte, warum er wohl früher nach Hause gekommen war, warum er es riskiert hatte, bei Tageslicht rauszugehen, und in ihrem kalten, verklebten Kopf bewegten sich beide Gedanken immer langsamer und verschmolzen miteinander, und mit einem Mal wusste sie, dass Slick es gewesen war.

Slick hatte ihm gesagt, dass sie hier war. Darum war sie nicht gekommen. Sie hatte James Harris in Florida angerufen, weil ihre christlichen Werte es ihr einfach nicht erlaubten, die Regeln zu beugen, und Patricia hatte etwas gefunden, sie hatte das entscheidende Etwas gefunden, hatte Francine gefunden, aber das war Slick egal, es war ihr egal, dass Patricia ihr gesagt hatte, wie gefährlich James Harris war, sie interessierte sich nur für ihre ach so kostbare, schneeweiße Seele.

Sie warf einen Blick auf die Uhr. 22:31. Sie war seit sieben Stunden hier oben. Und mindestens genauso viele standen ihr noch bevor. Warum hatte Slick sie verraten? Sie waren Freundinnen. Aber Patricia begriff, dass sie nun wieder auf sich allein gestellt war.

Sie brauchte ein paar Minuten, um zu erkennen, was es für ein Geräusch war, das von unten zu ihr heraufdrang, immer und immer wieder. Patricia wischte sich die Nase ab und lauschte, konnte es zunächst aber einfach nicht identifizieren. Dann hörte es auf.

»Was ist?«, brüllte James Harris. Selbst aus solcher Entfernung und gedämpft durch die Wände ließ seine Stimme sie zusammenzucken.

Es war Telefonklingeln gewesen. Sie hörte Schritte unten,

sie hörte, wie die Eingangstür aufging und zugeschlagen wurde, und dann herrschte Stille.

Mit klopfendem Herzen und klappernden Zähnen setzte sie sich auf. Dann bekam sie eine Gänsehaut. Jemand kratzte an der anderen Seite der Falltür. Er kam wieder hoch, er suchte den Haken, er zog die Luke auf. Sie war zu müde, ihr war zu kalt, sie konnte sich nicht von der Stelle rühren, sie konnte sich nicht verstecken. Dann ertönte ein Geräusch wie das Ende der Welt, als die Luke sich öffnete, die Federn kreischten und James Harris die Leiter heraufkam.

Kapitel 31

»Patricia?«, flüsterte Kitty.

Patricia begriff nicht, was Kitty bei James Harris zu suchen hatte.

»Patricia?«, rief Kitty lauter.

Patricia stemmte sich erst auf die Ellbogen und dann auf die Hände hoch und sah über die Kisten hinweg. Kitty stand auf halbem Weg zu ihr auf dem Dachboden. Allein.

»Kitty?«, sagte Patricia mit trockener, klebriger Zunge.

»Oh, Gott sei Dank«, sagte Kitty. »Du hast mich fast zu Tode erschreckt. Komm.«

»Wo ist er?«, fragte Patricia, deren Gedanken nur zäh und langsam wieder in Bewegung kamen.

»Er ist weg«, sagte Kitty. »Und jetzt schnell. Wir müssen weg sein, bevor er wiederkommt.«

Patricia richtete sich auf und taumelte Kitty mit knackenden Knien und knirschender Wirbelsäule entgegen. Ihre Füße kribbelten wie verrückt, als das Blut in sie zurückfloss.

»Wie?«, fragte Patricia.

»Gracious Cay steht in Flammen«, sagte Kitty. »Mrs. Greene hat angerufen und mir gesagt, dass ich herkommen muss, um dich hier rauszuholen.«

»Wo ist sie?«, fragte Patricia lallend, während sie an der Luke ankam.

Kitty nahm Patricia bei den Handgelenken, um sie aufrecht zu halten.

»Als Erstes habe ich Blue und Korey nach Seewee rausgebracht«, sagte sie und half Patricia dabei, den Fuß auf die oberste Sprosse zu stellen. »Wir haben ihnen gesagt, dass du eine kranke Cousine weiter weg besuchen musst. Sie haben den ganzen Tag mit Honey Krabben gefangen, und wir haben ihnen einen Stapel Filme ausgeliehen. Ich habe ihnen die Betten gemacht. Sie amüsieren sich prächtig.«

Inzwischen hatte sie Patricias Füße auf die oberste Sprosse bekommen, und nun half sie ihr dabei, sich umzudrehen und die Leiter runterzusteigen. Auf halbem Weg nach unten roch Patricia die saubere Luft im Haus und hätte am liebsten geweint vor Glück.

»Warum brennt Gracious Cay?«, fragte sie und klammerte sich an der Leiter fest, während das Zimmer sich langsam um sie drehte. »Wo ist Mrs. Greene?«

»Die Antwort auf beide Fragen ist die gleiche«, sagte Kitty. »Ich glaube, es ist das erste Mal, dass sie das Gesetz gebrochen hat. Geh weiter.«

»Nein«, sagte Patricia. »Du musst das sehen.«

Sie zwang sich, die Leiter wieder hochzusteigen.

»Ich habe schon genug Dachböden gesehen«, rief Kitty ihr nach. »Patricia! Wir haben keine Zeit dafür.«

Patricia kniete sich auf den Boden und sah durch die Luke zu Kitty nach unten.

»Wenn du es nicht siehst, war alles umsonst«, sagte sie. »Dann sagt ihr nur wieder alle, ich wäre verrückt.«

»Niemand hält dich für verrückt«, sagte Kitty.

Patricia verschwand in der Dunkelheit. Nach einer Minute hörte sie die Leiter knarren, und Kitty kam durch die Luke.

»Es ist stockfinster«, sagte Kitty.

Patricia holte die Stiftlampe aus der Tasche und leuchtete Kitty damit auf dem Weg zum Schornstein, wo sie den Samsonite-Koffer herauswuchtete und auf die Seite legte.

»Gepäckstücke habe ich auch schon gesehen«, sagte Kitty.

»Halt mal.« Patricia gab ihr die Stiftlampe. »Halt sie hierher und drück drauf.«

Kitty hielt die Lampe, während Patricia die Verschlüsse aufdrehte. Sie öffnete den Koffer und zog die Plastikplane zurück. Diesmal jagten Francines weit geöffnete Augen und ihre entblößten Zähne ihr keinen Schreck ein, sondern machten sie nur traurig. Sie war so lange allein hier oben gewesen.

»Ah!«, schrie Kitty überrascht, und die Stiftlampe erlosch. Patricia hörte sie einmal, zweimal trocken würgen, und dann erbrach Kitty etwas Dickflüssiges, Handfestes. Nach einer Weile ging das Licht wieder an und wanderte über den Inhalt des Koffers.

»Es ist Francine«, sagte Patricia. »Hilf mir dabei, sie runterzubekommen.«

Sie schloss den Koffer und machte ihn wieder fest zu.

»Wir dürfen kein Beweismaterial entfernen«, sagte Kitty, und sofort kam Patricia sich dumm vor. Natürlich. Die Polizei musste Francine hier finden.

»Aber du hast sie gesehen, oder?«, fragte Patricia.

»Ich habe sie gesehen«, sagte Kitty. »Ich habe sie eindeutig gesehen. Das bestätige ich gerne vor Gericht. Aber jetzt müssen wir von hier verschwinden.«

Sie stellten den Koffer zurück, und Kitty half Patricia vom Dachboden runter. Aber erst als sie die Falltür geschlossen, den Flur im Obergeschoss durchquert und das untere Ende der Treppe erreicht hatten, wurde Patricia mit einem Mal bang uns Herz, und sie drehte sich um. Sie war von ihrem Aufenthalt auf dem Dachboden schmutzig. Der Teppichläufer war weiß.

»O nein«, stöhnte sie. Alle Kraft wich aus ihren Beinen, und sie sank zu Boden.

»Dafür haben wir keine Zeit«, sagte Kitty. »Er wird jede Minute zurück sein.«

»Sieh doch!«, sagte Patricia und zeigte auf den Teppich.

Der Schmutz war deutlich zu sehen. Man konnte beinahe die Schuhabdrücke erkennen. Ein Fleck auf jeder Stufe, bis ganz oben, und, wie Patricia begriff, bis dorthin, wo sich die Luke zum Dachboden öffnete.

»Er wird wissen, dass ich es war, und dass ich bei ihm auf dem Dachboden gewesen bin«, hauchte sie. »Er wird sich des Koffers entledigen, bevor wir mit der Polizei hier sind. Und dann war alles umsonst.«

»Wir haben keine Zeit«, sagte Kitty und zog sie Richtung Küche und zur Hintertür.

Patricia stellte sich das Geräusch vor, wie jemand die Eingangstür aufschloss, wie sie sich öffnete, und dann den erstarrten Moment, in dem sie einander ansahen, bevor James Harris durch den Flur auf sie zustürmte. Sie rief sich die drei leeren Koffer auf dem Dachboden vor Augen, neben dem mit Francines Leiche, wie sie darauf warteten, ihre gebrochenen Leiber in Empfang zu nehmen, und ließ sich von Kitty zur Hintertür ziehen.

Aber was, wenn die Polizei seinen Dachboden nicht durchsuchen würde? Was, wenn Kitty zu viel Angst hatte, um ihre Geschichte zu bestätigen? Was, wenn sie dadurch, dass sie bei ihm eingebrochen war, irgendeinen verfahrenstechnischen Fehler herbeigeführt hatte und die Polizei deshalb keinen Durchsuchungsbefehl bekommen würde? In Büchern über wahre Verbrechen kam dergleichen dauernd vor. Was, wenn die ganze Sache Mrs. Greene ihren Job kosten würde? Es musste eine bessere Möglichkeit geben.

In Gedanken ging sie eine Idee nach der anderen durch, und dann hielt sie bei einem Muster, das ihr vertraut erschien, inne. Es hielt einer raschen Überprüfung stand. Sie wusste, was sie zu tun hatten.

»Moment«, sagte Patricia und blieb stehen.

Kitty zerrte weiter an ihrem Arm, aber Patricia wand sich aus ihrem Griff und verharrte stur neben der Küchentür.

»Das ist kein Witz«, drängte Kitty. »Wir müssen weg.«

»Hol den Besen und den Staubsauger«, sagte Patricia und ging Richtung Treppe. »Ich glaube, sie sind in der Kammer unter der Treppe. Teppichreiniger brauchen wir auch. Ich gehe noch einmal hoch.«

»Wozu?«, fragte Kitty.

»Wenn er zurückkommt und sieht, dass jemand bei ihm auf dem Dachboden war, dann nimmt er diesen Koffer, fährt damit zum Francis Marion National Forest und vergräbt ihn irgendwo, wo man ihn niemals finden wird«, sagte Patricia. »Jemand muss ihn bei ihm auf dem Dachboden finden, und das bedeutet, dass wir unsere Spuren verwischen müssen. Wir müssen die Treppe sauber machen.«

»O nein«, widersprach Kitty, schüttelte heftig den Kopf und wedelte mit den Händen, sodass ihre Armbänder schlackerten. »Nein, mein Herr. Wir sind raus.«

Patricia ging direkt auf Kitty zu und sah ihr in die Augen.

»Wir haben beide gesehen, was da oben auf dem Dachboden war.«

»Zwing mich nicht«, flehte Kitty. »Bitte, bitte, bitte.«

Patricia kniff die Augen fest zu. Ihre Kopfschmerzen versuchten, sich einen Weg durch ihre Stirn ins Freie zu graben.

»Er hat sie ermordet«, sagte sie. »Wir müssen ihn aufhalten. Das ist die einzige Möglichkeit.«

Ohne Kitty Zeit für eine Erwiderung zu geben, drehte sie sich um und ging die Treppe rauf.

»Patricia«, wimmerte Kitty von unten.

»Der Putzmittelschrank ist unter der Treppe«, rief Patricia übers Geländer.

Sie zog einmal mehr die Dachbodenleiter herab und ging hoch. Je öfter sie das tat, desto weniger machte es ihr aus, den Koffer zu öffnen. Sie wühlte in dem klebrigen Plastik herum und spürte dabei gelegentlich, wie ihre Hand etwas Weiches berührte oder ihre Finger ein ausgezehrtes Bein oder einen Unterarm zu fassen bekamen, aber nach einer Minute fand sie, was sie gesucht hatte: Francines Portemonnaie. Sie befreite es aus dem Plastik. Es roch nach Zimt und altem Leder.

Sie nahm Francines Führerschein aus dem Portemonnaie und verpackte den Rest dann wieder sorgfältig im Koffer.

»Wir kommen dich später holen«, flüsterte sie Francine zu und schloss den Koffer einmal mehr.

Unten fand sie Kitty mit dem Besen, dem Staubsauger und Teppichreiniger vor. Sie hatte außerdem eine Rolle Papiertücher und eine Sprühflasche Sagrotan dabei.

»Wenn wir es tun wollen, dann los«, sagte Kitty.

Sie fegten den losen Dreck weg und sprühten dann den Treppenläufer und den Teppichboden oben mit Schaum ein, bis hin zur Falltür. Sie ließen den Schaum fünf Minuten einwirken, in denen Kitty murmelte: »Mach schon ... mach schon ...«, und saugten ihn dann auf. Das Staubsaugen war das Schlimmste, weil es Geräusche wie die eines vorfahrenden Autos, einer sich öffnenden Tür oder eines hereinkommenden James Harris übertönen würde. Patricia ließ Kitty an der Eingangstür Wache stehen, während sie sich die Stufen hoch und runter arbeitete.

Schließlich schaltete sie den Staubsauger ab, vergewisserte sich, dass man keine Abdrücke von der Leiter im Teppich sah, und schleppte den Staubsauger wieder nach unten. Sie war gerade dabei, das Staubsaugerkabel aufzuwickeln, als Kitty zischte: »Auto!«

Sie erstarrten.

»Er fährt vor«, sagte Kitty und rannte zu Patricia. »Los, los!«

Scheinwerferlicht schwenkte durch den Eingangsbereich, und Patricia wickelte so schnell, dass ihr die Handgelenke wehtaten. Sie verstauten Besen und Staubsauger im Flurschrank. Draußen hörten sie eine Wagentür zuschlagen.

Sie stießen miteinander zusammen, als sie auf dem Weg zur Hintertür Richtung Küche rannten, die von den Leuchtleisten unter den Schränken erhellt wurde. Schritte kamen die Treppe zur Veranda hoch.

»Die Küchentücher!«, sagte Patricia und erstarrte.

Sie blickte zurück in den Flur und sah die Rolle Küchentücher am Ende des Geländers auf dem Treppenpfosten liegen. Sie erschien ihr sehr, sehr weit weg. Schritte kamen über die Veranda. Patricia überlegte nicht, sie rannte einfach los. Durch den Flur, während sie Schritte auf der anderen Seite der Tür und das Klappern von Schlüsseln hörte, griff sie nach der Rolle. Ein lautes Rasseln war zu vernehmen, als James Harris seinen Schlüsselbund fallen ließ, und Patricia rannte durch den Flur zurück, hörte, wie der Schlüssel ins Schloss der Eingangstür glitt, steckte die Rolle zurück auf ihren Halter, während Kitty ihr die Hintertür aufhielt, und dann rannten sie beide im selben Moment hindurch, in welchem sie hörten, wie die Eingangstür aufging. Die Frauen schlossen die Tür leise hinter sich und schlichen die Treppe hinterm Haus hinab.

Hinter ihnen gingen im Haus nach und nach die Lichter an.

Als sie in seinem Garten waren, rannten sie los, den Trampelpfad am Abflussgraben entlang, der so dunkel war, dass

Patricia beinahe hineingefallen wäre, und erreichten Kittys Cadillac, der auf der Pitt Street geparkt war. Sie stiegen vorne ein, und das Aufheulen des Motors ließ Patricia zusammenzucken. Sie sagte sich, dass James Harris es unmöglich hören konnte.

Als sie langsam von ihrem Adrenalin-High herunterkam, schmutzig, zitternd und elend, schob sie die Hand in die Tasche und zog Francines Führerschein daraus hervor. Sie hielt ihn vor sich hin.

»Wir haben gewonnen«, sagte sie. »Endlich haben wir gewonnen.«

Kapitel 32

»Er hatte zu tief ins Glas geschaut«, sagte Patricia atemlos in den Telefonhörer, die Augen aufgerissen, die Stimme erfüllt von bestürzter Unschuld. »Und er machte, was Männer eben auf Partys machen, tat sich groß, gab an. Ich wollte nicht so weit weg von meinem Mann, aber er hat mich irgendwie einfach immer weiter abgedrängt.«

Patricia hielt inne, um zu schlucken, im Bann ihrer eigenen Vorstellung. Sie zog Francines Führerschein aus der Tasche und drehte ihn in der Hand hin und her. Man merkte, wie Mrs. Greene am anderen Ende der Leitung angestrengt zuhörte.

»Als er mich schließlich in die Ecke gedrängt hatte«, fuhr sie fort, »hat er mir ganz leise, sodass niemand sonst es hören konnte, erzählt, dass er vor Jahren einmal wütend auf die Frau geworden ist, die für ihn geputzt hat. Sie hatte offenbar etwas Geld gestohlen, das ist mir nicht ganz klar geworden, Detective. Aber er meinte, dass er ›sie erledigt‹ hätte. Daran erinnere ich mich auf jeden Fall. Tja, ich habe erst nicht verstanden, was er gemeint hat, und sagte, dass ich sie darauf ansprechen würde, wenn ich sie das nächste Mal sähe, und er sagte, dass ich sie nicht wiedersehen würde, es sei denn, ich wolle auf seinen Dachboden steigen und in seinen Koffern nachschauen. Tja, ich konnte nicht anders, es klang einfach so absurd, und da habe ich gelacht. Ich muss Ihnen ja nicht erzählen, wie Männer sind, wenn man sie auslacht. Er ist rot im Gesicht geworden und hat in seine Brieftasche gegriffen und etwas rausgezogen und es mir vors Gesicht gehalten und gesagt, wie ich mir *das* erklären würde, wenn er log. Und da habe ich wirklich Angst bekommen, Detective. Weil es nämlich Francines Führerschein war. Ich meine, wer trägt so etwas mit sich herum? Wenn er ihr nichts angetan hat, woher soll er ihn dann haben?« Sie hielt inne, als hörte sie jemandem zu. »O ja, Sir. Er hat ihn einfach wieder eingesteckt. Er hat so viel getrunken, vielleicht erinnert er sich nicht mal dran, dass er ihn mir gezeigt hat.«

Sie hielt inne und wartete.

»Und Sie meinen, das wird funktionieren?«, fragte Mrs. Greene.

»Für so etwas brauchen sie keinen Durchsuchungsbefehl. Sie müssen nur bei ihm vorbeifahren und ihn darum bitten, einen Blick in seine Brieftasche werfen zu dürfen. Er wird nicht ahnen, dass der Führerschein darin ist, deshalb zeigt er sie ihnen natürlich. Und wenn sie ihn sehen, dann werden sie ihn darum bitten, seinen Dachboden durchsuchen zu dürfen, er wird sich weigern, sie werden jemand bei ihm lassen, während sie sich einen Durchsuchungsbefehl besorgen, und dann werden sie Francine finden.«

»Wann?«, fragte Mrs. Greene.

»Die Scruggs veranstalten am Samstag ein Austerngrillen auf ihrer Farm«, sagte Patricia. »Das ist noch sechs Tage hin, aber da wird es ziemlich voll sein, und es ist ein öffentliches Ereignis, und die Leute werden viel trinken. Das ist unsere beste Gelegenheit.«

Patricia wusste nicht, wie sie den Führerschein in seine Brieftasche bekommen sollte – sie wusste nicht einmal, ob er normalerweise eine mit sich führte –, aber sie würde die Augen offen halten und wachsam bleiben. Kittys Austerngrillen würde um 13:30 anfangen. Wenn sie früh genug an seine Brieftasche rankam, konnte sie die Polizei noch am selben

Nachmittag anrufen. Sie konnten sogar zum Austerngrillen kommen und ihn dort bitten, ihnen seine Brieftasche zu zeigen, und dann würde die ganze Sache in nicht einmal einer Woche vorbei sein.

»Dabei könnte eine ganze Menge schiefgehen«, sagte Mrs. Greene.

»Uns läuft die Zeit davon.«

Es war bereits Ende des Monats. Heute Abend war Halloween.

Am Halloweenabend begann die Türklingel ab etwa vier Uhr zu läuten, und Patricia gab angesichts eines endlosen Stroms von Aladdins und Jasmins und Teenage Mutant Ninja Turtles und Feen in Tütüs, auf deren Rücken Flügel wackelten, ein *Oooh* und *Aaah* nach dem anderen von sich.

Sie hatte kleine Schokoriegel und Rosinenpackungen für die Kinder sowie Jack Daniels für die Väter, die mit roten Plastikbechern in den Händen hinter ihren Sprösslingen standen, im Angebot. Das war Old-Village-Tradition: Die Moms blieben an Halloween daheim und verteilten Süßigkeiten, während die Dads mit den Kindern herumzogen. Alle hatten eine Flasche von diesem oder jenem an der Tür stehen, um den Dads einen einzuschenken. Die Schatten wurden länger und die Dads immer lauter und fröhlicher, während die Sonne über dem Old Village unterging.

Carter war nicht mit unterwegs. Als Patricia Korey gefragt hatte, ob sie losziehen wollte, hatte sie nur einen vernichtenden Blick und ein abfälliges Schnauben geerntet. Blue fand, dass »Süßes oder Saures« was für Kleinkinder wäre, und deshalb sagte Carter, dass er einfach direkt vom Flughafen ins Büro fahren und für den Montag vorarbeiten würde, wenn seine Kinder beide nicht mit ihm von Haus zu Haus ziehen wollten.

Etwa um sieben kam Blue die Treppe herunter, öffnete den Schrank mit dem Hundefutter und holte eine Einkaufstasche aus Papier daraus hervor.

»Ziehst du durch die Nachbarschaft?«, fragte Patricia.

»Klar«, sagte er.

»Als was bist du verkleidet?«, fragte sie im Versuch, zu ihm durchzudringen.

»Als Serienmörder«, sagte er.

»Willst du nicht was Lustigeres sein?«, fragte sie. »Wir brauchen nur ein paar Minuten, um etwas zusammenzubasteln.«

Er drehte sich um und verließ den Hobbyraum.

»Sei um zehn zurück«, rief sie ihm nach, während die Eingangstür zuknallte.

Gerade waren ihr die Schokoriegel ausgegangen, und sie hatte ein zutiefst enttäuschtes Beavis-und-Butthead-Paar mit einer Schachtel Rosinen getröstet, als das Telefon erneut klingelte.

»Campbell«, sagte sie.

Niemand antwortete. Sie ging davon aus, dass es ein Telefonstreich war, und wollte gerade auflegen, als jemand feucht und klebrig einatmete und eine heisere Stimme sagte:

»... ich habe keinen ...«

»Hallo?«, sagte Patricia. »Hier Campbell?«

»Ich habe keinen ...«, sagte die Stimme erneut, benommen, und Patricia erkannte, dass es eine Frau war.

»Wenn Sie mir nicht sagen, wer da spricht ist, lege ich auf«, sagte sie.

»Ich habe keinen ...«, wiederholte die Frau. »... ich habe keinen Laut von mir gegeben ...«

»Slick?«, fragte Patricia.

»Ich habe keinen Laut von mir gegeben ... ich habe keinen

Laut von mir gegeben ... ich habe keinen Laut von mir gegeben«, brabbelte Slick.

»Was ist los?«, fragte Patricia.

Slick hatte sich nicht gemeldet – weder um sich dafür zu entschuldigen, dass sie sie im Stich gelassen hatte, noch um sich zu erkundigen, ob alles mit ihr in Ordnung war –, und mehr hatte Patricia nicht wissen müssen, um überzeugt zu sein, dass Slick James Harris von ihrem Plan erzählt hatte, sich in sein Haus zu schleichen. Slick war der Grund dafür gewesen, dass er früher heimkehrte. Wenn es nach Patricia ging, durfte Slick sich gerne die Kugel geben.

Dann fing Slick zu weinen an.

»Slick?«, fragte Patricia. »Was ist los?«

»... ich habe keinen Laut von mir gegeben ...«, flüsterte Slick immer wieder, und auf Patricias Armen bildete sich Gänsehaut.

»Hör auf«, sagte sie. »Du machst mir Angst.«

»Ich habe keinen«, stöhnte Slick. »Keinen ...«

»Wo bist du?«, fragte Patricia. »Bist du zu Hause? Brauchst du Hilfe?«

Slicks pfeifender Atem am Hörer war verstummt. Patricia legte auf und rief sie zurück, hörte aber nur das Besetztzeichen. Sie dachte darüber nach, gar nichts zu unternehmen, aber das konnte sie nicht. Slicks Stimme hatte ihr Angst eingejagt, und etwas Dunkles regte sich in ihren Eingeweiden. Sie griff nach ihrer Handtasche und fand Korey auf der Sonnenveranda. Sie klebte mit dem Blick am Fernseher, in dem gerade Werbung für Trocknertücher lief.

»Ich muss noch mal zu Kitty rüber«, sagte Patricia und stellte dabei fest, dass das Lügen ihr zunehmend leichter fiel. Sie hatte inzwischen Routine darin. »Kannst du zur Tür gehen, wenn es klingelt?«

»Mm«, sagte Korey, ohne sich umzudrehen.

Patricia nahm an, dass das in der Sprache einer Siebzehnjährigen Ja bedeutete.

In den Straßen des Old Village drängten sich die herumziehenden Kinder und Eltern, und Patricia schlängelte sich mit dem Auto langsam zwischen ihnen hindurch. Die Väter sahen angenehm beschwipst aus, ihre Schritte wurden schwerer, und sie griffen mit zunehmender Häufigkeit in die Tüten mit den Süßigkeiten. Patricia hatte keinerlei Vorstellung davon, was mit Slick nicht stimmen mochte. Mit zwanzig Stundenkilometern kroch sie dahin, vorbei an James Harris' Haus, auf dessen Veranda zwei Halloweenkürbisse leuchteten, bog dann in die McCants ein und trat auf die Bremse.

Die Cantwells wohnten an der Ecke Pitt und McCants, und jedes Jahr zu Halloween war ihr Vorgarten voller in den Bäumen baumelnder Leichenattrappen, Styroporgrabsteine und Skelette im Gebüsch. Alle halbe Stunde entstieg Mr. Cantwell als Dracula verkleidet dem Sarg auf der Veranda, und die Familie gab eine zehnminütige Vorstellung. Der Wolfsmann packte die Kinder, die vorne standen; die Mumie schlurfte auf kleine Mädchen zu, die kreischend davonrannten; und Mrs. Cantwell, die eine Gumminase mit Warze trug, rührte in ihrem Kessel mit Trockeneis und bot den Leuten Kellen mit essbarem grünem Schleim samt Gummiwürmern an. Am Ende tanzten sie alle den »Monster-Mash« und verteilten massenhaft Süßigkeiten.

Die Menge um ihr Haus fand nicht genug Platz auf dem Bürgersteig und blockierte die Straße. Patricia spürte ein nervöses Zucken im Gesicht. Ging es hier nur um Slick? Was war mit Slicks Familie? Etwas stimmte nicht. Sie musste sich beeilen. Sie nahm den Fuß von der Bremse, rollte über den Vorgarten der Simmons', die gegenüber den McCantwells wohnten, und ließ dabei die Scheinwerfer aufleuchten, damit die Leute ihr Platz machten. Sie brauchte fünf Minuten, um über die Kreuzung zu kommen. Dann fuhr sie schneller bis zum Coleman Boulevard und war auf der Johnny Dodds schließlich mit 80 Stundenkilometern unterwegs. Aber auch das war zu langsam.

Sie fuhr in die Creekside Street und schlängelte sich so schnell sie sich traute um die umherziehenden Kinder herum. In der Auffahrt der Paleys standen beide Wagen. Was auch immer geschehen war, es war der ganzen Familie auf einmal geschehen. Eine flackernde weiße Kerze stand auf einem Küchenstuhl auf der Veranda. Daneben befand sich eine Schüssel mit Faltblättern, auf denen in orangefarbener Druckschrift stand: *Süß ist nur die Gnade Gottes – sauer ist sein Zorn!*

Patricia streckte die Hand nach der Klingel aus, doch dann hielt sie inne. Was, wenn es James Harris war? Was, wenn er sich noch im Haus aufhielt?

Sie drückte auf die Klinke, und die Tür schwang lautlos nach innen auf. Patricia holte tief Luft und trat ein. Sie schloss die Tür hinter sich, stand da und mühte sich, im Halbdunkel etwas zu erkennen, lauschte auf ein Lebenszeichen, hielt nach verräterischen Kleinigkeiten Ausschau: Blutstropfen auf dem Dielenboden, ein schief hängendes Bild, ein Sprung in einer Vitrine. Nichts. Sie schlich über den dicken Flurläufer und schob die Tür zum Anbau auf. Schreie ertönten.

Jeder Muskel in Patricias Körper schlug an. Sie riss die Hände hoch, um ihr Gesicht zu schützen. Sie öffnete den Mund, um zu schreien. Dann gingen die Schreie in Gelächter über, und sie spähte an ihren Händen vorbei und sah Leland, den ältesten Sohn LJ, Greer und Tiger mit dem Rücken zu ihr am langen Esstisch sitzen. Alle lachten. Greer war die Einzige, die in Patricias Richtung sah.

Sie bemerkte Patricia und hörte auf zu lachen. LJ und Tiger drehten sich um.

»Liebe Güte«, sagte Greer. »Wie bist du reingekommen?«

Auf dem Tisch lag ein Monopoly-Spielbrett. Slick war abwesend.

»Patricia?«, fragte Leland ehrlich verwirrt und rang sich ein Lächeln ab.

»Steht nicht extra auf«, sagte sie. »Slick hat angerufen, und ich dachte, sie wäre zu Hause.«

»Sie ist oben«, sagte Leland.

»Ich gehe kurz hoch«, sagte Patricia. »Spielt ruhig weiter.«

Sie startete, bevor jemand etwas sagen konnte, und stieg schnell die Stufen hoch. Im Obergeschoss hatte sie keine Ahnung, wo sie hingehen sollte. Die Tür zum Elternschlafzimmer stand offen. Das Schlafzimmerlicht war aus, aber das Licht im Bad daneben an. Patricia ging hinein.

»Slick?«, rief sie leise.

Der Duschvorhang raschelte. Patricia blickte nach unten und sah Slick in der Wanne liegen. Ihr Lippenstift war verschmiert, der Lidschatten lief ihr übers Gesicht, und ihr Haar stand in Büscheln ab. Ihr Kleid war zerrissen, und an einem ihrer Ohren baumelte ein Sanddollar-Ohrring.

Alles, was zwischen ihnen stand, verpuffte, und Patricia kniete sich neben die Wanne.

»Was ist passiert?«, fragte sie.

»Ich habe keinen Laut von mir gegeben«, krächzte Slick, die Augen in Panik aufgerissen.

Ihr Mund bewegte sich lautlos, in dem verzweifelten Versuch, Worte zu formen. Immer wieder schloss und öffnete sie die Fäuste.

»Slick?«, wiederholte Patricia. »Was ist passiert?«

»Ich habe ...«, fing Slick an, befeuchtete sich die Lippen

und versuchte es noch einmal. »Ich habe keinen Laut von mir gegeben.«

»Wir müssen einen Krankenwagen rufen«, sagte Patricia und stand auf. »Ich gehe Leland holen.«

»Ich ...«, begann Slick, und ihre Stimme wurde zu einem Flüstern. »Ich habe keinen ...«

Patricia ging zur Badezimmertür und hörte plötzlich, wie hinter ihr in der Wanne etwas zappelte, und dann krächzte Slick: »Nein!«

Patricia drehte sich um. Slick hielt den Badewannenrand mit beiden Händen umklammert. Ihre Knöchel traten weiß hervor, und sie schüttelte heftig den Kopf, sodass ihr Sanddollar wild herumschlackerte.

»Sie dürfen es nicht erfahren«, sagte sie.

»Du bist verletzt«, antwortete Patricia.

»Sie dürfen es nicht erfahren«, wiederholte Slick.

»Slick!«, rief Leland von unten. »Ist alles in Ordnung?«

Slick sah Patricia fest in die Augen und schüttelte langsam den Kopf. Patricia schob sich ins Schlafzimmer, ohne den Blick von ihrer Freundin zu wenden.

»Es geht uns gut«, rief sie.

»Slick?«, sagte Leland, und seine Stimme verriet Patricia, dass er bereits die Treppe heraufkam.

Slick schüttelte noch nachdrücklicher den Kopf. Patricia bedeutete ihr mit ausgestreckter Hand, zu warten, rannte auf den Flur und fing Leland oben an der Treppe ab.

»Was ist los?«, fragte er und blieb zwei Stufen unter ihr stehen.

»Sie ist krank«, sagte Patricia. »Ich setze mich zu ihr und kümmere mich um sie. Sie wollte die Feier nicht sprengen.«

»Das ergibt überhaupt keinen Sinn. Du hättest doch nicht extra herkommen müssen. Wir sind gleich unten.«

Er versuchte weiterzugehen, aber Patricia trat ihm in den Weg.

»Leland«, sagte sie lächelnd. »Slick möchte, dass du dich heute Abend mit den Kindern amüsierst. Es ist ihr wichtig, dass sie ... christliche Assoziationen zu Halloween haben. Überlass das hier mir.«

»Ich will nachsehen, wie es ihr geht«, sagte er und ließ die Hand am Treppengeländer emporwandern, um ihr deutlich zu machen, dass er sich nicht von ihr würde aufhalten lassen.

»Leland.« Sie wurde leiser. »Es ist ein Frauenproblem.«

Sie war sich nicht sicher, was Leland unter einem Frauenproblem verstand, aber plötzlich schien er in sich zusammenzufallen.

»Alles klar«, sagte er. »Aber wenn es ihr wirklich nicht gut geht, sagst du mir Bescheid?«

»Natürlich«, sagte Patricia. »Geh wieder runter zu den Kindern.«

Er drehte sich um und stieg die Treppe hinunter. Sie wartete, bis er im Anbau war, und rannte dann zurück ins Bad. Slick hatte sich nicht von der Stelle gerührt. Patricia kniete sich neben die Wanne, beugte sich vor und legte die Arme um Slick. Sie stand auf und zog Slick mit sich in die Höhe, verblüfft darüber, wie schwach ihre Beine waren. Sie half ihr aus der Wanne, einen Fuß nach dem anderen.

»Sie dürfen es nicht erfahren«, sagte Slick.

»Ich habe kein Wort verraten.«

Sie nahm Slick den Ohrring ab und legte ihn auf die Badezimmerablage.

»Der andere findet sich schon wieder«, beruhigte sie ihre Freundin.

Patricia schloss die Badezimmertür ab, zog Slick dann den Pullover über den Kopf und löste ihren BH. Slick hatte kleine, blasse Brüste, und so, wie sie am Boden kauerte, wie ihre Rippen sich abzeichneten und ihre Brüste leblos herabhingen, erinnerte sie Patricia an ein gerupftes Huhn.

Sie setzte Slick auf die Toilette und legte ihr die Finger an den Rocksaum. Der Rock war hinten aufgerissen, deshalb musste sie den Reißverschluss nicht öffnen. Der Riss ging mitten durchs Wildleder, nicht durch die Naht. Patricia wusste nicht, was stark genug war, um dergleichen anzurichten.

Als Patricia begann, ihr den Rock auszuziehen, verkrampfte Slick sich und legte sich die Hände schützend vor den Unterleib.

»Was ist los?«, fragte Patricia. »Slick, was ist denn?«

Slick warf den Kopf hin und her, und Patricia krampfte sich das Herz zusammen. Sie konzentrierte sich darauf, langsam und gleichmäßig zu sprechen.

»Zeig es mir«, sagte sie beharrlich, aber Slick schüttelte den Kopf nur noch schneller. »Slick?«

»Sie dürfen es nicht erfahren«, stöhnte Slick.

Sie ergriff Slicks dünne Handgelenke und zog sie beiseite. Erst wehrte Slick sich, dann erschlaffte sie. Patricia zog ihr den Rock runter. Slicks Schlüpfer war zerrissen. Sie zog ihn ihr aus und hob dabei Slicks Pobacken an. Slick presste die Schenkel zusammen.

»Slick«, sagte Patricia mit ihrer Krankenschwesternstimme. »Ich muss es sehen.«

Sie drückte Slicks Knie auseinander. Zuerst wusste sie nicht, was da durch Slicks spärliches blondes Schamhaar kam, doch dann sah sie, wie Slicks Bauchmuskeln sich verkrampften und ein schwarzer, geleeartiger Schleim aus ihrer Vagina quoll. Es roch widerwärtig wie etwas, das im Sommer am Straßenrand verfaulte. Und es kam immer mehr, ein endloser Strom stinkenden Schleims, der eine bebende schwarze Pfütze auf dem Toilettendeckel bildete.

»Slick?«, fragte Patricia. »Was ist passiert?«

Slick sah ihr in die Augen. Tränen zitterten an ihren Lidern, und sie sah so gequält aus, dass Patricia sich vorbeugte und sie umarmte. Slick blieb steif. »Ich habe keinen Laut von mir gegeben«, erklärte Slick beharrlich.

Patricia versprühte Raumparfüm im Bad, bis ihr die Augen davon brannten, und dann ließ sie die Dusche laufen. Sie zog sich die Bluse aus, half Slick zurück in die Wanne und gab ihr unter dem heißen, harten Strahl Halt. Mit einem Waschlappen wischte sie Slick die Schminke aus dem Gesicht, rieb ihr die Haut ab, bis sie rosarot war, und wusch sie dann mit so viel Seife wie möglich zwischen den Beinen.

»Drück«, sagte sie über das Prasseln der Dusche zu Slick. »Als müsstest du auf die Toilette.«

Sie sah, wie die letzten schwarzen Tropfen ins Wasser fielen, sich wie Tentakel dehnten und in den Abfluss rannen. Sie wusch Slick mit einer ganzen Flasche St.-Ives-Shampoo die Haare, und als sie fertig waren, roch es im Bad nach Dampf und Blumen. Sie trocknete sich ab und zog ihr Oberteil wieder an, während Slick nackt und zitternd dastand, und dann wickelte sie Slick in ihren Bademantel und brachte sie ins Bett. Sie stellte ihr ein Glas Wasser auf den Nachttisch.

»Und jetzt«, sagte Patricia, »musst du mir erzählen, was passiert ist.«

Slick sah sie mit schreckgeweiteten Augen an.

»Rede mit mir, Slick«, sagte Patricia.

»Wenn er mir das hier angetan hat«, flüsterte Slick, »was wird er dann bloß mit dir machen?«

»Wer?«, fragte Patricia.

»James Harris.«

Kapitel 33

»Ich habe über deinem Foto gebetet«, flüsterte Slick. »Ich habe mit den Zeitungsausschnitten und deinem Foto dagesessen und um ein Zeichen gebeten. Dieser Mann hat so viel Geld in Gracious Cay gesteckt, und er ist zu Lelands Freund geworden, und er ist mit meiner Familie in die Kirche gegangen, aber ich habe das Bild gesehen und die Ausschnitte gelesen, und ich wusste nicht, was ich tun sollte. Das auf dem Foto ist er. Man wirft einen einzigen Blick darauf, und man weiß es.«

Ihr Kinn begann zu zittern, und eine einzelne Träne lief ihr über die Wange und glitzerte im Schein der Nachttischlampe.

»Ich habe ihn in Tampa angerufen«, sagte Slick. »Ich dachte, Gott wollte, dass ich es tue. Ich dachte, wenn er wüsste, dass ich diese Ausschnitte und das Foto habe, würde er Angst bekommen, und ich könnte ihn dazu bringen, Old Village zu verlassen. Ich war dumm. Ich habe versucht, ihm zu drohen. Ich habe ihm gesagt, dass ich allen das Foto und die Ausschnitte zeigen würde, wenn er nicht sofort verschwindet.«

»Wusste er, dass ich dahinterstecke, Slick?«, fragte Patricia.

Slicks Blick huschte zu dem Wasserglas, und Patricia reichte es ihr. Sie nahm zwei mühsame Schlucke und gab es ihr zurück, und dann kniff sie die Augen zu und nickte.

»Es tut mir so leid«, sagte Slick. »Es tut mir so leid. Ich habe ihn gestern Morgen angerufen und ihm gesagt, dass du zu ihm nach Hause unterwegs wärest. Ich habe gesagt, dass du finden würdest, was auch immer er versteckt. Ich habe ihm gesagt, er hätte keine andere Wahl, als einfach nicht zurückzukommen. Ich habe ihm gesagt, dass er mir seine Adresse hinterlassen könnte und ich ihm seine Schecks schicken würde, wenn die Profite aus Gracious Cay reinkämen, aber dass er von Tampa aus verschwinden müsste und niemals zurückkehren dürfte. Ich dachte, dass er Geld wollte, Patricia. Ich dachte, dass sein Ruf ihm etwas bedeuten würde. Ich habe zu ihm gesagt, dass das Foto und die Ausschnitte eine Rückversicherung für mich wären, sodass er niemals wiederkommen könnte. Ich dachte, dass du dich so sehr freuen würdest, wenn ich das Problem auf diese Art löse. Ich war so stolz.«

Ohne Vorwarnung schlug Slick sich ins Gesicht. Patricia griff nach ihrer Hand, verfehlte sie, und Slick schlug sich erneut. Diesmal bekam Patricia ihre Hand zu fassen.

»Hochmut kommt vor dem Fall«, fauchte Slick mit blasser, wütender Miene. »Die Kirche wollte meine Reformationsfeier nicht, also haben wir die Kinder heute zu Hause behalten, um Zeit mit der ganzen Familie zu verbringen. Wir haben Monopoly gespielt, Tiger und LJ haben sich zur Abwechslung mal nicht gestritten, und ich wollte gerade ein Hotel in der Parkstraße bauen. Alles kam mir so sicher vor. Ich stand kurz auf und habe mein Geld mitgenommen, weil ich so tun wollte, als würde Leland es mir klauen, wenn ich es liegen ließ. Das fanden die Kinder toll. Ich bin die Treppe hoch und hier ins Bad, weil bei der Toilette unten die Spülung durchläuft.«

Sie blickte sich im Raum um, vergewisserte sich, dass Tür und Fenster geschlossen und die Vorhänge zugezogen waren. Sie versuchte, ihre Hände aus Patricias Griff zu befreien, doch Patricia umfasste ihre Handgelenke umso fester.

»Meine Bibel«, sagte Slick.

Patricia sah sie auf dem Nachttisch und gab sie ihr. Slick

drückte sich ihre Bibel an die Brust wie einen Teddybär. Sie brauchte eine Minute, ehe sie erneut Worte herausbrachte.

»Er muss hier oben durch ein Fenster reingekommen sein und auf mich gewartet haben«, sagte Slick. »Ich weiß nicht, was passiert ist. Ich bin durch den Flur gegangen, und dann lag ich mit dem Gesicht nach unten auf dem Teppich, und etwas Schweres auf meinem Rücken hat mich zu Boden gedrückt, und eine Stimme hat mir ins Ohr gezischt, wenn ich nur einen Laut, einen einzigen Laut von mir geben würde … Wer ist er? Er hat gesagt, er würde meine ganze Familie töten. Wer ist er, Patricia?«

»Er ist etwas Schlimmeres, als wir uns vorstellen können«, sagte Patricia.

»Ich dachte, er bricht mir das Rückgrat. Es hat so schrecklich wehgetan.« Slick legte eine Hand an den Mund und drückte sich die Finger fest auf die Lippen. Tiefe Falten bildeten sich auf ihrer Stirn. »Ich habe nie mit jemand anderem als Leland geschlafen.«

Sie nahm ihre Bibel in beide Hände und schloss die Augen. Ihre Lippen bewegten sich einen Moment lang im stillen Gebet, und dann redete sie weiter, die Stimme kaum mehr als ein Flüstern.

»Mein Monopolygeld ist überall auf dem Teppich herumgeflogen, als er mich umgerissen hat«, sagte sie. »Und ich habe einfach die ganze Zeit diesen orangefarbenen Fünfhundertdollarschein vor meiner Nase angesehen. Darauf habe ich mich die ganze Zeit konzentriert. Und er hat mir gesagt, dass ich keinen Laut von mir geben soll, und ich habe keinen Laut von mir gegeben, aber ich hatte solche Angst, dass jemand von den anderen kommen würde, um nach mir zu sehen. Ich wollte nur, dass es vorbei wäre. Darum habe ich mich nicht gewehrt. Und dann war er fertig. In mir drin.«

Slick umklammerte ihre Bibel so fest, dass ihre Knöchel sich rot und weiß verfärbten, und ihr Gesicht fiel in sich zusammen. Patricia hasste sich für die Frage, die sie ihr als Nächstes stellen würde, aber sie musste es wissen.

»Das Bild?«, fragte sie. »Die Zeitungsausschnitte?«

»Er hat mich gezwungen, ihm zu sagen, wo sie sind«, sagte Slick. »Es tut mir leid. Es tut mir so leid. Mein Hochmut. Mein dummer, dummer Hochmut.«

»Es ist nicht deine Schuld«, sagte Patricia.

»Ich dachte, ich könnte es allein schaffen«, sagte Slick. »Ich dachte, ich wäre stärker als er. Aber keine von uns ist das.«

Slicks Pony war schweißnass. Ihre Wangen bebten. Sie atmete zischend ein.

»Wo tut es weh?«, fragte Patricia.

»Im Schritt«, sagte Slick.

Patricia hob die Decke an. Auf Höhe von Slicks Unterleib prangte ein dunkler Fleck auf dem Bademantel.

»Wir müssen dich ins Krankenhaus bringen«, sagte Patricia.

»Er bringt sie um, wenn ich jemandem davon erzähle«, sagte Slick.

»Slick«, fing Patricia an.

»Er bringt sie um«, wiederholte Slick. »Bitte. Er tut es wirklich.«

»Wir wissen nicht, was er mit dir gemacht hat.«

»Wenn ich morgen früh immer noch blute, gehe ich ins Krankenhaus«, sagte Slick. »Aber ich kann keinen Krankenwagen rufen. Was, wenn er draußen wartet und zusieht? Was, wenn er abwartet, um zu sehen, was ich tue? Bitte, Patricia, lass nicht zu, dass er meinen Kleinen etwas antut.«

Patricia ging ein warmes Handtuch holen und säuberte

Slick so gut es ging. Sie fand etwas Watte unter der Spüle und half ihr in ein Nachthemd. Unten nahm sie Leland beiseite.

»Was ist los?«, fragte er. »Geht es ihr gut?«

»Sie hat schlimme Krämpfe«, sagte Patricia. »Aber sie meint, dass es ihr morgen wieder besser gehen wird. Vielleicht solltest du lieber im Gästezimmer schlafen. Sie braucht ein bisschen Raum für sich.«

Leland legte Patricia eine Hand auf die Schulter und sah ihr in die Augen.

»Tut mir leid, dass ich dich vorhin so angefahren habe«, sagte er. »Aber ich weiß nicht, was ich tun würde, wenn Slick etwas zustößt.«

Draußen war es still und dunkel. Die Kerze auf der Veranda war heruntergebrannt, und die meisten Kinder waren wahrscheinlich längst wieder daheim. Patricia ging rasch ums Haus herum und stopfte Slicks Unterwäsche, ihren Bademantel und ihre kaputten Kleider in den Müll, ganz nach unten unter die Plastikbeutel. Dann rannte sie zu ihrem Volvo und verriegelte sämtliche Türen. Slick hatte recht. Vielleicht war er noch da draußen.

Sobald sie fuhr, fühlte sie sich sicherer, und die nun in ihr aufsteigende Wut gab ihr das Gefühl, dass ihre Haut ihr zu eng war. Ihre Bewegungen wurden hektisch. Sie konnte nicht mehr an sich halten. Sie musste irgendwohin.

Sie musste James Harris sehen.

Sie wollte sich vor ihn hinstellen und ihn für seine Taten anklagen. Das war das Einzige, was ihr im Moment ansatzweise Sinn zu ergeben schien. Vorsichtig fuhr sie durch Creekside, wobei sie all ihre Selbstbeherrschung aufbringen musste, um in weitem Bogen um die wenigen Gruppen herumzufahren, die noch unterwegs waren. Dann war sie auf der Johnnie Dodds Street und drückte das Gaspedal durch.

Im Old Village wurde sie wieder langsamer. Die Straßen waren so gut wie leer. Heruntergebrannte Kürbislampen standen auf den Veranden. Ein kalter Wind wehte aus der Klimaanlage des Volvos. Sie hielt an der Ecke Pitt und McCants. Der Vorgarten der Cantwells war leer, alle Lichter waren erloschen. Als sie sich auf den Weg zu James Harris' Haus machte, versetzte der Wind die Leichen, die hinter ihr an den Bäumen baumelten, in Bewegung, sodass sie ihr zu folgen und mit ihren umwickelten Armen nach ihrem vorbeifahrenden Wagen zu greifen schienen.

James Harris' großer, bösartiger Klumpen von einem Haus ragte zu ihrer Linken auf, und Patricia dachte an seinen dunklen Dachboden mit dem Koffer, in dem sich der einsame Leichnam Francines befand. Sie dachte an Slicks gehetzten Blick. Sie erinnerte sich daran, was Slick ihr zugezischt hatte.

Wenn er mir das hier angetan hat, was wird er dann bloß mit dir machen?

Sie musste in Erfahrung bringen, wo ihre Kinder waren, auf der Stelle. Das überwältigende Bedürfnis, sie in Sicherheit zu wissen, durchströmte ihren Körper und ließ sie nach Hause eilen.

Sie fuhr auf die Auffahrt und rannte zur Haustür. Eine Kürbislaterne war herabgebrannt, und die andere hatte jemand gegen die Eingangstreppe geknallt. Sie glitt im Schleim aus, als sie die Veranda hochrannte. Patricia riss die Tür auf und rannte nach hinten zur Sonnenveranda. Korey war nicht da. Sie rannte nach oben und riss Koreys Schlafzimmertür auf.

»Was ist?«, rief Korey. Sie saß im Schneidersitz über ein *SPIN*-Magazin gebeugt auf ihrem Bett.

Sie war in Sicherheit. Patricia sagte kein Wort. Sie rannte in Blues Zimmer. Leer.

Sie sah in jedem leeren Zimmer nach, sogar in der dunklen

Garage, aber Blue war noch immer unterwegs. Patricia fühlte sich fahrig. Sie vergewisserte sich, dass die Hintertür abgeschlossen war und schnappte sich ihre Autoschlüssel, aber was, wenn sie losfuhr, um ihn zu suchen, und er in der Zwischenzeit nach Hause kam? Und wie konnte sie Korey allein zurücklassen, wenn James Harris dort draußen unterwegs war?

Sie musste es Carter erzählen. Er musste nach Hause kommen. Zu zweit konnten sie mit dieser Sache fertigwerden. Sie zuckte zusammen, als sie Geräusche von der Eingangstür hörte, und hastete auf den Flur. Blue schloss gerade die Tür hinter sich.

Sie packte ihn und drückte ihn fest an sich. Für einen Moment erstarrte er, dann wand er sich aus ihren Armen.

»Was ist?«, fragte er.

»Ich bin nur froh, dass du in Sicherheit bist«, sagte sie. »Wo warst du?«

»Ich war bei Jim«, sagte er. Sie brauchte einen Moment, um diese Information zu verarbeiten.

»Wo?«, frage sie.

»Bei Jim«, sagte er abwehrend. »Bei Jim Harris. Warum?«

»Blue«, sagte sie. »Es ist sehr wichtig, dass du mir jetzt die Wahrheit sagst. Wo warst du den ganzen Abend über?«

»Bei. Jim. Zu Hause«, wiederholte Blue. »Mit Jim. Was interessiert dich das?«

»Und er war auch da?«, fragte sie.

»Ja.«

»Den ganzen Abend?«

»Ja!«

»Ist er irgendwann zwischendurch weggegangen, oder hast du ihn auch nur für eine Minute aus den Augen gelassen?«, fragte sie.

»Nur wenn Kinder geklingelt haben«, sagte Blue. »Moment mal, wieso?«

»Du musst ehrlich zu mir sein«, sagte sie. »Wann bist du dort rüber?«

»Ich weiß nicht«, sagte er. »Kurz nachdem ich gegangen bin. Mir war langweilig. Niemand wollte mir anständige Süßigkeiten schenken, weil alle meinten, dass ich nicht richtig verkleidet wäre. Und dann hat er mich gesehen und meinte, dass ich mich anscheinend nicht besonders amüsieren würde, und hat mich zu sich eingeladen, um auf seiner Playstation zu zocken. Ich hänge sowieso lieber bei ihm ab.«

Es konnte sich unmöglich so abgespielt haben, wie Blue es erzählte, angesichts dessen, was James Harris Slick angetan hatte.

»Du musst jetzt nachdenken«, sagte sie. »Ich muss ganz genau wissen, um welche Zeit du bei ihm angekommen bist.«

»So um halb acht«, sagte er. »Himmel noch mal, was interessiert dich das? Wir haben den ganzen Abend *Resident Evil* gespielt.«

Er log, er begriff nicht, wie ernst die Lage war, er dachte, es ginge nur um irgendwelche angesprühten Hunde. Patricia versuchte, verständnisvoll zu klingen.

»Blue«, sagte sie und sah ihn eindringlich an. »Das hier ist ungeheuer wichtig. Wahrscheinlich ist es das Wichtigste, was du in deinem ganzen Leben gesagt hast. Lüg mich nicht an.«

»Ich lüge nicht!«, schrie er. »Frag ihn doch! Ich war dort. Er war dort. Warum sollte ich lügen? Warum glaubt ihr immer, dass ich lüge? Himmel!«

»Ich glaube nicht, dass du lügst«, sagte sie und zwang sich, ruhig zu atmen. »Aber ich glaube, dass du durcheinander bist.«

»Ich! Bin! Nicht! Durcheinander!«, brüllte er.

Patricia fühlte sich, als hätte sie sich in einem Spinnennetz verstrickt, als machte jedes Wort, das sie sprach, die Sache schlimmer.

»Heute Abend ist eine sehr ernste Sache passiert«, sagte sie. »Und James Harris hatte damit zu tun, und ich glaube keine Minute lang, dass er die ganze Zeit bei dir war.«

Blue atmete laut aus und drehte sich zur Eingangstür um.

»Wo willst du hin?«

»Zurück zu Jim!«, rief er und packte seinerseits ihre Handgelenke. »Er schreit mich nicht die ganze Zeit an!«

Er war stärker als sie, und sie spürte den Druck seiner Finger auf der Haut, auf den Knochen, wie sie Blutergüsse auf ihren Unterarmen hinterließen. Sie zwang sich, die Finger von seinen Handgelenken zu lösen und hoffte, dass er das Gleiche tun würde.

»Du musst mir die Wahrheit sagen«, sagte sie.

Er ließ ihre Handgelenke los und sah sie mit einem Ausdruck tiefster Verachtung an.

»Du glaubst mir ohnehin nichts, egal, was ich sage«, erwiderte er. »Man sollte dich wieder ins Krankenhaus stecken.«

Er strahlte seinen Hass ab wie Hitze. Patricia machte einen kleinen Schritt nach hinten. Blue trat vor, und sie wich weiter vor ihm zurück. Dann drehte er sich um und ging die Treppe hoch.

»Wo gehst du jetzt hin?«, frage sie.

»Meine Hausaufgaben machen!«, brüllte er über die Schulter.

Sie hörte, wie er die Zimmertür zuknallte. Carter war immer noch nicht zurück. Sie sah auf die Uhr – es war fast elf. Sie überprüfte alle Türen und vergewisserte sich, dass die Fenster verschlossen waren. Dann schaltete sie das Licht im Garten aus. Sie hatte keine Ahnung, was sie jetzt tun sollte.

Sie sah einmal mehr nach Korey und Blue, und dann ging sie ins Bett und versuchte, das Buch für das Novembertreffen des Buchclubs zu lesen.

Bücher können Sie dazu anregen, sich selbst mehr zu schätzen, hieß es darin. *Indem Sie auf Ihre Gefühle hören, sie aufschreiben oder mit Worten zum Ausdruck bringen.*

Ihr wurde bewusst, dass sie bereits drei Seiten gelesen hatte, ohne sich an ein einziges Wort zu erinnern. Es fehlte ihr, Bücher zu lesen, in denen es wirklich um etwas ging. Sie versuchte es erneut.

Nehmen Sie sich eine Auszeit und stimmen Sie sich auf sich selbst ein, hieß es da. *Und anschließend können Sie mit mehr Verständnis, Akzeptanz, Wertschätzung und Wohlwollen wieder aufeinander zugehen.*

Sie pfefferte das Buch durchs Zimmer und suchte ihr Exemplar von *Helter Skelter* heraus. Sie blätterte ganz nach hinten, wo es um das Verfahren ging, und las immer wieder, wie Charles Manson zum Tode verurteilt wurde, als sei es eine Gutenachtgeschichte. Sie brauchte das Gefühl, dass nicht alle Männer mit derlei Untaten davonkamen, nicht jedes verdammte Mal. Sie las von dem Todesurteil gegen Charles Manson, bis die Buchstaben vor ihren Augen verschwammen und sie einschlief.

Männer sind vom Mars, Frauen von der Venus

November 1996

Kapitel 34

Am Dienstag brachte man Slick in die Universitätsklinik. Ab Mittwoch mussten alle Besucherinnen und Besucher Papierhandschuhe und -masken tragen.

»Wir wissen nicht genau, was mit ihr los ist«, sagte ihr Arzt. »Sie leidet an einer Autoimmunerkrankung, die schneller voranschreitet, als wir es erwartet hätten. Ihr Immunsystem attackiert unentwegt ihre weißen Blutzellen, und von den roten Blutzellen sind deutlich zu viele hämolytisch. Aber wir versorgen sie mit Sauerstoff und überprüfen sie auf alles Erdenkliche. Es ist noch zu früh, um in den Panikmodus zu schalten.«

Die Diagnose versetzte Patricia zugleich in Erregung und in Schrecken. Sie bestätigte, dass James Harris alles Mögliche sein mochte, aber jedenfalls kein Mensch. Er hatte etwas von sich in Slick hinterlassen, und es brachte sie um. Er war ein Ungeheuer. Andererseits wollte Slick einfach nicht genesen.

Leland besuchte sie jeden Tag um sechs, erweckte jedoch den Eindruck, jedes Mal zügig wieder aufbrechen zu wollen, kaum dass er gekommen war. Als Patricia ihm auf den Flur folgte, um ihn zu fragen, wie es ihm ginge, trat er dicht an sie heran.

»Du hast niemandem von ihrer Diagnose erzählt?«, fragte er.

»Bisher gibt es noch keine, soweit ich weiß«, sagte Patricia.

Er trat noch näher an sie heran. Patricia wollte zurückweichen, aber sie stand bereits mit dem Rücken zur Wand.

»Sie haben gesagt, dass es eine Autoimmunkrankheit ist«, flüsterte er. »Das darfst du niemandem verraten. Die Leute werden denken, dass sie Aids hat.«

»Niemand wird derlei denken, Leland«, sagte Patricia.

»In der Kirche wird es schon rumerzählt«, sagte er. »Ich will nicht, dass es bei den Kindern ankommt.«

»Ich habe zu niemandem ein Wort darüber verloren«, sagte Patricia, die nicht besonders begeistert davon war, für etwas in die Pflicht genommen zu werden, das ihr falsch vorkam.

Am Freitagmorgen hängte man ein Schild an Slicks Tür, dessen schwarze Punkte zeigten, dass es sehr oft fotokopiert worden war. Darauf stand, dass für Leute mit Fieber oder an Erkältung leidenden Verwandten und Freunden der Zutritt verboten war.

Slick sah blass aus, ihre Haut fühlte sich an wie aus Papier, und sie wollte nicht allein bleiben, vor allem nicht nachts. Die Schwestern brachten Decken, und Patricia schlief in dem Stuhl an ihrem Bett. Nachdem Leland nach Hause gegangen war, hielt Patricia Slick das Telefon hin, damit sie mit ihren Kindern Gutenachtgebete sprechen konnte, aber die meiste Zeit über lag Slick regungslos da, die Decke fast bis ans Kinn gezogen, die puppendürren Arme von weißen Klebebändern übersät und von Nadeln und Zugängen durchlöchert. Den Nachmittag über schwitzte sie ihr Fieber aus. Als sie ansprechbar wirkte, versuchte Patricia, ihr aus *Männer sind vom Mars, Frauen von der Venus* vorzulesen, aber nach einem Absatz merkte sie, dass Slick redete.

»Wie bitte?«, frage Patricia und beugte sich über sie.

»Irgendwas ... anderes ...«, sagte Slick. »... irgendwas ... anderes.«

Patricia holte das neueste Ann-Rule-Buch aus ihrer Handtasche.

»Der 21. September 1986«, las sie, »war in Portland – und in ganz Oregon – ein warmer und schöner Sonntag. Mit etwas Glück würden die Winterregenfälle des Nordwestens noch gute zwei Monate auf sich warten lassen ...«

Die festen und verlässlichen geografischen Angaben beruhigten Slick, und sie schloss die Augen und hörte zu. Sie schlief nicht, sondern lag einfach nur da und lächelte leise. Das Licht draußen wurde schwächer, drinnen wurde es heller, und Patricia las weiter, wobei sie laut sprach, damit sie durch ihre Papiermaske zu verstehen war.

»Bin ich zu spät?«, fragte Maryellen. Patricia blickte auf und sah, wie sie sich durch die Tür schob.

»Ist sie wach?«, flüsterte Maryellen hinter ihrer Maske.

»Danke, dass du gekommen bist«, sagte Slick, ohne die Augen zu öffnen.

»Alle wollen wissen, wie es dir geht«, sagte Maryellen. »Kitty wollte auf jeden Fall auch kommen.«

»Liest du das Buch für diesen Monat?«, fragte Slick.

Maryellen zog einen schweren braunen Sessel ans Fußende des Bettes.

»Ich bringe es nicht einmal über mich, es aufzuschlagen«, sagte sie. »*Männer sind vom Mars?* Zu viel des Lobes.«

Slick fing zu husten an, und Patricia brauchte einen Moment, um zu begreifen, dass sie lachte.

»Ich habe ...«, flüsterte Slick, und Patricia und Maryellen spitzten die Ohren. »Ich habe Patricia gesagt, sie soll aufhören, daraus vorzulesen.«

»Mir fehlen die Bücher, die wir früher gelesen haben, in denen es wenigstens einen Mord gab«, sagte Maryellen. »Das Problem mit dem Buchclub ist, dass inzwischen zu viele Männer dabei sind. Die könnten kein gutes Buch auswählen, wenn ihr Leben davon abhinge, und außerdem hören sie sich am liebsten selbst reden. Den ganzen Tag nur irgendwelche Meinungen.«

»Das klingt ... sexistisch«, flüsterte Slick.

Sie war die Einzige, die keine Maske trug, deshalb klang ihre Stimme am lautesten, obwohl sie am schwächsten war.

»Es würde mir nichts ausmachen, ihnen zuzuhören, wenn irgendeiner von denen eine Meinung hätte, mit der sich auch nur das geringste bisschen anfangen ließe«, sagte Maryellen.

Zu dritt in Slicks kleinem Krankenzimmer spürte Patricia das Fehlen der zwei anderen Frauen umso schmerzhafter. Ihr kam es vor, als seien sie eine Art Club der Überlebenden – die letzten drei.

»Gehst du am Samstag zu Kittys Austerngrillen?«, fragte sie Maryellen.

»Wenn es stattfindet«, sagte Maryellen. »Dem gegenwärtigen Stand der Dinge nach ist eine Absage wahrscheinlich.«

»Ich habe das letzte Mal vor Halloween mit ihr gesprochen«, sagte Patricia.

»Ruf sie an, wenn du dazu kommst«, sagte Maryellen. »Irgendetwas stimmt nicht. Horse sagt, dass sie die ganze Woche lang das Haus nicht verlassen hat, und gestern ist sie kaum aus ihrem Zimmer gekommen. Er macht sich Sorgen.«

»Was sagt er denn, was los ist?«, fragte Patricia.

»Er sagt, sie hat Albträume«, antwortete Maryellen. »Sie trinkt, und zwar viel. Sie will dauernd wissen, wo die Kinder sind. Sie hat Angst, ihnen könnte etwas passieren.«

Patricia beschloss, dass nun endlich mehr Leute Bescheid wissen mussten.

»Willst du mit Maryellen über etwas reden?«, fragte sie Slick. »Gibt es etwas, das du ihr sagen möchtest?«

Slick schüttelte nachdrücklich den Kopf.

»Nein«, sagte sie. »Die Ärzte wissen noch nichts.«

Patricia beugte sich vor.

»Hier kann er dir nichts tun«, sagte sie leise. »Du kannst es ihr sagen.«

»Wie geht es ihr?«, fragte eine sanfte, fürsorgliche Männerstimme von der Tür her.

Patricia zuckte zusammen, als hätte ihr jemand einen Dolch zwischen die Schulterblätter gerammt. Slick riss die Augen auf. Patricia drehte sich um, und die Augen über der Maske und die Umrisse unter dem Papierkittel waren unverkennbar.

»Es tut mir leid, dass ich nicht früher gekommen bin«, sagte James Harris durch seine Maske und trat durch das Zimmer auf sie zu. »Arme Slick. Was ist bloß geschehen?«

Patricia stand auf und stellte sich zwischen James Harris und Slicks Bett. Er hielt vor ihr inne und legte ihr eine große Hand auf die Schulter. Sie musste all ihre Willenskraft aufbringen, um nicht zurückzuweichen.

»Es ist so herzensgut von euch, hier zu sein«, sagte er, schob sie dann sanft beiseite und ragte über Slick auf, eine Hand auf ihrem Bettgitter. »Wie geht es dir, meine Liebe?«

Was er tat, war obszön. Patricia wollte um Hilfe schreien, sie wollte die Polizei holen, sie wollte, dass man ihn festnahm, aber sie wusste, dass niemand ihnen helfen würde. Dann wurde ihr klar, dass Maryellen und Slick ebenfalls kein Wort sprachen.

»Bist du zu schwach zum Sprechen?«, fragte James Harris Slick.

Patricia überlegte, wer zuerst nachgeben, wer von ihnen sich den Regeln der Höflichkeit beugen und ein Gespräch anfangen würde, aber sie blieben alle standhaft, sahen auf ihre Hände, auf ihre Füße, aus dem Fenster, und niemand sprach ein Wort.

»Ich habe das Gefühl, dass ich störe«, sagte James Harris.

Die Stille setzte sich fort, und Patricia spürte etwas, das größer war als ihre Angst – Solidarität.

»Slick ist müde«, sagte Maryellen schließlich. »Sie hatte einen langen Tag. Ich glaube, wir sollten alle gehen, damit sie sich ausruhen kann.«

Während sie umständlich umeinander herumliefen, um sich zu verabschieden, zur Tür zu gelangen, ihre Sachen zusammenzusuchen, sammelte Patricia Spucke in ihrem trockenen Mund. Sie wollte das, was sie jeden Augenblick zu tun gedachte, nicht tun, doch kurz bevor sie sich von Slick verabschiedete, sagte sie so laut sie konnte:

»James?«

Er drehte sich mit gehobenen Brauen um.

»Korey hat mein Auto«, sagte sie. »Könntest du mich zu Hause absetzen?«

Slick versuchte, sich im Bett aufzurichten.

»Ich komme morgen wieder«, sagte sie zu Slick. »Aber jetzt muss ich nach Hause und den Kühlschrank füllen und nachsehen, ob die Kinder noch leben.«

»Natürlich«, sagte James Harris. »Ich nehme dich gerne mit.«

Patricia beugte sich über Slick.

»Wir sehen uns bald wieder«, sagte sie und gab ihr einen Kuss auf die Stirn.

Maryellen ließ sich nicht davon abbringen, sie bis zu James Harris' Auto zu begleiten, das auf der dritten Ebene im Parkhaus stand. Patricia wusste die Geste zu schätzen, aber dann kam der Moment, in dem sie sich verabschieden musste.

»Tja«, sagte Maryellen wie eine schlechte Schauspielerin im Fernsehen. »Ich dachte, ich hätte hier geparkt, aber da habe ich mich wohl mal wieder geirrt. Fahrt ihr ruhig los, ich muss erst rausfinden, wo ich meinen Wagen abgestellt habe.«

Patricia sah Maryellen nach, die ins Treppenhaus ging, bis sie nur noch das Geräusch ihrer Absätze hörte, und dann verstummte auch das, und es war still im Parkhaus. Patricia zuckte zusammen, als die Verriegelung der Autotüren aufschnappte. Sie öffnete die Beifahrertür, stieg unbeholfen ein, zog die Tür zu und schnallte sich an. Der Motor erwachte zum Leben, und dann griff James Harris nach ihrem Kopf. Sie zuckte zurück, als er die Hand hinten an ihre Kopfstütze legte, über die Schulter sah und rückwärts aus der Parklücke fuhr. Schweigend fuhren sie die Rampen hinab, er bezahlte den Parkwächter, und dann waren sie auf den dunklen Straßen Charlestons.

»Ich freue mich, dass wir mal etwas Zeit miteinander verbringen«, sagte er.

Patricia wollte etwas sagen, aber sie bekam keinen Laut aus der Kehle.

»Hat man eine Ahnung, was Slick fehlt?«, fragte er.

»Eine Autoimmunerkrankung«, brachte sie heraus.

»Leland denkt, sie hätte Aids. Er hat schreckliche Angst, dass die Leute es herausfinden könnten.«

Sein Blinker tickte laut, als er nach links in die Calhoun Street abbog, vorbei an dem Park, in dem noch immer die Säulen des alten Charleston Museum standen. Sie erinnerten Patricia an Grabsteine.

»Wir pflegen eine ganze Menge Unterstellungen über die jeweils andere Person, du und ich«, sagte James Harris. »Ich finde, es ist an der Zeit, reinen Tisch miteinander zu machen.«

Patricia grub die Fingernägel in die Handflächen, um sich

zum Schweigen zu zwingen. Sie war in sein Auto eingestiegen. Reden musste sie nicht mit ihm.

»Ich würde nie einem Menschen etwas zuleide tun«, sagte er. »Das weißt du doch, oder?«

Wie viel wusste er? Hatten sie seine Treppe wirklich richtig sauber bekommen? Wusste er, dass sie bei ihm auf dem Dachboden gewesen war, oder vermutete er es nur? Hatte sie einen Fleck übersehen, etwas zurückgelassen, sich verraten?

»Ich weiß«, sagte sie.

»Hat Slick eine Ahnung, woher sie ihre Krankheit hat?«

Patricia biss sich von innen auf die Wange und spürte dem Gefühl nach, wie ihre Zähne ins weiche, schwammige Gewebe eindrangen. Es half ihr dabei, wachsam zu bleiben.

»Nein«, antwortete sie.

»Was ist mit dir? Was glaubst du?«

Wenn er Slick angegriffen hatte, was würde er dann jetzt, da sie allein waren, mit ihr anstellen? Langsam wurde ihr klar, in welche Lage sie sich gebracht hatte. Sie musste ihm vermitteln, dass sie keine Gefahr darstellte.

»Ich weiß nicht, was ich glauben soll«, brachte sie hervor.

»Immerhin gibst du es zu«, sagte er. »Ich befinde mich in einer ähnlichen Lage.«

»Inwiefern?«, frage sie.

Sie fuhren auf die Cooper River Bridge, die sich in einem geschmeidigen Bogen über die Stadt erhob, ließen das Festland hinter sich zurück und schwebten über den dunklen Hafen dahin. Es herrschte wenig Verkehr auf der Brücke.

Der Moment, den Patricia so sehr fürchtete, stand kurz bevor. Am Ende der Brücke gabelte sich die Straße. Zwei Spuren beschrieben einen Bogen Richtung Old Village. Die anderen beiden führten nach links und wurden zum Johnnie Dodds Boulevard, der an Einkaufszentren vorbei und über Creekside raus aufs Land führte, wo es weder Straßenbeleuchtung noch Nachbarn gab, tief hinein in den Francis Marion National Forest, wo es verborgene Lichtungen und Holzwege gab, Orte, an denen die Polizei gelegentlich verlassene Autos mit Leichen im Kofferraum fand oder Babyskelette, die man in Plastiktüten unter den Bäumen vergraben hatte.

An dem Weg, den er nahm, würde sich zeigen, ob er sie als Bedrohung betrachtete.

»Leland hat ihr das angetan«, sagte James Harris. »Leland hat sie krank gemacht.«

Patricias Gedanken schossen in alle möglichen Richtungen gleichzeitig. Was sagte er da? Sie versuchte zuzuhören, aber er redete bereits weiter.

»Es hat alles mit einem dieser verdammten Ausflüge angefangen«, sagte er. »Wenn ich das gewusst hätte, hätte ich nie etwas Derartiges vorgeschlagen. Es war der im letzten Februar nach Atlanta, erinnerst du dich? Carter hatte diese Ritalin-Konferenz, und Leland und ich sind am Sonntag mit einigen der Ärzte Golfspielen gegangen, um mit ihnen über die Möglichkeit zu reden, in Gracious Cay zu investieren. Beim Abendessen hat ein Psychiater aus Reno gefragt, ob wir uns mit ein paar Mädchen treffen wollten. Er hat uns vom sogenannten *Gold Club* erzählt, der einem ehemaligen New York Yankee gehörte und deshalb garantiert seriös wäre. Mein Ding war das nicht, aber Leland hat fast tausend Dollar dort gelassen. Das war beim ersten Mal. Danach fiel es ihm anscheinend immer leichter.«

»Warum erzählst du mir das?«

»Weil du die Wahrheit erfahren musst«, sagte er, während sie vom letzten Brückenbogen herunterfuhren. Vor ihnen gabelte sich die Straße. Rechts oder links. »Die Sache mit den Mädchen ist mir letzten Sommer aufgefallen. Leland hat sich auf so gut wie jeder Reise mit einer Neuen herumgetrieben. Manchmal traf er sich mit derselben Lady wieder, wenn wir nach Atlanta oder Miami zurückkehrten. Manche waren Profis, manche nicht. Du weißt, was ich meine?«

Er wartete. Sie nickte steif, die Augen auf die Straße gerichtet. Er fuhr auf der mittleren Bahn, von wo aus er in beide Richtungen abbiegen konnte. Sie fragte sich, ob er gleich ein volles Geständnis ablegen würde, weil er wusste, dass sie schon bald nicht mehr dazu in der Lage sein würde, jemandem davon zu erzählen.

»Er hat sich bei einer von ihnen eine Krankheit eingefangen und dann Slick damit angesteckt. Keine Ahnung, was es ist. Aber ich weiß, dass es so war. Ich habe ihn einmal gefragt, ob er Kondome benutzen würde, und er hat gelacht und gesagt: ›Nein, es soll schließlich Spaß machen.‹ Jemand muss es ihrem Arzt sagen.«

Er setzte keinen Blinker zum Spurwechsel; das Auto fuhr einfach von der Brücke runter und zog fast unmerklich nach rechts, und dann waren sie auf der Straße zum Old Village. Die Muskeln in ihrem Rücken entkrampften sich.

»Was ist mit Carter?«, fragte sie nach einer kurzen Weile.

Sie folgten den sanften Biegungen des Coleman Boulevard Richtung Old Village, kamen erst an Häusern und Straßenlaternen und dann an Geschäften, Restaurants, Menschen vorbei.

»Er auch«, sagte James Harris. »Es tut mir leid.«

Sie hatte nicht damit gerechnet, dass diese Worte sie so sehr schmerzen würden.

»Was willst du von mir?«

»Er behandelt dich, als wärst du dumm«, sagte James Harris. »Carter erkennt nicht, was er für eine wunderbare Familie hat, aber ich schon. Ich habe es von Anfang an erkannt.

Ich war dabei, als deine Schwiegermutter gestorben ist, und sie war eine gute Frau. Ich habe Blue beim Aufwachsen zugesehen, und er hat es nicht leicht, aber er verfügt über erstaunlich viel Potenzial. Du bist ein guter Mensch. Aber dein Mann hat all das weggeworfen.«

Sie kamen an der Oasis-Tankstelle in der Straßenmitte vorbei und fuhren ins eigentliche Old Village hinein. Im Auto wurde es dunkler, als die Abstände zwischen den Straßenlaternen sich vergrößerten.

»Wenn Leland Slick mit irgendetwas angesteckt hat«, sagte er, »dann könnte Carter dich auch anstecken. Es tut mir leid, dass ausgerechnet ich dir das sage, aber du musst es erfahren. Dir soll nichts geschehen. Du bedeutest mir etwas. Und Blue und Korey bedeuten mir auch etwas. Ihr alle seid ein wichtiger Teil meines Lebens.«

Er sah so ernst und aufrichtig aus, als hielte er um ihre Hand an, während er von der Pitt Street auf die McCants einbog.

»Was willst du damit sagen?«, fragte sie mit tauben Lippen.

»Du verdienst etwas Besseres«, antwortete er. »Du und die Kinder, ihr verdient jemanden, der euren wahren Wert erkennt.«

Ganz langsam drehte sich ihr der Magen um. Er fuhr an der Alhambra Hall vorbei, und sie wollte die Tür aufreißen und aus dem Auto springen. Sie wollte spüren, wie sie auf den Asphalt klatschte und sich die Haut daran aufschürfte. Das würde sich zumindest wie die Wirklichkeit anfühlen, nicht wie ein Albtraum. Sie zwang sich, James Harris einmal mehr anzusehen, aber sie wagte es nicht, das Wort zu ergreifen. Sie schwieg, bis er vor ihrem Haus vorfuhr.

»Ich brauche Zeit zum Nachdenken«, sagte sie.

»Was wirst du Carter erzählen?«, fragte er.

»Nichts«, sagte Patricia und verwandelte ihr Gesicht in eine Maske. »Noch nicht. Das bleibt unter uns.«

Sie machte sich am Türgriff zu schaffen, und dabei ließ sie Francines Führerschein auf den Boden seines Wagens fallen und schob ihn mit dem Fuß unter den Beifahrersitz.

Es war nicht seine Brieftasche, aber es war nah dran.

Sie erwachte im Dunkeln. Anscheinend hatte sie irgendwann die Nachttischlampe ausgeschaltet, ohne sich daran zu erinnern. Nun lag sie steif wie ein Brett da, hatte Angst, sich zu bewegen, und lauschte. Was hatte sie aufgeweckt? Sie spitzte die Ohren und suchte mit Blicken die Dunkelheit ab. Sie wünschte, dass Carter bei ihr wäre, aber er befand sich wieder einmal auf einer Arzneimittelreise nach Hilton Head.

Ihre Ohren wanderten durchs dunkle Haus. Sie hörte das hohe Summen der Hitze, die durch die Lüftungsgitter drang, das Klicken tief in den Blechrohren, unterlegt vom Rauschen warmer Luft und vom Tropfen des Wasserhahns im Bad.

Sie dachte an Blue. Sie musste irgendwie zu ihm durchdringen, bevor James Harris ihn noch weiter unter seine Kontrolle brachte. Er hatte über eine Vergewaltigung gelogen, aber sie glaubte nicht, dass es zu spät war. Sie musste ihm etwas geben, das er noch verzweifelter wollte als Bestätigung durch James Harris.

Dann hörte sie es, durch die Geräusche des Hauses, das absichtsvolle Geräusch eines Fensters, das aufgeschoben wurde. Es kam aus dem dunklen Flur, von hinter Koreys geschlossener Zimmertür, und auf einen Schlag wurde Patricia klar, dass Korey sich gerade aus dem Haus schlich.

Sie hätte sich treten können. Kein Wunder, dass Korey morgens immer so erschöpft war. Kein Wunder, dass sie so geistesabwesend wirkte. Sie schlich sich jede Nacht aus dem Haus, um sich mit irgendeinem Jungen zu treffen. Patricia war so sehr mit Slick und James Harris und all den anderen Sachen beschäftigt gewesen und hatte sich gar nicht mehr darum gekümmert, dass sie *zwei* Teenager im Haus hatte. Und es gab eine ganze Menge alltäglicher Risiken, um die man sich sorgen musste.

Sie schlug ihre Decke zurück, schlüpfte in ihre Slipper und tapste durch den Flur. Ein verstohlenes, rhythmisches Geräusch ertönte hinter Koreys Tür, und ihr wurde klar, dass Korey sich nicht raus-, sondern der Junge sich reinschlich. Sie knipste das Flurlicht an und stieß Koreys Schlafzimmertür auf.

Zuerst begriff sie nicht, was sie im Licht aus dem Flur vor sich sah.

Zwei blasse, nackte Leiber auf dem Bett. Sie erkannte, dass der, der ihr näher war, James Harris gehörte, dessen muskulöser Rücken und Pobacken sich leicht und rhythmisch bewegten, pulsierend wie ein Herzschlag. Er lag zwischen den glatten langen Beinen eines Mädchens mit flachem Bauch und festen, noch unentwickelten Teenagerbrüsten. Sein Mund hatte sich an irgendetwas an der Innenseite ihres Oberschenkels festgesaugt, direkt neben dem Schambein. Ihr Haar lag auf dem Kissen ausgebreitet, ihre Augen waren vor Verzückung halb geschlossen, und sie lächelte hingebungsvoll, ein Lächeln, wie Patricia es noch nie zuvor auf Koreys Gesicht gesehen hatte.

Kapitel 35

Patricia stürzte sich auf ihre Tochter, schüttelte sie bei den Schultern, ohrfeigte sie.

»Korey!«, kreischte sie. »Korey! Wach auf!«

Obszönerweise machten sie weiter, aneinander festgesaugt und pulsierend wie aufgeblähte Blutbeutel. Korey gab ein leises, wonniges Maunzen von sich und ließ eine Hand nach unten wandern, über ihren Bauch und zu ihrem Schamhaar, doch Patricia packte die Hand und riss sie fort. Korey begann zu zappeln. Patricia musste James' Kopf von den Schenkeln ihrer Tochter wegzerren. Als sie auf ihn hinabsah, tat ihr Magen einen warnenden Satz. Gleich würde sie sich übergeben.

Sie schloss fest die Lippen, ließ Koreys fiebrig warmes Handgelenk los und versuchte, James an den Schultern wegzuziehen, aber er wehrte sich und versuchte, sich weiter an ihrer Tochter festzusaugen. Patricia hob einen Stollenschuh vom Boden auf und schlug ihm den Absatz auf den Kopf. Ihr erster Schlag war ein lächerliches und wirkungsloses Antippen, der zweite jedoch deutlich fester, und der dritte traf seinen Schädel mit lautem Krachen.

Während sie immer wieder mit dem Schuh auf seinen Schädel eindrosch, hörte sie sich rufen: »Runter! Runter! Runter von meiner Kleinen!«

Ein saugendes, schlürfendes Geräusch zerriss die Stille im Zimmer, das Geräusch eines rohen Steaks, das in der Mitte durchgerissen wurde, und James Harris sah zu ihr auf wie ein schwachsinniges Landei. Sein Mund stand offen, und etwas Schwarzes, Unmenschliches, von dem zähes Blut tropfte, hing aus dem Loch in seiner unteren Gesichtshälfte. Er versuchte, den trüben Blick auf Patricia zu richten, die den Schuh immer noch neben ihrem Ohr erhoben hielt, bereit für den nächsten Schlag.

»Uh«, sagte er stumpf.

Er rülpste, und blutiger Speichel lief an dem Saugrüssel herab, der von seinem Kinn herabbaumelte, sich dann zusammenrollte und langsam in sein blutverschmiertes Maul zurückzog.

Mein Gott, dachte Patricia, *ich bin wahnsinnig geworden*, bevor sie abermals mit dem Schuh zuschlug. James Harris erhob sich, packte sie mit der einen Hand am Handgelenk, mit der anderen an der Kehle und schleuderte sie an die gegenüberliegende Wand. Sie traf mit dem flachen Rücken auf, und alle Luft wurde ihr aus den Lungen gepresst. Sie hatte das Gefühl, dass ihre Zungenwurzel sich lockerte. Dann war er über ihr, sein Atem heiß und roh, den Unterarm an ihrer Kehle, stärker als sie, schneller als sie, und sie wurde in seinem Griff schlaff wie ein Beutetier.

»Das ist alles deine Schuld«, sagte er mit von Schleim belegter, verwaschener Stimme.

Blut war auf seinen Lippen verschmiert, und heiße Blutspritzer sprenkelten ihr Gesicht. Und sie wusste, dass er recht hatte. Das. War. Alles. Ihre. Schuld. Sie hatte ihre Kinder dieser Gefahr ausgesetzt, sie hatte ihn in ihr Haus eingeladen. Sie war so besessen von den Kindern in Six Mile und von Blue gewesen, dass sie die Gefahr für Korey gar nicht wahrgenommen hatte. Sie hatte ihre beiden Kinder direkt in die Arme von James Harris getrieben.

Sie sah, wie ein Klumpen sich in seiner Kehle abwärts bewegte, als er schluckte, was auch immer er benutzte, um Blut zu saugen. Dann sagte er: »Du hast versprochen, es bleibt unter uns.«

Sie erinnerte sich, diese Worte im Auto gesagt zu haben. Sie hatte ihn damit hinhalten, sich mehr Zeit erkaufen wollen, hatte gewollt, dass er sich in Sicherheit wiegte, aber sie hatte es gesagt, und er hatte es als weitere Einladung aufgefasst. Sie hatte ihn an der langen Leine gehalten. Sie verdiente das, was hier geschah. Aber ihre Tochter nicht.

»Korey.« Mehr bekam sie durch ihre zusammengedrückte Luftröhre nicht heraus.

»Sieh nur, was du ihr angetan hast«, zischte er und riss ihren Kopf herum, sodass sie das Bett sehen konnte.

Korey hatte Arme und Beine an sich gezogen und eine Embryonalhaltung eingenommen. Sie zitterte unkontrolliert und erlitt offenbar soeben einen Schock. Blut breitete sich unter ihr auf der Matratze aus. Patricia schloss die Augen, bis ihre Übelkeit sich gelegt hatte.

»Mom?«, rief Blue vom Flur her.

Sie und James Harris sahen einander in die Augen, er ganz und gar nackt mit einem Latz aus Blut auf Brust und Bauch, sie in ihrem Nachthemd, ohne BH, während die Tür zu einem Viertel offen stand. Keiner von beiden rührte sich von der Stelle.

»Mom?«, rief Blue erneut. »Was ist los?«

Unternimm etwas, sagte James Harris lautlos zu ihr.

Sie hob die Hand und berührte mit den Fingerspitzen die fremde Hand, die sie nach wie vor an der Kehle gepackt hielt. Er ließ los.

»Blue«, sagte sie und trat durch die Tür auf den Flur. Sie betete, dass die Flecken von Koreys Blut, die sie im Gesicht spürte, nicht auffallen würden.

»Geh wieder zu Bett.«

»Was ist mit Korey los?«, fragte er.

»Deine Schwester ist krank«, sagte Patricia. »Bitte. Später wird es ihr besser gehen. Aber im Moment braucht sie ihre Ruhe.«

Nun, da er wusste, dass seine Aufmerksamkeit nicht erforderlich war, drehte Blue sich ohne ein weiteres Wort um, kehrte in sein Zimmer zurück und schloss die Tür. Patricia ging zurück in Koreys Zimmer und schaltete das Deckenlicht gerade noch rechtzeitig ein, um James Harris nackt auf dem Fenstersims hocken zu sehen. Er hielt seine Kleider an den Bauch gedrückt wie ein Liebhaber, der in irgendeiner altmodischen Komödie vor einem wütenden Ehemann floh.

»Du hast es so gewollt«, sagte er, und dann war er weg, und das Fenster war nur noch ein großes schwarzes rechteckiges Stück Nacht.

Korey wimmerte auf dem Bett. Es war das Geräusch, das sie von sich gab, wenn sie einen Albtraum hatte und das Patricia schon so oft gehört hatte. Aus Mitleid erwiderte sie den Laut. Sie ging zu ihrer Tochter und begutachtete die Wunde an der Innenseite ihres Oberschenkels. Sie sah geschwollen und infiziert aus, und es war nicht die einzige. Überall um sie herum gab es einander überlappende Blutergüsse und Einstichstellen mit eingerissenen und ausgefransten Rändern. Patricia begriff, dass dies hier nicht zum ersten Mal geschehen war.

Ihr Kopf war voller flatternder Fledermäuse, die kreischten und zusammenstießen und jeden klaren Gedanken zerfetzten. Patricia registrierte gar nicht, wie sie die Kamera auftrieb und Fotos schoss, wie sie ins Bad ging, am Waschbecken einen Waschlappen mit warmem Wasser tränkte, wie sie Koreys Wunde auswusch und desinfizierte. Sie wollte sie verbinden, aber das konnte sie nicht, ohne Korey damit zu verraten, dass sie dieses obszöne Etwas gesehen hatte. Und diese Grenze konnte sie bei ihrer Tochter nicht überschreiten. Noch nicht.

Alles schien völlig normal zu sein. Sie hatte erwartet, dass das Haus explodieren oder der Garten ins Hafenbecken abrutschen würde, dass Blue mit einem Koffer zur Tür hinausgehen würde, um nach Australien zu ziehen, aber Koreys Zimmer war so unordentlich wie immer, und als Patricia nach unten ging, brannte die Segelschifflampe auf dem Eingangstisch wie immer, und Ragtag, der ein Nickerchen auf dem Sofa im Hobbyraum gemacht hatte, hob den Kopf, und seine Hundemarken klapperten, wie immer, und das Verandalicht ging wie immer aus, als sie den Schalter umlegte.

Sie ging ins Bad und wusch sich das Gesicht, schrubbte es sich fest mit einem Waschlappen ab, und versuchte, dabei nicht in den Spiegel zu sehen. Sie schrubbte, bis ihre Haut rot und wund war. Sie schrubbte, bis es wehtat. Gut. Sie hob die Hand und kniff sich ins linke Ohr, bis es wehtat, drehte es, und auch das fühlte sich gut an. Sie ging ins Bett und lag im Dunkel, starrte an die Decke, im Wissen, dass sie niemals einschlafen würde.

Es war alles ihre Schuld. Es war alles ihre Schuld. Es war alles ihre Schuld.

Schuld, gebrochenes Vertrauen und Übelkeit rumorten in ihren Eingeweiden, und sie schaffte es gerade so ins Bad, bevor sie sich übergeben musste.

Sie gab sich größte Mühe, Korey am nächsten Morgen nicht anders zu behandeln, und Korey selbst verhielt sich wie an jedem anderen Morgen auch. Sie schmollte vor sich hin und sprach kaum ein Wort. Patricias Hände fühlten sich taub an, als sie Korey und Blue zur Schule brachte, und dann setzte sie sich ans Telefon und wartete.

Der erste Anruf kam um neun, doch sie konnte sich nicht überwinden, abzunehmen. Der Anrufbeantworter ging ran.

»Patricia«, erklang James' Stimme. »Bist du da? Wir müssen miteinander reden. Ich muss dir erklären, was vorgeht.«

Es war ein wolkenloser, sonniger Oktobertag. Der leuchtend blaue Himmel schützte sie. Aber anrufen konnte er trotzdem. Das Telefon klingelte erneut.

»Patricia«, sprach er auf den Anrufbeantworter. »Du musst es dir von mir erklären lassen.«

Er rief noch dreimal an, und beim dritten Mal nahm sie ab.

»Wie lange schon?«, fragte sie.

»Komm her, und hör mich an«, sagte er. »Ich erzähle dir alles.«

»Wie lange schon?«, wiederholte sie.

»Patricia«, sagte er. »Ich will, dass du meine Augen sehen kannst, damit du weißt, dass ich ehrlich zu dir bin.«

»Sag mir einfach, wie lange das schon geht«, bat sie, und zu ihrer eigenen Überraschung stockte ihre Stimme, ihre Stirn zog sich zusammen, und sie spürte im Kiefer, dass sie gleich zu weinen anfangen würde. Sie konnte den Mund nicht schließen; in ihr war ein Heulen, das rauswollte.

»Ich bin froh, dass du es endlich weißt«, sagte er. »Ich bin es so leid, mich zu verstecken. All das ändert nichts an dem, was ich gestern Abend gesagt habe.«

»Woran?«

»Ich schätze dich«, sagte er. »Ich schätze deine Familie. Ich bin nach wie vor dein Freund.«

»Was hast du mit meiner Tochter gemacht?«, brachte sie heraus.

»Es tut mir leid, dass du das mit ansehen musstest«, sagte er. »Mir ist klar, dass du verwirrt und verängstigt bist, aber es ist nicht anders als die Sache mit meinen Augen – ich leide einfach nur an einer angeborenen Krankheit. Manche meiner Organe funktionieren nicht richtig, und gelegentlich muss ich mir das Kreislaufsystem eines anderen Menschen borgen und mein Blut durch seines filtern. Ich bin kein Vampir, ich trinke kein Blut, es ist nicht anders, als eine Dialysemaschine zu verwenden, nur natürlicher. Und ich verspreche dir, dass es nicht wehtut. Tatsächlich fühlt es sich, soweit ich das beurteilen kann, sogar gut für die anderen an. Du musst verstehen, dass ich Korey niemals verletzen würde. Sie war damit einverstanden. Ich will, dass du das weißt. Nachdem ich ihr von meiner Krankheit erzählt habe, ist sie zu mir gekommen und hat mir ihre Hilfe angeboten. Du musst mir einfach glauben, dass ich sie nie zwingen würde, etwas gegen ihren Willen zu tun.«

»Was bist du?«, fragte sie.

»Ich bin allein«, sagte er. »Ich bin schon seit sehr langer Zeit allein.«

Patricia begriff, dass das, was sie aus seiner Stimme heraushörte, keine Reue war, sondern Selbstmitleid. Sie hatte so oft gehört, wie Carter sich selbst bemitleidete, dass dieser Tonfall unverkennbar für sie war.

»Was willst du von uns?«

»Du bedeutest mir etwas«, sagte er. »Deine Familie bedeutet mir etwas. Ich sehe, wie Carter euch behandelt, und es macht mich wütend. Er wirft etwas weg, das ich wie meinen Augapfel hüten würde. Blue hält große Stücke auf mich, und Korey hat schon so viel getan, um mir zu helfen, dass ich ihr auf ewig dankbar sein werde. Es wäre wirklich schön, wenn wir beide irgendwie zueinanderfinden könnten.«

Er wollte ihre Familie. Die Erkenntnis traf sie mit einem Schlag. Er wollte Carter ersetzen. Dieser Mann war ein Vampir. Zumindest würde sie wohl kaum jemals auf ein Wesen stoßen, das einem Vampir näherkam als er. Sie erinnerte sich daran, was Miss Mary vor all den Jahren in der Dunkelheit gesagt hatte.

Sie tragen einen Hunger in sich. Sie hören nie auf zu nehmen. Sie haben ihre Seele verpfändet, und jetzt essen und essen und essen sie und wissen einfach nicht, wie man wieder damit aufhört.

Er hatte einen Ort aufgespürt, an dem er sich anpasste, mit einer Nahrungsquelle in der Nähe, war inzwischen ein angesehener Mitbürger, und jetzt wollte er eine Familie, weil er einfach nicht Schluss machen konnte. Er bekam den Hals nicht voll. Diese Erkenntnis öffnete eine Tür in ihrem Kopf, und die Fledermäuse flogen in einer schwarzen Flatterwolke hinaus und ließen ihren Schädel leer und ruhig und klar zurück.

Er hatte das Haus der alten Mrs. Savage gewollt, also hatte er es ihr weggenommen. Miss Mary hatte ihn mit ihrem Foto in Gefahr gebracht, also hatte er sie vernichtet. Er hatte Slick angegriffen, um sich zu schützen. Um zu bekommen, was er wollte, würde er alles sagen und tun. Er kannte keine Grenzen. Und sie wusste, dass ihre Kinder in jenem Moment ernstlich in Gefahr waren, in dem er den Verdacht schöpfte, dass sie begriff, was er wollte.

»Patricia?«, fragte er in die Stille hinein.

Sie holte zitternd Atem.

»Ich brauche Zeit zum Nachdenken«, sagte sie. Wenn sie schnell auflegte, würde er ihren veränderten Tonfall nicht bemerken.

»Dann lass mich rüberkommen«, sagte er, nun schärfer. »Heute Abend. Ich möchte mich persönlich entschuldigen.«

»Nein«, sagte sie und umklammerte das Telefon mit der auf einmal schweißnassen Hand. Sie zwang ihre Kehle dazu, sich zu entspannen. »Ich brauche Zeit.«

»Versprich mir, dass du mir verzeihst«, sagte er.

Sie musste das Gespräch unverzüglich beenden. Mit einem freudigen Schauer begriff sie, dass es an der Zeit war, die Polizei zu benachrichtigen. Die Polizisten würden zu ihm nach Hause fahren, den Führerschein finden und seinen Dachboden durchsuchen, und bei Sonnenuntergang wäre endlich alles vorbei.

»Ich verspreche es«, sagte sie.

»Ich setze mein Vertrauen in dich, Patricia«, sagte er. »Du weißt, dass ich niemandem etwas zuleide tun würde.«

»Ich weiß«, sagte sie.

»Ich will, dass du alles über mich erfährst. Wenn du bereit dazu bist, möchte ich viel Zeit mit dir verbringen.«

Sie war stolz darauf, wie gut es ihr gelang, ruhig und gelassen weiterzusprechen.

»Ich auch.«

»Ach ja«, sagte er, »bevor ich Schluss mache – mir ist heute Morgen eine wirklich unangenehme Sache passiert.«

»Was denn?«, frage sie benommen.

»Ich habe Francine Chapmans Führerschein in meinem Auto gefunden«, sagte er voller Verwunderung. »Du erinnerst dich an Francine? Die, die früher für mich geputzt hat? Ich habe keine Ahnung, wie er dort gelandet ist, aber ich habe mich darum gekümmert. Seltsam, oder?«

Sie wollte ihm die Nägel ins Gesicht bohren, sie nach unten ziehen, ihm die Haut abreißen. Sie war so furchtbar dumm.

»Wie seltsam«, sagte sie mit lebloser Stimme.

»Tja«, sagte er. »Ein Glück, dass ich ihn entdeckt habe. Das wäre womöglich schwer zu erklären gewesen.«

»Ja«, sagte sie.

»Ich warte darauf, von dir zu hören«, sagte er. »Aber lass mich nicht zu lange warten.«

Er legte auf.

Eine ihrer großen Aufgaben bestand darin, ihre Kinder vor Ungeheuern zu beschützen. Denen unterm Bett, denen im Wandschrank, denen, die im Dunkel lauerten. Stattdessen hatte sie das Ungeheuer in ihr Haus eingeladen und war zu schwach gewesen, es davon abzuhalten, sich alles zu nehmen, was es wollte. Das Monster hatte ihre Schwiegermutter getötet, ihren Mann verführt, sich ihre Tochter und ihren Sohn geholt.

Sie war zu schwach, um es allein aufzuhalten, aber aufgehalten werden musste es. Es gab nicht mehr viele Menschen, an die sie sich wenden konnte.

Sie nahm den Telefonhörer und rief Mrs. Greene an.

»Ja?«, sagte Mrs. Greene.

»Mrs. Greene«, sagte Patricia und räusperte sich. »Können sie am Montagabend in die Stadt kommen?«

»Warum?«, fragte Mrs. Greene.

»Sie müssen meinen Buchclub kennenlernen.«

Kapitel 36

Am Montag sackten die Temperaturen um die Mittagszeit ab, und dunkle Wolken türmten sich am Himmel. Blätter fegten über die leeren Straßen von Old Village. Auf der Brücke drängten plötzliche Böen die Autos ab, sodass sie unvermittelt die Spuren wechseln mussten. Um vier wurde es dunkel, Fenster klapperten in ihren Rahmen, Türen wurden plötzlich aufgeschlagen, und der Wind riss Äste von Lebenseichen und ließ sie mitten auf die Straße donnern.

Der schwarze Wind drückte ans Fensterglas von Slicks Krankenhauszimmer, bis es ächzte. Die Luft im Innern fühlte sich an wie in einem Kühlschrank.

»Wird es lange dauern?«, fragte Maryellen. »Monica muss morgen ein Latein-Projekt abgeben, und ich muss ihr dabei helfen, ein Parthenon aus Klopapierrollen zu basteln.«

»Ich bin nicht gerne von zu Hause weg«, sagte Kitty und schob die Hände unter ihren Papierkittel, um sie warm zu halten.

Kittys Kittel war schlampig zugebunden, und Patricia sah ihren braunen Pullover mit den beiden Handabdrücken aus Silberpailletten auf der Brust durch das Papier. Maryellen trug eine Baumwollbluse und einen ordentlich zugeknoteten Papierkittel darüber. Die Deckenlichter waren ausgeschaltet, und das einzige Licht kam von den Leuchtröhren über dem Kopfende von Slicks Bett und der Spüle und erfüllte das Zimmer mit Schatten. Slick saß aufrecht in ihrem Bett. Sie hatte sich einen marineblauen Cardigan mit aquamarinblauen Dreiecken darauf über die Schultern gelegt. Patricia hatte mit ihrer Schminke ihr Möglichstes getan, aber Slick sah trotzdem aus wie ein Totenkopf mit Perücke.

Jemand klopfte an die Tür, und Mrs. Greene trat ein.

»Danke, dass Sie gekommen sind«, sagte Patricia.

»Hallo ... Mrs. Greene.« Slick lächelte.

Mrs. Greene brauchte einen Moment, um sie zu erkennen, und Patricia sah, wie für einen Moment ein Ausdruck des Entsetzens in ihre Augen trat, bevor sie sich eine freundliche Miene abrang.

»Wie fühlen Sie sich, Mrs. Paley?«, sagte sie. »Es tut mir sehr leid, dass Sie krank sind.«

»Danke«, sagte Slick.

Mrs. Greene hockte sich mit ihrer Handtasche auf dem Schoß auf eine Stuhlkante, und Stille senkte sich über das Zimmer. Der Wind bollerte gegen die Fenster.

»Slick«, sagte Maryellen. »Du wolltest, dass wir dich besuchen kommen, aber ich habe das ungute Gefühl, dass du etwas im Schilde führst.«

»Tut mir leid, Leute«, sagte Kitty. »Aber können wir schnell machen?«

Die Tür ging erneut auf, und alle wandten die Köpfe und erblickten Grace. Alles in Patricia drängte zur Flucht.

Grace nickte Slick zu, und dann sah sie Mrs. Greene und Patricia.

»Du hast mich angerufen und darum gebeten, vorbeizuschauen«, sagte sie zu Slick. »Aber gerade scheint es hier ein bisschen voll zu sein. Ich komme ein andermal wieder.«

Sie drehte sich um, und Patricia rief: »Nein!«

Grace blickte sich mit ausdrucksloser Miene zu ihr um.

»Geh nicht«, keuchte Slick vom Bett her. »Bitte ...«

Vor die Entscheidung gestellt, ob sie eine Szene riskieren oder etwas tun sollte, das ihr zuwider war, entschied sie sich für Letzteres. Sie schlängelte sich zwischen Maryellen und Kitty hindurch und setzte sich auf den einzigen freien Stuhl, der rein zufällig in unmittelbarer Nähe des Bettes stand. Slick und Patricia spekulierten darauf, dass es dadurch schwerer für sie sein würde, einfach zu gehen.

»Tja«, sagte Grace in die lange Stille hinein.

»Wisst ihr«, bemerkte Maryellen, »es ist fast so, als wäre der alte Buchclub wieder beisammen. Wahrscheinlich zieht gleich jemand ein Buch von Ann Rule aus der Handtasche.«

Patricia beugte sich vor und zog *Tot bei Morgengrauen* aus ihrer Tasche. Alle lachten verkrampft, mit Ausnahme von Grace und Mrs. Greene, die den Witz nicht verstand. Slicks Lachen ging in einen Hustenanfall über.

»Ich nehme an, dass wir aus einem bestimmten Grund anwesend sind«, sagte Kitty zu Slick.

Slick nickte Patricia zu und überließ ihr das Parkett.

»Wir müssen über James Harris reden«, fing Patricia an.

»Mir ist gerade eingefallen, dass ich einen Termin habe«, sagte Grace und stand auf.

»Grace, du musst das hören«, sagte Patricia.

»Ich bin gekommen, weil Slick angerufen hat«, sagte Grace und schlang sich ihre Handtasche über die Schulter. »Ich mache das nicht noch einmal mit. Und jetzt entschuldigt mich.«

»Ich habe mich getäuscht«, sagte Patricia. Das ließ Grace innehalten. »Ich habe mich in James Harris getäuscht. Ich dachte, er wäre ein Drogendealer, und ich habe euch alle in die Irre geführt. Und es tut mir leid.«

Grace entspannte sich ein wenig und lehnte sich wieder auf ihrem Stuhl zurück.

»Es ist toll, dass du das zugibst«, sagte Maryellen. »Aber wir waren alle dafür verantwortlich. Wir haben zugelassen, dass uns diese Bücher zu Kopfe steigen.«

»Er ist kein Drogendealer«, sagte Patricia. »Er ist ein Vampir.«

Kitty sah aus, als würde sie sich gleich übergeben. Grace' Gesicht wurde rot und hässlich. Maryellen stieß ein kurzes, bellendes Lachen aus und sagte: »Was?«

»Slick«, sagte Patricia. »Erzähl ihnen, was passiert ist.«

»Ich wurde ... angegriffen«, sagte Slick, und sofort röteten ihre Augen sich, und ihr kamen die Tränen. »Von James Harris ... Patricia und Mrs. Greene ... hatten ein Foto, das ... Carters Mutter gehörte ... darauf sah man James Harris ... 1928 ... er sah genau aus ... wie jetzt.«

»Ich muss los«, sagte Grace.

»Grace«, sagte Slick. »Wenn wir jemals ... Freundinnen waren ... musst du das jetzt hören.«

Grace sagte nichts, aber sie hielt auf ihrem Weg in Richtung Tür inne.

»Ich hatte ... das Foto und Zeitungsausschnitte ... die Mrs. Greene gesammelt hatte«, fuhr Slick fort. »Patricia ist zu mir gekommen ... weil sie und Mrs. Greene der Meinung waren ... damit beweisen zu können ... dass er ein Handlanger Satans ist ... sie wollten in sein Haus ... Beweise dafür finden, dass er Kindern etwas antut ... aber ich war zu stolz ... und ich bin zu ihm gegangen und habe versucht, mit ihm zu verhandeln ... ich habe ihm gesagt, wenn er die Stadt verließe ... würde ich das Foto vernichten und sein Geheimnis wahren ... er hat mich angegriffen ... er hat sich mir aufgenötigt ... sein ... es tut mir leid.« Sie legte den Kopf in den Nacken, damit ihr die Tränen nicht übers Gesicht liefen und die Schminke verwischten. Patricia hielt ihr ein zerknülltes Taschentuch hin, und Slick betupfte sich damit die Augen. »Von dem ... was aus ihm rauskam ... bin ich krank geworden. Niemand weiß, was es in mir anstellt ... die Ärzte wissen es nicht ... ich habe niemandem gesagt, was er getan hat ... weil ... er gesagt hat, solange ich den Mund halte ... tut er meinen Kindern nichts.«

»Mrs. Greene und ich sind in sein Haus gegangen«, sagte Patricia und übernahm damit von Slick. »Wir haben Francines Leiche in einem Koffer auf seinem Dachboden gefunden. Inzwischen hat er sich ihrer sicher entledigt.«

»Das ist geschmacklos«, sagte Grace. »Francine war ein menschliches Wesen. Es ist grotesk, wie ihr ihren Tod für euer Fantasiegebilde missbraucht.«

Patricia zog den Schnappschuss hervor, den sie am vorigen Abend aufgenommen hatte. Darauf war Koreys Oberschenkel zu sehen. Das Blitzlicht ließ Bluterguss und Einstichstelle grell auf der blassen Haut hervortreten. Sie hielt es Grace hin.

»Das hat er Korey angetan«, sagte sie.

»Was hat er mit ihr gemacht?«, fragte Kitty leise und versuchte, ihrerseits einen Blick auf das Foto zu erhaschen.

»Er hat sie hinter meinem Rücken verführt«, sagte Patricia. »Seit Monaten verführt er meine Tochter, richtet sie sich zu, nährt sich von ihr und versetzt sie in den Glauben, dass ihr das gefiele. Er behauptet, dass er eine Krankheit hätte, die es erforderlich macht, dass er sein Blut mithilfe eines anderen Menschen reinigt, wie bei einer Dialyse. Anscheinend erzeugt das ein Hochgefühl bei der betroffenen Person. Die Leute werden süchtig danach.«

»Das ist die gleiche Art von Einstich, wie man sie bei den Kindern in Six Mile entdeckt hat«, sagte Mrs. Greene.

»Es ist die gleiche Art, die man Ben zufolge nach ihrem Tod bei Ann Savage gefunden hat«, sagte Patricia.

»Ich dachte, er würde unsere Kinder in Ruhe lassen, solange ich den Mund halte«, sagte Slick. »Aber er hat sich Korey geholt. Er könnte sich jede von uns als Nächstes vornehmen. Sein Hunger kennt keine Grenzen.«

»Zuvor hatten wir nur Verdachtsmomente«, sagte Patricia. »Francine war verschwunden. Orville Reed hat sich umgebracht, Destiny Taylor hat sich umgebracht. Aber Kitty und ich haben Francines Leiche auf seinem Dachboden gesehen. Er hat Slick angegriffen. Er hat meine Tochter angegriffen. Er zieht sich Blue heran. Er will mich.«

»Hast du wirklich Francines Leiche auf seinem Dachboden gesehen?«, fragte Maryellen Kitty.

Kitty sah auf ihre papierverhüllten Knie hinab.

»Sag es ihr«, sagte Patricia.

»Er hatte ihr die Arme und Beine gebrochen, um sie in einen Koffer zu bekommen.«

»Wie viele Beweise dafür, dass jede Einzelne von uns in Gefahr schwebt, braucht es noch?«, fragte Patricia. »Die Männer denken, er wäre ihr bester Freund, aber er hat sich alles, was er wollte, einfach genommen, direkt vor unserer Nase. Wie lange wollen wir noch warten, bevor wir etwas unternehmen? Er macht sich über unsere Kinder her.«

»Vielleicht bin ich altmodisch«, fuhr Grace sie an. »Aber erst erzählst du der Polizei, er würde Kinder misshandeln. Dann erzählst du uns, er wäre ein Drogendealer. Und jetzt behauptest du, er wäre Graf Dracula. Deine Fantasien haben uns eine Menge gekostet, Patricia. Weißt du, was mir passiert ist?«

»Ich weiß es«, sagte Patricia mit zusammengebissenen Zähnen. »Ich weiß, ich habe Mist gebaut. Himmel, Grace, ich weiß, dass ich Mist gebaut habe und das hier die Strafe dafür ist, aber wir sind davongelaufen, sobald es kompliziert wurde. Und jetzt haben wir so lange gewartet, dass es, wie ich glaube, keine Möglichkeit mehr gibt, ihn auf normale Weise loszuwerden. Er hat sich zu tief ins Old Village gegraben.«

»Verschone mich«, sagte Grace.

»Ich flehe dich auf Knien um Hilfe an«, sagte Patricia.

»Wollt ihr mir erzählen, dass ihr diesen Unsinn ebenfalls glaubt?«, fragte Grace in die Runde.

Maryellen und Kitty wichen ihrem Blick aus.

»Kitty«, sagte Patricia. »Du und ich, wir haben gesehen, was er mit Francine gemacht hat. Ich weiß, dass du Angst hast, aber was glaubst du wohl, wie lange es dauert, bis ihm klar wird, dass du auch auf seinem Dachboden warst? Wie lange wird es wohl dauern, bis er es auf deine Familie abgesehen hat?«

»Sag so etwas nicht«, bat Kitty.

»Es ist die Wahrheit«, sagte Patricia. »Wir können uns nicht länger vor ihr verstecken.«

»Ich bin mir nicht ganz sicher, was du von uns willst«, sagte Maryellen.

»Ihr meintet, dass ihr an einem Ort leben wollt, wo die Menschen aufeinander achtgeben«, sagte Patricia zu ihr. »Aber was bringt das, wenn man nur zusieht und nicht handelt?«

»Wir sind ein Buchclub«, sagte Maryellen. »Was sollen wir denn bitte unternehmen? Ihn zu Tode lesen? Ihn ausschimpfen? Wir können nicht noch mal zu Ed gehen.«

»Ich glaube ... über den Punkt sind wir hinaus«, sagte Slick.

»Dann weiß ich nicht, worüber wir hier reden«, sagte Maryellen.

»Beim letzten Mal, als wir es versucht haben, haben wir eines feststellen müssen«, sagte Patricia. »Die Männer halten zusammen. Und ihre Freundschaft mit ihm ist seitdem noch stärker geworden. Wir sind ganz auf uns gestellt.«

Grace schob ihre Handtasche hoch und sah sich im Zimmer um.

»Ich gehe jetzt, bevor die Sache noch absurder wird«, sagte sie und nickte. Sie machte eine Kopfbewegung in Kittys und Maryellens Richtung. »Und ich glaube, ihr solltet beide mitkommen, bevor ihr etwas anstellt, das ihr später bereuen werdet.«

»Grace«, sagte Kitty leise und ruhig und starrte dabei auf ihre Knie. »Wenn du weiter so tust, als wäre ich schwachsinnig, hau ich dir eine runter. Ich bin eine erwachsene Frau, genau wie du, und ich habe eine Leiche auf diesem Dachboden gesehen.«

»Guten Abend«, sagte Grace und ging zur Tür.

Patricia nickte Mrs. Greene zu, die aufstand und Grace den Weg versperrte.

»Mrs. Cavanaugh«, sagte sie. »Bin ich für Sie Abfall?«

Zum ersten Mal sahen sie, wie Grace für einen Moment sprachlos war.

»Wie war das bitte?«, fragte sie schließlich mit eisiger Würde.

Von eisiger Würde bekam Mrs. Greene allerdings keine kalten Füße.

»Sie halten mich offenbar für Abfall«, sagte Mrs. Greene.

Grace schluckte einmal. Sie war so empört, dass ihre Zunge ihr nicht gehorchte.

»Ich habe nichts Derartiges gesagt«, brachte sie schließlich heraus.

»Sie handeln nicht, wie man es von einer Christin erwarten würde«, sagte Mrs. Greene. »Ich bin vor Jahren als Mutter und als Frau zu Ihnen gekommen und habe Sie um Hilfe angefleht, weil dieser Mann Jagd auf die Kinder von Six Mile machte. Ich habe Sie um etwas ganz Einfaches gebeten, darum, dass Sie mit mir zur Polizei gehen und dort sagen, was Sie wissen. Ich habe die Arbeit riskiert, mit der ich meine

Brötchen verdiene, um mich an Sie zu wenden. Wissen Sie auch nur die Namen meiner Kinder?«

Es dauerte einen Moment, bis Grace begriff, dass Mrs. Greene auf eine Antwort wartete.

»Da wäre Abraham«, sagte Grace, während sie versuchte, sich an sie zu erinnern. »Und Lily, glaube ich ...«

»Der erste Harry«, sagte Mrs. Greene. »Er ist verstorben. Harry jr., Rose, Heanne, Jesse und Aaron. Sie wissen nicht einmal, wie viele Kinder ich habe, und das erwarte ich auch gar nicht. Aber Sie sind mir etwas schuldig. Sie haben sich selbst geschützt, aber Sie haben nicht das Geringste für die Kinder von Six Mile getan, weil sie es für Sie nicht wert waren. Tja, jetzt hat er es auf Ihre Kinder abgesehen. Mrs. Campbells Tochter ist eine von ihnen. Mrs. Paley ist eigentlich Ihre Freundin. Mrs. Scruggs hat Francines Leiche in seinem Haus gesehen. Was treibt Sie nur, Mrs. Cavanaugh, dass Sie einfach Ihre Freundinnen im Stich lassen?«

Sie alle beobachteten, wie Grace' Gesicht ein Dutzend verschiedener Emotionen durchlief, hundert mögliche Antworten, wie ihre Kiefer arbeiteten, wie sie die Zähne aufeinander biss und wie die Sehnen in ihrem Hals zuckten. Mrs. Greene erwiderte ihren Blick mit vorgerecktem Kiefer. Dann schob Grace sich an ihr vorbei, stieß die Tür auf und knallte sie hinter sich zu.

Reglos verharrten sie in der Stille. Das einzige Geräusch war der Wind, der durch eine Lücke in der Fensterdichtung pfiff.

»Sie hat recht«, sagte Slick. »Wir haben alle ... Angst bekommen und die Kinder von Six Mile ... für unsere eigenen geopfert. Wir haben uns ... geschämt und hatten Angst. In den Sprüchen heißt es: ›Ein Gerechter, der angesichts eines Gottlosen wankt ... ist wie eine verderbte Quelle.‹ Wir haben gewankt ... wir wollten glauben ... dass Patricia sich irrte, weil das bedeutet hätte, dass wir ... nichts Schweres tun müssen.«

Patricia kam zu dem Schluss, dass sie die anderen nun zum nächsten Schritt drängen konnte.

»Ich weiß nicht, ob das richtige Wort für ihn *Vampir* oder *Monstrosität* ist«, sagte sie, »aber ich habe ihn zwei Mal in diesem Zustand gesehen, Slick einmal. Er ist nicht wie wir. Er lebt sehr lange. Er ist stark. Er kann im Dunkeln sehen.«

»Er kann Tiere seinem Willen unterwerfen«, sagte Mrs. Greene.

Patricia warf ihr einen Blick zu, und sie dachten beide an die Ratten, daran, wie das Haus noch Tage danach gerochen hatte, an Miss Mary im Krankenhaus, bewusstlos, die Wunden jodfleckig, durch einen Schlauch atmend. Patricia nickte.

»Das stimmt wohl auch«, sagte sie. »Und er muss sein Blut durch andere Menschen filtern, um zu überleben. Sie werden süchtig nach ihm. Im Moment würde Korey mir ein Messer in den Rücken rammen, damit er wieder an ihr saugen darf. So gut fühlt es sich an. Bisher hat er alles, was er will, bekommen, warum also sollte er von allein aufhören? Wir müssen ihn aufhalten.«

»Noch einmal«, sagte Maryellen. »Wir sind ein Buchclub, keine Polizeibeamten. Wenn er so viel stärker ist als wir, dann ist das hier zwecklos.«

»Glaubst du ... wir können ihm nicht das Wasser reichen?«, fragte Slick vom Bett aus. »Ich habe drei Kinder zur Welt gebracht ... und irgendein Mann, der nie gespürt hat ... wie ein Kind aus einem rauskommt ... ist stärker als ich? Zäher als ich? Er denkt, er wäre in Sicherheit ... weil er denkt wie ihr ... er sieht Patricia und denkt, dass wir bloß ein Haufen dümmlich lächelnder Weiber sind ... er denkt, wir wären das, wonach wir aussehen. Nette Südstaatendamen. Ich will euch was sagen ... eine richtige Südstaatendame ist überhaupt nicht nett.«

Lange herrschte Schweigen, und dann sagte Patricia: »Er hat eine Schwäche. Er ist allein. Er hat keine Bindungen an andere Menschen, er hat keine Familie und keine Freunde. Wenn eine von uns einen Carpool-Termin verpasst, dann kommen die anderen beim Haus vorbei, um sich zu vergewissern, dass alles in Ordnung ist. Aber er ist ein Einzelgänger. Wenn wir ihn verschwinden lassen können, ganz und gar und auf Nimmerwiedersehen, dann wird niemand Fragen stellen. Vielleicht müssen wir uns anschließend für ein oder zwei Tage mit ein paar Schwierigkeiten herumschlagen, aber die gehen vorbei, und danach wird es so sein, als hätte es ihn nie gegeben.«

Maryellen wandte das Gesicht zur Decke und breitete die Arme aus. »Wie könnt ihr hier rumsitzen und so reden, als wäre das normal? Wir sind sechs Frauen. Fünf Frauen, weil ich nämlich nicht glaube, dass Grace sich uns wieder anschließt. Kitty, dein Mann muss dir die Marmeladengläser aufmachen.«

»Darum ... geht es nicht«, sagte Slick mit loderndem Blick. »Es geht nicht um ... unsere Männer oder irgendjemand sonst ... es geht um uns. Es geht darum, ob ... wir diesen Weg beschreiten können. Darauf kommt es an ... nicht auf unser Geld, darauf, wie wir aussehen, auf unsere Ehemänner ... können wir diesen Weg beschreiten?«

»Nicht, wenn wir dabei einen Menschen töten müssen«, sagte Maryellen.

»Er ist kein Mensch«, sagte Mrs. Greene.

»Hört zu«, sagte Slick. »Wenn es ... in dieser Stadt eine Giftmülldeponie gäbe ... von der man Krebs bekommt ...

dann würden wir nicht ruhen, bis sie geschlossen wird. Das hier ist nichts anderes. Es geht um die Sicherheit unserer Familien ... das Leben unserer Kinder. Seid ihr bereit, sie ... aufs Spiel zu setzen?«

Maryellen beugte sich vor und berührte Kitty am Bein. Kitty blickte von ihren Knien auf.

»Hast du wirklich Francine auf seinem Dachboden gesehen?«, fragte Maryellen. »Lüg mich nicht an. Du bist dir sicher, dass es sie war und nicht irgendein Schatten oder eine Schaufensterpuppe oder Halloween-Deko?«

Kitty nickte mit elender Miene.

»Wenn ich die Augen schließe, dann sehe ich sie in diesem Koffer vor mir, in Plastikfolie gewickelt«, stöhnte sie. »Ich kann nicht mehr schlafen, Maryellen.«

Maryellen betrachtete Kittys Gesicht und lehnte sich dann zurück.

»Wie gehen wir die Sache an?«, fragte sie.

»Bevor wir weitere Pläne schmieden«, sagte Slick. »Wir müssen es durchziehen ... und danach nie wieder davon reden ... ich will hören, wie jede Einzelne von euch es sagt ... und danach ... ändert niemand mehr seine Meinung.«

»Amen«, sagte Mrs. Greene.

»Natürlich«, pflichtete Patricia ihr bei.

»Kitty?«, fragte Slick.

»Gott steh mir bei, jawohl«, sagte Kitty mit einem raschen Ausatmen.

»Maryellen?«, fragte Slick.

Maryellen sprach kein Wort.

»Als Nächste wird er sich Caroline holen«, sagte Patricia. »Und dann Alexa. Dann Monica. Er wird das Gleiche mit ihnen machen wie mit Korey. Er besteht nur aus Hunger, Maryellen. Er wird essen und essen, bis nichts mehr übrig ist.«

»Ich werde nichts Illegales tun«, sagte Maryellen.

»Über den Punkt sind wir hinaus«, sagte Patricia. »Wir schützen unsere Familien. Wir tun, was getan werden muss. Du bist auch Mutter.«

Alle sahen Maryellen an. Ihr Rücken war starr, doch dann verließ sie der Kampfeswille, und sie ließ die Schultern sacken.

»Na gut«, sagte sie.

Patricia, Slick und Mrs. Greene wechselten einen Blick. Patricia nahm das als Stichwort.

»Wir brauchen einen Abend, an dem alle abgelenkt sind«, sagte sie. »Nächste Woche findet das Clemson–Carolina-Spiel statt. Da werden alle Einwohner von South Carolina vom Kick-off bis zu den letzten Touchdowns am Fernseher kleben. Dann tun wir es.«

»Tun wir was?«, fragte Kitty sehr kleinlaut.

Patricia zog ein kleines, schwarz-weißes Schulheft aus ihrer Handtasche.

»Ich habe alles gelesen, was ich über Vampire und ähnliche Kreaturen finden konnte«, sagte sie. »Mrs. Greene und ich haben eine Liste von Fakten erstellt, über die sich alle einig sind. Es gibt ziemlich viele Vorstellungen davon, wie man einen Vampir aufhält oder vernichtet. Ihn dem Sonnenlicht aussetzen, ihm einen Pflock durchs Herz rammen, ihn enthaupten, Silber.«

»Wir könnten auch annehmen, dass er zwar böse, aber kein echter Vampir ist«, sagte Maryellen. »Vielleicht ist er wie dieser Richard Chase, der Vampir von Sacramento, und hält sich bloß für einen Blutsauger.«

»Nein«, sagte Patricia. »Wir dürfen uns nicht länger etwas vormachen. Er ist widernatürlich, und wir müssen ihn auf die richtige Art töten, sonst kehrt er zurück. Er hat uns unterschätzt. Wir dürfen ihn nicht unterschätzen.«

In dem sterilen Krankenzimmer mit den Plastikbechern und Trinkhalmen, dem Fernseher, der von der Decke hing und den Grußkarten auf der Fensterbank klangen ihre Worte bizarr. Sie sahen einander an, in ihren praktischen flachen Schuhen und mit ihren geräumigen Handtaschen zu ihren Füßen, mit ihren Lesebrillen, ihren Notizblöcken und ihren Kugelschreibern, und sie begriffen, dass sie soeben eine Grenze überschritten hatten.

»Wir müssen ihm einen Pflock durchs Herz rammen?«, fragte Kitty. »Ich glaube nicht, dass ich das fertigbringe.«

»Keine Pflöcke«, sagte Patricia.

»Gott sei Dank«, sagte Kitty. »Entschuldige, Slick.«

»Ich glaube nicht, dass man ihn damit töten könnte«, sagte Patricia. »In den Büchern heißt es, dass Vampire tagsüber schlafen, aber er ist bei Tage wach. Die Sonne tut ihm in den Augen weh und bereitet ihm Unbehagen, aber er muss nicht in einem Sarg schlafen, solange sie am Himmel steht. Wir dürfen die Geschichten nicht zu wörtlich nehmen.«

»Und was machen wir dann?«, fragte Kitty.

»Miss Mary hat mich auf eine Idee gebracht, wie wir ihn töten können«, sagte Patricia. »Aber das Schwierige wird, an den Punkt zu gelangen, an dem wir dazu in der Lage sind.«

»Ich will die Sache ja nicht komplizierter machen, als sie ist«, sagte Maryellen. »Aber wenn alles, was Patricia über ihn sagt, wahr ist – wenn er wachsam ist, aufmerksam, schnell, stark –, wie sollen wir dann überhaupt nah genug an ihn rankommen, um etwas gegen ihn ausrichten zu können?«

Die Angst tönte Patricias Stimme kräftig und klar. »Ich muss ihm geben, was er will«, sagte sie. »Ich muss ihm mich geben.«

Kapitel 37

Patricia erzählte Carter, dass Korey Drogen nähme. Korey war so krank und verwirrt von dem, was James Harris ihr antat, dass Carter seiner Frau sofort glaubte. Die Sache wurde dadurch vereinfacht, dass dies ohnehin einen seiner größten Albträume darstellte.

»Das kommt von deiner Seite der Familie«, sagte er, während sie Koreys Kleider in eine Tasche stopften. »Niemand auf meiner Seite hatte je solche Probleme.«

Nein, dachte Patricia. *In deiner Familie hat man nur jemanden ermordet und im Garten hinterm Haus vergraben.*

Sie betete um Vergebung. Sie betete mit aller Kraft. Und dann brachten sie Korey ins Southern Pines, das hiesige Behandlungszentrum für Psychiatrie und Suchterkrankungen.

»Und Sie sorgen dafür, dass sie vierundzwanzig Stunden am Tag überwacht wird?«, fragte Patricia den Mann bei der Aufnahme.

Ihr Albtraum war, dass Korey das Gleiche tun würde wie die anderen Kinder. Sie dachte an Destiny Taylor und die Zahnseide, an Orville Reed, der vor ein Auto gesprungen war, an Latasha Burns und das Messer. Sie hatten das nötige Geld, um die Chancen zu ihren Gunsten zu beeinflussen, aber sie wollte nicht irgendwelche Chancen, wenn es um ihre Tochter ging. Sie wollte eine Garantie.

Sie versuchte, mit Korey zu reden, versuchte ihr mitzuteilen, dass es ihr leidtat, sie versuchte, es ihr zu erklären, gab sich größte Mühe, aber ob es nun an James Harris lag oder an dem, was sie mit ihr machten: Korey nahm nicht einmal zur Kenntnis, dass sich ihre Mutter im Zimmer befand.

»Manche tun das«, sagte der Mann von der Aufnahme. »Ich habe mal gesehen, wie ein Junge seiner Mutter bei der Einweisung die Nase gebrochen hat. Andere machen einfach dicht.«

Als sie wieder daheim waren, nagte die Stille im Haus an Patricia. Sie erinnerte sie an den Schaden, den sie bei ihrer Familie angerichtet hatte. Sie verspürte ein Gefühl der Dringlichkeit. Sie musste die Sache zu Ende bringen. Sie musste ihre Familie zurückbekommen und die Bruchstellen kitten, bevor alles noch schlimmer wurde. Es war nur eine Frage der Zeit, bis sie an einen Punkt gerieten, an dem nichts mehr zu retten war.

An jenem Abend ging Carter ins Büro, um sich in seine Arbeit zu vergraben. Eine halbe Stunde später klingelte das Telefon. Sie ging ran.

»Wo ist Korey?«, fragte James Harris.

»Sie ist krank«, sagte Patricia.

»Sie wäre nicht krank, wenn sie noch bei mir wäre«, sagte er. »Ich kann dafür sorgen, dass es ihr besser geht.«

»Ich brauche Zeit«, sagte sie. »Ich brauche Zeit, um über all das nachzudenken.«

»Und was soll ich machen, während du zauderst?«, fragte er.

»Du musst Geduld haben«, sagte sie. »Das ist schwer für mich. Es geht um mein ganzes Leben. Meine Familie. Um alles, was ich kenne.«

»Denk schnell«, sagte er.

»Bis Ende des Monats«, antwortete sie im Versuch, sich Zeit zu erkaufen.

»Ich gebe dir zehn Tage«, sagte er und legte auf.

Sie versuchte, so viel Zeit wie möglich mit Blue zu verbringen. Sie und Carter erkundigten sich, ob er irgendwelche Fragen hätte, sie sagten ihm, dass es nicht seine Schuld sei, sie sagten, dass er Korey in ein oder zwei Wochen besuchen könne, wenn die Ärzte sagten, dass das in Ordnung ginge, aber Blue sprach kaum ein Wort. Sie saß neben ihm, während er auf dem Computer im kleinen Arbeitszimmer spielte. Er klapperte auf der Tastatur herum und bewegte bunte Formen und Linien über den Bildschirm.

»Was macht man mit der hier?«, fragte sie und deutete auf eine Taste, und dann zeigte sie auf eine Zahl am oberen Bildschirmrand. »Heißt das, dass du gerade gewinnst? Sieh dir mal die Punktzahl an, wie hoch die ist.«

»Das ist der Schaden, den ich genommen habe«, sagte er.

Sie wollte ihm sagen, dass es ihr leidtat, ihn und seine Schwester nicht besser beschützt zu haben. Aber immer, wenn sie den Mund aufmachte, hatte sie das Gefühl, zu einer Abschiedsrede anzusetzen, und sie verstummte wieder. Sollte er noch eine sorgenfreie Woche haben.

Der Samstag kam, ohne dass Patricia wirklich bereit gewesen wäre, und als sie morgens erwachte, hatte sie Angst. Sie räumte Koreys Zimmer auf, um sich zu beschäftigen, zog ihr Bett ab, warf all ihre Anziehsachen auf einen Haufen auf dem Boden, wusch und trocknete sie, legte sie zusammen und verstaute sie in ordentlichen Stapeln in den Schubladen, bügelte ihre Kleider und hängte sie auf, ordnete ihre Magazine, suchte die Hüllen für all ihre CDs zusammen. Sie barg acht Dollar und 63 Cent in Kleingeld aus dem Teppich und steckte sie in ein Glas, das sie Korey geben wollte, wenn sie wieder nach Hause kam.

Gegen vier stand Carter in der Tür und sah ihr bei der Arbeit zu.

»Wir müssen bald los, wenn wir das Vorprogramm nicht verpassen wollen«, sagte er.

Sie hatten geplant, das Clemson–Carolina-Spiel in der Nähe des Krankenhauses in der Stadt anzuschauen, mit den Kindern von Leland und Slick.

»Fahr du nur«, sagte Patricia. »Ich habe zu tun.«

»Bist du dir sicher, dass du nicht mitkommen willst?«, fragte er. »Es wäre gut, etwas Normales zu unternehmen. Allein im Haus rumzusitzen ist morbide.«

»Ich brauche gerade ein bisschen Morbidität«, sagte sie und bedachte ihn mit einem Tapferer-kleiner-Soldat-Lächeln. »Viel Spaß euch.«

»Ich liebe dich«, sagte er.

Damit überraschte er sie, und für einen Moment geriet sie innerlich ins Wanken, als sie an die Dinge dachte, die James Harris ihr über Carters Ausflüge erzählt hatte und sich fragte, was davon der Wahrheit entsprach.

»Ich liebe dich auch«, zwang sie sich zu erwidern.

Er ging, und sie wartete, bis sie hörte, wie er von der Auffahrt zurücksetzte. Dann machte sie sich bereit zum Sterben.

Patricia verspürte ein flaues Gefühl im Magen. Ihr ganzer Körper fühlte sich entleert an. Ihr war übel, und sie war benommen und fahrig. Alles bestand nur aus leeren Hüllen, die jeden Moment fortgeweht werden konnten.

Sie ging in ihr Badezimmer zog sich ihr neues schwarzes Samtkleid an. Es kam ihr eng und hässlich vor und schmiegte sich an allen möglichen falschen Stellen an ihren Leib, sodass sie sich ihrer neuen Kurven unangenehm bewusst wurde. Sie zog es zurecht und nach unten und zupfte und zerrte und glättete. Es klebte an ihr wie eine schwarze Katzenhaut. Mit dem Kleid fühlte sie sich nackter als ohne.

Das Telefon klingelte. Sie nahm ab.

»Endlich«, sagte er.

»Ich möchte dich sehen«, sagte sie. »Ich habe meine Entscheidung getroffen.«

Lange war nichts zu hören.

»Und?«, sagte er.

»Ich habe beschlossen, dass ich jemanden will, der mich schätzt«, sagte sie. »Ich bin um halb sieben bei dir.«

Lidstrich, ein wenig Augenbrauenstift, Mascara, etwas Rouge. Sie tupfte sich den Lippenstift mit Kleenex ab und warf rote Papierbällchen in den Müll. Sie kämmte sich die Haare, legte sie ganz leicht in Locken, um ihnen Volumen zu verleihen, und sprühte sie dann ein. Sie öffnete die Augen, und der herabfallende Nebel von Haarspray-Tröpfchen brannte in ihnen. Sie betrachtete sich im Spiegel und sah eine Frau, die sie nicht kannte. Sie trug keine Ohrringe und keinen Schmuck. Sie nahm ihren Ehering ab. Dann fütterte sie Ragtag, hinterließ Carter eine Nachricht, in der es hieß, dass sie in die Stadt gefahren sei, um Slick im Krankenhaus zu besuchen und vielleicht über Nacht bleiben würde, und verließ das Haus.

Draußen peitschte ein kalter Wind die Bäume. Entlang des Häuserblocks standen die Autos Schnauze an Stoßstange. Alle waren da, um bei Grace das Clemson–Carolina-Spiel zu sehen. Bennett war ein Hardcore-Clemson-Anhänger, und er richtete jedes Jahr das große Beisammensein zum Spiel aus. Patricia fragte sich, wie er damit zurechtkam, dass alle tranken. Sie fragte sich, ob er wieder damit anfangen würde.

Der Wind wehte schwarz und rau vom Hafen herauf und ließ weiße Schaumkronen auf den Wellen aufspritzen. Sie fuhr an der Alhambra Hall vorbei, blickte zum gegenüberliegenden Ende des Parkplatzes, das dicht am Wasser lag, und entdeckte den dort geparkten Minivan. Darin erkannte sie ein paar zusammengekauerte Gestalten. Sie wirkten jämmerlich klein.

Gefährtinnen, dachte Patricia. *Steht mir jetzt bei.*

James Harris' Haus war dunkel. Sein Verandalicht war ausgeschaltet, und nur eine einzige Lampe leuchtete in seinem Wohnzimmerfenster. Sie begriff, dass er vermeiden wollte, dass jemand sie an seine Tür kommen sah. In allen Auffahrten standen Autos, und während sie ihren Weg fortsetzte, drang anschwellender Jubel aus den Häusern. Der Anstoß. Das Spiel hatte begonnen.

Sie klopfte an die Eingangstür, und James Harris öffnete, von hinten vom schwachen Schein der Wohnzimmerlampe angestrahlt, der einzigen Lichtquelle im Haus. Aus dem Radio ertönte behagliche klassische Musik, ein Klavier über sanften Orchesterwallungen. Ihr Herz tat einen Satz in ihrer Brust, als er die Tür hinter ihr abschloss.

Keiner von ihnen bewegte sich, sie standen einfach nur im Flur und sahen einander im sanften Licht aus dem Wohnzimmer an.

»Du hast mir wehgetan«, sagte sie. »Du hast mir Angst gemacht. Du hast meiner Tochter wehgetan. Du hast aus meinem Sohn einen Lügner gemacht. Du hast Menschen verletzt, die ich kenne. Aber die drei Jahre, in denen du hier bei uns gewesen bist, fühlen sich realer an als die gesamten fünfundzwanzig Jahre meiner Ehe.«

Er hob die Hand und strich ihr am Kinn entlang. Sie zuckte nicht zurück. Sie versuchte, nicht daran zu denken, wie er ihr ins Gesicht geeifert und sie dabei mit dem Blut ihrer Tochter bespritzt hatte, der Tochter, die für immer unter seinem Hunger leiden würde.

»Du hast gesagt, dass du dich entschieden hast«, sagte er. »Also. Was willst du, Patricia?«

Sie ging an ihm vorbei ins Wohnzimmer und hinterließ dabei einen Hauch von Parfüm. Er stammte von einer Flasche *Opium*, die sie gefunden hatte, als sie Koreys Zimmer aufgeräumt hatte. Sie legte fast nie Parfüm auf. Sie hielt vor dem Kaminsims inne und drehte sich zu ihm um.

»Ich bin es leid, dass meine Welt so klein ist«, sagte sie. »Waschen, kochen, sauber machen, dumme Frauen, die über schlechte Bücher reden. Das reicht mir nicht länger.«

Er setzte sich ihr gegenüber in den Sessel, die Beine breit, die Hände auf den Lehnen, und beobachtete sie.

»Ich will, dass du mich zu dem machst, was du bist«, sagte sie, und fuhr flüsternd fort. »Ich will, dass du das mit mir machst, was du mit meiner Tochter gemacht hast.«

Er sah sie an, seine Augen wanderten an ihr entlang, nahmen sie in allen Einzelheiten in sich auf, und sie fühlte sich nackt und verängstigt und ein kleines bisschen erregt. Und dann stand James Harris auf und ging zu ihr und lachte ihr ins Gesicht.

Sein Lachen traf sie wie eine Ohrfeige und ließ sie einen halben Schritt zurücktaumeln. Es hallte durchs Zimmer und wurde von den Wänden zurückgeworfen, vervielfältigte sich, bestürmte ihre Ohren. Er lachte so sehr, dass er sich zurück in seinen Sessel fallen lassen musste, und dann sah er sie mit einem irren Grinsen im Gesicht an und brach erneut in Gelächter aus.

Sie wusste nicht, was sie tun sollte. Sie kam sich klein und gedemütigt vor. Schließlich fand sein Gelächter ein Ende, und er atmete schwer.

»Du hältst mich offenbar für die dümmste Person, die du je getroffen hast«, sagte er, nach Luft schnappend. »Du kommst her, zurechtgemacht wie eine Nutte, und hauchst mir die Bitte entgegen, dich in eine von den Bösen zu verwandeln? Seit wann bist du so arrogant? Patricia das Genie, und wir anderen sind ein Haufen Trottel?«

»Das ist nicht wahr«, sagte sie. »Ich bin aus freien Stücken hier. Ich will bei dir sein.«

Das brachte ihr eine weitere Woge hässlichen Gelächters ein.

»Das hier ist peinlich für dich, und beleidigend für mich. Dachtest du wirklich, dass ich dir auch nur ein Wort glauben würde?«

»Ich spiele dir nichts vor!«

Er grinste.

»Ich habe mich schon gefragt, wann bei dir die rechtschaffene Empörung einsetzen würde.« Er lächelte. »Sieh dich an. Patricia Campbell, die Ehefrau von Dr. Carter Campbell, Mutter von Korey und Blue, erniedrigt sich, weil sie sich einbildet, klüger zu sein als jemand, der schon viermal so lange lebt wie sie. Weißt du, Patricia, ich habe dich nie unterschätzt. Wenn du Slick erzählt hast, dass du in mein Haus eindringen wolltest, dann bist du auch in mein Haus eingedrungen. Und wenn du in meinem Haus warst, dann weiß ich, dass du auch auf dem Dachboden gewesen bist und alles gefunden hast, was es dort zu finden gab. War ihr Führerschein eine Art Köder? Du lässt ihn in meinem Auto zurück, gehst zur Polizei und sagst, dass du ihn dort gesehen hast, und dann halten sie mich an und finden ihn und besorgen sich einen Durchsuchungsbefehl? In was für traurigen Hausfrauenträumen funktioniert so was? Diese Bücher, die ihr Mädchen lest, lassen euch wirklich weich in der Birne werden.«

Es gelang ihr einfach nicht, die Kontrolle über ihre zitternden Beine zurückzugewinnen. Sie setzte sich auf das Ziegelmäuerchen vor der Feuerstelle. Das Samtkleid rutschte hoch und warf Falten an Bauch und Hüften. Sie kam sich lächerlich vor.

»Andererseits bin ich schließlich hergezogen, weil ihr alle so unendlich dämlich seid«, fuhr er fort. »Ihr glaubt jedem alles, solange er weiß ist und Geld hat. Jetzt, da Computer und alle möglichen neuen Arten von Ausweispapieren im Kommen sind, musste ich irgendwo Wurzeln schlagen, und ihr habt es mir sehr leicht gemacht. Ich musste dich nur in den Glauben versetzen, dass ich Hilfe brauche, und sofort ist die berühmte Südstaaten-Gastfreundschaft zur Stelle. Ihr redet hier nicht gern über Geld, oder? Das ist auch furchtbar ordinär. Aber als ich mit ein bisschen Geld herumgewedelt habe, wart ihr alle gleich derart versessen darauf, dass ihr euch kein bisschen dafür interessiert habt, wo es herkommt. Und inzwischen haben deine Kinder mehr für mich übrig als für dich. Dein Mann ist ein Schwächling und ein Dummkopf. Und jetzt stehst du hier, ausstaffiert wie ein Clown, und hast deine letzte Karte ausgespielt. Ich mache all das schon so lange, dass ich immer auf den Moment vorbereitet bin, in dem mich jemand aus der Stadt zu jagen versucht, aber du hast mich wirklich überrascht. Ich hatte nicht damit gerechnet, dass dein Versuch so jämmerlich ausfallen würde.«

Ein rhythmischer, feucht schnaufender Laut erfüllte das Zimmer, als Patricia sich vorbeugte und zu atmen versuchte. Ein paarmal setzte sie zum Sprechen an, aber immer wieder ging ihr die Luft aus, bevor sie schließlich ein »Mach, dass es aufhört« herausbrachte.

Von weit weg hörte sie einen Chor schwacher Stimmen vor Enttäuschung aufschreien.

»Ich habe es schon versucht. Aber ein Künstler ist nur so gut wie sein Material. Ich war mir sicher, dass die Demütigungen, die ich dir vor drei Jahren zugefügt habe, dich in den

Selbstmord treiben würden, aber nicht einmal das hast du richtig hinbekommen.«

»Mach, dass es aufhört«, wiederholte Patricia. »Es soll einfach alles aufhören. Ich halte das nicht mehr aus. Mein Sohn hasst mich. Ich werde für den Rest meines Lebens die Verrückte sein, die sich umzubringen versucht hat, die er zuckend auf dem Küchenboden gefunden hat. Ich habe meine Tochter in eine geschlossene Anstalt gebracht. Ich habe meine Familie zerstört. Ich konnte sie nicht vor dir beschützen.«

Sie saß vornübergebeugt da, spie ihre Worte auf den Boden, und ihre Hände waren Klauen, die sich ihr in die Knie gruben, ihre eigene Stimme eine Säure, die ihr die Ohren verätzte.

»Ich dachte, du bist Dreck. Ich dachte, du bist ein Tier«, sagte sie. »Aber ich bin noch schlimmer. Ich bin nichts. Ich war eine gute Krankenschwester, wirklich, und ich habe das Einzige, was ich wirklich mit Liebe tat, aufgegeben, weil ich eine Braut sein wollte. Ich wollte heiraten, weil ich schreckliche Angst davor hatte, allein zu sein. Ich wollte eine gute Ehefrau und eine gute Mutter sein, und ich habe alles gegeben, was ich zu geben hatte, und es war unzureichend. Ich bin unzureichend!«

Die letzten Worte schrie sie, und dann blickte sie zu James Harris auf, ihr Gesicht eine groteske Maske aus zerlaufener Schminke.

»Mein Mann hat nicht mehr Achtung vor mir als vor einem Hund. Er zieht los und fickt mit den anderen Männern zusammen kleine Mädchen, und wir sitzen zu Hause wie brave kleine Frauchen und waschen ihnen die Wäsche und packen ihnen die Koffer für ihre Sex-Urlaube. Wir sorgen dafür, dass ihre Häuser warm und bereit für den Moment sind, wenn sie nach Hause kommen und sich das Parfüm einer anderen abduschen, ehe sie ihre Kinder zudecken. Jahrelang habe ich so getan, als wüsste ich nicht, wo er hingeht oder wer diese Mädchen am Telefon sind, aber jedes Mal, wenn er wieder nach Hause kommt, liege ich neben meinem Mann im Bett, der mich nicht anrührt, der nicht mit mir redet, der mich nicht liebt, und ich tue so, als würde ich den Geruch irgendeiner Zwanzigjährigen an ihm nicht bemerken. Unsere Kinder hassen uns. Sieh dir meine an. Besser, sie wären von einem Hund großgezogen worden.«

Sie verkrümmte ihre Finger zu Klauen und raufte sich die Haare, bis sie in alle Richtungen abstanden.

»Da wäre ich also«, sagte sie. »Ich gebe dir das Letzte von Wert, was mir geblieben ist, und bitte dich, meine Tochter zu verschonen. Nimm mich. Nimm meinen Körper. Benutze mich und wirf mich dann irgendwann weg, aber lass Korey in Ruhe. Bitte. Bitte.«

»Du denkst, du könntest mit mir verhandeln?«, fragte er. »Hältst du das für irgendeinen armseligen Verführungsversuch, bei dem du deinen Körper gegen den deiner Tochter eintauschst?«

Sie nickte, zahm und klein.

»Ja.«

Sie setzte sich hin. Ein langer Rotzfaden baumelte von ihrer Nase und tropfte ihr aufs Kleid. Schließlich verlangte James Harris:

»Komm her.«

Sie stemmte sich hoch und ging auf wackligen Beinen zu ihm.

»Knie dich hin«, sagte er und deutete zu Boden.

Patricia ließ sich zu seinen Füßen auf den Boden sinken. Er beugte sich vor und nahm ihr Kinn in seine große Hand.

»Vor drei Jahren hast du versucht, mich zum Narren zu

halten«, sagte er. »Dir lasse ich keine Würde mehr. Wir wollen endlich offen miteinander sprechen. Zuerst einmal werde ich Carter in deinem Leben ersetzen. Ist es das, was du willst?«

Sie nickte und begriff dann, dass ihm das nicht genügte. »Ja«, flüsterte sie.

»Dein Sohn liebt mich ohnehin schon«, sagte er. »Und deine Tochter ist mein. Vorerst nehme ich dich, aber sie ist als Nächste dran. Bist du dazu bereit? Gibst du mir deinen Körper, um ihr ein Jahr mehr zu erkaufen?«

»Ja«, sagte Patricia.

»Eines Tages wird Blue an der Reihe sein. Aber vorerst bin ich der Freund der Familie, der dir hilft, nach dem Tod deines Mannes die Scherben zusammenzukehren. Alle werden es für völlig natürlich und rechtens halten, dass wir uns stark zueinander hingezogen fühlen, aber du wirst die Wahrheit wissen. Du hast dein jämmerliches, elendes, kaputtes, fehlgeschlagenes Leben aufgegeben, um deinen Platz zu meinen Füßen einzunehmen. Ich bin nicht irgendein Arzt oder Anwalt oder ein reiches Muttersöhnchen, das versucht, dich zu beeindrucken. Ich bin einzigartig auf dieser Welt. Ich bin der Stoff, aus dem ihr Legenden webt. Und nun richtet sich meine Aufmerksamkeit auf dich. Wenn ich mit dir fertig bin, adoptiere ich deine Kinder und mache sie zu meinen. Aber du hast ihnen noch ein Jahr in Freiheit erkauft. Verstehst du?«

»Ja«, sagte sie.

James Harris stand auf und ging die Treppe hinauf, ohne sich zu ihr umzusehen.

»Komm«, sagte er über die Schulter.

Nach kurzem Zögern folgte Patricia ihm und hielt nur kurz inne, um den Riegel seiner Eingangstür zu öffnen.

In der Dunkelheit oben fand sie sich von weißen, festen

Wänden umgeben, jede davon eine geschlossene Tür, und dann sah sie ein schwarzes Loch wie den Eingang zu einem Grabgewölbe. Sie betrat das Schlafzimmer. James Harris stand im Mondlicht. Er hatte sein Hemd abgestreift.

»Zieh dich aus«, sagte er.

Patricia schlüpfte aus ihren Schuhen und atmete zischend ein. Barfuß auf dem kühlen Holzboden fühlte sie sich nackt. Sie konnte es einfach nicht tun, aber schon im nächsten Moment bewegten sich ihre Hände wie von selbst hinter ihrem Rücken.

Sie zog den Reißverschluss des Kleides auf, ließ es zu Boden fallen und trat heraus. Blut strömte zurück in verschiedene Bereiche ihres Körpers, und ihr wurde benommen zumute. Alles schien sich zu drehen, und sie fragte sich, ob sie gleich in Ohnmacht fallen würde. Die Dunkelheit rückte näher, die Wände wichen zurück. Ein Fieber packte sie, als sie ihren BH öffnete und abstreifte und dann ihre Kleider mit einem Tritt in die Ecke beförderte und ihren BH obenauf warf.

Sie spürte die kühle Luft im Haus eines Fremden auf ihren entblößten Brüsten, an Hüften und Bauch. Durch das Fenster hörte sie ganz leise das blödsinnige Jubelgeschrei einer Nachbarsfamilie, wie das Rauschen des Meeres in einer Muschel oder ein halb eingebildetes Geräusch, das der Wind herantrug.

Er deutete auf das Bett, und sie trat darauf zu und setzte sich. Er stellte sich vor sie, ein dunkler Umriss im Mondschein. Seine breiten Schultern und seine schmalen Hüften, seine dicken Schenkel und langen Beine, der kräftige Kiefer, der volle Haarschopf. Sie fand die Stelle, an der seine Augen sich befinden mussten, und konnte in der Dunkelheit einen leichten weißen Schimmer ausmachen. Sie hielt den Blickkontakt zu ihm aufrecht, als sie sich auf seinem Bett nach hinten lehnte, die Füße noch auf dem Boden, spreizte die Beine für ihn und spürte, wie die kühle Luft im Haus ihr Geschlecht küsste. Die Luft liebkoste ihre Löckchen und löste sie voneinander. Er kniete sich zwischen ihre Beine.

Ihr ganzes Leben lief in diesem einen Moment zusammen.

Sie sah zu, wie sein Kiefer sich auf eine Art bewegte, die ihr gänzlich unbekannt war. Er blickte von ihrem Schritt auf und legte die Hand über seine untere Gesichtshälfte.

»Sieht nicht hin«, sagte er.

»Aber ...«, sagte sie.

»Du willst das nicht sehen«, sagte er.

Sie streckte den Arm aus und schob behutsam seine Hand beiseite. Sie wollte alles sehen. Ihre Blicke begegneten einander, und es kam ihr wie der erste ehrliche Moment vor, den sie jemals miteinander geteilt hatten. Dann senkte er den Kopf, sein Gesicht klaffte auf, und sie sah die Dunkelheit aus seinem Mund kriechen.

Er hatte recht. Sie wollte es nicht sehen. Sie lehnte sich zurück und blickte zur glatten, weiß gestrichenen Decke empor, und sein Atem kitzelte ihr Schamhaar, und dann spürte sie den schlimmsten Schmerz, den sie je erlebt hatte. Gefolgt von der größten Wonne.

Kapitel 38

»Glaubst du, dass mit Patricia alles in Ordnung ist?«, fragte Kitty und sah in den Rückspiegel.

Sie warteten in Maryellens geparktem Minivan am anderen Ende des Parkplatzes vor der Alhambra Hall. Maryellen saß auf dem Fahrersitz und Kitty neben ihr. Mrs. Greene befand sich auf der Rückbank.

»Ihr geht es gut«, sagte Maryellen. »Dir geht es gut. Mir geht es gut. Mrs. Greene, geht es Ihnen gut?«

»Mir geht es gut«, antwortete Mrs. Greene.

»Uns geht es allen gut«, sagte Maryellen. »Allen geht es gut.«

Kitty ließ die Stille diesmal ganze fünf Sekunden lang währen.

»Außer Patricia«, sagte sie.

Darauf wusste niemand eine Antwort.

»Es ist sieben«, sagte Mrs. Greene im Dunkeln. Niemand regte sich. »Entweder hat Mrs. Campbell es inzwischen geschafft, oder es ist zu spät.«

Kleider raschelten, und die hintere Tür öffnete sich.

»Kommen Sie«, sagte sie.

Sie stieg aus dem Minivan, und die beiden anderen folgten ihr. Mrs. Greene holte die rot-weiße Kühlbox aus dem Kofferraum, und Kitty trug die große Einkaufstasche. Die Kühlbox klapperte leise, als die Werkzeuge darin herumrutschten. Sie trugen dunkle Kleidung und bogen rasch in die Middle Street ein. Lieber gingen sie das Risiko ein, dass jemand sie zusammen sah, als drei Stunden lang ein zusätzliches Auto vor James Harris' Haus zu parken. Die Leute im Old Village pflegten schließlich die Angewohnheit, Nummernschilder aufzuschreiben.

Die Middle Street war ein langer schwarzer Tunnel, der direkt zu seinem Haus führte, gesäumt von Autos in und vor den Auffahrten. Der kalte Wind zerrte an ihren Mänteln. Mit eingezogenen Köpfen stapften sie zügig unter den kahlen Bäumen und toten Palmettopalmen dahin, die im Wind raschelten.

»Habt ihr schon Weihnachtsgeschenke gekauft?«, fragte Kitty.

Bei der Erwähnung von Weihnachten merkte Mrs. Greene auf. Maryellen bedachte Kitty mit einem schiefen Blick.

»Ich besorge die größeren Sachen immer, wenn nach Thanksgiving die Sonderangebote kommen«, plapperte Kitty weiter. »Aber ich fange schon im August damit an, die Geschenke zu planen. Dieses Jahr fehlen mir aber noch ein paar mehr als sonst. Bei Honey ist es einfach, sie braucht eine Aktentasche für Vorstellungsgespräche. Ich meine, sie braucht sie nicht wirklich, aber ich dachte mir, dass sie so etwas gerne hätte. Und Parish will einen Traktor und Horse sagt, dass wir eh einen neuen brauchen, das ist also auch geregelt. Lacy nehme ich nächstes Jahr als Geschenk zum Schulabschluss mit nach Italien, also bekommt sie nur eine Kleinigkeit, außerdem macht es Spaß, für sie einzukaufen, und Merit ist sowieso begeistert, wenn sie etwas Größeres bekommt als Lacy. Aber ich weiß nicht, was ich Pony kaufen soll. Es ist anders, für einen Mann einzukaufen, und er trifft sich mit diesem neuen Mädchen, und ich weiß nicht, ob ich ihr auch ein Geschenk besorgen muss oder nicht. Ich meine, ich würde gerne, aber vielleicht wäre das zu aufdringlich?«

Maryellen wandte sich ihr zu.

»Was zum Teufel redest du da für ein Zeug?«

»Ich weiß nicht«, sagte Kitty.

»Still jetzt!«, zischte Mrs. Greene, und als sie am letzten Haus vor dem von James Harris vorbeikamen, verstummten sie alle.

Das riesige Anwesen ragte düster und still über ihnen auf. Das einzige Licht fiel aus dem Wohnzimmerfenster. Sie verließen die Straße, setzten sich auf die unterste Stufe seiner Eingangstreppe, zogen ihre Schuhe aus und versteckten sie darunter. Angeführt von Mrs. Greene, traten sie auf die kalten Dielen und stiegen leise zur Veranda hinauf.

Die Dunkelheit bot ihnen Schutz, doch Kitty sah sich trotzdem nervös um und versuchte festzustellen, ob irgendjemand sie durch die Fenster beobachtete. Ein Jubeln wurde vom Wind herangetragen, und für einen Moment erstarrten sie. Dann stellte Kitty die Papiereinkaufstasche hinter der Verandaecke und möglichst weit vom Wohnzimmerlicht entfernt ab, und Mrs. Greene platzierte die Kühlbox vorsichtig daneben in den Schatten. Kitty zog einen Aluminium-Baseballschläger aus der Einkaufstasche und gab das Jagdmesser in der Scheide Maryellen, die nicht wusste, wie man es richtig hielt. Sie beschloss, es einfach als eine Art Küchenmesser zu betrachten, was die Sache vereinfachte.

»Meine Füße sind eiskalt«, flüsterte Kitty.

»Psst«, sagte Mrs. Greene.

Das Rauschen des Windes trug dazu bei, die von ihnen verursachten Geräusche zu dämpfen, als Maryellen vorsichtig das Fliegengitter öffnete und dann die Klinke drückte, während Kitty den Schläger neben ihrem Bein bereithielt, nur für den Fall. Mrs. Greene stand mit einem Hammer in der Hand zu Kittys anderer Seite.

Die Tür öffnete sich leise und mühelos.

Rasch traten sie ein. Der Wind wollte die Tür hinter ihnen

zuschlagen, aber Maryellen zog sie behutsam zu. Sie standen unten im stillen Flur, lauschten, besorgt, dass das Heulen des Windes in der Türöffnung James Harris gewarnt hatte. Nichts regte sich. Das Einzige, was sie hörten, war ein Klavierkonzert, das leise aus einem Radio im Wohnzimmer zu ihrer Linken drang.

Mrs. Greene deutete zur Treppe, die nach oben in die Finsternis führte, und Kitty ging voran, mit schwitzenden Händen den Gummigriff ihres Baseballschlägers umklammernd. Sie hielt ihn gerade neben ihrer rechten Schulter erhoben und ging seitlich, den linken Fuß vorn, den rechten hinten, eine gepolsterte Stufe nach der anderen. Mrs. Greene folgte auf der Mittelposition, und Maryellen bildete das Schlusslicht. Sie mussten ihn zu Boden ringen, bevor sie das Messer zum Einsatz bringen konnte.

Jeder Schritt war weich und lautlos. Mrs. Greene zuckte zusammen, als eine gepflegte Männerstimme unten im Wohnzimmer das nächste Stück in WSCIs Programm *Klassik in der Abenddämmerung* ankündigte. Jeder Schritt dauerte eine Stunde, und jede Sekunde rechneten sie damit, James Harris' Stimme vom Ende der dunklen Treppe zu hören.

Sie gruppierten sich in der Dunkelheit des oberen Flurs neu. Die Türen um sie herum waren geschlossen. Ein lauter Knall hallte durchs Haus, und Maryellen hätte beinahe aufgeschrien, ehe ihr klar wurde, dass es nur der Wind war, der gegen die Fensterrahmen drückte.

Der Eingang zum Schlafzimmer erhob sich schwarz vor ihnen, und sie vernahmen leise, feuchte Sauggeräusche. Sie schlichen darauf zu, bis sie in der Tür standen und im hellen Mondlicht erkennen konnten, was sich auf dem Bett befand.

Patricia lag auf dem Rücken, die Arme über dem Kopf, ein sinnliches Lächeln auf den Lippen, nackt, die Beine gespreizt.

Zwischen ihren Beinen hockte James Harris mit nacktem Oberkörper und pulsierenden Rückenmuskeln. Seine Schulterblätter spreizten sich und zogen sich zusammen wie Flügel, während er sich an Patricia gütlich tat, den Kopf in ihrem Schritt, eine große Hand auf ihrem linken Oberschenkel, die andere auf ihrem Bauch, die Finger gekrümmt vor ihrer blassen Haut.

Der schiere, unersättliche Hunger, den der Anblick vermittelte, ließ die Frauen erstarren. Sie rochen ihn, wie er dickflüssig und fleischig das beengte Zimmer erfüllte.

Kitty fing sich als Erste. Sie griff den Baseballschläger fester, trat drei Schritte vor, sodass ihr linker Fuß beinahe James Harris' rechten Fußknöchel berührte, und vollführte einen kraftvollen Schlag aus der Schulter.

Der Schläger erwischte ihn mit einem metallischen *Klong* an der Schläfe wie ein Presslufthammer, der auf Stein traf, und Kitty löste die führende Hand vom Schläger und ließ ihn einen vollen Bogen beschreiben, wobei sie nur knapp Mrs. Greenes Kinn verfehlte. Ein Schwall hochgewürgten Blutes quoll aus James Harris' Mund und spritzte auf Patricias Schamhaar und Bauch. Dennoch saugte er ungestört weiter.

Patricia stöhnte vor Erregung, voll Brunst, voll Schmerz, und Kitty riss den Schläger herum, obwohl ihr die linke Schulter wehtat. Diesmal hatte sie es auf einen Home Run abgesehen.

Mit dem zweiten Schlag weckte sie seine Aufmerksamkeit, und er wirbelte in der Hocke herum und sah sie aus Raubtieraugen an, während ihm das Blut über das Gesicht lief und von etwas herabtropfte, das aus seinem Kinn baumelte. Blut sprudelte aus der Wunde in Patricias Schenkel. Kitty sah, wie sich die Muskeln in James Harris' Bauch und Schultern anspannten, wie die Flächen seines Gesichts sich auf unmögliche Art bewegten und das aus ihm heraushängende Ding verschwand. Obwohl sie normalerweise nicht mit links schlug, blieb ihr keine Wahl – der Schläger war auf ihrer linken Seite, und er würde ihr keine Zeit lassen, erneut ihre Schlaghaltung einzunehmen oder auch nur ihren Gedanken zu Ende denken. Mit aller Kraft schwang sie den Schläger, aber sie wusste, dass es nicht fest genug sein würde.

Der Schläger traf James Harris mit einem satten *Flatsch* in die Rippen. Er riss den Arm runter, klemmte Kittys Waffe ein und wirbelte herum, sodass sie in die Ecke geschleudert wurde. Patricia stöhnte lustvoll und rieb wie von Sinnen ihre Schenkel aneinander, und James Harris stand auf und packte Kitty so fest mit den Händen an den Schultern, dass sie spürte, wie ihre Knochen gegeneinander schabten. Er stieß sie rückwärts auf die offene Schlafzimmertür zu und dabei Mrs. Greene und Maryellen beiseite, sodass diese zurücktaumelten. Dann knallte er Kitty so heftig gegen die Tür, dass der Knauf sich in die Wand bohrte, schleuderte sie quer durchs Schlafzimmer, und während sie gegen einen Sessel prallte und mit ihm nach hinten überkippte, ließ Mrs. Greene den Hammer auf seinen Kopf niedersausen.

Das Werkzeug prallte an seinem Schädel ab, und er riss es ihr mühelos aus der Hand. Sie schrie und versuchte panisch, so schnell wie möglich von ihm wegzukommen, doch auf dem Weg stieß sie mit der Schulter gegen Maryellen, wurde herumgerissen und stand letztendlich in der offenen Tür zum Badezimmer.

Maryellen verharrte zwischen James Harris und Mrs. Greene. Sie sah ihm in die Augen und pinkelte sich in die Hose. Ihre tauben Hände schienen einer anderen Person zu gehören, die irgendwo weit weg war, und ihr Urin und das Jagdmesser in der Scheide trafen im selben Moment auf den Boden.

James Harris stieß Maryellen aus dem Weg und ging auf Mrs. Greene los. Seine mächtigen Brustmuskeln zeichneten sich unter seiner Haut ab wie eine weiße Rüstung, seine dicken Unterarme spannten sich an, als er die Finger zu Klauen krümmte, und Mrs. Greene drehte sich um und versuchte, ins Badezimmer zu fliehen. Wenn sie den schweren Porzellandeckel vom Spülkasten der Toilette bekam, hatte sie vielleicht eine Chance. Doch stattdessen stolperte sie über die Schwelle des gefliesten Bereichs und schlug der Länge nach hin.

Blut troff aus James Harris' Maul und bildete Muster auf seiner Brust und seinem flachen Bauch. Mrs. Greene kroch hektisch über Kacheln, die so kalt waren, dass es brannte, und dann umschloss er ihr rechtes Fußgelenk mit einem Griff, der sich wie eine eiserne Fessel anfühlte. Mühelos zog er sie ins Schlafzimmer zurück. Mrs. Greene rollte sich auf den Rücken und hob die Arme zur Verteidigung. Sie war fest entschlossen, ihm die Augen auszukratzen, aber dann sah sie die Wut in seinem Gesicht und wusste, dass ihre Arme im Angesicht dieses Hurrikans mit Reißzähnen nur dünne Zweiglein waren.

Er beugte sich vor, die Klauenfinger ausgestreckt, und Kitty traf ihn von hinten wie ein Güterzug, prallte mit Wucht gegen sein Hinterteil, rannte einfach weiter und schob ihn bis ins Badezimmer vor sich her, wobei beide auf Mrs. Greene traten, einen Fuß in den Bauch und einen gegen das Kinn.

Es war ein lautes Krachen und dann ein *Uffff* zu hören, als James Harris mit dem Bauch die Kante des Waschbeckens traf und mit dem Gesicht voran gegen die Wandkacheln knallte. Kitty trieb ihn vor sich her, bis er am Boden lag. Er landete mit den Armen unter dem Leib. Er mochte stärker sein, aber sie war fünfundzwanzig Kilo schwerer als er.

Er versuchte, sich herumzudrehen, aber sie verlagerte ihr

Gewicht und drückte ihn zu Boden. Sie packte ihn bei den Ohren und drückte sein Gesicht auf die Kacheln. Er versuchte, sich mit einem Arm hochzudrücken, doch sie zog ihn ihm weg.

»Das Messer! Das Messer!«, schrie sie, aber Maryellen stand nur benommen über einer Pfütze aus ihrem langsam abkühlenden Urin im Schlafzimmer.

Mrs. Greene schleppte sich aus dem Badezimmer in die Sicherheit des Schlafzimmers. Sie sah James Harris und Kitty als dunkle Umrisse auf den kalten Kacheln miteinander ringen. Er schaffte es, die Beine unter den Leib zu bekommen und wuchtete Kitty, die auf seinem gekrümmten Rücken saß, beim Aufstehen hoch.

»Das Messer, Maryellen! Das Messer!«, kreischte Kitty hysterisch.

Mrs. Greene sah, wie Maryellen auf das Messer zu ihren Füßen hinabstarrte und begriff, dass sie zu weit abgetrieben war, um es aufzuheben und James Harris zu kurz davorstand, sich aufzurichten.

»Maryellen!«, rief Mrs. Greene sie zum ersten Mal beim Vornamen. »Wirf mir das Messer zu!«

Maryellen blickte auf, sah sie, blickte nach unten, sah das Messer und ging plötzlich in die Hocke. Sie warf es Mrs. Green zu, der es erstmals in ihrem Leben gelang, etwas aufzufangen, das man ihr zuwarf. Sie öffnete den Druckknopf, der es in der Scheide hielt.

Im Bad schlang Kitty ein Bein um James Harris' rechten Oberschenkel, hakte es hinter sein Fußgelenk und trat aus. Krachend und mit Kittys vollem Gewicht dahinter traf sein Knie auf die Kacheln. Sie verlagerte ihren Schwerpunkt auf ihre Hüften und drückte seinen Hintern nach unten. Jetzt hatte er den linken Arm unter den Körper gebracht, den Ellbogen gegen seine Rippen gestützt, und sie versuchte, ihn ihm mit ihrer linken Hand wegzureißen, aber er war unverrückbar wie Stein. In einem verzweifelten Vorstoß bohrte sie ihm die Fingerspitzen in die angreifbare linke Achselhöhle, und vor Schreck verlor er den Halt und landete mit dem Laut eines Steaks, das auf die Küchenanrichte klatschte, auf dem Boden.

Lange konnte sie das nicht mehr durchhalten.

Kitty wand sich auf ihm hin und her, im Bemühen, ihren Schwerpunkt über ihm zu halten, während er zappelte, und suchte dabei unablässig nach etwas, das ihr einen Vorteil verschaffen konnte. Sie spürte, wie er erneut seine Kräfte sammelte, und plötzlich war sie nur noch ein Stück Papier auf einer Welle, die jeden Moment brechen und sie dabei in die Tiefe reißen würde.

Etwas Festes berührte ihren Handrücken, und ohne einen bewussten Gedanken verstand sie, was es war. Sie packte es, drehte es herum, und für einen stillen, perfekten Augenblick sah sie James Harris' gekrümmten weißen Nacken vor sich, in dem sich die Wirbel abzeichneten, jeder einzelne umrissen vom Mond, der durch das Deckenlicht schien. Sie hielt das Jagdmesser fest in beiden Händen und rammte es mit der Spitze voran nach unten.

Er schrie, und das Geräusch war in dem winzigen, hallenden Badezimmer so laut, dass es ihr Trommelfell erzittern ließ. Sie spürte, wie das Messer über Knochen kratzte. Sie riss die Spitze hoch, spürte, wie das Gewebe nachgab, und dann drückte sie das Messer einmal mehr hinab. Er warf den Kopf zurück, sodass die Klinge sich zwischen seinen Wirbeln verfing, doch sie richtete sich auf, sodass sie ihr ganzes Gewicht hinter ihre Handgelenke legen konnte, presste den Knauf nach unten, und die Stahlspitze des Messers bewegte sich knirschend und quietschend und kreischend abwärts,

Zentimeter für Zentimeter, als sie es durch seine Wirbelsäule trieb.

Er versuchte, sie abzuwerfen, aber die Kraft verließ nach und nach seine Beine, und er fing auf dem Boden zu zappeln an, während sie sich weiter auf den Griff stemmte und die Klinge tiefer und tiefer trieb, und dann gingen seine Schreie in ein Gurgeln über, und sein Zucken und Zappeln wurde heftiger. Sie drückte seine Schultern mit den Ellbogen hinunter und presste die Brust gegen seinen Rücken, und dann fuhr das Messer plötzlich mit einem Ruck und einem hässlichen Knirschen ein gutes Stück nach unten und traf auf der anderen Seite auf die Kacheln, und sein Leib erschlaffte.

Sie hatte es geschafft.

In der Stille hörte sie nichts als sein Gurgeln und ihr Atmen, als sie sich von ihm wälzte und sich umsah. Mrs. Greene hielt ihn an einem Fuß fest und Maryellen am anderen, um seine Beine zu Boden zu drücken. Von unten war der schwungvolle Klang eines Sinfonieorchesters zu hören.

»Ihr Schlampen haltet mich keine Minute lang auf«, gurgelte James Harris.

Warum immer Schlampen?, dachte Kitty. Als bildeten Männer sich ein, dass diesem Wort irgendwelche magischen Kräfte innewohnten. Sie versuchte aufzustehen, aber es war Maryellen, die ihr auf die Beine half, während Mrs. Greene sich auf James Harris' Beine kniete, falls er abermals anfangen würde, sich zu wehren. Kitty schaltete das Badezimmerlicht ein, damit die Situation realer wirkte.

Sämtliche Pupillen weiteten sich und passten sich an die neue Helligkeit an. Sie sahen auf den Vampir hinab, der mit dem Gesicht nach unten und schwer arbeitender Lunge hilflos auf dem Badezimmerboden lag.

Jetzt kam der schwierige Teil.

Kapitel 39

»Wir sollten die Kühlbox holen«, sagte Kitty, die an der Badezimmertür stand.

Eigentlich wünschte sie sich, dass Grace da wäre, um auf ihre kühle, herablassende Art Anweisungen gegeben. Wenn Grace das Sagen gehabt hätte, würden keine Fehler passieren. Aber Grace hatte sie im Stich gelassen, und sie mussten langsam in die Gänge kommen. Maryellen schob sich an ihr vorbei ins Schlafzimmer und knipste das Licht an.

»Sie atmet nicht«, rief sie.

Kitty wusste nicht, von wem die Rede war. Nun, da ihr Adrenalinspiegel sank, spürte sie überall am Leib die wunden Stellen. Ihr tat der Hals weh. Sie hatte das Gefühl, ein blaues Auge zu haben.

»Wer?«, fragte sie stumpf, bevor ihr klar wurde, dass Maryellen natürlich von Patricia sprach.

Sie drehte sich um und humpelte ins Schlafzimmer, sodass Mrs. Greene allein mit dem Ding auf dem Boden im Bad zurückblieb. Im Schlafzimmer verriet nur der umgekippte Sessel in der Ecke, dass etwas vorgefallen war – und Patricia, die nackt dalag, das Betttuch unter ihren Schenkeln blutgetränkt.

»Ich wollte sie zudecken«, sagte Maryellen, die die Hand auf Patricias Stirn gelegt hatte und eines ihrer Lider hob.

Darunter sah sie nur das Weiße. Patricia war reglos, leblos, totes Fleisch. Kitty versuchte zu erkennen, ob ihre Brust sich hob und senkte, obwohl sie wusste, dass das nichts zu besagen hatte. Sie betastete Patricias Hals, ohne recht zu wissen, was sie da tat.

»Woher weißt du, ob sie atmet?«, fragte sie.

»Ich habe an ihrer Brust gehorcht und nichts gehört«, sagte Maryellen.

»Weißt du nicht, wie man jemanden wiederbelebt?«, fragte sie.

Patricias Schultern zuckten, und ihr Leib verfiel in leise, seltsam knochenlose Zuckungen.

»Weißt du es vielleicht?«, fragte Maryellen. »Ich kenne das nur aus Filmen.«

»Ihr habt sie umgebracht«, erklang eine hallende Stimme aus dem Bad. Sie klang krächzend, aber dennoch stark und klar. »Sie stirbt.«

Maryellen sah Kitty ins Gesicht. Ihr Mund war schlaff, ihre Stirn gerunzelt, als würde sie gleich zu weinen anfangen. Kitty fühlte sich hilflos.

»Was sollen wir tun?«, fragte sie. »Den Notarzt rufen?«

»Nein, wir drehen sie auf den ...« Maryellen nahm Patricia bei den Händen und probierte hektisch an Patricias zuckendem Leib herum. »Vielleicht ihren Kopf hochlegen. Vielleicht hat sie einen Schock erlitten? Ich weiß nicht.«

Natürlich war Mrs. Greene diejenige, die wusste, wie man jemanden wiederbelebte. In einem Moment sah Kitty zu, wie Maryellen hilflos ihre spärlichen Kenntnisse anwandte, und im nächsten schob Mrs. Greene sie behutsam beiseite, legte die Hände unter Patricias Schultern und sagte: »Helft mir, sie auf den Boden zu legen.«

Kitty nahm sie bei den Füßen, und sie zogen Patricia aus dem Bett und ließen sie auf den Läufer daneben hinab. Dann legte Mrs. Greene Patricia eine Hand in den Nacken, die andere ans Kinn, und klappte ihr den Mund auf.

»Seht nach den Jalousien«, sagte Mrs. Greene. »Wir müssen sichergehen, dass niemand uns beobachtet.«

Kitty weinte beinahe vor Dankbarkeit darüber, dass ihr jemand Anweisungen gab. Sie sah sich im Badezimmer um und stellte fest, dass James Harris immer noch auf dem Boden lag, wo sie ihn zurückgelassen hatte. Erst dachte sie, er hätte einen Krampfanfall erlitten, doch dann begriff sie, dass er lachte.

»Ich fühle mich schon viel besser«, sagte er. »Mit jeder Sekunde geht es mir besser.«

Sie vergewisserte sich, dass überall im Haus die Jalousien heruntergezogen waren. Sie wollte die Orchestermusik unten im Radio zum Schweigen bringen, brauchte aber zu lange, um den Schalter zu finden. Sie musste schnell wieder nach oben. Ihre Truppe war zu spärlich besetzt.

Im Schlafzimmer drückte Mrs. Greene Patricia viermal in professioneller Weise auf die Brust und atmete ihr dann viermal gleichmäßig in den Mund, so methodisch und ruhig, als bliese sie am Pool eine Luftmatratze auf. Patricias Mund stand offen. Sie zuckte nicht mehr. War das ein gutes Zeichen?

Mrs. Greene hörte mit der Wiederbelebung auf, und Kitty blieb das Herz stehen.

»Ist sie ...«, setzte sie an und stellte dann fest, dass ihr Mund zu trocken zum Weitersprechen war.

Mrs. Greene zog ein Taschentuch hervor und wischte sich damit über den Mund, sah auf das Taschentuch und tupfte sich dann die Mundwinkel ab.

»Sie atmet«, sagte sie.

Kitty sah nun, dass Patricias Brust sich hob und senkte. Sie sahen beide Maryellen an.

»Ich bin in Panik geraten«, sagte Maryellen. »Es tut mir leid.«

»Du musst hier auf die Wunde drücken«, sagte Mrs. Greene und deutete auf Patricias Schenkel.

Die Stelle, an der James Harris von Patricias Bein weggerissen worden war, sah wund und bösartig aus. Blut quoll aus ihr empor wie Pflanzensaft.

»Ihr habt überhaupt nichts bewirkt«, sagte James Harris aus dem Badezimmer. »Dann stirbt sie eben später. Na und?«

»Hört nicht auf ihn«, sagte Mrs. Greene. »Er wird uns irgendwas einzureden versuchen, aber zu mehr ist er im Moment nicht in der Lage. Wir müssen an das denken, was wir zu tun haben, und es tun. Hol ein Handtuch, und drück es auf ihr Bein.«

Kitty ging ins Bad und achtete, als sie über James Harris hinwegstieg, darauf, sich von seinen Händen fernzuhalten. Sie kehrte mit sämtlichen Handtüchern und Waschlappen zurück, die sie hatte finden können. Maryellen faltete einen der Waschlappen zu einem Viereck und drückte ihn auf Patricias Oberschenkel. Mrs. Greene und Kitty gingen zurück ins Bad.

»Wie lautet euer großer Plan?«, fragte James Harris, als sie ihn herumdrehten. Seine Arme schlackerten nutzlos hin und her. »Wollt ihr mich mit Büchern zu Tode prügeln? Mich nicht zu eurem nächsten Treffen einladen?«

Sie packten ihn jede unter einer Achsel und brachten ihn in eine sitzende Position, und dann wechselten Mrs. Greene und Kitty Blicke und nickten einander zu. *Eins ... zwei ...*

»Heb aus den Beinen«, sagte Mrs. Greene.

... drei. Sie wuchteten James Harris auf den Rand seiner großen Whirlpool-Wanne.

»Ertränken funktioniert nicht«, sagte er grinsend. »Das haben andere bereits versucht.«

Jetzt konnte es ihnen egal sein, wie sie mit ihm umsprangen; er war so gut wie tot, also ließen sie los, sodass er in einem Gewirr von Gliedmaßen in die Wanne kippte.

»Ihr müsst euch schon was Besseres einfallen lassen«, sagte er.

Kitty schob ihn herum, bis er ausgestreckt lag, den Rücken an ein Wannenende gelehnt, während Mrs. Greene alles aus dem Weg räumte. Dann verließ sie das Zimmer und kehrte mit der Kühlbox und der Einkaufstasche zurück.

Sie breiteten eine blaue Plane auf dem Boden aus und klebten sie mit Malerband fest. Kitty hatte der Sammlung von Horse mehrere Jagdbücher entnommen und die für sie wichtigen Seiten kopiert. Als sie die Blätter an die Wand über der Wanne klebten, wo sie sie jederzeit gut sehen konnten, bekam auch James Harris Gelegenheit, sie in Augenschein zu nehmen.

»Das könnt ihr nicht tun«, sagte er mit vor Entsetzen aufgerissenen Augen. »Das könnt ihr nicht mit mir machen. Ich bin der Einzige meiner Art. Ich bin ein Wunder.«

Mrs. Greene legte die Werkzeuge aus der Kühlbox bereit. Knochensägen, zehn identische Jagdmesser mit Parierstange, eine Bügelsäge mit zwei Packungen Ersatzklingen, eine Rolle blauer Nylonschnur. Handschuhe aus Kettengeflecht, damit sie sich nicht schnitten, wenn sie abrutschten. Sie und Kitty zogen sich grüne Gärtnerei-Knieschützer an.

»Hört mal«, sagte James Harris. »Ich bin einzigartig. Es gibt Milliarden von Menschen, aber ich bin der Einzige meiner Art. Wollt ihr so etwas wirklich zerstören? Das wäre so, als zerschlüge man ein Kirchenfenster oder ... als würde man eine Bibliothek niederbrennen. Ihr seid ein Buchclub. Ihr seid keine Bücherverbrenner.«

Sie zogen James Harris die Schuhe und Socken aus, dann die Hosen, und ließen ihn nackt in der Wanne liegen. Seine Brustwarzen waren blass, und sein Penis lag mit der Unterseite nach oben auf seinem blonden Schamhaar. Mrs. Greene drehte das Wasser auf und vergewisserte sich, dass es ordentlich ablief. Sie legte ein Abflusssieb ein, damit keine großen Stücke in die Rohre gerieten, die ihnen später Probleme bereitet hätten. Dann reichte sie Kitty ein Jagdmesser.

Kitty ging auf der Höhe des Kopfes von James Harris in die Knie. Sie warf einen Blick auf das Diagramm mit den gepunkteten Linien und griff nach James Harris' Arm. Der erste Schnitt sollte einmal um seinen Ellbogen verlaufen und die Sehnen durchtrennen, und dann sollte sie den Unterarm mit einer Drehung abtrennen. Sie sagte sich, dass es nichts anderes war, als ein Reh zu zerlegen.

»Hat Patricia euch nichts von mir erzählt?«, sagte er und versuchte, Blickkontakt herzustellen. »Ich lebe schon seit vierhundert Jahren. Ich kenne das Geheimnis des ewigen Lebens. Ich kann euch sagen, wie man nicht mehr älter wird. Wollt ihr nicht für immer so alt bleiben, wie ihr es jetzt seid?«

Kitty berührte mit der Messerspitze die weiche Haut auf der Innenseite seines Arms. Sie wagte es kaum zu atmen. Das Messer drückte eine winzige Mulde in die Innenseite seines Ellbogens.

»Das ist der einzige Moment eures Lebens, in welchem ihr euch von Angesicht zu Angesicht einer Sache gegenüberseht, die weitaus größer ist als ihr«, sagte er. »Ich bin ein Rätsel des Universums. Ist das wirklich eure Antwort darauf?«

Im hellen Licht, mit dem hilflosen James Harris in der Wanne und unter den Blicken der beiden anderen Frauen, im stillen, rational-weiß gekachelten Badezimmer erstarrte Kitty.

»Genau«, sagte James Harris. »Noch habt ihr nichts Unwiderrufliches getan. Gebt mir einfach ein paar Minuten, dann bin ich so gut wie neu. Und dann zeige ich euch, wie man ewig lebt.«

»Schon gut«, sagte Mrs. Greene, legte Kitty eine Hand auf die Schulter und streckte ihr die andere hin. »Warte du im Zimmer nebenan. Hab ein Auge auf Patricia.«

Dankbar reichte Kitty Mrs. Greene das Messer und erhob sich. Sie streifte den warmen Kettenhandschuh ab und übergab ihn ihr ebenfalls. Mrs. Greene schloss im stillen Gebet die Augen.

»Ich bin die eine Sache auf dieser Welt, die größer ist als ihr alle«, rief James Harris Kitty nach. »Ich kann euch stärker machen als jeden, den ihr kennt, ich kann euch ein längeres Leben schenken; ihr steht von Angesicht zu Angesicht etwas wahrhaft Erstaunlichem gegenüber.«

»Und das wäre?«, fragte Mrs. Greene, öffnete die Augen und kniete sich neben die Wanne. Sie zog den Handschuh an.

»Ich!«, sagte er.

»Da sind wir wohl einfach unterschiedlicher Ansicht«, sagte sie.

Das waren die einzigen Worte, die sie im Laufe der nächsten Stunde zu James Harris sprach. Ohne sich Zeit zum Zweifeln zu geben, bohrte Mrs. Greene James Harris das Messer von der Innenseite in den Ellbogen. Es traf direkt unter der Haut auf Knochen, aber sie bewegte es hin und her, und je mehr sie sich vorstellte, dass sie das Fett von einem Weihnachtsbraten abschnitt, desto leichter fiel es ihr, sich innerlich von dem, was sie tat, abzuschotten, während er schrie.

Sie hackte auf seinen Ellbogen ein, gab den Versuch auf, saubere und ordentliche Schnitte zu setzen und säbelte stattdessen an den Muskeln und Sehnen herum. Sie sägte, sie schnitt, sie schabte ihm mit dem Jagdmesser die Haut ab.

»Hört mich an«, brabbelte James Harris. »Ihr seht euch dem Geheimnis des ewigen Lebens gegenüber und schmeißt es einfach weg. Das ist Wahnsinn.«

Mrs. Greene beachtete ihn nicht und schaffte es endlich, seinen Ellbogenknochen freizulegen.

»Maryellen?«, rief sie. »Kitty soll sich um Patricia kümmern. Ich brauche hier Unterstützung.«

»Ja, Ma'am«, rief Maryellen und kam aus dem Schlafzimmer ins Bad.

Maryellen hielt James Harris' Unterarm in beiden Händen und drehte ihn hin und her, während Mrs. Greene ihn an der Schulter festhielt und alles durchschnitt, was aussah, als hinge es noch an irgendwas. Mit dem Knirschen reißenden Gewebes und einer Reihe kleiner Knackgeräusche löste sein Unterarm sich. Ein paar Fleisch- und Fettstreifen verbanden ihn noch mit dem Körper, aber Mrs. Greene durchschnitt diejenigen, die Maryellen nicht abreißen konnte. Maryellen ließ den Unterarm in einen schwarzen Plastikmüllbeutel fallen und knotete diesen sorgfältig zu. Sofort begann der Beutel sich zu winden, als der Arm zu entkommen versuchte.

»Ich spüre, wie mein Rückgrat heilt.« James Harris grinste Mrs. Greene an. »Hofft lieber, dass ihr schneller schneiden könnt, als ich heile.«

Mrs. Greene ging zügig zu Werke, und Maryellen assistierte ihr. Sie lösten den Rest seines Arms von der Schulter, trennten dann den rechten Fuß, sein rechtes Bein am Knie und dann an der Hüfte ab. Die schwarzen Plastikbeutel bildeten einen nach und nach größer werdenden, zappelnden Haufen in der Ecke. Die Jagdmesser wurden an seinen Muskeln und Knochen stumpf, und Mrs. Greene warf immer wieder eines in einen Müllbeutel und nahm das nächste. Maryellen säuberte die Kettenhandschuhe, als sie zu verschmiert waren, um ihn damit festhalten zu können.

»Wo wohnen deine Jungs?«, fragte James Harris

Mrs. Greene. »In Irmo, nicht wahr? Jesse und Aaron. Wenn ich hier rauskomme, statte ich ihnen einen Besuch ab.«

Selbst, als sie ihn auf den Bauch drehten, um sich seinen linken Arm und sein linkes Bein vorzunehmen, setzte James Harris seinen Monolog ununterbrochen fort. Die Worte wurden allerdings zunehmend zusammenhangloser, je mehr Teile sie ihm abschnitten.

»Ich habe mich immer ferngehalten, wenn man mich nicht eingeladen hat«, faselte er. »Der Bauernhof, das Haus der Witwe, Russland, ich bin immer nur dorthin gegangen, wo man mich haben wollte. Lup hat mich darum gebeten, ihn zu benutzen, er hat mich mit den Augen gebeten, er wusste, dass ich ihn am Leben erhalten konnte, aber erst musste er mich am Leben erhalten. Ich werde diesen wunderschönen Jungen nie vergessen. Dieser Soldat wollte es, sein Gesicht war so verbrannt, und ich habe ihm einen Gefallen getan. Ich habe nur das getan, worum mich die Leute gebeten haben. Selbst Ann wollte, was ich ihr anzubieten hatte.«

Sie legten eine Pause ein. In Mrs. Greenes Armen pochte der Schmerz. Die Drohung, dass die Wirbel von James Harris sich wieder verbinden könnten, ließ ihr keine Ruhe. Sie hatten nicht viel Zeit, aber sie wollte nur noch ein heißes Bad nehmen und schlafen gehen. Die Nacht kam ihr endlos vor.

»Wie geht es Patricia?«, fragte sie Kitty.

»Sie schläft«, antwortete Kitty, die immer noch das Handtuch auf Patricias Oberschenkel presste.

Maryellen sah, wie steif Kitty den Hals hielt. Sie trug einen lilafarbenen Bluterguss um das linke Auge.

»Was willst du Horse sagen?«, fragte Maryellen.

Kittys Miene fiel in sich zusammen.

»Darüber habe ich noch nicht einmal nachgedacht«, sagte sie.

»Das überlegst du dir, wenn wir hier fertig sind«, sagte Mrs. Greene. Ihr Selbstvertrauen beruhigte Kitty. »Drück dir fürs Erste Eis auf das Auge.«

Zurück im Badezimmer wurde Mrs. Greene von James Harris' Torso empfangen. Es war an der Zeit für seinen Kopf. Vor diesem Moment fürchtete sie sich schon die ganze Zeit, aber andererseits hoffte sie, dass er danach endlich still sein würde. Eines hatte sie schon vor langer Zeit über Männer gelernt: Sie redeten gerne.

Während sie sich mit ihrem Messer durch die zähen Sehnen und die Reste seiner Wirbelsäule arbeitete, sprach James Harris weiter.

»Der Club des Breiten Lächelns wird mich suchen kommen«, sagte er und versuchte sie in den Blick zu nehmen. »Das machen wir so. Sie werden mich suchen kommen, und wenn sie herausfinden, was ihr getan habt, dann werdet ihr und eure Kinder einen schrecklichen Preis bezahlen. Das ist eure letzte Chance. Wenn ihr jetzt aufhört, sage ich ihnen, dass sie euch in Ruhe lassen sollen.«

»Niemand wird dich suchen kommen«, sagte Mrs. Greene, die einfach nicht widerstehen konnte. »Du bist ganz und gar allein. Du hast keinen Menschen auf der Welt, und wenn du stirbst, wird niemand es auch nur mitbekommen. Niemand wird sich für dich interessieren. Du hinterlässt nichts.«

»Da irrst du dich«, sagte er und bedachte sie mit einem blutigen Grinsen. »Ich hinterlasse euch allen ein Geschenk. Wartet nur ab, bis eure Freundin Slick reif ist.«

Er fing zu kichern an, und Mrs. Greene bohrte das Messer knirschend durch seine Luftröhre, und sie und Maryellen packten ihn bei den Haaren und zogen mit einem lauten Knacken seinen Kopf vom Rumpf.

Dann taten sie das, was Miss Mary Patricia vor all den

Jahren gesagt hatte, als sie James Harris beim Abendessen angespuckt hatte. Maryellen hielt seinen Kopf in die Höhe, und Mrs. Greene nahm einen Hammer und trieb ihm zwei dicke, lange Nägel in jedes Auge. Sein Mund hörte endlich auf, sich zu bewegen. Sie warfen seinen Kopf in einen Müllbeutel und banden diesen zu.

Sie nahmen ihn aus und verpackten seine Organe und Eingeweide in getrennten Beutel. Sie waren zu müde, um sich durch seinen Brustkorb zu sägen, deshalb entfernten sie einfach möglichst viel Fleisch von ihm und wickelten es Pfund um Pfund in verschiedene Müllbeutel. Sie zogen zwei oder drei Müllbeutel übereinander und verwandelten James Harris endgültig in einen Haufen fest zugeknoteter Plastiktüten, die in eine ganz normale Mülltonne gepasst hätten.

Als sie fertig waren, sah das Bad wie ein Schlachthaus aus. Mrs. Greene und Maryellen gingen ins Schlafzimmer.

»Fertig?«, fragte Kitty.

»Ja, fertig«, sagte Mrs. Greene.

»Ich muss den Wagen holen«, sagte Maryellen und ließ sich dann schwer zu Boden sinken, wobei sie darauf achtete, den Läufer nicht zu berühren. »Ich muss mich nur für eine Minute hinsetzen.«

Ihnen taten sämtliche Glieder weh, aber sie hatten ihre Mission noch nicht einmal ansatzweise beendet. Mrs. Greene sah sich im Bad und im Schlafzimmer um, und Maryellen folgte ihrem Blick. Kitty tat das Gleiche.

»Heilige Muttergottes«, sagte Kitty leise.

Alles war voller Blut. Trotz der Plane war das Badezimmer rot gestrichen. Die Anrichten, die Wände, der Türrahmen, die Toilette. Es war Blut auf den dunklen Eichendielen im Schlafzimmer, Blut auf dem Laken, auf dem Patricia lag, blutige Handabdrücke an Türen und Wänden. Als sie sahen, wie viel sie sauber zu machen hatten, verließ sie der Kampfgeist, und die ungeheure Last ihrer Aufgabe zerquetschte sie förmlich. Es war fast zehn. Das Clemson–Carolina-Spiel würde in nicht einmal einer Stunde vorbei sein.

»Uns bleibt nicht genug Zeit«, sagte Maryellen.

Etwas raschelte im Bad. Sie sahen einander an, stemmten sich vom Boden hoch und traten in die Badezimmertür. Der Haufen schwarzer Plastikbeutel mit den Einzelteilen von James Harris darin wand sich wie ein Schlangennest. Die Bewegungen waren kraftvoll und wütend.

»Wir haben ihm Nägel durch die Augen getrieben«, sagte Mrs. Greene.

»Er hört nicht auf«, jaulte Kitty. »Es hat nicht funktioniert. Er lebt noch immer.«

Es klingelte an der Tür.

Kapitel 40

»Die gehen schon wieder«, flüsterte Maryellen.
Es klingelte erneut, zweimal kurz hintereinander.
Die Hände und Füße von Mrs. Greene wurden eiskalt. Maryellen spürte, wie an ihrer Schädelbasis Kopfschmerzen einsetzten. Kitty wimmerte.
»Bitte geht weg«, flüsterte sie. »Bitte geht weg … bitte geht weg … bitte geht weg …«
Die schwarzen Plastikbeutel knisterten im Bad. Einer rollte vom Haufen und traf mit einem lauten Aufschlag auf den Boden. Er begann, sich Richtung Tür zu winden.
»Das Licht ist an«, sagte Maryellen. »Wir haben vergessen, das Licht auszumachen. Man sieht es durch die Jalousien. Sie wissen, dass er zu Hause ist.«
Es klingelte erneut, dreimal hintereinander.
»Wer sieht am wenigsten schlimm aus?«, fragte Maryellen. Sie inspizierten einander. Sie und Mrs. Greene waren blutverkrustet. Kitty hatte nur ein paar Schrammen davongetragen.
»O gnädiger Gott«, stöhnte Kitty.
»Das sind wahrscheinlich nur die Johnsons, denen das Bier ausgegangen ist«, sagte Maryellen.
Kitty, die kurz vorm Hyperventilieren stand, holte dreimal tief Luft und ging dann auf den Flur, die Treppe hinab und zur Eingangstür. Alles war still. Vielleicht waren sie gegangen.
Es klingelte so laut, dass sie quiekend aufschrie. Sie ergriff den Türknauf, öffnete das Schloss und zog die Tür einen Spaltbreit auf.
»Bin ich zu spät?«, fragte Grace.

»Grace!«, rief Kitty und zog sie am Arm herein.

Maryellen und Mrs. Greene hörten sie bis oben ins Schlafzimmer und kamen heruntergerannt. Grace' Miene entgleiste ihr, als die beiden blutbespritzt erschienen. Sie glotzte die zwei voller Grauen an.

»Das ist ein weißer Teppich«, sagte sie.

Sie erstarrten und sahen die Treppe hoch. Ihre blutigen Fußabdrücke führten mitten auf der Treppe nach unten. Sie wandten sich wieder Grace zu, die einen Schritt von ihnen zurücktrat und sich einen Überblick verschaffte.

»Ihr habt doch nicht …«, fing sie an, brachte den Satz aber nicht zu Ende.

»Sieh es dir selbst an«, sagte Maryellen.

»Das möchte ich lieber nicht«, sagte Grace.

»Nein«, sagte Mrs. Greene. »Wenn Sie Zweifel haben, müssen Sie es sehen. Er ist oben im Badezimmer.«

Grace ging widerwillig hinauf und achtete dabei sorgfältig darauf, nicht in die Blutflecken auf der Treppe zu treten. Sie hörten, wie sie das Schlafzimmer durchquerte und in der Badezimmertür innehielt. Lange herrschte Schweigen. Als sie wieder runterkam, war sie unsicher auf den Beinen und stützte sich mit einer Hand an der Wand ab. Sie sah die blutüberströmten Frauen an.

»Was ist mit Patricia los?«, fragte sie.

Sie brachten sie auf den Stand der Dinge. Während sie erzählten, wurde Grace' Miene entschlossen, sie straffte die Schultern und nahm eine gerade Haltung ein. Als sie fertig waren, sagte sie: »Ich verstehe. Und wie sieht der Plan für seine Entsorgung aus?«

»*Bestattungen Stuhr* hat einen Vertrag mit dem Roper and East Cooper Hospital«, sagte Maryellen. »Sie verbrennen früh an jedem Morgen und spät am Abend den medizinischen Abfall. Ich habe eine große Kiste mit Sondermüll-Verbrennungsbeuteln im Auto, aber ... sie bewegen sich. So können wir sie nicht hinbringen.«

Sie alle sahen zu, wie Grace sich mit den Fingern an die Lippe tippte.

»Wir können trotzdem auf Stuhr zurückgreifen«, sagte sie und sah auf die Innenseite ihres Handgelenks. »Das Spiel dauert nicht einmal mehr eine halbe Stunde.«

»Grace«, sagte Maryellen, auf deren Gesicht das getrocknete Blut bereits Risse bekam. »Wir können keine Säcke mit sich bewegenden Leichenteilen bei Stuhr abliefern. Man wird sie sehen. Und dann wird man sie öffnen, und ich kann nicht erklären, was das für ein Zeug ist.«

»Bennett und ich haben in der Urnenhalle zwei Nischen für unsere Asche«, sagte Grace. »Sie sind hinten auf dem Friedhof, auf der Ostseite, wo die Sonne aufgeht. Wir packen seinen Kopf in die eine, und der Rest kommt in die andere.«

»Aber darüber wird Buch geführt«, sagte Maryellen. »Auf dem Computer. Und was passiert, wenn ihr zwei sterbt?«

»Die Bücher kann man bestimmt umschreiben«, sagte Grace. »Und was Bennett und mich betrifft, ich hoffe, es wird noch lange hin sein, bis wir uns mit diesem Problem befassen müssen. Also, wollen wir mal sehen, ob er hier irgendwelche Kisten hat. Maryellen, du und Mrs. Greene duschen im Gästebad. Verwendet dunkle Handtücher und lasst sie in der Wanne zurück. Bitte sagt mir, dass ihr wenigstens Wechselwäsche mitgebracht habt.«

»Im Wagen«, sagte Maryellen.

»Kitty«, sagte Grace. »Hol den Wagen. Ich sehe mich nach Kisten um. Ihr beiden säubert euch. Wir dürften etwa vierzig Minuten haben, bevor die Straße draußen voller Leute ist. Trödeln wir also nicht herum.«

Kitty holte den Wagen, half Grace dabei, die zappelnden, in Plastik gewickelten Körperteile in Kisten zu verpacken, und schleppte sie mit ihr runter zur Haustür. Mrs. Greene und Maryellen bekamen sich zwar nicht makellos sauber, aber immerhin sahen sie nicht mehr aus, als würden sie im Schlachthaus arbeiten.

»Wie viel Zeit bleibt uns noch, bevor das Spiel vorbei ist?«, fragte Grace, als sie den letzten Pappkarton auf den Stapel an der Eingangstür stellten.

Kitty schaltete den Fernseher ein.

»... und Clemson versucht, mit einem Time-out auf Zeit zu spielen ...«, plärrte ein Sportreporter.

»Keine fünf Minuten mehr«, sagte Kitty.

»Dann lasst uns die Sachen ins Auto laden, solange die Straßen noch frei sind«, sagte Grace.

Fast rennend stolperten sie die dunkle Eingangstreppe rauf und runter und packten die Kisten in Maryellens Minivan. Sie spürten, wie James Harris sich in ihnen bewegte, als trügen sie Kisten voller Ratten.

Als sie fertig waren, standen sie unten im Flur und begriffen, dass sie versagt hatten. Ihr Plan war gewesen, James Harris vom Angesicht der Erde zu tilgen und sein Haus unangetastet zu hinterlassen, als wäre er einfach vom Erdboden verschluckt worden oder hätte seine Sachen gepackt und wäre zur Tür hinausgegangen. Aber vor der Eingangstür, wo sie die Kisten gestapelt hatten, hatte sich eine Blutlache gebildet, der weiße Teppichboden auf der Treppe war ebenso rot beschmiert wie die Wände, am Treppengeländer trockneten blutige Fingerabdrücke, und selbst von unten sah man, dass es auf dem Flur oben genauso weiterging. Und dann war da noch das Badezimmer.

Ein tosendes Brüllen erhob sich von den umliegenden

Häusern. Jemand trötete mit einem Drucklufthorn. Das Spiel war vorbei.

»Das schaffen wir nie«, sagte Maryellen. »Jemand wird nach ihm suchen, und sobald diese Person die Tür öffnet, ist klar, dass er ermordet wurde.«

»Hör auf zu jammern«, fuhr Grace sie an. »Ihr müsst nach den Urnennischen C-24 und C-25 suchen. Die findet ihr schon. Du und Kitty, ihr seht am wenigsten schlimm aus, also fahrt ihr zu Stuhr.«

»Und was hast du vor?«, fragte Maryellen. »Das Haus niederbrennen?«

»Sei nicht albern«, sagte Grace. »Mrs. Greene und ich bleiben hier. Wir haben unser ganzes Leben lang Männern hinterhergeputzt. Das hier ist kein bisschen anders.«

Überall entlang der Straße leuchteten Scheinwerfer auf, als betrunkene Fans in ihre Autos stolperten und einander dabei im Dunkeln zuriefen und johlten. Bodennebel hing über der Straße.

»Aber ...«, setzte Maryellen an.

»Wenn ich für jedes Wenn und Aber einen Penny hätte, dann wäre ich reich«, sagte Grace. »Und jetzt husch.«

Kitty und Maryellen schleppten sich auf den Minivan zu. Grace schloss die Tür hinter ihnen und drehte sich zu Mrs. Greene um.

»Wir haben eine Menge zu tun«, sagte Mrs. Greene.

»Zusammengenommen bringen wir zwei es auf achtzig Jahre Häuser reinigen«, sagte Grace. »Ich glaube, wir sind der Herausforderung gewachsen. Und jetzt brauchen wir Natron, Ammoniak, weißen Essig und Spülmittel. Wir müssen zuerst die Laken und Handtücher in die Waschmaschine stecken und die Teppiche einsprühen, damit sie einweichen können, während wir bei der Arbeit sind.«

»Wir sollten die Handtücher und das Bettlaken in der Dusche waschen«, sagte Mrs. Greene. »Wir machen sie richtig heiß und schrubben sie mit einer harten Bürste und etwas Salzpaste. Dann stecken wir sie mit viel Weichspüler in die Maschine.«

»Sehen wir mal, ob wir Wasserstoffperoxid für die Blutflecken auf dem Teppich finden können«, sagte Grace.

»Ich bevorzuge Ammoniak«, sagte Mrs. Greene.

»Heißes Wasser?«, fragte Grace.

»Nein, kaltes.«

»Interessant«, meinte Grace.

Etwa um Mitternacht rief Maryellen von einer Telefonzelle an einer Tankstelle bei ihnen an.

»Wir sind fertig«, sagte Maryellen. »C-24 und C-25. Sie sind fest verschlossen, und morgen früh bereinige ich die Datenbank.«

»Mrs. Cavanaugh bügelt gerade die Laken«, sagte Mrs. Greene. »Dann müssen wir noch die Teppiche reinigen und alles verstauen, und dann sind wir fertig.«

»Wie sieht es aus?«, frage Maryellen.

»Als hätte hier nie jemand gewohnt«, sagte Mrs. Greene.

»Wie geht es Patricia?«

»Sie schläft«, sagte Mrs. Greene. »Sie hat keinen Mucks von sich gegeben.«

»Soll ich vorbeikommen und euch abholen?«

»Fahr nach Hause«, sagte Mrs. Greene. »Die Leute sollen nicht denken, dass das hier ein öffentlicher Parkplatz ist. Ich finde schon eine Mitfahrgelegenheit.«

»Tja«, sagte Maryellen. »Viel Glück.«

Mrs. Greene legte auf.

Sie und Grace bügelten die Laken, legten die Decke wieder

aufs Bett und untersuchten das Haus ein weiteres Mal auf übersehene Blutflecken. Dann ging Grace nach Hause und holte ihr Auto, während Mrs. Greene Patricia nach unten schleppte, das Radio abschaltete, die Lichter löschte und die Eingangstür mit James Harris' Schlüsseln hinter sich abschloss.

Bennett war unten auf dem Sofa eingeschlafen, deshalb legten sie Patricia in Grace' Gästezimmer, und dann rief Grace bei Carter an.

»Sie hat sich das Spiel hier drüben angesehen, nachdem sie Slick im Krankenhaus besucht hat«, erzählte sie ihm. »Sie ist eingeschlafen. Ich glaube, wir sollten sie lieber nicht wecken.«

»Das ist wohl am besten so«, sagte Carter. Er hatte eine Menge getrunken, weshalb es eher wie *Dasiswollambessnso* klang. »Freut mich, dass ihr Mädels wieder Freundinnen seid.«

»Gute Nacht, Carter«, sagte Grace und legte auf.

Sie fuhr Mrs. Greene nach Hause und ließ sie vor ihrem dunklen Haus aussteigen.

»Danke für all Ihre Hilfe«, sagte Grace.

»Morgen«, sagte Mrs. Greene, »fahre ich hoch nach Irmo und hole meine Kleinen heim.«

»Gut«, sagte Grace.

»Sie hatten vor drei Jahren unrecht«, sagte Mrs. Greene. »Sie hatten unrecht, und Sie waren feige, und Menschen sind gestorben.«

Sie standen eine Weile da und sahen einander im Licht der Wagenbeleuchtung an, während der Motor lief. Schließlich sagte Grace etwas, das sie in ihrem Leben so gut wie nie gesagt hatte.

»Es tut mir leid.«

Mrs. Greene deutete ein Nicken an.

»Danke, dass Sie heute Abend gekommen sind«, sagte sie. »Allein hätten wir das nicht geschafft.«

»Keine von uns hätte das allein geschafft«, sagte Grace.

Grace döste im Sessel an Patricias Bett vor sich hin. Patricia erwachte um etwa vier Uhr morgens heftig nach Luft schnappend. Grace strich ihr das schweißnasse Haar aus dem Gesicht.

»Es ist vorbei«, sagte Grace.

Patricia brach in Tränen aus, und Grace streifte ihre Schuhe ab und schlüpfte neben ihr ins Bett und wiegte Patricia, während sie sich ausweinte. Dann kam der Schmerz, und Grace half ihr ins Bad und stand vor der Tür, während Patricia, deren Darminhalt zu Wasser geworden war, auf der Toilette saß. Sie hatte kaum gespült, da musste sie sich schon vor die Toilette knien und sich übergeben.

Grace half ihr zurück ins Bett und saß an ihrer Seite, während Patricia sich hin und her warf. Schließlich suchte sie ihr Exemplar von *Kaltblütig* heraus.

»Das Städtchen Holcomb liegt auf der Weizenhochebene von West-Kansas«, las sie Patricia mit ihrem weichen Südstaatenakzent vor. »Es ist eine weite einsame Gegend, die selbst für die anderen Kansaner ›hinter dem Mond‹ liegt. Das Land ist so flach, dass man nach allen Seiten unheimlich weite Ausblicke hat. Pferde, Rinderherden, eine Gruppe von weißen Getreidesilos, schlank und anmutig wie griechische Tempel, sieht man schon lange, bevor man herankommt.«

Sie las ihr vor, bis die Sonne aufging.

Kapitel 41

Patricia sah Miss Mary noch ein allerletztes Mal.

Zwei Tage lang hatte sie Fieber, deshalb war es vielleicht auch nur ein Traum. Aber als Patricia älter wurde, vergaß sie irgendwann, was sie an dem Tag getragen hatte, an dem Carter um ihre Hand angehalten hatte, sie vergaß, ob Blues Highschool-Abschlussfeier draußen in der Sonne stattgefunden hatte oder bei Regen in der Turnhalle, und sie vergaß sogar ihren Hochzeitstag, aber sie vergaß nie, wie sie an einem hellen Novembernachmittag die Augen geöffnet und gespürt hatte, wie eine trockene, weiche Hand ihr die Wange streichelte und ein schwarzes Paar Schuhe neben ihrem Bett hatte stehen sehen.

Es waren hässliche Schuhe, praktisch und ohne Absätze – Lehrerinnenschuhe. Die Beine darin trugen hautfarbene Strumpfhosen und verschwanden hinter dem Saum eines karierten Baumwollkleides, aber Patricia war zu schwach, um den Kopf zu heben und den Rest zu sehen. Dann drehte sich die Erscheinung um und verließ ihr Schlafzimmer, und das, was Patricia von da an über Miss Mary im Gedächtnis bleiben sollte, waren nicht die anstrengenden Mahlzeiten oder der Schock, als sie ihre Schwiegermutter an jenem Abend nach der Party bei Grace gefunden hatten oder die Kakerlake, die in ihr Wasserglas gefallen war, sondern jener Augenblick, der ihr gezeigt hatte, wie sehr man seinen Sohn lieben musste, um aus der Hölle zurückzukehren und ihn zu warnen.

Und dann fiel ihr ein, dass Miss Mary nicht zurückgekommen war, um Carter zu warnen. Sie war zurückgekommen, um *sie* zu warnen.

Ihr Fieber verschwand am selben Nachmittag. In der einen Minute fühlte sie sich wie unter Drogen und durchgeschwitzt, tief in einem Schlaf versunken, der sie nicht loslassen wollte; in der nächsten war ihr Kopf absolut klar, und sie blinzelte ins Sonnenlicht und setzte sich im Bett auf. Der Schweiß trocknete auf ihrer Stirn, und ihr Blick war scharf. Sie hörte die Toilettenspülung, und Grace kam aus dem Badezimmer.

»Gut, du bist wach«, sagte Grace. »Möchtest du ein Glas Wasser?«

»Ich habe Hunger«, sagte Patricia.

Bevor Grace ihr etwas holen konnte, platzte Carter herein.

»Sie ist wach«, sagte Grace zu ihm.

»Gut, dass du wieder da bist«, sagte er. »Du hattest Fieber. Wenn es heute Nacht nicht gesunken wäre, hätte ich dich ins Krankenhaus gebracht.«

»Ich fühle mich gut«, sagte Patricia. »Ich habe bloß Hunger. Wo sind Blue und Korey?«

»Denen geht es gut«, sagte er. »Hör mal, wir laufen Gefahr ...« Dann fiel ihm Grace ein. »Ich weiß es zu schätzen, dass du hier bist, aber ich würde gerne mit meiner Frau allein sein.«

Patricia nickte ihr zu, und Grace sagte: »Ich sehe heute Abend wieder nach dir« und verließ das Zimmer.

Carter setzte sich auf den Stuhl am Bett, auf dem Grace gesessen hatte.

»Wir laufen Gefahr, Gracious Cay zu verlieren«, sagte er. »Jetzt, wo James Harris verschwunden ist, kann Leland es nicht mehr halten. Er hat eine Menge Geld treuhänderisch verwaltet, und das ist jetzt schlicht nicht mehr vorhanden.

Nach dem Feuer sind bereits einige Investoren nervös geworden, und wenn sie hören, dass Jim weg ist und Leland einen Großteil des Geldes nicht mehr auftreiben kann, dann verlieren wir alles, was wir dort reingesteckt haben. Hast du eine Ahnung, wo er hin ist? Sein Haus ist komplett leer.«

»Carter«, sagte Patricia und setzte sich im Bett auf. »Ich will jetzt nicht darüber reden. Ich will darüber reden, wann wir Korey nach Hause holen.«

»Ein Mann wird *vermisst*«, sagte Carter. »Jim war wichtig für unsere Familie, er war den Kindern wichtig, und er war wichtig für dieses Projekt. Wenn du irgendetwas darüber weißt, wohin er verschwunden ist, musst du es mir sagen.«

»Ich weiß nicht das Geringste über James Harris«, sagte sie.

Offenbar hatte sie nicht besonders überzeugend geklungen, denn Carter fasste ihre Worte als Bestätigung dafür auf, dass sie etwas verheimlichte.

»Hat das etwas mit deiner Obsession zu tun?«, fragte er und beugte sich vor, die Ellbogen auf die Knie gestützt. »Bist du wieder ausgerastet und hast irgendetwas zu ihm gesagt? Patty, ich schwöre dir, wenn du diese Sache für uns alle ruiniert hast ... du hast ja keine Ahnung, auf wie viele Familien sich das auswirkt. Leland, wir, Horse und Kitty ...«

Er stand auf und begann im Zimmer im Kreis zu gehen, redete weiter über James Harris, Treuhandkonten, fehlendes Geld und Hauptinvestoren, und Patricia begriff, dass sie diesen Mann nicht länger kannte. Der stille Junge aus Kershaw, in den sie sich verliebt hatte, war tot. An seiner Stelle stand nun dieser hasserfüllte Fremde.

»Carter«, sagte sie. »Ich will die Scheidung.«

Zwei Tage später mühte Patricia sich aus dem Bett und fuhr in die Stadt, um Slick im Krankenhaus zu besuchen. Bei ihrer Ankunft döste Slick, also setzte Patricia sich hin und wartete darauf, dass sie aufwachte. Ihre Haut war fahl, und ab und zu stockte ihr der Atem in der Brust. Sie trug nun ununterbrochen eine Sauerstoffmaske, um die Sättigung ihres Blutes aufrechtzuerhalten. Patricia erinnerte sich daran, wie sie vor all den Jahren auf den schlafenden James Harris gestoßen war und ihn für tot gehalten hatte. So sah Slick jetzt aus.

»Grace hat es mir ... schon erzählt.« Slick öffnete die Augen und schob sich zum Sprechen die Maske vom Gesicht. »Ich wollte es in allen ... Einzelheiten hören.«

»Ich auch«, sagte Patricia. »Ich war bewusstlos wegen dem, was er mit mir gemacht hatte.«

»Wie hat es ... sich angefühlt?«, fragte Slick.

Patricia hätte diese Fragen niemandem außer Slick ehrlich beantwortet. Sie beugte sich vor.

»Es hat sich so gut angefühlt«, hauchte sie, und dann fiel ihr sofort ein, was er Slick angetan hatte, und sie kam sich egoistisch und gefühllos vor.

»Das tun die meisten Sünden«, sagte Slick.

»Ich weiß, warum sich seine Opfer etwas antun«, sagte Patricia. »Es ist dieses Gefühl, dass alles ganz und warm und sicher ist, und man wünscht es sich so sehr zurück, aber es gleitet einem immer wieder durch die Finger und verliert sich im Nebel. Man denkt, dass man es nie zurückbekommen wird, und ohne dieses Gefühl will man nicht weiterleben. Aber man lebt weiter, und es tut die ganze Zeit weh. Alles fühlt sich an wie Messer auf meiner Haut, und meine Gelenke schmerzen.«

»Was ... hat er mit uns gemacht?«, fragte Slick. »Er hat

uns ... zu Mörderinnen ... gemacht ... und wir haben alles ... verraten ... und jetzt geht alles ... in die Brüche ...«

Patricia nahm die Hand von Slick, in der keine Nadel steckte.

»Die Kinder sind außer Gefahr«, sagte Patricia. »Darauf kommt es an.«

Slicks Kehle arbeitete für einen Moment, und dann sagte sie: »Nicht die ... in Six Mile ...«

Patricias Blut fühlte sich wie Blei in ihren Adern an.

»Nicht alle«, sagte sie. »Aber deine Kinder, und Maryellens Kinder, und Kittys. Mrs. Greenes Jungs. Er hat das schon seit sehr langer Zeit getan, Slick. Und bis vor Kurzem hat ihn nie jemand aufgehalten. Aber wir haben es. Wir haben einen Preis dafür bezahlt, aber wir haben ihn aufgehalten.«

»Was ist mit ... mir?«, fragte Slick. »Werde ich wieder ... gesund?«

Einen Moment lang dachte Patricia darüber nach, sie anzulügen, aber sie hatten zu viel gemeinsam durchgemacht, um nun damit anzufangen.

»Nein«, sagte sie. »Ich glaube nicht. Es tut mir so leid.«

Slick umfasste ihre Hand so fest, dass Patricia das Gefühl hatte, die Finger müssten ihr brechen.

»Warum?«, fragte Slick hinter ihrer Maske.

»Mrs. Greene hat mir erzählt, dass er vor seinem Tod noch etwas sagte«, sagte Patricia. »Ich glaube, so erschafft er andere von seiner Art. Ich glaube, das hat er mit dir gemacht.«

Slick starrte Patricia an, und Patricia sah, wie ihre Augen rot und blutunterlaufen wurden, und dann nickte Slick.

»Ich spüre ... dass in mir drin ... etwas wächst«, sagte Slick. »Es wartet ... bis ich sterbe ... und dann ... schlüpft es.«

Sie legte sich eine Hand an die Kehle. »Hier«, sagte sie. »Etwas ... Neues ... Schlucken fällt schwer ...«

Eine Weile lang saßen sie schweigend da und hielten sich bei den Händen.

»Patricia ...«, sagte Slick. »Bring ... morgen Buddy Barr her. Ich möchte ... mein Testament ändern ... ich möchte ... verbrannt werden ...«

»Natürlich«, sagte Patricia.

»Und sorg dafür ... dass ich nicht allein bin ...«

»Darüber musst du dir keine Gedanken machen«, sagte Patricia.

Und das musste sie tatsächlich nicht. Bis zum Ende war immer jemand aus dem Buchclub bei ihr. An Thanksgiving, als Slick Probleme mit dem Atmen bekam, ihre Sauerstoffsättigung runterging und sie zum letzten Mal das Bewusstsein verlor, war Kitty da, die ihr gerade aus *Kaltblütig* vorlas. Als das Rettungsteam ins Zimmer stürmte, sich um Slick herum aufstellte und Kitty in die Ecke abdrängte, las sie leise weiter, bewegte nur die Lippen und flüsterte die Worte aus dem Buch wie ein Gebet.

Ein paar Tage nach Slicks Bestattung fing Ragtag an, im Kreis zu laufen. Patricia fiel auf, dass er die Zimmer immer entlang der Wände durchquerte und immer nach links abbog, nie nach rechts. Manchmal stieß er auf dem Weg durch eine Tür gegen den Türrahmen. Sie brachte ihn zu Dr. Grouse.

»Ich habe zwei schlechte Nachrichten für Sie«, sagte er. »Die erste lautet, dass Ragtag einen Hirntumor hat. Der wird ihn nicht heute oder morgen umbringen, und er leidet auch keine Schmerzen, aber es wird schlimmer werden. Wenn das passiert, bringen Sie ihn her, dann können wir ihn einschläfern.«

Die zweite schlechte Nachricht war, dass der Test, mit dem sie den Tumor entdeckt hatten, fünfhundertzwanzig Dollar kostete. Patricia schrieb ihm einen Scheck.

Als sie nach Hause kam, erzählte sie es Blue. Das Erste, was er sagte, war: »Wir müssen Korey holen.«

»Du weißt doch, dass wir das nicht können«, sagte sie zu ihm.

War sie wirklich der Meinung, dass sie das nicht konnten? Sie hatten für einen achtwöchigen Aufenthalt im Southern Pines bezahlt, und ihre Tochter bekam das volle Programm mit Therapeuten, Beratungsgesprächen und Ärzten, und alle sagten Patricia, dass Korey schlecht schlief, dass sie ruhelos wirkte, nervös und unkonzentriert, und dass es daher nicht klug wäre, sie vorzeitig aus der Einrichtung zu holen. Doch Korey hatte Patricia ruhig und mit klarem Blick angesehen, wenngleich sie nicht viel geredet hatte.

»Mom«, sagte Blue, als wäre sie schwerhörig. »Ragtag ist älter als ich. Ihr habt ihn Korey zu ihrem ersten Weihnachtsfest geschenkt. Es macht ihm sicher Angst, krank zu sein. Er braucht sie.«

Patricia wollte widersprechen. Sie wollte darauf hinweisen, dass sie Koreys Programm nicht unterbrechen durften, dass die Ärzte wussten, was gut für sie war. Sie wollte ihm sagen, dass Ragtag gar nicht merken würde, ob Korey da war oder nicht. Sie wollte ihm sagen, dass Korey Ragtag die meiste Zeit ohnehin ignorierte. Aber ihr wurde klar, dass sie selbst Korey unbedingt zu Hause haben wollte, deshalb sagte sie: »Du hast recht.«

Gemeinsam fuhren sie nach Southern Pines, meldeten ihre Tochter gegen den Rat ihrer Ärzte ab und holten sie nach Hause. Als Ragtag sie sah, klopfte er im Liegen mit dem Schwanz auf den Boden.

Patricia blieb auf Abstand, während Blue und Korey das ganze Wochenende über Ragtag umsorgten, ihn beruhigten, wenn er Dinge anbellte, die nicht da waren, in den Supermarkt fuhren und ihm Dosenfutter kauften, wenn er kein Trockenfutter wollte, mit ihm hinten im Garten oder auf dem Sofa in der Sonne saßen. Und Sonntagnacht, als es schlimm wurde und Dr. Grouses Praxis geschlossen hatte, blieben die beiden mit ihm wach, während er im Kreis im Hobbyraum herumlief, bellte und nach für sie unsichtbaren Dingen schnappte, und sie sprachen leise mit ihm und sagten ihm, dass er ein guter Hund sei, ein braver Hund, und dass sie ihn nicht alleinlassen würden.

Als Patricia ungefähr um eins zu Bett ging, waren beide Kinder immer noch mit Ragtag auf, tätschelten ihn, wenn er beim Herumirren an ihnen vorbeikam, sprachen mit ihm und legten dabei eine Geduld an den Tag, wie Patricia sie nie zuvor bei ihnen beobachtet hatte. Gegen vier Uhr morgens schreckte sie hoch und schlich sich nach unten. Die drei lagen auf dem Sofa im Hobbyraum. Korey und Blue schliefen. Zwischen ihnen lag Ragtag, tot.

Sie begruben ihn gemeinsam hinterm Haus. Als die Kinder weinen mussten, hielt Patricia sie beide im Arm. Als Carter am nächsten Abend vorbeikam und sie sich zusammensetzten, um Korey und Blue mitzuteilen, dass sie sich scheiden lassen wollten, erklärte Carter, wie das Ganze ablaufen würde.

»Es sieht so aus«, fing er an. Er hatte Patricia erklärt, dass Kinder Klarheit brauchten und von ihnen beiden er besser dafür qualifiziert sei, ihnen ihre neue Wirklichkeit darzulegen. »Ich behalte das Haus am Pierates Cruze und das Strandhaus. Ich bezahle euch die Schule und das Studium, darüber müsst ihr euch keine Gedanken machen. Und ihr könnt so lange ihr wollt bei mir bleiben. Weil das hier die Entscheidung eurer Mutter ist, wird sie sich ein neues Zuhause suchen. Es wird vielleicht nicht besonders groß sein und sich vielleicht auch in einem anderen Viertel von Mt. Pleasant befinden. Sie wird nur ein Auto besitzen, ihr könnt es euch dann also nicht ausleihen, um eure Freunde zu besuchen. Vielleicht muss eure Mutter sogar in eine andere Stadt ziehen. Ich sage euch all das nicht, weil ich irgendjemanden bestrafen will. Ich möchte nur, dass ihr eine realistische Vorstellung davon habt, wie die Dinge sich verändern werden.«

Dann fragte er sie, bei wem sie unter der Woche wohnen wollten. Beide überraschten Patricia, als sie »Mom« sagten.

Kaltblütig

Februar 1997

Kapitel 42

Patricia fuhr auf den Friedhof und stieg aus dem Auto. An ihrer Hand baumelte ihre Einkaufstasche. Es war einer dieser klaren Wintertage, an denen der Himmel wie eine weite blaue Kuppel aussah, unten herum weiß und ganz oben das tiefe Blau eines Rotkehlcheneis. Sie folgte dem verschlungenen Pfad zwischen den Grabsteinen hindurch, und als sie bei der richtigen Reihe angelangt war, betrat sie den Rasen. Das trockene Gras knirschte auf dem Weg zu Slicks Grabstein unter ihren Füßen.

Sie spürte ein Pochen in der Innenseite des Oberschenkels, wie immer, wenn sie über unebenen Boden ging. Korey hatte die gleiche Art von Schmerz. Es war etwas, das sie verband. Aber Patricia weigerte sich hinzunehmen, dass es bei Korey für immer so sein sollte. Sie hatten bereits die ersten Spezialisten aufgesucht, und ein Arzt war der Meinung, dass eine Bluttransfusion und eine Reihe Erythropoietin-Gaben Korey bei der Bildung roter Blutzellen unterstützen würden und dies den Schmerz zum Verschwinden bringen könnte. Sie wollten damit anfangen, sobald Korey mit der Schule fertig war. Mit dem Geld, über das sie verfügten, konnten sie sich die Behandlung nur für eine von ihnen leisten. Damit war Patricia einverstanden.

Alle waren pleite. Leland hatte direkt nach Neujahr Insolvenz angemeldet und verkaufte nun im Auftrag von Kevin Hauck Häuser. Kitty und Horse hatten fast alles verloren und teilten Seewee Farms in Parzellen auf, die sie nach und nach abverkauften, um ihre Stromrechnungen bezahlen zu können. Patricia wusste nicht, welche Summen Carter in Gracious Cay versenkt hatte, aber wenn sie danach ging, wie oft ihr Anwalt ihn daran erinnern musste, den Unterhalt für die Kinder zu bezahlen, war es anscheinend eine Menge gewesen.

Alle gingen davon aus, dass James Harris die Krise hatte kommen sehen, seine Sachen gepackt und sich aus dem Staub gemacht hatte. Es wurden nicht viele Fragen gestellt. Schließlich hätte es einen ziemlichen Aufwand erfordert, ihn aufzuspüren, und seine Rückkehr hätte unangenehme Fragen nach sich gezogen, auf die eigentlich niemand die Antworten wissen wollte. Letztendlich hatten ein paar reiche Weiße ihr Geld und ein paar arme Schwarze ihr Zuhause verloren. So war das eben.

Im Januar war Patricia nach Gracious Cay gefahren. Die Baufahrzeuge und das Baumaterial waren abtransportiert worden, und nun standen nur noch die einsamen Hausgerüste da, nackt und unvollendet, wie emporragende Skelette, die langsam vom Wetter geschleift wurden. Sie folgte der asphaltierten Straße mitten durchs Baugelände, bis sie Six Mile erreichte. Mrs. Greene war nach Irmo gezogen, um während der letzten Highschool-Jahre ihrer Jungen näher bei ihnen zu sein, aber andere Leute kehrten zurück. Eine Schar kleiner Kinder ließ einen Tennisball gegen die Mauer der Mt. Zion Church prallen. Sie sah hier und dort geparkte Autos und roch den in den Straßen hängenden Holzrauch einer Handvoll Kamine.

Vor ihrem Tod hatte Slick an Geschenken für alle gearbeitet, und im Dezember war Maryellen herumgefahren und hatte sie verteilt. Patricia hatte ihren rosa Pullover ausgepackt und ihn sich vorgehalten. Er zeigte ein Bild des schlafenden Jesuskindes in der Krippe, die aus irgendeinem Grund unter einem Paillettenweihnachtsbaum mit einer echten Glocke auf der Spitze stand. Darüber stand in Schreibschrift: *Vergesst nicht, was wir an Weihnachten feiern.*

»Für Grace hat sie auch so einen gemacht?«, fragte Patricia.

»Ich habe ein Bild von ihr, auf dem sie ihn trägt«, sagte Maryellen. »Willst du es sehen?«

»Ich glaube, den Schock würde ich nicht verkraften«, lachte Patricia.

Sie und die Kinder besuchten Grace und Bennett zum Festtagsessen. Als sie fertig abgewaschen hatten und Korey und Blue schon zum Auto unterwegs waren, gab Grace Patricia eine Tüte mit eingepackten Resten, griff dann in die Schublade des Flurtischchens, holte einen dicken Umschlag daraus hervor und steckte ihn mit in die Tüte.

»Frohe Weihnachten«, sagte sie. »Ich will keine Diskussion darüber.«

Patricia stellte die Tasche auf den Tisch und öffnete den Umschlag. Er enthielt einen dicken Stapel abgegriffener Zwanzigdollarscheine.

»Grace ...«, fing sie an.

»Als ich geheiratet habe«, sagte Grace, »hat meine Mutter mir das gegeben. Sie meinte, dass eine Ehefrau immer ein bisschen eigenes Geld auf der Seite haben sollte, nur für den Fall. Ich will, dass du es jetzt bekommst.«

»Danke«, sagte Patricia. »Ich zahle es dir zurück.«

»Nein«, sagte Grace. »Das wirst du nicht.«

Mit einem Teil des Geldes bescherte sie Korey und Blue das Weihnachtsfest, das sie verdienten. Den Rest und die 2350 Dollar Bargeld, die ihr James Harris hinterlassen hatte, verwendete sie als Anzahlung für eine möblierte Dreizimmerwohnung nahe der Brücke. In ihrer jetzigen Wohnung gab es nur ein Schlafzimmer, und Blue schlief auf dem Sofa.

Patricia holte ein Exemplar von *Kaltblütig* aus ihrer Einkaufstasche und legte es vor Slicks Grabstein. Sie holte ein Weinglas und eine Mini-Flasche *Kendall Jackson* mit Schraubverschluss hervor, füllte das Glas und stellte es auf das Buch. Sie vergewisserte sich, dass es nicht zu leicht umfallen würde, bevor sie das tat, was bei diesen Besuchen für sie zur Routine gehörte. Sie ging zu den Urnengrabnischen und suchte die Nummern C-24 und C-25. Sie waren unbeschriftet, trugen nicht einmal Namen. Und sie würden nie welche tragen.

Patricia fragte sich, wer James Harris gewesen war. Wie lange war er tatsächlich umhergezogen? Wie viele tote Kinder hatte er in seinem Kielwasser hinterlassen? Wie viele kleine Städtchen wie Kershaw hatte er ausgesaugt? Niemand würde es je erfahren. Wahrscheinlich hatte er so lange gelebt, dass er es selbst nicht mehr gewusst hatte. Sie stellte sich vor, dass seine Vergangenheit für ihn wahrscheinlich nur noch ein großer, verschwommener Fleck gewesen war und er längst in einer ewigen Gegenwart gelebt hatte, als er im Old Village eingetroffen war.

Er hinterließ niemanden, keine Kinder, keine geteilten Erinnerungen, keine Geschichte, und niemand erzählte Geschichten über ihn. Das Einzige, was von ihm zeugte, war Schmerz, und der würde mit der Zeit verblassen. Man trauerte um die Menschen, die er ermordet hatte, aber früher oder später ging das Leben für ihre Lieben weiter. Sie verliebten sich neu, bekamen wieder Kinder, wurden alt, bis schließlich ihre Kinder um sie trauerten.

All das galt nicht für James Harris.

Wenn die ganze Geschichte ein Buch gewesen wäre, dann hätte es *Das rätselhafte Verschwinden des James Harris* geheißen, aber das Rätsel wäre kein besonders anspruchsvolles gewesen, weil Patricia die Lösung bereits kannte. Die Antwort auf die Frage, was James Harris widerfahren war, lautete Patricia Campbell.

Allerdings hatte sie dieses Rätsel nicht allein gelöst.

Wenn Maryellen nicht bei *Bestattungen Stuhr* gearbeitet hätte, wenn Grace und Mrs. Greene nicht erstklassige Putzfrauen gewesen wären, wenn Kitty nicht einen solch kräftigen Schlag am Leibe gehabt hätte, wenn Slick sie nicht allesamt angerufen und dazu gebracht hätte, sich in ihrem Krankenzimmer zusammenzufinden, wenn Patricia nicht so viele Bücher über wahre Verbrechen gelesen hätte, wenn Mrs. Greene die Hinweise nicht miteinander in Verbindung gebracht hätte, wenn Miss Mary nicht das Foto gefunden hätte, wenn Kitty ihr nicht an jenem Morgen in Marjorie Fretwells Auffahrt hinterhergerufen hätte …

Manchmal hielt Patricia beim Wäschemachen oder Geschirrspülen inne, und ihr Herz schlug plötzlich mit doppelter Geschwindigkeit, das Blut rauschte in ihren Adern, und sie fühlte sich überwältigt von dem blanken Entsetzen darüber, wie leicht alles hätte schiefgehen können.

Sie waren nicht stärker als er gewesen, nicht schlauer, sie waren nicht besser vorbereitet gewesen. Aber die Umstände hatten sie zusammengeführt und ihnen Erfolg beschert, wo so viele andere gescheitert waren. Patricia wusste, wie sie von außen wirkten, ein Haufen törichter Südstaatlerinnen, die Weißwein tranken und über Bücher schwatzten. Sie bildeten Fahrgemeinschaften, küssten aufgeschürfte Knie, erledigten Einkäufe und ähnliche Pflichten, waren heimliche Weihnachtsmänner und Teilzeit-Zahnfeen mit praktischen Jeans und Feiertagspullovern.

Man kann von uns halten, was man will, dachte sie, *wir haben Fehler begangen und unsere Kinder wahrscheinlich auf ewig gezeichnet, und wir haben Schulbrote eingefroren und unsere Carpool-Termine vergessen und uns scheiden lassen. Aber als es darauf ankam, haben wir getan, was zu tun war.*

Sie beugte sich so dicht an die Tür der Grabnische heran, wie sie sich traute, und lauschte. Sie hörte vorbeifahrende Autos auf der fernen Straße, und in der Nähe hörte sie die Vögel in den Bäumen und den Wind, der in den Zweigen raschelte, doch inmitten all dieser Geräusche vernahm sie etwas Leises, Ruheloses. Obwohl sie wusste, dass das unmöglich war, meinte sie, das Geräusch von etwas zu hören, das in Plastik gewickelt war, sich schlängelte, kroch, blind nach einem Ausgang tastete, für immer in der Dunkelheit wand, auf der Suche nach einem Schwachpunkt, der ihm zur Freiheit verhelfen würde.

Alles war nun anders. Sie war geschieden. Ihre Freundin war gestorben. Ihre Tochter und ihr Sohn waren von einem Schatten gezeichnet, und sie wusste nicht, wie lange das so bleiben würde und wie weit er reichte. Seewee Farms wurde an Bauunternehmer verkauft. Six Mile war in alle Winde zerstreut. Ihre Schwiegermutter war tot. Sie hatte eine Art Vereinigung mit einem Mann vollzogen, mit dem sie nicht verheiratet gewesen war, und ihn anschließend getötet.

Sie bereute nichts von alldem. Das, was zerstört worden war, machte das, was ihr blieb, umso wertvoller. Umso verlässlicher. Umso wichtiger.

Sie trat von der Gruft zurück, kehrte den Überresten von James Harris den Rücken zu und ging zu ihrem Wagen. Sie hielt nicht bei Slicks Grabstein inne. Sie würde morgen früh zurückkehren und Weinglas und Buch holen. Das konnte warten.

Sie musste zu ihrem Buchclub-Treffen

Was für ein wunderbares Jahr
für die Literaturgilde
von Mt. Pleasant!

Während wir uns darauf vorbereiten, den Weg ins neue Jahrtausend anzutreten, können wir im Rückblick feststellen, dass unser zwölftes Jahr das wohl beste für unseren Buchclub war. Wer weiß, was die Zukunft für uns bereithält, aber wenn ihr an diesen Feiertagen Zeit mit euren Liebsten verbringt, denkt ihr hoffentlich mit Vergnügen an all die tollen Bücher zurück, die wir 1999 gelesen haben. Und wenn ihr euch in einer ruhigen Minute ein bisschen Zeit nehmt, kann dieses kleine Gedicht eurem Gedächtnis dabei vielleicht auf die Sprünge helfen!

In diesem fast vergangenen Jahr
Haben wir so einiges erfahrn
Von Angst und Graus und Schreck und Mord
Von der schlechten Mutter Theresa Knorr
Und vieles über dich und mich
Denn manches wussten wir noch nicht.

Dass Jhanteigh Kupihea gut reden kann
Ist belegt, denn sie war bei *Night Stalker* dran.

Alles, was wir geben mussten war heiß diskutiert
Und von Nicole de Jackmo ganz toll moderiert.

Mit Schaubildern fragte uns Andie Reid
Wessen Kind ist das Übel in *Bad Seed*?

Katie McGuire wartete zwei Jahre lang
Dann war das *Interview mit einem Vampir* endlich dran.

Wegen Monika Hewlett jedoch litten wir Schmerzen
Denn die *Kuckuckskinder* nahmen wir uns zu Herzen.

Rick Chillot stellte dann im Oktober fest:
»Zum Glück sind wir nicht Fred oder Rosemary West.«

Und Kat und Ann und Julia, der Hendrix-Schwestern drei,
Steuerten mancherlei zum *Mörder in mir* bei.

Das Jahrhundert ist nun fast durchmessen
Doch eines dürfen wir nicht vergessen
Grammatischer Dank geht an Amy J. Schneider
Und Becky Spratford half in der Bücherei sehr!

Natürlich steht hinter jeder Frau ein Mann, der meistens gerade irgendwo den Wagen parkt oder fragt, warum kein Reis auf dem Tisch steht, und vor allem in diesem Jahr haben viele ihr Soll mehr als erfüllt, also seid geknuddelt, Joshua Bilmes, Adam Goldworm, Jason Rekulak, Brett Cohen und Doogie Horner für all eure Unterstützung und dafür, dass ihr euch im Hintergrund gehalten habt, wenn der Buchclub wie eine Barbarenhorde bei euch zu Hause einfiel. Ohne euch hätten wir all diese Bücher nie zu Ende lesen können, Jungs!

Und vergessen wir auch nicht die wunderbaren Leute, die uns dieses Jahr mit ganz besonderen Snacks versorgt haben, darunter David Borgenicht, John McGurk, Mary Ellen Wilson, Jane Morley, Mandy Dunn Sampson, Christina Schillaci, Megan DiPasquale, Kate Brown und Molly Murphy.

Und schließlich ein großes Dankeschön an die Literaturgilde von Charleston und Umgebung, die Teil meines Lebens ist, solange ich mich zurückerinnern kann: Suzy Barr, Helen Cooke, Eva Fitzgerald, Kitty Howell, Croft Lane, Lucille Keller, Cathy Holmes, Valerie Papadopoulos, Stephanie Hunt, Nancy Fox, Ellen Gower und natürlich Shirley Hendrix. Möget ihr alle noch viele Jahre lang lesen!

Wir sehen uns im neuen Jahrtausend!

Marjorie Fretwell

Thomas Olde Heuvelt

HEX

»Der beste Horror-Roman, den ich seit Langem gelesen habe!«
George R.R. Martin

»Brillant und absolut originell!« *Stephen King*

978-3-453-31906-6

Black Spring ist ein beschauliches Städtchen im idyllischen Hudson Valley. Hier gibt es Wälder, Natur – und hier gibt es Katherine, eine vierhundert Jahre alte Hexe, die den Bewohnern gelegentlich einen kleinen Schrecken einjagt. Dass niemand je von Katherine erfahren darf, das ist dem Stadtrat klar, deshalb gelten strenge Regeln: kein Internet, kein Besuch von außerhalb oder Katherines Fluch wird sie alle treffen. Als die Teenager des Ortes jedoch eines Tages genug von den ständigen Einschränkungen haben und ein Video der Hexe posten, bricht in Black Spring im wahrsten Sinne des Wortes die Hölle los ...

Leseprobe unter **www.heyne.de**